Arno Surminski

POLNINKEN

Arno Surminski

Polninken
oder
Eine deutsche Liebe

Roman

ULLSTEIN

Der Ort der Handlung
sowie die vorkommenden Personen
sind frei erfunden.

Ullstein Verlag
Ullstein ist ein Verlag des Verlagshauses Ullstein Heyne List
GmbH & Co. KG

ISBN 3-550-08444-7

Gesetzt aus der 11/13 p Minion bei Pinkuin Satz und Datentechnik, Berlin
Druck und Bindung: Bercker, Kevelaer

Zur Neuausgabe

Im Dezember 1980 meldeten die Zeitungen, eine junge Frau, die über die Berliner Mauer klettern wollte, sei in einem Leipziger Haftkrankenhaus ihren Schussverletzungen erlegen. Bei der Obduktion habe sich herausgestellt, die junge Frau sei schwanger gewesen. Diese Zeitungsnotiz war der Anstoß zu dem Roman »Polninken oder Eine deutsche Liebe«. Mir fiel meine erste Polenreise 1974 ein, als ich auf einem masurischen Campingplatz zeltete, wo Westdeutsche und DDR-Bürger nebeneinander lebten. Hier in Masuren, fern dem geteilten Deutschland, wäre eine deutsch-deutsche Liebesgeschichte möglich. Also ließ ich meine »Helden« Irene und Ingo von Jena und Lübeck nach Masuren reisen und dort eintauchen in die Vergangenheit ihres Dorfes. Die masurische Landschaft als Stilmittel half mir, die jungen Leute zu verzaubern und sie zu öffnen für etwas so Unerhörtes wie Liebe zwischen Ost und West.

Warum musste der Roman so traurig enden?, lautete der häufigste Einwand, den ich von Lesern hörte. Ich wusste darauf keine andere Antwort als die, dass ein Happy End eine Beleidigung gewesen wäre für alle, die an der innerdeutschen Grenze so unsäglich gelitten haben. Schließlich hat die Geschichte im November 1989 das Happy End geschrieben, leider zu spät für Irene und Ingo.

In diesem Buch gibt es eine Szene, in der der alte Pole Kasimir im Sommer 1980 sagt, in zehn oder zwanzig Jahren werde die Mauer umfallen. Als das Ereignis am 9. November 1989 eintrat, riefen mich Leser an und fragten, wie ich das habe voraussehen können. *Ich* habe es nicht vorausgesehen, Kasimir hat es gewusst, und der Atem der Geschichte war sogar ein wenig schneller als er.

Polninken ist übrigens das einzige Buch von mir, das die staatlichen Überwachungsorgane veranlasste, mich unter Beobachtung zu stellen. In Masuren erforschten sie, wohin ich fuhr und mit wem ich sprach, der Parkplatzwächter musste jeden Abend den Kilometerstand meines Autos aufschreiben. In die DDR wagte ich nach dem Erscheinen des Buches nicht mehr zu reisen aus Furcht, es könnte mir ähnlich ergehen wie Ingo Majewski.

Hamburg, August 2003

Setze mich wie ein Siegel auf dein Herz
und wie ein Siegel auf deinen Arm.
Denn Liebe ist stark wie der Tod,
und ihr Eifer ist fest wie die Hölle.
Ihre Glut ist feurig und eine Flamme des Herrn,
dass auch viele Wasser nicht mögen die Liebe
    auslöschen
noch die Ströme sie ersäufen.
Wenn einer alles Gut in seinem Hause um die
Liebe geben wollte, so gälte es alles nichts.

Das Hohelied Salomos, Kap. 8, Verse 6, 7

Der erste Tag

Es war ja nicht weit. Wären in Eichholz nicht die Straßen geschlossen, in fünf Minuten hätte er in Mecklenburg sein können. Aber Eichholz, das er vom Balkon aus sehen konnte – und nicht nur bei gutem Wetter –, Eichholz war schon seit Jahren Sackgasse. Bis Schlutup dauerte es eine Viertelstunde. Wenig los am Abend. Wer fährt schon in der Dunkelheit über eine Grenze, und dann noch nach Osten? Für ihn war es das erste Mal, aber von Aufregung keine Spur. Ihm bedeutete die Grenze nichts. Als er geboren wurde, war sie schon da, was hinter ihr lag, ging ihn nichts an, er hatte keine Verwandten drüben und keine Erinnerungen. Nicht einmal in Berlin war er gewesen – doch, einmal schon, mit der Schulklasse im Bus über Helmstedt. Luftbrückendenkmal, Reichstagsgebäude, Mauerbesichtigung und eine verdammt laute Jugendherberge, mehr erinnerte er nicht. Wenn sie im Amt zu feierlichen Anlässen von den »Brüdern und Schwestern im anderen Teil Deutschlands« sprachen, verspürte er immer dieses gewisse Kitzeln in der Kehle. Kranzniederlegungen, Enthüllungen von Gedenkplatten, Tage der Heimat – alles Schnee von gestern.

Während der Viertelstunde von St. Jürgen nach Schlutup hörte er Amanda Lear. »Follow me«, sang sie im Autoradio, und er dachte, während er dem grauen Band der Straße durchs Lauerholz folgte, dass es weiß Gott nicht seine Geschichte war, die ihn da drüben erwartete. Denn seine Geschichte hatte 1952 in Lübeck angefangen mit einer Hausgeburt, was damals noch vorkam, und mit einer richtigen Hebamme, die mit dem Fahrrad anreiste und Waschkuhn hieß, weil in Lübeck besonders viele aus dem Osten gelandet waren – warum nicht auch Hebammen? –, die dem Kleinen, bevor sie ihn in die Wanne stukte, einen Klaps auf den Hintern gab und ihn gehörig schreien ließ.

Wie gesagt, es war wenig los. Vor ihm das Schild »Grenzkontrollstelle Lübeck-Schlutup«, in der Mitte ein Häuschen für die Grenzwache, unbesetzt, weil es an Kundschaft fehlte. Linker Hand ein flaches Gebäude mit Büroräumen. Durchs Fenster flimmerte ein Schwarzweißfernseher mit den letzten Bildern des Spielfilms »Tod oder Freiheit« nach Schillers Räubern. Ein bisschen pathetisch so ein Titel, nicht wahr, wo es doch nur um ein paar Räuber ging.

Sie ließen ihn warten. Also, er hatte nicht vor, sich das Aktuelle Sportstudio an der Grenze anzusehen. Da herrschte noch Saure-Gurken-Zeit. Keine Bundesliga, vielleicht eine Nachlese zu den Olympischen Spielen in Moskau. Noch einmal den Medaillenspiegel. An der Spitze die Sowjetunion, danach nicht wie gewohnt die Amerikaner, sondern die DDR. Deutschland West: Fehlanzeige.

Kommt endlich, bevor es dunkel wird!

Eigentlich hatte er schon gestern fahren wollen, gleich vom Amt aus nach Dienstschluss zur Grenze. Aber unten hatte Monika gewartet. Ein bisschen Abschied feiern, hatte sie gesagt.

Das bisschen dauerte bis Mitternacht. Erst ins »Colosseum«, dann zu ihm auf die Bude. Monika mit ihrem »Laredo«-Tick! Sechsmal legte sie die Platte auf, zwang ihn, mit ihr zu tanzen, obwohl ihm nicht danach zumute und das Getanze im ganzen Mietshaus zu hören war. Monika und ihre Favoriten! '78 die »Rivers of Babylon«, '79 »Ein Bett im Kornfeld« und jetzt eben »Laredo«. Sie war ein tolles Mädchen, mit dem er nach Benidorm fahren wollte, in diesem Sommer noch, am 20. August, gleich nach der Rückkehr aus Masuren. Benidorm war Monikas Idee. Ihm wären ruhigere Strände Spaniens lieber gewesen, aber Monika führte gern ihren Körper spazieren, brauchte Menschen, die sich nach ihr umdrehten. Deshalb erst zehn Tage Masuren, anschließend zwei Wochen Benidorm, eine Mischung aus Eisberge in Grönland und Urwald am Kongo.

Endlich kam einer, um in den Pass zu sehen.

»Eine so weite Reise ganz allein«, wunderte er sich. »Nur nicht unterwegs einschlafen, immer schön wach bleiben und Augen auf.«

Die Leute an den Grenzen waren freundlicher geworden, ohne Frage. Bei denen lief wie bei ihm im Amt auch jeden Monat so ein Rundschreiben durch mit der Aufforderung, sich bürgernah zu benehmen. Der Beamte ist für den Bürger da, nicht der Bürger für den Beamten. Vor fünf Jahren sah das noch anders aus. Da wurden sie an der Grenze schon misstrauisch, wenn einer mit langen Haaren und Bart ankam. Jetzt ertrugen sie alle Äußerlichkeiten, seine verwitterten Jeans und die ausgelatschten Turnschuhe, den Bart und das exotische T-Shirt. Seine Mutter war in diesen Dingen viel altmodischer. Zehn Tage fährst du nach Ostpreußen und nimmst nur Turnschuhe mit! Du wirst Schweißfüße bekommen wie dein Vater, der natürlich nicht wegen der Turnschuhe, sondern weil er Fußlappen in den Knobelbechern getragen hatte, und das fünf Jahre lang.

Auf einmal stutzte er doch, der Grenzbeamte. Wegen des Aufdrucks auf dem T-Shirt »University of California«. Er studierte gründlich seine Brust, schien sich Gedanken zu machen, ob einer mit solchen Sprüchen am Leibe überhaupt in den Osten fahren durfte. War das nicht schon eine Provokation und Werbung für einen anderen Geist? Aber das war nicht seine Sache, das sollten die drüben entscheiden. »Gute Fahrt.« Zweihundert Meter weiter eine Reihe von sieben Autos. Halb elf Uhr abends, aber immer noch sieben Autos. Genauso wie Schmeding vom Katasteramt gesagt hatte: Du kannst kommen, wann du willst, vor den Grenzen nach Osten musst du immer warten, das gehört einfach dazu.

Runter mit dem Zelt vom Dachgepäckträger. Aufschnüren bitte! Nicht draußen in der Dämmerung, sondern drinnen auf dem Wickeltisch vor dem strengen Auge der Taschenlampe. Er zählte ihnen die Zeltstangen und Heringe vor, fand in der Plane vertrocknetes Gras, Erinnerungen an den Pfingstausflug nach Dänemark, bei dem Monika so erbärmlich gefroren hatte, was in Benidorm nicht wieder vorkommen sollte. Da war es so heiß, dass man nachts nackt auf dem Balkon liegen musste.

Plötzlich große Aufregung um einen Fußball, so einen Plastikball mit Reklamebeschriftung. Er hatte ihn bei der Abfahrt auf den Rücksitz gefeuert, weil zu einem Urlaub nun mal ein Ball gehörte, zum Rumbolzen am Strand oder für Wasserspiele.

»Was ist in dem Ball drin?«

»Na, Luft, soviel ich weiß.«

»Aber da klappert doch was.«

»Keine Ahnung.«

Er sagte ihm, dass der Ball hin wäre, wenn er jetzt die Luft rausließe, denn es war einer der billigen Ein-Urlaubs-Bälle, die bei starker Sonneneinstrahlung allmählich schlappmachten.

Der Grenzsoldat hielt den Ball ans Ohr, als lausche er fernem Meeresrauschen in einer Muschel. Dann warf er ihn zurück ins Auto.

»Haben Sie Waffen oder Munition?«

Wieso, braucht man die bei Ihnen? Das soll mal einer auf diese Frage geantwortet haben; daraufhin filzten sie ihn drei Stunden bis zum letzten Bolzen im Fahrgestell. Schmeding hatte das erzählt. Als er zu Beginn der Sommerferien nach Masuren reiste, kontrollierten sie überhaupt nicht. Reiner Zufall, hatte Schmeding gesagt, denn meistens ging es hoch her an der Grenze.

»Bücher und Zeitschriften?«

Er besaß eine Landkarte der DDR und eine Landkarte der Volksrepublik Polen, mehr nicht. Auch keine Funkgeräte oder Handelswaren. Während die Taschenlampe prüfte, ob er wirklich einen Meter vierundachtzig erreichte, ein schmales Gesicht besaß, blaue Augen und blondes Haar – »Bitte das linke Ohr frei machen!« –, fiel ihm die Landkarte ein, die Mutter ihm hatte zustecken wollen, eine Karte der Provinz Ostpreußen in den Grenzen von '37, eine Karte mit den alten deutschen Namen.

Damit du dich zurechtfindest, Ingo.

Solche Karten sind doch verboten, Mutter.

Aber ohne die Karte findest du unser Dorf nie.

Was soll ich denn in dem Dorf?

Danach war sie schweigend aus dem Zimmer gegangen, er hatte die alte Karte ausgepackt, sie in Mutters Blumenschale gelegt, wo sie jetzt noch lag – oder auch nicht.

Ein letzter Blick unter die Fußmatte.

»Also wirklich keine Literatur?«

Ingo erschrak, denn er hatte tatsächlich keinen Fetzen bedrucktes Papier bei sich, weder eine Illustrierte noch einen Krimi. Wie wollte er das aushalten? Zehn Tage ohne Buch oder Zeitung, bei Regenwetter im Zelt liegen und nichts zu lesen haben. Karl Marx hätte er mitnehmen sollen, das wäre vielleicht gegangen, oder den Struwwelpeter oder Onkel Toms Hütte.

»Na, was ist los, wollen Sie nicht fahren?«

Die Taschenlampe, die ihm den Weg wies, gehörte zu einem Ärmel, auf dem er den Aufdruck »Grenztruppe der DDR« erkannte. Der Ärmel winkte und winkte. Also fuhr er auf die Betonklötze zu, die Autoscheinwerfer leuchteten einen Klotz nach dem anderen ab. Hinter den Klötzen hohe Zäune, zwei Wachposten auf einem Turm, der sich mächtig gegen den hellen Nordhimmel abhob. Adriano Celentano sang mit seiner verräucherten Stimme auf NDR 2.

Das also war Deutschland Ost oder Mitteldeutschland

oder DDR oder Ostzone, was die Mutter meistens sagte, weil sie es vor dreißig Jahren so gelernt hatte. Ingo hatte es aufgegeben, ihr das abzugewöhnen. Mutter war erst sechzig, aber doch zu alt, um in den Namen und Bezeichnungen mit der Zeit zu gehen oder mit der Zeit zu lernen. Ihr kamen auch die polnischen Namen unaussprechlich vor. Als er erwähnte, dass er über Olsztyn fahren werde, verbesserte sie in Allenstein, als er von Gdansk sprach, das er vielleicht besuchen würde, auf der Rückreise, wenn noch Zeit wäre, übersetzte sie in Danzig.

Zehn Tage und kein Stück Papier. Das Autoradio würde ihn retten mit seiner Musik auf allen Sendern von Warschau bis Luxemburg; auch die Kassetten, die Monika ihm mitgegeben hatte, die Rolling Stones und die Beach Boys, Erinnerungen an Monikas schwärmerische Zeiten. Warum kontrollierten sie eigentlich nicht die Kassetten? Er könnte eine vollständige Hitlerrede oder einen Aufruf zum Sturz des Sozialismus über die Grenze schmuggeln, und niemand würde es merken.

Weit ausladende Alleen in Mecklenburg, Bäume aus dem vorigen Jahrhundert, unten weiß gekalkt, damit die Kurven besser erkennbar waren. An einer verfallenen Scheune ein Schild: Der Sozialismus wird siegen! Es kam ihm komisch vor, fast lächerlich, trotzdem verteidigte er das Schild. In Lübeck liefen sie meilenweit für eine Zigarette, hier für den Sozialismus. Werbung musste sein. Wenn es weiter nichts wäre als dieser Unterschied. In einem Maisfeld: Wir Werktätigen der DDR stehen brüderlich an der Seite der friedliebenden Sowjetunion.

Und das mitten in der Nacht.

Eine Sichttafel erzählte vom vorbildlichen Einsatz der Genossenschaftsbauern und Arbeiter, ein gewisser Ewald Schobitz, Mitglied der Brigade Pflanzenschutz, befand sich auf der »Straße der Besten«.

Im Rückspiegel der Lichtstreifen, das musste Lübeck sein, das Tor nach Osten. Schon zu Zeiten der Hanse sind sie von Lübeck nach Osten aufgebrochen und heute immer noch. Einmal allerdings kamen auch viele aus dem Osten nach Lübeck, vornehmlich im Winter. Das war Mutters Geschichte; von der wird sie erzählen, solange sie lebt. Jeder hatte wohl seine Geschichte. Die Großeltern den Russeneinfall von 1914, der Urgroßvater hatte am Siebzigerfeldzug gegen die Franzosen teilgenommen, und eine Generation zurück, da biwakierte Napoleon in Ostpreußen, was auch eine Geschichte gab. So etwas fällt dir ein, wenn du nachts allein auf mecklenburgischen Landstraßen spazieren fährst.

»Die Wetterlage: Auf der Rückseite eines Tiefs über Osteuropa fließt verhältnismäßig kühle Meeresluft nach Deutschland. Stark bewölkt, gelegentlich Regen. Weitere Aussichten: freundlich bei wieder ansteigenden Temperaturen. Sonnenaufgang morgen, am Sonntag, dem 10. August, um 6 Uhr.«

Gunter Gabriel sang seine Lkw-Fahrer-Hymne. Bis Wismar hatte er keine Mühe mit NDR 2, danach fing es an zu knistern und zu knacken. Noch einmal Verkehrslagebericht für das gesamte Bundesgebiet: auf den Straßen in Rheinland-Pfalz und im Saarland Gefahr des Aquaplaning. Bei Fallingbostel stand ein Rindvieh auf der Autobahn. Keine Geisterfahrer, überall freie Fahrt. Er suchte einen anderen Sender. DDR 1: Tanz mit bis Mitternacht. »Stimme der DDR«: Tanz zum Wochenende.

Tanz, überall Tanz; was waren das für ausgelassene Leute! Eine Eisenbahnschranke in der Dunkelheit. Da kam eine richtige Dampflok angeschnaubt, eine aus der Kriegsproduktion, die im Westen aus dem Museum geholt wird, wenn es um Filme über den Zweiten Weltkrieg geht. In den Filmen hängen sie vorn an die Lok meistens ein Spruchband: Räder müssen rollen! oder so. Also, wofür rollen die Räder im Jahre 1980? Nicht für Völkerverständigung oder für deutsch-sowjetische Freundschaft. Da stand einfach nichts. Der Spruch war verbraucht, in diesem Jahrhundert nicht mehr zu verwenden. Die Lokomotive rollte schmucklos und ohne jedes Pathos durch die Dunkelheit, hinter ihr schnellte die Schranke hoch. Kaum Gegenverkehr, sodass er kilometerweit aufgeblendet fahren konnte. Langsam, sehr langsam durch Rostock. Es war ein Samstagabend, aber die Stadt schlief. Keine Liebespaare an der Transitstrecke, keine alten Männer auf dem Heimweg aus ihren Kneipen. Sonderbar leer.

Warum eigentlich diese Reise? Gewiss war es nicht so, wie die Mutter meinte. Wissen wollen, woher man kommt, dem Land der Ahnen einen ehrfurchtsvollen Besuch abstatten. Nein, nein, das stimmte alles nicht. Er kam aus Lübeck, vom Osten wusste er nur so viel, dass seine Eltern dort bis 1945 gelebt hatten und dass die Sonne da aufgeht.

Wenn du unbedingt dein Dorf wiedersehen willst, dann kannst du ja mitkommen, hatte er gesagt. Aber das ging über Mutters Kräfte. Ja, wenn Vater noch gelebt hätte, dann wären sie wohl zu dritt gefahren, und die beiden hätten ihm alles erklärt. Sieh mal, Ingo, dort steht der alte Kruschkenbaum … Über das Katzenkopfpflaster klabasterten früher immer die Pferdewagen … Da hinten im Poggenteich haben wir uns so schön die Schlorren vollgeschöpft … Zu unserer Zeit gab es noch ein Schwanennest … Na, und erst die Störche, Ingo.

Um die Wahrheit zu sagen, es war nur so eine Laune, eine Verlegenheitsreise, weil ihm nichts Besseres eingefallen war. Am Montagmorgen hatte Monika aus den Drägerwerken angerufen. Eine Kollegin sei erkrankt, sie müsse ihren Urlaub auf den 20. August verschieben. Aber Ingos Urlaub stand fest, da ließ sich nichts verschieben, im Amt hatten Ledige und Kinderlose zurückzustehen, durften nicht mit Sonderwünschen kommen.

Mitternacht. Letzte Nachrichten aus dem Westen. Die

Nationalhymne. Einigkeit und Recht und Freiheit. Klang sonderbar in dem dunklen Land mit den gewaltigen Bäumen neben der Fahrbahn und den lichtlosen Dörfern. Ein Musikstück von Haydn, oder doch mehr? Sein Lebtag wird er nicht begreifen, warum die Mutter bei diesem Lied immer nasse Augen bekam. Die weinte sogar bei Fußballübertragungen im Fernsehen und olympischen Siegerehrungen. Dabei hatte sie die dritte Strophe nie begriffen, war bei »Deutschland, Deutschland über alles« stehen geblieben.

Sendeschluss.

Der zweite Tag

Warum aber Masuren? Die zehn Tage vor Benidorm hätte er auch in Travemünde zubringen können. Da kam Schmeding aus dem Urlaub zurück, Schmeding mit seiner Art, Landschaften zu schildern, als wären es letzte Paradiese. Mensch, in Masuren gibt es noch Seen, aus denen kannst du trinken, ohne zu erbrechen! Schmeding war ganz wild nach sauberer Luft und sauberem Wasser. Der regte sich über jeden Fisch auf, der bauchoben die Trave abwärts trieb. Das schockierte ihn mehr als eine Massenkarambolage auf der Autobahn Hamburg–Lübeck mit Toten und Verletzten. Autofahrer haben selber Schuld, aber die armen Fische! Eine Tanne fiel um im Lauerholz: großes Unglück; eine alte Frau fiel um in der Mühlenstraße: C'est la vie! So einer war Schmeding. Ein lustiges Huhn, mit dem er zusammen das Abitur gemacht hatte. Einer, der seine Witze auf die stille Art anbrachte: vor der Schreberkolonie auf dem Schild »Gartenbauverein« das b durch ein s ersetzen oder im Wort Schweißwagen der Deutschen Bundesbahn das w verschwinden lassen. Er wäre gern mit Schmeding nach Polen gefahren, aber Monika hatte die Idee mit Benidorm, und außerdem gab es, wie gesagt, in den Sommerferien keinen Urlaub für Ledige und Kinderlose.

Polen ist überhaupt kein Problem, hatte Schmeding gesagt. Nach wenigen Tagen bekommst du aus Köln das Visum, da sind sie großzügig, sie haben das freieste Land im ganzen Ostblock. Mutter verschlug es die Sprache.

Du willst nach Ostpreußen, Ingo?

Ihr Sohn hielt den Osten für so bemerkenswert, dass er ihm aus freien Stücken zehn Tage seines Urlaubs opfern wollte. Aber sie schien auch besorgt zu sein.

Sei bloß nicht enttäuscht, wenn du die vielen alten Häuser siehst und es nicht ganz sauber ist.

Sie fühlte sich immer noch verantwortlich für die Gegend, aus der sie kam, glaubte, sie in Schutz nehmen zu müssen. Nicht auszudenken, wenn er zurückkäme und sagte: Aus so einer dreckigen Ecke kommst du, Mutter, und bist darauf auch noch stolz!

»Hier noch ein Hinweis für unsere Fernsehzuschauer. Das DDR-Fernsehen strahlt am heutigen Sonntag ab 20 Uhr im I. Programm den sowjetischen Dokumentarfilm ›UdSSR–DDR – die große Kraft der Einheit‹ aus. Im Mittelpunkt steht der Besuch Leonid Breshnews zum 30. Jahrestag der DDR.«

Ehrlich gesagt, er hatte nichts gegen die DDR. Sie hatte ihm nichts getan. Er verspürte keine besondere Zuneigung, aber sie war ihm auch nicht verhasst. Ein Verhältnis wie zu Ungarn, nein, weiter, wie zu Bulgarien. Die meisten Älteren dachten da anders, Mutter zum Beispiel. Für die lief eine schnurgerade Linie über den Erdball, östlich davon herrschte der Teufel und westlich der liebe Gott. In Lübeck lagen sie verdammt nahe an der gefährlichen Linie; von den herrlichen Kirchtürmen des lieben Gottes sah man die furchtbaren Wachttürme des Teufels.

»In den Nordbezirken konzentriert sich jetzt die Ernte auf die Einbringung des Winterraps. In fast allen Kreisen laufen die Kombines im Raps. Im Kreis Grevesmühlen sind täglich 120 E 512 im Einsatz. Unter voller Ausnutzung des Tageslichts geht die Ernteschlacht weiter. Die besten Erntekollektive wurden mit Wanderfahnen des Ministerrats ausgezeichnet. Es siegten LPG Pflanzenproduktion Carlow, Kreis Gadebusch … LPG Pflanzenproduktion …«

Fremd klang das schon. Wanderfahnen für die Rapsernte, erste, zweite und dritte Sieger und eine richtige Schlacht.

Monika wäre auf keinen Fall mitgekommen. Womöglich nur ein Plumpsklo auf dem Campingplatz, Zähneputzen im See, nicht einmal heiße Duschen, kein Föhn für das gelockte blonde Haar. Bei aller Liebe zur Natur, man konnte es auch übertreiben. Monika hatte, von Schmeding angesteckt, ihre romantische Ader entdeckt, aber Romantik durfte nicht ins Primitive abgleiten. Im letzten Sommer schrieb sie ein ergreifendes Gedicht an eine zweihundert Jahre alte Linde, die bei einer Fußwegerweiterung in Stockelsdorf dran glauben sollte. Sie klebte auch Plakate an die Stadtkastanien: »Ich verliere mein Laub schon im Sommer, weil ich versalzen bin.« Trotzdem jagte sie Unmengen von Badesalz, Shampoo und Spray durch den Ausguss. Sie badete jeden Tag und pflegte ihren Körper, als müsste sie ihn demnächst zur Prämierung auf einer Ausstellung vorzeigen. Verdammt noch mal, zehn Tage ohne Monika, ohne den von ihm längst prämierten, duftenden, weichen, anschmiegsamen Körper! Wie wollte er das aushalten? Das fiel ihm jetzt schon ein, drei Stunden hinter Lübeck. Gewundert hatte sie sich wegen des Alleinfahrens. Das bist du nicht gewohnt, das hältst du nicht aus.

Aber die Campingplätze in Masuren sind doch voller Menschen, hatte er gesagt. Russen, Polen, Deutsche aus der DDR und Westdeutsche, da gibt es Kontakte genug.

Natürlich auch Russinnen, Polinnen und …

Monika hatte gestockt, weil sie nicht wusste, wie man eine weibliche Person aus der DDR bezeichnen sollte; DDRlerin ging ja wohl nicht.

Auf einmal bekam er den RIAS und dann, als er die Skala abfuhr, die ersten polnischen Laute. Mit der polnischen Sprache hatte er sich überhaupt nicht befasst. Es war alles so schnell gegangen, nicht mal ein Wörterbuch besaß er.

Gehörte das schon zur deutschen Überheblichkeit gegenüber dem Osten? Kein Mensch wagte es, nach Frankreich oder England zu fahren, ohne wenigstens die Namen der Grundnahrungsmittel aussprechen zu können. Aber in den Osten reisen wir wie die Neureichs. Sie werden uns schon verstehen, sie müssen uns einfach verstehen.

Schmeding hatte eine verrückte Theorie. 1979 sind 330 000 Westdeutsche nach Polen gereist, 1980 werden es noch ein paar tausend mehr sein. Meistens Heimwehtouristen, ältere Menschen, die in den früheren deutschen Gebieten gelebt haben und sehen wollen, wie weit Erinnerung und Wirklichkeit übereinstimmen. Aber sie fahren auch mit gewaltigen Überlegenheitsgefühlen nach Osten, zeigen vor, wie weit sie es gebracht haben, so wie früher die reichen Onkel aus Amerika ins erbärmliche Europa kamen. Auf hundert Meter sind die Westdeutschen an der Kleidung zu erkennen, und sie genießen es. Es ist zwar ärgerlich, aber es schmeichelt auch, wenn der Mercedes-Stern über Nacht gestohlen oder das D-Schild vom Lack gekratzt wird. Abgelegte Nyltesthemden, synthetische Socken und gutes deutsches Waschpulver verschenken sie an die armen, armen Polen.

Du bist verrückt, Schmeding! Mit deiner Psychologie machst du alles kaputt. Ist es nicht egal, warum einer Waschpulver nach Polen bringt? Hauptsache, er bringt.

Neubrandenburg mitten in der Nacht, Prenzlau schon in der Morgendämmerung. Als die Sonne aufging, trat er auf das Bremspedal, hielt mitten auf der Straße. Der rote Ball stieg aus einem Waldstück jenseits der Oder, verbrannte etliche Kiefernspitzen, lag flach in einer Senke, in der der Strom fließen musste. Was ist tiefer, Teller oder Tasse?

Die ersten Sonnenstrahlen trafen einen abknickenden Wegweiser nach Pasewalk. Hinter der Sonne musste die Grenze liegen, das Gestirn hing als rote Ampel vor dem Schlagbaum.

Ingo trank den Kaffee, den die Mutter ihm in einer Thermosflasche mitgegeben hatte. Er saß auf der erhitzten Motorhaube, wärmte seinen Hintern und sah zu, wie sich die Sonne von den Kiefernspitzen löste, zu runder Form auflief. Ein ungewöhnlich stiller Morgen. Kein Auto von vorn, kein Auto von hinten, nur ein Pulk Stare fiel ins Gerstenfeld. Die schwarzen Vögel hingen an den schwankenden Ähren; noch immer säten sie nicht, aber der himmlische Vater ernährte sie doch, sogar im Sozialismus. Ingo langte durchs Fenster und drückte auf die Hupe. Da flog der Schwarm auf, flog Richtung Grenze oder Richtung Sonne.

Hatte Monika doch Recht, war es unmöglich, zehn Tage allein zu ertragen? Ob sie schon wach war? Nein, am Sonntag schlief sie immer bis in die Puppen. Er stellte sich ihr Wachwerden vor. Monika räkelnd im Badezimmer, Salben und Öle auftragend, einen Duft verbreitend, der die Fliegen tot vom Fensterglas fallen ließ. Typische Übermüdungshalluzinationen: nackte Mädchen vor Badezimmerspiegeln. Nicht Kaffeetrinken, sondern Schlafen wäre angebracht. Sonst fährst du in die Oder oder in …? Was gab es denn noch für Flüsse in Polen? Die Oder kannte er von dem albernen Kinderrätsel her, aber sonst buchstäblich nichts. Vor einem Jahr war der Papst in Polen gewesen, eine Woche lang war Polen jeden Abend in der Tagesschau vorgekommen. Seit jener Zeit wusste Ingo, dass es eine Schwarze Madonna gab und Polen immer noch nicht verloren war.

»Stimme der DDR« mit Musik: »Tanzen und Springen – Singen und Klingen«. Zwischendurch Nachrichten:

»Von den Sicherheitsorganen der DDR wurde am 8. August an der DDR-Grenzübergangsstelle Marienborn der Einwohner von Berlin (West) Detlef Witten auf frischer Tat gestellt und festgenommen. Als besoldeter

Agent einer kriminellen Bande beteiligte er sich an subversiven Handlungen auf den Transitstrecken der DDR. Ein Ermittlungsverfahren wurde eingeleitet und Haftbefehl erlassen. Der zur Straftat benutzte Pkw wurde beschlagnahmt.«

Dass Monika noch schlief, war gewiss, aber nicht die Mutter. Die hatte sich diese Reise so zu Herzen gehen lassen, dass sie vermutlich überhaupt nicht in Schlaf gekommen war. Als junge Frau eines Landarbeiters war sie aus dem Osten weggezogen, jetzt kehrte ihr Sohn nach fünfunddreißig Jahren wieder. Aber der arbeitete nicht auf dem Kartoffelacker, sondern am Schreibtisch. Der hatte Abitur und mistete keine Pferdeställe aus, blätterte vielmehr, warm und trocken sitzend, in den Akten der Wohngeldberechtigten der großen, schönen, alten Stadt Lübeck … So denken Mütter, wenn sie nicht schlafen können. Sie hätte es am liebsten ausrufen oder ans schwarze Brett schlagen lassen, dort in dem kleinen Nest in Masuren, in dem sie gelebt hatte. Wie hieß es noch? Oft genug hatte sie den Namen genannt, aber er war ihm entfallen; auch hieß das Dorf jetzt anders.

Was war eigentlich mit dem Großvater geschehen? Leben konnte er nicht mehr, er wäre schon über hundert Jahre alt. Sein Beruf: Straßenwärter. Aber niemand nannte ihn so, alle sprachen nur liebevoll herablassend vom Chausseekratzer. Der Beruf sollte in der Familie bleiben. Vater war nur Landarbeiter auf Zeit, bis Großvater ihm die Chausseekratzerschaufel übergeben konnte. Aber es kam dann doch anders. Vater wurde Soldat auf Zeit, Kriegsgefangener auf Zeit, schleswig-holsteinischer Landarbeiter auf Zeit, schließlich auf Lebenszeit Angestellter der Lübecker Stadtwerke.

Erstaunlich, wie viel ihm einfiel. Jetzt, da er über die Grenze wollte, tauchten die verschütteten Erzählungen aus der Kindheit auf. Stell dir mal vor, als Straßenwärter an einer der östlichen Chausseen zu arbeiten! Tag für Tag mit Schaufel und Fahrrad unterwegs.

Pomellen hieß der Übergang. Złoty umtauschen, dreißig Mark pro Tag, viele Scheine, die die Gesäßtasche ausbeulten.

»Sprechen Sie polnisch?«

»Kein Wort.«

»Aber Sie heißen doch Majewski.«

Ach, wenn der wüsste, wie viele Kis in Deutschland herumlaufen. Koslowski, Kowalski, Majewski, Millionen trugen polnische Namen, ohne ein Wort polnisch zu sprechen. Das waren Überreste aus einer Zeit, als Nationalität noch nicht die große Rolle spielte und es hauptsächlich darauf ankam, ein anständiger Kerl zu sein. Im Ruhrgebiet gab es um die Jahrhundertwende Dörfer, in denen nur polnisch gesprochen wurde. Zwischen Hamburg und Harburg bauten sie für die polnischen Arbeiter eine eigene Stadt, die heute noch steht. Lieber Himmel, wie sind wir verwandt! Da kannst du lange in Europa suchen, bis du zwei Völker findest, die so ineinander verwoben und verschachtelt sind. Das Blut ist längst vermischt, nur alte Schädel halten noch fest an alten Unterscheidungen.

Das nun war der Anfang von Polen. Mutter hätte wohl Pommern gesagt. Da gab es diesen Kinderreim, einen der merkwürdigsten und ergreifendsten Reime überhaupt:

»Maikäfer flieg,
dein Vater ist im Krieg,
die Mutter ist in Pommerland,
Pommerland ist abgebrannt,
Maikäfer flieg!«

Was Kinder sich so alles ausdenken!

Polen im Sommer 1980. Ein Land ohne Transitstraßen, ohne vorgeschriebene Routen für die Touristen. Wer da ist, kann fahren, wohin er will. Wie Schmeding schon sagte: das freizügigste Land im Osten. Er konnte an der Küste entlangreisen oder die südliche Route über Bydgoszcz nehmen.

Über Warschau nach Masuren? Über Krakau nach Masuren? Gewaltige Umwege, aber bitte schön, niemand ging das etwas an. Schon am frühen Morgen diese Wärme, eine andere Wärme als zwischen Nord- und Ostsee. Sie stieg aus der Erde, fiel von den Blättern, wuchs aus dem hohen gelben Gras. Alles atmete Wärme, nur der Wind fehlte.

Gab es da nicht eine Geschichte um den Namen Majewski? Mutter hatte davon erzählt, und die wusste es von Großvater. Der Name Majewski klang einmal nicht gut genug, Majert oder Markwart wäre besser gewesen. Als Vater vierzehn Jahre alt war, schämte er sich im HJ-Dienst, denn gelegentlich kam es vor, dass er sagen musste: Hitlerjunge Majewski meldet sich zur Stelle! Majewski, wie sich das anhörte! So kam er eines Abends in braunem Hemd und kurzer schwarzer Hose, den Scheitel gerade gezogen, zu Großvater an den Küchentisch. Wegen des Namens. Großvater sagte gar nichts, steckte nur die Pfeife an und ging mit ihm zum Schulgarten, wo Lehrer Tabel gerade edles Holz auf Wildlinge pfropfte.

Der Junge will einen neuen Namen. Was ist da zu machen? Tabel legte das Messer aus der Hand, band die Gartenschürze ab und setzte die Brille auf, was er immer tat, wenn er sich Geistigem zuwandte.

Er holte weit aus, erzählte von den unruhigen Zeiten in dieser Gegend, in der sich die Völker Europas trafen. Ein bisschen Asien war übrigens auch dabei. In dunkler Vorzeit saßen die alten Pruzzen in den Wäldern, von Norden her fielen die Litauer ein, von Süden die Polen. Russen kamen aus dem Osten und deutsche Ordensleute aus dem Westen. Masuren trafst du, Ukrainer und Ruthenen, Holländer siedelten sich am Wasser an und legten die Flussmündungen trocken. Als der schwarze Tod das Land entvölkerte, rief man Deutsche aus dem Reich. Hugenotten flohen um ihres Glaubens willen bis in den fernsten Osten. Juden zogen hierher, die protestantischen Salzburger kamen aus ihren Bergen, gründeten Städte und bauten Höfe in die Einöde. Turkvölker und Mongolen ließen ihr Blut zurück, nicht nur vergossenes, auch vererbtes. Der große Krieg um die Religion ging hier nach dreißig Jahren nicht zu Ende, wütete um einiges länger, weil der Schwede den Polen bekriegte. In jener Zeit, so steht es in den Büchern, leerten sich die Städte, und die Dörfer lagen wüst. Nichts brauchte man so sehr wie Menschen, gleichgültig ihr Blut, gleichgültig ihre Sprache. Weiß Gott, die Völker haben sich in dieser Gegend gewaltig verrührt wie zu biblischer Zeit in Babylon. Als Schweden ein mächtiges Reich war unter dem großen Karl, zogen seine Heere durchs Land südwärts. Als der Alte Fritz seinen Siebenjährigen Krieg schlug, lag die östliche Provinz jahrelang in russischen Händen. Im Dorf, so erzählten die Alten, hatte ein Trupp Kosaken Feldlager aufgeschlagen. Eine Magd hat von einem russischen Offizier ein Kind geboren. Zweimal ist der große Napoleon hindurchgezogen. Als die Große Armee aus Russland zurückflutete, hat es den einen oder anderen müden Soldaten wohl verlangt, in einer warmen Bauernstube zu nächtigen und das Ende des furchtbaren Ringens in einem warmen Bett abzuwarten. Franzosenkinder hat es gegeben.

Niemand sah ihnen an, woher die Väter kamen, sie lernten unsere Sprache wie die anderen Kinder. Sie alle haben hier gelebt, sich vermehrt, gelacht und gelitten. Und nun kommst du und sagst, du willst einen guten deutschen Namen haben, Majewski klingt dir zu polnisch. Wo gibt es in diesem Blutgemisch gute, reine Namen? Jede gewollte Namensgebung wäre eine Lüge, einen guten Namen kannst du dir nur selber machen …

Ingo entschied sich für die Südroute über Bydgoszcz,

aber sein Körper wollte schlafen. Auch ein Liter guter Kaffee vermochte nichts auszurichten gegen diese Müdigkeit. In einer Waldlichtung klappte er den Beifahrersitz zurück und machte sich lang.

Das war gegen acht Uhr, als Monika aufstand, nackt vom Haaransatz im Nacken bis zu den kleinen runden Zehen.

Während sie sich räkelte, sang Freddy die letzten Töne des Hafenkonzerts aus dem Schulauer Fährhaus. Danach Landfunk. Bevor er einschlief, fragte er sich, warum der Straßenwärter Majewski damals an seinem Namen festhalten wollte.

Was steckte hinter diesem Namen? Hatte er sich nichts dabei gedacht, war es ihm nur nicht der Mühe wert gewesen, so viel Aufhebens um einen Namen? Man hätte ihn zu Lebzeiten fragen müssen.

Gesichter, überall Gesichter. An der Frontscheibe klebten sie, im Seitenfenster hingen sie wie bemalte Lampions. Sogar im Rückspiegel. Eine platt gedrückte Nase, weiße Zähne, eine spitze Zunge. Einige lachten, andere schnitten Grimassen. Ach, es waren nur Kinder. Sie standen im Halbkreis um sein Auto, ihr Tuscheln und Kichern hatte ihn geweckt. Als sie sahen, dass er lebte, wichen sie zurück. Ein Mädchen zeigte einen Korb voller Pilze, hielt ihn so schräg, dass er, noch auf dem Beifahrersitz liegend, die gelben Pfifferlinge und grauen Steinpilze erkennen konnte.

»Ich brauche keine Pilze.«

Sie verstanden ihn nicht, aber als er eine Tafel Schokolade aus dem Handschuhfach holte und durchs Fenster schob, verstanden sie. Sie steckten die Köpfe zusammen, drängelten sich um die Schokolade und gaben dem grünen Käfer den Weg frei.

»Deutsche Mark gut! Deutsche Mark gut!«, rief ein Junge, als das Auto über Baumwurzeln zur Straße holperte.

Im Rückspiegel sah er sie winken, das silberne Schokoladenpapier in die Luft werfen und auffangen.

Ein gemütliches Land. Alte Männer saßen im Straßengraben und hüteten ihre Ziegen, alte Frauen gebeugt in den Gemüsegärten. Gladiolen lehnten an schiefen Maschendrahtzäunen, Georginen, groß wie Kinderköpfe, blickten durch niedrige Fenster in graue Ziegelhäuser, aus deren Schornsteinen weißer Rauch flüchtete. Gänse und Enten bevölkerten reichlich die Dorfstraßen, sorgten besser als die Miliz dafür, dass in geschlossenen Ortschaften die vorgeschriebene Höchstgeschwindigkeit eingehalten wurde. In der Gegend hinter Bydgoszcz wurde schon geerntet. Fünf knallrote Mähdrescher fuhren beständig um einen Roggenschlag, gegenüber klapperte eine alte, von zwei Pferden gezogene Mähmaschine, ein Ableger aus Großvaters Zeiten. Ein Mann schnitt mit der Sense die Vormahd. Er trug eine blaue, von einem breiten Riemen am Körper gehaltene Tuchhose, hinten über dem Gesäß steckte der Sensenstein. Ein helles Unterhemd, mehr grau als weiß, bedeckte den Oberkörper, eine Schirmmütze den Kopf. So zog er, stark nach vorn geneigt, die Sense gleichmäßig von rechts nach links. Das mannshohe Getreide sank ihm zu Füßen, legte sich in eine saubere Schwad. Hinter ihm eine Frau in langem schwarzem Rock, grauer Schürze darüber und einem weißen Tuch um den Kopf, eine Frau ohne Alter. So wird Getreide gebunden, so entstehen Garben, so werden Hocken gesetzt.

Ein Leichenzug bog auf die Hauptstraße, vorn der Kreuzträger, hinter dem Sarg singende Frauen, ein gewaltiges Verkehrshindernis. War wohl ein Kind. Vier Männer trugen mühelos den kleinen Sarg, den Sommerblumen fast erdrückten. Der Schnitter richtete sich auf, wischte das Sensenblatt ab, zog die Mütze. Die Binderin ließ die Garbe fallen, wandte sich dem singenden Zug zu, neigte den Kopf, schlug das Kreuz, schlug immer wieder das Kreuz. Nur die Mähdrescher gaben keine Ruhe. Für kurze

Zeit übertönte schrilles Singen den Lärm der Maschinen. Erntestaub hing in der Luft, legte sich auf Zunge und Lider. Es roch nach frischem Brot und welkenden Blumen. An den Bäumen Bilder des polnischen Papstes, arg verblichen. Maria mit dem Kind, weinend. Ein Trupp Soldaten, marschierend. Fünf rote Mähdrescher, arbeitend. Wojtyla, väterlich lächelnd.

Keine fünf Kilometer weiter verstopften Erntewagen die Straße. Ihr goldgelbes Stroh füllte die dunkelgrüne Allee. Pferdewagen, immer wieder Pferdewagen. Das Muttertier an der Deichsel, ein braunes Fohlen ausgelassen auf der großen Nationalstraße T 81 herumspringend.

»Stimme der DDR« begann zu zittern: »Musikanten spielen auf, die Spitzenparade volkstümlicher Weisen.«

> »Für die Bauern der LPG Gadewitz, Kreis Döbeln, ist die Arbeit in Schichten gang und gäbe. Dadurch konnten bisher gute Fortschritte bei der Getreideernte erreicht und die agrotechnischen Termine gehalten werden ... LPG Tierproduktion Grünhufe in Stralsund meldet gute Erfolge bei der Verwertung von Hausabfällen in der Schweinemast ...«

Um diese Jahreszeit kamen früher die Erntehelfer aus Polen über die Grenze. Barfuß auf staubigen Landstraßen, die Sense geschultert oder eine Sichel am Gürtel. Hinter ihnen die Frauen, die sie als Binderinnen mitbrachten, manchmal auch ihre Kinder. Genügsame, heitere Menschen, die in den Sommermonaten in leeren Schafställen oder unter freiem Himmel nächtigten. Es war verboten, ihnen Wudki zu geben. Deutsche Kinder durften nicht zu ihnen. Wegen der Läuse. Was hat man sich alles ausgedacht, um die armen Polen zu entlausen. Zum Beispiel: Läuse können keinen Rauch vertragen. Während die Schnitterfamilien auf den Feldern arbeiteten, entfachte einer in der Unterkunft auf kaltem Ziegelfußboden ein

Torffeuer. Der beißende Qualm hielt sich bei geschlossenen Türen und Fenstern einen ganzen Tag lang, drang in die letzten Winkel. Wenn Rauch nicht half, mussten die Polen ins Moor. In Moorlöcher legten sie ihre Kleider und deckten sie fest mit Moorerde zu, denn Läuse können in feuchter Erde nicht leben. Eine Nacht schliefen sie nackt in Getreidesäcken. Überlebten die kleinen Plagegeister auch das, kamen die verlausten Kleider in den Backofen; das gab Linderung für ein paar Tage.

Schon wieder Kinder. Sie warteten an einer Straßenverengung, weil dort die Schlaglöcher die Autos in den zweiten Gang zwangen. »Kaugummi!«, riefen sie und winkten den Autos zu, aber nur den westdeutschen.

Davon hast du kein Wort gesagt, Schmeding. Dass es angebracht wäre, einen Kartoffelsack voller Bonbons nach Polen mitzunehmen und eine Kohlenkiste mit Kaugummi, um das Zeug mit vollen Händen aus dem Fenster zu werfen wie Kamellen im Kölner Karneval. So jedenfalls geschah es aus dem vorausfahrenden Mercedes mit dem Kennzeichen K und den milden grünen Scheiben. Kindern im Vorbeifahren eingewickelte Bonbons in den Dreck werfen, wie andere Leute Vieh fütterten, war das überhaupt noch statthaft? Wir sind verdammt empfindlich geworden. Wer Überfluss abgeben will, muss aufpassen, dass es nicht in demütigender Weise geschieht, denn Überfluss sieht immer nach Unrecht aus. Diese Kinder kannten von solchen Empfindlichkeiten noch nichts, sie jubelten über jeden Bonbon, den sie im Schmutz fanden, und Ingo Majewski hatte den geringsten Anlass, etwas dagegen zu denken, denn er war mit leeren Händen auf die Reise gegangen, ohne Bonbons, ohne Kaugummi, nicht einmal mit Wörterbuch.

Eine geschlossene Eisenbahnschranke, belagert von sonntäglich gekleideten Spaziergängern, auch Radfahrern. Kinder hingen am runden Holz, balgten sich, ein Uniformierter drohte mit dem Finger, einer Mutter rutschte die Hand aus. Geschrei hier, Lachen auf der anderen Seite der Schranke.

Eine junge Frau klopfte an die Scheibe des grünen Volkswagens. Auf dem Arm trug sie einen schlafenden Säugling.

»Deutsche Mark?«, flüsterte sie.

Er verstand nicht recht, lächelte hilflos. Da holte sie aus der Decke, in die das Kind gewickelt war, ein Bündel Złotyscheine, abgegriffenes Geld, das so aussah, als sei es schon etliche Male von Bielsko-Biala nach Augustow und zurück gewandert. Mit den Fingern zählte sie. Fünfundvierzig Złoty für eine Mark wollte sie geben. Ingo schüttelte den Kopf, brauchte kein Geld, hatte genug von seinem Pflichtumtausch an der Grenze. Da wurde sie traurig. Zum Glück kam der Zug. Die Mütter rissen ihre Kinder von der Schranke, die Asphaltdecke dröhnte, Dampf schlug gegen die Frontscheibe und umhüllte die junge Frau, die es noch einmal versuchte, die, mit den Fingern zählend, auf fünfzig Złoty erhöhte und dabei unterwürfig lächelte. Ihre Hand kam durchs offene Fenster, das Bündel schmutziges Geld raschelte vor seiner Nase. Endlich hob sich die Schranke. Erst eilten die Fußgänger hinüber, danach kamen die Pferdewagen, als Letztes die Autos. Als der Motor ansprang, erschrak die junge Frau und zog die Hand zurück, immer noch lächelnd.

Über Grudziadz braute sich ein Nachmittagsgewitter zusammen. Eine greifbare Stille, aus der das Brüllen der Kühe vom anderen Stromufer herüberdrang. Das musste die Weichsel sein. Da gab es doch dieses merkwürdige Bild: die Weichsel im Februar, nicht hier, sondern weiter stromabwärts bei Dirschau. Planwagen rasselten über die noch nicht gesprengte Brücke. Plötzlich Halt. Gedränge am Geländer, Decken wurden zurückgeschlagen, Frauen und Kinder hängten ihre Köpfe über die Sprossen der Leiterwagen. Was war denn das? Auf einer mächtigen Eisscholle trieb ein Pferd. Nicht aufrecht stehend, wild keilend oder wiehernd, nein, liegend, ein totes Pferd. Es war die Zeit, als viel Unrat die Ströme Europas hinabtrieb, aber tote Pferde? Aufgedunsen, die Beine weit von sich gestreckt, so verschwand es unter der Dirschauer Brücke. Welche Farbe hatte das Tier? Keine Ahnung, Schnee lag auf dem Kadaver, also ein Schimmel. Wie kam ein Pferd auf eine Eisscholle? War es von einer Brücke gefallen? Da müsste man mal die Brücken stromaufwärts absuchen. Graudenz wäre eine Möglichkeit oder Thorn, danach Warschau, eine Stadt mit vielen Brücken. Auch Krakau käme in Frage. Wie lange brauchte ein totes Pferd von Krakau bis zur Weichselmündung? Denkbar, dass es zu Beginn der Reise noch lebte, aufrecht stehend den Strom hinabtrieb, ein wieherndes, stampfendes, scharrendes Pferd, eingesperrt auf einer winzigen, kalten Insel. Da niemand daran dachte, ein herrenloses Pferd auf einem der großen Ströme Europas zu füttern, war es wohl verhungert. Als es bei Dirschau unter die Brücke trieb, streckte es jedenfalls alle viere von sich. Wohin trieben tote Pferde in jener Zeit? Sie flüchteten vor dem Unheil ins offene Meer, den prallen Leib der Kriegsmarine als Zielscheibe darbietend. Bornholm wäre ein gutes Ziel, ein Ärgernis für die dortigen Fischer. Die ziehen die Netze ein, reiben sich schon die Hände, aber dann liegt da nur ein Pferdeschädel am Strand …

Nichts von dem, was die Mutter über Krieg und Kriegsende zu erzählen wusste, hatte ihn so beeindruckt wie das tote Pferd auf der Weichsel. Später vergaß er die Geschichte, aber nun, als er vor Graudenz im feuchten Ufergras lag, drüben die Stadt und die Brücke greifbar nahe, fiel sie ihm wieder ein. Im heißen Hochsommer. Die Weichsel führte nach schweren Regenfällen in Zentralpolen Hochwasser. Am anderen Ufer badeten Kinder, ein Hund stand bis zum Bauch im Wasser, kläffte die Möwen an, die über dem Strom hingen.

Vor Einbruch der Dunkelheit wollte er in Olsztyn sein,

aber zuvor kam das Gewitter. Östlich von Grudziadz fielen die bleigrauen Wolken auf das ausladende Laubdach der Allee, warfen Blätter und Wassertropfen gegen die Scheibe, auch unreife Eicheln, die heftig aufs Blechdach trommelten. Voraus im Scheinwerferlicht ein Radfahrer, der, gegen den Regen strampelnd, seine Kapuze überzustülpen versuchte. Ein Pferdefuhrwerk auf der anderen Seite; der Kutscher hatte sich einen Kartoffelsack über Kopf und Schultern gehängt, sah aus wie ein zum Tode Verurteilter morgens um halb vier. Die Pferde triefend nass, als wären sie gerade durch die Weichsel geschwommen oder von einer Eisscholle gesprungen. Zwei Kinder, vom Gewitter überrascht, pressten ihre gelben Regenmäntel gegen die Rinde eines Chausseebaums, hielten schützend die Hände über den Kopf.

Eine Windböe fiel in ein Sonnenblumenfeld, richtete ein Massaker an unter den leuchtenden Schönen des Nachmittags. Die Scheibenwischer schafften es nicht mehr. Das Radio musste er abschalten, weil es nur noch knackte und knisterte. Die Tachonadel zitterte. Achtzig Stundenkilometer waren erlaubt, aber dieses Unwetter ließ keine sechzig zu.

War es möglich, dass es im Osten früher dunkelte? Na klar, eine halbe Stunde ging die Zeit voraus, Grudziadz hatte frühe mitteleuropäische Zeit, Lübeck späte mitteleuropäische Zeit. Aber die größte Dunkelheit kam von der Gewitterwand. Als sie hinter ihm lag, die durchbrechende Sonne einen Regenbogen über die Allee setzte, meldete sich wieder der Tag.

Olsztyn, eine Stadt voller Menschen, die auf sommerlichen Boulevards flanierten. Mädchen, in Dreierreihe eingehakt, fanden es spaßig, westlichen Autos nachzuwinken. Im Radio nur noch polnische Laute; eine halbe Stunde hinter Olsztyn der erste russische Sender. In Biskupiec begann es zu dämmern, und in Mragowo brannten schon die Straßenlaternen.

Noch einmal tanken.

Die Dunkelheit kroch behutsam, sehr zaghaft von den Waldrändern und Wiesensenken auf die leere Landstraße zu. Ihr folgte der flache Nebel, der sich in den Gräben niederließ, um von dort auf die Bäume zu klettern.

Gizycko, da schlug das masurische Herz. Kaum etwas zu hören vom Herzschlag, auch nichts zu sehen. Die großen Seen, die hier ihren Anfang nahmen, hatte die Nacht verschluckt. Ein verschlafener Kanal mit einer Drehbrücke ließ ihn passieren. Von hier aus noch zwanzig Kilometer nach Norden. Er fragte einen Passanten nach dem Weg; der überfiel ihn mit einem Redeschwall, von dem er nichts verstand. Der nächste war ein Betrunkener, der größte Mühe mit dem eigenen Weg hatte. Im Sommer haben die masurischen Nächte einen hellen Streifen im Norden, dort zur russischen Grenze hin. Schmeding hatte ein Kreuz in die polnische Landkarte eingezeichnet. Genau in der Mitte zwischen Gizycko und der russischen Grenze, da hatte diese Reise zu enden.

Nur nicht einschlafen auf den letzten Kilometern. Die aufgeblendeten Scheinwerfer tasteten die Chausseebäume ab, wanderten um Kurven, trafen schwarz-weißes Rindvieh, das über die Umzäunung glotzte. Nur nicht einschlafen! Von Lübeck nach Masuren in gut vierundzwanzig Stunden. Millionen haben für dieselbe Strecke in umgekehrter Richtung Monate gebraucht, einige sind immer noch nicht angekommen.

Vor Węgorzewo ein Wegweiser, der links in den Wald zeigte: Camping Rusalka. Im zweiten Gang den Waldweg hinunter, immer dunkler, immer stiller. Etwas Sonderbares ging in ihm vor. Er drehte an den Radioknöpfen und suchte … ja, er suchte deutsche Stimmen. Egal, ob NDR 2 oder »Stimme der DDR«, nur deutsch, das genügte. Als er nichts fand, schob er eine von Monikas Kassetten in den Apparat: »See you later, alligator.« Zum ersten Mal hörte er es nicht der Musik wegen, sondern weil der Sprecher im Plauderton von Jerry Lee Lewis, Elvis und Little Richard erzählte, und das nicht in Englisch, Polnisch oder Russisch, sondern in Deutsch. Was war los, Ingo Majewski? Totale Übermüdung oder schon Einsamkeitskoller nach vierundzwanzig Stunden Landstraße?

Ein Schlagbaum. Daneben ein unbeleuchtetes Holzhaus, eine Art Empfangshütte. Auf späte Besucher waren die hier nicht eingestellt. Er hielt vor dem Schlagbaum, schaltete den Motor ab.

Nur noch Little Richard lärmte unter den rotstämmigen Kiefern, bis er auch ihn abwürgte. Die Stille des Waldes fiel auf das heiße Autoblech, ergoss sich, als er die Wagentür öffnete, in den Innenraum. Die Scheinwerfer leuchteten einen Hang hinab, ließen rotbraune Stämme Schatten werfen, Mücken im Lichtkegel tanzen, Motten das Glas anfliegen. Das Holzhaus besaß eine mit Bekanntmachungen bepflasterte Tür, aber keine Klingel. Kein Mensch saß auf der Bank aus Birkenholz, aber weiter unten in einer Lichtung erkannte er Zelte und Wohnwagen neben parkenden Autos. Als er die Scheinwerfer ausschaltete, sah er die Laternen. Sie baumelten vor den Zelteingängen und streuten mildes gelbes Licht auf eine vertrocknete Wiese. Ein See musste hier sein, Ingo sah ihn nicht, hörte ihn aber. Er schlug Wellen gegen eine Steinmauer, auch gegen hölzerne Schiffsleiber. Ein Klicker hämmerte gegen einen Metallmast.

Hier hatte Schmeding sich rumgetrieben. Drei Wochen lang, nicht allein, sondern mit seinem Mädchen und einer Gruppe junger Leute aus Bad Segeberg. Paradiesisch, hatte Schmeding gesagt, später nur noch masurisch, weil beides schließlich gleich war. So Schmeding, das lustige Huhn.

An diesem Abend stank es in Schmedings Paradies nach Lysol. Der Auspuff knackte wie immer, wenn er nach langer Fahrt abkühlte. Mit der Taschenlampe in der

Hand tastete sich Ingo über Baumwurzeln und Steine die Böschung hinunter. Vorn rechts ein massives Gebäude. Sah nach Restaurant aus oder Gemeinschaftsraum mit Waschbecken, Dusche und WC. Der Lysolgeruch wurde stärker. Irgendwo hatte es gebrannt, Rauch hing in der Luft, trieb von der Lichtung herüber, verlor sich hinter ihm im Wald. Neben dem Gebäude Stimmen. Aus einem Fenster fiel Licht auf eine Terrasse, da saß doch jemand. Er erkannte die helle Bluse einer Frau, zwei Männer kehrten ihm den Rücken zu. Ein Feuerzeug flammte auf. Als es erlosch, glimmte eine Zigarette. Glas klirrte. Jemand rückte mit dem Stuhl, da fiel eine leere Flasche um, rollte laut über nackten Zementfußboden.

»Entschuldigung, spricht einer von Ihnen deutsch?«

»Einer ist gut, wir sprechen alle deutsch.«

Zwei Männer und zwei Frauen saßen an einer Art Theke im Freien, vor ihnen auf einem Gartentisch Gläser mit Bierresten und Limonade, rot wie Plakatfarbe. Am Ausschank hing ein Schild: »Piwo nie ma.«

»Wenn du noch Bier trinken willst, hast du Pech gehabt, Bier ist nämlich ausgegangen in dieser polnischen Wirtschaft.« Die vier lachten. Einer bückte sich, fummelte im Dunkeln unter dem Tisch herum, kam mit einer Flasche in der Hand zum Vorschein, hielt sie triumphierend in die Höhe.

»Eine haben wir noch in Reserve!«

Die Frauen suchten einen Flaschenöffner. Mensch, die sprachen nicht nur deutsch, sondern sogar sächsisch, der eine jedenfalls, der mit der Reserveflasche. Sie sahen nicht mehr ganz jung aus, und sie waren, wie Mutter zu sagen pflegte, leicht beschiechert.

Jedenfalls fanden die Frauen den Flaschenöffner nicht. Der aus Sachsen setzte den Daumen an, es machte plupp, und der Flaschendeckel flog über die Brüstung in den Wald.

»Fritz kann im Zirkus auftreten«, sagte eine der Frauen. Der Sachse reichte Ingo die Flasche, zog einen Stuhl heran, forderte ihn auf, Platz zu nehmen.

»Zum letzten Mal Prost und danach ›Piwo nie ma‹!«

Ingo trank, blieb aber stehen. Über die Flasche hinweg sah er die Treppe, die von der Terrasse zu einem Anlegesteg führte, am Ende des Steges baumelte eine rote Laterne. Nun erkannte er auch den See, schwarz und glatt hinter der roten Laterne, eher drohend als einladend, eher unheimlich als lieblich.

Also, die Sache war leicht erklärt, das eine Paar kam aus Iserlohn, das andere aus Zwickau in Sachsen.

»Und wo kommst du her?«

Als Ingo Lübeck sagte, wunderte sich der aus Iserlohn. »Mensch, von Lübeck bis Angerburg, das ist ein verdammtes Ende, du musst doch furchtbar müde sein.«

Eine der Frauen nannten sie Lieske, die andere hatte noch keinen Namen. Beide waren korpulente und tatkräftige Personen, denen rote Limonade genügte, um lustig zu werden. Sie erklärten ihm, dass Camping Rusalka ab elf Uhr abends geschlossen sei. Aber man könne den Wagen ruhig vor dem Schlagbaum stehen lassen. Das machten alle, die spät in der Nacht kämen. Man trägt das Zelt einfach runter und baut es auf, wo Platz ist. Der aus Iserlohn konnte sich gar nicht beruhigen. »Nun kommen schon die jungen Leute aus dem Westen, um sich unser schönes Masuren anzusehen.«

Der aus Zwickau behauptete, Campingplatz Rusalka sei gar nicht das echte, unverfälschte Masuren.

»Aber klar doch, wo Seen sind, ist Masuren.«

»Nee, mein Lieber, Masuren fing immer erst im Kreis Lötzen an, Angerburg gehörte nicht dazu, Rastenburg auch nicht.«

»Genau genommen ist das hier eine Dreiländerecke. In dieser Gegend stieß das Deutschordensland Barten mit Masuren und dem Litauischen zusammen. Jawoll, so war das mal in grauer Vorzeit!«

Den Frauen wurde der laute Streit peinlich.

»Hast auch Hunger?«, fragte die, die noch keinen Namen hatte.

Der aus Iserlohn nahm Ingo beiseite. »Kennst du eigentlich die Farben der Masuren, mein Lieber? Na, denn hör man zu:

›Das Auge blau vom Raufen,
die Nase rot vom Saufen,
die Haare weiß vom Huren,
das sind die Farben der Masuren.‹«

Die Frauen kicherten. Rote Limonade tropfte vom Tisch.

»Du stehst ja immer noch rum!«, rief der aus Zwickau. »Huck dich hin und trink dein Bier im Sitzen! Wenn die Buddel leer ist, ab in die Heia. Das ist alte masurische Bauernregel: Wer sitzen kann, soll nicht stehen, wer liegen kann, soll nicht sitzen. So wird der Mensch hundert Jahre alt.«

»Da gibt es doch den Straßenbahnerwitz aus dem Dritten Reich, hatte auch was mit Sitzen zu tun. Hört mal alle zu: ›Vorn steht der Führer, hinter ihm das Volk. Wer nicht hinter ihm steht, der sitzt. Alle paar Minuten wird kassiert. Abspringen verboten.‹«

Eine der Frauen stieß Ingo an. »Sie müssen nämlich wissen, unsere Männer sind Brüder, sie sind beide in dieser Gegend geboren.«

»Jawoll!«, schrie der aus Iserlohn dazwischen. »Wir haben hier in den Patschlöchern gespielt, bis uns der Krieg abholte. Aber wie das so läuft in der Weltgeschichte, den einen verschlug es in den Westen, den anderen in den Osten. Und nun halt dich fest, mein Lieber, nun kommt der Witz vom Ganzen! Wenn wir Brüder eine Flasche Bier zusammen trinken wollen, müssen wir dahin fahren, wo wir hergekommen sind, nach Masuren. Anderswo geht das nicht. Den Fritz lassen sie nicht von Zwickau nach Iserlohn. Ich darf zwar nach Zwickau, aber nicht zum Fritz. Der ist nämlich Tischler bei der Volksarmee und könnte verraten, wie hoch die Spinde in den Kasernen sind. Dem ist es verboten, mit einem Menschen aus dem Westen zu reden. Wenn ich in Zwickau unsere alte Mutter besuche, muss der Fritz aus der Stube und einen halben Tag lang mit dem Hund auf dem Friedhof spazieren gehen. So herrlich weit haben wir es gebracht in unserem deutschen Vaterland. Brüder können sich in Deutschland nicht mehr die Hand geben, sondern müssen sich im Ausland treffen. So, nun weißt du auch, warum wir heute so viel getrunken haben, bis der das Schild ›Piwo nie ma‹ raushängte.«

Der andere hielt Ingo eine Zigarettenschachtel hin. Ingo schüttelte den Kopf. »Ist dir wohl nicht gut genug, unser DDR-Kraut, was?«

»Nein, ich rauche überhaupt nicht.«

Die Männer fingen an, laut zu singen.

»Als wir nach Frankreich zogen«, sangen sie, »wir waren ihrer drei, ein Schütze und ein Jäger und ich, der Fahnenträger der schweren Reiterei ...«

Die Frau, die sie Lieske nannten, versuchte, dem Fritz den Mund zuzuhalten.

»Mensch, die Leute wollen doch schlafen!«

»Weißt noch, wie wir bei Pastor Tomballa Balgen treten mussten? Jeden Sonntagvormittag und manchmal auch in der Woche, wenn es Beerdigung gab und die Orgel gebraucht wurde. Einen halben Dittchen für einmal Balgentreten. Dafür holten wir uns im Krug Brausepulver und liefen den ganzen Sonntag mit Schaum vor dem Mund rum.«

»Ja, schlimme Sachen haben wir beide berissen. Einmal ist der Fritz nachts auf die Wiese geschlichen und hat den Milchkühen die Zagel zusammengebunden. Dafür gab es morgens Senge vom Vater.«

»Dem dummen Emil, das war so ein Zurückgebliebener im Dorf, heute würde man sagen Behinderter, dem haben wir mal Johannisbeerwein in die Stiefel gekippt. Du blutest ja an den Füßen, Emil! Da hat er furchtbar Angst gekriegt, dass er sterben muss.«

»Uns werden sie hier noch rausschmeißen, wenn ihr weiter so ein Spektakel macht«, mahnten die Frauen.

»Unsere Magd, die Maruschka, die war ja damals noch Jungfrau und hatte schlimme Angst, dass ihr nachts einer was klauen könnte, im Schlaf natürlich. Damit nichts vorkam, stellte sie ein Iltiseisen vor ihr Bett.«

»Na und! Hat sie was gefangen?«

»Nee, keiner wollte sie beklauen!« Jetzt lachten alle vier. Die Männer tranken die Reste aus ihren Gläsern. Der aus Zwickau wandte sich an Ingo.

»Kennst eigentlich die Geschichte vom Schuster Maguhn? Also, der Schuster Maguhn nahm am Gefecht von Gumbinnen teil. Da traf ihn eine Schrapnellkugel am Warzenfortsatz des linken Ohrs. Sie brachten ihn zum Verbandsplatz. Da musste er dem Doktor erzählen, wie es passiert war: ›Ich bekam eins aufem Deetz und war gleich wie besoffen. Als ich am Kopp rumgrabbelte, war da so ein Knubbel. Ich pulte, und auf einmal kam 'ne blanke Kugel rausgekullert.‹

›Wo haben Sie denn die Kugel gelassen, Maguhn?‹

›Na, ich schmiss ihr weg, ich war ihr beese.‹«

Jenseits des Sees brüllte ein Rindvieh.

»Du bekommst schon Antwort auf deine dummen Witze«, sagte die Frau, die immer noch keinen Namen hatte.

»Wie war das eigentlich mit der Hochzeitsnacht, Fritz?«

»Pass auf, das ging so: Ein dummes Mädchen vom Land heiratete nach Königsberg. Die Mutter machte sich ein bisschen Sorgen, ob alles gut gehen wird. Am Morgen nach der Hochzeitsnacht fragte sie gleich, wie es denn so gewesen sei. ›Ach, Mammchen‹, sagte die Tochter, ›jetzt wunder' ich mich über gar nuscht mehr!‹«

Ingo wollte gehen, aber der aus Iserlohn hielt ihn zurück. Wenigstens die Geschichte von Kaisers Geburtstag sollte er noch hören.

»Wenn im alten Rastenburg Kaisers Geburtstag gefeiert wurde, mussten alle Schaufenster schön dekoriert werden. Petroleumlampen und Bonbongläser standen neben den Gipsbüsten und Bildern der kaiserlichen Familie; auch brennende Kerzen gehörten dazu und viel Blattgrün, obwohl es Winter war. Im Friedensjahr 1912 hatte sich der Fleischer Naujok etwas besonders Schönes zu Kaisers Geburtstag ausgedacht. Er hängte an die zwanzig kleine Ringelwürste ins Schaufenster, in die Mitte aber eine dicke dunkelrote Blutwurst. Daran klebte ein Zettel:

›Wie diese Wurst unter den Würsten,
so unser Kaiser unter den Fürsten.‹«

Ingo war müde. Weder Schuster Maguhn noch die Würste zu Kaisers Geburtstag konnten ihn aufmuntern. Er stahl sich davon, die Frauen wünschten gute Nacht. Morgen werde alles besser aussehen, und gutes Wetter gebe es auch. Das sei abgemacht, in Masuren gebe es nur gutes Wetter.

Zum Zeltaufbauen war es zu dunkel, aber baden wollte er noch. Wenn du nach Masuren kommst, ist Baden das Erste, hatte Schmeding gesagt. Im Auto zog er sich um. Dann schlug er einen Bogen um die vier auf der Terrasse und war am See.

Warmes, weiches Wasser. Wie aufgekocht. Kaum Wellen. Er trat auf angeschwemmtes Schilf und kleine Steinchen im Sand. Da gab es auch Segelboote. Sie bildeten einen Kral am Ufer, dümpelten träge. Innerhalb des Krals zierliche Faltboote, an Stangen vertäut. Drüben im hellen Streifen des westlichen Horizonts ein Licht. Das musste das andere Ufer sein. Ingo schwamm auf das Licht zu, schwamm in einem See, dessen Namen er nicht kannte.

Geografiestunde im Lübecker Gymnasium: Die ganze Seenplatte von Plön bis Masuren stellt erdgeschichtlich eine Einheit dar, ist gemeinsames Endmoränenerbe aus der Eiszeit. Nach der Eiszeit wurde die Gemeinsamkeit zerstückelt.

Als er umkehrte, sah er, wie deutlich sich hinter dem Campingplatz der Himmel vom Wald abhob mit Sternen, die ihm in Lübeck noch nie zu Gesicht gekommen waren. Mensch, Schmeding, hier gibt es nicht nur Seen, aus denen du trinken kannst, sondern auch Sterne, die in den großen Städten längst erloschen sind. Unter dem Sternenhimmel die vier mit ihren leeren Bierflaschen.

»Kehr' ich einst zur Heimat wieder«, sang einer auf Sächsisch. Eine Stimme aus dem Haus bat um Ruhe, auf Polnisch.

Danach brüllten nur noch die Kühe. Die Wellen, die er verursacht hatte, klatschten gegen das Holz der Segelschiffe. Glas klirrte, als die vier die Terrasse räumten.

Er stieg aus dem Wasser und fror. Um nicht mit den abziehenden Zwickauern und Iserlohnern zusammenzutreffen, schlug er sich in die Büsche, überquerte die Lichtung mit dem penetranten Rauchgeruch. Da lagen die Reste eines Lagerfeuers, ein mächtiger Aschenhaufen, der noch Wärme abgab und Funken ins Kieferngeäst schickte. Im Gebüsch knackte es. Mit schnellen Schritten näherte sich jemand. Ingo drehte sich um und stand einem kleinen Kerlchen gegenüber, das eine Lanze, einen Speer oder einen langen Knüppel drohend erhoben hatte. Schien ein Pfadfinder zu sein oder ein Junger Pionier oder wie sie heißen mochten, die Pimpfe dieser Zeit. Jedenfalls trug er Uniform. Hinter ihm ein riesiges Zelt im Unterholz, das der Kleine wohl zu bewachen hatte. Gleichzeitig musste er ein Auge auf das niederbrennende Lagerfeuer werfen. Ja, achtet nur auf euer Feuer! Lasst es bloß nicht ausgehen und die Asche überhand nehmen!

Ohne ein Wort zu wechseln, ließ er Ingo vorbei. Der

hangelte sich an der Böschung hoch zu seinem längst erkalteten Auto. Hinter ihm verschwand das Paar aus Iserlohn in einem Wohnwagen, die Zwickauer krochen in ihr Zelt.

Ingo öffnete das Seitenfenster, ließ die Nachtluft einströmen. Kein Denken mehr, kein Träumen. Kein Lysolgeruch, nur Kiefernharz und vom anderen Seeufer das Brüllen der Rinder.

Der dritte Tag

Das Licht traf die roten Kiefernstämme, traf den Schilfgürtel jenseits des Sees, wo Grün und Himmel ineinander übergingen, absatzlos. Das Wasser ohne Bewegung, nur hier und da die Wellenringe springender Fische und die huschenden Bewegungen tief fliegender Schwalben. Jetzt erst erkannte Ingo die wahren Ausmaße des Sees. Er nahm kein Ende, war wohl verbunden mit dem Mamrysee, einem der großen Seen Masurens. Drüben auf der Halbinsel versteckte sich ein Dorf mit roten Ziegeldächern und blauem Rauch über den braunen Spitzen des Schilfwaldes. Zwischen Wasser und Dorf auf einer Angerfläche die Ruhestörer der Nacht, das schwarzbunte Vieh. Ein Kahn stach in See, deutlich vernehmbar das Eintauchen der Ruder – platsch, platsch, platsch – und das Knirschen des Holzes.

Ingo streckte die Hand aus dem Fenster, legte sie aufs Dach und erschrak über das nasse und kalte Autoblech. Auch das Gras auf der Lichtung grau wie unter Raureif. Ein Morgen ohne Lärm. Weder im Osten noch im Westen Wolken, im Norden über einer Baumreihe ein Vogelzug, im Süden Schilf und Licht.

Ingo Majewski hatte viel Zeit. Er lag auf dem Beifahrersitz und verlängerte den Übergang von Schlafen zu Wachen. Sein Kopf schmerzte; dabei hatte er gestern nur eine Flasche Bier getrunken und dann »Piwo nie ma«. Die Glieder gekrümmt, das Haar verklebt, aber draußen, jenseits der verschmierten Autoscheiben, wartete dieses Gemälde aus Wasser, Schilf und Kiefernwald. Man könnte Vater und Mutter verlassen, Kühlschränke, Farbfernseher und Telefonapparate, um in Masuren das einfache Leben zu leben, hatte Schmeding gesagt, derselbe Schmeding, der so gern melancholische Anwandlungen bekam, wenn er von einem schönen, einfachen Leben wie vor hundert Jahren träumte.

Ja, es war die Terrasse eines Restaurants, auf der die vier gestern »unter Brüdern« getrunken hatten. Jetzt stand eine Menschenschlange davor, warteten wohl alle auf das Frühstück. Auf einmal Gelächter. Die Köpfe wandten sich dem Seeufer zu. Eine wohlbeleibte Frau watete da zum Morgenbad ins Wasser. Die aus der Schlange riefen in Polnisch, was bei solchen Anlässen auch in Deutsch gerufen wird: Fett schwimmt oben! – Pass auf, gleich gibt es Überschwemmung! – Ich sah eine Seekuh, und die war blond, o Johnny! – Die Frau warf sich auf eine Luftmatratze, hielt sich aber nicht auf dem prallen Kissen, rollte ab wie ein Bierfass von der Schräge. Nach kurzem Augenblick kam sie prustend aus der Tiefe – o Johnny!

Die Jungen Pioniere marschierten in Dreierreihen zum Essenempfang, hinterließen einen dunklen Streifen im taunassen Gras. Der aus Iserlohn trat aus seinem Wohnwagen und gähnte den Morgen an. Als er Ingo im Auto sah, winkte er.

»Aufwachen! Milchsuppe fassen!«

Übrigens, die Schranke war weg; während Ingo schlief, hatte sie jemand beiseite geschoben. Nun stand er da mit seinem grünen Käfer und behinderte Ein- und Ausfahrt. Die Tür zur Holzhütte stand offen. Trotz der Tageshelle brannte eine nackte Glühbirne über dem Eingang. Dahinter ein Mädchengesicht. Es schaute amüsiert zu, wie Ingo seine Gliedmaßen zurechtbog. Hatte das Mädchen ihn geweckt? Sie wird ihn beobachtet haben, wie er mit offenem Mund schlief, vielleicht sogar schnarchte. Verdammt, er ließ sich nicht gern im Schlaf beobachten, von Mädchen schon gar nicht. Sie wird überlegt haben, ihn mit einer Trillerpfeife oder einem Schlag auf einen leeren Blecheimer zu wecken. Oder einen Luftballon platzen zu lassen oder eine Tüte aufzublasen und dann peng. Am

Ende siegte das gute Herz. Man kann Menschen ja auch mit einem Kuss auf die Wange wecken oder mit einem zärtlichen Wort, ins rechte Ohr geflüstert, oder einfach so: Man schiebt den Schlagbaum vorsichtig zur Seite und klopft kurz mit den Fingern aufs Autoblech.

Das Mädchen stand neben einem Schreibtisch, lässig und entspannt lehnte es am rohen Holz und blickte durchs Fenster zu dem grünen Verkehrshindernis. Niedlich. Blondes Haar, eine Farbe wie junge Gössel, bevor sie Federn bekommen. Kein Vergleich mit Monika, aber erfrischend wie der Morgen und lächelnd, als könnte sie nicht anders. Ingo fühlte sich dagegen wie ein abgemusterter Klabautermann, nicht gewaschen, nicht gekämmt, verwilderter Bart, verklebte Augen – o Johnny!

Das rechte Bein war eingeschlafen. Er öffnete die Autotür, fing an, das Bein zu schütteln, hüpfte wie ein amputierter Storch ums Auto. Sie sah es und lachte. Als er das Empfangsbüro betrat, hörte das Lachen auf, sie wurde augenblicklich Amtsperson, sammelte Ausweise ein und gab Anmeldeformulare aus, erklärte ihm in Deutsch das Nächstliegende. Vor allem die Mahlzeiten. Essen gäbe es in zwei Schichten, Frühstück um sieben und um acht. Sein Zelt könne er aufbauen, wo er Platz finde. Das Auto habe nicht im Wege gestanden, bis jetzt jedenfalls nicht, aber nach dem Frühstück würden die Ersten rausfahren.

»Ich wünsche Ihnen einen schönen Sommer in Masuren.«

Sie gab ihm einen Zettel mit, auf dem das Wissenswerte stand, die Sache mit dem Restaurant und dem Essen. Wenn er Probleme habe, solle er sich an sie wenden. Sie werde helfen, wenn sie könne. Natürlich nur bei Problemen, die Camping Rusalka betreffen … Nicht alles … Sie wissen schon …

Ingo schaffte das Verkehrshindernis aus dem Weg. Als der Motor ansprang, fuhr er zusammen, weil er viel zu laut war. Die aus der Schlange blickten alle zu dem grünen Käfer mit der westdeutschen Nummer, der im ersten Gang über Wurzelwerk und trockene Kiefernzapfen in den Wald rollte. Auf einem freien Platz zwischen zwei Zelten rangierte Ingo ein. Danach ging er zum Waschen und Zähneputzen. Natürlich nicht im See, sondern drüben in der Baracke, wie es auf den Zetteln stand. Die Baracke lag auf halbem Wege zwischen Restaurant Rusalka und dem Jugendzeltlager. Sie versteckte sich im Wald und sah so aus, als sei sie leidlich durch den Zweiten Weltkrieg gekommen. Am Eingang schaufelte ein alter Mann Kohlen in einen Kanonenofen, der die Warmwasserzubereitung des Campingplatzes besorgte. Der Rauch aus dem Backsteinschornstein fiel schwer zur Erde, kroch über den Zeltplatz und täuschte einen Nebelstreifen am Ufer vor. In den Waschräumen und WC-Verschlägen fand er die Quelle des strengen Lysolgeruchs.

Eine Betriebsgruppe zog zur zweiten Frühstücksschicht. Ihr schloss er sich an, folgte der letzten Reihe, obwohl er ein Fremdkörper war, nicht zu ihnen gehörte, zu den Männern mit den braunen Gesichtern und verarbeiteten Händen, den Frauen mit straff gelegten Haaren, bunten Kopftüchern und Krampfadern. Im Restaurant lange Holztische, die rauen Bretter mit Papiertischdecken verschönt. Was er sah, erinnerte ihn an die Zelteinrichtungen auf den Schützenfesten in den lauenburgischen Dörfern. Mit Schmeding war er oft über die Dörfer gefahren, vor Jahren, als sie noch keine festen Mädchen hatten und die Dorfkapellen unter dem Zeltdach »Pretty Belinda« mit Pauken und Trompeten schmetterten.

Ein älterer Mann, wohl der Brigadier des Küchenpersonals, setzte Ingo mitten in die Betriebsgruppe zwischen zwei kraftstrotzende Frauen mittleren Alters, gutherzige Muttchen mit weichen, fülligen Armen. Sitzschönheiten nannten die Alten solche Frauen. Solange sie saßen, waren sie lieblich anzusehen, wenn sie aufstanden, verdunkelte sich die Sonne.

Es gab Milchsuppe, wie der aus Iserlohn gesagt hatte. Zum Süßen braunen Zucker. Mädchen in den Farben Polens – rote Kleider, weiße Schürzen – trugen die Terrinen auf. Die Sitzschönheit zur Rechten schöpfte Ingo den Teller voll, ermunterte ihn zuzulangen, die andere schob ihm den Korb mit Schwarzbrot hin. Kaum war der Boden im Teller sichtbar, ließ die Schönheit zur Rechten eine volle Suppenkelle einschweben, bestellte Nachschlag bei den weiß-roten Mädchen für den jungen Mann aus Deutschland. Es machte den beiden gewaltigen Spaß, Ingo zu versorgen; ab einem gewissen Alter denken Frauen nur noch daran, ob junge Menschen wirklich satt werden.

Als er das Restaurant verließ, kam von Węgorzewo her ein Ausflugsdampfer angetuckert, steuerte auf Camping Rusalka zu, als wolle er den Bootssteg in Grund und Boden fahren. Am Heck hing lasch die weiß-rote Fahne, auf dem Oberdeck drängte es sich schon mächtig. Im Restaurant ließen einige Suppe und Schwarzbrot stehen, rannten zur Anlegestelle, um die große masurische Seenfahrt nicht zu versäumen. Vormittags mit dem Dampfer von Węgorzewo nach Gizycko, abends mit demselben Schiffchen zurück. Das müsse er auch mal machen, hatte Schmeding gesagt.

Nun das Zelt aufbauen, möglichst nahe am Wasser, weit genug entfernt vom Lysolgeruch und den Gesängen der Jungen Pioniere. Sie sangen tatsächlich, als sie zur Geländeübung ausrückten, sangen laut und überzeugend, sodass die Birkenblätter im Wald zu zittern begannen.

Ingo schob die Zeltstangen ineinander, hämmerte die Heringe in die weiche Erde, ermordete Wegerich und Gänsefingerkraut. In zehn Minuten stand das Zelt, Ingo breitete die Karte Masurens auf der Kühlerhaube aus. Swięcajty hieß der See; da müsste er wohl das Mädchen oben in der Bude fragen, wie das ausgesprochen wird.

Neben der Karte der Zettel, auf dem Ingo notiert hatte, was er unternehmen wollte:

1. Tag: Abfahrt
2. Tag: unterwegs
3. Tag: ausruhen, baden
4. Tag: Gierłoz (Führerhauptquartier, traurige Trümmer)
5. Tag: Gizycko (am besten per Schiff, unbedingt den Markt ansehen, kein Geld tauschen, Miliz)
6. Tag: Swieta Lipka (Barockkirche, Mutter Gottes im Laub erschienen, Wallfahrtsort)
7. Tag: Mikołajki / Ruciane-Nida (das Herz des alten Masuren)
8. Tag: Ukta (Krutynia, lieblicher Fluss, wenn möglich Faltboot mieten)
9. Tag: Gołdap (an russischer Grenze, bei schlechtem Wetter streichen, weil trostlose Stadt)
10. Tag: Rückreise (evtl. Frombork, Marlbork, wenn Zeit auch Gdansk wegen restaurierter Altstadt)
11. Tag: Lübeck (Monika wartet schon)

Kleidung auspacken. Er hatte tatsächlich nur eine Hose mit; das waren die Jeans, die er am Leib trug. Dafür reichlich T-Shirts in verschiedenen Farben, für schlechtes Wetter nur den schwarzen Pullover, keine Regenjacke, keinen Regenschirm. Den Wäschebeutel hatte Mutter gepackt. Socken wie Sand am Meer, für jeden Tag ein neues Paar, aber keine Taschentücher. Die hatte sie vergessen. Dafür etwas anderes. Tief unten, in Handtücher gewickelt, ein Stück Papier.

Mutter, Mutter, du machst vielleicht Sachen! Das war die Heimatkarte von Ostpreußen, die er vorgestern in Mutters Blumenschale gefeuert hatte, nun war sie wieder da. Links oben im blauen Meer die Elchschaufel und das

Wappen der Stadt Königsberg i. Pr. Rechts oben die Grenze zum Litauischen, rot, sehr rot. Im Süden Polen, auch rot. Eingerahmt wurde die Karte von den Wappen der ostpreußischen Städte, von Bären, Hirschen, Fischen, Adlern, Burgen, Kreuzen und Schwertern. Und das alles auf den alten Stand gebracht, auf das Jahr 1937. Wenn sie nun an der Grenze die Wäsche durchwühlt hätten!

Er blickte sich um wie jemand, der ertappt worden war. Rasch faltete er das Papier zusammen, schob es zurück zu den Socken und Handtüchern. Ausruhen und baden stand auf dem Plan, nicht Ostpreußen in den Grenzen von '37.

Er legte sich hinter das Zelt in die Sonne, keine grelle Sonne, sondern eine milchig verhangene in einem Himmel, der mit Seidenfäden an den Kiefern befestigt schien. Wildenten fielen neben dem Landesteg ein, ein Kormoran zog in beträchtlicher Höhe westwärts zur Schilfinsel. Rechts neben ihm ein blaues Zelt, links ein blaues Zelt. Beide wie unbewohnt, jedenfalls hörte er keine Stimmen. Entweder schwammen die Bewohner draußen auf den Luftmatratzen, oder sie hatten eine Ausfahrt unternommen.

»Können Sie Skat spielen?«

Das war der aus Zwickau, der in viel zu langer kurzer Hose mit rotverbranntem Bauch über ihm stand.

»Höchstens Schach, aber nicht Skat.«

»Skat gehört doch zur Allgemeinbildung«, sagte er. »Es ist wie verhext; endlich bin ich mit meinem Bruder zusammen, aber wir finden keinen dritten Mann.«

Baden und ausruhen war dran. Auf dem Weg zum Strand kam er an der Empfangsbude vorbei. Das Mädchen saß auf der Bank, neben ihm ein Transistorradio, das keinen Laut von sich gab. Donnerwetter, da lag »Le Figaro«, Ausgabe vom 5. August 1980. Aber sie las nicht, sie sonnte sich nur und lächelte Ingo an.

Ob er sich mit ihr anfreunden sollte? Nur so, nichts

Ernsthaftes, einen Gesprächspartner haben für zehn Tage. Sie könnte ihm etwas von der Gegend erzählen, vielleicht auch die Stadt zeigen, die Węgorzewo geschrieben, aber Wengorschewo gesprochen wurde, was ihm die Schönheiten beim Frühstück verraten hatten.

Der aus Iserlohn saß unter einem weit ausladenden Sonnenschirm vor dem Wohnwagen und beobachtete das Kommen und Gehen am Badestrand, die Kinder, die mit zugehaltenen Nasen vom Anlegesteg sprangen.

»Da oben, junger Mann, das ist der Heldenfriedhof Jägerhöh, angelegt für die Gefallenen des Ersten Weltkriegs. Ja, im Ersten Weltkrieg war hier ganz schön was los, und im Zweiten natürlich auch. Wenn Sie drüben auf der Terrasse stehen und durch die Schilfschneise über den See schauen, erkennen Sie auf der anderen Seite ein Waldgebiet. Das ist der Mauerwald, ganz wichtige Sache, da lag während des Russlandfeldzuges das Oberkommando des Heeres.«

Er schwamm an den vertäuten Kähnen vorbei. Lauwarmes Oberflächenwasser, aber in der Tiefe lauerte die Kühle. Draußen lag er auf dem Rücken, spielte Leiche, über ihm die verschwommene Sonne mit einem großen Hof.

Was hatte die Mutter bewogen, ihm die alte Karte zuzustecken? War es eine stille Aufforderung, doch ja ihr altes Dorf zu besuchen? Er hatte ihr das gar nicht zugetraut.

Nach dem Baden wollte er schlafen, anschließend Mittagessen mit den Leuten aus Nowa Huta; danach wieder baden, wieder schlafen, alles nachholen von gestern. Gegen Abend würde er hinaufgehen zur Holzhütte und das Mädchen etwas Belangloses fragen, nur so, um ins Gespräch zu kommen, zum Beispiel, wie man den Namen des Sees ausspricht.

»Man kann hier auch angeln«, empfing ihn der aus Iserlohn. »Wissen Sie, dass Sie in einem berühmten Gewässer geplanscht haben? Das ist der Schwenzaitsee, da gab es vor dem Krieg immer die Meisterschaften im Eissegeln; aus ganz Deutschland kamen sie nach Angerburg zum Eissegeln.«

Ingo legte sich ins aufgeheizte Zelt, wollte eigentlich schlafen, aber auf einmal hatte er die alte Karte in der Hand. Er schloss die Eingangsklappe, zog den Reißverschluss runter, um allein zu sein.

Da hatte jemand rumgemalt, Mutters Handschrift.

»Das ist unser Dorf«, stand am weißen Rand. Ein Pfeil stieß von Südosten so wie damals die Armee Samsonows – Solschenizyns »August vierzehn« war das einzige Ostpreußenbuch, das Ingo Majewski gelesen hatte, ein Raubdruck übrigens – mitten ins Herz Ostpreußens, überquerte die große Masurische Seenplatte und endete vor einem winzigen Ortsnamen. Polninken stand da.

Also das war Mutters Dorf. »Unser Dorf«, sagte sie meistens, Ingo in das besitzanzeigende Fürwort einbeziehend. Er holte die polnische Karte aus dem Auto, legte sie daneben. Es war derselbe Maßstab, nur andere Namen und eben nicht die Grenzen von '37. Vielleicht lag Mutters Dorf jenseits der russischen Grenze im früheren Nordostpreußen. Das hätte vieles erleichtert. – »Ich konnte nicht hinfahren, dein Dorf liegt ja in Russland, Mutter!« – Ingo legte die Karten deckungsgleich übereinander, pikste mit einer Kiefernnadel ins Papier, wo Polninken stand, sah anschließend auf der polnischen Karte nach. Ja, da gab es ein Dorf, noch im polnischen Teil gelegen, knapp südlich der Grenze, keine zehn Kilometer vor Russland. Neben der Kiefernnadel fand er den neuen Namen: Wilkowa. Straße und Wege noch so wie 1937. Eine Chaussee führte von Węgorzewo über Srokowo an Wilkowa vorbei nach Westen, gar nicht so weit entfernt. Ingo maß mit dem Zeigefinger den Abstand von Węgorzewo bis zum Dorf seiner Mutter, rechnete den Finger in Kilometer um. Das ergab ungefähr fünfundzwanzig Kilometer Luftlinie. Mensch, kannst du wirklich sagen, du hättest es nicht gefunden oder keine Zeit gehabt? So nahe und keine Zeit für einen kleinen Abstecher? Es bedeutete ihm nichts, das Dorf Wilkowa, das frühere Polninken, aber er fand es rührend von der Mutter. Die hatte es fertig gebracht, ihm eine alte Karte ins Gepäck zu schmuggeln und darauf ihr Dorf einzuzeichnen!

Die Sirene auf dem Dach des Restaurants heulte zur ersten Schicht des Mittagessens. Gebratene Karauschen, mehr Gräten als Fleisch. Reichlich Kartoffeln, mehlig, dampfend, weiß, schon aus neuer Ernte. Die Sitzschönheiten warteten auf ihn, hatten von den weiß-roten Mädchen eine Karausche extra für ihn besorgt und breiteten gleich ihre fürsorglichen Flügel aus. Die eine zeigte, wie Fisch ordentlich zerlegt wird, damit wenig Gräten im Fleisch bleiben, die andere goss Dickmilch in ein Trinkglas. Dann sahen sie zu, wie er aß, redeten heftig, aber herzlich auf ihn ein, wurden traurig, weil er kein Wort verstand, suchten nach deutschen Sprachbrocken, um ihm einen Gefallen zu tun. Auf einmal fing die eine an, den verballhornten Text eines alten Schlagers zu singen: »Tante Hedwig, Tante Hedwig, die Nähmaschine geht nicht …« Sogar hinten am letzten Tisch lachten sie, nur Ingo konnte mit dem dämlichen Schlager nichts anfangen. Schade, er musste sie enttäuschen.

Also Mittagsschlaf. Auf allen vieren kam er ins Zelt gekrochen. Dort empfing ihn, groß aufgeschlagen, bunt, voller Wappentiere, mit dem Pfeil mitten im Herzen, die alte Karte. Er legte sich daneben, schloss die Augen, aber eigentlich war es viel zu heiß, um zu schlafen.

Warum sollte er ihr nicht den Gefallen tun? Es kostete nur eine Spazierfahrt von fünfundzwanzig Kilometern; danach könnte er ihr sagen, er sei da gewesen. Für sie wäre es eine Freude und für ihn nur eine kleine Mühe. Wenn überhaupt, dann musste es jetzt geschehen, die anderen Tage waren verplant, vergeben für schönere Plätze.

Woher kam diese Unentschlossenheit? Nach Wilkowa

fahren oder zu den jungen Leuten gehen, die am Anlegesteg saßen und die Beine ins Wasser hängen ließen. Die warteten auf die Segelschiffe, die unter Spinnaker, aber trotzdem auffallend langsam dem Steg zutrieben. Es waren Deutsche, er hörte es, Deutsche aus Ost oder West, jedenfalls Deutsche. Sollte er Zwickau besuchen oder Iserlohn? Oder das Mädchen in der Empfangsbude fragen, wo sie denn liege, die berühmte Kormoraninsel im Mamrysee? Skat spielen lernen wäre auch möglich oder wieder hinausschwimmen und trocknen und wieder hinausschwimmen oder doch fahren in Mutters Vergangenheit, um sie hinter sich zu bringen ...

Aus dem Auto entwich heiße Luft. Der Motor sprang nicht sofort an, was gelegentlich vorkam bei großer Hitze. Oben hielt er und fragte das Mädchen nach den Zeiten für das Abendessen.

»Fahren Sie in Ihr Heimatdorf?«

»Ich hab' kein Heimatdorf in Masuren.«

»Ich dachte nur, weil doch die meisten Touristen aus dem Westen die Dörfer besuchen, in denen sie mal gelebt haben.«

Verdammt, sah er so alt aus, dass sie annehmen konnte, er sei hier geboren? Die hielt ihn für mindestens 35, und das nur wegen des ungepflegten Barts und der übernächtigten Augen.

Bis zur Hauptstraße angenehmer Schatten. An der Einmündung sah er links unten Węgorzewo, nach Mutters Karte Angerburg. Kaum war er auf der Straße, überfiel sie ihn, die Vergangenheit. Rechts auf der Anhöhe ein Ehrenmal für die gefallenen sowjetischen Soldaten des Zweiten Weltkriegs. Am Fuß des Ehrenmals lagerten die Jungen Pioniere, die Blumen gepflückt und in kleinen Sträußen gebunden auf den Findlingen ausgebreitet hatten. Nun rasteten sie. Über ihnen schwebte ein überlebensgroßer sowjetischer Krieger, mutig nach Westen blickend, auf die Seenplatte hinaus zu dem dunklen

Waldstreifen, wo das Oberkommando des Heeres gelegen hatte. Ganz wichtige Gegend hier, hatte der aus Iserlohn gesagt. Führerhauptquartier, Oberkommando des Heeres, Schlachtfeld von Tannenberg, Masurenschlacht von 1915, alles in dieser Ecke.

Hinter dem Denkmal die Reste alter Befestigungsanlagen, grauer Beton eines eingestürzten Bunkers unter üppig wucherndem Gras, Andeutungen verfallener Schützengräben, die einst in gefährlichem Zickzack durch aufgerissene Wiesen gelaufen waren, nun friedlich von Kälbern und Schafen begrast wurden. Für gefallene Deutsche gab es kein Ehrenmal, nicht einmal Grabhügel. Die werden unter dem Beton liegen oder verschüttet in den Zickzackgräben, weil es noch immer diese wunderliche Unterscheidung gibt zwischen ehrenwerten und schäbigen Toten. Es wird höchste Zeit, die Toten beider Weltkriege ohne Frage nach Nationalität und Herkunft als gemeinsames Erbe anzunehmen, als erkaltete Asche europäischer Vulkanausbrüche.

In Węgorzewo lagen noch Trümmer. Er kaufte eine Tüte Klaräpfel, aß zwei auf der Straße, den dritten hinter dem Lenkrad, während er nach Westen fuhr. Linden, nichts als Linden, ein kühles Schattenband durch flimmernde Hitze gezogen. Der Fahrtwind drückte den Duft reifen Getreides ins Innere. Eine Stute mit Fohlen auf der Hauskoppel, grasendes Vieh, Störche zwischen den Herden stolzierend, Störche im Flug, Störche auf dem Dachfirst, sich wie Denkmäler vom hellen Himmel abhebend. Die Dächer bekleckert mit weißem Kot, auch unten auf den Hofplätzen lag überall der hellgraue Schmutz der Vögel. Gestern in der Eile hatte er es nicht so empfunden, aber heute kam ihm das Land vertraut vor, als hätte er es schon vor Jahren bereist und danach immer wieder. Ein schwerfälliges, behäbiges, geduldiges Land, das von den wenigen Autos auf der Chaussee kaum Notiz nahm, das feuchte Wärme ausströmte, weite Sicht zuließ und doch beschaulich blieb, zum Hinlegen und Ausruhen einladend.

Denkbar, dass die Mutter auf dieser Straße gefahren war. In der Kutsche? Natürlich nicht in der Kutsche, eher auf dem Heuwagen oder im Pferdeschlitten. Damals ging man viel zu Fuß. Zum Einkaufen in die Stadt, zum Markt, zur Eisenbahn, in die Kirche oder zum Fest ins Nachbardorf, alles zu Fuß. Sogar Brautleute gingen, wenn die Armut es verlangte, zu Fuß in die Stadt, um sich trauen zu lassen, der Bräutigam im vom Vater geerbten dunklen Anzug, die Braut im geliehenen Weiß oder in bunter Tracht. Wenn das Gras hoch stand, die Luft wie jetzt über die Felder ging, konnte es geschehen, dass sie im Graben verschwanden, aber erst auf dem Heimweg, wie es erlaubt war, während sie im Dorf mit dem Hochzeitsessen warteten.

Zehn Tage ohne Monika in einem Land, in dem alles nach Berühren, Anpassen, Anschmiegen, Hinlegen verlangte! Daran hatte er überhaupt nicht gedacht.

Ob das die Chaussee seines Großvaters war? Das musste man sich mal vorstellen, dem hatte ein richtiges Stück Straße gehört, für das er verantwortlich war wie ein Bauer für sein Vieh oder ein Imker für seine Bienen. Dazu gehörte die Baumallee mit vollen Linden, den schattigsten Bäumen des Ostens. Kaum ein Lichtstrahl traf den Asphalt, aber plötzlich eine mächtige Lücke, drei, vier Bäume fehlten. Hatten so die Kämpfe um Angerburg ausgesehen? Die Artillerie beschoss die auf der Chaussee vorrückenden Truppen und brachte drei Linden um. Alles andere war inzwischen vernarbt und verwest, nur dieses Loch in der Allee erinnerte daran.

Ein sonderbarer Beruf, Straßenwärter an einer der großen Chausseen von West nach Ost, Herr über Schlaglöcher, Pfützen, Kieshaufen und mehr als tausend Bäume. Stämme zum Umarmen, gerade und trotzig gewachsen, nicht nach Osten geneigt wie in Schleswig-Holstein.

Oben stießen die Äste zusammen, bildeten einen Tunnel aus Laub. Das war ein Dom mit endlosem Kreuzgang. Wer hat diese Kunststraßen bauen lassen und warum? Wer kam auf die Idee, sie mit Bäumen zu bepflanzen, damit sie im flachen Land zu erkennen waren? Napoleons Heerzüge sind hier hin und her geflutet, die Zarenarmee ist unter diesen Linden nach Westen marschiert und vier Wochen später zurückgeflohen. Die Deutsche Wehrmacht zeigte sich im Frühjahr 1941 auf dieser Chaussee zum letzten Mal in mustergültiger Marschordnung, vier Jahre später dann ein verstreuter Haufen auf derselben Chaussee. Sein Vater wird auf dieser Kunststraße nach Osten marschiert sein, ein paar Mal auch zurück, wenn es Urlaub gab. Bis Angerburg mit der Bahn, das letzte Stück zu Fuß; Urlauber marschierten gern das letzte Stück.

Allein waren die zehn Tage kaum durchzustehen. Dafür erschien ihm die Landschaft zu schweigsam, zwang immer wieder zum Hineinhören. Nicht einmal das Autoradio konnte ihm helfen. Die Musik, die zwischen Warschau und Luxemburg gespielt wurde, auch die, die Monika ihm auf ihren Kassetten mitgegeben hatte, sie passte nicht in die masurische Sprachlosigkeit. Er würde abends zu den jungen Leuten am Landesteg gehen, mit ihnen über das Segeln in der Lübecker Bucht sprechen, über die in Travemünde liegende »Passat«. Kennt ihr nicht die Geschichte von »Pamir« und »Passat«? Als Ingo fünf Jahre alt war, ging die »Pamir« mit achtzig Menschen im Atlantik unter, und Lübeck trug Trauer, weil es ein Lübecker Schiff war und dort die Seeamtsverhandlung stattfand. Der NWDR spielte damals gern den Schlager vom Seemannsgrab, auf dem keine Rosen blühen und auch kein Edelweiß …

Links die Reste eines Gehöfts. Holunder, Weißdorn und Brennnessel belagerten eine mannshohe Ziegelmauer. Das war einmal ein Bauernhof, den jemand vom Vater geerbt hatte und an den ältesten Sohn weitervererben wollte; aber da wurde nichts draus, weil ein bisschen Geschichte dazwischenkam. Und nun lagen die zwei Hufen wüst wie in der Pestzeit.

Ein Wegweiser nach Wilkowa. Ein unebenes Pflaster führte zu Ziegel- und Strohdachhäusern. In der Mitte ein Teich. Im Halbkreis um den Teich die Dorfstraße mit vereinzelten Gehöften. Zwischen Teich und Dorf ein breiter grüner Streifen, betupft mit weißen Punkten.

Ingo Majewski stieg aus. Warum zögerte er abzubiegen? Waren es die beängstigend tiefen Kuhlen auf dem ausgefahrenen Weg nach Wilkowa, die pure Angst, der Wagen könnte einen Kotflügel verlieren oder im Schlamm stecken bleiben? Eine sonderbare Scheu. Wie damals im Krankenhaus in Lübeck. Ein Laken wird zur Seite gerissen. Zum Vorschein kommt das tote Gesicht des Vaters. Können Sie die Leiche identifizieren? Aber ja doch, identifizieren ist das Mindeste, was wir der Vergangenheit und den Vorfahren schuldig sind.

Die haben ja nicht mal fließend Wasser, hatte Monika gesagt. Weiß Gott, Wilkowa sah nicht so aus, als hätte es da jemals fließend Wasser gegeben. Aber Storchennester erkannte er und schiefe Schornsteine. Seine Eltern hatten hier gelebt, das allein machte diese Ansammlung dürftiger Hütten bemerkenswert.

Ein Pferdewagen kam aus dem Dorf die Chaussee entlang. Die Hufeisen schlugen Funken aus dem Pflaster. Quer zu den Seitenbrettern des Kastenwagens lag eine Planke, auf der der Kutscher saß, Schirmmütze auf dem Kopf, Peitsche in der rechten Hand, Zügel in der linken. Neben ihm blickten zwei blonde Kinderköpfe über die Planke.

Das Fuhrwerk hielt gegenüber dem Auto, beide Fahrzeuge blockierten die Chaussee. Der Kutscher wickelte die Leine um die Wagenrunge, zog die Mütze, zeigte lachend seine Zahnlücken und winkte in Richtung Dorf. Hab keine Angst, hieß das. Fahr ruhig nach Wilkowa, hieß das.

Die freuen sich, wenn einer zu Besuch kommt, hieß das. Die Kinderköpfe verschwanden im Kastenwagen, und ihre Augen lugten durch die Ritzen im Seitenholz.

Also gut, Ingo Majewski würde in dieses Dorf fahren. War er so weit gekommen, reichte es auch noch für den letzten halben Kilometer. Als er startete, hoben die Pferde die Köpfe, ruckten an. Die blonden Haarschöpfe kamen zum Vorschein, drehten sich nach ihm um, als er von der Chaussee abbog. Um das Auto zu schonen, nahm Ingo den Sommerweg. Auch dort war er noch viel zu laut. Altes Käferleiden: Im zweiten Gang verursachten die einen unwahrscheinlichen Lärm. Außerdem klapperte es.

Vor dem Dorfeingang kam ihm eine Viehherde entgegen. Vorn ein größerer Junge mit einem Stecken, an den Seiten ebenfalls Jungs mit Peitschen, die ein Ausbrechen der Kühe in die Feldmark verhindern sollten. Hinter der Herde ein alter Mann mit einem Schäferhund. Ingo musste halten. Die schwarz-weißen Leiber keilten ihn ein, die Tiere glotzten in die Scheiben, ihr dunstiger Atem ließ das Glas beschlagen. Die prallen Leiber drängten, stießen, schoben und besprangen sich. Eine Kuh auf dem Autodach! Das wäre mal ganz was Neues. Wie ging der alte Kinderreim? Eine Kuh, die saß im Schwalbennest mit sieben jungen Ziegen … Kuhdreck pladderte aufs Pflaster, spritzte bis zu den Kotflügeln. Hier erfährst du, woher die Kotflügel ihren Namen haben. Er kurbelte das Fenster hoch, weil ein Schwarm Fliegen über der Herde hing, dazu penetranter Kuhgeruch.

Der Hund schlug an, trieb die Tiere weiter. Der Alte bückte sich im Vorbeigehen, grüßte durch Hand-an-die-Mütze-Legen. Zwei Kühe brachen dann doch noch aus. Er sah es im Rückspiegel, wie sie mit erhobenen Schwänzen die Böschung angingen und im Haferfeld verschwanden. Die Jungs hinterher. Auch der Hund hinein ins gelbe Gewoge; wenn er sprang, tauchte sein Kopf aus den Ähren auf.

Langsam fuhr Ingo weiter. Die Herde hatte ein ausgetretenes Matschband hinterlassen, vereinzelte Kothaufen, auf denen sich Schwärme schwarzer Kuhfliegen versammelten. Wenn er näher kam, erhoben sie sich, prallten gegen die Frontscheibe, fielen benommen aufs Blech. Rechts das Ortsschild Wilkowa. Gänse und Enten flüchteten vor seinem Auto von der Straße. Ein vom Schmutz ergrauter Spitz kam kläffend aus einem Hoftor gelaufen, verfolgte hartnäckig die Auspuffrohre. Barfüßige Kinder saßen in Patschlöchern und backten Sandtorte. Eine Glucke rief aufgeregt ihre Küken, als käme der böse Habicht. Irgendwo gackerte ein Huhn, ein prächtiger weißer Hahn saß auf einem Gartenzaun. Was ist das putzsüchtigste Tier? Der Hahn, er trägt immer einen Kamm bei sich. Solche Späßchen aus seiner Daumenlutscherzeit fielen Ingo Majewski auf dem dreckigen Dorfpflaster von Wilkowa ein.

Er betrat eine Welt, die vergessen hatte unterzugehen. Die Zeit war stehen geblieben, aber was heißt stehen geblieben, sie war rückwärts gelaufen. Eine Tür fiel mit großer Heftigkeit hinter ihm ins Schloss. Etwas Neues, mit dem er nicht gerechnet hatte, etwas Unheimliches und ganz und gar Einmaliges begann.

Nicht der Teich war Mittelpunkt, wie er es von der Chaussee aus gesehen hatte, sondern ein Gutshof. Ein verwilderter Park gehörte dazu, umgestürzte, halbverdorrte Bäume, weit ausladende Linden, Buchen und Eichen. Am Eingang dieser Wildnis ein hellgelbes dreistöckiges Haus mit verwittertem Turm. Das musste das Herrenhaus sein, in dem Mutter vier Jahre gedient hatte, bevor sie den Sohn des Straßenwärters Majewski heiratete. »Das Schloss« nannte sie das Gebäude, ja, Mutter hatte »im Schloss« gearbeitet.

Ingo ließ sein Auto auf der Dorfstraße stehen und ging die Gutsauffahrt hinauf. Im Grün des Parks entdeckte er einen weißen Fleck, jemand hatte wohl Wäsche auf der Leine. Nein, das Weiß bewegte sich, kam näher, schwebte im dichten Geäst, vom Laub verschluckt und wieder freigegeben. Plötzlich leuchtete es wie Waschmittelreklame, dann war es verschwunden. Drüben tauchte es wieder auf. Es wird ein Kind sein. Oder ein weißer Hund. Ein nackter Arm wurde sichtbar, dazu ein Kopf mit langem, dunklem Haar. Ein Kind oder eine Frau, ganz in Weiß oder ein bisschen weiß. Um in diesem undurchdringlichen Grün aufzufallen, genügte schon eine weiße Bluse. Jemand spazierte durch den Park. Spazierte war wohl nicht der richtige Ausdruck, er kämpfte mehr mit Brennnesselwällen, überkletterte morsches Holz, hatte Mühe, die alten, überwucherten Parkwege zu finden. Es wird ein Kind sein. Ingo beobachtete, während er sich dem Gutshaus näherte, den weißen Fleck. Wie er anhielt, umkehrte, hinter einem Steinwall verschwand, wieder auftauchte, endgültig vom Gutshaus verdeckt wurde. Er hörte eine laute Männerstimme. Im Haus befanden sich Menschen. Über dem Eingang hing eine polnische Fahne, hing, weil kein Windzug wehte, wie ein nasser Lappen auf der Trockenleine. Daneben der Gutshof, ein Karree wie ein Kasernenplatz, ein von Scheunen und Stallungen begrenztes gewaltiges Quadrat. Zum Herrenhaus hin war der Hof gepflastert, den hinteren Teil hatten Traktoren aufgewühlt. In tiefen Räderspuren stand trübes Wasser, mehr Jauche als Regen. Damals Rittergut, heute polnisches Staatsgut; die Namen hatten sich geändert, die Scheunen, Ställe, das Hofpflaster und das Herrenhaus waren geblieben, und es stank wie zu allen Zeiten nach Jauche. Unter der Fahne parkte ein Polski-Fiat, davor ein grauer Trabant mit DDR-Kennzeichen, gerade noch im Schatten stehend.

Da war er wieder, der weiße Fleck, jetzt deutlicher. Eine Frau im weißen Kleid, ein Fremdkörper in dem üppigen Wuchern, in den Kletten, Dornen, Disteln und Brennnesseln. So feierlich in Weiß, ein himmelschreiender Kontrast zu allem, was Wilkowa zu bieten hatte, ausgenommen die Schwäne auf dem Teich.

Ein Traktor sprang an, das war nicht sichtbar, aber hörbar. Sein Lärm beendete den Mittagsschlaf. Einer der beiden Schwäne erhob sich, umflog den Teich, mit den Flügelspitzen fortwährend das Wasser schlagend, die Enten und Gänse vertreibend, die wie ausgestopft auf dem Wasser gelegen hatten und jetzt ins Weidengestrüpp flüchteten.

Eine Frau oder ein Mädchen? Auffallend klein, schlank, zierlich. Die weiße Gestalt bog um das Haus, der Polski-Fiat verdeckte sie zur Hälfte. Unter der Fahne blieb sie stehen, ja, eine Frau, eine junge Frau. Oder doch ein Mädchen? Außer dem dunklen Haar war alles an ihr weiß, das Gesicht, die Hände, die Arme, nirgends Spuren sommerlicher Bräune. Gehörte sie zum Polski-Fiat oder zum DDR-Trabant? Eine altmodische, nun schon bald wieder moderne Pferdeschwanzfrisur. Und wirklich blass, auch aus der Nähe erkennbar, diese Blässe. Kein Tupfer Rouge, eine farblose Person und doch auffallend. Eine entrückte Schönheit, niedlich, weich, weiß, ein Schlossfräulein aus dem vorigen Jahrhundert. Vielleicht lag es auch nur am satten Grün des Gestrüpps, dem schmuddeligen Grau der Mauern und Hofplätze, dass sie so auffiel. Sie trug flache Sandalen, das machte sie noch kleiner. Keine Strümpfe. Sie hantierte an einem Fotoapparat, blickte durch den Sucher, wollte ein Motiv ins rechte Blickfeld bringen. Ob jemand spürt, wenn er angeschaut wird? Monika behauptete immer, sie fühle es auf hundert Meter, wenn sich ein Mann nach ihr umdreht. Jedenfalls setzte die kleine weiße Person den Fotoapparat ab und sah Ingo Majewski an. Kein Lächeln, kein Kopfnicken, kein guten Tag, einfach nur ein erstauntes Gesicht, das sich gestört fühlte. Hastig drückte sie auf den Auslöser, spulte weiter, drehte Ingo den Rücken zu, verschwand hinter den beiden Autos, um neue Motive zu suchen. Die weiß-rote Fahne musste ins Bild, weil Rot sich immer gut machte.

Noch wusste er nicht, ob sie zu dem Polski-Fiat oder zu dem Trabant gehörte. Auf dem grauen Heck des Trabant die leuchtenden Buchstaben DDR, das Nummernschild NX 74-53. Was könnte NX bedeuten? Mitten in der Nacht war Ingo durch die Stadt Neubrandenburg gefahren. Kam sie von N wie Neubrandenburg? Ihm fiel keine weitere Stadt in der DDR mit N ein. Auf dem Rücksitz lagen Zeitungen in deutscher Sprache, »Neues Deutschland« vom 8. August 1980, ein Exemplar »Thüringer Landeszeitung« noch älteren Datums, eine Landkarte vom VEB Tourist Verlag, eine Sonnenbrille, verwelkte Feldblumen.

»Habe ich falsch geparkt?«

Da war sie wieder, nun ziemlich nahe, jedenfalls so nahe, dass Ingo die dunklen Augen erkannte; es war doch nicht alles weiß an ihr, die Augen und das Haar waren die Ausnahmen.

»Im Westen bekommt man DDR-Autos selten zu sehen.«

»So aufregend ist unser Trabbi doch gar nicht.«

Sie schloss die Tür auf, beugte sich ins Auto und holte einen neuen Film aus dem Handschuhfach. Ingo stand fünf Schritte entfernt, betrachtete ihre nackten Beine, entdeckte dunkle Haarinseln auf den Waden und musste zusehen, wie der Pferdeschwanz das Übergewicht bekam und an der linken Halsseite hinabstürzte. Die Haarspitzen berührten die Fußmatte. Das Blut war ihr in den Kopf geschossen, hatte dem Gesicht Farbe gegeben. Sie nahm auf dem Beifahrersitz Platz, wechselte bei geöffneter Tür den Film: alte Patrone raus, neue Patrone rein, drehen, zweimal abdrücken, fertig. Er tat immer noch so, als platze er vor technischer Neugierde. Er studierte das Armaturenbrett des Trabant.

»Ist das Dach wirklich aus Presspappe, die im Regen aufweicht?«

»Na, wenigstens rosten können unsere Trabbis nicht.«

Ingo hörte sie lachen.

»Haben Sie kein Auto?«

»Doch, doch, es steht unten auf der Dorfstraße.«

Sie schaute nicht hin. Sie hängte sich den Fotoapparat um den Hals, da pendelte er wie ein Perpendikel. Der Lederriemen verursachte einen tiefen Abdruck auf der nackten Schulter.

Er wollte fragen, ob er sie begleiten dürfe auf dem Fotospaziergang durch Wilkowa. Aber er brachte es nicht fertig. Hing es damit zusammen, dass sie aus der DDR kam? Gab es schon eingespielte Bremsmechanismen, die ihnen die Sprache verschlugen? War eine junge Frau aus der DDR etwas Exotisches – Balkan vielleicht oder noch weiter –, dem man sich mit Vorsicht zu nähern hatte? Sie kam ihm auf eine Art hübsch vor, für die er keine Worte fand. Dieses strenge, intelligente Gesicht, das durchaus noch die Hoffnung auf etwas Weiches, Anschmiegsames unter der abweisenden Schale zuließ.

Sie bummelte mit ihrem Fotoapparat über den Gutshof. Der Traktor sprang zum zweiten Mal mit beträchtlichem Lärm an. Ingo stand zwischen Trabant und Polski-Fiat und sah ihr nach. Schweine quiekten, ein ganzer Ferkelstall geriet in Aufregung, als sie vorbeiging. Penetranter Gestank, Eimergeklapper, ein Arbeiter fuhr eine Wanne mit schwappender Molke zur Fütterung in den Schweinestall. Ingo sah sich im Kuhstall um, der so leer war, dass sogar die Fliegen fehlten. Jemand hatte vergessen, eine Lampe im Stall auszuknipsen. Vom Kuhstall aus sah er den weißen Fleck hinter den Wirtschaftsgebäuden zum Gutsapfelgarten wandern, zu einem Areal verwilderter Obstbäume, die seit Jahrzehnten niemand ausgeschnitten hatte. Die Stämme mit hellgrauem Moos beklebt, mehr trockenes Holz als grünes. Trotzdem hingen die Bäume voller Früchte, hell leuchtend wie ihr Kleid im hohen Gras.

Es sollte nicht so aussehen, als liefe er ihr nach. Deshalb ging er in die andere Richtung. Zum Dorfkrug, der immer noch Kneipe war, auch Kiosk für Salz, Zucker, Limonade, Tabak, »Zychie Warszawy« und »Glos Olsztyn«. Ziegelhäuser mit grünem Moos auf den Dachpfannen und blühendem Hahnenfuß in den Dachrinnen. Zwei Lehmhütten sahen so aus, als stünden sie schon seit der Franzosenzeit. Alles beherrschend die Weidenbäume neben der Dorfstraße, die sich über den Wassergraben neigten und ein breites Schattenband auf den Anger warfen. Der Anger, das sah er nun deutlich, war bevorzugter Rastplatz für Enten, Hühner und Gänse. Irgendwo klapperten Störche. Wenn er es genau überlegte, war es das erste Mal, dass er Störche überhaupt klappern hörte. Bis Masuren hatte er reisen müssen, denn auf Lübecks alten Kaufmannshäusern nisteten keine. Einmal war er mit Monika im Storchendorf Bergenhusen gewesen, aber zu früh, im März. Anfang Mai müsst ihr kommen, hatten die Bauern gesagt, dann sind die Störche da.

Beim Russeneinfall 1914 sollen in dieser Gegend viele Gehöfte mit Storchennestern abgebrannt sein. Die Störche waren schon alle weg, aber als sie im Frühling wiederkehrten, fanden sie keine Nester, nur noch die kahlen Schornsteine. Stell dir das mal vor, Ingo! Auf ihre alten Nistplätze bauten die heimgekehrten Störche neue Nester, so treu sind diese Tiere!

Das war Mutters Art, vom Klapperstorch zu erzählen, vor zwanzig Jahren ungefähr. Hier tauchten die alten Geschichten wieder auf.

Ob das Haus des Großvaters noch stand? Wen konnte er danach fragen, wer kannte noch den Straßenwärter Majewski? Vater war in dem Haus geboren, Mutter später zugezogen, eingeheiratet, wie man sagt. Lange hat sie nicht darin gelebt, denn es war schon Krieg, als sie heirateten. Kinder hat sie in dem Haus nicht geboren, die kamen nach dem Krieg in Lübeck zur Welt, als Vater wieder da war. Erst ein Mädchen, ein Jahr später Ingo.

Eine alte Steinbrücke. Unter ihr der Ablauf des Teiches, eine primitive Schleuse mit Überlauf. Wasser fiel aus einem schmalen Tunnel metertief ins Dickicht, verschwand gluckernd im Farnkraut, sammelte sich zu einem schmalen Bach und verlor sich unter tief hängenden Ästen im Park. Neben der halb zugewachsenen Schleuse ein graues Haus, größer als die anderen. Davor ein Garten, in dem Schafe grasten. Eine angepflockte Ziege half mit, das Gras kurz zu halten. Auch Gänse im Garten und Hühner. Am Staketenzaun blühten rosa Malven, vor den Fenstern strahlten die leuchtenden Gesichter der Sommerblumen. An einem Birnbaum ohne Früchte lehnte eine Leiter. Am Ende der Leiter, wo die Äste sich gabelten, entdeckte er einen Mann in sonderbarer Verkleidung. Nein, keine Vogelscheuche. Er trug Handschuhe, die bis zum Ellenbogen reichten, eine Haube auf dem Kopf, einen grauen Schleier, der das Gesicht umhüllte. Aus einem Blasebalg presste er weißen Rauch in die Astgabelung.

»Willst kaufen schönen, süßen Honig?«

Das war die Stimme des Mannes. Er kam bedächtig, eine Sprosse nach der anderen suchend, die Leiter runter, streifte die Handschuhe ab und trat zu Ingo an den Staketenzaun.

Schwärmende Bienen. Eine dunkelbraune Traube hing oben im Baum, das böse Summen war bis zur Straße zu hören. Der Mann stülpte die Imkerhaube vom Kopf. Zum Vorschein kam ein alter, breiter Bauernschädel, das Haar kurz geschoren, auf der Oberlippe ein bauschiger Bart, einer jener Bärte, die immer in Gefahr sind, in heiße Suppe zu tauchen.

»Schönster, bester Honig!«, lobte er. »Aber Kasimir kann nur verkaufen gegen gute Valuta.«

Warum nicht der Mutter ein Glas Honig mitbringen?

Honig aus dem Dorf, in dem sie einmal gelebt hatte, bedeutete ihr sicher mehr als nur Brotaufstrich. Der Mann zeigte hinauf in den Baum.

»Wie du siehst, hat Kasimir viele gute Arbeiter. Aber ein bisschen wird es noch dauern. Vielleicht gehst du spazieren, bis Kasimir eingefangen hat seine Bienen. Sie wollen nämlich Reißaus machen, möchten gern fliegen über den Teich, aber Kasimir wird es nicht erlauben. Er wird die Königin fangen, und alle Bienen werden kommen, die Königin zu besuchen, wie es üblich ist beim Volk der Bienen. Dann wird Kasimir schnell den Deckel drauflegen und die Königin in einen Bienenkorb tragen.«

Was war das für eine sonderbare Sprache? Der Mann stieg wieder in den Baum und verbreitete weißen Rauch. Ingo rief er zu, er solle nicht am Zaun stehen bleiben, weil seine Bienen, wenn sie böse sind, alles stechen, was herumsteht, sogar die im Garten angepflockte Ziege.

»Wenn ich gefangen habe meine Königin, werde ich dir verkaufen schönen, süßen Honig. Kasimir wird warten.«

Ingo ging zurück ins Dorf. Noch immer stand der graue Trabant vor dem Gutshaus, jetzt der prallen Sonne ausgesetzt. Wie alt mochte sie sein? Bestimmt älter als zwanzig, aber jünger als dreißig. Was verband sie mit Wilkowa? Warum lief sie, unpassend angezogen in ihrem empfindlichen Weiß, durch dieses schmutzige Dorf?

An einem schmalen Uferstreifen des Teiches, einer Stelle ohne Schilf und Weidengestrüpp, badeten Kinder. Mit beträchtlichem Lärm trieben sie zwei Kühe, die sich in den Teich verirrt hatten und bis zum Bauch im Wasser wateten, aufs Trockene.

»Auch noch da?«

Das war ihre Stimme. Die Frau stand in einem von Unkraut überwucherten Garten, die Kamera im Anschlag, als wolle sie den Teich fotografieren oder die länger werdenden Schatten der Weidenbäume oder das Badeleben von Wilkowa mit Kühen und Kindern. An ihrem weißen Kleid hingen Kletten, das Haar war durcheinander geraten.

Er war ihr im Wege. Sie wollte eine Panoramaaufnahme von Teich und Dorf machen und Ingo stand wie ein Zaunpfahl mittendrin.

»Drüben verkauft ein alter Mann Bienenhonig«, sagte Ingo. »Er spricht sogar deutsch, ein etwas lustiges Deutsch, aber man kann ihn gut verstehen.«

Sie zögerte. Honig schien nicht ihr Lieblingsbrotaufstrich zu sein.

»Wenn Sie auch Honig kaufen wollen, kommen Sie doch mit.«

Sie sammelte die Kletten aus ihrem Kleid, strich das Haar zurück, schien unentschlossen, fotografierte erst ihr Panorama, bevor sie sagte: »Na ja, warum nicht mal Honig?«

Sie gingen gemeinsam zu dem alten Mann, der sich Kasimir nannte und Bienenhonig verkaufte. Aber was hieß schon gemeinsam? Sie auf dem Pflaster, er fünf Schritte daneben auf dem Sommerweg, dazwischen Platz genug für ein Heufuder.

Warum sprach sie nicht? Dämliche Frage, er sagte ja auch nichts. Ein Grünfutterwagen hatte Gras verloren, eine lange grüne Grasspur lag auf dem Sommerweg. Enten machten sich darüber her, ließen sich auch nicht stören, als sie vorübergingen. Als sie an Ingos Auto vorbeikamen, hätte er eigentlich sagen müssen: Das ist mein Auto. Aber er sagte nichts, denn es war klar, dass es sein Auto sein musste. Außer ihnen gab es keine weiteren Fremden im Dorf. Sie ging an dem grünen Käfer vorbei, als wäre er ein schäbiger Mistkäfer und kein Auto. Ob sie wusste, dass HL Lübeck bedeutete?

Kasimir wartete schon. Er hatte seine Königin gefangen, ruhte aus auf der Steintreppe vor dem Haus, nicht mehr umgeben von schwärmenden Bienen, sondern von

Rauchwolken aus seiner Pfeife. Als er sie kommen sah, stand er auf, etwas steif, sehr gerade, sehr aufrecht marschierte er auf die Frau zu, verbeugte sich, griff nach ihrer Hand, führte sie an die Lippen; die kleine Hand verschwand völlig unter dem bauschigen Bart. Mein Gott, er wird sie doch nicht auffressen!

Ihr war es peinlich. Vermutlich hatte sie keine Ahnung, wie eine Dame sich beim Handkuss zu verhalten hat, weil man so etwas nicht lernt in der Deutschen Demokratischen Republik. Handkuss im Sozialismus! Und das mit einem Westdeutschen als Zuschauer, also das war schon schlimm.

»Gut, dass du mitgebracht hast deine Frau. Frauen verstehen mehr vom Honigkaufen.«

»Ich bin nicht seine Frau.« – »Sie ist nicht meine Frau.«

Beide sagten es gleichzeitig, und Kasimir grinste.

»Aber vielleicht kann noch werden. Es ist alles möglich, Gutes und Schlechtes, warum nicht Mann und Frau?«

Er ging ihnen voraus, ein Kerl mit breitem Nacken, einem fast kahlen Hinterkopf, ein Riese von Mensch, auch noch im Alter. In jungen Jahren musste in diesem Kasimir die Kraft gesteckt haben, beladene Rübenwagen aus dem Schlamm zu ziehen.

Er scheuchte Schafe und Gänse vom Gartensteg, winkte den beiden, ihm zu folgen, an den Bienenkörben vorbei, die geschützt hinter einer Tannenschonung standen, in den Holzschuppen mit den Honiggläsern.

»Das ist Honig von frischem Klee, hab' ich gemacht in diesem Jahr. Dort steht Honig von '78; es wird nie wieder geben Honig von '78, weil es ist Kasimirs letztes Glas. Oder wollt ihr haben Honig vom Heiligen Vater? Meine Bienen haben ihn gesammelt vorigen Sommer, als Papst Woityła ist gefahren durch Polen. Überall war schönes Wetter, und meine Bienen sind geflogen zu den gelben Feldern, ich weiß nicht, wie es heißt in deutscher Sprache ...«

»Sonnenblumen«, sagte Ingo.

»Nein, nicht große gelbe Blume, sondern kleine gelbe Blume.«

»Er meint Raps«, erklärte die Frau.

Donnerwetter, die verstand sogar etwas von Landwirtschaft und Bienenzucht. Natürlich Raps. Das waren doch die leuchtenden Felder in Ostholstein, so hell, dass die Augen schmerzten. Um die Pfingstzeit kamen die Imker von weit her, um Bienenkörbe in Rapsfelder zu stellen.

Kasimir reichte der Frau ein Glas Honig.

»Das ist Honig von Linden. Ist gemacht in diesem Sommer. Hast du gesehen die hohen Bäume an der Chaussee? Sie haben geblüht wie in keinem Jahr, solange Kasimir denken kann. Lindenhonig ist gute Medizin. Wenn das schöne Fräulein hat Halsschmerzen vielleicht oder schlimme Schnoddernase, man muss kochen heiße Milch und hineinrühren Kasimirs Lindenhonig, dann brauchst du keinen Doktor.«

»Sind Sie Deutscher?«, fragte Ingo.

Kasimir winkte ab. »Pole, Russe, Deutscher, was ist da viel zu sagen? Hauptsache, man ist Mensch.«

»Wohnen Sie schon länger in Wilkowa?«, wollte sie wissen.

»Länger als halbe Leben.«

»Es ist nämlich so«, fuhr sie fort, »wir beide kennen uns überhaupt nicht aus. Wir haben uns hier zufällig getroffen, und es wäre doch schön, wenn Sie uns etwas über das Dorf erzählen könnten.«

Er schüttelte nachdenklich den Kopf. »Ja, ja, da kommen viele aus Deutschland und kennen sich nicht aus. Warum immer auskennen? Es ist genug, sich auszukennen in der Arbeit, die zu tun ist heute und morgen, in Fischefangen und Gänseschlachten und Honigmachen, aber warum auskennen in dieser alten Geschichte von Polninken?«

Ingo blickte sie an, und sie blickte ihn an. Es überraschte sie beide, dass Kasimir Polninken gesagt hatte, dass der alte Name nach fünfunddreißig Jahren Wilkowa überhaupt noch bekannt war.

»Na, was willst du haben, schönes Fräulein, Lindenhonig als Medizin für den Hals oder Honig von weißem Klee oder von gelben Feldern, als Wojtyła ist in Polen gewesen bei gutem Wetter?«

Ingo fragte nach den Preisen.

»Lindenhonig ist teurer als Honig von weißem Klee, weil Lindenhonig ist Medizin, und Kasimir ist eine gute Apteka. Am teuersten ist Honig vom Heiligen Vater. Fünf Mark für ein Glas, soviel ist die Arbeit der Bienen wert, was sein muss, muss sein. Aber wenn ihr nehmt zwei Gläser, es kostet nicht zehn Mark, sondern neun.«

Während Ingo mit Kasimir über den Honig verhandelte, ging sie ums Haus, blickte durch die Scheiben und zum Giebel hinauf, wo ein Fenster sein Glas verloren hatte und mit Brettern vernagelt war.

»Was war das früher für ein Haus?«, fragte sie.

»In deutscher Zeit ist es gewesen Dorfschule, und in polnischer Zeit ist es auch gewesen Schule. Aber jetzt fahren die Kinder mit Bus zur Stadt. Also braucht man das Haus nicht mehr. Wo früher gelebt hat der deutsche Lehrer und dann die polnische Lehrerin, lebt jetzt der alte Kasimir. Die große Stube, in der Kinder lernen mussten, wie heißt sie in deutscher Sprache ...?«

»Klassenzimmer«, half sie nach.

»Das Klassenzimmer ist jetzt Magazin für das Gut. Da liegen Nägel und Räder für die Traktoren.«

Ingo zählte ihm das Geld für ein Glas Honig in die Hand. Kasimir ließ es rasch in der Hosentasche verschwinden, klimperte herausfordernd mit den Münzen.

»Na, schönes Fräulein, vielleicht möchtest du kaufen das letzte Glas Honig aus dem Jahr '78. Wenn man bedenkt, es wird nie wieder geben ein Jahr 1978, sollte man wenigstens Honig davon haben.«

Sie nahm ihm das Glas ab, das er ihr so aufdringlich unter die Nase hielt. Danach geschah das Peinliche. Sie wollte zahlen, aber als Kasimir ihre Scheine und Münzen sah, schüttelte er heftig den Kopf.

»Guten Honig kann man nur verkaufen gegen gute Valuta. Was sein muss, muss sein.«

Er hielt einen langen Vortrag über gutes und schlechtes Geld. Früher sei amerikanisches Geld am besten gewesen, heute nur noch am zweitbesten, weil die Deutsche Mark West den Dollar überholt habe. Aber die Deutsche Mark Ost, die Mark aus dem Sozialismus, sei nicht zu gebrauchen. Noch schlimmer stehe es um den Złoty, der so arm sei wie das arme Polen.

Er holte einen Zehnzłotyschein aus der Gesäßtasche, hielt ihn gegen die Sonne, machte eine zweideutige Bewegung, zeigte lachend seine rostbraunen Zähne, knüllte das Papier zusammen und ließ es wieder verschwinden.

Sie verzichtete auf Kasimirs Honig. Ohne Gruß ging sie zur Straße, und Ingo tat etwas, über das er sich nachher selbst wunderte. Er lief ihr nach, holte sie kurz vor dem Pflaster ein, sagte, er werde ihren Honig mit Westgeld bezahlen. Das sei nicht so schlimm, sie dürfe das dem alten Mann nicht übel nehmen, der kenne sich in solchen Dingen nicht aus.

Sie sah ihn an, als hätte er etwas Furchtbares ausgesprochen. »Nicht zahlen, überhaupt nicht zahlen«, flüsterte sie.

Nun kam auch Kasimir. Er werde dem schönen Fräulein ein Glas Honig schenken. Kasimir brauche kein Geld, weder gutes noch schlechtes, er verschenke gern Honig, besonders an junge Mädchen.

»Danke, vielen Dank.«

Sie ließ sich nicht aufhalten, bog auf die Straße, ging, ohne sich umzuschauen, zur Gutsauffahrt, wurde nun wieder der ferne weiße Fleck, als den Ingo sie kennen gelernt hatte.

»Kasimir wollte deine Prinzessin nicht beleidigen. Sie kann nichts für das schlechte Geld, aber es ist die reine Wahrheit: Kasimirs Honig ist gut, sozialistisches Geld ist nicht gut.«

Ein Zweitaktmotor sprang scheppernd an. Der graue Trabant verließ die Gutsauffahrt, eine blaue Auspuffwolke hinter sich herziehend. Sie fuhr an ihnen vorbei, ohne sich umzudrehen. Weg war sie. Und Ingo wusste nicht einmal ihren Namen.

»Schade, schade, so viel Ärger wegen Honig und schlechtem Geld«, schimpfte Kasimir. Es wäre nun Zeit gewesen, Kasimir nach diesem und jenem zu fragen, nach Majewskis Haus und der Chaussee, die dem Großvater gehört hatte, aber eine sonderbare Traurigkeit verschlug Ingo die Sprache. Er wollte diesen Ausflug in Mutters Dorf beenden, zurückkehren zu Camping Rusalka, um das zu tun, was heute eigentlich dran war: ausruhen und baden.

War sie nun links abgebogen in die Lindenallee Richtung Węgorzewo oder rechts unter die Eichen nach Bartoszyce? Nein, nein, er wollte ihr nicht nachfahren, er dachte es nur, als er an der Einmündung der Pflasterstraße wartete und sich wunderte über die Ausmaße des Roggenschlags gegenüber, der bis zu den Scherenschnitten am Horizont zu reichen schien, dessen Gelb nur hin und wieder unterbrochen wurde von grünen Bauminseln. Auf diesen Feldern ist einmal viel Schweiß vergossen worden. Vater wird dabei gewesen sein und Mutter natürlich auch. Frauen gehörten zu jeder Jahreszeit auf die Felder. Rüben hacken im Frühling, Kartoffeln sammeln im Herbst, Heu harken im Sommer, als Garbenbinderin in der Getreideernte, als Packerin beim Einfahren oben auf dem Wagen. Da wäre mal ein Bild zu malen von der Frauenarbeit auf den weiten Schlägen der östlichen Güter. Diese lange Reihe der blinkenden Sensen in Öl. Die Männer mit nackten Oberkörpern, nach vorn geneigt, in gleichmäßigen Schwüngen das Korn niedermähend. Hinter ihnen die Reihe der Frauen, hochgeschürzt, auf dem Kopf weiße Tücher oder heitere Strohhüte. Korn mähen im Akkord, solange das Tageslicht reichte. Die Frauen noch tiefer gebeugt als die Männer, mit wundgescheuerten Unterarmen, Disteln in den Fingerkuppen, die weiten Tücher hoben und senkten sich hinter den Sensenmännern. Aus der Nähe betrachtet, verwehte jede malerische Poesie, blieb nur Schweißgeruch, der Fliegen und Bremsen anzog.

Ein Sonnenaufgang mit viel Tau auf den Halmen, die Frauen durchnässt von den Fußspitzen bis zum Bauchnabel, auf die Sonne wartend, um zu trocknen. Das gleiche Gemälde in der Mittagshitze, wenn es über den Hocken flimmerte und jenseits des gelben Meeres eine Luftspiegelung Schatten und Kühlung in den Himmel zauberte. Oder die Abenddämmerung, wenn die Sensen immer noch im Korn raschelten, die nachfolgenden Binderinnen sich beugten, beugten, beugten … Großvater wird solche Gemälde noch gesehen haben, wenn er im August seine Chaussee abwanderte. Vor sechzig Jahren erntete man noch so. Der hat Binderinnen gesehen, die alle zwei Stunden hinter die Hocke mussten, um einen Säugling zu stillen, der in einem Handwagen den Sommer verschlief. Während sie stillten, halfen Schulmädchen aus, denn wer zehn Minuten nicht bindet, holt den Schnitter einen langen Sommertag nicht mehr ein. Zu malen wäre auch der Heimweg nach Sonnenuntergang. Hier ein Mann, da eine Frau, hinter ihnen im Bollerwagen, umgeben von leer getrunkenen Kannen, ein schlafendes Kind. Es wird vorgekommen sein, dass sie auf dem Heimweg gesungen haben. Danach die Abendmahlzeit und das gemeinsame Lager. Auch dafür musste noch Kraft sein, wenn wunde, schwielige Hände sich um Zärtlichkeit bemühten, bevor der Schlaf alles auslöschte. Bei Sonnenaufgang standen sie wieder im taunassen Roggen, um sich zu verneigen vor dem bisschen Brot und dem Himmel, der noch kühl war und so gnädig …

Kurz vor Węgorzewo holte er den Trabant ein, fuhr eine Weile dicht auf, blinkte sie an und hupte. Aber sie hielt stur ihre sechzig Stundenkilometer ein. Als er überholte und im Vorbeifahren winkte, bekam er keine Antwort. Also gut, dann lassen wir die Geschichte.

Am Schlagbaum Rusalka stand der aus Iserlohn und studierte den Essenplan für die nächsten Tage.

»Na, erste Rundfahrt erledigt?«, sprach er Ingo an. »Was sagen Sie denn zu unserem schönen Ostpreußen? Haben die Polen ganz schön runtergewirtschaftet, was? So viel Unkraut auf den Feldern hat es doch früher nicht gegeben. Und überhaupt keine Farbe. Die meisten Häuser haben den letzten Anstrich vor dem Krieg bekommen, da ist nuscht mehr von zu sehen.«

Das blonde Mädchen lehnte aus dem Fenster der Empfangsbude und rauchte eine Zigarette. Lächelnd fragte es Ingo, ob er einen Wunsch habe, mal so eben einen Wunsch. Wünsche aller Größenordnungen wurden erfüllt, von der Zigarette bis zur gemeinsamen Kahnfahrt nach dem Abendessen.

»Es gibt Grießpudding mit Kirschsaft«, sagte der aus Iserlohn und begleitete Ingo zum Restaurant.

»Bloß die Natur, die können sie nicht verändern. Wälder und Seen sind geblieben wie zu unserer Zeit. Ich sag' immer zu meiner Frau, Lieske, sag' ich, nur wegen der Landschaft lohnt es sich noch hinzufahren. Die Landschaft kriegen sie nicht kaputt.«

Die beiden Sitzschönheiten hatten Radieschen und Tomaten für ihn zurückgelegt. Die eine schlug vor, Tomaten mit Zucker zu essen, und zeigte gleich, wie es gemacht wird. Eine feuchte Tomate ins Zuckerglas tunken und abbeißen. Die andere schälte eine Zwiebel für ihn ab, denn natürlich ging das auch, Tomaten mit Zwiebeln zu essen. Darüber fing sie an zu heulen. Wieder lachte die halbe

Betriebsgruppe aus Nowa Huta und machte Witze, dass zwei kraftvolle Frauen einen jungen Mann in die Mitte genommen hatten, um ihn mit Tomaten in Zucker oder Zwiebeln mit Tränen zu verführen.

Der aus Iserlohn wartete vor der Tür.

»Haben Sie nicht Lust, zu uns in den Wohnwagen zu kommen? Ich möchte Ihnen Bilder von früher zeigen. Sie werden staunen, wie das hier ausgesehen hat.«

Ingo lehnte ab. Ein andermal vielleicht. Er sei immer noch müde. Seine Nachbarn waren eingetroffen. Zwei Wartburgs mit DDR-Nummern standen vor den blauen Zelten, und er dachte, es sei wohl nötig, den Leuten guten Tag zu sagen.

»Ich hab' mich einfach zwischen Sie gesetzt. Es wird Ihnen doch nicht zu eng?«

»Nein, es geht«, sagte ein Mann in Ingos Alter, der mit einem Kleinkind vor dem Zelt spielte.

»Wir können essen«, rief die Frau aus dem Zelt. Da nahm er das Kind auf den Arm und verschwand. Der auf der anderen Seite säuberte die Autoscheiben.

»Guten Abend. Bisschen eng hier, nicht? Ich hab' mich einfach zwischen Sie gesetzt.«

»Macht nichts«, antwortete er, »macht überhaupt nichts.« Aus dem Zelt kam ein kleines Mädchen, lutschte am Daumen und starrte Ingo an. Ihm folgte eine Frau, die ihren Mann in ein heftiges Gespräch verwickelte.

»Brauchst doch nicht immer Auto zu putzen!«

»Warum nicht? Kann nicht schaden.«

»Wird ja morgen doch wieder dreckig.«

Das Kind verschwand im Zelt, lugte scheu durch die Eingangsklappe.

Dann eben nicht, dachte Ingo. Sie wollten nichts mit ihm zu tun haben.

Der vierte Tag

Ein stiller Laubwald, Görlitz genannt, zwischen der Masurischen Seenplatte und der alten Stadt Rastenburg. Hier spielten die Zyklopen vier Jahre mit Betonklötzen und hinterließen Trümmer zum Anschauen. Schmeding hatte gesagt, Kwatery Hitlera sei der einzige Ort in Masuren mit richtigem Touristenrummel. Götterdämmerung für zehn Złoty Eintritt. Villa Jodl, Villa Keitel, Villa Göring, die Betonbunker waren 1945 gesprengt worden, bevor Soldaten der Roten Armee schweinische Sprüche an die Wände schmieren konnten. Führung in mehreren Sprachen. Der Kartenraum, in dem am 20. Juli 1944 die Bombe ein paar Menschen zerriss, leider die falschen, wie es Bomben so an sich haben. Aus diesem verträumten Winkel Masurens wurde der Angriff auf die Sowjetunion befohlen, dem dann – in gehörigem Abstand – die große Umbenennung folgte: Aus Angerburg wurde Węgorzewo, aus Rastenburg Ketrzyn, aus Königsberg Kaliningrad und aus Polninken Wilkowa. Erstaunlich die jahreszeitliche Übereinstimmung. Am 24. Juni 1812 sah Napoleon zu, wie die ersten Regimenter der Großen Armee bei Kowno den Njemen überschritten. Am 22. Juni 1941 das gleiche Schauspiel noch einmal, immer bei schönem Wetter zum Sommeranfang und bei ausgetrockneten Wegen. Und die Rückkehr dann im Winter.

Ingo hatte sich auf das Führerhauptquartier vorbereitet, auf den Unterricht in praktischer Geschichte, der am vierten Tag dran war, und das gar nicht weit von Camping Rusalka. Vorher tankte er in Węgorzewo. Guter Rat von Schmeding: Wenn du in Polen eine geöffnete Tankstelle siehst, vor der weniger als fünf Autos stehen, fahre sofort ran und mach den Tank voll. In Węgorzewo warteten nur drei Autos, zwei davon mit westlichem Kennzeichen; die Schlange vor dem Fleischerladen gegenüber war entschieden länger. Ein Mann sammelte die Benzingutscheine ein, ein Junge arbeitete, während das Benzin in den Tankstutzen lief, mit Schwamm und Lappen an der Scheibe, entfernte die blutverschmierten Reste toter Mücken und Schmetterlinge. Aber nur an westlichen Autos. Als Ingo ihm einen Zehnzłotyschein durchs Fenster reichen wollte, schüttelte er den Kopf. Deutsche Mark wäre ihm lieber. Ingo fand mehrere Groschen und ein Fünfzigpfennigstück in der Hosentasche. Er schüttete die Münzen in die aufgehaltene Hand. Der Junge bekam blanke Augen, vor allem das Silberstück mit dem knienden Mädchen auf der Rückseite hatte es ihm angetan. Er verneigte sich, holte einen sehr weißen Lappen aus der Bude und rubbelte als Zugabe die Frontscheibe trocken.

Auf der Straße musste Ingo plötzlich bremsen, weil da, halb auf dem Bürgersteig, der graue Trabant stand. Das war sie. NX 74-53, ganz klar. Entweder kaufte sie drüben im Gemüseladen Tomaten, oder sie holte Briefmarken aus der Post. Ingo hielt auf der anderen Straßenseite. Mindestens zehn Minuten wartete er, bis sie aus einer Nebenstraße kam, eine Einkaufstasche in der Hand. Wieder so weiß wie gestern mit einem leichten hellblauen Unterschied. Das war die Tuchhose, die sie zur weißen Bluse trug.

Er ging zu ihr. Hatte sie ihn wirklich nicht gesehen, oder tat sie nur so?

»Guten Morgen, wohnen Sie auch in Węgorzewo?«

Sie erschrak. Erster Blick die Straße hinauf, zweiter Blick die Straße hinunter, dann zur Menschenschlange vor dem Fleischerladen, schließlich zur Tankstelle. Sie wühlte in der Einkaufstasche, suchte wohl den Autoschlüssel oder sonst eine Ablenkung; ihn behandelte sie wie einen Laternenpfahl, der im Wege stand.

»Ich fahre heute zum Führerhauptquartier. Wollen Sie nicht mitkommen?«

Keine Reaktion.

»Oder besuchen Sie wieder unser Dorf?«

Endlich fand sie den Autoschlüssel, beugte sich zur Tür, um aufzuschließen.

»Bitte, sprechen Sie mich nicht in der Öffentlichkeit an, es geht nicht.«

Das sagte sie leise und warf die Tasche auf den Rücksitz, stieg überhastet ein. Im Nu war kaltes Fensterglas zwischen ihnen. Sie saß in einem grauen Käfig, eine gefangene weiße Taube, unnahbar und nicht ansprechbar.

Außerhalb Węgorzewos, auf dem Weg zum Führerhauptquartier, fiel ihm ein, dass er »unser Dorf« gesagt hatte. Das geschah ungefähr an der Nordspitze des Sees vor der Weggabelung. Links ging es über den Kanal Mazurski, der hier in den Mamrysee mündete, zu den Wäldern mit dem zerstörten Zyklopennest. Er fuhr links, aber auf der Kanalbrücke blieb er stehen. Ein sonderbarer Kanal. Schilf an beiden Seiten, Wildenten, Wasserlilien, weit und breit kein Schiff unterwegs, nicht mal ein Kahn mit einem Angler. Ein Kanal, der wie ein toter Arm aus dem See ragte, nutzlos, unbrauchbar, mit stehendem Wasser. Was hatte es auf sich mit diesem merkwürdigen Kanal, der zu einem Tümpel mit schwarzem Wasser erstarrt war? Er würde das Mädchen in der Empfangshütte fragen oder den alten Kasimir.

Unser Dorf, hatte er gesagt. Nur ein paar Stunden da gewesen und schon so vertraut. Werden Menschen von ihren Landschaften geprägt? Haben Vater und Mutter hier etwas mitbekommen, was nicht wieder abzuwaschen ist? Wirkt es sogar in den Kindern fort, sodass am Ende doch etwas dran ist an der Geschichte vom Klapperstorch, der die Kinder aus den Teichen der Umgebung fischt? Wachsen sie einfach aus der Erde, aus den Mooren,

Sümpfen und Butterblumenwiesen wie die heimischen Pflanzen?

Unser Dorf! Der Gedanke an den bevorstehenden Touristenrummel machte ihn melancholisch. Zu viel der Aufmerksamkeit für die Betontrümmer. Plötzlich überfiel ihn der Gedanke, die kleine weiße Frau im grauen Trabant fahre in diesem Augenblick nach Wilkowa. Er sah sie vor Kasimirs alter Schule auf der Treppe sitzen, ein Glas Honig in der Hand, natürlich vom besten und ohne harte Valuta. Ingo bekam Angst, etwas Wichtiges zu versäumen. Er kehrte um und fuhr in die andere Richtung.

In Wilkowa war es so wie gestern. Die anschlagenden Hunde, die Kinder, die in die Häuser liefen, als der grüne Käfer über das Pflaster klapperte. Am Teich wieder die Angler. Auch im Teich Angler, die Fischreiher nämlich, die wie unbewegliche graue Pfähle im Morast steckten, ihr Spiegelbild betrachteten und hin und wieder ihre Schnäbel auf die Wasseroberfläche schlugen. Fischleiber zappelten, blinkten in der Sonne, der Reiher warf den Kopf zurück, sein Hals mit dem zuckenden Fisch beulte sich ... Dunkel war es in des Reihers Schlund.

Natürlich keine Spur von einem grauen Trabant. Weder vor Kasimirs Schulhaus noch vor der Gutsauffahrt. Auch kein Kasimir. Die Tür stand offen, auf dem Herd kochte geräuschvoll Wasser. Ingo ging ums Haus. Auch im Garten niemand. Die Schafe liefen blökend hinterher, die angepflockte Ziege riss an ihrer Kette.

Er fuhr zum Gut und stellte das Auto ab, wo gestern der graue Trabant gestanden hatte, unter der weiß-roten Fahne, direkt vor dem Polski-Fiat. Im Gutshaus klapperte eine Schreibmaschine. Arbeiter brachten zwischen Stall und Scheune Grünfutter ein, staksten mit Gummistiefeln, die fast bis zum Gesäß reichten, im matschigen Grün. Aus dem Silo dampfte es, als wären sie auf heiße Quellen gestoßen. Außerdem stank es.

Ein Mann wollte in den Polski-Fiat steigen, überlegte

es sich aber und kam auf Ingo zu. Er gestikulierte heftig, überschüttete ihn mit Worten, die Ingo nicht verstand. Du sollst hier nicht auf dem Hof herumschleichen, hieß das wohl. Wir brauchen keinen, der bei der Arbeit zusieht und im Wege steht!

»Ist gut, ist gut, ich geh' ja schon.«

Zurück zur Dorfstraße. Zu Fuß in den Park, der kein Park war, sondern Wildnis mit Verwesungsgeruch. Deutlich erkennbar ihre Spuren. Hier hatte sie gestern mit Brennnesseln gekämpft, dort wurde sie von Kletten überfallen. Eine Sackgasse. Sie hatte umkehren müssen, weil der Weg in Sumpf und Dickicht endete.

Hinter ihm schrie einer. Kasimir stand neben seinem Auto und fuchtelte mit den Armen. Na, wenigstens Kasimir war da. Als er näher kam, erschrak Ingo über seine blutverschmierten Hände. In einem Blecheimer trug er zwei kleine Karpfen und drei Schleie, schon ausgenommen und in handliche Teile zerlegt. Am Bauchriemen baumelte ein spitzes Messer, auch daran kaltes Fischblut.

»Kasimir hat Mittagessen aus dem Teich geholt für uns drei. Wo hast du sie gelassen, deine Prinzessin?«

»Es ist nicht *meine* Prinzessin!«

»Hast du geschlafen mit ihr heute Nacht, oder war sie böse, weil Kasimir nicht gegeben hat guten Honig für schlechtes Geld?«

Es hatte keinen Zweck, mit Kasimir darüber zu reden. Ingo begleitete ihn schweigend zum Schulhaus.

»Wenn du nicht geschlafen hast mit der Prinzessin, wo hast du denn geschlafen?«

»Auf dem Campingplatz in Węgorzewo.«

»In Angerburg bist du also!«

»Warum sagst du Angerburg und nicht Węgorzewo?«

Kasimir lachte. »In deutscher Sprache Angerburg, in polnischer Sprache Węgorzewo. Wir beide unterhalten uns in deutscher Sprache, also hat man zu sagen Angerburg. So ist das mit den Sprachen. Sprechen wir deutsch, sagen wir Mutter, sprechen wir polnisch, sagen wir Matka. Maslo heißt es in polnischer Unterhaltung, und Butter streichen wir in deutscher Sprache aufs Brot. So wie mit Butter und Mutter muss es auch sein mit Angerburg. Aber ein Wort hat keinen Unterschied, Kartoffel ist Kartoffel in beiden Sprachen. Also kannst du dir aussuchen, ob wir Kartoffeln kochen für die Fischsuppe in Polnisch oder Deutsch.«

Mensch, Kasimir, das ist die Lösung! Wie haben sie sich angestellt mit den Namen! Ingo erinnerte sich der Eingaben an die Stadt Lübeck, doch ja bei offiziellen Anlässen, wenn die Rede käme auf die östlichen Städte und Provinzen, die alten deutschen Namen zu verwenden. Gegeneingaben der anderen Seite. In heutiger Zeit von Breslau und Stettin zu sprechen, verrate schon böse revanchistische Gesinnung. Am liebsten hätten sie neue Namen erfunden, um es jedem recht zu machen. Und plötzlich triffst du einen alten Mann in Masuren, der weiß, wie es richtig ist, ganz einfach und so, dass es keinem wehtut.

Kasimir hielt die Fischstücke unter die Gartenpumpe, Ingo pumpte, bis Wasser auf die Steine plätscherte. Die abgespülten Fische brachten sie in die Küche, warfen sie ins heiße Wasser. Nun noch Kartoffel oder Kartoffel, je nachdem, ob sie polnisch oder deutsch kochen wollten. Sie mussten erst gegraben werden. Das geschah im rückwärtigen Teil des Gartens, wo Kasimirs Gemüse wuchs. Kasimir grub, Ingo sammelte die Kartoffeln in einen Drahtkorb. Auch sie kamen unter die Wasserpumpe, bevor Kasimir sie auf den Herd setzte.

Auf einmal tat Kasimir sehr geheimnisvoll. Er zog Ingo hinaus in die dunkelste Ecke des Flurs. Da war eine Holztür ohne Farbe. Erst der dritte Schlüssel passte. Hinter der Tür ein Verschlag, keine Speisekammer, eher ein Abstellraum für Gerümpel. Kasimir leuchtete mit einer Taschenlampe. Es sah aus, als wäre mit Ratten und Mäusen zu rechnen, aber fürs Erste fiel ihnen eine große, staubbedeckte Landkarte entgegen, eine deutsche Karte der Provinz Ostpreußen, die gleiche Karte, die Mutter ihm mitgegeben hatte, aber viel größer. Dahinter ein Stapel zerlesener Fibeln, ramponierte Rechenbücher des ersten bis vierten Schuljahres, die Tecumseh-Bände von Fritz Steuben, Karl May, »Der Mythos des 20. Jahrhunderts«, »Mein Weg nach Scapa Flow« und schließlich – es traf Ingo gänzlich unvorbereitet und mit der Gewalt eines Steinschlags im Gebirge – Adolf Hitlers »Mein Kampf«, aufgeschlagen, Seite 332.

»Es hat sich eingefunden nach dem Krieg«, erklärte Kasimir die Rumpelkammer. »Kasimir hat es zusammengefegt und gedacht, es könnte vielleicht nützlich sein später, wenn die Deutschen wiederkommen oder wenn man aus der Geschichte lernen will.«

Eine zerbrochene Schiefertafel, ein Paket Kreide – oh, hier hätte der Wolf noch jahrelang Kreide fressen können, um seine Stimme zu verstellen –, ein Berg ausgetrockneter Schwämme, diese kleinen rötlichen Dinger, die so lustig an den Tornistern der Schulanfänger baumelten. Was war denn das? Da stand der furchteinflößende Rohrstock der Schule von Polninken still in der Ecke und rührte sich nicht.

Kasimir genoss sein Staunen.

»Es ist noch mehr übrig aus deutscher Zeit«, sagte er und zeigte zur Stiege, die vom Flur aus auf den Boden führte.

»Komm mit auf die Lucht, ich werde es dir zeigen.«

Kasimir ging als Erster, füllte wie ein unheimlicher Schatten die Bodenluke aus. Oben ein ziemlich düsterer Raum, weil das Giebelfenster vernagelt war. Als die Augen sich an das Dunkel gewöhnt hatten, wurden kreuzende Balken sichtbar. Ein Vorhang aus Spinngewebe. Alte Säcke trockneten auf einer Leine neben ungegerbten Kuhhäuten und Katzenfellen für schmerzende Rücken und kalte Füße. Ein Spinnrad, von den Dachsparren hängend, versperrte den Weg. Es roch nach getrockneten Heilkräutern.

Kasimir steuerte auf den mächtigen Schornstein zu, der die Decke von unten durchstieß und sich über ihnen in die Dachpfannen bohrte. Vor der Schornsteinwand kniete er nieder. Er nahm ein paar lockere Ziegel aus dem Mauerwerk, reichte sie Ingo, der ihm mit der Taschenlampe leuchtete.

»Ein Loch aus deutscher Zeit«, erklärte er.

Er griff hinein, zog einen gewöhnlichen Drahtkorb hervor, wie sie ihn zum Kartoffelsammeln gebraucht hatten. In dem Korb ein Sack, auf dem Sack eine fingerdicke Staubschicht, unter dem Sack vergilbtes Papier, in Bündel gepackt, von Bindegarn zusammengehalten. »Es sind deutsche Papiere.« Kasimir zeigte auf die Ausfransungen am Rand. »Leider hat es den Mäusen gefallen, ein bisschen Kleinmittag zu halten in den Papieren.«

»Was steht da drin?«

»Kasimir weiß es nicht, Kasimir kann nur deutsch sprechen, aber nicht deutsch lesen.«

Er reichte Ingo den Korb. Der trug ihn hinunter, und Kasimir schloss mit hörbarem Krachen die Bodenluke. Bei Tageslicht sah das Papier noch schäbiger aus, die oberste Schicht war graue Kriegsware, aus Lumpen und Altmaterial aufgearbeitet. Kasimir räumte den Tisch, um Platz zu schaffen für die Papiere, danach beschäftigte er sich nur noch mit den Kartoffeln und der Fischsuppe.

»Denn wir wollen nicht vergessen gutes Mittagessen.«

Oben ein Deckblatt mit dem Datum 2. 7. 1947. Gleichmäßig aneinander gereihte Buchstaben mit starker Neigung, nach rechts zu fallen:

»Dieses Papier hat beschrieben mit alter deutscher Schrift ein Mensch namens Johannes Tabel, wo ist Lehrer gewesen in Polninken lange Zeit und sehr alt geworden, bis er gestorben ist im Winter '47, als große Kälte war in dem Haus, das zu deutscher Zeit deutsche Schule gewesen ist. Und hat gelebt, so sagen die Leute, 88 Jahre. Da niemand verblieben ist, der zu seinen Angehörigen konnte gerechnet werden, haben wir gedacht, diese Papiere abzuschreiben und aufzubewahren, bis vielleicht Menschen kommen möchten, denen es zu erfahren Spaß macht, wie es damals zugegangen ist in diesem Dorf.«

Also eine Chronik. Kasimir brachte ein Brotmesser zum Durchschneiden der Bindfäden. Der älteste Bogen datierte vom 1. Januar 1888, das letzte Blatt trug den Vermerk:

»24. Februar 1947, sehr kalt.«

Immer dieselbe Schrift, manchmal rote, manchmal blaue Tinte, zum Schluss immer blasser werdender Bleistift.

Da hatte ein Dorfschullehrer Tagebuch geführt von 1888 bis 1947. Unfassbar! Als er starb, hinterließ er einen gewaltigen Papierberg. Und dann geschah das Merkwürdige: Die Papiere wanderten nicht in den Ofen. Jemand machte sich die Mühe, sie in einen Drahtkorb zu packen, ein Loch in die Wand zu schlagen und sie einzumauern. Dreiunddreißig Jahre später kam Ingo Majewski in dieses Dorf, das ihn eigentlich nichts anging, und traf mit dieser langen, verstaubten Geschichte zusammen.

»Nicht allen Deutschen kann man diese Schrift geben!«, meinte Kasimir von seinen Töpfen her. »Einige werden nur herauslesen, was sie gern lesen möchten. Aber du bist jung, du kannst lesen wie in einem Geschichtsbuch und daraus lernen.«

»Was soll man daraus denn lernen, Kasimir? Hör mal zu, wie das klingt:

›Es steht mir nicht zu, über die bedeutenden Ereignisse unserer aufregenden Zeit zu berichten. Dafür gibt es

Berufenere, die dabei gewesen sind, als die mächtigen Heere die Festung Sewastopol bestürmten, als die preußischen Grenadiere über die Felder von Königgrätz und Düppel zogen und das große Reich unseres gnädigen Kaisers im fernen welschen Land begründet wurde. Ich muss mich begnügen mit bescheideneren Taten, die nicht in die Gazetten gelangten, die aber doch für die Menschen, die um mich leben, von einiger Wichtigkeit sind. Es gereut mich, nicht schon früher begonnen zu haben aufzuschreiben, was geschehen ist. Aber die menschliche Natur neigt dazu, wenn sie im Rausch der Jugend dahinlebt, sich noch viel Zeit zu gönnen. Es mag auch wohl der Glaube verbreitet sein, es käme vornehmlich darauf an zu leben und nicht etwa, das Gelebte aufzuschreiben. Doch scheint mir darin ein oberflächlicher Irrtum zu stecken. Man bedenke, was uns fehlte, hätten die Propheten der alten Schrift nicht aufgeschrieben, was von jener Zeit zu berichten war. Ich empfinde Schmerz über das Versäumte und darüber, dass ich erst heute, an diesem jungen Neujahrstag des Jahres 1888, beginne, dem Papier anzuvertrauen, was geschehen ist.

Doch will ich nicht unterlassen, einiges nachzutragen, was sich vor besagtem Neujahrstag zugetragen hat. Allerdings möchte ich jedem, der diese Papiere in späteren Jahren wohl lesen wird, eine vorsichtige Warnung mit auf den Weg geben. Die vor dem heutigen Tag liegenden Ereignisse mögen in ihrer Beschreibung nicht alle jenen Grad an Wahrheit aufweisen, der Geschriebenem zukommt. Es haben sich durch den langen Lauf der Zeiten und die menschliche Neigung zu freundlicher Übertreibung Worte in diese Schrift geschlichen, für die ich nichts kann. Ich habe, was die älteren Geschehnisse betrifft, sie nach bestem Hörensagen aufgeschrieben, konnte sie gleichwohl nicht durch Augenschein wahrnehmen, weil ich noch ein unmündiges

Kind gewesen bin. So mag es denn sein, dass ich hier einem ehrlichen Erzähler, dort aber einem Aufschneider über den Weg gelaufen bin.
Wenn auch das eine oder andere aus der Vergangenheit wie eine fromme Legende oder ein kindliches Märchen erscheinen mag, so glaube ich doch, ehrlich sagen zu dürfen, dass nichts vollständig erstunken und erlogen ist. Vielmehr haben die Berichte einen hohen Grad von Wahrscheinlichkeit und können sich gerade so zugetragen haben in diesem sonderbaren Land, wie ich sie aufgeschrieben habe. So es hier und da an der letzten Wahrheit fehlen sollte, handelt es sich mehr um eine Ausschmückung und angenehme Färbung vergangener Taten, die tatsächlich geschehen sind, als um eine gewollte Lüge.
Vollends ehrlich und wahr ist aber alles, was ich über künftige Geschehnisse in diese Papiere schreiben werde. Ich werde, so mein Kopf mich nicht im Stich lässt, was Gott verhüten möge, nur Dinge zu berichten wissen, von deren Wahrheit ich persönlich Gewissheit erlangt habe. Sofern es mir aus Gründen der Gesundheit oder mangelnder Zeit nicht möglich sein sollte, der Wahrheit nachzustellen, bevor ich sie schreibe, werde ich mich auf verlässliche Zeugen zu stützen wissen. Wo auch das nicht möglich ist, werde ich in meiner Schrift vermerken, dass der letzte Beweis der Wahrheit mir schuldig geblieben ist, damit künftige Leser nicht genasführt werden, sondern wissen, was gewisslich wahr ist und was von mir nicht als wahr konnte ergründet werden …«

Wie klang das alles fern! Nein, er wollte mit diesem Drahtkorb voller Erinnerungen nichts zu tun haben. Es wäre etwas Neues, ein Eintritt in eine fremde Welt. Wo lag eigentlich dieses Sewastopol und wer hatte seine Knochen zu den Düppeler Schanzen getragen?

Sie aßen Kasimirs Fischsuppe. Nach dem Essen wollte Kasimir ihm unbedingt das Gutsmagazin zeigen, den hinteren Teil des Gebäudes. Es war ein rechteckiger kahler Raum voller Kisten und Regale. Ketten an den Wänden, Traktorenreifen übereinander, Bindfadenrollen in Papiersäcken, rostende Schrauben und Nägel in offenen Schubfächern. In einer Ecke standen Spitzhacken, Schaufeln und Spaten, Handwerkszeug genug, um die Felder Wilkowas per Hand umzuwühlen.

»Das ist gewesen – wie sagt man? – Klassenzimmer in deutscher Zeit.« An der Kopfwand, wo das Pult des Lehrers gestanden haben mochte, fiel ein wagenradgroßer Fleck auf.

»Da hat gehangen ein Bild von Adolf Hitler. Rote Armee hat es totgeschossen. Es steckten so viele Kugeln in der Wand, ein Maurer musste kommen und die Löcher zuschmieren. Auf andere Seite ist gewesen ein Bild von Hindenburg. Rote Armee hat auch ihn erschossen, aber nicht so viele Löcher in der Wand.«

Vier hohe Fenster an der Seitenfront, denn Licht war das Wichtigste in den Schulen. Kasimir strebte der hinteren Fensterbank zu, schob mit dem Ärmel verrußte Zündkerzen zur Seite, wischte mit einem benzingetränkten Lappen das Holz sauber. Zum Vorschein kamen ins Holz geschnitzte Namen, einige verstümmelt, andere noch mit Farbe überkleistert:

Elfriede Jahnisch
Ella Kösling
Marlene Preuß
Felix Malotka
Karl Beyer
Franz Fröhlich …

»Wie heißt du?«, fragte Kasimir.

»Majewski.«

Er lachte. »Du hast also auch ein bisschen polnisches Blut getrunken.«

Kasimir vertiefte sich in die Fensterbank, um zu sehen, ob da vielleicht ein Majewski verewigt wäre. Ingo verfolgte die Hand des alten Mannes, den dicken Zeigefinger mit dem schwarz umrandeten Nagel, wie er die Namenliste abwärts wanderte. Bei Gerhard Majewski hielt er an.

»Das ist mein Vater!«

Das war nun doch etwas Unerhörtes. In dieser kahlen, öden Werkstatt den Namen des Vaters, eingeritzt auf der Fensterbank, zu finden.

Am Ende der Namenliste die Zahl 1920.

»Es werden die Kinder sein, die im Jahre zwanzig in Polninken zur Schule gegangen sind«, meinte Kasimir.

»Nein, es ist der Geburtsjahrgang, mein Vater wurde am 6. Oktober 1920 geboren.«

»Zwanzig ist gewesen ein gutes Jahr für Polen, denn es hat gegeben das Wunder an der Weichsel, als ein gewisser Pilsudski eine Schlacht gemacht hat und in vier Tagen die Rote Armee verjagte.«

Kasimir zeigte auf seinen Bart. Das sei ein Pilsudskibart, erklärte er. Jede Zeit habe ihre Bärte. Einen Kaiser-Wilhelm-Bart habe es gegeben, einen Stalin-Bart und ein Adolf-Hitler-Bärtchen, auch Zar Nikolaus habe damals einen Bart hinterlassen, aber Kasimir sei dem Marschall Pilsudski treu geblieben.

Wie mochte das zugegangen sein? Mit dem Schnitzmesser einen ganzen Geburtsjahrgang zu verewigen, und das auf Schuleigentum. Vielleicht hat jemand nachsitzen müssen. Als der Lehrer zu Tisch gerufen wurde, blieb der Nachsitzer allein im leeren Klassenzimmer, holte sein Messerchen aus der Hosentasche und verunzierte die Fensterbank. Drei Tage später petzte ein größeres Mädchen. Da der Schmierfink nicht gestand, kam der ganze Jahrgang '20, soweit er männlichen Geschlechts war, unter jenen Rohrstock, der jetzt so friedlich in Kasimirs Abseite alten Zeiten nachtrauerte. Auch Vater wird seine Wucht bekommen haben.

Abwaschen ging nicht. Also musste Farbe her, dick aufgetragen, bis die Namen unter dem Kleister verschwanden. Doch mit den Jahren blätterte der Lack ab, und so prangte heute der Jahrgang '20 in alter Herrlichkeit auf der Fensterbank des Gutsmagazins in Wilkowa.

»Deutsche Zeit ist überall«, meditierte Kasimir. »Brauchst nur ein bisschen zu kratzen, schon kommt sie vor. Was sind fünfunddreißig Jahre polnischer Zeit gegen dreihundertfünfzig Jahre deutscher Zeit. Alle großen Bäume, die du siehst, sind gepflanzt in deutscher Zeit. Die Allee, die du gekommen bist, die Straße mit den vielen Linden für Kasimirs Bienen, ist aus deutscher Zeit. Die Pflastersteine, die Häuser und Friedhöfe, alles deutsche Zeit …«

»Ich bin nicht wegen der deutschen Zeit gekommen, Kasimir, ich mache hier nur Urlaub.«

»Sag die Wahrheit, du bist gekommen, um das Fräulein zu treffen.«

»Ich habe sie gestern zum ersten Mal gesehen.«

»Es sieht so aus, als hätte es gegeben ein bisschen Streit zwischen Bundesrepublik und DDR um polnischen Honig. Vielleicht sollte Bundesrepublik sagen zur DDR, wie es heißt im deutschen Lied: ›Komm doch in meine Arme …‹ Kannst auch singen: ›Ich küsse Ihre Hand, Madame …‹ Oder das Lied von Puppchen und Augenstern …«

Ingo musste lachen, als er hörte, wie Kasimir mit den alten deutschen Schlagern umging. Wo hatte er die bloß her?

»Früher hat es hier einen Straßenwärter Majewski gegeben, Kasimir. Weißt du eigentlich, in welchem Haus er gelebt hat?«

»Willst du doch ein bisschen ausspionieren die deutsche Zeit!«

Kasimir lachte und ging mit ihm zur Straße, um ihm das Haus zu zeigen.

»Ein Straßenwärter muss haben ein Haus in der Nähe seiner Straße. Es ist das erste Haus, wenn du von der Chaussee ins Dorf kommst. Du kannst es besuchen. Vor einem Jahr hat noch ein gewisser Lipka drin gewohnt, aber er ist gestorben, Frau und Kinder sind in die Stadt gezogen. Seitdem braucht keiner mehr das Haus vom alten Straßenwärter Majewski.«

Keine Ergriffenheit wollte sich einstellen, zu unwohnlich sah es aus. Graue Dachziegel, die einmal rot gewesen sein mochten, jetzt aber Pilz und Schimmel trugen, schauten aus übermannshohem Gebüsch. Eine Sense müsste man haben, um sich Zugang zu verschaffen zu dem Haus, das dem Großvater gehört hatte und das sein Vater geerbt hätte, wäre es nicht so gekommen, wie es gekommen ist. Brennnesselwälder, ergraute Obstbäume kurz vor dem Erstickungstod. Ein Stück Regenrinne versperrte den Eingang, immerhin eine Haustür gab es noch. Aber auf dem Holz saßen Schimmelpilze, umwucherten Schloss und Beschläge. Ein Fußtritt war nötig, um die Tür zu öffnen. Die Innenräume erschreckend leer. Kein Möbelstück, die Fensterhöhlen ohne Glas. Und doch belebte sich das Haus augenblicklich, füllte sich, während er herumstand, mit Wärme und Wohnlichkeit. Woher kam das? Lag es an der verstaubten Chronik im Drahtkorb, oder steckte das alles in ihm, ohne dass er es wusste? Hatte es nur darauf gewartet, angestoßen zu werden, um aus dem Unterbewusstsein aufzubrechen? Erzählungen der Eltern aus seiner Kleinkinderzeit, die auf den Grund gefallen waren. Jetzt tauchten sie auf, schwammen wie bunte Blätter auf der Oberfläche.

In diesen Räumen hatten Vater und Mutter gelebt, hatten sie Hochzeit gefeiert. Wann ist das eigentlich gewesen? Na, bestimmt schon im Krieg. Weil Vater auf dem

Gut arbeitete, stellte das Gut die Hochzeitskutsche für die Kirchfahrt der Brautleute. Die übrigen Gäste klabasterten auf gewöhnlichen Rübenwagen mit quer gelegten Brettern in die Stadt. Am frühen Nachmittag kamen sie nach dem Ja auf dem Standesamt und dem Ja in der Kirche die Chaussee entlang. Es wird wohl Spätherbst gewesen sein. Im August gab es niemals Hochzeiten, auch zur Heuernte oder Kartoffelernte nicht, möglichst war auch die Frühjahrsbestellung davon freizuhalten. Später November war eine gute Zeit, wenn die letzten Rüben in der Miete lagen, die Gänse Fett ansetzten und die Schweine an die drei Zentner wogen. Schlimm an den Novemberhochzeiten war nur, dass meistens im nächsten August das erste Kind auf die Welt kam, mitten in der Getreideernte, wenn alle Hände gebraucht wurden. Im Spätherbst trugen die Linden keine Blätter mehr. Auf den Feldern kringelte der Wind in den grauen Aschenhaufen ausgegangener Kartoffelfeuer. Auf den abgeernteten Rübenschlägen weidete das Vieh. Als der Hochzeitszug von der Chaussee bog, fing es an zu regnen, nicht heftig, aber es reichte für ein paar nasse Flecken auf dem Hochzeitskleid. Eigentlich durften sie nicht tanzen, denn es war ja schon Krieg. Trotzdem kamen der Schneider mit der Fiedel, der Gutsgärtner mit der Ziehharmonika und der Totengräber mit seiner Klarinette. Sie nahmen auf einem Ackerwagen Platz, überdacht von einer Regenplane, und spielten durchs offene Fenster in die gute Stube hinein, in der die jungen Leute bei Petroleumlicht tanzten, aber heimlich nur, denn es war ja schon Krieg.

Wie hieß der Gutsherr? Es war einer mit von. Mutter hatte den Namen früher oft erwähnt. Tharau? Nein, das war das Ännchen. Von Sahrau oder so ähnlich. Vor Einbruch der Dunkelheit kam der Herr von Sahrau zur Hochzeitsfeier geritten. Er blieb auf seinem Schimmel. Jemand holte die Brautleute vor die Tür. Vom Pferd herab reichte er ihnen die Hand, wünschte Glück und Segen, auch gesunde Kinder. Eine Flasche Weißen brachte er mit für die Feier, eine Westentaschenuhr für den Bräutigam, einen Korb Kinderwäsche für die Braut, die erbärmlich fror, weil sie sich heiß getanzt hatte und im Nieselregen stand, um zum Herrn von Sahrau aufzublicken. Die Musikanten spielten: »Hoch soll er leben!«, meinten nicht etwa den Bräutigam, sondern den Herrn auf dem Pferd und die Flasche Kornus.

Als die Gutsknechte ihre Pferde versorgt hatten, kamen auch sie in schwarzen Jacken und gestärkten Hemden. Sie brachten einen Kranz aus Tannengrün mit, flochten ihn um den Stuhl der Braut und hängten über die Haustür den Spruch, der seit der Franzosenzeit oder der Tatarenzeit oder seit ewigen Zeiten bei Landarbeiterhochzeiten aufgesagt wurde:

»Er hat eine Frau,
Sie hat einen Mann,
Und unser Herrgott hat zwei arme Leute.«

Eine stürmische Hochzeitsnacht. Der Wind riss an den Bäumen, holte die letzten Blätter runter, deckte auch die Plane ab, unter der die Musikanten saßen. Einmal spielten sie versehentlich den Choral »Ich bete an die Macht der Liebe«.

Der Weiße ging zur Neige. Es gab nur noch Johannisbeerwein. Großvater ließ zu fortgeschrittener Stunde den Krugwirt wecken, kaufte auf Anschreiben eine Flasche Bärenfang. Bevor sie die Flasche köpften, erzählte der Totengräber, wie der Bärenfang zu seinem Namen gekommen war. Zu alten Zeiten, als die Pruzzen hier noch lebten, gab es in dieser Gegend gewaltige Bären, die sich von Menschenhand nicht fangen ließen. Da fiel den Pruzzen eine List ein. Sie brauten ein furchtbares Gesöff. Fünfzig Prozent Honig lockten den Bären an, und fünfzig Prozent Sprit machten ihn benusselt. Wenn er das intus hatte, konnte man den Bären in Stricke legen und mit dem Leiterwagen abfahren. So rotteten die Pruzzen alle Bären aus, aber das Gesöff behielten sie bis auf den heutigen Tag.

Warum feierten sie die Hochzeit nicht im Haus der Braut? Weil die Brauteltern kein Haus besaßen, weil es überhaupt keine Brauteltern gab, sondern nur eine altersschwache Mutter, die in einer Gesindekammer im Nachbardorf lebte, zum Kaffeetrinken herangefahren und vor Einbruch der Dunkelheit zurückgefahren wurde. Über die Großeltern mütterlicherseits wusste Ingo wenig. Nur von einer kranken, alten Frau hatte er gehört, die zum Glück im vierten Kriegsjahr starb, sodass ihr vieles erspart blieb, wie die Mutter immer gesagt hatte. Sechs Wochen nach der Hochzeit kam Vaters Einberufung, denn es war ja schon Krieg. Eigentlich durfte kein Mensch mehr tanzen, Hochzeit machen, nun gut, aber auch das bitte schnell, denn es war ja schon Krieg.

Hier mag die Ofenbank gestanden haben, auf der Großvater seine alten Stunden abgesessen hat, während draußen die Novemberstürme rumorten, Schneewälle wuchsen, das Petroleum zur Neige ging und er den letzten Priem aus der Backe holte. Dort vielleicht der Platz für den Waschzuber. Einmal im Monat hatte Mutter große Wäsche. Dann knatterten die weißen und bunten Tücher zwischen den Apfelbäumen, oder sie lagen zum Bleichen auf der Wiese. Hätte es den Zweiten Weltkrieg nicht gegeben, Ingo Majewski wäre in diesem Haus geboren worden, wäre schon zehn Jahre älter, wäre überhaupt ein anderer, hätte Lübeck nie zu Gesicht bekommen, wäre Chausseekratzer an dieser einsamen Straße geworden.

Ein angekohlter Fußboden. Da hatte jemand mit offenem Feuer gespielt, oder Glut war aus der Ofentür gefallen. Hinter ihm eine morsche Treppe zur Bodenluke. Ständig diese Angst aller Eltern, Kleinkinder könnten die

Leiter hinaufklettern und unfreiwillig herunterkommen. Was geschah nicht alles mit kleinen Kindern! Sie fielen in Jauchegruben, wurden von auskeilenden Pferden erschlagen, ertranken während der Schneeschmelze in Straßengräben oder kamen unters Eis, verbrühten im Wäschekessel, wurden als Säugling erdrückt von der eigenen Mutter, wenn sie sich im Schlaf hin und her wälzte, gerieten unter Wagenräder, schliefen ein, während das Haus brannte, wurden von Windmühlenflügeln erfasst oder von durchgehenden Pferden überrannt. Ach, es gab so viele Kinder, sie fielen wie die Schneeflocken im Winter.

War das Großvaters Schlafkammer? Drei Meter lang, zwei Meter breit, mittendrin ein Kachelofen. Neben dem Ofen wird das Bett gestanden haben, auf der anderen Seite ein Korbsessel, der höllisch knarrte, wenn der alte Mann sich bewegte. Großvater, das war einer aus dem vorigen Jahrhundert, geboren, als der preußische König deutscher Kaiser wurde, ein Zusammentreffen, auf das er mächtig stolz war. 1945 weigerte er sich zu flüchten, schützte sein hohes Alter vor, aber es werden wohl die tausend Linden nach Angerburg und die tausend Eichen nach Korschen gewesen sein, die er nicht im Stich lassen wollte. Und niemand weiß, was aus ihm geworden ist. Er wäre, wenn er noch lebte, 109 Jahre alt, der älteste Mensch in der Volksrepublik Polen.

Genug damit! Er war schon viel zu lange in diesem stinkenden Gemäuer, hielt unsinnigerweise Ausschau nach verblichenen Inschriften. An jeden Aussichtsturm, an jede Brücke malen sie ihre Botschaften für die Nachwelt, aber hier trugen weder Balken noch Türpfosten einen Namen. Ein anonymes Haus ohne Atmosphäre, um Luft herumgebautes Mauerwerk. Durchs Loch, das einmal Küchenfenster gewesen war, blickte er zur Chaussee. Im Westen auf zwei Kilometer kein Auto, im Osten auf zwei Kilometer kein Auto. Wenn es nun käme! Das weiße Mädchen in seinem grauen Trabant. Es schien ihm geheimnisvoll. Nicht nur der sonderbare weiße Aufzug, in dem es ganz allein durch den verwilderten Park gelaufen war, hatte ihn erstaunt. Ein Geheimnis steckte hinter dieser kleinen Person.

Kasimir saß neben dem Auto und wartete.

»Willst du kaufen altes Haus?«

Das ginge doch gar nicht, Kasimir. Das ließen die niemals zu, dass Leute aus dem Westen in der Volksrepublik Polen Häuser kauften. Wäre auch eine merkwürdige Pointe der Weltgeschichte: Die Deutschen kommen 1980 mit ihrem guten Geld und kaufen sich zurück, was sie 1945 verloren haben!

»Wenn du kaufen willst, gibst du mir das Geld. Ich kaufe für dich und bewahre das Haus auf, bis du wiederkommst.«

»Warum steht es leer, Kasimir?«

»Weil junge Menschen lieber wohnen, wo Kinos und Tanzsäle sind und Fabriken und Büros. In Wilkowa ist es ein bisschen einsam, deshalb sterben die Häuser.«

Er schien traurig zu sein, weil Ingo das Haus nicht kaufen wollte, das bestimmt nur eine Kleinigkeit kostete, vielleicht auch weniger, weil es so verfallen war.

»Oder willst du nicht kaufen, weil es nicht nötig ist zu kaufen eine Sache, die einem schon rechtmäßig gehört? Dein Vater hat geerbt von deinem Großvater, und du wirst erben von deinem Vater, also willst du kein Geld ausgeben für dein Haus.«

Kasimir schlug vor, eine Nacht im alten Haus zu schlafen. Gewissermaßen auf Probe.

»Es muss etwas Besonderes sein zu schlafen, wo dein Großvater geschlafen hat ein Leben lang. Auch deine Eltern haben darin geschlafen. Vielleicht sind Kinder in dem Haus geboren. Hast du noch einen Bruder oder eine Schwester? Wenn du Angst hast, im Haus zu schlafen, schlägst du dein Zelt auf und schläfst im Garten. Das schöne Fräulein, wenn es kommt heute oder morgen, kannst du einladen in dein Zelt. Sie wird kommen, gewiss wird sie kommen. Heute oder morgen. Und du sollst auch kommen, weil Kasimir noch viel zu erzählen hat von Wilkowa und Polninken aus deutscher Zeit und russischer Zeit und polnischer Zeit.«

Den Nachmittag verbrachte Ingo am Teich, rannte ziellos umher, schöpfte die Turnschuhe voll und bekam nasse Socken. Er entdeckte das Schwanennest im Schilf, hörte den Wildenten zu und hatte den ganzen Nachmittag den strengen, bitteren Geruch der nassen Weiden in der Nase. Woher kam diese Melancholie? Er hätte lieber zu den Betonbunkern mit ihrem Touristenrummel fahren sollen, da wäre er nicht so allein gewesen.

Alleinsein war etwas Ungewohntes. In den letzten beiden Jahren war er immer mit Monika verreist gewesen, davor mit Schmeding im Zeltlager auf Bornholm. Auch in Lübeck eigentlich niemals allein; es genügte zu wissen, dass hinter der Wand die Mutter schlief.

Er hängte Schuhe und Socken über den Beifahrersitz und fuhr barfuß. Auf der Chaussee hatte er plötzlich einen deutschen Sender im Apparat. Noch immer tobte die Ernteschlacht in der Landwirtschaft, DDR 1 brachte eine Reportage über den guten Fortschritt der Arbeit in Albersroda.

Brigadier der Traktoreneinheit: »Einen halben Tag ist die LPG Albersroda dem Plan voraus!«

Reporter: »Und wie geht es weiter, Genosse Wernitz?«

Brigadier der Traktoreneinheit: »Jetzt bloß keinen Regen! Dann schaffen wir es.«

Thälmannpioniere sangen Lieder vom fröhlichen Ernteeinsatz, vom heiteren Rasseln der Mähdrescher, die nachts ihre leuchtenden Augen auf fruchtbare Felder warfen und das gute Brot einbrachten, damit niemand zu hungern brauchte in dieser schönsten aller Welten mit ihren unzähligen rosa Morgenröten und nicht weniger blutroten Sonnenuntergängen.

Eigentlich müsste er Postkarten kaufen. Das fiel ihm ein, als er die Schranke vor Camping Rusalka erreichte. Ob das Mädchen in der Empfangsbude Postkarten besaß? Natürlich gab es Postkarten. Pojezierze Mazurskie. See mit Wald, Wald mit See, im Hintergrund Inseln, einsame Segelboote. Oder lieber eine Stadtansicht? Gizycko wäre da und Olsztyn.

»Ich heiße Iwonka«, sagte sie so nebenbei zwischen schönen Landschaften und Stadtansichten. Auch Briefmarken gab es.

Während sie Briefmarken aus einer Mappe sortierte, erzählte Iwonka von der schlesischen Universität Katowice, an der sie im vierten Jahr Germanistik studierte. Sie möchte gern mal nach Deutschland fahren, Deutschland West natürlich; Deutschland Ost kannte sie schon von ein paar Einkaufsfahrten. Iwonkas allergrößter Traum aber war Amerika, einmal im Leben von Boston nach San Francisco reisen.

»Warum nicht von Warschau nach Wladiwostok?«, fragte Ingo.

»Kein Pole fährt freiwillig nach Osten!«

Das sagte sie streng; es klang wie eine Zurechtweisung, als hätte er das wissen müssen, als sei es ein Naturgesetz wie Sonnenaufgang und Sonnenuntergang. Kein Pole sehnt sich nach Wladiwostok, alle aber möchten gern einmal nach Chicago und San Francisco.

Nun verstand er Iwonkas ausdauerndes Lächeln. Sie wollte mitgenommen werden. Sie war bereit, nicht nur ihr Germanistikstudium und die guten deutschen Sprachkenntnisse für ihren Traum von einer anderen Welt einzusetzen, sondern auch das, was eine Frau sonst noch besaß, Briefmarken, Postkarten und dieses gewisse Lächeln vor der Schranke von Camping Rusalka. Eine Adresse im Westen haben, eine Adresse, zu der man wenigstens in Gedanken reisen konnte, von der Bücher kamen, wenn es nötig war auch Arzneien, einen Fuß haben in der Tür zu jener anderen Welt, das zählte. Wenn du willst, kannst mich auch heiraten, hieß das Lächeln. Es wäre ja nicht das erste Mal, dass Polen und Deutsche zusammenkamen, mit beachtlichen Ergebnissen übrigens, was leicht vergessen wird bei der Auflistung der deutsch-polnischen Geschichte.

»Sechs Złoty und fünfzig.«

Sie verkaufte auch Luftpostumschläge und Landkarten von Masuren, Kugelschreiberminen und dieses sehnsüchtige Lächeln, das bis San Francisco reichte. Ein hübscher Name: Iwonka.

»Wir waren bis hinter Johannisburg«, sagte der aus Iserlohn, mit dem Ingo in der Schlange vor dem Restaurant zusammentraf. »Dahinter ist deutlich die alte deutsch-polnische Grenze zu erkennen. Auf ostpreußischer Seite massive Häuser, südlich davon nur Holzhütten. Auch an den Straßen erkennt jeder, wo Polen so richtig anfängt.«

Abwesend stopfte Ingo das Essen in sich hinein, schweifte immer wieder ab nach Polninken und San Francisco. Nach dem Essen blieb er sitzen und füllte die Ansichtskarten aus. Ausfüllen traf genau den Punkt. Er musste sich zwingen, vernünftige Sätze aufs Papier zu bringen. Die Karte an Schmeding ging ja noch, auch die an die Mutter. Ich bin in Polninken gewesen, schrieb er, Polninken unterstrichen. Dass er den Namen erwähnte, wäre für sie schon eine Freude. Weniger Freude im nächsten Satz: An deinem Haus reichen die Brennnesseln bis zur Dachrinne. Nichts fiel ihm für Monika ein. Nur die üblichen Belanglosigkeiten von Wetter und Bademöglichkeiten, Worte wie Pappe. Benidorm? Er erwähnte Spanien mit keinem Wort, es entfernte sich von ihm wie ein fliehender Spiralnebel.

»Heute haben Sie doch Zeit für unsere Bildchen, nicht wahr?«, hielt ihn der aus Iserlohn an, als Ingo die Karten zum Briefkasten trug. »Keine Angst, es wird kein abendfüllender Dia-Vortrag, nur ein paar Fotos von früher und heute.«

Um sich abzulenken, ging er mit. Die Frau hatte das Innere des Wohnwagens hergerichtet, als erwartete sie immer Besuch. Auffallend viele Kissen, Deckchen und Feldblumensträuße, im Heck des Wagens ein tragbares Fernsehgerät. Als Ingo eintrat, schaltete sie es sofort ab. Der Mann öffnete den Kühlschrank, führte eine Batterie Bierdosen vor, auch Bierflaschen mit Dortmunder Etikett. Iserlohn sei ja nicht weit von Dortmund entfernt, meinte er. Die Frau stellte Knabberzeug auf den Tisch: deutsche Salzstangen, deutsche Kekse, deutsche Paranüsse. »Wir haben uns ordentlich eingedeckt«, sagte sie.

Auf einem Bord stand ein Vogelbauer mit einem grünen Wellensittich. Der hieß Tommy und gab Antwort, wenn man ihn fragte. Tommy musste diesmal mit. Früher passte die Oma auf ihn auf, aber das ging inzwischen über ihre Kräfte. Einmal war er ihr schon abgehauen; so ein kleiner Vogel regte die Oma zu sehr auf, deshalb musste er diesmal mit nach Masuren.

»Sie glauben nicht, was unser Tommy schon alles berissen hat«, erklärte er. »Wir haben eine alte Standuhr zu Hause, so eine mit vergoldetem Perpendikel. Da ist er doch wie ein Wilder auf den Perpendikel losgeflogen, wollte ihn immer anhalten. Der Bursche hat es geschafft, sich auf den Perpendikel zu setzen und hin- und herzuschaukeln. Ging natürlich nicht lange gut, die Uhr blieb stehen. Ganz was Schlimmes ist bei Bekannten in Iserlohn passiert. Die hatten auch einen Wellensittich, der saß am liebsten auf dem Klobecken. Einmal hat das Kind nicht aufgepasst und abgezogen, da ist der Vogel mit der Spülung runtergegangen.«

»Hör bloß auf!«, rief die Frau und legte zwei Briefumschläge auf den Tisch. Darin befanden sich die Fotos, in dem einen die alten, im anderen die neuen.

»Ist Ihr Bruder nicht mehr da?«, fragte Ingo.

»Der musste vorzeitig abreisen. Bekam ein Telegramm aus Zwickau. Wurde dringend im Dienst gebraucht. Na ja, so etwas kann vorkommen, gibt es auch bei uns. Wenn Not am Mann ist, wenn die Pflicht ruft, muss jeder hin. Da ist nuscht zu machen!«

Er breitete die Fotos aus.

»Sehen Sie mal, hier ist noch alles schön in Farbe, Töpfe auf den Fensterbänken, die Gärten sind reinlich. Nun eine Aufnahme von heute, dasselbe Haus, derselbe Garten. Ist das nicht trostlos?«

Ein anderes Bild. »So sah das Herrenhaus von Steinort vor dem Krieg aus, und das ist davon übrig geblieben. Es bricht einem fast das Herz.«

Ingo stopfte Salzstangen in sich hinein und sagte nichts. Er fühlte, dass das hier eine gewaltige Aufrechnung werden sollte, deutsche Ordnung gegen polnische Wirtschaft, eine Bewertung von Menschen nach solchen Äußerlichkeiten wie: Haus in Farbe, Fenster geputzt, saubere Fingernägel.

Ingo fraß das Studentenfutter aus Iserlohn, trank Dortmunder Bier und dachte an San Francisco und Polninken, während vor seinen Augen sich die Gegensätze austobten. Damals Schloss, heute Ruine. Damals blühender Acker, heute Distelfeld. Damals stattliche Bäume, heute Kahlschlag.

»Wissen Sie, worüber ich mich am meisten wundere? Dass die Polen unsere schönen Alleen nicht abgeholzt haben. Sonst haben sie doch alles verfeuert, was ihnen in die Finger geriet, Kirchenbänke und Windmühlenflügel, nur die Alleen, an die haben sie sich nicht getraut.«

Ingo suchte einen Vorwand, um zu gehen, wollte sich verabschieden, aber der aus Iserlohn drückte ihn auf die Bank, schob ihm einen Brief hin. Das war ein Brief seiner Mutter aus Zwickau, die beim Bruder Fritz lebte und ihren 80. Geburtstag ganz groß mit allen Kindern, Enkeln und Verwandten hatte feiern wollen. Aber das ging nicht, weil da einige im staatlichen Dienst tätig waren. Die sagten gleich, sie könnten nicht kommen, wenn Besuch aus dem kapitalistischen Ausland da wäre. Dem Fritz war das natürlich furchtbar peinlich. Aber was sollte er machen? So ist das nun mal. Armes Deutschland, so tief bist du gesunken!

Ingo ging nun wirklich. Der aus Iserlohn begleitete ihn vor die Tür.

»Wissen Sie, was gestern Abend passiert ist? Die jungen Leute vom Zeltlager steckten wieder Lagerfeuer an. Da sind wir hingegangen, mein Bruder, die beiden Frauen und ich. Auf einmal fingen die an, am Feuer zu singen. Erst polnische Lieder, dann tauchte eine Gruppe auf, die sang russisch. Schließlich kam der Oberste von dem ganzen Jungvolk zu uns. Singt doch mal was Deutsches, sagte er. Was soll ich Ihnen sagen, wir vier fingen an, deutsche Volkslieder zu singen. ›Das Wandern ist des Müllers Lust‹, das ging ganz gut. Kaum waren wir zu Ende, kam eine junge Frau aus der russischen Gruppe. ›Ich habe Sie gut verstanden‹, sagte sie auf Deutsch. ›Das war das Lied vom wandernden Müller, ich kenne es aus meiner Studentenzeit in Berlin.‹

Die Frau stellte sich wirklich hin und sang die erste Strophe noch einmal. Als sie aufhörte, klatschten alle.

›Ich bin in Leningrad geboren‹, sagte sie.

›Ich bin zehn Kilometer südlich von hier geboren‹, sagte ich.

›Ach‹, sagte sie, ›dann sprechen Sie ja gut polnisch.‹

›Nein‹, sagte ich, ›polnisch versteh' ich kein Wort.‹

›Wie kommt das denn?‹, fragte sie.

Ich wollte es ihr erklären, aber einer aus der russischen Gruppe rief, weil nun wieder die Russen dran waren. Da war sie weg. ›Stell dir das mal vor‹, sagte ich zu meinem Bruder. ›Die jungen Russen und Polen wissen nicht, dass hier einmal deutsches Land gewesen ist, die wundern sich, dass einer, der hier geboren ist, nicht polnisch sprechen kann. Und das war sogar eine studierte Frau. In hundert Jahren wird es kein Mensch mehr wissen, es wird nicht einmal mehr in den Büchern stehen …‹«

Ingo fuhr noch einmal nach Węgorzewo, planlos und ohne Ziel, nur um die Zeit totzuschlagen. Er fuhr durch bis Czerwony Dwor, kehrte um, parkte in der Hauptstraße und spazierte an einem Flüsschen entlang, das auf Mutters alter Karte den Namen Angerapp trug und aus der Gegend um Gumbinnen nach Süden floss, nun aber Węgorapa hieß und in Russland verschwand. Er folgte dem Flusslauf bis zur Mündung in den See, fand dort, vertäut am Ufer, die Ausflugsdampfer, die von Sonnenaufgang bis Sonnenuntergang die Masurische Seenplatte bereisten. Jugendliche bastelten im Schein einer Laterne an einem Segelboot. Im Mast hing ein Transistorradio, das laute Musik übers Wasser dudelte.

Auf dem Rückweg kam er durch eine Nebenstraße, in der er ein größeres Gebäude fand, ein Krankenhaus oder Hotel. Spärliche Leuchtschrift über dem Eingang, erleuchtet auch einige der Fenster. Plötzlich entdeckte er den grauen Trabant, abgestellt in einer Parkbucht vor dem Eingang. NX 74-53, die Nummer am Heck. Vor dem Trabant ein Mercedes aus Würzburg, dahinter ein Renault aus Nordhorn. Er berührte das kalte Autodach. Die Scheiben nass vom Tau, der Auspuff kalt, die Motorhaube kalt, auf dem Rücksitz immer noch »Neues Deutschland« und »Thüringische Landeszeitung«.

Hinter welchem Fenster mochte sie schlafen?

Er riss einen Zettel aus seinem Notizbuch und schrieb: »Kasimir lässt schön grüßen, er hat noch viel zu erzählen.«

Das Papier schob er unter den Scheibenwischer, dachte nur: Hoffentlich gibt es keinen Wind, hoffentlich regnet es nicht.

Der fünfte Tag

Zu lange geschlafen. Die Betriebsgruppe aus Nowa Huta wurde ausgetauscht, zwei Busse brachten eine neue Ladung Menschen, gleichzeitig nahmen sie die alte Gruppe mit. Als sich die beiden Gruppen trafen, gab es ein ziemliches Hallo zur Begrüßung. Lachen und Rufen, Autos hupten. Davon wachte er auf. Schweißgebadet lag er im Schlafsack, sah über sich ein Dutzend Fliegen an der Zeltwand spazieren laufen, hörte draußen Füßetrappeln und Stimmen. Durch den Spalt am Zelteingang schimmerte das Dunkelblau der Busse.

Konnte es sein, dass er von seinem Vater geträumt hatte? Jene Szene nachgeträumt, die vor zehn Jahren die Dreizimmerwohnung in Lübeck-St. Jürgen erschüttert hatte? Anruf aus dem Südkrankenhaus. Mutter lässt die Tasse fallen, eine von den guten. Ingo liegt auf der Couch, stellt den Plattenspieler leiser, damit Mutter die Stimme am Telefon versteht. Wir sollen schnell kommen!

Mutter fegt die Scherben zusammen, ach, die gute Tasse. Dann muss sie Weintrauben kaufen. Es hilft nichts, mit leeren Händen geht sie nicht ins Krankenhaus. Und Weintrauben mochte er doch so gern.

Ein endloser Gang, Türen wie Schubladen, nummeriert und mit Inhaltsangabe. Die letzte mit der Aufschrift Gerhard Majewski. Was ist eigentlich aus den Weintrauben geworden? Ingo hatte sie nicht gegessen und Mutter auch nicht. Sie lagen ein paar Wochen zu Hause in der Glasschale, vertrockneten allmählich zu Rosinen. Niemand wagte, sie zu berühren.

Sie sind leider zu spät gekommen, sagte die Oberschwester, während es draußen in Strömen regnete. Nicht zu glauben, mit welcher Gewalt das Wasser gegen die Scheiben im Besuchszimmer drückte. Ein fremder Mann lag unrasiert in einem Bett ohne Kopfkissen. Ein Gesicht wie Löschpapier. Einer des Jahrgangs 1920, der auf der Fensterbank in Wilkowa verewigt war. Warum überfiel ihn das alles hier, wo er es am wenigsten erwartet hatte? Das war nicht nur ein altes Land mit alten Häusern und alten Bäumen, sondern auch mit alten Erinnerungen, die aus dem Unbewussten aufstiegen, längst Verschüttetes freilegten: Gesprächsfetzen aus der Kindheit, Besuch bei einer Leiche, verdrängte Vorwürfe und Entschuldigungen. Von wegen ausruhen, bräunen, im Wasser planschen und durch unversehrte Natur spazieren, mein lieber Schmeding! Es kam von innen, es brach die Kruste auf. In einem tektonisch unauffälligen Gebiet begann plötzlich die Erde zu rumoren. Er hätte nicht allein fahren sollen, das war's! Unglaublich, wie es damals geregnet hatte! Zehn Jahre war das her, zehn Jahre, in denen er nie von Vaters Tod geträumt hatte.

An Frühstück war nicht mehr zu denken, Restaurant Rusalka bereitete schon das Mittagessen vor. Also musste er wohl in die Stadt fahren, um frisches Brot zu kaufen, vielleicht auch Tomaten, die er reichlich in den Schaufenstern gesehen hatte. Iwonka sorgte dafür, dass die aus Nowa Huta dem grünen Käfer eine Gasse freigaben. Als er hinausfuhr, lächelte sie. Ingo kaufte Brot und Tomaten. Danach machte er einen Abstecher in die Nebenstraße zu dem Hotel. Mal sehen, ob der Zettel noch hinter dem Scheibenwischer steckte. Der Vogel war ausgeflogen. Weder Zettel noch Trabant zu sehen. Es jagte ihm einen ziemlichen Schrecken ein. War sie abgereist? Hatte sie den Zettel gefunden und war gleich losgefahren nach Wilkowa?

Es kam ihm so vor, als versäume er etwas Wichtiges. Sie wartete auf ihn, sprach schon mit Kasimir über deutsche Zeit, russische Zeit oder polnische Zeit.

Wie schnell durfte man auf Polens Straßen fahren? Jedenfalls hatte sich Großvater Majewski nicht träumen lassen, dass sein Enkelsohn einmal mit hundertzwanzig Stundenkilometern durch die Schlaglöcher und über die Bodenwellen seiner Chaussee rasen würde. Bis er in Wilkowa ankam.

Sie stand mit Kasimir auf der Dorfstraße. Der alte Mann fuchtelte mit den Armen, erklärte wohl dieses oder jenes. Kasimir gab sich als Fremdenführer.

Ein gutes Stück vor den beiden fuhr er rechts ran. Was war los mit ihm? Er war unsicher, hantierte umständlich mit dem Autoschlüssel, suchte sein Bild im Rückspiegel, kämmte sich. Ingo Majewski benahm sich wie ein Chorschüler, der zum ersten Mal mit einer Chorschülerin verabredet ist.

Sollte er ihr die Hand reichen? Für eine Sekunde schoss ihm der blödsinnige Gedanke in den Kopf, denen aus der DDR sei es vielleicht verboten, Westdeutschen die Hand zu geben. Guten Tag, sagte er nur. Mit der Hand versuchte er es erst gar nicht.

»Hat der junge Kavalier die Zeit verschlafen und sein Fräulein warten lassen?«, empfing ihn Kasimir.

Keine Rede von Zeitverschlafen, er hatte noch einmal ins Sterbezimmer seines Vaters gehen müssen. Das war es. Aber das konnte er den beiden nicht erklären.

Schweigend stellte er sich zu ihnen. Etwas war anders an ihr. Nicht die Kleidung, da herrschte weiß vor wie immer. Am Haar musste es liegen. Sie trug es nicht mehr straff im Nacken, sondern offener. Es fiel locker über die Schulter, machte sie weicher, anschmiegsamer. So sah Haar aus, das zum Berühren, Streicheln, Hineinpusten einlud, in das man gern Zöpfe flechten möchte. An der linken Halsseite entdeckte er einen Leberfleck, der ihm vorgestern nicht aufgefallen war.

»Ich finde es nicht gut, wenn Sie mir Zettel ans Auto heften. Um Ihnen das zu sagen, bin ich gekommen, und jetzt werde ich wieder fahren.«

Die Schroffheit, mit der sie es sagte, machte ihn sprachlos. Ihm fiel keine Antwort ein, aber Kasimir begriff sofort die Peinlichkeit des Augenblicks. Er trat auf sie zu, begann weitschweifig zu erzählen, sprach nur mit ihr, damit sie bleiben musste. Aus Höflichkeit.

»Letztes Haus hinterm Teich ist gewesen deutsche Bürgermeisterei. '45 hat gelegen die Schreibstube halben Meter hoch mit Akten und Büchern. Auch Schnee hat gelegen in den Papieren, weil es zu jener Zeit wenig Glas gab in den Fenstern. Großer Krieg ist nicht gewesen in Polninken. Oben an der Chaussee hat gelegen ein ausgebrannter Panzer, russisch oder deutsch, es war nicht zu erkennen. Viele Jahre hat er gerostet im Graben, wenn du mit dem Spaten gräbst, findest du noch altes Eisen. Im Gutshaus ist gewesen zehn Monate russische Kommandantur. Das war russische Zeit. Aber niemand weiß zu sagen, was aus den deutschen Herrschaften geworden ist. Der Herr von Sahrau ist gewesen Offizier in deutscher Armee und wird wohl gefallen sein, wie man sich denken kann. Die gnädige Frau ist noch hier gewesen in russischer Zeit. Sie war mit ihren beiden kleinen Kindern geflüchtet in einer schönen Kutsche, aber in einer Stadt, deren Namen Kasimir nicht weiß, kam der Krieg ihr entgegen. Ein russischer Soldat hat den Kutscher totgeschossen. Auch wurde das kleine Mädchen verletzt von einer verirrten Kugel. Die gnädige Frau hat das Kind in einen Handwagen gelegt und gezogen bis Polninken zusammen mit dem kleinen Jungen. Es ist nur gewesen ein harmloser Durchschuss am Oberschenkel, aber dem Körper fehlte, was nötig war zum Heilen. Die Wunde blieb offen, blutete und eiterte den ganzen Sommer in russischer Zeit ...«

Sie wandte sich plötzlich ab, wollte nicht mehr zuhören, vertiefte sich in Wegerich und Huflattich am Grabenrand. Was hatte sie nur? Sie saß in der Hocke und zupfte Gänsefingerkraut, wischte immer wieder nach vorn fallende Haarsträhnen aus dem Gesicht. Ingo wäre gern zu ihr gegangen, um die Hand auf ihre Schulter zu legen und zu fragen, was denn los sei, aber wer keinen Zettel unter dem Scheibenwischer wünscht, der duldet auch keine Hand auf der Schulter.

Kasimir stopfte umständlich seine Pfeife. Als sie brannte, kam er zu Ingo und zeigte zu dem Roggenschlag hinter dem Teich.

»Die Bäume mitten im Feld, das ist Friedhof aus deutscher Zeit. In polnischer Zeit hat es auch gegeben Tote, aber man hat sie gefahren in die Stadt. Deshalb ist der deutsche Friedhof verwildert und hat keinen Weg mehr.«

Sie richtete sich auf, kam los von ihren Gräsern, ging auf Ingo zu und sagte etwas Unfassbares, Unerwartetes. Sie sagte:

»Ach ja, den alten Friedhof müsste man mal besuchen. Friedhöfe sagen viel über die Vergangenheit aus. Wer etwas über die Geschichte erfahren will, muss mit den Friedhöfen beginnen.«

Ihr Schuhwerk taugte nichts, jedenfalls nicht für eine Wanderung durchs Kornfeld, in dem Disteln wuchsen und auf dem Boden faustgroße Steine herumlagen. Diese einfachen Sandalen, mit viel zu dünnen Riemchen an viel zu kleinen, nackten Füßen hängend. Sollten sie da wirklich durch? Es war die uralte Scheu vor einem Kornfeld. Man trampelt nicht durchs Brot! Noch nie etwas von der Kornmuhme gehört, die kleine Kinder frisst und junge Mädchen mit weißen Blusen und zierlichen Sandalen an viel zu kleinen Füßen?

Aber sie wollte es, und Kasimir dachte sich seinen Teil. Was geschieht, wenn Mann und Frau in einem Kornfeld verschwinden? Es wird geschehen, was zu allen Zeiten geschehen ist, denn was sein muss, muss sein.

Deutlich erkennbar eine Vertiefung im Roggen, der Hohlweg, auf dem die Leichen früher zum Sandhügel gefahren wurden. Vorn Pferde, hinten weinende Frauen und Kinder. So ging es sommers und winters aus dem Wochenbett hinauf zum Totenacker, dazwischen eine kleine Spanne Zeit, ausgefüllt mit Arbeit und heiteren Feierabenden.

»Sind Sie nur an der Vergangenheit interessiert?«, fragte er.

»Ich mache eine Studienreise.«

»Ach so.«

Er ging voraus, fragte sich, was sie wohl studierte. War sie hier, um alte Grabsteine abzuschreiben oder das Wassergeflügel auf dem Teich zu zählen oder gelehrte Arbeiten über die Verbreitung der Störche in den masurischen Feuchtgebieten zu schreiben?

Er ging voraus, teilte das Getreide mit seinen Armen, machte eine Spur für sie, warnte vor Steinen und Vertiefungen, umging Brennnesseln und riss Disteln aus. Weil sie so klein war, schlugen ihr die Ähren ins Gesicht. Er müsste sie eigentlich tragen, die hundert Pfund oder höchstens hundertfünf. Ihr Haar würde ihm ins Gesicht fallen, der Leberfleck wäre nah an seinem Mund, er könnte das Weiß ihrer Bluse riechen, die Wärme ihres kleinen Körpers spüren. Aber die Wahrheit war, dass er zwei Schritte vor ihr ging und nicht einmal ihren Namen wusste.

Starker Geruch von reifendem Getreide hing in der Luft. Es raschelte wie Pergament, wenn der Wind die Halme rieb. In sanften Wellen wogte das Feld, beugte sich dem Wind, richtete sich wieder auf bis zum nächsten Atemzug. Eine Bewegung wie auf den Ozeanen, nur sanfter, viel sanfter.

Ein Schwarm Krähen flog aus den Laubkronen der grünen Insel, kreiste über dem Roggenfeld. Der alte Friedhof war zum Krähenhorst geworden, weißer Kot bedeckte das niedrige Laub der Haselnusssträucher und Holunderbüsche.

Damit du es weißt, Schmeding, was bisher als selbstverständlich galt, ist längst nicht mehr wahr. Vor einer Woche hätte er mit Schmeding um eine Kiste Bier gewettet, dass ein Spaziergang wie dieser unweigerlich in der Horizontalen enden musste. Allein mit einem hübschen Mädchen im Kornfeld, da bleibt kein anderer Ausweg. Einen geschützteren Ort gab es nicht als dieses gelbe Gewoge mit seinen Zitronenfaltern, die von Distel zu Distel gaukelten. Monika mit ihrem Sommerschlager '79 vom Bett im Kornfeld. Da hatte sie doch wirklich einmal in einer sehr warmen Nacht so gegen halb zwölf mit leichtem Vorwurf gesagt: Im Kornfeld hast du noch nie mit mir geschlafen.

Aber sie kam ihm unberührbar vor. Es störte ihn, dass oben die Krähen kreisten. Ihn störte auch die viel zu weiße Bluse, die unweigerlich schmutzig werden müsste.

Sie fand eine verspätete Kornblume und pflückte sie.

»Wer zum Friedhof geht, muss Blumen mitbringen«, sagte sie.

Wie die Kinder im Märchen standen sie vor der wuchernden Wand. Über ihnen spektakelten die Krähen, Weißdorn und Heckenrosen versperrten den Eingang. Auf allem lag der aus den Nestern gekleckerte Kot, ein stinkender Friedhof ohne Zugang. Kein Tor, kein Zaun, keine umrankte Pforte, nur verschlungenes Dickicht.

»Wie bei Dornröschen«, sagte er.

»Aber ohne schlafende Prinzessin«, antwortete sie.

Er hätte jetzt den Faden weiterspinnen und sagen können, dass sie seine Prinzessin sei, die er wachküssen werde, sofort und auf der Stelle, was man so sagt, um anzubändeln. Große Freude wird sein im ganzen Land, sie werden glücklich und zufrieden leben, wenn sie nicht gestorben sind, und so weiter und so weiter, die blühenden Rosen nicht zu vergessen. Dummes Zeug. Er wusste nicht einmal, ob in der DDR alte Märchen noch galten, ob da nicht Landarbeiterfrauen wachgeküsst werden mussten und der Prinz mit dem LPG-Traktor angefahren kam. Er wusste überhaupt viel zu wenig von der DDR.

Unschlüssig standen sie herum, bis sie vorschlug, einmal um den Friedhof zu gehen. An der Nordseite entdeckten sie einen Fuchsbau mit mehreren Löchern, Berge von rotem Sand hatten das Getreide niedergewalzt. Verstreut im Sand zahllose Knochen. Waren das die Reste der Fuchsmahlzeiten, oder kamen die Knochen aus den Gräbern?

Plötzlich beschäftigten sie sich mit der ungemein wichtigen Frage, warum Friedhöfe mit Vorliebe auf Sandhügeln angelegt werden. Wegen der Wasserdurchlässigkeit, behauptete Ingo. Im Sand verwesen die Toten nicht so schnell, verfaulen nicht gleich im Grundwasser. Das war früher wichtig, weil es doch darauf ankam, die Körper möglichst lange in gutem Zustand zu halten wegen der Auferstehung. Sie sah es mehr vom Ökonomischen her. Für die Toten war trockener Sand gut genug, das fruchtbare Ackerland brauchten die Lebenden.

Über den Sandhaufen kamen sie ins Innere des Friedhofs. Vor einem Graben wollte er ihr die Hand reichen. Danke, sie schaffte es allein.

Dann setzte sie sich auf einen Stein und schüttelte den Sand aus den Sandalen.

»Das ist ja ein Grabstein«, sagte er, aber sie lächelte nur.

Weit und breit keine Grabhügel. Vereinzelt hingen Grabkreuze schief wie Vogelscheuchen im Unterholz. Ein verrostetes Eisengitter, mit dem wohlhabende Familien ihre Erbbegräbnisse einzufrieden pflegten, lag flach auf der Erde, fast wäre er gestolpert. Dahinter ein Findling von beträchtlichen Ausmaßen. Endlich ein Text, in den Findling eingemeißelt: »Im Namen des Herrn«. Weiter nichts, weder polnische noch deutsche Namen, nur »Im Namen des Herrn«. Ein Stück weiter hatte sich jemand Mühe gegeben, eine Grabinschrift unkenntlich zu machen, hatte mit einer stumpfen Axt oder einem Vorschlaghammer auf die Schrift eingehauen.

»Haben Sie Angehörige auf dem Friedhof?«, fragte sie.

»Vielleicht liegt mein Großvater hier begraben, er blieb bei Kriegsende in Polninken.«

»Nun sagen Sie auch schon Polninken statt Wilkowa.«

»Der alte Kasimir sagt das auch.«

»Als Pole darf er das. Außerdem sagt er es nur aus Höflichkeit, um uns einen Gefallen zu tun. Er glaubt, wir kennen die deutschen Namen besser als die polnischen.«

Mitten auf dem Friedhof diskutierten sie über Sprache. Dass sie beide gedankenlos und überheblich in dieses Land gekommen seien, ohne ein Wort polnisch zu sprechen. Sie haben es als selbstverständlich vorausgesetzt, dass die Polen sie verstehen werden. Wer Złoty in Devisen tauschen will, hat sich gefälligst der Sprache des begehrten Geldes zu bedienen. So ist das nun mal. Im Westen lernten Tausende nach dem Krieg Englisch, um leichter an Zigaretten, Kaffee und Schokolade zu kommen. Ob die Amerikaner in Kaiserslautern spazieren gingen oder auf Okinawa, überall lobte man ihren schönen, dicken amerikanischen Slang, weil sie schöne, dicke amerikanische Dollars in der Brieftasche trugen. Später, als der Dollar schwach wurde, hörte sich der Slang nicht mehr so gut an. Die Sprache folgt den materiellen Begehrlichkeiten und den Fußabdrücken der Macht.

Ein unwirtlicher Ort ohne Blumen, aber mit großartiger Aussicht. Das war dieser Friedhof. Unter ihnen das Roggenfeld, dahinter Teichwiesen, Schilf, das Wasser, die Dorfstraße mit den grauen Häusern, das Gut mit seinen wuchtigen Stallgebäuden.

»Wie hieß Ihr Großvater?«

»Gustav Majewski, und ich heiße Ingo Majewski.«

Nun wird sie ihren Namen nennen, dachte er. Es gab keine bessere Gelegenheit, die leidige Namenlosigkeit zu Ende zu bringen. Aber sie sagte nichts, vertiefte sich in die Suche nach dem Grab eines Gustav Majewski. Natürlich fand sie nichts, weder das Grab seines Großvaters noch ein anderes erkennbares Grab. Fünfunddreißig Jahre, das lag jenseits der üblichen Aufbewahrungsfrist der Friedhofsverwaltungen.

»Kann es sein, dass Ihr Großvater Straßenwärter in Wilkowa gewesen ist?«

»Sie kennen sich ja verdammt gut aus«, wunderte er sich.

»Ich hätte eine große Bitte«, sagte sie plötzlich, sehr förmlich, ein wenig stockend, jedes Wort abwägend. »Wenn wir uns schon gemeinsam Wilkowa ansehen und alte Friedhöfe besuchen, sollten wir nicht über politische Dinge sprechen. Wir kommen aus verschiedenen Welten, Bekehrungsversuche sind da nur ärgerlich.«

Nichts war ihm lieber als das. Ihn hatten politische Fragen stets am Rande interessiert. Er wäre diesem gescheiten Mädchen aus der DDR gar nicht gewachsen, wusste viel zu wenig, um mit ihr über den rechten Weg zum Sozialismus oder den unvermeidbaren Untergang des Kapitalismus zu diskutieren. Außerdem passte das alles nicht in diese Landschaft mit ihren gelben Feldern, Seen und Poggenteichen. Er hätte sie umarmen können für den Vorschlag, die Welt der politischen Ideen und künstlichen Gedankengerüste einfach auszuklammern. Übrig blieben nur du und ich, die Wärme der Haut, die blauen Adern auf dem Handrücken, der Leberfleck an ihrem Hals. So mag es den Menschen hier schon immer gegangen sein. Die großen Ideen und politischen Strömungen kamen und gingen wie die masurischen Gewitter. Die Landschaft blieb davon unberührt, die Menschen duckten sich und richteten sich wieder auf, wenn der Sturm nachließ.

Um nicht noch mehr Getreide zu zertrampeln, gingen sie denselben Weg zurück. Unterwegs bot er ihr ein Stück Schokolade an.

»Die ist aus dem Westen«, sagte er.

Kaum ausgesprochen, tat ihm der Satz Leid. Das hieß doch: Ihr aus dem Osten seid ja so wild auf westliche

Süßigkeiten. Hier hast du etwas, greif zu, schling es runter!

Sie lehnte ab, ihr sei nicht nach Schokoladeessen zumute. Nicht einmal danke brachte sie über die Lippen.

Weiß Gott, wie ein Liebespaar zogen sie nicht in Wilkowa ein, sah nicht mal nach Bruder und Schwester aus.

Kasimir stand grinsend am Gartenzaun, dachte sich seinen Teil, aber du hast verkehrt gedacht, alter Mann. Sie blieb stehen und fragte ihn, wo er so gut Deutsch gelernt habe. Dabei sprach sie ihn mit Sie an. Kasimir stutzte, fragte, was das zu bedeuten habe. Er habe in Gefangenschaft Deutsch gelernt, aber immer nur du.

»Da sehen Sie mal«, wandte sie sich aufgebracht an Ingo. »In faschistischer Zeit haben es die Deutschen für gut befunden, ihre Kriegsgefangenen nur mit Vornamen und du anzureden. Der alte Mann weiß gar nicht, dass es einen Unterschied in der Anrede gibt.«

Warum sagte sie ihm das? Er hatte doch nichts mit den Anreden der Zeit vor '45 zu tun. Ach, es war doch alles viel schwieriger.

Am Tage Sankt Nikolaus im schlimmen Jahr '39, als Polen wieder einmal unterging, war Kasimir mit fünfzehn anderen Gefangenen nach Polninken zum Rübenziehen gekommen. Im Dezember standen noch Zuckerrüben draußen, weil die deutschen Arbeiter im Krieg zu tun hatten.

»Wo kamst du her, Kasimir?«

»Geboren vor dem ersten großen Krieg in Lwów, was in österreichischer Zeit geheißen hat Lemberg, aber gelebt in einem Dorf zwischen Lublin und Kowel. Kowel ist damals polnisch gewesen, heute aber russisch, Lublin ist damals polnisch gewesen und heute immer noch polnisch. Aber mein Dorf ist '45 geworden russisch. Als das geschehen ist, hat Kasimir gedacht: Besser bleibst du in Polninken. Warum in ein Dorf gehen, aus dem alle Polen weggeschickt werden?«

»Dann lebst du ja über vierzig Jahre in Wilkowa!«, rief sie erstaunt.

»Ja, länger als halbe Leben.«

Kasimir rechnete ihr das vor. Von seinen 71 Jahren verteilte er vier auf die österreichische Zeit in Lemberg, 26 auf das Dorf zwischen Lublin und Kowel, aber den großen Rest von 41 Jahren auf Polninken und Wilkowa.

»Dann weißt du doch auch, wo der zweite Friedhof liegt.«

Die Frage brachte ihn in Verlegenheit. Ja, es soll noch ein kleiner Friedhof da gewesen sein, der den Herrschaften von Sahrau gehörte, aber niemand wisse genau, wo der geblieben sei.

»Im Park vielleicht?«

»Das ist große Wildnis, alles kaputt, viele Bäume umgefallen, im Park ist nichts zu finden.«

Kasimir kam zu Ingo und klopfte ihm auf die Schulter.

»Es gibt Schöneres zu machen, als Friedhöfe anzusehen. Willst du nicht mit dem Kahn auf den Teich fahren und ein bisschen fischen? Nimmst das schöne Fräulein mit und kannst ihm schöne Augen machen beim Fischen. Immer nur an Tote denken, ist nicht gesund. Junge Menschen müssen denken, wie man Leben macht. Sie müssen sich anfassen, wie heißt es in eurer Sprache? Heißt es Händchenhalten?«

Kasimir wollte ein Bild knipsen. Sie sollte ihm den Fotoapparat geben und sich mit Ingo an den Staketenzaun stellen. Er würde abdrücken.

»Zwei schöne junge Menschen werden auf dem Bild zu sehen sein, vielleicht mit Händchenhalten. Wenn es lustig sein soll, man kann vielleicht noch Kasimirs Ziege ins Bild nehmen.«

Sie wollte nicht. Sie erfand keine Ausreden, sagte klipp und klar, es dürfe kein Foto geben, auf dem sie beide zu sehen seien. Und mit Ziege schon gar nicht.

Sie wäre wohl doch in den Park gegangen, um den

zweiten Friedhof zu suchen, hätte es nicht zu tröpfeln begonnen. Auf dem Teich sahen sie die kleinen Einschläge, die sich ausbreitenden Ringe. Über ihnen tropfte es hart ins Eichenlaub.

Entweder nun gemeinsam in ihr Auto setzen und auf besseres Wetter warten oder gemeinsam in Ingos Auto setzen und auf besseres Wetter warten, oder jeder geht zu seinem Auto und wartet auf besseres Wetter. Kasimir sorgte für die vierte Möglichkeit.

»Kommt mit ins Haus.«

Er jagte die Hühner, die vor dem Regen in den Flur geflüchtet waren, in den Garten, dann bot er ihr den bequemsten Sessel an, denn sie war eine Dame oder wenigstens ein schönes Fräulein. Aber sie spazierte durch den Raum, besichtigte die Wände wie jemand, der ein Museum besucht. Da hing ein Bild der Jungfrau Maria, die Madonna auf einer weißen Wolke schwebend, unter ihr eine Armee tapferer Männer mit Jagdflinten, Sensen und Mistforken.

»Das hat sich zugetragen vor sechzig Jahren, als die Madonna und Marschall Pilsudski Polen gerettet haben«, erklärte Kasimir.

Ein Engelsbild, ein Kind mit Flügeln, weiß wie Schwanenfedern, den Kopf gestützt in feiste Hände. Auf einem Banner über dem Kinderkopf die deutsche Inschrift: »Breit aus die Flügel beide.«

Ein größeres Bild, aus vielen kleinen zusammengesetzt, ineinander geschachtelte Familienfotos, eins das andere halb verdeckend. War das Kasimirs Familie? Hatte er überhaupt eine Familie besessen, oder war er schon immer ein sonderbarer Einsiedler gewesen, der von Fischen lebte und Ziegenmilch, gutem Gänseschmalz und gesundem Honig?

Wie zierlich sie aussah bei ihrem Rundgang. Der Gürtel viel zu eng, er schnitt den Körper in zwei Teile, ein Gürtel zum Luftanhalten. Zwei Männerhände reichten aus, die Taille zu umfassen. Ein Knopf der Bluse war aufgesprungen, der mittlere von fünfen. Ingo stellte sich vor, wie die restlichen vier abfielen.

»Was hast du zu suchen in Polninken?«, hörte er Kasimirs Stimme.

Er fragte die Frau, die sich für Friedhöfe interessierte und für Kasimirs alte Bilder.

»Nur wissen, wie es früher gewesen ist«, antwortete sie leise. »Nur die Wahrheit erfahren.«

Missmutig schüttelte Kasimir den Kopf. »Weißt du nicht, dass Wahrheit ist – na, wie sagt man in eurer Sprache? –, Wahrheit ist Fliege für einen Tag! Wahrheit von heute ist schon morgen nicht mehr ganz wahr, und fünfunddreißig Jahre alte Wahrheit gibt es überhaupt nicht.«

Draußen ging ein Platzregen nieder.

»Wie war das denn mit dem Feuer im Gutshaus kurz nach Kriegsende?«, wollte sie wissen.

»Du weißt von dem Feuer?« Kasimir war sichtlich erschrocken. »Ja, es hat gegeben ein Feuer, es brannte eine Stube, die zu deutscher Zeit geheißen hat Herrenzimmer. Das ist gewesen im Sommer in russischer Zeit, als nur wenige Menschen lebten im Dorf. Wenn Soldaten viel Wodka trinken, spielen sie gern ein bisschen mit Feuer. An jenem Tag hatten sie gefunden deutsche Fahnen im Turm des Gutshauses. Viel roten Stoff und Kreuze mit Haken – oder wie heißt es in deutscher Sprache? Sie wollten die Fahnen verbrennen im Park, aber da es gerade Regenwetter gab, fanden sie es bequemer zu brennen in der Stube.«

»Gab es wirklich so viele Fahnen im Gutshaus?«

»Das ganze Dorf hat gehabt Fahnen. Im Bürgermeisteramt fand man Fahnen, im Krug und in der Schule. Zu jener Zeit machten sich die Menschen viel aus Fahnen, in allen Ländern spielten sie gern mit bunten Tüchern. Aber gebrannt hat nur eine Stube. Als die Fahnen Asche waren, ging das Feuer aus, denn es ist ein gutes, altes Haus aus dicken Steinen, es kann nicht verbrennen.«

Über die Dorfstraße lief das Wasser, kein Rinnsal mehr, sondern ein regelrechter Bach. Es regnete kaum noch, aber überall floss es über Steine und Sommerwege zum Teich hin. Kasimirs Hühner plusterten sich, schüttelten das Wasser aus den Federn, schwärmten aus, um Regenwürmer aus dem Misthaufen zu zerren und sie in Stücke zu reißen. Später, als der Himmel wieder ganz klar war, die Pflastersteine dampften und Wärme abgaben, geschah die Panne mit dem Trabant. Er wollte nicht anspringen.

»Das hat er oft bei Nässe«, sagte sie.

Ingo lobte den Tag, an dem ihm ein Kfz-Mechaniker in St. Jürgen erklärt hatte, wie Zündkerzen gereinigt werden. Er holte seinen Werkzeugkasten aus dem Auto, breitete ihn voller Wichtigkeit neben dem Trabant aus, vertiefte sich in den Motorraum und suchte weiter nichts als Zündkerzen.

Sie stand hilflos daneben. Als er nach oben schaute, sah er ihr Gesicht, eigentlich nur einen Ausschnitt des Gesichts. Das Haar hatte sich völlig aufgelöst, war nass geworden von den Tropfen, die immer noch aus dem Laub fielen.

»Sie bekommen ja schmutzige Hände!«

Natürlich bekam er schmutzige Hände, nichts bekam er lieber als schmutzige Hände.

Wie hilflos sie in den dunklen Motorraum blickte! Wenn es um Automotoren geht, sind Frauen immer noch von Gott und der Welt verlassen; die gewaltige männliche Überlegenheit aus Jahrhunderten hat sich reduziert auf den Umgang mit Kreuzschlüsseln und Zündkerzen.

Ingo opferte sein Taschentuch, um die Zündkerzen zu reinigen, das heißt, er wollte es opfern, aber sie ließ es nicht zu.

»Nehmen Sie mein Taschentuch!«

Sie warf einen kleinen rosa Stofffetzen in den Motorraum. Das Tuch taumelte wie eine Schneeflocke auf Ingos dreckige Hände, duftete nach ... nein, es duftete überhaupt nicht, roch einfach frisch gewaschen.

»Das können Sie nachher wegschmeißen«, warnte er.

»Macht nichts, Taschentücher gibt es in der DDR genug.«

Ingo wunderte sich über diesen Satz und saute das rosa Tuch dermaßen ein, dass es wirklich nur noch zum Wegwerfen taugte. Danach versuchte sie zu starten. Im zweiten Anlauf spuckte der Auspuff schwarzen Qualm aus. Eine stinkende Wolke zog über den Anger, aber der Motor lief.

»Alle Achtung, Sie kennen sich sogar mit unserem Trabbi aus!«

Für einen Augenblick dachte er daran, seine Dreckhände auf ihre weiße Bluse zu legen. Na, einen Kuss hätte er wenigstens verdient, nach dem Klischee unzähliger Liebesgeschichten: Für eine gute Tat gibt es Lohn in natura.

»Aber nun mal ehrlich, wie bekomme ich die Hände sauber?«

»Mit Schmirgelsand«, schlug sie vor. »Wenn keine Seife da ist, hilft Schmirgelsand.«

Sie gingen zum Teich. In der Hocke sitzend, rieb er mit Sand, spülte ab, nahm wieder Sand, wieder Wasser.

»Kommen Sie morgen wieder nach Wilkowa?«, fragte sie.

Er hörte auf zu waschen und blickte sie an. Das klang nach Einladung. Natürlich würde er kommen, wenn sie käme. Sie könnten sogar Benzin sparen und mit einem Auto von Węgorzewo nach Wilkowa fahren. Er wollte morgen früh zu ihrem Hotel kommen und sie abholen.

»Nein, das geht nicht! Wir sind eine Reisegruppe mit festem Programm, ich kann mich nicht immer davon befreien.«

»Aber morgen kommen Sie nach Wilkowa?«

»Vielleicht ... ja, ich glaube schon.«

»Und in Węgorzewo können wir uns nicht treffen?«

»Nein, niemals in Węgorzewo.«

Endlich hatte er saubere Hände. Sie opferte ein weiteres Taschentuch, wieder zartrosa, zum Abtrocknen. Danach fuhr sie los mit ihrer knatternden kleinen Kiste. Als das blecherne Klappern verstummt war, fing er an zu begreifen. Es gab nur einen Ort, an dem sie sich treffen konnten. Nicht in Węgorzewo, nicht in Lübeck, in der DDR schon gar nicht, es ging nur in diesem entlegenen masurischen Nest mit seinem weiten Himmel und der stillgestandenen Zeit.

Wenn sie nach drei Tagen nicht abgeholt werden, hängt Iwonka die Ansichtskarten an die Tür der Empfangshütte. Da hingen sie nun: St. Pauli-Landungsbrücken mit einem portugiesischen Segelschulschiff ... Die graue Stadt am Meer grüßt den Rest der Welt ... Sonneberg in Thüringen, die Spielzeugstadt . . . Bad Sassendorf – wo lag denn das? –, der Mäuseturm am Rhein ... Keine Karte aus Lübeck. So war es abgemacht. Monika steckte in den Reisevorbereitungen. Sollte sie drei Bikinis mitnehmen oder vier oder gar keinen? Auf alle Fälle literweise Sonnenöl. Man könnte ja die Sightseeingtour in die Umgebung mitmachen, zu günstigen Einkäufen auf malerischen Märkten ins Binnenland fahren. Sandstrand, Nachtleben, Tanz unter südlichem Himmel. Stell dir mal vor, in diese Vorbereitungen platzt eine Karte aus Masuren, auf der steht, Ingo Majewski sei durch ein Kornfeld gelaufen, habe mit einer fremden Frau einen verwilderten Friedhof besucht und mit einem rosa Taschentuch Zündkerzen gereinigt. Wie weit war es von Lübeck nach Ostpreußen? Laut Karte an die tausend Kilometer, aber Ingo war sich da nicht sicher. Ihm kam es weiter vor, viel weiter, weiter als nach Spanien. Ob er jemals nach Benidorm käme?

»Haben Sie schon gehört, an der polnischen Ostseeküste streiken die Arbeiter? Es kam über die Deutsche

Welle.« Auf dem Weg zum Zelt fing ihn der aus Iserlohn ab. »Na ja, unruhige Brüder waren die Polen schon immer. Der Zar ist nicht mit ihnen fertig geworden, und die Deutschen hatten auch ihre liebe Not.«

Ingo dachte an den alten Gutsfriedhof, der im Park von Polninken liegen sollte. Zehn Jahre hatte er keinen Friedhof mehr besichtigt, aber auf einmal interessierten ihn Friedhöfe. Morgen also mit ihr zum Friedhof.

»Wundern Sie sich gar nicht?«, fragte der aus Iserlohn.

»Wieso wundern? Irgendwo in der Welt streiken doch immer ein paar Arbeiter.«

»Aber in einem kommunistischen Land geht das gar nicht, da streiken die Arbeiter ja gegen sich selbst.«

Er hielt ihm einen Vortrag über die polnische Unruhe, die seit Jahrhunderten in Europa rumorte. Während er sprach, dachte Ingo nur daran, dass er sie morgen berühren würde, einfach die Hand auf ihre Schulter legen. Ja, er war in einer wunderbaren Stimmung.

»Angefangen hat es im Juli in Lublin, als die Regierung die Fleischpreise erhöhte. Da verlangten die Arbeiter mehr Lohn, um das teure Fleisch zu bezahlen. Von Lublin sprang es nach Lodz zu den Textilarbeitern. Und jetzt ist es an der Küste. Wissen Sie, was mir einer der Arbeiter aus Nowa Huta erzählte? Es geht längst nicht mehr um Fleisch, sie wollen auch eine eigene Gewerkschaft gründen und eigene Zeitungen drucken. Mensch, Mensch, hab' ich zu meiner Frau gesagt, das kann niemals gut gehen, nicht in einem kommunistischen Land.«

Iwonka war fertig mit der Postkartendekoration an ihrer Hüttentür. Jetzt stand sie an der Schranke, kämmte sich das Haar und hörte zu, was der aus Iserlohn über die polnische Unruhe erzählte.

»Ehrlich gesagt, sie haben Pech gehabt, die Polen. Ich meine wegen der Überschwemmungen. Im Juli gab es doch die reinste Sintflut. Halb Polen unter Wasser, da konnte nichts mehr wachsen. Meine Frau mag sich schon gar nicht mehr satt essen, die hat ein schlechtes Gewissen, wenn sie die vollen Schüsseln im Restaurant sieht.«

Im einteiligen Badeanzug spazierte Iwonka vorbei zum Ende des Anlegestegs, wartete einen Augenblick, reckte ihre Glieder, stellte sich auf Zehenspitzen und stürzte, Kopf voran, in den See. Von der Terrasse her pfiffen ihr einige nach.

»Mein Bruder aus Zwickau sagt immer, die verdammten Polen sollen erst mal arbeiten lernen, von Rumpalavern ist noch keiner satt geworden. Und ich sag' Ihnen, der hat Recht. Bei uns im Westen fängt es doch auch schon an. Diskutieren bis in die Nacht, für jeden Scheißdreck demonstrieren, aber zupacken, das können die Banausen nicht.«

Ingo hörte ihm nicht mehr zu. Er saß vor dem Zelt, sah sie kommen und gehen, die Essenempfänger von Camping Rusalka, roch aus der Ferne, dass es wieder Milchsuppe gab, konnte sich aber nicht aufraffen, um zu der Milchsuppe zu gehen. Über ihm Schwalben und Lämmerwolken, in ihm dieses sonderbare Dorf mit einem ausgebrannten verrosteten Panzer im Straßengraben, mit einem Herrenzimmer im Gutshaus, in dem die Rote Armee deutsche Fahnen verbrannt hatte, weil es draußen gerade regnete …

Der Ausflugsdampfer kehrte von der masurischen Seenfahrt heim, gab laut Signal, weil Iwonka die Fahrrinne kreuzte, dann noch einmal wegen der Angler am Anlegesteg. Ausgelassene Menschen kamen die Treppe herauf. Eine Gruppe sang den Wojtylasong, das Lied zum Papstbesuch vor einem Sommer.

Camping Rusalka kam Ingo öde vor. Auch dann noch, als oben an der Schranke das Licht aufflammte und Iwonka sich unter der mottenumschwärmten Glühbirne ausdauernd abtrocknete. Im Wald lärmten die Jungen Pioniere, sammelten Holz fürs Lagerfeuer. Auf einem Segelboot, das mit hängenden Flügeln – Einlaufen wäre maßlos übertrieben, Einkriechen träfe schon eher zu – auf den Steg zusteuerte, sangen sie das Lied für die Toten von Monte Cassino: »Czerwona roza spod Monte Cassino.«

Wenn überhaupt, dann müsste er jetzt fahren. Bevor Iwonka die Schranke schloss. Aber wohin fahren? Er könnte sie fragen, ob sie ihm Węgorzewo zeigen wollte. Aber ihm stand der Kopf nach Alleinsein. Er fuhr vom Platz, ohne zu fragen. Sie lächelte wie immer, aber doch nicht so wie am ersten Tag. Wenn man sich nach drei Tagen nicht näher kommt, dann hat es tiefere Gründe, und das Lächeln wird schwächer.

Langsam fuhr er durch die abendliche Stadt. Auf keinen Fall zu ihrem Hotel. Das wollte sie nicht. Wieder nach Westen im dritten Gang. Bäume im Abendrot wie schwarze Löcher in einer glühenden Wand. Bis Polninken traf er weder Autos, Pferdefuhrwerke, Radfahrer noch Fußgänger, nur einen gewaltigen Schwarm Stare, der mit ihm zur untergehenden Sonne flog.

Was hast du hier zu suchen, Ingo Majewski? Er fuhr auf das Haus seines Großvaters zu. Plötzlich lag es da im Scheinwerferlicht. Eine Sonnenblume, die ihm gestern nicht aufgefallen war, hing wie eine Laterne neben dem Hauseingang. Im Lichtkegel tanzten Mücken. Er holte die Luftmatratze aus dem Kofferraum, pumpte sie im Licht der Scheinwerfer auf. Wo willst du schlafen? Auf dem Lehmfußboden in der Küche, im geziegelten Wohnzimmer oder in Großvaters Kammer, an deren Decke der Sott seiner Tabakspfeife durchgeschlagen war?

Das Licht der Taschenlampe tastete die Wände ab. Ratten, Spinnen und Fledermäuse fielen ihm ein. Im Teich sprangen Fische, er hörte sie emporschnellen und klatschen. Kühe brüllten den Waldrand an. Ein Käuzchen rief, entweder im Park oder in den Bäumen des alten Friedhofs, wo die Krähen längst Ruhe gaben und die jungen Füchse sich mit den Knochen von Hühnern oder

Menschen vergnügten. Was er jetzt hörte, das musste die traurige Stimme eines Unks sein, jenes geheimnisvollen Fabelwesens, mit dem sie früher den Kindern Angst eingejagt hatten.

Hin und wieder kamen Scheinwerfer die Chaussee entlanggekrochen, verfingen sich in den Linden, kreuzten über die kahle Wand in Großvaters Kammer, fielen plötzlich ins Bodenlose. Signale einer vertrauten Welt. Dreihundert Meter entfernt lief eine Straße, die zurückführte ins geregelte Leben, in die Welt der Fernsehprogramme, der Lichterschlangen auf Ausfallstraßen und der gefüllten Kühlschränke. Wenn sie nun käme! Der Trabant voll aufgeblendet vor Großvaters Haus!

Die Luftmatratze war hart wie eine Betonplatte. Er ließ Luft raus, setzte sich in die Ecke und verfolgte die wandernden Lichter auf der Chaussee. Langsam verlor er die Kontrolle. Was hier geschah, vollzog sich jenseits des Gewohnten. Vor einer Woche wäre es nicht möglich gewesen und an einem beliebigen anderen Ort auch nicht. Sich in ein fremdes, verkommenes, stinkendes Haus zu setzen, an einen über hundert Jahre alten Großvater zu denken und sich einzubilden, ein kleines weißes Mädchen käme nachts zu Besuch.

Es roch nach Tabak aus Großvaters Pfeife. Neben dem Ofen wird er gesessen und die Luft verpestet haben. Mochten die Zeiten gut sein oder schlecht, Tabak musste her. In schlechten Zeiten streckte er ihn mit trockenen Kleeblüten, in guten Zeiten genehmigte er sich zum Sonntag den teuren Überseetabak aus Bremen. Rauchsignale aus dem vorigen Jahrhundert.

Als die Taschenlampe die Balkendecke absuchte, fielen ihm die Bohrlöcher der Holzwürmer auf. Und das da war der Einschuss einer Gewehrkugel. Erster Weltkrieg oder Zweiter Weltkrieg? Es stand nicht dabei. Jemand hatte sich Respekt verschafft, indem er in die Decke ballerte, eine deutsche, russische oder polnische Kugel aus deutscher, russischer oder polnischer Zeit. Wie alt war das Haus? Über den Katen in Schleswig-Holstein standen oft Jahreszahlen und fromme Sprüche, aber in Polninken nichts davon, nur uralte Holzwürmer und eine Gewehrkugel unbekannter Herkunft.

Er konnte nicht schlafen. Die Scheinwerfer von der Chaussee, der Unk, das Käuzchen und seine Gedanken hinderten ihn daran. War es möglich, dass ein Stück dieses wunderlichen Landes in sein Blut eingegangen war, dass er es mit sich herumschleppte, auch wenn er nicht hier geboren war? Fahren deshalb so viele in den Osten, um Wurzeln zu suchen, um irgendeinen Halt zu finden im Treibsand? Ein Ur-Ur-Ur-Großvater könnte Stadtschreiber in Ortelsburg gewesen sein, und eine Ur-Ur-Ur-Großmutter gehörte wohl zu den unehelichen Kindern des zeugungsstarken August von Sachsen. Je älter sie werden, desto mehr glauben die Menschen an Stammbäume, suchen sie Fäden zur Vergangenheit, und sei es nur Spinngewebe. Ein verfallenes Haus, ein zum Krähenhorst verkommener Friedhof, hundertjährige Kunststraßen mit hundertjährigen Alleen – da war Ingo Majewski gelandet. Dabei hatte er nie etwas mit der Vergangenheit im Sinn gehabt. Alle Feiern mit gewollter Rückbesinnung waren ihm ein Gräuel gewesen. Mit Schmeding hatte er sich darüber lustig gemacht. Stell dir vor, in fünfzig Jahren schickt die Stadt Lübeck uns beide zur Kranzniederlegung aus, zum Volkstrauertag oder sonst einem wichtigen Datum. Wir beide allein. Kein Mensch ist mehr da. Wir schenken uns die vorbereiteten Reden, drücken auf den Knopf und lassen das Deutschlandlied – dritte Strophe – abspielen. Dann legen wir den Kranz hin, verneigen uns, stehen einen Augenblick starr und gehen. Das wäre doch gespenstisch.

Aber hier war es anders, hier erschien die Vergangenheit nicht in den Klischees monotoner Reden, hier war sie praktisch da. Er war gekommen, um zu baden und frische

Luft zu atmen, aber überall stolperte er über Wegweiser in die Vergangenheit, sprachen die Bäume, antworteten die Pflastersteine, und die verschimmelten Mauern in Großvaters Haus hinderten ihn am Einschlafen. Ingo Majewski kam sich vor wie in einem Sciencefictionfilm. Eine Zeitmaschine hatte ihn gepackt, jagte ihn über den Schüttelrost, warf ihn zurück zum Anfang der polnischen Zeit, noch weiter, über die russische Zeit hinaus in die Tage, als dieses Haus gebaut wurde, als sie die Kunststraße aufschütteten, die Bäume anpflanzten und Großvater auf die Welt kam.

Als er geboren wurde, bauten sie schon an der Kunststraße, die eines Tages ihm gehören sollte. Eine Straße wie mit dem Zollstock gezogen. Warum genügte es nicht mehr, den ausgefahrenen Wegen zu folgen? Sand und Steine mussten her und schwere Walzen, die den Damm befestigten. Als Großvater geboren wurde, war die Chaussee noch weit entfernt, aber bei günstigem Wind hörte man das Geschrei der Fuhrleute, wenn sie die Pferde antrieben, die die Kastenwagen voller Steine zur Baustelle zogen. An stillen Abenden mag wohl auch der Gesang der Arbeiter zu hören gewesen sein, die nach gemeinsamer Abendmahlzeit vor ihren Bauhütten saßen. Sie sangen in verschiedenen Sprachen, denn es hatten sich die sonderbarsten Völker an dieser Straße eingefunden. Da gab es Litauer und die aus Wolhynien, die Polen von weit hinter Warschau, sogar Rumänen und Italiener mit schwarzen Haaren sollen angetroffen worden sein. Wohl ins Reich der Fabel gehörte der Bericht, dass vor den Hütten der Straßenarbeiter auch ein Mohr gesehen worden sei, nach Art der Muselmanen mit Turban und weißem Gewand bekleidet.

Nach dem Urteil der Ärzte ist es unmöglich, dass die an Hitze gewöhnten Afrikamenschen die raue Witterung Masurens ertragen. Ein echter und nicht nur ein gefärbter Mohr wäre längst erfroren.

Als Großvater geboren wurde, war der Sommer hoch und weit, und die Erde atmete den warmen Hauch des kümmerlichen Getreides. Brachvögel flogen nach Norden auf die dunkle Grenze zu, die damals nur eine Grenze des Waldes war. Im Süden standen Wolken über den sich vor der Zeit verfärbenden Schlägen, weiße Wolken wie Leinentücher, die sich im Wind davongemacht hatten. Es war der Dürresommer, den niemand anders als der alte Herr von Sahrau, Besitzer des Ritterguts Polninken, verschuldet hatte. Als im Unglücksjahr '67 die Teiche überliefen, die Kartoffeln in der Erde verfaulten und das Getreide mit Ochsenschleifen von den überschwemmten Feldern gezogen werden musste, nahm dieser Mensch die Schrotflinte und schoss in die tief hängenden Wolken, hinter denen er den Urheber des Unheils vermutete. Der ließ sich ein paar Jahre Zeit mit der Antwort. Dann kam die große Dürre.

In Großvaters Kinderzeit zahlten sie in Polninken noch mit harten Talern, blanken Talern, halben Talern und baren Talern, sie maßen das Land nach Ruten und die Höfe nach Hufen, sie sangen Spottlieder auf den großen Napolium, wie er doch so traurig aus Russland heimgekehrt war (»du bist ja noch ganz heiser und frierst auch an die Füß«). Die Franzosen, so weit entfernt von Polninken, waren ihnen doch die größten Feinde. In der Schule lernten sie das lustige Lied vom traurigen Ende des Erbfeindes:

»Schwimmt wohl, ihr Franzosen, die Katzbach hinab
und nehmt in roten Hosen den Walfisch ins Grab,
juchheiderassassa, die Preußen sind da,
die Preußen sind lustig, sie rufen Hurra!«

In den vornehmen Königsberger Etablissements spielte, wovon in Polninken kein Mensch etwas wusste, der Edinsonsche Phonograph Märsche und Geigensoli von der Wachswalze. Dazu tanzten sie Contre und Polka, und fremde Geiger mit langen schwarzen Polkalocken verführten unschuldige Mädchen. Als Großvater ins Reich wanderte, fuhren auf der Kunststraße schon die Kaleschen und ersten Hochräder, die den Pferden so viel Angst einjagten. In der Gegend von Elbing sah er die erste Eisenbahn und in Potsdam den Kaiser hoch zu Ross. Bis zum Fürsten von Wittgenstein verschlug es ihn. In einer Zuckerfabrik in Dithmarschen verdiente er das Geld, mit dem er dieses Haus kaufte oder baute – man weiß es nicht mehr genau –, ein Haus jedenfalls, das jetzt unnütz herumstand. Aus dem Nachbardorf nahm er sich eine Frau, eine aus den Insthäusern, wo die vielen Kinder lebten. Von ihr, der Großmutter, war nur wenig überliefert. Früh soll sie gestorben sein. Vor allem brustkrank war man in jener Zeit. Ihre Eltern schämten sich, einen Arzt zu rufen, denn sie wussten, dass sie ihn nicht bezahlen konnten. Ach, hätten sie doch wenigstens nach dem Armenarzt geschickt, als das Mädchen auch im Sommer hustete. Als Großvater sie zur Frau nahm, hatte die Krankheit schon ein Stück Lunge zerfressen, da war es schon zu spät. Hier haben sie gelebt. Keine Silberhochzeit, keine goldene Hochzeit haben sie gefeiert. Zehn Jahre, vielleicht fünfzehn, lebten sie zusammen. Die Frau hat am Herdloch gestanden und Suppe gerührt, morgens, mittags und abends. Zum Frühstück aßen sie Mehlbrei mit trockenem Schwarzbrot, denn trocken Brot macht Wangen rot, sagt das Sprichwort auf dem grauen Tuch über dem Herd. Kein Mensch wusste, dass auch die Schwindsucht rote Wangen machte. Mittags abwechselnd Suppe aus Erbsen, Wruken oder Kohl, auch Buttermilch mit Kartoffeln kam vor. Fleisch gab es nur an Sonntagen, am Donnerstag Speckwürfel. Zur Vesper kam Armeleutekaffee aus gebrannter Gerste auf den Tisch, gemischt mit einem Viertelchen Zichorie. Abends Hafergrütze und für jeden eine Heringshälfte aus dem großen Eimer, der für den ganzen Monat reichen musste. Dazu heiße Pellkartoffeln, die die Großmutter auf den Tisch schüttete. Milch verdünnte sie mit heißem Wasser und machte sie mit Salz schmackhaft.

Nach dem Abendbrot gingen sie auf Nachbarschaft. Großvater trug den Spinnwocken, Großmutter einen Sitzhocker und einen Korb Schafwolle. In den Wintermonaten gingen die Spinnabende reihum. Die Frauen saßen unter der Petroleumlampe und sprachen über die Krankheiten der Kinder oder sangen fromme Lieder voller Todessehnsucht. Großmutters Husten wurde schlimmer, wenn die Männer auf der Ofenbank mit ihrem Pfeifenrauch den Raum vernebelten und wieder und wieder erzählten vom Siebziger Feldzug, von Gravelotte und den Rothosen. Einer war bei der Attacke der 33. Dragoner vor Königgrätz dabei gewesen, ein anderer wusste von dem Rumor im Polnischen zu erzählen und vom Invasionszug gegen die polnischen Insurgenten. Aus den Freiheitskriegen gab es keine Veteranen, aber noch genug alte Männer, deren Väter Yorck, Blücher und Nettelbeck leibhaftig gegenübergestanden hatten. In ihren Spinden hingen Mäntel aus der Franzosenzeit. An kalten Winterabenden, wenn das Stiehmwetter gegen die Scheiben drückte, sprachen sie vom großen Moskauer Feuer, und so mancher blickte verstohlen zum Fenster, ob da noch roter Schein zu sehen wäre. Einer war da, dem hatten sie im Dänenkrieg den brandigen Fuß abgenommen, bei klarem Verstand, versteht sich, nur mit Fusel betäubt und mit der Aussicht auf eine schön und schaurig brennende Windmühle auf der Insel Alsen.

Ein Schulmädchen, des Lesens kundig, durfte an den Spinnabenden vorlesen aus den alten Heften von »Über Land und Meer« oder an lustigen Tagen auch aus dem »Wahren Jakob«, in der Stillen Woche aber nur aus der Heiligen Schrift.

Aufregende Neuigkeiten waren gefragt an solchen

Abenden. Auf dem Nordenburger Jahrmarkt soll ein Feuer fressender Neger vorgekommen sein. Der Sicherheit halber hatte man ihn an eine Kette gelegt; böse kauerte er im Sand und machte Glubschaugen. – Eine Riesendame hat es im Ringkampf mit den Gutsknechten aufgenommen und jeden unter sich gebracht. – Ein slowakischer Mausefallenmacher ist über Land gezogen, um seine Kunst anzubieten. Die Kreiszeitung inserierte: »Große Internationale Damen-Ringkampf-Konkurrenz, ganz neu für den Osten und in höchster Vollendung.« – Zu Kaisers Geburtstag gibt das Damen-Trompeter-Corps Vindabona im Hotel Thuleweit in der Kreisstadt ein großes Konzert. – Hat man schon gehört von der schrecklichen Kartoffelkrankheit im Ermländischen? Die neue Eisenbahn soll die Krankheit eingeschleppt haben, denn es ist erwiesen, dass die Kartoffelpflanzen den Lokomotivenrauch nicht vertragen können. – Eine Bauersfrau war so geizig, dass sie jedem gackernden Huhn nachlief; Magd oder Knecht könnten das Ei finden und austrinken. Eine andere kochte Kaffee für die Leute von der Art, die aus 13 Bohnen 14 Tassen hergibt. – Im Litauischen soll ein neues Mittel gegen den Rheumatismus gefunden worden sein. Rohe Eier mit Essig verrühren und trinken, 24 Tage lang. Jeden Tag ein Ei mehr bis zum 12. Tag, danach ein Ei weniger bis zum 24. Tag. Und nichts anderes zu sich nehmen, für den Durst nur reines Quellwasser. Eine teure Kur, die ein Gros guter Hühnereier verschlang. – Wie hilft man einem krutzigen Ferkel, das nicht wachsen will? Man holt es in die Stube, steckt es in die Hölle, das ist die warme, dunkle Ecke hinterm Ofen. Dort gedeiht es wieder. – Nächste Woche wird der Kleiderjude mit abgelegten Schuhen ins Dorf kommen. Dann kann man den Kindern wieder etwas zum Anziehen kaufen.

Wenn niemand mehr etwas zu erzählen wusste, berichtete Großvater von seiner Wanderschaft durchs Deutsche Reich. Bis Schneidemühl zu Fuß. Da nahm er sich ein

Herz und löste ein Billett für die kleinfenstrigen, niedrigen Vierter-Klasse-Wagen im D-Zug Königsberg–Berlin. Ja, Großvater war in Berlin, als sie den Schlesischen Bahnhof noch »Polnischen Bahnhof« nannten, weil da alles zusammenlief, was aus der Walachei und Wasserpolackei Ostelbiens ins Reich strömte, die Ostpreußen, Schlesier und Kaschuben, Masuren, Litauer, Polen, Ungarn, Galizier, Slowaken und Böhmaker. Ein buntes Gemisch der östlichen Völker in Pumphosen, kurzen Joppen und Tscherkessenröcken, in Schafpelzen, die fettglänzende Lederseite nach außen gekehrt, mit leinenen Knieschürzen, Pudelmützen und der tschechischen Tuchczapka.

Heimweg um Mitternacht. Großvater das Spinnrad auf der Schulter, Großmutter den Wollkorb unter dem Arm. Kein Licht auf den Straßen, kein Licht in den Häusern, kein Licht am Winterhimmel. Die Weidenstümpfe bekamen Gesichter, der Wind raschelte im trockenen Laub. Endlich die Geborgenheit einer warmen Stube. Im Herd glimmte es noch. Großmutter legte Holz nach, während Großvater die Strohmatten vor die Fenster hängte. Im Dunkel entkleideten sie sich, nur aus der Türklappe des Herdes flackerte spärlich rotes Licht. Wo mögen die Betten gestanden haben? Wo haben sie sich gewärmt, während im Herd das Fichtenholz knackte und das rote Feuer hektische Schatten an die Wand warf?

Ob Vater noch Erinnerungen an seine eigene Mutter gehabt hat? Hat sie ihn vor der Schule in den Gutswald geschickt, um Raff- und Leseholz zu sammeln? Hat sie ihm die Stellen gezeigt, an denen Blaubeeren wuchsen und Walderdbeeren, vor allem aber Pilze? Das mit den Steinpilzen, Maronen und Pfifferlingen hatte er nie vergessen, auch in den holsteinischen Buchenwäldern fand er ihre Stellen. Seine Mutter wird ihn angehalten haben, Pferdeäpfel auf der Dorfstraße aufzuheben und mit seinem Spielzeugbollerwagen in den Gemüsegarten zu fahren, damit ja alles gut wächst.

Wie alt war Vater, als seine Mutter starb? Sieben oder acht Jahre wohl, jedenfalls besuchte er schon die Schule, in der Kasimir jetzt lebte. Distelstechen auf den Gutsfeldern war eine schöne, leichte Arbeit für Kinder im Schulalter. Mit einem Stock, an dessen Ende eine scharfe Klinge befestigt war, ermordeten sie die jungen Disteln. Im Juni gab es extra Rübenferien, damit die Kinder beim Rübenverziehen helfen konnten, nicht zu vergessen beim Steinesammeln, denn die Steine wuchsen Jahr für Jahr wie das Getreide auf den Feldern. Er wird die Träume geträumt haben, die junge Menschen in jenen Jahren träumten, Träume von einem Fahrrad oder einer Ziehharmonika, vielleicht ganz fern von Amerika.

Bevor du die Chaussee übernehmen kannst, musst du auf dem Gut arbeiten, hat Großvater gesagt, als Vater aus der Schule entlassen wurde. Also ging er zum Herrn von Sahrau. Das war damals schon der junge Herr, der im Reich hohe Schulen besucht hatte und mit einer schönen, großen Frau nach Polninken heimgekehrt war. Sie sprach so vornehm hochdeutsch, dass keiner im Dorf sie verstehen konnte. Aber sie war eine Erscheinung, ein wahrer Lichtblick im dörflichen Einerlei.

Nach zwei Jahren wurde Vater schon Gespannführer. Mit vier Pferden hat er jene Felder dort hinter der Chaussee beackert, gepflügt, gesät, geerntet, wie es die Jahreszeiten verlangten. Im Winter das Dreschen in der Feldscheune – wo war eigentlich die Feldscheune geblieben? –, das halbe Dorf half mit. Ein Heizer und ein Wasserträger bedienten das Dampflokomobil, zwei Einleger thronten auf dem Dreschkasten. Um die lärmende Maschine herum die Bandschneider, Kaffträger, Losbinder, Sackträger, Strohbinder, Garbenschmeißer, Strohbergleger und Strohträger. Während Vaters Landarbeiterzeit herrschte schon Kämmerer Gutzeit in Polninken. Meistens sah man ihn zu Pferde, selten zu Fuß, aber immer in Reitstiefeln. Die Linke in die Seite gestemmt, bei wichtigen Anlässen auch die Rechte; nur wenn der Herr auf die Felder kam, ließ Gutzeit die Arme hängen wie ein gewöhnlicher Mensch. Stets ging er links neben dem Herrn, einen halben Schritt nach hinten versetzt, wie er es beim Militär gelernt hatte. Mit einer Trillerpfeife, die an einem Band um den Hals hing, pfiff er Frühstückspausen, Mittag und Vesper. Er pfiff so laut, dass die alten Frauen im Dorf sein Feierabendsignal hörten und die Abendsuppe aufstellen konnten.

Vater hat sie noch erlebt, die großartigen Auffahrten zum Herrenhaus an den Feiertagen. Viere lang. Zwei Vorreiter, der Kutscher auf dem Bock, ein Diener in Livree hinten stehend. So etwas kam vor am Geburtstag des gnädigen Herrn. Um die Mittagszeit kehrte die herrschaftliche Familie vom Kirchgang aus der Stadt zurück. Vor der Auffahrt wartete das Gesinde im Sonntagsstaat, stand Spalier. Die Frauen in geblümten Kattunkleidern, weiße Kopftücher, die die Haare zusammenhielten. Die Männer in der zweiten Reihe in dunklen Jacken und gewichsten Stiefeln. Kaum bog die Kutsche von der Dorfstraße, rissen sie die Mützen vom Kopf und brüllten Hurra. Kämmerer Gutzeit hielt eine Rede auf den Herrn und erhielt eine Kanne Kartoffelschnaps für alle. Sie riefen »Vivat hoch!« und »Der Herr soll leben!«, und gutes Essen gab es auch.

An einem solchen Festtag werden sie sich kennen gelernt haben, Vater und Mutter. Sie war in Stellung auf dem Gut, lebte in dem windschiefen Gesindehaus mit den auffallend kleinen Fenstern, die so klein waren, damit nachts niemand zu den Mägden einsteigen konnte. An einem Sommertag, als die vierspännige Kutsche der Herrschaft vor dem Gutshaus hielt, sahen sie sich zum ersten Mal. Beide in guter Kleidung, was viel ausmacht in solchen Augenblicken. Sie neben der Mamsell, er hinter den Altknechten. Gutzeit redete dem Herrn Gutes zu. Die Männer drehten verlegen ihre Mützen. Während des langweiligen Herumstehens trafen sich zufällig ihre Blicke. Vielleicht hat er ein Auge zugekniffen, und sie hat darüber gelacht. Mensch, Ingo Majewski, durch einen solchen Zufall bist du auf die Welt gekommen, bist du der, der du bist, hast die Statur deines Vaters und das Gemüt deiner Mutter, liegst im Haus deines Großvaters und kannst nicht schlafen.

Der sechste Tag

Was hätte ihn in Lübeck dazu bringen können, durch einen Urwald wie den rückwärtigen Teil des Parks zu kriechen? Nichts, buchstäblich nichts. Aber in Wilkowa kam es ihm nicht außergewöhnlich vor, er tat es gern.

Sie dagegen war für so viel Wildnis wieder unzweckmäßig angezogen. Wieder nur die leichten Sandalen, wieder eine weiße Bluse. Man musste ständig in Angst sein, sie könnte sich an Dornen reißen oder an Nesseln brennen. Sie wollte den Gutsfriedhof suchen und hatte ihn gefragt, ob er dabei helfen wolle. Er fand es schon bemerkenswert, dass sie ihn gefragt hatte.

Mitten im Park fanden sie einen Tennisplatz, umgeben von Kadikbüschen und Flieder. Ein Trampelpfad führte zu einer schwarz asphaltierten Fläche, auf der mit weißen Kreidestrichen Felder eingezeichnet waren. Vier Kinder warfen Tennisbälle über ein viel zu lasch hängendes Netz. Als sie die beiden kommen sahen, liefen sie zusammen und tuschelten.

Sie meinte, es sei doch ein gewaltiger Fortschritt. Früher sei der Gutspark das Allerheiligste gewesen, um das die Dorfkinder einen großen Bogen zu machen hatten. Heute stehe er jedem offen. Wer wolle, könne sogar Tennis spielen.

»Dafür ist der Park verwildert«, sagte Ingo.

»Woher wissen Sie, dass der Park früher nicht verwildert war?«

Die Frage war berechtigt. Ingo unterstellte einfach, dass Deutsche einen Park nicht so verkommen lassen. So etwas Ähnliches hätte der aus Iserlohn wohl auch gesagt. Ihm tat es Leid, und er sagte es auch.

»Wissen Sie, wo ich heute Nacht geschlafen habe?«

»Keine Ahnung.«

»Im Haus meines Großvaters.«

»Hier im Dorf?«

»Ja, das erste Haus, wenn man von der Chaussee kommt.«

Sie blieb stehen und lachte. »Darf man das denn, in fremden Häusern übernachten?«

»Es ist unbewohnt; bald bricht es zusammen, dann ist es vorbei mit dem Haus des Straßenwärters Majewski.«

Beim Weitergehen schnellte ihm ein Zweig ins Gesicht, die Wange brannte, das rechte Auge begann zu tränen. Als sie es sah, reichte sie ihm ein Taschentuch.

»Allmählich verbrauche ich alle Ihre Taschentücher.«

»Wenn's weiter nichts ist. Wenigstens Taschentücher sollten wir füreinander übrig haben.«

Vor ihnen ein Bach im Unterholz, der Ablauf des Teiches, nicht sichtbar, aber deutlich hörbar das Gluckern und Plätschern.

»Haben Sie eine Ahnung, warum Gutsherren sich einen eigenen Friedhof anlegten?«, fragte er, als er das Taschentuch zurückgab. »Heute wäre das nicht erlaubt, jedenfalls nicht im Westen. Einige haben es versucht, wollten sich im eigenen Blumengarten begraben oder ihre Asche über die Gemüsebeete streuen lassen, aber es wurde verboten. Seemannsgräber in der Nordsee, die gibt es noch, aber Leichen dürfen natürlich nicht ins Meer geworfen werden, nur die reine Asche. Wissen Sie, das ist wegen der Umweltverschmutzung, und es wäre wohl auch keine gute Werbung für den Absatz von Frischfisch.«

»Vermutlich wollten die Gutsherren nicht neben ihren eigenen Tagelöhnern begraben werden«, behauptete sie. »Noch im Tode hielten sie auf Distanz. Im Gutspark oder auf eigenem Acker einen eigenen Friedhof anlegen, das gehörte zu den Vorrechten der Herren hier im Osten. Sogar Lieblingshunde und Lieblingspferde kamen auf diese Friedhöfe.«

Sie sprangen über den Bach, der durchs hohe Farnkraut lief. Drüben ging es eine Böschung hinauf.

»Hier muss der Widder gestanden haben«, sagte sie plötzlich.

»Was ist ein Widder?«

Sie sah ihn spöttisch an. »Der Widder pumpte das Wasser in die Viehtränken auf dem Hof.«

Während sie tiefer ins Unterholz eindrangen, erzählte sie von der unheimlichen Maschine, die Tag und Nacht gleichmäßige Pumpenschläge von sich gegeben hatte, im ganzen Dorf sei sie zu hören gewesen. Den Kindern sagte man, im Park schmiede der Teufel Hufeisen für seinen Pferdefuß. Das jagte ihnen Angst ein und sollte es wohl auch. Kinder im Park? Spaziergänger im Park? Liebespaare im Park? Das war alles nur für die Herrschaften.

»Sie haben wohl etwas gegen Gutsherren?«, fragte er.

Sie schüttelte heftig den Kopf. »Nein, gar nichts, ich sage nur, wie es damals gewesen ist.«

Bis zu den Knöcheln stapften sie durch moderndes Laub. Da lag eine Fäulnis, die zurückreichte bis in die deutsche Zeit. Auf einmal fester Untergrund, ein Stein lag ihnen im Wege. Ingo kratzte das Moos von dem Findling, entfernte Schnecken und Schimmelpilze.

»Wenn die Arbeiter auf den Gutsfeldern einen großen Stein fanden, mussten sie ihn in den Park bringen«, sagte sie.

Er kniete im feuchten Laub, legte eine Einkerbung frei. »Für Kaiser und Vaterland!« stand da.

Aber kein Grabhügel, kein Kreuz, nur Dickicht, totes Laub und die grauen Säulen alter Eschen. Plötzlich sprang sie auf den Findling, überragte Ingo um einen halben Meter.

»Ich habe auch einen Großvater in diesem Dorf gehabt!«, rief sie. »Der ist aber schon im Ersten Weltkrieg gefallen. Wissen Sie, wenn ein Kavallerieoffizier von einer Artilleriegranate getroffen wird, braucht man keinen Sarg und keine Überführung, da genügt ein Gedenkstein wie dieser.«

»Ist das der Gedenkstein Ihres Großvaters?«

Sie nickte, stand mit beiden Beinen auf dem Felsen und lachte.

»Ich gehöre nämlich zu der Familie von Sahrau. Mein Vater war Gutsherr von Polninken.«

Der Satz machte ihn sprachlos. Sie sprang ins Laub, der Boden vibrierte, fast wäre sie ihm in die Arme gefallen, aber sie fing sich ab, ohne ihn zu berühren.

»Da staunen Sie, was? Ja, mein Vater ist zu Pferd durch dieses Dorf geritten, hat fast nur vom Pferd herab mit den Menschen gesprochen, hat sich zum Pferd herauf grüßen lassen. Meine Mutter hat man auch auf dem Pferd reiten sehen, meistens im Damensitz. Bei schlechtem Wetter saß sie im Glascoupé der Kutsche. Immer mit weißen Handschuhen. Gnädige Frau musste man zu ihr sagen. Das Gebäude dort oben, in dem jetzt die polnische Gutsverwaltung arbeitet, nannten sie ›Schloss‹. Kindermädchen und Kammerzofen bevölkerten das Schloss, es gab eine Amme für die gute Milch, eine Mamsell für das gute Essen, Dienerschaft, Stiefelknecht, Reitburschen und Hofhunde …«

»… und der Koch wollte dem Küchenjungen gerade eine Maulschelle geben, als er in tiefen Schlaf versank«, sagte Ingo.

Ob sie das Gleiche dachte wie er? Dass nämlich nicht in hundert Jahren, sondern schon nach 35 Jahren ein Prinz käme, um die verschlafene Szenerie wachzuküssen, vor allem die zierliche kleine Prinzessin, die im Begriff war, bis zu den Knöcheln im Laub zu versinken.

»Für alle Ewigkeit ist jene Zeit gestorben«, sagte sie und schien es nicht zu bedauern.

Ingo fragte, ob es den Namenszusatz *von* in der DDR überhaupt noch gebe.

»Warum denn nicht? Es kommt doch nicht auf die drei Buchstaben an, sondern auf den Geist, der dahinter steht, und der ist in der DDR gründlich verändert.«

Sie befanden sich also auf dem Privatfriedhof der von Sahraus. Sie tobte pietätlos auf den Köpfen ihrer Ahnen herum, kletterte noch einmal auf den Gedenkstein, hielt Ausschau nach Gräbern oder Resten von Gräbern.

»Meine Familie war mächtig stolz auf eine dreihundertjährige Ahnenreihe. In dieser Gegend hat nach dem Dreißigjährigen Krieg die Pest gewütet. Man rief Siedler aus ganz Westeuropa her, um das verwüstete Land wieder zu bevölkern. Die Sahraus kamen aus dem Westfälischen, aus der Gegend von Osnabrück, eine richtige alte Adelsfamilie mit eigenem Wappen. Dreihundert Jahre hat ihnen Polninken gehört. Mein Vater war der letzte Besitzer, als es 1945 zu Ende ging, nicht mit unserer Familie, aber mit der Gutsherrenherrlichkeit.«

»Ich merke schon, es ist Ihnen unangenehm, dass Ihre Familie einen Privatfriedhof besessen hat.«

»Unangenehm ist gar kein Ausdruck! Das war doch der Gipfel des Standesdünkels.«

»Vielleicht urteilen Sie zu streng, vielleicht ging es gar nicht so sehr um die Abgrenzung zu den einfachen Leuten, sondern nur darum, in eigener Erde zu liegen, in Sichtweite des eigenen Hauses, umgeben von Bäumen, die sie selbst gepflanzt und unter denen sie gelebt hatten.«

Sie winkte heftig ab. »Nein, nein, so war es nicht! Am Ende des vorigen Jahrhunderts schlug einer der Familie aus der Art, wie man damals zu sagen pflegte. Er wurde ein Trunkenbold, saß ein halbes Jahr in Bartenstein im Gefängnis. Wissen Sie, wo der begraben liegt? Ich will es Ihnen sagen: auf dem Dorffriedhof von Polninken.«

Ingo fiel in eine mit Laub gefüllte Kuhle. Die sah aus wie ein Grab, das ausgehoben, aber dann nicht mehr gebraucht worden war. Unten Morast. Durch die Turnschuhe fühlte er die aufsteigende Feuchtigkeit. Erst lachte sie, weil er da unten festsaß, dann geriet sie doch in Sorge, reichte ihm die Hand und zog ihn aus dem Loch, das ganz sicher einmal ein Grab gewesen war oder ein Grab hatte werden sollen. Jedenfalls passten die Maße, auch die Tiefe stimmte. Als er draußen war, suchte er einen Knüppel und stocherte in der Nähe der Kuhle herum, fand einen harten Gegenstand, den er mit den Händen freilegte. Diesmal kein Findling, sondern eine richtige Grabplatte, flach auf dem Boden liegend. Die Inschrift las er laut vor:

> Irene von Sahrau
> geb. 13. 12. 1861
> gest. 6. 10. 1925
> Denn Liebe ist stark wie der Tod.
> Das Hohelied Salomos, Kap. 8, V. 6

Sie war bestürzt, schien die Fassung zu verlieren. Jedenfalls wandte sie sich ab und bedeckte ihr Gesicht mit den Händen. Ingo sah, wie sie an einem Baum Halt suchte.

»Das ist meine Urgroßmutter«, flüsterte sie. »Von ihr habe ich meinen Vornamen. In unserer Familie ist es üblich, den Kindern Namen der verstorbenen Vorfahren zu geben.«

Irene, dachte er, sie heißt Irene! Furchtbar altmodisch. So heißen Briefkastentanten (Fragen Sie Frau Irene!) und Oberschwestern in Krankenhäusern.

»Ein sonderbarer Bibelspruch«, sagte er.

»Ich kenn' mich da nicht aus. In der DDR schreibt man kaum noch Bibelsprüche auf Grabsteine.«

Es wird irgendeine religiöse Liebe sein, dachte er sich, nicht das, was heute mit Liebe umschrieben wird. Oder gab es damals keinen Unterschied in der Liebe? Jedenfalls hatte jemand etwas gegen den Tod auf den Grabstein geschrieben, das einzige dem Tod Ebenbürtige, die Liebe.

Plötzlich wollte sie raus aus dem Dickicht. Sie ging voraus, Ingo hinterher, immer mit der Vorstellung eines gnädigen Gutsfräuleins im Kopf. Wenn sie sich vor fünfzig Jahren hier getroffen hätten, sie, das adlige Fräulein vom Schloss, er, der Sohn eines Gutsarbeiters, wie wäre das ausgegangen? Sie hätte vom Pferd auf ihn herabgeschaut, vielleicht auch hindurchgeschaut, ihr Begleiter hätte vermutlich nach der Peitsche gegriffen. Er stellte sie sich im langen Kleid bis zu den Schuhspitzen vor, durchaus weiß wie heute. Ein Hut wie ein Wagenrad. Da kann der Adebar drauf nisten, sagte der Volksmund zu solchen Hüten. Einen Sonnenschirm in der Hand oder einen Fächer oder ein Tüchlein oder sonst ein Requisit aus alten Opern.

»Für Sie muss es doch eine Genugtuung sein«, sagte Irene, als sie den Weg erreichten und nebeneinander gingen. »Die Herren von damals sind tief gefallen, ihre Kinder unterscheiden sich nicht mehr von den früheren Landarbeiterkindern. Eine gewaltige Umwälzung hat stattgefunden, finden Sie nicht auch?«

Sie war stolz auf diese Umwälzung, erwartete von ihm Schadenfreude über den Sturz alter Geschlechter und das Schleifen ihrer Herrenhäuser. Aber Ingo empfand nur Mitgefühl.

»Für Menschen wie Sie ist die neue Zeit gemacht!«, behauptete sie. »Für die Tagelöhnerkinder und Straßenwärterkinder von damals. Deshalb dürfen Sie ruhig stolz sein auf die neue Zeit.«

»Sie brauchen doch keine Schuldgefühle zu haben, weil Sie aus einer Gutsbesitzerfamilie kommen, Sie sind doch erst nach dem Krieg geboren.«

»Am 18. Juni 1953.«

»An einem Donnerstag also.«

»Woher wissen Sie das so genau?«

»Weil der 17. Juni ein Mittwoch war.«

Nun war es genug! Nicht weiter über diese Dinge sprechen, die sie sich selbst verboten hatten. Ein anderes Thema suchen, über den verwilderten Park reden, über das arg zerzauste Haar voller Spinngewebe. Er entfernte eine Klette von ihrer Bluse. Am Ausgang des Parks setzten sie sich ins Gras und schütteten die alten Blätter aus den Schuhen. In der Ferne lärmten die Mähdrescher. Sie fuhren um den Roggenschlag am alten Dorffriedhof von Polninken. Während sie das Getreide mähten, verschwand ein Stück Wirklichkeit in der Erinnerung: der Spaziergang durchs Kornfeld. Gestern war er noch möglich gewesen, heute wären sie schon auf das Gedächtnis angewiesen.

»Sicher werden Sie sich fragen, warum ich überhaupt hier bin. Ich fühle mich der alten Gutsherrenfamilie nicht mehr zugehörig, trotzdem laufe ich durch den Park und suche ihren alten Friedhof. Wissen Sie, es geht mir um eine ganz einfache Frage: Ist es schon Schuld, wenn jemand in der Kutsche herumfährt oder hoch zu Ross reitet und sich mit gnädiger Herr oder gnädige Frau anreden lässt? Kann man das alles geschehen lassen und trotzdem ein anständiger Mensch bleiben, der sich nichts vorzuwerfen hat?«

»Das nennen Sie eine einfache Frage! Nichts ist schwerer zu beantworten als das. Ich fürchte, Sie werden hier keine Antwort finden.«

»Eigentlich wollte ich nur einmal durchs Dorf fahren, aber plötzlich fand ich überall Berührungspunkte. Man fängt an nachzudenken, wenn man Steine, Mauern und Bäume sieht, die einmal den eigenen Eltern gehört haben.«

Wie selbstverständlich bogen sie zu Kasimir ab, als wären sie dort eingeladen. Sie bat ihn, Kasimir nicht zu sagen, dass sie die Tochter des früheren Gutsherrn war. Erst wollte er fragen, warum es so schlimm sei, wenn Kasimir es wüsste, aber dann schwieg er und starrte auf ihre kleinen Füße, die neben ihm gingen, Sand aufwirbelten und Gräser umknickten.

»Na, habt ihr gefunden Gutsfriedhof mit leerem

Grab?«, empfing sie der alte Mann. »Kasimir schämt sich ein bisschen, weil es wohl Polacken gewesen sind, die die Gräber aufgebrochen haben. Es könnten auch russische Soldaten gewesen sein, aber Soldaten haben meistens keine Zeit, Gräber aufzuschaufeln, nur Gräber zuzuschaufeln. Deshalb werden es verdammte Polacken gewesen sein. Sie haben Gold gesucht und schönen Schmuck, was manchmal zu finden ist in den Gräbern reicher Leute.«

»Haben sie etwas gefunden?«, fragte Irene.

Kasimir wusste es nicht, wusste auch nicht, wann es geschehen war. Überdies war es ihm schrecklich peinlich. »Da könnt ihr sehen, wozu Menschen fähig sind. Sie brechen Gräber auf und nehmen einem Skelett den Schmuck ab. Dann gehen sie damit zu einem jungen Mädchen, legen ihm den Schmuck um den Hals, vielleicht als Brautgeschenk, als Verlobungsgeschenk, jedenfalls als Zeichen für Liebe. An allem ist zu lernen, dass Schmuckstücke beständiger sind als menschliche Hälse.«

Abends baute Ingo das Zelt ab, warf es ungeordnet auf den Rücksitz des Käfers. Ob er sich abmelden musste?

Er war in aufgeräumter Stimmung, während er die letzten Heringe einsammelte. Sie hatte versprochen, morgen wieder nach Polninken zu kommen, das genügte, um in aufgeräumter Stimmung zu sein. Für sich nannte er sie längst Irene, obwohl er noch weit von dieser Vertraulichkeit entfernt war. Morgen musste er wieder Sie zu ihr sagen oder Fräulein von Sahrau, was sich noch dämlicher anhörte.

Einmal noch Abendbrotessen in Camping Rusalka. Stell dir das mal vor, Schmeding! In Masuren habe ich ein Mädchen aus der DDR kennen gelernt, das war eine Adlige, die Tochter eines früheren ostpreußischen Rittergutsbesitzers!

Na und?, wird Schmeding sagen.

Ingo fand das schon bemerkenswert. Die kam nach

Masuren, um nachzuforschen, wie ihre Eltern hier gelebt hatten. Und dabei trafen sie beide zusammen, zufällig im selben Dorf. Wie sich das anhörte: Irene und Ingo. So poetisch, als wären beide Namen füreinander geschaffen, als gehörten sie schon seit langem zusammen. Als er vom Restaurant zurückkehrte, traf er den aus Iserlohn. Der sah sich auf dem Platz um, auf dem Ingos Zelt gestanden hatte. »Reisen Sie auch vorzeitig nach Hause?«

»Warum das denn?«

»Na, hören Sie keine Nachrichten? Es wird immer schlimmer mit den Streiks. Heute legten 17 000 Hafenarbeiter in Danzig die Arbeit nieder. Das geht nicht lange gut, hab' ich zu meiner Frau gesagt. In Danzig gab es schon immer Ärger, vor zehn Jahren streikten sie dort auch. Das endete damals mit einer wilden Schießerei. Meine Frau macht sich Sorgen, weil wir in Danzig auf die Fähre nach Travemünde müssen.«

Er lud Ingo ein, in den Wohnwagen zu kommen, um die Nachrichten im polnischen Fernsehen anzuschauen, aber Ingo wollte nicht.

»Vor einer Stunde zeigten sie lange Autoschlangen vor den Tankstellen in Warschau. Es wird immer schlimmer mit der Versorgung, vor allem Benzin und Fleisch werden knapp. Gut, dass unser Reservekanister voll ist, sagte ich zu meiner Frau. Bis zum Schiff kommen wir damit allemal. Meinen Sie nicht auch? Fünfzig Liter müssten doch bis Danzig reichen.«

Oben vor der Empfangsbude räkelte sich Iwonka. Sie schien sich zu amüsieren über die Aufgeregtheit des Mannes aus Iserlohn, der laut verkündete, dass er morgen bei Sonnenaufgang losfahren werde.

»Lass uns auf Nummer Sicher gehen, hab' ich zu meiner Frau gesagt. Streik in einem kommunistischen Land, das lässt der Russe sich nicht bieten. In Ungarn ist er einmarschiert, in der Tschechei hat er den Laden dichtgemacht, jetzt sind die Polen dran. Wissen Sie, junger Mann, heute

Vormittag sprach mich in Rastenburg ein wildfremder Mensch, ein alter Pole, auf der Straße an. Haben Sie schon gehört, sagte er, die 11. Gardearmee ist von Kaliningrad an unsere Grenze verlegt worden. Das bedeutet doch nichts Gutes. Aber was sag' ich da, Sie wissen ja nicht einmal, was Kaliningrad ist, nicht wahr? Gut, ich will es Ihnen sagen, es ist unser altes, schönes Königsberg ...«

»Fragen Sie doch das Mädchen oben am Empfang«, schlug Ingo vor. »Die weiß bestimmt Bescheid, was in Polen los ist.«

»Wir wollen nicht zwischen die russischen Panzer geraten, hab' ich zu meiner Frau gesagt. Nicht schon wieder. Camping Rusalka liegt doch keine fünfzehn Kilometer von der russischen Grenze entfernt. Stellen Sie sich das mal vor! Russische Panzerarmeen stoßen von Königsberg Richtung Masuren vor! Oder auf der Reichsautobahn nach Elbing. Das ist für die ein Klacks. Keine zwei Stunden, und sie sind in Danzig! Wenn der Russe Danzig hat, kommen wir nicht mehr auf die Fähre nach Travemünde. Wir haben nämlich auf der ›Robin Hood‹ gebucht, wenn Sie die kennen. Aber natürlich kennen Sie die ›Robin Hood‹, Sie kommen ja aus Lübeck. Meine Frau meint, die lassen das Schiff gar nicht mehr in den Danziger Hafen rein, oder wenn es drin ist, lassen sie es nicht mehr raus. Klar, wenn die Hafenarbeiter streiken, kann so ein Schiff nicht mehr abgefertigt werden. Na, ich sag' schon, da sind wir in was hineingeraten. Immer die Polen, diese unruhigen Polen! Das hat schon unser Lehrer früher gesagt. Die Polen sind unberechenbar, hat er gesagt. Ab und zu geraten sie in leidenschaftliche Aufwallungen, danach versinken sie wieder in Gleichgültigkeit. Ein halbes Jahr Vulkanausbruch, hinterher zehn Jahre kalte Asche. 1944 machten sie den Warschauer Aufstand, 1956 gab es die Unruhen in Posen, 1970 Streiks und Schießereien in Danzig. Jetzt fängt es wieder an. Alle zehn bis fünfzehn Jahre werden die Polen wild!«

Iwonka öffnete die Schranke, obwohl Ingo noch gar nicht im Auto saß. Sie hängte sich an den Schlagbaum, machte ihren schlanken Körper um zwanzig Zentimeter länger, ließ sich fallen, federte ab. Ohne Frage, Iwonka war ein sportliches Mädchen. Wer mit Iwonka durch Amerika trampte, ging kein Risiko ein.

»Ich gebe Ihnen den guten Rat, junger Mann, nichts wie weg hier! Vor den Russen kann ein Mensch gar nicht schnell genug abhauen. Tausende könnten noch leben, wenn sie früher abgehauen wären, damals im Winter '45. Wissen Sie eigentlich, dass Ostpreußen im Zweiten Weltkrieg die größten Menschenverluste aller deutschen Provinzen gehabt hat? Eine Viertelmillion Männer sind als Soldaten gefallen, aber das war nicht das Schlimmste. In Ostpreußen gab es mehr Ziviltote als gefallene Soldaten. Ein Fünftel der Bevölkerung ist umgekommen, und alles nur, weil sie nicht rechtzeitig abgehauen sind. Wer das mitgemacht hat, der haut sein Leben lang rechtzeitig ab, kann ich Ihnen sagen.«

Ingo hätte durchfahren können, aber er hielt neben der Empfangsbude.

»Reisen Sie ab?«, fragte Iwonka.

»Nur in ein anderes Dorf. Vielleicht komme ich morgen oder übermorgen wieder. Ich darf doch wiederkommen – oder?«

»Sie können tun, was Ihnen Spaß macht. Nach Hause fahren oder in ein anderes Dorf, nach Rusalka zurückkommen oder nicht. In Polen sind alle Menschen frei.«

Das sagte sie mit einem selbstbewussten Lächeln, das keinen Widerspruch zuließ. Man musste es ihr glauben.

»Und Sie brauchen auch keine Angst zu haben. In Polen geht es immer irgendwie weiter. Unseren Gästen, die aus dem Ausland zu Besuch kommen, kann überhaupt nichts geschehen.«

Der siebente Tag

Subtropische Warmluft strömte nach Mitteleuropa. Das sagten die Wetterberichte, außerdem fühlte Ingo es. Auf einem Acker nahe Tschenstochau strömten an die einhundertfünfzigtausend Menschen zusammen. Das sagten die Morgennachrichten, die Kasimir beim Nachbarn Borek hörte. Polen feierte Mariä Himmelfahrt und hatte Anlass, mehr von seiner Himmelskönigin zu erbitten als nur gutes Wetter.

Hinter der Zeltwand schabberten die Gänse. Davon wachte Ingo auf. Sie zupften Gras, ab und zu schrie der Ganter. Ingo hatte Schweißtropfen auf der Stirn, was von der subtropischen Warmluft kam und den Träumen. Jenseits des Zelttuches ein heller Fleck über dem Apfelbaum, die Sonne. Er hörte, wie Kasimir die Gänse in den hinteren Teil des Gartens trieb, damit sie nicht störten. Wie besorgt er war, dieser Kasimir. Ein Großvater, wie er in Kinderbüchern vorkommt. Ein Großvater, den man besuchen konnte, wenn die Bienen schwärmten und der Honig geschleudert wurde, der sich auskannte in Blumen und Gartenkräutern.

Seine Uhr stand, aber an der Sonne erkannte er, dass es schon spät war. Ingo spürte weder Hunger noch Durst, allein die Wärme trieb ihn aus dem Zelt. Die Schafe glotzten ihn an, der Ganter attackierte seine nackten Beine. Ingo flüchtete vor ihm zurück ins Zelt, hörte den Ganter triumphierend abziehen und Kasimir lachen.

»Musst ihn an der Gurgel packen und ein bisschen schlackern!« Kasimir stand vor der Haustür. »Wenn du dich waschen willst, musst du waschen am Brunnen. In Polninken kommt Wasser nicht aus der Wand wie in großen Städten. Hier musst du pumpen nach Wasser, und im Winter, wenn Pumpe einfriert, musst du schlagen ein Loch ins Eis und Wasser aus dem Teich holen.«

So also sah seine erste morgendliche Reinigung in Polninken aus, noch eine Stufe urwüchsiger als in Camping Rusalka. Mit einer Badehose bekleidet, saß Ingo auf dem verwitterten Brunnenstein und ließ den Ganter nicht aus den Augen, der hinter dem Zelt graste und sich verdächtig näherte. Das Pumpeneisen kreischte. Es kam trübes Wasser, doch mit jedem Pumpenschlag wurde es klarer. Kasimir brachte ihm ein Stück braune Seife. Ingo gurgelte, spuckte Wasserfontänen in Kasimirs Apfelgarten, auch die weiße Soße der Zahnpasta, die im Gras aussah wie der aus den Krähennestern gekleckerte Kot. Kasimirs Hühner waren ganz verrückt nach dem weißen Zeug.

»Sag mal, Kasimir, hast du eigentlich Kinder?«

»Um Kinder zu haben, muss der Mensch erst haben eine Frau.« Er versuchte zu lachen, doch es missglückte.

»Warst du nie verheiratet?«

»Doch, doch, Kasimir hat von allem gehabt, Frau und Kinder, aber das ist eine schlimme Geschichte, nicht einfach genug für so einen schönen Morgen.«

Kasimir jagte die Hühner weg, sagte, er hätte Angst, die Eier könnten nach Zahnpasta schmecken. Ingo wusch gründlich seinen Oberkörper. Wo das Pumpenrohr im Abdeckstein verschwand, entdeckte er eine Inschrift: Ottenser Eisenwerke. Also eine Pumpe aus deutscher Zeit, eine erbeutete Pumpe, eine zurückgelassene Pumpe. Vater wird hier seine Hände gewaschen haben, wenn es Lehrer Tabel gefiel, Fingerappell anzuordnen. Deutsche Kinder dürfen keine Trauerränder unter den Nägeln haben! Also raus mit euch an die Pumpe! Mit den Spitzen des Stacheldrahts ließ sich der Dreck unter den Nägeln hervorkratzen.

Waschen, kämmen, Zähne putzen, alles erledigte Ingo draußen am Brunnen, immer mit Blick auf den bösen

Ganter hinter dem Zelt. Kasimir war hineingegangen, um ein Eichen zu kochen, ein schönes braunes ohne Zahnpastageschmack. Auch Speck wäre zu schmirgeln, denn es war ein besonderer Tag, es war Mariä Himmelfahrt.

Irene kam früher, als Ingo erwartet hatte. Sie saßen noch bei Schwarzbrot, Eiern und gebratenem Speck, als der graue Trabant in Kasimirs Garten einbog. Wie selbstverständlich stellte sie ihr Auto neben seinen grünen Käfer.

»Deine Panienka ist gekommen!«

»Was ist denn hier los?«, wunderte sie sich und zeigte auf das Zelt.

»Ich bin umgezogen von Angerburg nach Polninken.«

»Darf man das?«

»Kasimir hat mich eingeladen, dann darf man.«

Sie reichte Ingo die Hand. Keine Spur mehr von Kälte und der beklemmenden Distanz, mit der sie sich in den letzten Tagen begegnet waren. Dann hob sie die Eingangsklappe des Zelts. Drin sah es aus, als hätte da Kasimirs Ziege gewütet. Luftmatratze, Schlafsack, feuchte Handtücher und zusammengeknuddelte Hemden bildeten ein wildes Durcheinander.

»Jaki pan, taki kram«, brummte Kasimir nach einem Blick ins Zeltinnere. »Wenn man ein bisschen aufräumt, ist Platz genug für zwei«, sagte er zu Irene.

Die überhörte es, erzählte Ingo, dass es gar nicht so einfach gewesen sei wegzukommen. Eigentlich wollte die Gruppe das Grunwalddenkmal besichtigen, aber sie habe zur Gruppenleiterin gesagt, dass sie das Dorf gefunden habe, aus dem ihre Eltern stammten. Sie wolle eine Arbeit schreiben, wie sich das Dorf im sozialistischen Polen entwickelt habe.

Als Kasimir das hörte, bot er ihr Hilfe an. Er könne viel erzählen über Polninken, denn er lebe schon vierzig Jahre in dem Dorf. Auch sei da ein ganzer Drahtkorb voller Papiere, die der alte Lehrer beschrieben habe. Die müsse das Fräulein studieren, dann könne es nicht nur einen Bericht schreiben, sondern ein dickes Buch.

»Das mit dem Schreiben habe ich doch nur so gesagt, weil ich nicht zum Grunwalddenkmal wollte, Kasimir.« Sie lachte ihn aus, weil er das so ernst nahm. Aber Kasimir gab nicht nach.

»Wirklich, es wäre schön zu schreiben eine Geschichte über Polninken. Wenn schreiben, dann müssen junge Menschen schreiben. Sie haben nicht gelitten in deutscher, russischer oder polnischer Zeit, sie können schreiben, wie es richtig gewesen ist. Es wird eine schöne Geschichte geben, die die Leute lesen werden und sich wundern.«

»Wer liest denn schon ein Buch über ein so unbedeutendes Dorf, Kasimir?«

»Na, Kasimir wird lesen. Wenn ihr wiederkommt nach Polninken, werden wir uns an den Ofen setzen, und du wirst vorlesen deine Geschichte, und wir beide werden zuhören.«

Kasimir war begeistert von der Aussicht, ihnen zu erzählen, was er von Polninken wusste, und das Erzählte dann wiederzufinden in einer Geschichte, die man abends am Feuer lesen konnte, vielleicht sogar gedruckt. Er wollte gleich losziehen, um ihnen alles zu zeigen und zu erklären. In dreckigen Gummistiefeln, die Pfeife unter Dampf, einen Krückstock in der Hand, dessen blechbeschlagene Spitze Funken auf dem Pflaster schlug, so marschierte er vorweg.

»Ich finde es gut, dass Sie nicht zum Grunwalddenkmal gefahren sind«, sagte Ingo. Er wäre gern mit ihr allein durchs Dorf gegangen, um ihre Hand zu berühren, den Arm, die Schulter, vielleicht auch wieder ein rosa Taschentuch auszuborgen. Aber Kasimir behauptete, man könne sie beide nicht allein lassen, weil sie doch nur wieder in alte Gräber fielen.

Zu dritt zogen sie ins Dorf, Kasimir immer ein paar Schritte voraus. Zum ersten Mal blieb er an der Stelle stehen, an der von Januar bis Mai in russischer Zeit eine tote Kuh gelegen hatte. Eines Abends habe er eine Versammlung schwarzer Vögel aufgeschreckt. Die hätten ein gewaltiges Spektakel gemacht um die Kuh, und er habe sich mit dem Knüppel wehren müssen, weil die Krähen über ihn herfallen wollten.

»Wo liegt eigentlich das Grunwalddenkmal?«, fragte Ingo.

»In der Nähe des früheren Tannenbergdenkmals«, antwortete sie. »Es wäre eine ziemlich anstrengende Reise geworden, ungefähr hundert Kilometer, und das bei dieser Schwüle.«

Kasimir wollte ihnen das Gutshaus von innen zeigen.

»Fremde dürfen staatliche Häuser eigentlich nicht betreten, aber wenn Kasimir mitkommt, ist es erlaubt.«

»Haben Sie nur Frauen in Ihrer Reisegruppe?«

»Wir sind alle Lehrerinnen.«

Ingo machte wohl ein ziemlich dämliches Gesicht, denn sie blieb stehen und lachte. »Was haben Sie denn gegen Lehrerinnen? Keine Angst, ich frage nicht die Schularbeiten ab!«

»Welche Fächer unterrichten Sie?«

»Ich bin Unterstufenlehrerin für die Kleinsten, da gibt es noch keine Spezialisierung auf bestimmte Fächer, wir sind Mädchen für alles.«

Kasimir rüttelte heftig an der Tür, schlug auch mit der Krücke gegen das Holz, aber niemand öffnete.

»Sie werden eine große Versammlung machen«, fiel ihm ein. »Ein wichtiger Herr aus der Stadt ist gekommen, um den Arbeitern zu erzählen, was zu tun ist in der Ernte. So geht es zu im neuen Polen. Aus der Stadt muss man kommen, um zu sagen, was die Leute auf dem Land zu arbeiten haben. Reden ist in heutiger Zeit wichtiger als arbeiten. Es wird Gewitter geben abends oder nachts, aber macht nichts, die Leute müssen herumstehen und hören, was der hohe Herr zu sagen hat.«

Ingo sah sie vor einer Klasse von Neunjährigen stehen, die kleine zierliche Person, kaum größer als die Schüler, dafür mit lautstarker Stimme sich Respekt verschaffend. Auf alles Mögliche wäre er gekommen, auf Verkäuferin oder Krankenschwester, aber niemals auf Lehrerin.

»Ich hätte gern Nachhilfeunterricht von Ihnen. Wie war das eigentlich mit Grunwald und Tannenberg?«

Sie lachte. »Nicht aufgepasst in der Schule, was?«

Er wäre gern mit ihr zu den Ruinen des gesprengten Tannenbergdenkmals gefahren, um Nachhilfe an Ort und Stelle zu erhalten. Zwischen den Trümmern spazieren gehen, mit ihr im hohen Gras liegen, geschützt von wucherndem Unkraut.

»Das ist eine lange Geschichte«, sagte sie nur und vertröstete ihn auf später, denn Kasimir zog mit ihnen weiter über den verwaisten Gutshof.

»Hier hat gelegen ein deutscher Soldat«, erklärte er und zeigte in den Rinnstein, in dem stinkende Jauche zum Teich floss. »Er hat drei Wochen gelegen, bis der russische Kommandant Befehl gab, ihn zu begraben, damit er nicht auftaut und Gestank macht. Auf andere Seite hat gelegen ein russischer Soldat, aber nur einen Tag. Schade um die beiden. Die standen sich plötzlich gegenüber und mussten sich totschießen. Könnten heute noch so schön spazieren gehen wie wir.«

»Ist hier doch gekämpft worden?«, fragte sie.

»Nicht richtig, aber ein bisschen schon. Wenn Krieg kommt, will er was zu fressen haben. Also muss man schießen.«

Ingo fragte, was sie denn mit ihren DDR-Lehrerinnen auf der Polenreise studieren wolle.

»Wie der Sozialismus Polen verändert hat.«

»Und? Was haben Sie herausgefunden?«

»Nur Äußerlichkeiten, nur Fassaden und Transparente. Nicht der Sozialismus hat Polen verändert, sondern Polen hat den Sozialismus verändert. Es geht alles seinen alten Gang, die Herren kommen, die Herren gehen, aber Polen bleibt, wie es war. Haben Sie nicht die vielen Papstbilder gesehen? Ein Jahr nach dem Papstbesuch hängen sie immer noch an den Bäumen, und das in einem sozialistischen Land. An jeder Straßenecke steht die Mutter Gottes, auch in den Schaufenstern findet man mehr Marienbilder als Schaufensterpuppen.«

Kasimir machte ein feierliches Gesicht. »Es ist so, wie du gesagt hast. Und darum ist Polen immer noch nicht verloren.«

Er sprach mit einer Gewissheit, als hätte er selbst den lieben Gott bei seiner Wanderung durch Polen getroffen, gestern erst, und von ihm das Versprechen in die Hand bekommen, morgen wiederzukehren und alles zum besten zu richten. Und bis das geschieht, bis er wiederkommt, regiert heimlich über die Spruchbänder und Lenin- und Marxköpfe hinweg die Schwarze Madonna auf dem Thron der Piasten.

Für eine Weile verstummte jedes Gespräch. Kasimir führte den leeren Kuhstall vor, erklärte, dass er hier in deutscher Zeit gearbeitet habe. Dann ging er zum Grünfuttersilo auf der Rückseite, die jüngste Errungenschaft des polnischen Staatsgutes Wilkowa. An der Stelle, an der jetzt der grüne Brei gor und dampfte, habe zu Kriegszeiten eine Baracke gestanden. Davon gebe es auch eine schöne Geschichte: »Im Jahr '42 hat man die polnischen Gefangenen vom Gut genommen und verteilt zur Arbeit an die Bauern. Sie wurden nicht mehr bewacht, konnten spazieren gehen und jeden Sonntag die Kirche besuchen, auch polnische Freunde in der Nachbarschaft oder eine polnische Panienka, wenn es sie gab. Weil nun das Gut keine Arbeiter mehr hatte, kamen fünfundzwanzig Russen, die gefangen genommen worden waren in der großen Kesselschlacht von Smolensk. Für sie musste gebaut werden eine Baracke aus Holz mit Eisengittern vor den Fenstern. Ein deutscher Soldat, ein älterer Mann, der nichts mehr taugte für den Krieg, hatte die Gefangenen zu bewachen. Ihm hatte man auch eine Baracke gebaut, eine kleine nur mit einem eisernen Ofen drin. Da hat er gelebt mit einem Gewehr und vielen Blumen auf der Fensterbank. Jeden Morgen ließ er die Gefangenen antreten und abzählen. Anfangs zählten sie in russischer Sprache ras-dwa-tri, aber der deutsche Wachposten brachte ihnen bei, deutsch zu zählen bis fünfundzwanzig. Sie beeilten sich immer, möglichst vorn in die Reihe zu kommen, weil es leicht ist zu zählen in deutscher Sprache eins-zwei-drei, aber schwer zu zählen neunzehn-zwanzig-einundzwanzig. Also zählten sie jeden Morgen, nur am Sonntag nicht, weil am Sonntag Ruhe war, auch für die Gefangenen.

Aber einmal, sehr früh am Morgen, kam der Gutskämmerer zu dem Soldaten und klopfte mit der Reitpeitsche an sein Blumenfenster. Er saß auf seinem Pferd und sah aus, als wäre er die ganze Nacht geritten oder hätte schlecht geschlafen.

Lass die Gefangenen antreten!, befahl er.

Heute ist Sonntag, antwortete der Soldat.

Trotzdem, lass die Gefangenen antreten!

Na gut, dachte der Soldat. Wenn sein muss, muss sein. Er zog seine Uniform an, nahm das Gewehr, auf dem oben ein spitzes Messer steckte, wozu man sagt in Polnisch ›bagnet‹, und ging zu der Baracke, in der die Gefangenen schliefen. Er weckte sie und sagte, sie müssten sich aufstellen und abzählen, ausnahmsweise auch am Sonntag. Also kamen die Gefangenen und zählten ab in deutscher Sprache. Als sie fertig waren, ritt der Kämmerer die Reihe entlang und schlug mit seiner Reitpeitsche auf die Männer, immer von oben hat er geschlagen auf die Köpfe und die Rücken.«

»War das Kämmerer Gutzeit?«, unterbrach ihn Ingo.

»Woher weißt du den Namen Gutzeit?«, wunderte sich Kasimir.

»Meine Mutter hat mir von ihm erzählt, Gutzeit war fünfzehn Jahre Kämmerer in Polninken. Wie ging die Geschichte weiter?«, fragte Ingo. »Was hat der Soldat getan?«

»Als Gutzeit umkehrte, um noch einmal die Reihe entlangzureiten und zu schlagen, ist der Soldat vor ihn getreten. Es ist nicht erlaubt, so zu schlagen die Gefangenen, hat er gesagt. Und am Sonntag schon gar nicht. Da hielt Gutzeit sein Pferd an und griff in die Tasche. Er zog einen Brief hervor, den er bekommen hatte einen Tag vor Sonntag. Den reichte er vom Pferd herab dem Soldaten. In dem Brief stand, dass ein gewisser Walter Gutzeit gefallen war in Russland vor der großen Stadt Leningrad. Er hat es einmal gelesen und zweimal, und der Gutzeit ist vom Pferd gestiegen, hat neben dem Soldaten gestanden und geweint. Dann hat er dem Soldaten den Brief aus der Hand gerissen und ist zu den Gefangenen gelaufen. Jeder musste das Papier anfassen, und Gutzeit hat mit Tränen erzählt, wie die Rote Armee totgeschossen hat seinen Sohn vor der großen Stadt Leningrad. Danach ist Gutzeit gegangen in die Küche und hat Bescheid gegeben, die Mägde sollten kochen viel Fleisch für die russischen Gefangenen an diesem Sonntag, weil es war ein besonderer Tag. Um die Mittagszeit, als die Gefangenen gegessen haben das viele Fleisch, ist der Gutzeit zu ihnen in die Baracke gekommen und hat versprochen, nie wieder zu schlagen mit der Reitpeitsche, weil er nur einen Sohn hat, und mehr können von ihm nicht fallen vor Leningrad.«

Ingo starrte Irene an. Wie dachte sie über diese Geschichte? Das wäre doch ein gutes Aufsatzthema für die Deutschstunde. Eine archaische Geschichte für deutsche Lesebücher, wie aus der Bibel abgeschrieben. Der Herr steigt vom Pferd und weint, die geschlagenen, gedemütigten Gefangenen triumphieren stumm und bekommen eine Extraportion Fleisch. Und wo sind die Bösen in dieser Geschichte?

»Ich werde meine Mutter fragen«, sagte sie leise zu Ingo. »Vielleicht erinnert sie sich an den Vorfall.«

Eine Mutter! Obwohl es weiß Gott keine Ausgefallenheit war, dass ein Mensch eine Mutter hatte, überraschte ihn der Gedanke. Wie seine Mutter in Lübeck, so saß da eine alte Frau in der DDR und wartete auf Nachrichten aus Polninken. Das musste die Frau sein, die hier einmal Gutsherrin gewesen war, die gnädige Frau, die der junge Herr sich aus dem Reich mitgebracht hatte in die ostpreußische Einsamkeit.

»Lebt Ihre Mutter auch in der DDR?«

»Wir wohnen zusammen in Jena.«

Jena. Eine Fußballmannschaft aus Jena hatte mal im Europapokal gegen eine Mannschaft aus der Bundesrepublik gespielt. Mehr fiel ihm dazu nicht ein.

»Jena liegt in Thüringen an der Saale«, erklärte sie.

Dass es eine Landschaft gibt, die Thüringen heißt – mit Th –, ja, das wusste er. Und Saale mit Doppel-A, das wusste er auch. Musste ein Nebenfluss der Elbe sein. Aber im Rhonetal kannte er sich besser aus als im Saaletal. Durchs Rhonetal fuhr man auf der Reise nach Benidorm, aber wohin kam man im Saaletal?

Kasimir führte sie zu dem Haus, in dem zu deutscher Zeit der Bürgermeister gewohnt hatte.

»Er war ein guter Mensch mit Namen Reschke«, erklärte er. »Nur einmal hat er nicht die Wahrheit gesagt, am Sankt-Nikolaustag im Jahre '39, als die polnischen Gefangenen in Polninken ankamen. Reschke hat gehalten eine kleine Rede vor den Gefangenen. Wenn ihr tüchtig arbeitet und keine Dummheiten macht, hat er gesagt, wird es euch gut gehen in Polninken. Bald ist Krieg zu Ende, hat er gesagt, und jeder kann gehen, wohin er gehört. Die polnischen Gefangenen werden gehen zu ihren polnischen Frauen und Kindern. Aber das war gelogen,

Bürgermeister Reschke! Krieg hatte gerade erst angefangen und musste noch laufen über fünf Jahre, und viele polnische Männer sind nicht gekommen zu Frauen und Kindern, wie Reschke versprochen hatte.«

Im Schilf lag ein Holzkahn, moosbesetzt, sehr alt und spakig. Gleich wird Kasimir sagen, der sei aus deutscher Zeit, ein gewisser Sowieso sei aus dem Kahn mal in den Teich gefallen. Aber Kasimir schwieg. Er schob nur den Kahn ins Wasser. Die Frösche, die sich auf den Planken gesonnt hatten, sprangen platschend ins grüne Entenkraut. Ein Schwarm Kaulquappen flüchtete ins Tiefe. Im Kahn stand fauliges Wasser.

»Es ist angebracht, eine Kahnpartie zu machen«, schlug Kasimir vor. »Wetter ist schön, ihr seid schön, da gibt es nichts Schöneres, als zu fahren mit dem Kahn über das Wasser. Die Herrschaften vom Gut haben auch immer gemacht Kahnpartien in deutscher Zeit.«

Auf einmal sang er los, sang: »Eine Seefahrt ist schön lustig, hollahi!«, sang eine richtige Melodie zu einem falschen Text, und während des Singens schöpfte er mit einer rostigen Konservendose Wasser aus dem Kahn. »Damit das Fräulein keine nassen Füße bekommt.«

Ingo stieg ein, sie blieb zögernd stehen.

»Können Sie nicht schwimmen?«, fragte er und lachte sie an. Es war eine dämliche Frage, denn in diesem moderigen, verkrauteten Teich war an Schwimmen nicht zu denken.

»Es gibt nur eine Stelle zum Schwimmen in Polninken.« Kasimir zeigte zu einer Kuhle am anderen Ufer, in der die Kinder Hundepaddeln übten.

»Die Kuhle ist nicht entstanden von Bomben oder Granaten, sie musste ausgehoben werden auf Wunsch von Adolf Hitler persönlich, als der Krieg gerade drei Jahre alt war. Polninken brauchte einen Feuerlöschteich. Also ist gegangen der Bürgermeister Reschke zum Kämmerer Gutzeit und hat gesagt: Kannst mir nicht geben ein paar

Russen, damit sie eine Kuhle graben neben dem Teich? Gut, hat der Gutzeit gesagt, du kannst die Russen haben, aber es muss ein Sonntag sein. Also haben sie gegraben einen ganzen Sonntag. Das Wasser hat ihnen gestanden bis zu den Knien, aber sie haben gesungen russische Lieder, und die Kinder standen herum, sahen zu bei der Arbeit und hörten den schönen Gesang, denn niemand konnte in Polninken so schön singen wie die Russen. Der Wachsoldat hat im Gras gelegen. Weil es ein warmer Sonntag war, hatte er sein Hemd ausgezogen und über das Gewehr gehängt, sodass es aussah, als wollte er sich ergeben, denn es war ein weißes Hemd. Als die Kuhle tief genug war, ist der Reschke gekommen, um jedem zu geben einen Schnaps und eine Zigarre. Fünfundzwanzig Russen, voll gespritzt mit blauem Moder, haben auf dem Anger gesessen und Zigarren geraucht; eine gewaltige Rauchwolke ist von ihnen aufgestiegen. Der Wachsoldat hat mit aufgepflanztem Seitengewehr und sauberer Brust mitten zwischen den dreckigen Gefangenen gestanden, und sein weißes Hemd hat gehangen oben am Gewehr, wo die Kugel rauskommt. Jemand hat eine Fotografie gemacht von der Begebenheit, aber niemand weiß, wo das Bild geblieben ist. Schade, denn es war ein lustiges Bild, was selten genug vorkam im Krieg.«

Vor ihnen erhob sich ein Fischreiher, strich wie in Zeitlupe über das Schilf und verschwand Richtung Waldrand.

»Wir werden ihn totschießen müssen!«, rief Kasimir hinterher. »Er frisst jeden Tag mehr Fische als eine hungrige Familie mit sechs Kindern.«

Kasimir bestand darauf, Irene in den Kahn zu helfen. Linkisch sah es aus, aber er ließ es sich nicht nehmen, polnische Männer sind immer noch feine Kavaliere. Was sein muss, muss sein. Er selbst komme nicht mit, sagte er, er müsse zu Hause Mittagessen kochen. »Wenn ihr genug gefahren seid übers Wasser, kommt ihr Suppe essen!«

Er gab dem Kahn einen Schubs. Der löste sich vom Ufer, teilte das grüne Kraut, glitt an Schilfstängeln und Seerosenblättern vorbei. Ingo in der Mitte mit dem Rücken zur Fahrtrichtung, Irene zwei Schritte vor ihm auf dem Querbrett. Sie wagte nicht, die Füße auf den Boden zu stellen, weil da immer noch Wasser schwappte, und im Wasser tummelten sich Kaulquappen. Mit angewinkelten Beinen, die Arme um die Knie verschränkt, saß sie auf dem Querbrett. Er hatte die zierlichen Füße vor sich, fast in Reichweite, höchstens Schuhgröße 38. Sie blickte an ihm vorbei, vertiefte sich in die Wirbel und Blasen, die die Ruderblätter aufwarfen. Frösche plumpsten von Seerosenblättern. Ein Haubentaucher verschwand vor ihnen und kam eine Minute später hinter dem Kahn zum Vorschein. Eine Entenmutter flüchtete mit ihrer Brut ins Schilf. Und dann die Libellen! Wie Tiefflieger kamen sie über das Wasser, umschwärmten den Kahn. Eine hellblaue setzte sich in ihr Haar. Noch ehe er sagen konnte: Eine Libelle ist auf dem Kopf gelandet, flog sie davon. Also hatte er nichts zu sagen. Vor ihnen teilte sich das Wasser, flohen die Schlingpflanzen, schwebten davon wie die Seidengewänder ertrunkener Königskinder. Sie fand eine Libelle, die aus ihrem Himmel ins Meer gestürzt war. Tot. Sie knöpfte die Bluse zu, saß vornübergeneigt und wollte nicht provozieren mit den Knöpfen und der Bluse, als Lehrerin schon gar nicht. Er musste lachen bei dem Gedanken, dass eine Lehrerin vor einer Klasse von Neunjährigen die Bluse zuknöpft. Sie merkte es wohl und knöpfte die obersten beiden Knöpfe wieder auf, weil es doch zu heiß war.

Hinter seinem Rücken sprang ein Fisch, ein ziemlicher Bursche, der so heftig plätscherte, dass er erschreckt herumfuhr. Der Kahn schaukelte bedenklich, sie klammerte sich mit beiden Händen am Holz fest. »Wollen Sie mich zu den Poggen kippen?«

Er zog sein Hemd über die Ohren, saß mit nacktem

Oberkörper im Kahn ihr gegenüber. Ob sie ihn ablösen sollte, fragte sie. Nein, er habe noch Kraft genug. Vielleicht auf der Rückfahrt.

Sie tauchte die rechte Hand ins Wasser, ließ sie mitziehen, griff nach einem Schilfstängel und hielt ihn so lange fest, bis der Kahn zum Stillstand kam.

»Sabotage«, sagte er.

Da ließ sie los und lachte. Kein Zweifel, in Jena oder Lübeck hätte sie sich vor dieser Brühe geekelt, vor dem blühenden, stinkenden Teichwasser, in dem sich abgestorbenes Gras, Entenkraut, faulendes Schilfrohr, Kaulquappen, verendete Fische und verendete Frösche angesammelt hatten. Aber hier war das alles anders; sie ließ ihre Hand ohne Widerwillen im Wasser mitziehen.

Ein Mückenschwarm über dem Kahn. Sie pustete mit spitzem Mund hinein, der Schwarm wich aus, hing plötzlich über ihrem Kopf. Irene mit Heiligenschein, so sah es aus. Eine Säule aus winzigen Tierchen hing über ihr, jedes Lebewesen in Eigenbewegung und doch alle zusammen ein geschlossenes Ganzes, ein Spiralnebel im Kleinen. Ungemütlicher wurde es, als die Stechfliegen über sie herfielen. Zur Ungezieferbekämpfung riss sie Schilf aus. Wie mit einem Fächer wedelte sie mit den Schilfblättern. Er spürte, wie sich eine Stechfliege auf seinen Arm setzte, aber er sagte nichts. Als sie es bemerkte, hatte er den Schmerz schon hinter sich. Sehr behutsam, sehr sanft schlug sie mit dem Schilfstängel zu. Benommen fiel die Stechfliege vor ihnen aufs Holz, Ingo zerquetschte sie unter den Schuhsohlen. Sie fragte, ob es wehgetan habe. Er schüttelte den Kopf und hörte auf zu rudern. Sie kamen sich näher. Die Bewegung war fühlbar. Mit angehaltenem Atem kamen sie aufeinander zu. Es gab keinen Ausweg, sie waren gefangen auf kleinstem Raum. So etwas kam in Wirklichkeit doch gar nicht mehr vor. Ein Bild wie aus der »Gartenlaube« aus Großvater Majewskis Zeiten. Gutsfräulein mit ihrem Geliebten auf dem Dorfteich.

Und die Fischlein springen, und die Mücklein spielen in der hellen Sonnenglut. Hinter ihnen das Dorf wie eine Filmkulisse. Rauch aus Kasimirs Schornstein. Neben Irene lag die Sonne im Wasser. Überall Süße, nachempfundener Kitsch. Doch sonderbar, auf dem Dorfteich von Polninken, mittags halb zwölf, nahm die Wirklichkeit keine Rücksicht auf die ästhetischen Regeln, sie erlaubte es sich dreist, nach Belieben kitschig, heroisch, leidenschaftlich oder süß zu sein.

Der Kahn verfing sich in einer Schilfinsel, lag einfach da. Hinter ihnen raschelte und wisperte es. Vom Ruderholz tropfte hörbar das Wasser. Zu ihren Füßen immer noch die unruhigen schwarzen Tiere. Er schöpfte mit der hohlen Hand. Drei Kaulquappen zappelten in seiner Hand. Als das Wasser abgelaufen war, lagen sie zwischen Ringfinger und Mittelfinger auf dem Trockenen, schlugen aufgeregt mit den langen Kaulquappenschwänzen.

Sie beugte sich vor. Lieber Gott, jetzt bloß keine Biologiestunde über das Entstehen und Vergehen von Kaulquappen. Sie nahm eine nach der anderen und warf sie über Bord in den großen Sumpf, aus dem sie gekommen waren. Er schöpfte wieder mit den Händen, sie sammelte Kaulquappen. Die Tiere retten, bevor die Sonne das Wasser im Kahn trocknete und es Kaulquappenbraten auf den Holzplanken gab. Die beiden Köpfe nahe beieinander über den Kaulquappen. Noch näher ihre Hände, die im trüben Wasser nach schwarzen Kaulquappenschwänzen fischten. Dabei berührten sie sich. Die eine Hand hielt die andere fest. Ihr blasses Gesicht bekam plötzlich eine rötliche Färbung. Haarsträhnen lösten sich. Sie musste eine Hand fortziehen, um das Haar festzuhalten. Kein Gedanke mehr an Kaulquappenretten. Wer jetzt noch nicht im Wasser war, musste tatsächlich braten. Übrigens nicht gerade sauber, diese Kaulquappenhände. Aber weich und anschmiegsam. Er wollte sich neben sie aufs Querbrett setzen, aber der Kahn bekam Schlagseite. Also zurück in die Mitte, aber ohne ihre Hand loszulassen. Er sagte, dass er froh sei, sie in dem verlassenen Nest namens Polninken gefunden zu haben. Und sie sagte: »Sonderbar, es ist alles anders, ganz anders.«

Das galt wohl dem Teich, der nicht schmutzig, dem Himmel, der nicht verrußt, der Liebe, die nicht kitschig, und dem Rauch aus Kasimirs Schornstein, der nicht giftig war. Er hätte jetzt einfach du sagen müssen, ohne viel zu fragen oder zu erklären. Woher kam nur die seltsame Scheu vor den persönlichen Fürwörtern Einzahl? Weil sie eine Lehrerin war, die sich gut in persönlichen Fürwörtern auskannte? Ach, die deutsche Sprache besitzt so viele Möglichkeiten, eine Anrede zu umgehen. Man sagt man und meint du. Auch wir hilft als Umschreibung, bringt schon etwas Nähe und lässt doch alles offen. Nur nicht reden, das schafft Distanz. Man muss schweigen können, damit Nähe wiederkommt.

Ein Schwan brach aus dem Schilf, kam mit kräftigen Stößen auf den Kahn zu.

»Der ist böse«, flüsterte sie. »Wenn die Polninker Schwäne Junge haben, vertreiben sie alles, was sich auf dem Teich blicken lässt. Das hat Mutter mir erzählt.«

Ingo tauchte die Ruder ein. Sie flüchteten vor dem aufgeplusterten weißen Vogel, der den Kahn verfolgte, mit ausgebreiteten Flügeln heftig das Wasser schlug und böse zischelte.

»Wir waren zu nahe an seinem Nest«, sagte Irene. Bis zur Schleuse kam er hinter dem Kahn her. Als sie aufliefen und ausstiegen, drehte er triumphierend ab. Der Polninker Dorfteich war wieder frei von Menschen und Liebespaaren und fest in der Hand der Schwäne.

Mit Kasimirs Fischsuppe war das so: Die großen Fische muss man braten, die kleinen gibt man in die Suppe. Karauschen vor allem, die mehr Gräten haben als ein Baum Äste. Nicht das Fleisch ist wichtig, sondern die

Suppe. Wenn sie gut ist, wirft man das ausgelaugte Fleisch lieber weg, denn alle Kraft steckt in der Suppe. Mehl zum Andicken gehört dazu, Rahm von Ziegenmilch macht die Suppe weiß. Viel Gewürz muss her. Schade, Kasimir besaß keine Lorbeerblätter. Ach, in Polen fehlte es an so vielem, natürlich auch an Lorbeeren.

Kasimir beschäftigte sie. Holt Wasser von der Pumpe! Bringt den Abfall für die Hühner auf den Misthaufen!

Er selbst deckte den Tisch. Als alles bereitstand, die Teller, die Löffel, ein Salzfass, ein Korb mit geschnittenem Schwarzbrot, da fehlte nur noch eins, die sagenhafte Fischsuppe. Kasimir verschwand in seiner Schlafkammer. Dort schlug er das Federbett zurück. Mitten im Bett eine Terrine, ein gutes altes Stück mit Schnörkel und Goldrand. Feierlich schreitend, damit nichts überschwappte, trug er die Suppenterrine vom Bett zum Küchentisch, lüftete den Deckel, ließ Dampf aufsteigen bis unter die Balken. Bevor sie die Löffel eintauchten, begann Kasimir zu beten. Seine gewaltigen Hände wölbten sich über dem dampfenden Suppenteller, die Augen hielt er geschlossen. Er betete laut, aber für sie unverständlich, denn er betete polnisch.

Ingo starrte nur die Hände an, die den Teller vollständig abdeckten. Wie ein Eindringling kam er sich vor, wie jemand, der mit schmutzigen Stiefeln das Allerheiligste betritt. Noch niemals hatte er an einem Tisch gesessen, an dem vor der Mahlzeit gebetet wurde. Hier in Masuren traf es ihn unvorbereitet, machte ihn verlegen. Und Irene? Wie ein gut erzogenes Kind legte sie beide Hände neben den Teller und wartete auf Kasimirs Amen. Vor dem Fenster lärmten die Gänse. Ein Huhn kam, während Kasimir polnisch betete, über die Schwelle spaziert, begann im Flur herumzuscharren und zu picken. Amen.

Anschließend entschuldigte sich Kasimir. Er hätte gern in deutscher Sprache gebetet, aber es fehlten ihm die Worte. In deutscher Zeit habe er keine Gelegenheit gehabt, deutsch beten zu lernen. Er habe wirklich viel gelernt in den fünf Jahren …

»Wir lagen vor Madagaskar« habe er gelernt, »Von der Maas bis an die Memel« habe er gelernt und »Die Reihen fest geschlossen«, aber niemals beten. »Betet man in Deutschland überhaupt nicht mehr?«

Was soll man dir darauf antworten, Kasimir? Vielleicht weiß die kluge Lehrerin aus Jena eine Antwort. Aber die rührte nur stumm in der Fischsuppe, und Kasimir behauptete zu wissen, warum es den Deutschen im letzten Krieg so schlecht ergangen sei. »Sie haben vergessen zu beten.«

Er leckte den Suppenlöffel ab und schob ein Stück schwarzes Brot in die Backe.

»Glaubst du wirklich, dass es den Polen besser gegangen ist als den Deutschen?«, fragte Irene.

Na ja, Kasimir war sich da nicht so ganz sicher, aber wenn er es recht bedachte, es hätte schlimmer kommen können mit den Polen. »Wer betet, dem geht es immer besser als denen, die nicht beten.«

Gegen diesen Satz gab es keine Argumente, den musste man hinnehmen wie Gewitterregen und Sonnenuntergänge.

Irene nahm ein Stück Brot aus dem Korb, hielt es über den Tisch, sah Ingo an und sprach es plötzlich aus: »Willst du die Hälfte ab?«, fragte sie.

Ein Versprecher gewiss, aber er ließ sich nicht mehr zurücknehmen. Ingo lachte. »Von dir nehme ich immer die Hälfte«, sagte er.

Jetzt lachte sie auch. Kasimir wunderte sich, dachte, sie lachten über ihn, über seinen Pilsudskibart, an dem dicke weiße Fischsuppenklunker hingen, oder über das Huhn, das zutraulich zwischen den Tischbeinen herumspazierte. Nur gut, dass Kasimir nicht verstanden hatte. Der brächte es fertig, ihnen wieder einen eindeutigen Vortrag zu halten. Etwa so: Wenn Mann und Frau du sagen, ist es ein Zeichen, dass sie geschlafen haben. Wenn Mann und Frau Sie sagen, haben sie nicht geschlafen. Denn es ist in deutscher Sprache unmöglich, beides zu machen, miteinander zu schlafen und Sie zu sagen.

Keine Ahnung, ob Kasimirs Fischsuppe wirklich gut schmeckte. Ingo löffelte sie in sich hinein, beobachtete nur Irene, wie sie in den heißen Löffel pustete, wie sie den Mund spitzte. Er dachte an die üblichen Rituale. Anstoßen mit klarem Schnaps oder Wodka oder irgendeinem süßen, klebrigen Zeug, Bärenfang etwa. Die Arme verschränken, einen Kuss geben, der nach Fischsuppe schmeckte. Während das in ihm abspulte, erzählte Kasimir von den Karauschen, die ihr Bestes für die Suppe gegeben hatten. »In deutscher Zeit bekamen nur die Herrschaften vom Gut Fische. Einmal im Jahr gab es Fischfest in Polninken. Die Gutsarbeiter ließen den Teich ab, sammelten die Fische ein und brachten sie zu den Herrschaften. Wer Fische essen wollte, musste zum Gut kommen und sie kaufen für Geld.«

Was die Fische anging, so sei die deutsche Zeit schlechter gewesen als die polnische. »Wenn deutsche Kinder im Teich fischten, heimlich am Abend oder vor Sonnenaufgang, kam Kämmerer Gutzeit mit der Reitpeitsche angeritten. Oder er hat furchtbar geschrien, bis die Kinder wegliefen. Aber in polnischer Zeit kann jeder Fische fangen, sogar die Fischreiher.«

»Hat Herr von Sahrau auch mit der Reitpeitsche geschlagen?«, wollte Irene wissen.

Kasimir erinnerte sich nicht daran. Er habe den Herrn von Sahrau nur ein paar Mal gesehen. Der sei doch Offizier gewesen und habe im Krieg zu tun gehabt. Ein paar Mal sei er auf Urlaub gekommen, um mit seiner Frau auszureiten in die Wälder, mit einer sehr schönen Frau, wie jeder wusste. Auf zwanzig Kilometer habe es keine schönere Frau gegeben. Sie sei aus einer großen Stadt in Deutschland gekommen und fühlte sich ein bisschen einsam in Masuren, wo es kein Theater, kein Kino, auch keine Musikkonzerte gab. Wegen ihrer Schönheit sei ein Maler aus Königsberg gekommen und habe sie gemalt auf Leinwand unter dem großen Baum im Park. Das Bild, erzählte man sich in Polninken, sei nach Berlin gefahren, wo es in ein großes Haus gehängt wurde, damit viele Leute es sehen konnten. Nur einer habe das Bild nie gesehen. Das sei der Herr von Sahrau gewesen. Man sagte, er sei gefallen, als das Bild gerade fertig wurde, wie es üblich war für Offiziere in einem so langen Krieg.

Schwüle war aufgekommen. Der Teich lag wie vergossenes Petroleum jenseits der Dorfstraße. Von Südwesten her kroch eine graue Spinne über den Himmel. Polninken hielt Mittagsschlaf, sogar die Enten gaben Ruhe, nur die Pumpe kreischte, und sehr fern brummten die Mähdrescher. Ingo pumpte frisches Wasser auf das Geschirr, Irene wischte die Teller mit einem grauen Lappen ab.

»Bist du eigentlich verheiratet?«, fragte er. Als sie nicht gleich antwortete, fügte er hinzu: »Oder verlobt oder fest befreundet oder wie nennt man das bei euch?«

Sie lachte geheimnisvoll. Das war alles. Also gut, sie wollte darüber nicht sprechen. Ihm war es recht. Auf diese Weise erübrigte sich jede Erwähnung des Namens Benidorm, ein Name, der ihm von Tag zu Tag fremder wurde.

Als sie das Geschirr in die Küche brachten, meinte Kasimir, sie könnten Mittagsschlaf halten. Ins Zelt kriechen und schlafen oder nicht schlafen. Nach einem guten Essen sei das das Beste. Ingo holte seinen Ball aus dem Auto. Sie lachte ihn aus. »Willst du Völkerball zu zweit spielen?«

Wie wäre es denn mit dem Drahtkorb voller Erinnerungen, die in Kasimirs Abseite standen und darauf warteten, gelesen zu werden? Ingo holte den Korb und stellte ihn auf den Brunnen.

»Da steht sicher viel über deine Familie drin«, sagte er,

als sie sich unter den Apfelbaum gesetzt hatten und in den Papieren herumstöberten. Sie tat es mit einer seltsamen Scheu. War es der viele Staub, der sie irritierte, oder die schwer lesbare Handschrift?

Lehrerin unter dem Apfelbaum bei Durchsicht der Schulhefte! Müsste man malen, so ein Bild. Eine kleine weiße Person, im Schatten sitzend, umgeben von grasenden Schafen und einer angepflockten Ziege, im Hintergrund ein orangefarbenes Zelt und zwei Autos.

»Soll ich dich mal so fotografieren?«

Nein, sie wollte nicht fotografiert werden, nicht hier und überhaupt nicht. Also lassen wir das und lesen die Geschichte von Polninken.

So also war das mit dem Masurischen Kanal, der zehn Kilometer nordöstlich des Dorfes verlief. 1909 begannen sie zu bauen, damals noch mit Spaten, Schaufeln, Handkarren und Pferdewagen. Auch Arbeiter aus Polen schaufelten vom Tauwetter im Frühling bis zum ersten Frosteinbruch. Der Masurische Kanal sollte die Seenplatte mit der Ostsee verbinden. Lehrer Tabel ließ die Kinder schon weiße Ausflugsschiffchen malen, die von Königsberg den Pregel aufwärts kamen, um durch den Kanal zu den Masurischen Seen zu tuckern, voll besetzt mit weiß gekleideten Menschen. Aber er wurde nie fertig, dieser Kanal. Immer kamen Kriege dazwischen, vor allem die Niederlagen. Im Januar '45 wurde der unfertige Kanal für vierundzwanzig Stunden Verteidigungslinie, gab ein bisschen Hoffnung für einen Tag. Der Masurische Kanal wird gehalten bis zum letzten Blutstropfen!, sagte die Oberste Heeresleitung. Aber es hielt nur das Eis, das trug sogar Panzer und Sturmgeschütze. Nach dem Krieg durchschnitten sie den Masurischen Kanal, wie man einen Regenwurm mit dem Spaten absticht, geteilt wie das viermal geteilte Polen, geteilt wie Ostpreußen, geteilt wie Deutschland, geteilt wie die Welt. Ein Strich durchs Kanalwasser gezogen, den sie Grenze nannten. Seitdem wuchs ungestört das Schilf, und die Frösche hatten ruhige Tage in dem versumpfenden Graben.

Plötzlich warf sie die Papiere in den Korb zurück. Sie wollte nicht mehr lesen. Lieber noch einmal durchs Dorf gehen. Weitere Zerstreuungen gab es nicht in Polninken, als durchs Dorf zu gehen, über den Anger zum Teich hinunter, durch den Park, die Dorfstraße hinauf zur Chaussee, die Dorfstraße hinunter. Aber es war jetzt doch anders als ihre früheren Spaziergänge.

An der Schleuse blieben sie stehen, blickten über das Geländer. Unten ihr Spiegelbild, beide Köpfe nebeneinander, der ihre reichte ihm nur bis zur Schulter. Wie spröde ihre Lippen waren, geplatzt in der masurischen Sonne. Keine Salbe, kein Puder, nur menschliche Haut ohne Geschmack.

Ein Traktor fuhr mit zwei Gummianhängern, beladen mit gepressten Strohballen, auf den Gutshof. Der Fahrer hatte sie wohl gesehen, denn er begann zu hupen. Als sie sich nach ihm umdrehten, hob er die Hand und drohte lachend. Ihr beiden habt es gut, hieß das. Während andere Leute arbeiten, turtelt ihr durch die Gegend!

Es sah tatsächlich nach Gewitter aus. Die graue Spinne hatte fast den ganzen Himmel überzogen, griff nach den letzten hellen Flecken im Osten. Wind war aufgekommen. Er kräuselte das Wasser, ließ ein heftiges Rascheln durchs Schilf gehen.

»Die Landschaft hat uns verzaubert«, sagte Ingo. »An keinem anderen Ort wären wir uns so nahe gekommen wie hier.«

»Ich denke, nicht die Landschaften verändern die Menschen, sondern die Menschen verändern die Landschaften.«

»Aber hier ist es umgekehrt«, behauptete er. »Nie habe ich mich für Geschichte interessiert, aber hier geht sie mir plötzlich nahe. In einer Woche habe ich mehr an meinen Großvater gedacht als in meinem ganzen bisherigen Leben. Es kommt alles aus dieser Landschaft und von dem alten Mann dort hinten mit seinem Drahtkorb voller Erinnerungen.«

Sie gingen spazieren, wie man das in alten Liebesfilmen zu sehen bekommt. Händchen halten, Köpfchen anlegen, schweigend von einem Weidenbaum zum anderen. Sie hätten es in die Rinde schnitzen oder in den heißen Sand malen können, einen pausbäckigen Amor mit Pfeilen im Köcher. Alle romantischen Klischees der Vergangenheit hatten sich eingefunden, aber sie fanden es nicht kitschig. Was sie taten, kam ihnen durch und durch normal vor.

»In drei Tagen läuft mein Visum ab«, sagte er.

»In drei Tagen schon? Wir bleiben noch zehn Tage in Angerburg.«

»Und dann gleich in die Schule?«

Sie nickte.

»Schade.« Ihm war, als risse ein Vorhang entzwei. Er sah alles so überdeutlich. Drei Tage noch, dann fuhr er zurück nach Lübeck. Zehn Tage noch, dann stand sie vor ihren Kindern in Jena. Welten lagen zwischen ihnen. Ob sie überhaupt Briefe wechseln durften?

Der Traktorfahrer kam mit leeren Anhängern zurück. Als er einen Radfahrer traf, hielt er an und schaltete den Motor ab. Sie unterhielten sich auf der Gutsauffahrt. Männer mit Forken auf der Schulter traten aus der Scheune. Die Gruppe wurde immer größer und lauter, versperrte die ganze Auffahrt.

»Hast du schon lange einen Bart?«, fragte sie.

»Seit fünf Jahren.«

»Warum eigentlich nur am Kinn und nicht auf der Oberlippe?«

»Oben wächst nichts.«

Sie lachte. »Verbrannte Erde, was?«

»Nein, ein Vampir hat mich gebissen.«

»War wohl weiblich, dein Vampir?«

Sie pulte an der Kuppe seines Zeigefingers, weil da eine

Distel drinsteckte. Ihre Daumennägel pressten seinen Finger zusammen, erst wurde er weiß, dann rot. Er starrte auf ihre kleinen Hände, vergaß den Schmerz, den der verdammte Widerhaken in seinem Fleisch verursachte.

»Eine Stecknadel müsste man haben«, entschied sie.

Auf ihrem Handrücken traten die dunklen Streifen der Adern hervor.

»Ist das dein blaues Blut?«, fragte er.

Sie ließ seine Hand los, blickte ihn vorwurfsvoll an. »Bei euch im Westen spielt der Adel wohl noch eine große Rolle?«

»Nein, überhaupt nicht.«

»Warum fragst du denn nach dem blauen Blut?«

»Es fiel mir nur so ein, als ich deine Hände sah. Es bedeutet nichts, überhaupt nichts.«

»Morgen bringe ich eine Stecknadel aus Angerburg mit, dann werden wir operieren.«

Die Arbeiterversammlung an der Gutsauffahrt wurde größer und lauter.

»Weißt du, worum es bei denen geht?«

Nein, sie hatte keine Ahnung.

»Auf dem Campingplatz hat einer erzählt, dass in den polnischen Hafenstädten die Arbeiter streiken.«

Davon wusste sie nichts. Nur das wusste sie in diesem Augenblick, sie hatten bloß noch zweiundsiebzig Stunden Zeit. So wenig! Lieber Himmel, so schnell ging die Zeit vorbei!

»Du brauchst nicht unbedingt nach Angerburg zu fahren«, sagte er.

»Ich soll wohl bei dir im Zelt übernachten, wie?« Sie drohte mit dem Zeigefinger.

»Oder bei Kasimir. Der hat bestimmt eine Extrastube für dich.«

Nein, das ging nicht. Sie musste zurück nach Angerburg. »Sonst denken die, ich bin in einen masurischen See gefallen, und lassen mich suchen.«

Er stellte sich das vor: gemeinsames Abendessen mit den DDR-Lehrerinnen im Hotel in Angerburg. Bericht über das Grunwalddenkmal und die Niederlage des Deutschen Ordens vor mehr als fünfhundert Jahren. Ungemein wichtig das alles, aber ihnen zerrann die Zeit.

Als er sie zum Trabant brachte, sah er auf dem Rücksitz das Sammelsurium von Papier, Landkarten und Zeitungen, »Neues Deutschland« vom 13. August 1980.

»Kannst du mir die Zeitung bis morgen leihen?«

Sie sah ihn an, als wollte sie sagen: Tu bloß nicht so, als wenn dich »Neues Deutschland« interessiert! Wortlos gab sie ihm die Zeitung. Darunter lagen ein Stadtplan von Jena und ein Buch von Hegel oder über Hegel, ein ziemlicher Wälzer.

»Das wollte ich eigentlich in Masuren lesen«, sagte sie, »aber nun bist du dazwischengekommen.«

Wer war Hegel? Sie sagte, und es klang ein wenig belehrend, dass man zu den Quellen zurückkehren müsse. An den Quellen finde man Wegweiser zu neueren Quellen. Und so weiter.

»Mir ging es nicht anders. Ich hatte mir ein festes Programm für Masuren gemacht, aber nun sitze ich Tag für Tag in diesem Dorf und warte auf dich.«

Die Quellen mussten warten. Schlösser, Denkmäler, Kirchen und Naturschönheiten, alles hatte zu warten, weil sie sich hier getroffen hatten und weil die Zeit davonlief.

Mühelos sprang ihr Auto an. Einen Augenblick lag seine Hand auf dem erhitzten Dach. Ein bisschen Hegel auf dem Rücksitz und viel Kartenmaterial. Von der Straße aus winkte sie. Morgen wird sie eine Stecknadel mitbringen. Nun hing alles von dieser Stecknadel und dem Stachel in seinem Finger ab. Morgen also.

Ingo las »Neues Deutschland«. In Polninken, unter dem Apfelbaum. Zum ersten Mal eine Zeitung von drüben.

»Das Krimtreffen findet in der Welt einen starken Widerhall.« So lautete die Schlagzeile. Auf der Innenseite ein Bild von 1961. Überschrift: »Kampfgruppen der Arbeiterklasse am Brandenburger Tor«. Das sah nach biederen Familienvätern aus, die Gesichter noch gezeichnet von Krieg und Gefangenschaft. Die Männer standen verwundert in Reih und Glied vor den Bauarbeitern und hielten sich an ihren Maschinenpistolen fest. Oh, die hatten etwas gutzumachen, die Bauarbeiter in Berlin. Da stand noch eine alte Rechnung offen. Hinter den Kampfgruppen die Schützenpanzer. Bildunterschrift: »So wurde am 13. August 1961 die Staatsgrenze der DDR zuverlässig gesichert.«

Es folgte ein Artikel in deutscher Sprache. Kein Zweifel, es waren deutsche Worte, aber der Inhalt kam ihm fremd vor:

> »Im Dienst des Friedens und des Sozialismus. Von deutschem Boden darf nie wieder Krieg ausgehen – das ist unser außenpolitisches Hauptprinzip seit Gründung der DDR. Alle politischen Aktionen der DDR sind diesem Leitsatz gefolgt. Insbesondere verdient er als Motto über einer Aktion zu stehen, die sich heute zum 19. Male jährt, die Sicherung unserer Staatsgrenzen am 13. August 1961. Da drohte der Kalte Krieg heiß zu werden. Die Bundeswehr sollte durch eine innerdeutsche Polizeiaktion in der DDR Ordnung schaffen, eine imperialistische Ordnung, versteht sich. Sie sollte unter klingendem Spiel durchs Brandenburger Tor einziehen. Was war in dieser Lage unsere Pflicht? Wir mussten den Aggressoren den Weg verlegen. Am 13. August, null Uhr, begann die Aktion zur Sicherung des bedrohten Friedens …«

Das Wort Mauer kam nicht vor, aber plötzlich begriff er, dass mehr als Mauern zwischen Lübeck und Jena lagen.

Da gab es tiefe Gräben, luftleere Räume und Planetenbahnen. Zum Erschrecken, diese Distanz.

»Von den Sicherheitsorganen der DDR wurde am 11. 8. 1980 an der Grenzübergangsstelle Drewitz der Einwohner von Berlin (West) Dieter Teichmann wegen Verbrechen unter Missbrauch des Transitabkommens auf frischer Tat gestellt und festgenommen. Als Angehöriger einer kriminellen Bande hatte er subversive Handlungen auf den Transitstrecken der DDR durchgeführt. Ein Ermittlungsverfahren wurde eingeleitet und Haftbefehl erlassen. Der zur Straftat benutzte Pkw Ford mit dem amtlichen Kennzeichen B – ME 71 wurde beschlagnahmt.«

Was mag er angestellt haben, dieser Dieter Teichmann? Zu schnell gerast zwischen Helmstedt und Marienborn? Hat er ein Kind überfahren oder nur ein Huhn? Hat er auf dem Rastplatz eine westdeutsche Zeitung gelesen und versehentlich liegen lassen für unbefugte Leser, oder hat er in einem volkseigenen Wald seine Notdurft verrichtet?

Zum ersten Mal in seinem Leben bekam Ingo Angst vor geschriebenen Worten. Und das ausgerechnet in Polninken unter dem Apfelbaum. Was lässt sich mit Worten alles anstellen? Es gibt nur eine Tatsache, aber Dutzende von Möglichkeiten der Darstellung dieser Tatsache. Und jede vermag, wenn sie nur richtig formuliert ist, glaubwürdig zu klingen. Wie gefährlich Worte sind! Eines Tages wird man erkennen, dass die größere Gefahr von den Worten ausgeht und nicht von den Gewehren. Dann werden sie alles verbrennen, was bisher geschrieben wurde. Sie werden neu beginnen, Worte aufzuschichten, aber es können immer nur schiefe Türme daraus entstehen, denn die Wahrheit ist wortlos und stumm.

Unmöglich, mit ihr morgen über diese Zeitung zu sprechen, über die »zuverlässige Sicherung der Staatsgrenze der DDR am 13. 8. 61« oder über Dieter Teichmann, der ein Verbrechen auf den Transitwegen begangen haben soll. Auf einmal wurde ihm klar, warum sie über politische Themen nicht hatte mit ihm sprechen wollen. Sie wusste längst, dass Politik Gefühle töten kann, dass sie Freunde auseinander reißt, Familien spaltet, mehr Kälte verbreitet als Wärme. Deshalb diese selbstverordnete Quarantäne. In Polninken leben, fern aller Ideologien, mit den Gänsen, Enten und Klapperstörchen aufstehen, mit Sonnenuntergängen schlafen gehen. Nur so konnten sie sich näher kommen.

»Am 10. 8. 1980 verstarb im Alter von 59 Jahren unsere Genossin Erna Sakrewitz, Trägerin des Ordens ›Banner der Arbeit‹ und weiterer staatlicher Auszeichnungen. Mit ihr verlieren wir eine pflichtbewusste, der Partei der Arbeiterklasse treu ergebene Genossin, die in verschiedenen Leitungsfunktionen im Industriezweig Konfektion ihre ganze Kraft für die Sache des Sozialismus einsetzte. Wir werden ihr Andenken stets in Ehren halten. VEB Kombinat Oberbekleidung, Berlin.«

So sah der Tod im Sozialismus aus. Wenigstens sterben müssen alle, die Sozialisten und die Kapitalisten. Sterben bleibt die einzige, die wahre Gleichheit.

Eine halbe Stunde war er allein, schon sehnte er sich nach ihr. Vielleicht kommt sie doch noch zurück. Nach dem Abendessen mit den Lehrerinnen. Um die Stecknadel zu bringen. Mit Seife und Zahnbürste und einer Decke für die Nacht. Er stellte sich vor, wie sie bei ihm im Zelt auftauchte.

Kasimir studierte das Gewitter. Ohne zu regnen, hatte es sich zur russischen Grenze hin verzogen. »Vielleicht kommt es zurück heute Nacht oder morgen. Viele Gewitter kommen zurück aus Russland nach Polen.«

Die Versammlung an der Gutsauffahrt löste sich auf, der Traktorfahrer brachte die leeren Gummiwagen aufs Feld. Als er vorbeikam, hielt Kasimir ihn an und fragte, was denn los gewesen sei. Die Arbeiter hätten über Politik geredet. Mitten in der Ernte. So etwas tut man nicht. Das sei wie Kartenspielen während der heiligen Messe.

Irene war fort, und Polninken war langweilig ohne sie. Kasimir hatte im Gemüsegarten zu tun und die Gutsarbeiter auf den Feldern. Ingo besuchte zum ersten Mal zu Fuß und sehr langsam die Chaussee, die seinem Großvater gehört hatte, nicht gehört im Sinne des Gesetzes, aber im Sinne innerer Zugehörigkeit. Er bummelte unter den Linden ostwärts, dachte auch, dass sie vielleicht doch noch zurückkäme aus Angerburg. Er nahm die Gerüche auf und die Geräusche, das einfallende Licht, das Wispern im Gras, das Rascheln im Laub. Wildtauben gurrten in den Bäumen, weiße Schmetterlinge gaukelten über dem grauen Asphalt. Fünfzehn Schritte maß die Distanz von Baum zu Baum. Paarweise standen sie sich gegenüber wie Zwillinge, wie Mann und Frau. Aus der Ferne sahen sie alle gleich aus, aber zwei Schritte von den Riesen entfernt erkennst du die Unterschiede, die Kerben, Markierungen und Gabelungen. Bei dem einen begann die Verästelung schon in der Tiefe, bei dem anderen fing sie oben an. Eine Delle, gut verwachsen, aber noch erkennbar. Jemand musste gegen den Baum gefahren sein, vielleicht ein Auto oder ein Panzer oder durchgehende Pferde mit einem Leiterwagen.

Anfangs wird Großvater die Chaussee zu Fuß abgewandert sein. Jeden Tag die Schaufel auf der Schulter, Brotbeutel und Feldflasche am Bauchriemen. Ein Dienstrad bekam er erst nach dem Ersten Weltkrieg. Morgens holte er das Fahrrad aus dem Holzstall, klemmte die Schaufel auf den Gepäckträger, band den Stiel vorn an die Querstange, möglichst so, dass er nicht klapperte.

Mutter hatte kein einziges Foto gerettet. Niemand

wusste, wie Großvater wirklich ausgesehen hatte. Ingo stellte ihn sich vor wie den alten Kasimir. Ein kleines Bäuchlein unter der Weste, graues Arbeitshemd, Manchesterhose, eine niemals ausgehende Pfeife im Mund. Wo Ingo spazieren ging, war Großvater vor einem halben Jahrhundert mit dem Dienstrad geradelt. Polninken–Angerburg und zurück. Bei jedem Wetter. Eine ebene Strecke, nur zwei leichte Steigungen und zwei Abfahrten, aber reichlich Kurven. Was hatten Straßenwärter damals zu tun? Schlaglöcher ausbessern, lockere Steine befestigen, Pfützen ablaufen lassen. Sie räumten die Gräben, wenn das Schmelzwasser überlaufen wollte. Erstaunlich tiefe Gräben. Was mochte da alles hineingefallen sein in hundert Jahren? Wagenräder, Zigarrenstummel, leere Schnapsflaschen, Waffen einer fliehenden Armee, am Ende auch Leichen. Er wird eine Karre besessen haben, in der er Werkzeug, Steine und Sand mitführte, hinten ans Dienstrad gehängt. Eine Karre auf Vollballonreifen und mit vorschriftsmäßigem Katzenauge. Auch um die Bäume hatte er sich zu kümmern. Krankes Holz ausschneiden, trockene Äste entfernen, bei Dürre für Wasser sorgen. Wenn ein Baum einging, pflanzte er einen neuen, düngte ihn kräftig mit Pferdeäpfeln, die es reichlich gab auf der Chaussee. Hunderte von Erntewagen sind unter diesen Bäumen gefahren. Die Heuernte fiel mit der Lindenblüte zusammen. Da saßen die Kinder oben auf dem Heuwagen, um sie ein Duft von Lindenblüten, Honig und trockenem Klee. Jahr für Jahr rutschten ein paar Fuder in den Graben, das waren die kleinen Verkehrsunfälle der großen Landwirtschaft. Ein Straßenwärter hatte das Recht, an seiner Straße eine Kuh zu hüten oder zwei Ziegen. Zweimal im Jahr machte Großvater Heuaust, mähte die Böschung, brachte mit seinem kleinen Handwagen die Ernte ein, er und Großmutter als Zugpferde davor.

Ja, sie könnten viel erzählen, die Bäume seines Großvaters. Der deutsche Kaiser ließ seine Soldaten unter den Linden marschieren und der russische Zar seine Kosaken. Die deutsche Wehrmacht sang die blühenden Linden an. Als die Rote Armee kam, hatte Lili Marleen längst ausgesungen, es heulte nur noch die Stalinorgel in den Baumkronen. Offiziere im offenen Maybachcoupé haben hier ihre Spazierfahrten unternommen. Wilhelm mit Gefolge auf der Reise nach Goldap unter den Linden. Großvater Majewski hat ehrfürchtig dagestanden – Mütze in der Hand – und sich am Schaufelstiel festgehalten. Wenn Bäume sprechen könnten!

Kutschen sind hier gefahren, Vierspänner, Zweispänner und Einspänner. Landauer und Jagdwagen, offen und mit Verdeck. Die Herrschaften von Polninken vierspännig auf dem Weg in die Stadt. Die gnädige Frau im Landauer sitzend, der gnädige Herr hoch zu Ross nebenher reitend.

Na, Majewski, was gibt es Neues auf der Chaussee?

Keine besonderen Vorkommnisse, Herr von Sahrau!

Wie alle, die einmal gedient hatten, wird Großvater bei dieser Antwort Haltung angenommen haben. So etwas steckte im Blut wie einem Kutschpferd die Musik. Das ging nicht mehr raus.

Alle Neuigkeiten aus der Stadt erfuhr Großvater als Erster. Sie kamen gemächlich die Chaussee entlang, die guten und die schlechten Nachrichten. Briefträger und Wundärzte brachten sie mit, Tierdoktoren, Hebammen und Pferdehändler trugen sie ins Dorf, auch die Leichenbestatter, die Pfarrer, die Lumpenjuden, Schmandschmecker und Fleischbeschauer, die Zigansche, die Fischfrau und der alte Mann, der Woche für Woche Eier aufkaufte, nicht zu vergessen die Milchwagenfahrer, die Morgen für Morgen mit vollen Kannen in die Stadt klapperten und mit leeren Kannen, aber voller Neuigkeiten zurückkehrten. Niemand gelangte nach Polninken, ohne dem Straßenwärter Majewski einen guten Tag gewünscht zu haben. Was hätte sein Großvater alles erzählen können!

Nicht immer war es eine Teerchaussee. Die Straße ist gewachsen mit den Bäumen. Anfangs ein Katzenkopfpflaster zum Zähneausschlagen, zu Beginn des Jahrhunderts kam eine Granulatschicht auf die Straße, das waren die Notstandsarbeiten der zwanziger Jahre. Schotter wurde aufgetragen, darauf Kies, darauf zerriebenes Gestein. Schwere Eisenwalzen drückten den Belag fest. Sechs Pferde zogen die Ungetüme, bis endlich Dampfwalzen aufkamen, die im Schneckentempo die Chaussee abfuhren. Wenn die Kinder diesen Kolossen bei der Arbeit zuschauten, bekamen sie nachts Albträume. Sie rollten über Vaters Kinderbett, diese furchtbaren, durch nichts anzuhaltenden Dampfwalzen. Eines Tages haben sie auch Großmutter in die Erde gewalzt.

Durchgehende Pferde. Es gab sie reichlich auf Großvaters Chaussee. Wenn in Angerburg die Eisenbahn einlief und die Kutscher im Krug saßen, gerieten die Tiere in Panik. Dieser Staub auf der Chaussee! Räder lösten sich von den Naben, kullerten in den Straßengraben. Funken schlugen, Holz splitterte, Pferde bluteten, Kutscher sprangen ab, bevor sich das Gefährt überschlug. Mütter, holt die Kinder rein, die Pferde gehen durch!

Welche Arbeit war zu tun, wenn sich die Gräben mit Schnee füllten? Musste Großvater die Chaussee freischaufeln, damit die Milchwagen in die Stadt konnten und Ärzte und Hebammen den Weg ins Dorf fanden? Wie ging es zu im Novembersturm? Großvater unter seinen Bäumen wandernd, ihnen gut zuredend, sich zu biegen und nicht zu brechen. Kilometersteine kalken, auch das gehörte zu den Arbeiten eines Straßenwärters. Jedes Jahr zu Pfingsten bekam die Chaussee als Festschmuck weiße Tupfer ins frische Grün. Später, als die Autos aufkamen, mussten auch die Bäume gekalkt werden, vor allem in den gefährlichen Kurven.

Ein Menschenleben hat gehangen an dieser Chaussee und ihren Bäumen. Wer so lange an einer Straße gearbeitet hat, fühlt sich verantwortlich für ihre Unebenheiten und Frostaufbrüche. Er wird es nicht über sich gebracht haben, die Chaussee im Stich zu lassen. Da kommt der Krieg, wird er gesagt haben, und die Bäume sollen allein bleiben? Panzer werden die Straße aufwühlen, die Artillerie wird in die Baumkronen schießen, na, und erst die Gräben! Kriege haben es an sich, dass sie viel in die Gräben schütten. Erst kamen die großen Viehherden. Die schwachen Tiere blieben im Graben liegen und starben. Nach dem Vieh die Flüchtlinge von der Grenze. Auch sie legten ein paar Leichen in den Straßengraben, eine Oma, die es sich anders überlegt hatte, oder kleine Kinder, die gar nicht erst gefragt wurden. Später waren auch Soldaten im Chausseegraben zu finden. Nach ihnen wieder Viehherden, diesmal in die andere Richtung. Wieder gab es schwache Tiere, die die Gräben anfüllten.

Eine sonderbare Vertrautheit kam auf. Großvaters Linden kamen ihm bekannt vor. Da hingen Erinnerungen wie grelle Plakate an den Bäumen und schrien die Vorbeifahrenden an.

Im Westen kehrte noch einmal die Helligkeit zurück, für kurze Zeit nur, bis sie im Abendrot ertrank. Gerade noch hell genug, um eine Karte nach Lübeck zu schreiben, die letzte Karte aus Masuren. Gewiss würde er eher in Lübeck sein als die Karte. Er schrieb sie nach der Rückkehr in Kasimirs Apfelgarten auf dem grünen Autodach, »Neues Deutschland« hatte er als Schreibunterlage. »Ich weiß nicht, ob ich überhaupt nach Spanien fahre«, schrieb er an die Mutter. »Sag Monika, sie soll schon losfahren, wenn ich am 20. nicht da bin. Vielleicht komme ich nach.«

Du bist ein Feigling, Ingo Majewski!

Zweiter Versuch: »Nach zehn Tagen Masuren kann ich unmöglich gleich nach Benidorm weiterfahren.«

Auch das klang miserabel.

»Monika soll allein fahren! Ich allein nach Masuren, sie allein nach Spanien!«

Ein wurmstichiger Apfel löste sich, fiel aufs Autoblech, verursachte einen gewaltigen Einschlag, rollte polternd ab und plumpste ins Gras.

Als die Karte fertig war, Mutters Adresse schon auf der Rückseite der lieblichen masurischen Seenlandschaft stand, riss er sie in kleine Schnipsel. Nein, es ging nicht. Von der Schleusenbrücke ließ er Postkartenkonfetti ins Wasser regnen. Die Enten dachten, es sei Futter. Sie schluckten Benidorm und Monika und Spanien und die vielen schalen Worte.

Einfach dasitzen und zuschauen, wie das Gewitter wetterleuchtend nach Russland zieht. Kein Wind in den Parkbäumen. Nur das Springen der Fische teilte die Stille. Einfach dasitzen und auf morgen warten, auf wurmstichige Äpfel, die von Bäumen fallen, darauf warten, dass es hinter dem Horizont aufblitzt, wo Angerburg liegen musste und Irene Abendbrot aß mit ihren Lehrerinnen. Anschließend wird sie Stecknadeln suchen für seinen kranken Finger.

Der achte Tag

Das Gutshaus von innen sollte dran sein, aber es ging nicht, denn es war Sonnabend. Da hatte die Gutsverwaltung geschlossen, nur auf den Feldern brummten die Mähdrescher. Von wegen »die faulen Polen«! Sogar am Sonnabend arbeiteten sie in diesem frommen Land.

Ingo lag noch im Zelt, als Kasimir zur Messe ging. Früher war er an den Wochenenden in die Stadt gewandert, aber mit zunehmendem Alter reichte es nur für Borek, der ein Radio besaß, in dem manchmal Gottesdienste übertragen wurden aus Warschau, Krakau oder Tschenstochau. Seitdem es einen polnischen Papst gibt, kommt die Kirche mehr und mehr im polnischen Radio vor.

Draußen eine erbarmungslose Hitze. Zehn Uhr morgens und kaum noch zu ertragen. Die reinste Sauna im Zelt. Auf dem grünen Autoblech könnte man Eier braten. Kasimirs Schafe lagen vor den Bienenkörben und japsten.

Als Irene kam, war Kasimir schon von seiner Messe zurück. Sie hatte eine Stecknadel mitgebracht, ach, ein ganzes Etui, vollgesteckt mit Stopfnadeln, Nähnadeln und Stecknadeln. Vor allem aber hatte sie eine ungewohnte Heiterkeit mitgebracht.

»Mensch, ist das heiß!«, rief sie. »Eigentlich müssten wir zum Baden.«

»He, Kasimir, wo können wir baden?«

»Wir werden sehen«, brummte Kasimir und holte die alte Landkarte aus der Abseite, die ostpreußische Heimatkarte fürs erste und zweite Schuljahr. Die breitete er auf dem Brunnen aus und suchte eine Badestelle. Das nächste Gewässer nannte sich Nordenburger See.

»Geht nicht«, behauptete Kasimir. »Kein Mensch kann in einem See baden, durch den eine Grenze läuft.« Er zog mit dem Daumennagel einen Strich quer von West nach Ost über die Heimatkarte. »Oben ist Russland, unten ist Polen. Zwei Stunden Fußmarsch sind es nur bis zur Grenze, aber keiner geht gern die zwei Stunden, weil es ist eine traurige Grenze. Auch Pilzsucher und Beerensammler gehen lieber nicht zur russischen Grenze, die Polen haben ein bisschen Angst davor.«

Kasimir zog noch einmal mit dem Daumennagel den Strich nach, zerriss fast das Papier, durchschnitt Flussläufe und den Masurischen Kanal, teilte Bahndämme und die Reichsautobahn bei Heiligenbeil, machte vor Ortschaften nicht Halt, ließ Nordenburg und Preußisch-Eylau unter seinem Daumen verschwinden, radierte auch Alleen aus, die in Nord-Süd-Richtung verliefen, zum Glück nicht Großvater Majewskis Allee, denn die ging von West nach Ost.

Ingo hatte sich mit diesem sonderbaren Strich in der Landschaft nie ernsthaft beschäftigt. Von der Mutter wusste er, dass Ostpreußen nicht nur von Deutschland getrennt, sondern in sich geteilt war in ein russisches und ein polnisches Stückchen, was sie als das größere Unglück ansah, denn die Weltgeschichte hatte es so eingerichtet, dass das Dorf ihrer Geburt nun im russischen Teil lag und Polninken, das Dorf, in das sie geheiratet hatte, auf der polnischen Seite.

»Es ist nicht erwünscht, an die Grenze zu fahren, nicht einmal zum Baden. Unsere sowjetischen Freunde möchten keinen Besuch haben an der Grenze. Man muss fahren in andere Richtung.«

Irene wunderte sich weniger über die Grenze, die die Weltgeschichte zwischen zwei Dörfer gezogen hatte, als über die alte Landkarte. Dass sie überhaupt noch existierte. Im Blau der Ostsee entdeckte sie das Emblem jener Zeit, als die Weltgeschichte mächtig rumorte. Ein Stempel sagte: »Freigegeben für Schulen in Preußen«. Im Stempel das Hakenkreuz.

Kasimir sah ihr bestürztes Gesicht und lachte.

»Man kann das Zeichen ruhig auf dem Papier lassen«, meinte er. »Was kaputt ist, davor braucht man keine Angst zu haben, es tut nicht mehr weh.«

So etwas sagte ein alter Pole beim Anblick eines Hakenkreuzes. Es tut nicht mehr weh, sagte er. »Kasimir kann die Karte nicht allen Deutschen zeigen, die zu Besuch kommen. Die meisten denken nur in solchen Karten, wollen nichts wissen von Węgorzewo, nur von Angerburg. Zeigt man ihnen alte Karten, werden sie glauben, alles ist geblieben wie in deutscher Zeit. Es kommen nur wenige, die nach dem Krieg geboren sind wie ihr. Die meisten Deutschen, die kommen, sind älter. Sie können nur denken, wie sie denken gelernt haben damals, als es noch Hakenkreuze gab. Kasimir sieht ihnen an, was sie denken. Was ist aus unserem schönen Dorf geworden?, denken sie. Wie haben die verdammten Polacken unseren Hof verkommen lassen?, denken sie. In deutscher Zeit war alles viel schöner und sauberer, denken sie. Aber die Polen denken sich auch etwas, wenn die alten Deutschen zu Besuch kommen. Wie viele Polen mag er totgeschlagen haben?, denken sie. Hat er in deutscher Zeit laut Heil geschrien oder nur leise guten Tag gesagt?, denken sie. Hat er polnischen Gefangenen gutes Essen gegeben oder gute Prügel?, denken sie. Weil die alten Polen und die alten Deutschen so verschieden denken, ist es besser, sie gehen sich aus dem Wege, bis sie sterben. Nachher wird Platz sein für neues, besseres Denken.«

Der nächste blaue Fleck auf der Landkarte lag südöstlich von Polninken, vielleicht zehn Kilometer entfernt, der See zu Schülzen.

»Das ist Liebestrand«, erklärte Kasimir. Schon in deutscher Zeit seien die Kinder von Polninken mit dem Fahrrad nach Schülzen gefahren. »Aber keine Erwachsenen. Die haben gebadet in Holzwanne in der Küche.«

»Warum sagst du Liebestrand?«, fragte Ingo.

»Weil ein kleiner Fluss in deutscher Zeit den Namen Liebe gehabt hat und in jener Gegend entsprungen ist.«

Ingo blickte Irene an. »Wollen wir zum Liebestrand?«

»Ich denke, wir wollen baden«, sagte sie und lachte.

Ingo holte Handtücher aus dem Zelt und warf sie ins Auto als Abdeckung für die aufgeheizten Kunstledersitze. Irene auf dem Beifahrersitz, zum ersten Mal im grünen Käfer, vielleicht sogar zum ersten Mal in einem westlichen Auto. War das schon Untreue gegenüber der DDR, in einem VW-Käfer zu sitzen? Warum musste er immer so etwas denken? Bei einem Polen, Russen, Franzosen oder Engländer wäre ihm das niemals eingefallen, aber wenn sich eine Deutsche aus der DDR auf den Beifahrersitz eines Autos aus der BRD setzt, dann fragt man plötzlich, ob das überhaupt sein darf.

Bevor es losging, operierte sie die Distel aus der Fingerkuppe und tupfte mit einem rosa Taschentuch das Blut ab. Während der Operation sah er von oben, wie der Sicherheitsgurt zwischen ihren Brüsten abwärts lief, eine Druckstelle auf der rechten Schulter verursachte. Lehrerinnen waren ihm immer wie geschlechtslose Wesen vorgekommen, deren Sinnlichkeit sich im Biologieunterricht und im Liebesleben der Bienen austobte. Dass die ihre Na-Kinder-was-ist-heute-dran-Pose einmal ablegen könnten, um sich auszuziehen, hatte er nie für möglich gehalten. Sich in eine Lehrerin gar zu verlieben, wäre ihm bis vor einer Woche beinahe unanständig vorgekommen.

Ein simpler Sicherheitsgurt der alten Art betonte überdeutlich ihre beiden Hügel, der Sicherheitsgurt wie eine Demarkationslinie in der Hügellandschaft. Während sie ein Pflaster auf die Fingerkuppe klebte, erzählte er von den Plakaten mit Oben-ohne-Mädchen, die im Westen die Landstraßen bevölkerten, um für das Anlegen von Sicherheitsgurten zu werben. So sinnlich können Sicherheitsgurte sein.

Also nach Schülzen zum Baden ans Seeufer, das zu deutscher Zeit Liebestrand geheißen hat, nach dem Fluss natürlich und aus keinem anderen Grund. An einem Sonnabendvormittag um halb elf, während im ganzen Land die Messen gelesen wurden und die, die nicht die Kirchen besuchten, auf den Getreidefeldern jenen großen Gottesdienst namens Ernte abhielten. Krankenschwester Irene fuhr mit ihrem Patienten nach gelungener Fingeroperation zum Baden. Mit heruntergekurbelten Seitenfenstern. Der Fahrtwind rumorte im Fond, verfing sich in den Handtüchern auf dem Sitz, riss an ihren Haaren. Ihr rechter Arm hing aus dem Fenster, die linke Hand hielt das Haar fest. Ausgelassen warf sie alten Männern Kusshände zu und drückte auf die Hupe, wenn Enten über die Chaussee watschelten.

»Hab' ich dir dafür schon einen Kuss gegeben?«

»Wofür?«

»Für die Distel im Finger.«

»Aber nicht während der Fahrt!«

»Natürlich während der Fahrt, im dritten Gang und ganz, ganz langsam.«

»Unsere staatliche Versicherung zahlt keinen Pfennig, wenn man sich im Auto küsst und dabei in den Graben fährt.«

»Aber in Polen ist alles anders; außerdem wird niemand erfahren, warum wir in den Graben gefahren sind.«

Gänse und Enten flüchteten vor dem grünen Käfer. Kinder streckten ihnen die Zunge raus. Ein Schmetterling klatschte gegen die Frontscheibe, verendete dort mit heftig zitternden Flügeln.

Sie schaltete das Radio ein. Da lief eine von Monikas Kassetten mit internationalen Schlagern. Auf einmal Monikas Stimme. Sie erzählte, dass das nächste Musikstück aus dem Film »Grease« sei, mitgeschnitten im Januar 1980. Wer ist die Frau?, könnte Irene jetzt fragen. Er müsste lügen oder die Wahrheit sagen, ihr erklären, dass er Monika versprochen hatte, am 20. August – das war in vier Tagen! – nach Benidorm zu fahren. Nichts lag ihm in diesem Augenblick ferner als das große, feine, strahlende Benidorm. Er fuhr zu einem verkrauteten See, der als winziger Fleck auf der Landkarte eingetragen war, er fuhr zum Liebestrand, und John Travolta passte nicht in diese Landschaft. Irene stellte keine Fragen.

Gar nicht so leicht zu finden, der Strand. Kein Wegweiser zeigte zum Wasser, kein Kindergeschrei ließ auf ein Badeleben jenseits der Schilfwälder schließen. Ingo fuhr das Auto in den Schatten, stieg aus mit seinen Handtüchern, holte auch den Plastikball aus dem Kofferraum. Ein schmaler Fußweg führte ins Dickicht. Er ging voraus, sie folgte ihm. Wie damals im Kornfeld. Aber doch ganz anders. Heute könnte er ihr Westschokolade anbieten, und sie würde nicht ablehnen. Aber er besaß keine Westschokolade mehr. Er trug die Handtücher, sie den Ball. Neben ihnen schnatterten die Wasservögel. Ein Haufen verrotteter Bretter, das waren wohl die Reste der Badekabinen aus deutscher Zeit, als es noch ein Badeleben gab am Liebestrand oder ein Liebesleben am Badestrand, wie du willst. Ein morscher Steg, die meisten Bretter durchgebrochen, am Ende des Stegs Wasser. Wellen schlugen ins Schilf und bewegten es hörbar. Schließlich doch so etwas wie Strand, eine Wiese, kleiner als ein Fußballfeld, mit hohem Gras bis zum Bauchnabel. Ingo schoss den Ball in die Luft. Er fiel in einen gelben Placken Sumpfdotter. Platsch machte es, da lag er.

Außer ihnen kein Mensch an diesem Strand. Am anderen Ufer, kilometerweit entfernt, dümpelte ein Kahn, besetzt mit einem Angler. Also baden. Natürlich hatte sie keinen Badeanzug, weder einteilig noch zweiteilig, und er hatte nur die Handtücher mit. Als der Boden feucht wurde, trug er sie das letzte Stück auf dem Arm. Ihre Hände in seinem Nacken gefaltet, der Hals mit dem Leberfleck ganz nahe an seinem Mund. Eine Stimmung, als wäre der achte Schöpfungstag angebrochen. Kirchenglocken müssten läuten vom anderen Ufer her. Also nicht baden.

Sie streifte einfach die Bluse über den Kopf. Die Druckstellen auf der Schulter, verursacht von Ingos Sicherheitsgurt, wurden sichtbar. Wenn das deine Gouvernanten in Angerburg wüssten! Nackt wie am Anfang der Welt. Sie kam ihm noch kleiner vor, noch zierlicher und zerbrechlicher. Gänsehaut auf Armen und Brüsten trotz der Hitze.

Also nicht mehr baden.

Keine Angst, das ist nur eine Hummel. Hummeln stechen nicht, Hummeln können gar nicht stechen!

Irene warf die weißen Handtücher ins Gras. Sie glichen vom Himmel gefallenen Federwolken. An die hundert Gänseblümchen mussten dran glauben, wurden einfach plattgewalzt.

Nur nicht sprechen! Worte sind wie Steine, die man ins Glas wirft. Es gibt keine neuen Worte dafür, und die alten sind verbraucht, von Millionen Händen betatscht. Die Gefühle sind die gleichen wie vor tausend Jahren, aber die Worte sind abgegriffen. Zahllose Gaukler über der Gänseblumenwiese, Zitronenfalter und Pfauenauge, natürlich auch hellblaue Libellen. Am anderen Ufer schlug ein Hund an, aber das war fern, sehr fern. Es kamen keine Kinder und keine Angler, nur ein Habicht kreiste in großer Höhe. Der Schatten einer kleinen Wolke milderte das grelle Licht. Eine halbe Stunde brauchte die Wolke, um über den See zu ziehen.

Also doch baden.

»Gibt es in der DDR auch FKK-Strände?«

Sie wusste es nicht genau, aber irgendwo, an bestimmten Stellen, ja, es könnte wohl sein.

In Masuren durfte man nackt baden, ohne die bestimmten Stellen zu kennen. Sie nahmen den Ball mit. Er warf ihn voraus, Kopf an Kopf schwammen sie hinterher. Klare Sicht bis zum Grund. Erkennbar die abgefaulten Pfähle des alten Sprungturms. Hier hat einmal ein Bademeister mit der Trillerpfeife den Pimpfen und BDM-Maiden Mut zum Springen beigebracht in einer Zeit, als Springen aus großer Höhe zum Überlebenstraining gehörte. Sie verursachten einen ziemlichen Lärm. Irene schwamm Schmetterling, was furchtbar platschte.

Blässhühner und Haubentaucher flüchteten vor ihnen ins Dickicht. Der Angler im Kahn am anderen Ufer stand auf und schaute herüber. Mitten auf dem See spielten sie Wasserleiche, lagen auf dem Rücken und berührten sich mit den Händen.

»Früher gab es in den Masurischen Seen und Poggenteichen immer einen Wassermann«, sagte sie.

»Das erzählte man kleinen Kindern, um ihnen Angst vorm Wasser einzujagen. Am liebsten aßen die Herren Wassermänner Kinder zum Abendbrot und junge Frauen wie dich zum Frühstück.«

Irene tauchte unter, packte ihn am Bein und zog ihn in die Tiefe.

»Das ist der Unterschied, heute gibt es in Masuren auch Wasserfrauen!«, rief sie, als er prustend wieder auftauchte.

Auf dem Rückweg fand sie einen Schmetterling, der ins Wasser gefallen war. Sie trug ihn zum Trocknen auf eine Holzplanke, und wenn er nicht gestorben ist …

»Irene und Ingo, wie das klingt!«, sagte er, als sie nebeneinander auf der Planke saßen.

»Die Literatur der Völker wimmelt nur so von diesen Wortpaaren. Orpheus und Eurydike, Tristan und Isolde, Hermann und Dorothea. In zwei Jahren werden wir in Weimar und Jena große Goethefeiern haben. Unsere

Schule hat mich ins Vorbereitungskomitee delegiert. Wir wollen Hermann und Dorothea vortragen.«

Ingo sagte Adam und Eva. Sie lachten beide. Jedenfalls waren die auch nackt, aber von einem masurischen See kam in der biblischen Geschichte natürlich nichts vor, und hier gab es keine Schlangen und Apfelbäume, nur hohes Schilf und geknickte Gänseblümchen.

»Romeo und Julia«, fiel ihr ein. »Es gibt sie getanzt und gesungen und schließlich als grausiges Blutbad von Shakespeare.«

»Warum gehen die klassischen Liebesgeschichten so unglücklich aus?«

»Weil das Happy End erst später in Hollywood erfunden wurde.«

»Aber mit uns soll es nicht unglücklich ausgehen«, sagte Ingo.

Nach diesem Satz verflog ihre Heiterkeit. Sie presste das Wasser aus ihren Haarsträhnen. Er warf ihr den Ball zu, aber sie fing ihn nicht auf. Der Ball kullerte an ihren Füßen vorbei ins Schilf.

»Das sind Märchen aus alter Zeit«, sagte sie ernst. »Da gab es Menschen, die sich nicht lieben durften, weil sie verschiedenen Klassen angehörten, weil der eine reich, der andere arm war oder weil sie aus verfeindeten Familien kamen oder unterschiedlichen Völkern. Dafür hat es die Weltrevolution gegeben, damit so etwas nicht mehr vorkommt.«

Das sagte sie in den sonnigen Mittag hinein. Es klang so überzeugend, so gewiss, ihr musste man es einfach glauben.

Zum Trocknen legten sie sich wieder in die Gänseblümchen. Seine Uhr war stehen geblieben. Vor einem Jahr hatte er für viel Geld einen wasserdichten Chronometer gekauft. Einmal in einem masurischen See gebadet, schon blieb er stehen.

Er legte eine Gänseblümchenkette von ihrem Hals abwärts bis zum Bauchnabel. Nicht rühren, sonst reißt die Kette! Gänseblümchen im Haar. Gänseblümchen im Mund, aber keine Gänsehaut mehr.

»Wenn das vor fünfzig Jahren passiert wäre, hätten meine Eltern dich auspeitschen lassen, und mich hätten sie in ein Internat gesteckt.«

»Vor fünfzig Jahren!«, lachte Ingo. »Dann wärst du schon Oma, und ich wäre Opa.«

Nachher wanderten sie um den See. Es gab einen Trampelpfad, den die Angler ausgetreten hatten oder die Entenjäger. Der war so schmal, dass sie hintereinander gehen mussten. Auf einer Lichtung fand Ingo leere Schrotpatronen. Als er in die Öffnung pustete, gab es einen Pfeifton, als käme die Eisenbahn.

»Ob ich in Angerburg mein Visum verlängern lassen kann?«

»In dringenden Fällen muss das wohl möglich sein.«

»Du bist mein dringender Fall, Irene.«

Sie holte ihn ein, warf die Arme um seinen Hals und ließ sich ein Stück tragen.

»Sieh mal, da drüben sind Kormorane!«

Auf einem abgestorbenen Baum saßen zwei Riesenvögel. Als Irene und Ingo näher kamen, ließen sie sich herabfallen und schwebten ohne Flügelschlag übers Wasser. Irene kannte einen Ornithologen, der einen Sommer in Masuren verbracht hatte, um Kormorane zu beobachten.

Hinter dem See ein Gehöft. Davor schwarzbunte Kühe auf einer Wiese, die zum Wasser hin abfiel. Dort badeten auch Kinder. Sie saßen nackt auf einem Floß, das mit einer Kette am Weidenbaum befestigt war. Als sie die beiden Spaziergänger sahen, sprangen sie ins Wasser. Wellen breiteten sich aus. Kleine Ringe liefen, immer größer werdend, über den See, ließen die weißen Posen der Angler schaukeln. Im hohen Ufergras saßen die Angler. Einer hatte einen Zander am Haken, kämpfte einen ziemlichen Kampf, bis der Fisch im Gras zappelte.

»Frederic!«, schrie er.

Frederic kam angelaufen, um den Fang zu besichtigen. Es war ein schönes Stück Fisch, das sie gemeinsam töteten und zum Abzappeln und Abtropfen an den Ast einer Weide hängten.

»Ob Kasimir wieder Fischsuppe für uns kocht?«, fragte Ingo. »Warum macht er das eigentlich? Er bewirtet uns mit einer Selbstverständlichkeit, als wären wir seine Kinder.«

Sie wusste es auch nicht. »Die Polen sind eben gastfreundlich«, meinte sie.

Vor ihnen endete ein staubiger Feldweg direkt im See. Halb im Wasser stand ein Traktor. Vier Frauen, bis zu den Knien im See, die Röcke hoch geschürzt, das Kopfhaar in Tücher gewickelt, spülten bunte Wäsche und wrangen daraus dicke Wülste, die sie in eine Wanne auf dem Traktor warfen. Neben den Frauen krabbelte ein Kleinkind halb im Sand, halb im Wasser.

»Robota! Robota!«, riefen sie die Böschung hinauf. Eine der Frauen winkte mit einer nassen Kinderhose.

Ein Graben versperrte den Weg. Unten ein Wasserrinnsal, oben angefüllt mit Brennnesseln.

»Lass mich bloß nicht in die Brennnesseln fallen!«

»Ich werde dich nie fallen lassen!«, sagte er und setzte sie auf der anderen Seite ab. Es roch stark nach Pfefferminze. Auch Schafgarbe wuchs am Grabenrand. Das da drüben musste Kümmel sein. Irene rieb die trockenen Kümmelkörner mit den Händen aus, pustete die Spreu fort, gab ihm Kümmel zu essen, schüttete die Körner einfach in seinen Mund.

Wieder schlug der Hund an. Sie sahen ihn hinter einem rostenden Stacheldrahtzaun stehen. Pflaumenbäume voller halbreifer Früchte. Auch ein paar hoch gewachsene Kruschken im Garten. Eine Scheune aus Holz, ein Wohnhaus aus alten grauen Ziegeln.

Sie wollten schon umkehren, als jenseits des Stacheldrahtzauns eine Frau auftauchte. Sie trat plötzlich hinter der Scheune vor, sah so grau aus wie alte Frauen zu alten grauen Zeiten. Erst rief sie den Hund. Als sie ihn an der Kette hatte, winkte sie.

»Du, die meint uns«, sagte Irene.

Sie standen unschlüssig vor dem Zaun, sahen die Alte mit beiden Armen winken.

»Wir sollen kommen, Ingo!«

Je näher sie kamen, desto älter wurde die Frau.

»Ich komme mir vor wie bei Hänsel und Gretel«, sagte Ingo. »Nur die Scheune sieht nicht nach Pfefferkuchen aus.«

Die Frau besaß keine Zähne, lachte harmlos, wie alle zahnlosen Menschen lachen. Erst sprach sie polnisch, als sie merkte, dass sie nicht verstanden, wiederholte sie auf Deutsch. Es kämen so selten Menschen in die einsame Gegend hinter dem See. Man müsse sie anhalten, um etwas zu hören.

Sie sprach ostpreußischen Dialekt, wie ihn die alten Flüchtlingsfrauen in Lübeck gesprochen hatten, wenn sie auf Nachbarschaft gekommen waren, damals, als Vater noch lebte, als noch viele lebten, die diese Sprache verstanden.

»Kommt ins Haus! Bloß nicht gleich weitergehen. So selten, wie Deutsche kommen. Da muss man ein bisschen schabbern. Ihr seid doch Deutsche, nicht wahr? Ja, man sieht es euch an, so sehen nur Deutsche aus. Wir sind auch Deutsche.«

»Na, Gretel, wollen wir uns das Hexenhaus anschauen? Aber wenn Hänsel gebraten werden soll, musst du ihn rausholen!«

Die alte Frau führte sie an den braunen fetten Hennen vorbei, die auf dem Hof scharrten, am offenen Auslauf des Schweinestalls, wo es nach Jauche stank und eine Sau mit Ferkeln sich im Schlamm suhlte, an Bergen von Kleinholz, das säuberlich gespalten und zu Türmen aufgeschichtet war. Plötzlich blieb sie stehen, wischte die rechte Hand an der Schürze ab, reichte sie erst Irene, dann Ingo, eine verkrümmte, runzelige Hand mit zahllosen Furchen in der Innenfläche.

»Zur Begrüßung die Hand geben, das ist doch immer noch deutsch, nicht wahr?«

Die Tür zum Wohnzimmer stand weit offen. Katzen und Hühner liefen ein und aus. Ingo musste sich bücken vor dieser Haustür aus der Zeit, als die Menschen noch nicht so üppig in die Höhe wuchsen.

»Kleinsein hat auch Vorteile«, meinte Irene und stieß ihn an. »Kleine Leute laufen nicht so oft mit dem Kopf gegen Balken.«

Vor ihnen ein riesiger Raum, Flur, Küche und Wohnstube in einem. Mittendrin ein Denkmal auf Krücken, ein fülliger Mann, gewaltig wie ein geköpfter Weidenstumpf, keine Haare auf dem Kopf, unter dem Kinn einen Hautsack, der den runden Schädel in die Länge zog. So stand er da, sich mit Mühe aufrecht haltend.

Die Frau scheuchte zwei Katzen raus, wischte flüchtig mit der Schürze über die Sitzfläche der Küchenstühle.

»Huckt euch erst mal hin!«, rief ihnen das Denkmal aus der Dunkelheit zu. »Kommen Sie, kommen Sie! Sie glauben ja nicht, wie lange wir keinen deutschen Menschen mehr gesehen haben. Das ist bestimmt schon drei Jahre her, nicht, Lottke? Zu uns kommt keiner mehr.«

An der Wand ein Kalender: der Redliche Ostpreuße, Jahrgang 1945. Hat es seitdem keine Kalender mehr in dieser Gegend gegeben? Was kann man im Jahre 1980 mit einem Kalender von 1945 anfangen? Nachsehen, ob an Christi Himmelfahrt noch Krieg war oder schon Frieden. Wie fiel eigentlich die Stille Woche in jenem lauten Jahr? Ist es wahr, dass um Ostern die Stadt Königsberg gestürmt wurde?

Die Frau brachte eine Kanne mit Buttermilch, stellte dazu zwei abgeschlagene Henkelkrüge auf den Tisch.

»Wenn es heiß ist, muss man sich verpusten und was Kühles schlubbern.«

Kaum saßen sie, fing der Mann an zu fragen. Wie es denn so gehe im alten Deutschen Reich. Ob noch alles da sei, das große Berlin mit dem Brandenburger Tor und den vier schönen Perdkes vor der Kutsche.

»Wissen Sie, wir sind nämlich ein bisschen neugierig auf Deutschland, weil wir Ausreiseantrag gestellt haben. Ja, da staunen Sie wohl, wir Alten wollen heim ins Reich. Unter den Polen gefällt es uns nicht mehr.«

»Wohin wollen Sie denn, in die DDR oder in die Bundesrepublik?«, fragte Ingo.

»Ach, ist egal, Hauptsache Deutschland. Auch Bayern möcht' uns gut gefallen, Sachsen wäre nicht schlecht, am liebsten aber Mecklenburg, weil es da so viele Seen geben soll wie bei uns in Ostpreußen.«

Irene und Ingo blickten sich an. Der Kalender war tatsächlich stehen geblieben, 1945 und nicht weiter.

»Mach was zu essen, Frau! Schlag Eier in die Pfanne und gib guten Spirkel zu! Is vielleicht noch Stux übrig geblieben oder Prachermus? Wenn nich, dann machst Schuppnis oder Arme Ritter für die jungen Menschen … Ja, die Jugend hat immer Hunger. Wenn Sie ein bisschen Zeit mitgebracht haben, kann es auch Schmandkeilchen geben aus frischen Kartoffeln. Oder möchten Sie lieber Flinsen?«

»Es könnt' auch Beestflinsen sein«, mischte sich die Frau in die Aufzählung. »Gestern hat uns nämlich 'ne Kuh gekalbt.«

Mit einem Eisenhaken nahm sie Ringe aus den Herdlöchern, hängte sie an die verrußte Wand, stocherte in der Glut, legte Scheite nach.

»Wir sind immer gute Deutsche gewesen«, sagte sie, während sie Eier aufschlug und zusammen mit Milch in einer Blechschüssel verrührte. »Auch damals in schlechter Zeit … immer gute Deutsche.«

»Das ist die reine Wahrheit!«, rief der Mann und fuchtelte mit seiner Krücke. »Als der Krieg zu Ende ging, wollten viele am liebsten Polen sein. Sie haben sich nicht geschämt, bei den früheren polnischen Gefangenen zu betteln. Die sollten sie als Polen ausgeben. Aber heutzutage möchte der eine oder andere schon gern wieder deutsch sein. Wegen der Pakete und weil gutes Geld ist in Deutschland. So geht es immer hin und her. Unter dem Hitler wollten sie deutsch sein. Da haben viele ihre Namen geändert, damit es sich deutsch anhörte. Aus Adomeit haben sie Adam gemacht, aus Wollschinski wurde Wollin. Einige haben sich sogar unterstanden, die alten Kirchenbücher umzuschreiben, nur dass es ein bisschen deutscher klingen möchte. Aber als es aus war mit dem Hitler, da wollte keiner mehr Adolf heißen, Erika auch nicht, weil die deutschen Soldaten doch so viel Erika gesungen hatten. Da haben sie sich polnische oder litauische Namen gesucht. Ich sage Ihnen, auf die Menschen ist kein Verlass, sie gehen immer nach ihrem Vorteil. Heute suchen sogar die Polen wieder nach Verwandtschaft in Deutschland. Vielleicht ist eine Großmutter ein bisschen deutsch gewesen. Da könnte man ausreisen oder schöne Pakete bekommen. Aber wir beide sind immer deutsch geblieben, nicht wahr, Lottke? Wir haben unser Deutschsein nicht verleugnet. An irgendetwas muss sich der Mensch doch halten … Hast auch noch ein bisschen Fladen oder Glumskuchen für die jungen Menschen?«

»Wie kommt es, dass Sie 1945 hier geblieben sind?«, fragte Ingo.

»Ach, junger Mann, das ist eine lange Geschichte«, seufzte die Frau. »Mit der könnten wir einmal um den See laufen, dann wäre sie immer noch nicht zu Ende.«

In der Pfanne zischte es. Bratendunst stieg auf. Es roch nach ausgelassenem Speck. Die Frau schnitt Zwiebeln und weinte.

»Ich muss ja noch Schnittlauch holen!«, rief sie plötzlich. »Schnittlauch ist doch das Wichtigste für Rührei.«

Sie lief in den Garten. Während sie draußen war, beugte sich der Mann vor, als wollte er ihnen ein Geheimnis verraten. »Eigentlich sind wir ja gar nicht von hier, sondern aus der Elchniederung. Bestimmt wissen Sie nicht, wo das liegt, die Elchniederung. Na, das ist doch, wenn Sie von Königsberg nach Nordosten fahren, gleich hinter Labiau, da fängt es schon an. Von da sind wir im Herbst '44 geflüchtet, aber der Erich Koch ließ uns nur bis Preußisch-Holland, weil es doch hieß, dass jeder zur Frühjahrsaussaat wieder zu Hause sein musste. Vorher kam aber der Januar. Da sind wir bei kaltem Wetter weitergeflüchtet bis Pommern. In Pommern war der Russe schon da. Was haben wir in Pommern zu suchen, Lottke?, sagte ich zu meiner Frau. Lass uns lieber nach Hause gehen. Ich kann Ihnen sagen, das war ein Marsch. Als wir in der Elchniederung ankamen, war schon Sommer und kein Krieg mehr, so lange hatten wir uns rumgetrieben. Drei Jahre lebten wir unter dem Russen. Bis er alle Deutschen wegschickte …«

Die Frau kam mit einer Hand voll Schnittlauch in die Küche.

»Erzähl doch, wie der Natschalnik das Papier gebracht hat!«, rief sie vom Herd herüber.

»Ach ja, das mit dem Papier, das ging so. Wir standen vor dem Bahnhof, alle Deutschen aus Labiau und Umgegend. Da kam der Natschalnik und sagte, wir müssten unterschreiben. Wer nicht unterschreibt, darf nicht mit der Bahn fahren. Als alle unterschrieben hatten, erzählte der Natschalnik, was auf dem Papier stand. Es war ein Dankbrief an den Genossen Stalin. Es ist uns gut gegangen unter dem Russen, haben wir unterschrieben, und wir danken dem großen Stalin, weil er uns drei Jahre in der Sowjetunion hat leben lassen.«

Die alte Frau kratzte mit einem stumpfen Messer die

Pfanne aus. Vom Bratengeruch angelockt, kamen die Katzen wieder über die Schwelle. Der Mann trumpfte mit der Krücke auf. Da flüchtete die eine, die andere blieb stehen, bis er mit dem Löffel nach ihr warf. Getroffen fauchte sie los und sprang mit einem Riesensatz ins Freie. Ingo wollte den Löffel holen, aber die Frau kam ihm zuvor. Sie warf ihn in eine Waschschüssel, trocknete ihn an der Schürze ab und brachte ihn zum Tisch.

»Wenn wir damals gewusst hätten, dass es nach Deutschland geht, wären wir nicht aus dem Zug gesprungen«, sagte sie. »Aber die Russen fuhren mit uns nach Osten. Als wir Insterburg sahen, hat mein Mann gesagt, nach Sibirien wollen wir nicht, da sind schon zu viele hingekommen.«

»Deshalb sind wir nachts aus dem fahrenden Güterzug gesprungen«, setzte der Mann das Gespräch fort. »Damals waren wir ja noch jünger und konnten tüchtig springen. Aber ein bisschen hab' ich mir doch die Beine verstukt, wie Sie sehen können an meinen Krücken.«

Auf der farblosen Fensterbank entdeckte Ingo ein kleines graues Heftchen, die »Herrenhuter Losungen«, 210. Ausgabe. Der Mann schob es ihm über den Tisch.

»Wir haben alles deutsch Geschriebene aufbewahrt. Mehr als dreißig Jahre gab es nichts Geschriebenes in unserer Sprache, da war jedes Fitzelchen altes Papier wichtig.«

Die Frau verschwand in der Kammer und kehrte mit einem Gesangbuch, einer Bibel und einer vergilbten Zeitung wieder. »Mehr Deutsches haben wir nicht im Haus. Das meiste ist verbrannt oder verrottet, weil die Häuser so lange ohne Fenster und Türen waren.«

Es war die »Johannisburger Zeitung« Nr. 78 mit einem Gedicht, betitelt »Heimatglocken aus alter und neuer Zeit«, und einer Meldung über den Körungstermin für die Bullen aus den nördlichen Kreisgemeinden auf dem Johannisburger Markt.

»Am 22. ds. Mts. Vormittag 11 ½ Uhr findet die Feier des 50-jährigen Bestehens der hiesigen Idioten-Anstalt statt. Das Festessen im Hotel ›Schwarzer Adler‹ beginnt um 2 Uhr.«

An solche Texte hatten sich die beiden Alten drei Jahrzehnte geklammert, hatten sie wieder und wieder gelesen, die letzten Nachrichten aus der Welt der Deutschen.

Die Frau brachte Messer und Gabeln, Restbestände des deutschen Heeres, erkennbar an der Eingravierung. Irgendein Landser hatte in Masuren sein Besteck verloren.

»Rührei mit Spirkelchen schmeckt zu jeder Tageszeit«, meinte er. »Das kannst zu Frühstück und Kleinmittag essen, mittags geht's auch und Vesper, und zu Abend schmeckt es schon wieder.«

Sie schnitt Brot. Dabei presste sie den Brotlaib an die Brust und schnitt eine halbe Rundung auf den Körper zu, bremste die Klinge, bevor sie das graue Kleid erreichte, mit dem stumpfen, lederbezogenen Daumen. Krümelnd fiel die Brotscheibe auf den Tisch, lag da und duftete.

Bevor sie den gelben Fladen Rührei austeilte, griff sie nach Irenes und Ingos Händen zu ihren beiden Seiten. Der Mann tat ein Gleiches. Acht Arme und Hände bildeten einen Kreis um den gedeckten Tisch. Eine feierliche Pause. Der Mann hielt sich ohne Krücken, klammerte sich an den Händen fest. Auf der einen Seite die feiste, fettige Hand des Mannes, auf der anderen die lederne Haut der alten Frau mit Rillen, Einkerbungen und trockener Kälte.

»Lew Gottke gewt Äte,
dat darwst nich vergäte«,

sprach sie und ließ plötzlich los. Der Kreis zerbrach, der Mann sank zurück auf den Küchenstuhl, die Frau füllte die Teller.

»Aus welcher Gegend Deutschlands kommen Sie?«, fragte sie Irene.

Mit dem Namen DDR wusste sie nichts anzufangen, auch Bundesrepublik kam ihr fremd vor. Sie kannte nur Deutschland.

Der Mann wusste besser Bescheid. Ja, er hatte davon gehört, dass ein Teil von Deutschland unter dem Russen sei und ein anderer Teil unter dem Amerikaner.

»Aber das macht nichts«, beteuerte die Frau. »Hauptsache, die Deutschen vertragen sich untereinander und die jungen Menschen gehen noch so zusammen wie Sie beide. Jeder sieht doch, dass Sie ein Liebespaar sind. Da kann mir keiner was vormachen, so schön, so blühend und ganz allein am See spazieren gehen. So etwas kommt nur vor, wenn Liebe da ist. Ja, ja, wir waren auch mal jung, aber das ist schon lange her. Nun müsst ihr schön essen, wer jung ist, braucht doch Kraft fürs Leben.«

So redete sie und redete und schob ihnen Brot zu und versprach, mehr Rührei zu braten, wenn es, wonach es nicht aussah, nötig sein sollte. Eier habe sie noch an die fünfzig Stück in der Kammer, und jeden Tag legten die fleißigen Hühner neue.

»Aber ich muss Ihnen noch erzählen, wie es weitergegangen ist, als wir aus dem Zug gesprungen waren«, fing der Mann an. »Also erst haben wir in dunkler Nacht im Bahngraben gehuckt. Als wir uns besonnen hatten, sind wir losgelaufen. Nuscht wie weg vom Russen. Zwei Tage waren wir unterwegs, bis wir in diese Gegend kamen. Wissen Sie, man wollte schon damals lieber unterm Polen leben als unterm Russen, weil die Polen kein Sibirien haben. Wir übernahmen eine Wirtschaft, leere Höfe gab es genug in Ostpreußen. Da brauchte keiner Geld, um zu kaufen. Wir suchten uns die abgelegene Stelle hinterm See, weil die Deutschen dazumal nicht so auffallen durften. Im ersten Jahr haben wir mit Flegel gedroschen und Mehl gemahlen auf der Kaffeemühle, weil die Windmühlen im Kreis alle abgebrannt waren. Aus Schafstalg hat meine Frau Schmierseife gekocht, so wie sie es von ihrer Mutter gelernt hatte im ersten Krieg, als es auch nichts gab. So haben wir die Jahre still vor uns hin gelebt, aber ehrlich gesagt, jetzt wird es uns ein bisschen zu einsam hinterm See. Deshalb wollen wir nach Deutschland.«

»Was erwarten Sie denn von Deutschland?«, wandte sich Ingo an die Frau.

»Na, ein bisschen auf Nachbarschaft gehen. Abends mit guten Menschen zusammenhucken und die gute deutsche Sprache sprechen. Noch einmal einen schönen Dorfgemeinschaftsabend erleben, wenn Alt und Jung zusammen feiern und der Bürgermeister eine schöne Rede hält und die Kinderchen etwas vorspielen, was sie in der Schule geübt haben.«

»Wollen Sie zu Verwandten?«

Die Alte schüttelte lachend den Kopf. »I wo, wir haben doch keine Verwandten! Aber das macht nuscht. Die Deutschen waren schon immer gut zu alten Menschen, in Deutschland gibt es das Sprichwort: Du sollst das Alter ehren! Sie werden uns gut behandeln auf unsere alten Tage. Die Deutschen haben ein Herz, das sind gute Menschen, wer sonst in der Welt, wenn nicht die Deutschen.«

Irene ließ das Besteck fallen, hörte auf zu essen. Ingo starrte sie an.

»Schmeckt nicht?«, fragte die Frau besorgt.

»Doch, doch, es schmeckt.«

Sie neigte ihren Kopf und flüsterte Irene zu, warum sie vor allem nach Deutschland wolle. Um mit Gleichgesinnten in der Kirche die alten deutschen Choräle zu singen. Oh, sie kenne noch viele Lieder auswendig:

»Wo findet die Seele die Heimat, die Ruh?
Wer deckt sie mit schützenden Fittichen zu?«

Oder ein anderes zu Herzen gehendes Lied:

»Breit aus die Flügel beide,
o Jesu, meine Freude.«

Nun fühlte sich auch der Mann ermuntert, seine musikalischen Erinnerungen an Deutschland zum Besten zu geben:

»Auf, auf, Kameraden, aufs Pferd, aufs Pferd,
in das Feld, in die Freiheit gezogen.
Im Felde, da ist der Mann noch was wert,
da wird ihm das Herze gewogen.
Da tritt kein anderer für ihn ein,
auf sich selber steht er ganz allein!«

Während er sang, straffte sich der Körper, die kleinen blanken Augen traten unter den buschigen Brauen hervor. Sein Gesicht nahm jene Feierlichkeit an, wie sie beim Absingen von Nationalhymnen und Siegesliedern üblich ist.

»Vielleicht ist es doch besser, hier zu bleiben«, meinte Irene. »Sie haben einen schönen, ruhigen Platz hinter dem See, viele Haustiere und genug zu essen. Warum noch einmal von vorn anfangen?«

Da packte die alte Frau beschwörend Irenes Hände.

»Aber wir sind doch Deutsche!«, sagte sie. »Wir gehören nach Deutschland. Wenn wir schon das halbe Leben unterm Polen verbracht haben, sterben wollen wir wenigstens bei den Unsrigen.«

Es war wohl die Hitze, die drückende, flimmernde Hitze, die Irene fragen ließ: »Wo ist eigentlich der Eiskeller, Kasimir?« Er wunderte sich, dass sie den Eiskeller kannte. Ja, es hat ihn gegeben in deutscher Zeit, Kasimir hat sogar darin gearbeitet. Im Winter, wenn wenig zu tun war auf den Feldern, bekamen die Gefangenen Sägen und Äxte und schnitten gewaltige Brocken, glitzernd wie Kandiszucker, aus dem starr gefrorenen Poggenteich, fischten sie aus dem Wasser, schoben sie auf Holzrutschen zum Rübenwagen. An die zehn Rübenwagen voller Eis kamen Jahr für Jahr in den Keller.

»Kasimir hat nur im ersten Winter seiner Gefangenschaft Eis geschlagen. Im nächsten Jahr machten französische Gefangene das Eis, danach nur die Russen. Dabei hat es sich zugetragen, dass ein Russe in ein Eisloch gefallen ist. Seine Kameraden fischten ihn raus und brachten ihn in die Baracke zum warmen Ofen. Aber er hat Lungenentzündung bekommen und ist gestorben, der einzige Gefangene, der in dem langen Krieg in Polninken gestorben ist.«

»Ich denke, die Hälfte aller sowjetischen Gefangenen kam unter den Faschisten um«, wunderte sich Irene.

»Das mag an anderen Stellen vorgekommen sein, aber in Polninken hat es nur einen Toten gegeben und den nur wegen Eiswasser und Lungenentzündung. Wo sollte er begraben werden, der tote Russe? Auf dem Herrschaftsfriedhof ging es nicht, auf dem Dorffriedhof auch nicht, weil es gab Deutsche, die wollten nicht gern liegen neben einem Russen. Was macht es für einen Eindruck, wenn am Jüngsten Tag neben dir ein Russe liegt! Also hat man dem Russen gegeben ein Grab auf dem Kartoffelacker, dicht an der Chaussee, auf der er nach Polninken gekommen ist. Seine Kameraden haben ihm ein Kreuz gemacht aus Birkenholz und reingeschnitzt mit russischer Schrift den Namen Iwan Gortschew. Nicht mehr konnte man schreiben, denn niemand wusste den Namen der Stadt, aus der er kam, auch nicht seinen Geburtstag, nur sein Todestag war bekannt, es war der 26. Januar 1943. Das Kreuz hat auf dem Feld gestanden viele Jahre. Wenn die Gefangenen von der Arbeit kamen, haben sie gesungen am Grab des Iwan Gortschew jeden Abend im Sommer. Die Deutschen sind vor die Tür getreten, um zu hören, wie die Russen singen, denn es war das Schönste am ganzen Krieg in Polninken, der Gesang der russischen Gefangenen.«

Da war sie wieder, die alte Geschichte. Jemand fragte nach dem Eiskeller, und schon war sie da.

Kasimir riet ihnen ab, den Eiskeller zu besuchen. Nach dem Krieg habe sich niemand um den Eiskeller gekümmert, er sei verfallen. Auch sei es eine wüste Gegend, sie würden die Kleider zerreißen am Dornengestrüpp und die Arme verbrennen an den Brennnesseln. Aber Irene wollte zum Eiskeller. Als sie unterwegs waren, sagte sie auch, warum. Ihre Mutter hatte ihr viel von dem sagenhaften Polninker Eiskeller erzählt. In ihrer kindlichen Vorstellung war das etwas Märchenhaftes gewesen, eine Burg aus Eis, im Winter und Sommer schneebedeckt, mit armdicken Eiszapfen behängt, ein heimliches Sommerquartier des Weihnachtsmannes oder das Schloss der Schneekönigin.

Ja, es gab ihn noch, den Eiskeller. Im früheren Gemüsegarten des Gutes fanden sie einen bewachsenen Hügel, der aussah wie ein bescheidenes Hünengrab in Schleswig-Holstein. Brombeeren und Brennnesseln teilten sich die Herrschaft über den Hügel. Mit einem Knüppel mähte Ingo das Unkraut nieder. Der Zugang zu dem Erdbunker bestand aus teerbestrichenen schwarzen Balken. Kein Schloss, kein Türdrücker, nur eine Kette, angefressen vom Rost der Jahre. Bei der ersten Berührung lösten sich zwei Kettenglieder, fielen ab wie Staub. Ein Schwall kalter, abgestandener Luft strömte ihnen zusammen mit fünfunddreißigjähriger Dunkelheit entgegen.

»Hoffentlich liegt keine Leiche drin«, flüsterte sie.

Die Vorstellung, über einen gut erhaltenen russischen oder deutschen Soldaten zu stolpern, der nicht an Lungenentzündung, sondern im Kampf um Polninken gestorben und zur kühlen Aufbewahrung in den Eiskeller gebracht worden war, ließ sie zögern. Ingo ratschte ein Streichholz an. Es sah aus wie in einer alten Gruft.

»Dracula lässt grüßen!«, sagte er und knuffte sie in die Seite.

Sie traten in eine Wasserlache. Woher kam das Wasser? Irgendwo tropfte es hörbar in eine Pfütze.

»Vor zwei Jahren besuchten wir mit unseren Kleinen eine Harzer Tropfsteinhöhle, da sah es auch so aus.«

Neues Streichholz.

Da hatten die Eisblöcke aufgeschichtet gelegen. Zwischen ihnen die Regale mit Eingemachtem und verderblichen Speisen.

»Wie wäre es mit einem Glas Leberwurst des Jahrgangs 1944?«, fragte Ingo.

Faulendes Holz, die Reste der Regale. Scherben, die Reste der Weckgläser.

»Da sind ja Fledermäuse!«

Wie leblos hingen die Tiere an der Decke. Wie kommen Fledermäuse in einen Eiskeller?

Neues Streichholz.

»Du frierst ja, Irene! Komm, wärm dich an der Flamme.«

Seit fünfunddreißig Jahren war dieser Keller seiner eigentlichen Bestimmung entzogen, aber noch immer verbreitete er Eiseskälte aus deutscher Zeit. Ein gewisser Fritz Strohschein hatte sich, einen Meter zwanzig über dem Steinfußboden, an der Wand verewigt. Wird wohl einer der Gutsarbeiter gewesen sein. In der Kleinmittagspause oder zur Vesperzeit hat er beim Eisfahren seinen Namen an die Wand gegeben, nicht ahnend, dass es das Einzige sein würde, was von ihm übrig blieb.

Als sie die Hände über die Flamme hielt, erstickte das Feuer. Ingo opferte das letzte Streichholz, sah ihr Gesicht hinter der kleinen Flamme. Rötlich sah es aus, zum ersten Mal hatte sie Farbe. Er hielt das Streichholz hoch, bis die Fingerkuppen schmerzten. Sie pustete es rasch aus. Sie standen in der Finsternis. Die einzige Wärme kam von ihrem Atem.

»Wenn wirklich einmal die Welt untergeht, ziehen wir in den Eiskeller zum Überleben. Wie die Neandertaler in ihren Höhlen.«

»Und du als alter Germane auf der Bärenhaut! Kasimir bringt uns zum Mittagessen seine gute Fischsuppe, und deine Frau jagst du zum Holz- und Beerensammeln in den Wald.«

Sie lachten. Er küsste ihre kalte Nasenspitze, versprach, keinen Met mehr zu trinken und, wenn überhaupt, nur mit ihr auf der Bärenhaut zu liegen und, falls die Welt wirklich untergehe, noch einmal wie Adam und Eva mit ihr anzufangen.

»Warum sollte die Welt untergehen?« Das klang wie ein Vorwurf. Mensch, Ingo, wir haben die Welt gerade erst renoviert, haben sie verbessert und humanisiert, und nun kommst du und willst sie untergehen lassen!

»Irgendwann muss sie ja untergehen!«

»Aber ich weiß nicht, Adam und Eva in so einem Eiskeller, die rechte Fruchtbarkeit wie im Paradies kann sich da kaum einstellen.«

Während sie über Adam und Eva herumalberten, hatte er plötzlich die Vorstellung, jemand könnte von draußen die Tür zuschlagen. Eingesperrt sein in dieser alten, nassen Höhle, von niemandem gehört werden, ein Weltuntergang im Kleinen, während draußen das warme, schöne Leben weiterging.

»Komm raus hier!« Er zog sie zu dem Licht, das den Ausgang der traurigen Höhle markierte.

»Magst du Kinder?«, fragte er, als sie die Tür erreicht hatten.

»Kindermögen gehört doch zu meinem Beruf.«

»Ich meine eigene Kinder.«

»Na, du bist vielleicht schnell, vormittags zum ersten Mal geschlafen, nachmittags erkundigst du dich schon nach Kindern.«

Aus einem dunklen Eiskeller in den hellen Tag treten,

mit jedem Schritt näher dem Licht und der Wärme. Man muss öfter mal in den Eiskeller, um wieder ein Gefühl zu bekommen für die Größe und Schönheit der Welt außerhalb der vielen Eiskeller. Bienen, Mücken und Fliegen schwirrten vor der Kellertür, starke Gerüche schlugen ihnen entgegen. In Irenes Haar hing Spinngewebe.

»So ist das mit den Eiskellern, man geht jung rein und kommt als weißhaarige Frau wieder raus.«

»Lieber Spinngewebe als Fledermäuse im Haar«, sagte er und schlug die Tür hinter ihnen zu.

Bevor sie gingen, heftete Irene einen Zettel an die Tür:

»Paradies.
Wegen Renovierung vorübergehend geschlossen.
Irene und Ingo.«

Sie den linken Arm um seine Hüfte, er den rechten Arm um ihre Hüfte, so zogen sie los, lachten über den komischen Zettel und das Paradies und den unvermeidbaren Weltuntergang. Wie Leute, die viel Zeit haben. Über den Gutshof bummelten sie. An den Kindern vorbei, die auf den weiß gekalkten Steinen der Auffahrt saßen und ihnen nachriefen. Ein kleines Mädchen, gerade alt genug, um Papa und Mama sagen zu können, rief »Gummi!« und immer wieder »Gummi!«.

Ingo fand ein plattgedrücktes Päckchen Chewinggum in seiner Hosentasche. Die Kleine riss es ihm aus der Hand, rannte damit zu den anderen, die ihr die Beute abnahmen, der Kleinen nur das glitzernde Silberpapier ließen.

Das muss Irene doch peinlich sein, dachte er. Betteln in einem sozialistischen Land, noch dazu Kinder.

Die Kinder verfolgten sie, die Kleinste hörte nicht auf, »Gummi!« zu schreien, bis ein jüngerer Mann aus einem der Arbeiterhäuser trat, den Kindern mit der Faust drohte und sie anherrschte. Da rannten sie zum Weidengebüsch am Teich. Auf halbem Wege fiel die Kleinste hin, fing an zu weinen. Ein größeres Mädchen kehrte um, half der Kleinen auf die Beine und trug sie zum Versteck hinter den Weidenbüschen.

Ein blaues Auto kam ihnen auf der Dorfstraße entgegen, hielt neben Irene und Ingo. Eine westdeutsche Autonummer. Im Auto ein älteres Ehepaar.

»Wissen Sie, ob die Straße hier weitergeht?« Die Frau lehnte aus dem Fenster und zeigte nach Norden, wo sich das Kopfsteinpflaster in Richtung russischer Grenze verlief. »Sie sind auch Deutsche, nicht wahr? Man sieht es Ihnen an. Ich hab' gleich zu meinem Mann gesagt, die jungen Leute müssen wir fragen, die sehen so deutsch aus.«

Sie stieg aus. »Es tut richtig gut, wieder deutsch zu sprechen.«

Der Mann verschloss unterdessen die Türen, überzeugte sich davon, dass alle Scheiben hochgekurbelt waren, schloss auch den Kofferraum ab. »In Bartenstein haben sie uns nämlich den Wagenheber geklaut. Stellen Sie sich das mal vor, die Polen klauen schon Wagenheber, einfach so ein Stück Eisen!«

Der Mann reichte jedem die Hand und stellte sich vor. Steinhaus oder Hausstein oder Hauenstein hieß er und erklärte, dass er als Soldat zweimal in diesem Nest gewesen sei. Einmal kurz vor dem Russlandfeldzug und dann wieder vier Monate vor Kriegsende. »Weißt du was, hab' ich zu meiner Frau gesagt, wenn wir schon in Masuren sind, lass uns einen Abstecher nach Polninken machen. Da haben wir '41 gelegen. Unten am Poggenteich veranstalteten wir vier Tage vor dem Russlandkrieg ein gewaltiges Abschiedsfeuerwerk. Der Rauch hat den ganzen Teich vernebelt bis zur Chaussee hin. Nebelwerfer, hat unser Spieß gesagt. Übung für den Ernstfall, hat er gesagt.«

Der Mann zeigte zu den Weidenbüschen, in denen sich

die Kinder versteckt hielten. Genau an jener Stelle hätten sie damals »Wir lagen vor Madagaskar« gesungen, die ganze Nacht durch alle Strophen im Angesicht des Scheiterhaufens.

»Es ist so schrecklich verkommen hier«, klagte die Frau. »Sehen Sie bloß die Häuser an! Löcher im Dachstuhl, einige Fenster mit Brettern vernagelt. Und so viel Unkraut auf den Feldern. Vor lauter Unkraut wachsen keine Kartoffelstauden mehr. Kein Wunder, dass die Polen hungern.«

»Als wir hier in Stellung lagen, war das noch anders. Da wusste jeder sofort, wo Deutschland aufhörte und Polen anfing. Je weiter nach Osten, desto dreckiger wurde es, von den Läusen gar nicht zu reden.«

Vom Teich her kam das kleine Mädchen breitbeinig über den Anger gewatschelt und rief wieder: »Gummi! Gummi!« Die großen Kinder folgten zögernd. In respektvollem Abstand blieben sie vor dem blauen Auto stehen.

»Sie haben den Deutschen das beste Ackerland weggenommen, aber sie werden nicht satt davon«, fuhr die Frau fort. »Früher belieferten die deutschen Ostgebiete das große Deutsche Reich, heute langt es nicht mal für das kleine Polen.«

»Im Januar '45 hatten wir hier eine Flakstellung. Als der Russe Angerburg einnahm, gaben wir ihm Zunder. Sollte mich nicht wundern, wenn noch ein paar Kuhlen auf dem Acker zu finden sind, wo unsere Geschütze gestanden haben. So viel ist sicher, bei uns wäre der Russe nicht durchgebrochen. Wir waren Spezialisten im Panzerabschießen. Aber weiter nördlich am Masurischen Kanal, da kam er übers Eis spaziert. Wir mussten zurück, um nicht in den Kessel zu geraten.«

Der Mann wollte ihnen unbedingt seine Flakstellung vorführen. Zwischen Friedhof und Chaussee habe sie gelegen. Die einzelnen Geschütze seien mit Laufgräben verbunden gewesen, daran erinnere er sich ganz genau. Hitlerjungen und alte Männer hätten die Gräben ausgehoben im Dezember, als schon Frost in der Erde steckte.

Zwei Kinder kletterten in einen Weidenbaum, blickten von oben auf das schöne, gepflegte blaue Auto mit den blinkenden Außenspiegeln und den silbernen Zierleisten.

»Fünf Tage noch, dann nie wieder Urlaub in Polen!«, erklärte die Frau. »Überall Dreck, sogar in den Restaurants. In Elbing hatten wir schon bestellt, dann sahen wir die Schürze der Bedienung und sind gegangen. Vier Wochen nicht gewaschen, ungelogen, vier Wochen!«

Irene ging zu den Kindern, die jenseits des Straßengrabens im Pulk zusammenstanden und tuschelten. Aber die Frau folgte ihr.

»Haben Sie schon Bernstein gekauft? Für vierzig Westmark gibt es die herrlichsten Halsketten. Zum Markt in Lötzen müssen Sie fahren, da ist für Westgeld alles zu haben.« Sie holte drei Bernsteinketten aus ihrer Handtasche, wickelte sie wie eine honiggelbe Schlange um den Arm. »Eine ist für mich, eine für meine Schwester in Wuppertal, die dritte haben wir in Reserve. Bernstein ist das Einzige, das sich in Polen zu kaufen lohnt.«

»Nur an der Grenze müssen Sie aufpassen!«, mischte sich Herr Steinhaus ein. »Wissen Sie, wie man Bernstein am besten über die Grenze bekommt? Vor Frankfurt/Oder stehen doch immer die Kinder mit den Pilzkörben an der Straße. Denen kauft man einen Korb ab, und unter die Pfifferlinge legt man die Bernsteinketten. Da findet sie kein Mensch.«

Irene holte dem kleinen Mädchen eine Kugel Silberpapier aus dem Mund. Nein, keinen Gummi, es gab keinen Gummi mehr.

»Wenn man so bedenkt, was uns alles einmal gehört hat«, sprach die Frau, als sie die Bernsteinketten einpackte. »Das ganze Pommern war deutsch, Schlesien, Westpreußen, Danzig und Ostpreußen bis rauf nach Memel. Da kann einem richtig traurig zumute werden.«

»Es wär' ja noch deutsch!«, rief der Mann, »wenn der Hitler nicht die Schweinerei mit den Juden angefangen hätte. Die ganze Judensippschaft aus Amerika kam dem Russen zu Hilfe. Der Iwan war schon fix und fertig, wir standen kurz vor Moskau, aber auf einmal kamen die Waffen aus Amerika.«

Irene winkte. Ingo sollte kommen, aber der Mann ließ ihn nicht los, er hielt seinen Arm fest und zeigte zum Gutshaus. »Da lag der Stab unserer Flakeinheit. Am Abend, bevor wir abrückten, es muss der 25. Januar gewesen sein, haben wir im Weinkeller die Bestände leer gemacht. Warum das kostbare Zeug für den Iwan aufbewahren?, hat der Batteriechef gesagt. Das können deutsche Landser auch vertragen. Im Gutsweinkeller gab es richtigen Champagner, Beuteware aus Frankreich, drei Kisten voll.«

Ingo wollte gehen. Bernstein sei wirklich zu empfehlen, meinte die Frau, wenn nicht als Schmuck, dann als Kapitalanlage.

»Nix Champagner, nix Gutsherrschaft, nix Kultura! Die Barbaren haben gesiegt!«, rief der Herr Steinhaus so laut, dass die Kinder es hörten und Irene.

Und dann folgten jene Geschichten, die die Deutschen in den Nachkriegsjahren so gern erzählten. Vom Kirgisen, der zum ersten Mal ein Wasserklosett sieht und darin Kartoffeln waschen will, vom kaukasischen Sowjetsoldaten, der zur deutschen Frau schlafen kommt und mit der Maschinenpistole den Wecker totschießt, als der zu klingeln anfängt, vom russischen Major, der zehn Jahre nach Kriegsende die DDR besucht, um die Stadt wieder zu sehen, die er mit seinen Leuten gestürmt hat. Er erinnert sich, dass es damals ein Haus mit einer goldenen Toilette gegeben hat. Das möchte er sehen. Zusammen mit seinem DDR-Begleiter wandert er durch die Stadt. Endlich finden sie das Haus. An der Tür erscheint eine junge Frau. Entschuldigen Sie, hier soll es früher eine goldene

Toilette gegeben haben? Die Frau dreht sich um und ruft in die Stube: Opa, komm mal her! Hier ist der Russe, der '45 in deine Trompete geschissen hat!

So sieht die Überheblichkeit der Besiegten aus. Die Sieger auf Wecker schießen, in Toilettenbecken Kartoffeln waschen und in goldene Trompeten scheißen lassen, so können Niederlagen ertragen werden. Wenn schon besiegt, dann von kulturlosen Barbaren. Mach dir nichts draus, Irene. So reden die Besiegten nicht nur über die Sowjetsoldaten, sondern auch über die Amerikaner. Die konnten auch nur Kaugummi wiederkäuen, kleinen Mädchen Baby nachrufen und beiläufig den Zweiten Weltkrieg gewinnen. Das blaue Auto fuhr langsam weiter Richtung Norden.

»Ob wir später auch so sind, Irene? Nach fünfunddreißig Jahren alte Flakstellungen suchen?«

»Niemals!«

»Na, vielleicht keine Flakstellung, aber etwas anderes. Den Eiskeller, den wir zum Paradies befördert haben, ein Paradies, das auch nach fünfunddreißig Jahren wegen Renovierung geschlossen sein wird. Weißt du noch, wirst du sagen, der Sommer '80 war der schönste Sommer des zwanzigsten Jahrhunderts. So ungewöhnlich warm, am Liebestrand des Schülzener Sees lagen die Menschen nackt in den Gänseblümchen. Üppiger als in den anderen Sommern blühten damals die Blumen, und es gab noch Störche und ahnungslose polnische Kinder, die um Kaugummi bettelten, ohne sich etwas dabei zu denken, auch ohne sich zu schämen. – War dein Vater eigentlich als Soldat in Frankreich?«

»Der war doch überall. Meine Mutter wird der Roten Armee Abbitte tun müssen. Nicht sie hat den Weinkeller geplündert, sondern die deutsche Flakeinheit, die im Januar '45 in Polninken lag. Sogar das genaue Datum ist bekannt. Am Abend des 25. Januar vertilgten sie den Champagner.«

»Eigentlich ist es ja egal, ob die deutsche Wehrmacht oder die Rote Armee den Beutesekt aus Frankreich ausgetrunken hat. Aber es gibt Millionen von Menschen, für die ist es ein himmelgroßer Unterschied. Und deshalb muss man es immer wieder sagen, wie egal es im Grunde ist.«

Kasimirs Hühner gingen auf den Autodächern spazieren und luden ihren Dreck ab. Ingo jagte sie runter und wischte mit einem Grasbüschel die Autos sauber. In der Ferne, zwischen Friedhof und Chaussee, sah er die beiden ihre Flakstellung suchen. Genauer gesagt, der Mann suchte, während die Frau am Rande eines Feldes stand und den Dreck betrachtete, in dem deutsche Soldaten einmal gelegen hatten. Er maß mit Riesenschritten den Acker aus wie ein Schiedsrichter den Strafraum vor dem Elfmeter, bückte sich, betrachtete die Erde, rannte weiter, blieb stehen, rief der Frau etwas zu. Schließlich schien er etwas gefunden zu haben. Jedenfalls stocherte er mit einem Knüppel im Erdreich herum. Was gab es da zu finden, eine Patronenhülse, eine Kartusche oder einen bleichen, abgenagten Knochen?

Während Ingo zusah, wie die beiden sich am Acker zu schaffen machten, geschah hinter seinem Rücken Unerhörtes. Irene holte eine Wolldecke aus ihrem Auto, dazu zwei geblümte Handtücher, eine Mappe mit Büchern und Papieren, eine Kulturtasche mit Zahnbürste, Zahnpasta und Seife. Das ganze Bündel trug sie in das Zelt, das in Kasimirs Apfelgarten stand. Als Ingo sich umdrehte, saß sie vor dem Zelt, die Arme über den Knien verschränkt und lachte.

»Du hast Besuch bekommen«, sagte sie nur.

Er kniete sich neben sie ins Gras, legte seine Arme um ihren Hals, pustete in ihr aufgelöstes Haar. Wenn man es recht bedenkt, was vorher geschehen ist und nachher geschehen wird, wenn man vorbeiziehen und abziehen lässt, auch hinzurechnet, dass die Hitze abgeklungen war, die Apfelbäume lange, kühle Schatten warfen und die

Sonne auf Kasimirs Hausdach ausruhte, bleibt nur übrig, dass es wohl der glücklichste Augenblick jener Liebesgeschichte gewesen ist, jener späte Nachmittag, als die beiden Fremden ihre Flakstellung suchten und Ingo Irenes Ohrläppchen küsste und Irene mit verschränkten Armen vor dem Zelt saß. Einfach so.

Abend in Polninken. An der Kühlerhaube lehnen und den springenden Fischen zusehen. Die Welt geht vorüber, meilenweit entfernt. Ihre großen Fragen, die aus den Zeitungen schreien und in den Televisionsanstalten verhandelt werden, sind längst belanglose Antworten geworden, wenn es in Masuren auf halb neun zugeht und die Schatten den blassen Spiegel des Dorfteiches zuhängen.

»In deutscher Zeit spielte an Sommerabenden immer ein Schifferklavier. ›Antje, Antje, hörst du aus der Ferne das Schifferklavier‹, spielte es. Ab '41 nur noch im Urlaub, ab '44 überhaupt nicht mehr, weil sie schon '43 gespielt hatten: ›Ich hatt' einen Kameraden.‹ Wie das so geht mit den Schifferklavierspielern, der Krieg schont nicht einmal die Musik.«

Und wieder Hand in Hand durch ein altes Dorf. Was sollten sie auch sonst tun? Nach zwanzig Schritten verschmolzen sie zu einem Punkt, ein deutsch-deutsches Liebespaar, nein, ein deutsches Liebespaar, nein, auch das nicht: nur ein Liebespaar.

Plötzlich war der Teich illuminiert. Das Wasser warf das Licht gegen die Wolken, die Fischreiher hoben sich überdeutlich ab.

»Nun erleben wir noch ein masurisches Gewitter«, sagte sie.

Ein Transistorradio heulte auf, einer der Angler hatte wohl auf den falschen Knopf gedrückt. Die Fischreiher hoben nur kurz die Köpfe, versanken sofort wieder in ihre stumme Betrachtung.

Wie alt mochte das Kopfsteinpflaster sein?

»Aus der Franzosenzeit«, sagte sie.

»Aus welcher Franzosenzeit?«

»Na, die von 1807 bis 1812.«

Ingo kam sich ziemlich dämlich vor, weil er die Franzosenzeit nicht kannte. Arm in Arm mit einer Lehrerin spazieren gehen, aber keine Ahnung haben von der Franzosenzeit!

»Damals gab es schon die Sahraus in Polninken. Einer meiner Vorfahren ist mit der Großen Armee in Moskau gewesen. Unsere Familie besaß seinen handschriftlichen Bericht vom Brand in Moskau. Derselbe Sahrau ritt übrigens zwei Jahre später mit Blücher nach Frankreich. Auch über den Einzug in Paris gab es einen handschriftlichen Bericht in der Familienchronik. 1812 mit Napoleon in Moskau, 1814 gegen Napoleon in Paris; sonderbarerweise hat kein Mensch dieses Verhalten als Verrat betrachtet. Er hat etwas von der Welt gesehen, meinten die Leute damals. Hundertdreißig Jahre später war wieder ein Sahrau auf dem Weg nach Moskau, aber darüber gab es keine handschriftlichen Berichte.«

Ein Hund schlug an. Aus dem Nachbardorf kam Antwort. Kein Auto hupte, keine Passanten schauten sich um, keine Fenster wurden geöffnet, weil ein Liebespaar über das alte Franzosenpflaster spazierte.

»Mein Vater lebt nicht mehr«, sagte sie.

»Meiner auch nicht.«

Ingo dachte an den heftigen Regen, der gegen die Fenster des Lübecker Süd-Krankenhauses geklatscht war. Mutter hilflos mit der Weintraubentüte in der Hand. Der, um den es damals ging, war auch vor Moskau gewesen, ohne handschriftliche Aufzeichnungen zu hinterlassen.

Wie wenig Licht so ein Dorf doch hergab! Drei Fenster erleuchtet, eine einsame Straßenlaterne vor der Gutsauffahrt. Mehr nicht. Nur Irene blieb weiß im Grau des Gewitterabends, leuchtete wie die Sonnenblumen in Kasimirs Garten.

Aus der Ferne Gesang. Junge Leute kamen aus dem Krug und sangen das Monte-Cassino-Lied.

»Heute ist ja Sonnabend«, flüsterte sie.

Ein Käuzchen rief.

»Im Park hat es schon damals Käuzchen gegeben. Die Stubenmädchen wagten sich abends nicht vors Haus, wenn das Käuzchen rief. Sie versammelten sich in einer Kammer, riegelten die Tür ab und erzählten bei Kerzenlicht schaurige Geschichten von Käuzchen und anderen großen, schwarzen Vögeln, die nachts durch die Fenster zu unschuldigen kleinen Mädchen kamen.«

Er lachte wegen der »unschuldigen kleinen Mädchen«. Sie stieß ihn an und sagte, es gebe da überhaupt nichts zu lachen. So sei das nun mal gewesen. Heute habe niemand mehr Angst vor Käuzchen, und Stubenmädchen gebe es überhaupt nicht mehr.

»Wir wissen zu viel, um Angst zu haben«, behauptete Irene. »Wir erschrecken nicht vor Friedhöfen mit aufgebrochenen Gräbern und fürchten uns nicht vor dem Eiskeller.«

Es begann zu tröpfeln.

»Dein linkes Ohr ist kleiner als das rechte.«

»Das hat mir noch keiner gesagt, nicht einmal die Mutter.«

Die ersten Tropfen schlugen durch, das Käuzchen verstummte im Donnergrollen.

»Hast du Angst vor Gewitter?«, fragte Ingo.

Sie schüttelte den Kopf. »Wir kennen doch die physikalischen Zusammenhänge. Angst entsteht nur aus Unwissenheit.«

Er wollte widersprechen, hielt es für möglich, dass es auch anders sein könnte, dass sehr großes Wissen sehr große Angst erzeugen könnte, aber nur nicht mit ihr streiten, nicht an diesem wunderbaren Abend.

Kasimir war nicht da, sein Haus dunkel. Sogar die Tür hatte er verriegelt, was er sonst nie tat, denn Kasimir gehörte zu denen, die sich abends nicht auf Sicherheitsschlösser und Eisengitter verließen, sondern lieber beteten. Wo mochte er sein? War er zu seinen Reusen gegangen, oder schlief er schon? Oder hörte er bei Borek Radio?

Wenigstens trocken war es im Zelt.

»Einem Wolkenbruch hält es natürlich nicht stand«, sagte Ingo. »Zur Not haben wir noch die Autos.«

Irene hielt ihm einen Vortrag über die unerhörte Sicherheit der Automobile bei Gewitter. Ja, sie kannte sich aus in den physikalischen Gesetzen.

Wegen der Enge saßen sie im Schneidersitz, hörten den Regen, der mit dem Wind über die Parkbäume kam, ein Rauschen, als fielen Schwäne ein. Der Regen schüttete den Teich zu. Sie hörten es rascheln im Schilf und auch das Trommeln der Tropfen auf den Autodächern. Ach, der gute, alte Kahn, der lief nun auch voll. Ingo fragte nach Thüringen.

Früher sei das mal das grüne Herz Deutschlands gewesen, jetzt aber nur noch der grüne Unterleib der DDR.

»Und Jena, wie ist Jena?«

Sie wühlte in den mitgebrachten Utensilien, fand einen Stadtplan von Jena, dazu ein paar Hefte und Broschüren. Sie warf die Papiere zum Kopfende, wo sie zu schlafen gedachte, später, nach dem Gewitter.

Es kostete Ingo drei klamme Streichhölzer, bis die Petroleumlampe brannte. Er hängte sie ins Zeltgestänge. Da baumelte sie und warf rotes Licht auf Schlafsäcke und Handtücher. Wieder war es wie im Eiskeller, sie beide zusammen und draußen die kalte, nasse, fremde, unwirtliche Welt. Wie schnell es warm wurde! Jedes gesprochene Wort verbreitete Wärme, dazu die Petroleumlampe, deren Licht Irene braun aussehen ließ wie eine Indianerin im Abendrot. Heftig pendelte die Lampe, verursachte ein knirschendes Geräusch, wo der Bügel am Zeltgestänge hing. Irene lag mit dem Kopf in den Jenaer Papieren, das Haar feucht und sehr weich.

»Petroleum zieht die Blitze an«, sagte sie lachend und zeigte zur pendelnden Lampe. »Früher beteten die Leute bei Gewitter, heute kriechen sie ins Zelt, um sich zu lieben. Das ist Fortschritt!«

Ob schon mal ein Liebespaar von einem Blitz getroffen wurde?

Sie zählten die Sekunden zwischen Blitz und Donner. Drei Sekunden machten einen Kilometer. Plötzlich hörte alles Zählen auf, weil Blitz und Donner zusammenfielen. Die Erde zitterte, die Lampe zitterte, Irene zitterte. Draußen stürzte ein Ast auf die Straße.

»Wenn nun der Apfelbaum umfällt und uns begräbt?«, sagte sie.

»Also doch ein bisschen Angst?«

Keine Spur. Unangenehmer als das Gewitter waren ihr die Bartstoppeln. Sie schmerzten wie die Stacheln eines Igels. Kein Wunder, seit einer Woche rasierte Ingo sich kalt unter der Pumpe aus Ottenser Eisen. Aber sie war weich, ihr Gesicht, die Arme, die Beine, die Brüste, alles war weich. Diese Geborgenheit eines Zweimannzeltes!

Aus unerklärlichen Gründen ging die Lampe aus. Es gab nur noch das Licht der Blitze, das durchs Zeltleinen zuckte. Draußen fiel mit ziemlichem Getöse ein harter Apfel aufs Autodach. Dann plätscherte es. Das war Wasser, das vom Hausdach fiel. Erst aus dem Fallrohr in die Regentonne, dann aus dem überlaufenden Fass in den Garten.

»Vielleicht schwimmen wir morgen mitsamt dem Zelt auf dem Poggenteich«, sagte er.

Wie immer dämpfte der Regen das Gewitter. Das Licht der Blitze wurde diffus, der Donner entfernte sich. An der Zeltwand rann es heftig abwärts. Irgendwo leckte es durch. Wasser lief an den Zeltstangen entlang und tropfte auf Irenes Papiere.

Nein, fehlendes Petroleum hatte die Lampe nicht ausgehen lassen. Vielleicht war ein Tropfen auf den Docht gefallen und hatte die Flamme ertränkt. Ein Streichholz ließ das rote Licht wiederkehren und Irene wie eine Indianerin aussehen. Sie lagen nebeneinander wie die Steinfiguren auf alten Sarkophagen, die man in Museen trifft oder in den Grüften der Dome. Alte Königspaare, die ihre steinernen Hände über der Brust falten.

»Wenn du mal zu uns in die DDR kommst, besuchen wir den Naumburger Dom.«

Das sagte sie beiläufig im abklingenden Gewitter. Er erzählte ihr, dass Lübeck auch einen Dom habe. Kurioserweise sei er nicht die Hauptkirche der Stadt, St. Marien sei größer und bedeutender als der Dom.

Sie entfalteten den Stadtplan von Jena.

»Morgen rasiere ich mich mit warmem Wasser«, versprach er, während sie ihm die Saale zeigte, die, von Süden aus dem Thüringer Wald kommend, als blauer Streifen ins Bild trat, das graue Papier durchquerte, um hinter einem Flecken namens Löbstedt im Nordosten zu verschwinden.

»Um 1800 zählte Jena 4300 Einwohner, 1948 waren es 82 000. Ostern 1916 wurde in Jena unter Teilnahme Karl Liebknechts die illegale Konferenz der oppositionellen Jugend Deutschlands durchgeführt. Karl Marx hat an der Universität Jena promoviert.

Im Zweiten Weltkrieg wurde die Innenstadt durch anglo-amerikanische Bomber stark zerstört. Nach der Befreiung und dem Einmarsch der Sowjetarmee am 1. Juli 1945 begann der demokratische Neuaufbau. Im Norden der Stadt entstanden moderne Neubauviertel. Die Bemühungen der DDR zur Gestaltung einer hocheffektiven Struktur der Volkswirtschaft führten zu Beschlüssen über die weitere schnelle Entwicklung des VEB Carl Zeiss Jena als Zentrum des wissenschaftlichen Präzisionsgerätebaus. Am 25. April 1968 wurde daher durch den Vorsitzenden des Staatsrates der DDR, Walter Ulbricht, der Grundstein für einen neuen riesigen Produktionskomplex im Lichtenhainer Tal gelegt. Jena gehört zu jenen Städten unserer Republik, die durch den Sozialismus schöner, jünger, wohnlicher geworden sind …«

»Du liest ja ab«, unterbrach er sie.

»Es wäre schön, wenn du mal nach Jena kämst. Das geht neuerdings ohne Schwierigkeiten. Viele Familien aus dem Westen verbringen sogar ihren Urlaub in der DDR. Wenn du kommst, werde ich dich in Dornburg abholen, jedenfalls wenn du von Norden kommst. Fährst du Autobahn, müssen wir uns im Süden treffen. Aber im Norden ist es schöner. Da stehen oben auf den Felsen die Dornburger Schlösser, die heute noch eingerichtet sind wie zu Goethes Zeiten. Mit den Schulkindern besuchen wir oft die Dornburger Schlösser. Eine schöne Aussicht von den Schlossgärten: ein weites Tal, Obstbäume zu beiden Seiten der Straße. Im Mai musst du kommen, dann blühen die Bäume, und die Straßen sind ein einziges weißes Band. Jenseits der Saale mit ihren vielen Windungen liegen ein paar Dörfer, dahinter Berghänge. Bis zur halben Höhe Äcker und Obstgärten, oben nur Laubwald. Bei guter Sicht kannst du die Ruinen der Kunitzburg erkennen, dahinter den Jenzig, den Lieblingsberg der Jenaer. Von ihm hast du die beste Aussicht auf die Stadt und ins Saaletal.«

»Kann man auf der Saale paddeln?«

Sie war sich nicht ganz sicher. Es gäbe viele Wehre, außerdem sei der Fluss etwas schmutzig wegen der Fabriken an seinem Ufer, Jenapharm zum Beispiel.

Ingo fing an zu phantasieren, malte sich eine Kanufahrt von Jena nach Lübeck aus oder von Lübeck nach Jena, Letzteres war schwerer, weil man stromauf paddeln musste. Also lieber umgekehrt, die Saale abwärts bis in die Elbe, die Elbe abwärts bis Lauenburg, von dort den Elb-Trave-Kanal nordwärts. Irene und Ingo im Paddelboot. Immer bergab. Grüne Ufer, hängende Weiden, grasendes Vieh. Wenn es dämmert, ziehen sie das Boot an Land, schlagen das Zelt auf wie in Kasimirs Apfelgarten. Sie kocht Kartoffeln, er brät Fisch. Aber Gewitter darf es nicht geben.

Sie zeigte ihm auf dem Stadtplan ihre Neubausiedlung. Wenn man von Dornburg kommt, gleich rechts neben der F 86. Da gab es die Straße des 7. Oktober, in der sie wohnte mit der Mutter. Drei Zimmer und Küche im zweiten Stock eines Neubaus. Über ihnen am Hang lag das Landgrafenhaus, der Balkon Jenas. Dorthin wollte sie ihn zum Kaffeetrinken einladen, wenn er käme. Abgemacht, wir trinken Kaffee beim Landgrafen! Zwischen der Neubausiedlung und dem Landgrafenhaus ein großer grüner Fleck auf dem Stadtplan, der Nordfriedhof. »Dort liegt mein Vater begraben.«

»Wann ist er gestorben?«

»Neunzehnhundertsiebzig.«

»Mein Vater ist auch neunzehnhundertsiebzig gestorben.«

Wieder so eine Gemeinsamkeit. War das denn wirklich alles Zufall, dass ausgerechnet sie, die nichts voneinander wussten, die in verschiedenen Welten geboren und aufgewachsen waren, hier in Polninken zusammentrafen, auf altem Franzosenpflaster spazieren gingen und in einem durchweichten Zweimannzelt übernachten wollten?

In Kasimirs Haus ging das Licht an. Sie sahen es durch die Zeltwand. Noch immer plätscherte das Wasser aus der Regentonne, fielen unreife Eicheln auf die Autodächer. Das Gewitter war fortgezogen, hatte aber den Regen zurückgelassen.

»Sind die Jenaer Berge so hoch wie der Harz?«

»Niedriger, höchstens vierhundert Meter. Jena ist von Hügeln umgeben und von Wäldern. Jeden Sonntag wandert meine Mutter die Umgebung ab, sammelt Pilze und Beeren, bringt Tannenzapfen mit, die sie anbronzt und zur Adventszeit ins Fenster hängt. Schiller hat zehn Jahre in Jena gelebt, Goethe kam oft von Weimar herüber.

Wenn du kommst, werde ich dir auch Weimar zeigen und die Gedenkstätte Buchenwald.«

»Das Konzentrationslager?«

»Ja, das Konzentrationslager.«

Natürlich hatte er von Buchenwald gehört, aber er hatte es irgendwo im Osten zwischen Auschwitz und Treblinka vermutet. Dass so ein Ort im grünen Herzen Deutschlands liegen konnte, unmittelbar vor den Toren Weimars, überraschte ihn.

»Hast du schon mal ein Konzentrationslager besucht?«

Die Frage brachte ihn in Verlegenheit.

Bergen-Belsen sei doch gar nicht so weit von Lübeck entfernt, und Neuengamme müsse noch näher liegen. Als sie merkte, wie wenig er von Konzentrationslagern wusste, wechselte sie das Thema, sprach über die Doppelschlacht von Jena und Auerstedt. Damals hatte auch Thüringen seine Franzosenzeit.

Verdammt, wie wenig wusste er von diesen Orten und Namen, die doch so nahe lagen. Ingo Majewski hat leider bei all diesen geschichtlichen Anlässen gefehlt, Fräulein Lehrerin.

Bei schönem Wetter wollte sie ihm den Botanischen Garten zeigen. Bei Regen würde sie mit ihm ins Planetarium gehen.

»Nicht weit vom Planetarium entfernt liegt die Universitätsklinik. Da wurde ich geboren.«

»Ich weiß, das war am 18. Juni 1953.«

»Drei Wochen zu früh wegen der Aufregung. Meine Mutter behauptet heute noch, deshalb sei ich so klein geblieben. Nur wegen der Aufregung. Weder in ihrer Familie noch in der meines Vaters kommen so kleine Menschen vor. Drei Wochen weniger im Mutterleib, das holt man in einem ganzen Leben nicht mehr auf. Damals war Vater einfacher Lagerarbeiter bei Zeiss. Am Abend des 17. Juni kam er aufgeregt nach Hause. Jetzt hat der ganze kommunistische Spuk ein Ende!, rief er, kaum dass er in der Tür stand. Stell dir mal vor, Ingo! Ein ehemaliger Gutsbesitzer und Oberst der Hitlerarmee sagt das einen Tag vor meiner Geburt! Meine Eltern haben das Abendbrot vergessen und den ganzen Abend darüber gesprochen, wie es wohl weiterginge, wenn der Spuk wirklich zu Ende wäre. Um halb zwölf setzten die Wehen ein, drei Wochen zu früh.«

Sie wird es schwer gehabt haben mit ihrem Vater, dachte Ingo. Gutsbesitzer, Offizier der Deutschen Wehrmacht, adliger Name …

»Jena hat sogar ein Paradies!«

Das war der Grünstreifen am Saaleufer. Mittendrin der Paradiesbahnhof.

»Jena ist die einzige Stadt der Welt mit einem Bahnhof zum Paradies.«

»Und in Polninken haben wir auch ein Paradies.«

»Und wenn es weiter so regnet, kommen wir beide ins Paradies der Kaulquappen, wenn der Teich nämlich überläuft und Kasimirs Apfelgarten überschwemmt.«

Schlafsack und Handtücher waren längst klamm, auch der Stadtplan von Jena nahm Feuchtigkeit an. Unter den am Kopfende verstreuten Broschüren war eine über die Dornburger Schlösser. Uralte Texte, farbige Bilder von der Inneneinrichtung, ein bisschen Rokoko, ein bisschen Renaissance. Schulbücher hatte sie auch mit. Zur Vorbereitung für den Schulbeginn, wie sie sagte.

Lesebuch für die Unterstufe
Ministerium für Volksbildung
Volk und Wissen Volkseigener Verlag, Berlin
Für Frieden, Völkerfreundschaft und Sozialismus – für ein glückliches Leben aller friedliebenden Menschen

Er blätterte in dem Buch. Langsam wie in Zeitlupe lösten sich die Blätter von seinem Daumen, fielen müde auf die linke Seite.

> »Lehrer stehen an einer wichtigen Front des ideologischen Kampfes gegen den Imperialismus.«

Irene legte die Hand zwischen die Seiten. »Das interessiert dich doch gar nicht. Lass es liegen!«

> »Die Schule muss dazu beitragen, dass jedes Kind zu einem wahrhaften Patrioten, Internationalisten und aktiven Gestalter der kommunistischen Gesellschaft erzogen wird.«

»Du musst damit arbeiten, deshalb interessiert es mich schon.«

> »Im Frühling froh und im Sommer frei
> und fleißig im Herbst und im Winter,
> wir sind die jüngste Kampfpartei,
> die fröhliche Freundschaft der Kinder.
> Des Friedens Fahne mit uns zieht,
> wir singen der Pioniere Lied,
> das klingt und singt in die neue Zeit,
> Pioniere sind immer bereit.
> Wir lieben den Sport, und wir lieben das Buch,
> wir weisen dem Faulpelz die Türe.
> Wir tragen mit Stolz unser blaues Tuch,
> wir Thälmannpioniere.«

»Soldatengrütze«. Eine rührende Geschichte vom Ende des Zweiten Weltkriegs. Im Inferno der Schlacht um Berlin teilt ein russischer Soldat Suppe an hungernde deutsche Kinder aus.

> »Aufgabe der Lehrer ist es, die Schüler zur Liebe zu ihrem sozialistischen Vaterland zu erziehen … und ihnen den ganzen Reichtum der kulturellen Werte, die die Menschheit hervorgebracht hat, zu erschließen …

Dagegen soll ihnen immer deutlicher bewusst werden, dass dort, wo nach wie vor die Kapitalisten herrschen, wie zum Beispiel in der BRD, die Arbeiter um die Früchte ihrer Arbeit betrogen werden und in ständiger Furcht vor dem morgigen Tag leben.«

»Ich sollte gar nicht Lehrerin werden, meine Mutter wollte es nicht.«

»Was hat sie denn gegen den Lehrerberuf?«

»Eigentlich nichts. Aber in der DDR haben die Lehrer eine ganz andere Funktion, als sie es kannte. Sie müssen parteilich im Dienste des Sozialismus unterrichten. Das war meiner Mutter fremd.«

»Und dir, macht es dir nichts aus?«

Irene schüttelte den Kopf. »Wenn man von einer Sache überzeugt ist, kann man sich doch ruhig parteilich für sie einsetzen. Warum dann noch Wenn und Aber und Relativieren und Über-den-Dingen-Stehen?«

Er erschrak, weil sie so hart formulierte. »Bist du in der Partei?«

»Nein, nur im Freien Deutschen Gewerkschaftsbund und in der Gesellschaft für Deutsch-Sowjetische Freundschaft. Partei kommt später, ich bin noch zu jung.«

»Herrenland in Bauernhand. Ein Bericht über die Verjagung der Kapitalisten und Gutsbesitzer und ihre Enteignung im Jahre 1946. Die Schüler sollen die Freude und die Initiative spüren, von der das ganze Dorf erfasst wurde.«

»Hätte euer Gut in Thüringen gelegen, wärt ihr es auch losgeworden.«

»Genau das sagte Mutter immer, als Vater noch lebte. Ob in Ostpreußen verloren oder in Thüringen enteignet, machte für sie keinen Unterschied. In Thüringen wäre es noch schlimmer geworden, hat sie immer gesagt. Mein

Vater hätte jeden Tag an seinem Gut vorbeigehen müssen. Vielleicht hätten sie ihn sogar zu niederen Arbeiten auf den Gutsfeldern eingesetzt.«

»Ein Sonntagmorgen bei Karl Marx. Die Behandlung des Textes soll bei den Schülern die Liebe und Verehrung für Karl Marx vertiefen. Ihr Hass gegenüber den Kapitalisten, den Feinden der Arbeiterklasse, soll verstärkt werden.«

Ingo legte den Zeigefinger auf das Wort Hass. Gab es irgendetwas, das zu hassen man Kinder heute noch lehren durfte? Ihm fiel nichts ein. Er wollte Irene fragen, aber plötzlich kam sie ihm fremd vor.

»Post aus Vietnam. Das Schicksal des jungen Vietnamesen soll die Parteinahme der Schüler für den heldenhaften Befreiungskampf des vietnamesischen Volkes vertiefen, ihren Hass gegen die imperialistischen Aggressoren verstärken.«

Schon wieder Hass.

»Wie alt sind die Kinder, die diese Lesebücher bekommen?«

»Zehn Jahre.«

Und dann Hass? Nein, nicht mehr darüber sprechen! Schnell ein anderes Thema suchen. Wie ist das Wetter in Thüringen so im Allgemeinen? Wie ist das Wetter in Polninken? Noch immer fiel Regen aus dem schwarzen Himmel, aber der Wind hatte sich gelegt. Draußen plätscherte es in der überlaufenden Regentonne.

»Warum erzählst du nichts von Lübeck?«, fing sie auf einmal an.

Der Satz brachte ihn in Verlegenheit, auf solche Fragen war er nicht vorbereitet. Was gab es da viel zu erzählen? Also, 240 000 Einwohner hatte die Stadt, fast dreimal so viel wie Jena. Ingo wusste das so genau, weil er an der Stelle arbeitete, wo das gezählt wurde. Der Hafen war längst nicht mehr Mittelpunkt der Handelswelt wie zur Zeit der Hanse. Rostock hatte Lübeck überholt.

»Hast du noch nie Lübecker Marzipan gegessen? Was in Jena die optischen Geräte sind, ist in Lübeck das Marzipan.«

Sie fragte nach einem Lübecker Stadtplan. Hatte er nicht mit. Es gab keinen Sinn, einen Lübecker Stadtplan nach Masuren mitzunehmen.

»Keine Berge in der Nähe. Wir liegen mitten in der norddeutschen Tiefebene. Wenn du auf der Autobahn von Hamburg kommst, erscheint dir bei der Ausfahrt Moisling plötzlich im flachen Land ein mittelalterliches Stadtbild, wie ein alter Stich in der guten Stube. Rote Dächer und sieben Türme, wenn du die Türmchen mitzählst, sogar zehn. Unsere Trave ist kleiner als eure Saale; sie fließt mitten durch Lübeck, macht die Altstadt zu einer Insel.«

Irene kannte das Holstentor nicht, diese Berühmtheit von Geldscheinen und Briefmarken. Dafür hatte sie Buchenwald besucht und wusste, wie es bei Karl Marx am Sonntagmorgen zugegangen war.

»Du müsstest Lübeck in der Vorweihnachtszeit besuchen.«

Er stellte sich vor, mit ihr durch die festlich beleuchtete Altstadt zu bummeln. Zuschauen, wie hinter der Marienkirche Tannenbäume verkauft werden. Sich treiben lassen im Menschengedränge der Fußgängerzone, dem Duft von Marzipan und gebrannten Mandeln folgend. Irene in Lübeck! Wie sollte das zugehen?

»Ganz klar, dass ich dich in Lübeck besuchen werde«, behauptete sie. »Eines Tages wird auch das gehen. Die Beziehungen zwischen unseren beiden Staaten haben sich ständig verbessert. Im Herbst treffen sich Honecker und Schmidt. Dann werden sie auch über Reiseerleichterungen sprechen.«

Da war sie wieder, die Gewissheit des guten Glaubens, die keinen Widerspruch zuließ. So wie sie es sagte, bestand kein Zweifel, dass Irene eines gar nicht so fernen Tages von Jena nach Lübeck zu Besuch reisen würde.

»Fischergrube, Beckergrube, Engelsgrube … In welche Grube willst du fallen, Irene? Wir haben die sonderbarsten Straßennamen. Einen Pergamentmachergang zum Beispiel. Klingt das nicht gut? Eine winzige Gasse heißt Fegefeuer. In Jena das Paradies und in Lübeck das Fegefeuer. Nun weißt du, was uns erwartet, Irene.«

Ein Wassertropfen fiel vom Zeltgestänge in sein Gesicht. Während er mit Irene in dem immer feuchter werdenden Zelt saß, über Paradies und Fegefeuer sprach, erlebte er etwas Unerhörtes. Zum ersten Mal überkam ihn Sehnsucht nach Lübeck, nach seiner Stadt. Die Stadt, in der er tagein, tagaus gedankenlos herumgelaufen war, kam ihm aus der Distanz von tausend Kilometern wie ein mittelalterliches Kleinod vor. So viele Türme und so viele Sonnenuntergänge hinter den Türmen. Oder lag es nur daran, dass er sich Irene in Lübeck vorstellte?

Thomas Mann kannte sie. Mehr noch bedeutete ihr Heinrich Mann. Dass es in Lübeck ein richtiges Buddenbrookhaus gab, überraschte sie. Sie hatte geglaubt, Buddenbrook sei ein Phantasiename.

»St. Marien gleicht einer Markthalle, groß und schlicht. Vor der Kirche steht ein Denkmal:

Die Sankt-Marien-Gemeinde
Ihren Toten
1914 1918
und
1939 1945

Gibt es in der DDR auch Kriegerdenkmäler?«

»Wir ehren vor allem die antifaschistischen Widerstandskämpfer.«

Das ist doch das Gleiche, dachte er, Widerstandskämpfer oder jene armen Teufel, die von Lübeck und Jena losmarschiert sind, um vor Ypern, am Donezbogen oder bei Monte Cassino zu fallen.

»1942, einen Sonntag vor Ostern, erlebte Lübeck den ersten großen Luftangriff auf eine deutsche Stadt. Die Glocken von St. Marien begannen zu läuten, stürzten durch den brennenden Dachstuhl bis ins Fundament und zerbarsten. Heute liegen sie als Denkmal in der Kirche. Über den abgestürzten Glocken haben sie ein buntes Fenster mit den Wappen ostdeutscher Provinzen angebracht.«

»Also DDR-Bezirke?«

»Nein, Schlesien, Pommern, Ostpreußen. In der Marienkirche halten die Heimatvertriebenen ihre Gedenkgottesdienste ab. Da treffen sich die, die von Polninken übrig geblieben sind. Manchmal geht meine Mutter hin. Wenn sie wiederkommt, ist sie immer erschüttert, weil sie die Jüngste in der Kirche gewesen ist. Und sie ist schon über sechzig.«

»In Rostock gibt es auch eine Marienkirche, einen gotischen Bau mit grünem Dach am Ernst-Thälmann-Platz. Woran mag es liegen, dass die protestantischen Städte des Nordens Marienkirchen haben?«

Sie wussten darauf keine Antwort, es war ja auch unwichtig. Sie fragte, in welchem Teil der Stadt er lebe.

»Südosten«, antwortete er. »Ziemlich nahe an der Grenze. Von unserem Balkon können wir Eichholz sehen, und dahinter liegt schon Herrnburg auf der DDR-Seite. Lübeck ist die einzige Großstadt der Bundesrepublik unmittelbar an der Grenze zur DDR. Von unseren Kirchtürmen siehst du weit nach Mecklenburg, bei gutem Wetter ist Wismar zu erkennen. Travemünde gehört auch zu Lübeck. Von dort fahren die weißen Fährschiffe nach Skandinavien. Gegenüber dem Travemünder Badestrand stehen eure Wachttürme. Schwimmt nicht so weit raus, sonst werdet ihr in die DDR abgetrieben! Das rufen bei uns die Mütter ihren Kindern nach.«

Draußen ging eine Tür. Schritte im Garten. Stiefel platschten im Wasser. Kasimir stand am Zelteingang und behauptete, es sei ein Wetter zum Katzenersäufen. Sie sollten ins Haus kommen. Er habe ein schönes gemütliches Feuer angezündet zum Wärmen und Trocknen. Und Tee werde es auch geben.

Diese furchtbare Gewitternacht. Sie hätten ins Auto kriechen sollen, aber nicht in Kasimirs Stube. Lieber im Zelt bleiben, aber nicht in Kasimirs Stube. Der alte Mann fühlte sich verpflichtet, sie zu unterhalten, während sie auf den Tee warteten.

Er erzählte, was alles so vorgekommen sei bei Gewitter in deutscher, russischer und polnischer Zeit, sprach von einem Blitz, der ein Storchennest getroffen und fünf Störche gebraten habe, von einem taubstummen Mädchen, dem im Gewitter die Sprache wiedergekommen sei. An der Stelle, an der es geschah, errichteten sie später ein Kreuz. Einmal sei ein Blitz in den Teich von Polninken gefahren, habe eine rot glühende Spur gelegt und etliche Enten und Blässhühner umgebracht. Am Morgen nach dem Gewitter sammelten die Schulkinder die toten Vögel ein. In einer Gewitternacht soll ein Madonnenbild auf dem Weg nach Swieta Lipka geleuchtet haben wie der Stern zu Bethlehem. In russischer Zeit ist dem Kommandanten Georgi im Gewitter das Unglück mit dem Genossen Stalin zugestoßen. Sein Bild hing über der Kommandantur im Gutshaus. Der Blitz traf den Genossen Stalin am späten Nachmittag, sodass er schwarz anlief und in den Dreck fiel. Alle bekamen Angst, sogar die Soldaten, weil sie es für ein schlimmes Zeichen hielten.

In Kasimirs Stube ging das elektrische Licht aus. Ein Baum wird auf die Stromleitung gefallen sein. Das kann vorkommen in einer solchen Nacht.

Im Schein des Herdfeuers goss er Tee ein, hatte den Einfall, seinen letzten Wodka zu holen, der getrunken werden musste bei feierlichen Anlässen.

»Es hat sich ergeben, dass wir ein Brautpaar unter uns haben«, sprach er feierlich. »Ein Mann hat angehalten um die Hand meiner Tochter. Na gut, hat der alte Vater Kasimir gesagt, du sollst sie haben, obwohl es die einzige Tochter ist und von beachtlicher Schönheit, wie jeder sehen kann. Aber du musst versprechen, sie ein bisschen auf Händen zu tragen, und das nicht nur in den Honigwochen oder wie sagt man in deutscher Sprache? Auch ist es verboten, meine Tochter zu schlagen ...«

Anfangs lachten sie über Kasimirs wunderliche Sprüche. Der hatte wohl schon vorher Wodka gegen das Gewitter getrunken und war nun mächtig in Schwung.

»In Polen ist es guter Brauch, mit Wodka anzustoßen, wenn zwei Menschen zeigen, dass sie sich lieb haben oder lieb machen, wie heißt es in deutscher Sprache? Ihr habt geschlafen unter Kasimirs Apfelbaum, also werdet ihr auch heiraten und eine Familie machen. So ist es gewesen zu allen Zeiten. Oder haben die Deutschen auch das abgeschafft?«

Sie taten ihm den Gefallen und tranken das Zeug, hofften, danach werde er Ruhe geben. Aber Kasimir hatte noch viel zu sagen.

»Wenn einer alt ist wie Kasimir, tut es gut, daran zu denken, dass Kinder kommen, die sich lieb haben und neue Kinder machen, damit das Lachen nicht ausstirbt. Auch ist es schön zu denken, dass jemand da ist, der sich um die alten Häuser kümmert, um die Straßen und die schönen Alleen, die länger leben als die Menschen.«

Kasimir hob schon wieder das Glas, sagte einen polnischen Spruch auf, den sie nicht verstanden. »Hundert Jahre sollst du leben!« oder »Glück und Segen auf allen Wegen!«. Was man so sagt bei solchen Gelegenheiten.

Irene hustete, weil das verdammte Zeug in der Kehle

brannte. Kasimir fragte, wie weit sie voneinander entfernt wohnten in Deutschland. Fünfhundert Kilometer oder tausend?

»Es kann wohl kaum weiter sein als von Allenstein nach Krakau, was für die Liebe ein Katzensprung ist. Jeder weiß, dass Menschen der Liebe wegen von Amerika angereist kommen, einige sogar aus Australien, was nun weiß Gott weit entfernt liegt. Aber für die Liebe ist es eben eine Kleinigkeit.«

»Zwischen Lübeck und Jena sind es vielleicht fünfhundert Kilometer Luftlinie«, sagte Ingo.

»Das ist fast gar nichts!«, rief Kasimir. »Polnische Männer heiraten sogar russische Mädchen und russische Männer polnische Mädchen. Warum sollten deutsche Männer nicht heiraten deutsche Mädchen bei nur fünfhundert Kilometer Luftlinie? Ihr werdet gehen zu den Ämtern, um einen Antrag zu stellen. Wir haben uns lieb, werdet ihr sagen zu den hohen Herren hinter den Schreibtischen. Ach, ihr habt euch lieb, werden sie antworten. Ja, wenn es so ist, können wir nichts dagegen tun. Was sein muss, muss sein. Wo Liebe ist, haben die Behörden ihre Macht verloren. Es gibt kein Land, das jungen Menschen verbieten kann, sich lieb zu haben.«

Ingo dachte an Amtmann Rausch, wie der mächtig und väterlich in seinem Büro in Lübeck saß. Sehr geehrter Herr Rausch, ich habe ein Mädchen aus der DDR kennen gelernt und werde nach Jena übersiedeln, um im VEB Carl Zeiss zu arbeiten! Diese entsetzten Augen. Mensch, Majewski, Sie haben wohl den Verstand verloren!

Mit Irene die bewaldeten Hügel um Jena abwandern, zu den Ruinen der Kunitzburg und den Dornburger Schlössern, Junge Pioniere zeugen, mindestens drei Stück, ihnen schon im Kindergarten das Thälmannlied beibringen, den Sommerurlaub beim alten Kasimir in Masuren verbringen …

Das alles flog für einen Augenblick an ihm vorüber,

weil Kasimir, vom Wodka getrieben, in dieser Gewitternacht Ehen stiften wollte. Nicht, dass Ingo es ernsthaft erwog. Es tat nur gut, ein wenig herumzuphantasieren, sich Spaziergänge im Jenaer Paradies vorzustellen und Bergtouren zum Jenzig.

»Vor einem Jahr hat sich eine Geschichte zugetragen, die mir ein Bekannter erzählt hat. Eine Delegation russischer Mädchen ist zu Besuch gekommen, um Warschau anzuschauen. Einen polnischen Studenten namens Micha hat man beauftragt, den Mädchen zu zeigen, was sehenswert ist. Während er zeigte, hat er sich verliebt in eine hübsche Rosjanka, eine mit schwarzem Haar und schwarzen Augen und auch ein bisschen schwarzer Haut. Gut, hat das Mädchen zu ihm gesagt, du kannst mich haben, aber du musst mitkommen nach Semipalatinsk, wo ich lebe mit meinen Eltern und drei Brüdern und arbeite im Kombinat ›Roter Oktober‹. Da hat, so sagt mein guter Bekannter, der Student eine Landkarte genommen, aber er konnte Semipalatinsk nicht finden, bis er nach Asien kam. Micha, Micha, was hast du verloren in Semipalatinsk?, hat er sich gefragt. Warschau ist doch eine schöne Stadt mit einer alten Universität und hübschen Mädchen genug. Er hat eine halbe Flasche Wodka ausgetrunken und entschieden, nicht zu fahren mit der schönen Rosjanka, weil Semipalatinsk gelegen ist in Sibirien und kein Pole freiwillig nach Sibirien geht, auch nicht, wenn er verliebt ist.«

Kasimirs Flasche war leer. Er warf sie in den Garten, wo noch immer Wasser vom Himmel fiel und die Regentonne überlief.

»Aber es gibt auch Liebe zwischen Russen und Polen. Sogar an unserer traurigen Grenze kommt es vor, dass Verliebte gehen wie die Hasen von einem Land ins andere. Iwan schleicht nachts zu einer polnischen Maruschka und geht zurück über die Grenze, bevor es Tag wird.«

Es kam nun die Frage, die augenblicklich die Stube erhellte wie ein Blitz, eine Frage, die alles über den Haufen zu werfen drohte. Kasimir stellte sie beiläufig und ohne Arglist, wollte nur die Unterhaltung fortsetzen.

»Wie geht es an eurer Grenze zu?«

Mensch, Kasimir, weißt du nicht, dass an unserer Grenze niemand seine Maruschka besuchen darf und dass Hasen da schon lange nicht mehr rüberlaufen? Ist das noch nicht bis Masuren durchgedrungen? Warum sagte sie nichts? Das war doch ihre Frage. Sie sollte sie beantworten in ihrem Sinne, so, wie sie es gelernt hatte. Wenn er etwas sagte, würde er sie nur verletzen. Auch war er unsicher, weil er zu wenig wusste. Er wohnte in Lübeck nur fünf Kilometer von der Grenze entfernt, aber sie hatte ihn nie interessiert.

Irene schwieg und ging zum Fenster. »Es regnet immer noch«, sagte sie leise.

»Was machen die Grenzsoldaten, wenn ein Mensch unangemeldet über eure Grenze gehen will?«

»Sie werden schießen, Kasimir«, sagte Ingo.

»Aber vielleicht werden sie nicht treffen.«

»Doch, sie werden treffen.«

Ingo sagte es, obwohl es ihn eigentlich nichts anging. War es denn möglich, dass dieser alte Mann noch nie etwas von der Mauer in Berlin gehört hatte? Kasimir staunte. Ein solches Bauwerk überstieg sein Vorstellungsvermögen. Eine Mauer, vier Meter und zwanzig hoch, fast wie ein Haus, obendrauf ein dreißig Zentimeter dickes Eternitrohr, damit Hände keinen Halt finden und schnell abrutschen. Fünfundvierzig Kilometer lang durch eine Stadt gezogen, über Straßen und Eisenbahnen gebaut, Friedhöfe überquerend, Wohnstubenfenster verdunkelnd, sodass die Blumen auf den Fensterbänken eingingen.

Vielleicht steckte ein bisschen Propaganda dahinter, meinte Kasimir listig. Die Deutschen seien immer gut in Propaganda gewesen. Könnte es sein, dass sie eine Mauer aus Pappe gebaut haben, um sie vorzuzeigen im Kino? Kasimir hielt es für möglich, dass jener kleine Mensch noch lebte, den sie in deutscher Zeit den hinkenden Josef genannt hatten und der sich gut verstand auf Propaganda.

Das elektrische Licht kehrte wieder. Eine schmerzende Helligkeit erfüllte den Raum. Mitten im Licht stand Irene und blickte aus dem Fenster, warf ihren Schatten durchs Glas hinaus in den Garten.

Kasimir fragte, ob die Sowjetunion die Mauer gebaut habe oder Amerika oder alle Sieger zusammen. Er fragte, weil er für die Existenz dieses ungewöhnlichen Bauwerks eine vernünftige Erklärung wusste: »Vielleicht haben sich die Sieger nach dem großen Krieg gedacht, den Deutschen eine Bestrafung zu geben, wie sie noch nicht vorgekommen ist. Wir bauen eine Grenze mitten durch ihr Land, haben sie gedacht, und durch ihre Hauptstadt, von der der Krieg ausgegangen ist, bauen wir eine Mauer. Weiß Gott, das wäre eine Bestrafung, wie sie in keinem Geschichtsbuch vorkommt. Die Sieger werden sich gedacht haben, die Grenze stehen zu lassen dreißig oder vierzig Jahre, bis die Deutschen genug bestraft sind. Wenn alle gestorben sind, die den Krieg gemacht haben, werden sie die Bestrafung aufheben, denn niemand darf Kinder bestrafen für das, was ihre Väter angerichtet haben.«

Kasimir rechnete nach, dass es nun schon fünfunddreißig Jahre her sei. In zehn oder zwanzig Jahren werde niemand mehr leben von den Vätern des Krieges. Dann sei es Zeit, die Bestrafung aufzuheben. Kasimir war da ganz sicher. Irene und Ingo würden es noch erleben, das Ende der Bestrafung, den Abbau der Grenze und das Umfallen der Mauer. Nur eines wollte Kasimir noch wissen. Es bewegte ihn, zu erfahren, wer diese sonderbare Grenze bewacht, die Russen oder die Amerikaner? Und vor allem: Wer schießt?

Das war der Augenblick, als Irene das Fenster öffnete.

Überlaut das Plätschern des Wassers im Fallrohr, das Rauschen der Bäume im Wind. Frische, kalte Luft schlug gegen die Stirn. Zum ersten Mal in seinem Leben schämte sich Ingo Majewski, ein Deutscher zu sein. Mensch, Kasimir, es war ganz anders, als du dachtest. Die Deutschen haben die Mauer gebaut, und sie sind es auch, die schießen. Aber es ist unmöglich, darüber zu sprechen.

Irene suchte ihren Autoschlüssel. Hastig ging sie zur Tür.

»Willst du bei diesem Wetter nach Angerburg fahren?«, rief er und lief hinterher. »Irene, ich kann doch nichts dafür, wenn der Alte solche Fragen stellt.«

»Es war abgemacht, über diese Dinge nicht zu sprechen.«

»Ich hab' damit nicht angefangen.«

Sie ließ sich nicht aufhalten, rannte durch den Regen zu dem grauen Trabant. Schon saß sie hinter dem Lenkrad. Ingo klammerte sich an die Tür auf der Fahrerseite. Der Trabant wird nicht anspringen, nicht bei dieser scheußlichen Nässe, hoffte er.

»Ich kann es einfach nicht ertragen, Ingo«, sagte sie ganz ruhig, ohne jeden Vorwurf. »Die DDR ist mein Land. Niemals hatte ich das Gefühl, in der Hölle oder in einem Gefängnis zu leben. Mein ganzes Leben habe ich dort zugebracht. Es war sehr viel Schönes dabei. Ich gehöre dazu, ich bin dort zu Hause.«

Mühelos sprang der Motor an.

»Geh ins Haus, du wirst nass«, flüsterte sie.

Mein Gott, du weinst ja, Irene! Oder war es der Regen, der aus dem Haar rann und die Augen anfeuchtete? So kann es doch nicht enden! Wir müssen uns doch wiedersehen, morgen schon.

»Es hat keinen Zweck«, sagte sie leise.

Das Scheinwerferlicht traf eine verwüstete Dorfstraße, traf herabgefallene Zweige, Blätter, überlaufende Pfützen und strömende Bäche.

Sie hörte nicht mehr, dass er ihr nachrief, wie gleichgültig ihm die politischen Überzeugungen seien, dass er sie so mochte, als ein Mensch, mit dem man Hand in Hand um einen See wandern konnte. Die politischen Systeme, die grausamen Unterschiede lagen doch mauertief unter ihnen, wurden überlagert von der einfachen menschlichen Zuneigung.

Der Motorlärm entfernte sich, der graue Trabant holperte über morsches Astwerk, warf die aufgeblendeten Scheinwerfer für einen kurzen Augenblick in den düsteren Park, bevor sie die Dorfstraße in ungewohnte Helligkeit tauchten.

Ingo stand im Regen und fühlte plötzlich, wie nass er war. Die Turnschuhe durchweicht, das Haar nass bis in den Nacken. Kälte stieg aus der Erde. Blätter trieben an ihm vorbei. Schon war sie auf der Chaussee. Das Licht wurde schwächer, kein Geräusch mehr außer dem Wind in den Parkbäumen. Hinter ihm das erleuchtete Haus, Kasimir auf der Schwelle, überlebensgroß im Türrahmen stehend. Der alte Mann legte ihm den Arm auf die Schulter. »Es wird viel geredet über die Polen und die Deutschen. Einige sagen, alle Deutschen taugen nichts, andere sagen, alle Polen taugen nichts. Kasimir hat solche Reden nie geglaubt. Er hat immer gedacht, es gibt auch fleißige Polen und faule Deutsche, und Schmutzige und Saubere und Gute und Schlechte kommen überall vor. Aber nun habt ihr mir gegeben einen Unterschied, der wirklich ist. Polnische Menschen werden niemals bauen mit eigenen Händen eine solche Grenze. Eine Ziegelmauer durch Warschau? Eher trocknet die Weichsel aus. Eine Mauer von Piastow nach Elonka? Eher kreuzigen sie Christus noch einmal. Aber vielleicht zwingt man die Polen zu bauen eine Mauer. Also gut, sie werden bauen, aber die Mauer wird ein bisschen schief stehen und im Winter umfallen. Auch wird sie Löcher haben für die Kinder zum Spielen und für Katzen und Hunde. Wenn du einen Soldaten an die Mauer stellst und befiehlst, er soll schießen, na gut, er wird schießen, in den weiten Himmel wird er schießen, aber niemals auf die eigenen Brüder. Einige sagen, auch in Polen sei das schon vorgekommen. Polnische Miliz soll auf polnische Brüder geschossen haben vor zehn Jahren in Danzig. Aber es ist nicht die Wahrheit. Nicht Polen haben geschossen, sondern Fremde, die polnische Uniformen trugen. Ein wahrer Pole kann nicht schießen auf Brüder. Wer schießt, ist kein Pole!«

Plötzlich fasste er sich an den Kopf. »Du kannst das kleine Fräulein nicht mitten in der Nacht allein fahren lassen! Sie wird einen Unfall haben bei dem Wetter und dem vielen Wasser. Du musst ihr nachfahren!«

Ingo Majewski fuhr tatsächlich nach Angerburg, weniger, um Irene einzuholen, als um die Stunden bis zur Morgendämmerung zu überbrücken, die doch keinen Schlaf zuließen. Unterwegs dachte er nicht an sie, sondern an den alten Kasimir, der den wahren und wirklichen Unterschied zwischen Polen und Deutschen gefunden zu haben glaubte. War das wirklich nur bei den Deutschen möglich, diese selbst errichtete Mauer, an der keine Woche verging, ohne dass Blut floss? Von eigener Hand querschnittgelähmt: 32 Eisenbahnlinien, 3 Autobahnen, 31 Reichsstraßen, 80 Landstraßen zweiter Ordnung und an die tausend Feldwege … einfach die Nerven durchschnitten und totgelegt. Ingo Majewski fragte sich, ob er einem Volk angehöre, das wie kein anderes die Gabe besaß, kalt und sachlich um einer Idee willen eine Unmenschlichkeit auf die andere zu häufen. Da klettert einer über den Zaun, ein Mensch, von einer Mutter geboren, mit Lachen und Weinen begabt wie du und ich. Wer nur eine Sekunde so denkt, kann es nicht mehr fertig bringen, dem Flüchtenden eine Kugel in den Rücken zu schießen. Wie hat man die Deutschen dahin gebracht, sich diese eine Sekunde abzugewöhnen? Wer hat sie dressiert wie Hunde, die glauben, einen guten Dienst zu tun, wenn sie das Böse vom Zaun herunterschießen? Mein Gott, Kasimir, mit deinen harmlosen Fragen bringst du alles in Unordnung.

Vor Angerburg lag ein Baum auf der Straße, eine von Großvaters Linden hatte das Zeitliche gesegnet, lag schräg zur Fahrbahn, sodass Ingo sie mühelos umfahren konnte. Er hätte viel darum gegeben, wenn ihm jemand nachgewiesen hätte, dass Kasimir im Unrecht war. Während er nachts durch Angerburg fuhr, suchte er Gegenbeispiele aus der Geschichte. So etwas musste anderen Völkern auch zugestoßen sein, aber ihm wollte nichts einfallen, weil Geschichte nie sein Fach gewesen war, und Irene … In ihrem Hotel brannte kein Licht mehr, aber sie war angekommen. Der Trabant mit dem Kennzeichen NX 74 – 53 stand auf dem Hotelparkplatz.

Gemächlich fuhr er durch Angerburg. Eine alte, traurige, leere Stadt, vom Gewitterregen reingewaschen. Zum alten Bahnhof, von dort zurück zum russischen Ehrenmal am Ortsausgang nach Lötzen, am Wegweiser Camping Rusalka wendete er. Wieder hinunter in die Stadt, hinaus Richtung Goldap und wieder zum Bahnhof. Die Laternen ohne Licht, auch die Häuser vom Licht vergessen; grau, nass und müde sahen sie aus. Noch nie hatte er sich so einsam gefühlt mitten in einer Stadt. In Kasimirs Herd wäre jetzt noch Glut. Und heißer Tee stünde auf der Herdplatte. Er sehnte sich nach Polninken, als wäre der alte Mann dort sein Vater, als wäre Ingo Majewski dort zu Hause. Aber du darfst nie wieder solche Fragen stellen, Kasimir, nie wieder!

Als er ausstieg, sah er sein Zelt im Garten, traurig und verlassen wie eine Ruine nach dem Sturm. In der Mitte hing es durch. Er blickte hinein. Da sah er ihre Bücher, den Stadtplan von Jena, das Necessaire mit Zahnputzzeug und Seife, ihre Decke und ein geblümtes Handtuch. Eine Wendung wie im Kino! Irene musste zurückkehren, spätestens morgen zum Zähneputzen.

Der neunte Tag

Schon Sonnenschein, aber das Wasser lief noch aus den Gärten, stand wie zur Schneeschmelze in den Gräben, ergoss sich in zahllosen Rinnsalen auf den Sommerweg, füllte den Teich, der mächtig Land genommen hatte in der Gewitternacht. Die Kinder, die gestern um Kaugummi gebettelt hatten, bauten Dämme auf der Straße, stauten das bräunliche Wasser, in dem früh gefallene Blätter, Strohhalme und Gänsefedern dem Teich zustrebten. Die neben der Schleuse liegenden Steine stanken nicht mehr nach Entenkot, das Wasser hatte sie überspült. Kasimirs Kahn, zur guten Hälfte gefüllt, wäre wohl untergegangen, wenn er nicht auf Grund gelegen hätte. Die Schwäne – Mutter voraus, vier graue Jungschwäne in der Mitte, Vater hinterher – kreuzten diagonal den Teich, hatten über Nacht ihr Reich um einige hundert Quadratmeter erweitert. Keine Spur von Blitzeinschlägen, keine angekohlten Bäume oder gebratenen Störche, nur Nässe. Die Sonne schien, als hinge in einer dampfvollen Waschküche eine Glühbirne. Noch tropfte es von Dachrinnen und Fenstersimsen, aus Kasimirs Regentonne schwappte das weiche, milde Wasser und versickerte im Garten. Jeder Luftzug verursachte im Park einen kleinen Regenschauer. Unreifes Obst war in Fülle gefallen und lag im Gras. Kasimirs Hühner ernteten auf dem Komposthaufen Regenwürmer, Kasimirs Gänse belagerten das unbewohnte Zelt, die Sonnenblumen lagen, von Wind und Regenlast geknickt, mit ihren leuchtenden Gesichtern auf der Erde. Neben den Bienenkörben war ein Pflaumenbaum niedergegangen, behängt mit einem Zentner halbreifer Früchte.

Ingo fand sich in seinem Auto wieder, zusammengekrümmt auf dem zurückgeklappten Beifahrersitz, immer noch mit nassen Füßen. Ein bisschen Kopfschmerzen. Kam wohl von dem Wodka oder von der Nässe oder dem zusammengekrümmten Liegen. Draußen, jenseits der Fensterscheibe, lief es wie im Film ab. Auf Breitleinwand bewegten sich, viel zu langsam, die Lebewesen des Dorfes, unter ihnen Kasimir, der sich der gefallenen Sonnenblumen annahm, sie an Stöcken aufrichtete, schiente und festband, auch einen Eimer Regenwasser holte, um die beschmutzten Gesichter zu reinigen.

Ingo nahm sich des Zeltes an, das nass war von innen und außen. Die Feuchtigkeit musste von unten durch den Boden gekommen sein. Er schleppte den feuchten Schlafsack ins Freie, hängte ihn über den Gartenzaun, zusammen mit Irenes Handtuch und der Wolldecke. Ihre Tasche mit den Zahnputzutensilien legte er neben die Pumpe.

Über ihm ein Flugzeug in großer Höhe. Als er hinaufschaute, schmerzte wieder der Schädel. Eine Maschine, die nach Nordosten flog, dem Gewitter nach. Vielleicht das Morgenflugzeug Warschau–Leningrad, wenn es so etwas überhaupt gab.

Ein schöner Morgen mit einer nun doch langsam wärmenden Sonne. Melancholisch lehnte er am Gartenzaun, achtete auf Decken, Handtücher und Schlafsack, weil Kasimirs Gänse einen Narren an dem zum Trocknen aufgehängten Bettzeug gefressen hatten. Ein schöner Morgen, aber diese Traurigkeit. So konnte es doch nicht zu Ende gehen! Einfach sagen, geh rein, sonst wirst du nass, und losfahren mitten im Gewitterregen!

Als Kasimir seine Sonnenblumen gerettet hatte, sammelte er Äste und warf sie auf einen Haufen.

»Bevor du nach Hause fährst, werden wir ein großes Feuer machen«, sagte er zu Ingo und bat ihn, den abgebrochenen Pflaumenbaum mit ihm zu zerlegen, denn der sollte auch ins Feuer.

»Morgen früh muss ich schon fahren, Kasimir.«

»Besser, du bleibst noch einen Tag, damit das Holz trocknen kann. Wenn wir heute Abend Abschiedsfeuer machen, gibt es zu viel Rauch.«

Mit einem Beil zerkleinerte Kasimir den Pflaumenbaum.

Ingo schleppte die Äste auf den Haufen, der als Abschiedsfeuer verbrennen sollte.

Sie waren noch bei der Arbeit, als Irene kam. Sie stieg aus, ließ die Tür des Trabant aber nicht los, hielt sich daran fest. Lieber Himmel, wie sah sie aus! Übernächtigt, nun ja, das war das Mindeste. Auch mit Kopfschmerzen von diesem scheußlichen Wodka. Und natürlich nicht gewaschen, nicht gekämmt, keine Zähne geputzt. Gleich wird sie sagen, ganz beiläufig wird sie es sagen, sie habe noch ein paar Sachen vergessen, die wolle sie abholen. Mehr nicht. Aber sie stand einfach an dem Auto, schien zu nichts mehr fähig zu sein, als sich an der Tür festzuhalten.

Ingo warf den Ast weg, den er zum Feuerhaufen tragen wollte, wischte die Hände an den Jeans ab und ging auf den grauen Trabant zu. Er legte die Hände auf ihre Schulter, wollte sie wegziehen von der dämlichen Wagentür, an der sie stand wie angekettet.

»Nicht doch«, flüsterte sie und entzog sich ihm, ließ einfach die Tür nicht los. »Es ist etwas Schlimmes passiert. Meine Gruppe ist abgereist, einfach verschwunden, ohne eine Nachricht zu hinterlassen.«

Jetzt erst gab sie die Autotür frei und ließ sich von ihm in den Arm nehmen.

»Das macht doch nichts, Irene! Lass sie ruhig fahren, Hauptsache, wir bleiben zusammen.«

Es schien sie getroffen zu haben, diese vorzeitige Abreise. Wegfahren, ohne eine Nachricht zu hinterlassen, darin liegt ein Vorwurf, das ist mehr als nur Gedankenlosigkeit. Etwas Ungewöhnliches musste geschehen sein.

Etwas Politisches vielleicht, eine bedrohliche internationale Verwicklung.

»Hast du nichts gehört im Radio, Kasimir?«

»Was soll Schlimmes passiert sein?«, lachte der alte Mann. »Gewitter war schlimm genug letzte Nacht.«

Ingo schaltete sein Autoradio ein. Lustige Musik aus den Karpaten. Keiner war gestorben. Kein Trauermarsch. Weder Chopin noch »Jeszcze Polska nie zginela«. Eigentlich war doch alles in Ordnung in der Welt, nur Kasimirs Sonnenblumen hatte es in den Dreck geworfen, und der Teich wäre beinahe übergelaufen.

Kasimir dachte, jetzt könne nur ein gutes Frühstück helfen. Man müsse sie beschäftigen, die jungen Leute, damit sie nicht so herumstehen und sich in die Traurigkeit hineindenken. Gebratene Eier, dazu schwarzen Kaffee, der die ›melancholia‹ aus den Ohren treibt. Beim Frühstück wird man sich unterhalten, was zu tun ist. Vielleicht das Gutshaus von innen ansehen, wie Kasimir versprochen hatte. Es sei ein schönes Haus, das schönste in Polninken, mit schwarzen Balken und auf die Wände gemalten Bildern, mit einer breiten Treppe hinauf in die oberen Räume und zum Turm, von dem es die beste Aussicht auf Polninken gebe. Das Haus müsse man gesehen haben.

Irene wollte nicht.

»Komm mit«, sagte Ingo. »Es ist doch das Haus, in dem deine Eltern gelebt haben.«

»Gerade deshalb«, sagte sie.

Sie kam dann doch mit. Kasimir voraus, sie beide hinterher, wie immer bei den Führungen in Polninken. Ingo wagte nicht, sie zu berühren. Es war wieder wie am ersten Tag. Einmal über Mauern gesprochen, und schon wuchsen Mauern. Nichts Heiteres wollte ihnen einfallen. Als ein Windstoß einen Tropfenregen verursachte, sagte er: »Einen Regenschirm hätten wir mitnehmen sollen.« Das war sein Beitrag zur Konversation an diesem Morgen.

Keine Witze wollten ihm einfallen. Der aus Iserlohn hatte pausenlos Witze erzählt, aber alle waren davongespült. Was geschieht, wenn der gesamte polnische Geheimdienst in die Sowjetunion deportiert wird? Ganz einfach, in Polen und in der Sowjetunion erhöht sich die Durchschnittsintelligenz der Bevölkerung.

Nein, das konnte er nicht erzählen, das passte nicht in diesen Morgen. Also schwieg er und dachte an den Mann aus Iserlohn, der längst schon auf dem Schiff nach Westen fuhr, der beteuert hatte, dieser Witz sei ihm von einem Polen erzählt worden, das sei ja das Besondere daran. Und der Pole habe ihm versichert, man könne einen solchen Witz sogar dem polnischen Geheimdienst erzählen. Der nähme ihn nicht übel, weil er ihn nicht verstehe.

Am Eiskeller vorbei. Kein Schild »Paradies«. Der Gewittersturm hatte es abgerissen, der Regen davongespült. Gestern diese Heiterkeit, als sie ihre letzte Zufluchtsstätte besuchten, heute diese Kühle im Vorbeigehen. Begann so allmählich ihre Trennung, die unvermeidliche?

Kasimir bestand darauf, ihnen vor Betreten des Gutshauses den modernen Schweinestall des Gutes vorzuführen. Seinesgleichen gebe es in der ganzen Woiwodschaft Olsztyn nicht. Allein das Futterfließband sei das reinste Wunder. Er drückte auf einen Knopf. Das schwarze Band begann zu laufen. Ein paar hundert Schweine sprangen auf und drängten zu den Trögen.

»Wir haben kluge Schweine!«, schrie Kasimir durch den Lärm. Als er das Fließband abschaltete, standen die klugen Schweine ein paar Minuten verstört vor den leeren Trögen, bevor sie sich wieder in den Schmutz legten.

Ob es in Deutschland auch so herrliche Maschinen gäbe? Mensch, Kasimir, was verstehen denn eine Lehrerin und ein Angestellter der Stadtverwaltung von Schweinezucht und Schweinefütterung? Kasimir war stolz auf das Futterfließband des Staatsgutes Wilkowa, stolz auch, weil er gerade Besuch aus Deutschland hatte und die Deutschen – man weiß es aus dem alten Sprichwort – den Affen erfunden haben und die vielen technischen Dinge, mit denen der Affe gern spielt.

Danach standen sie auf der Freitreppe zum Park hin. Kasimir erklärte, was da vorgegangen sei. Ein Stallbursche hatte jeden Morgen um neun Uhr das Pferd des Herrn von Sahrau zur Treppe bringen müssen. Dort sei er aufgestiegen, immer an derselben Stelle. Er habe gut ausgesehen auf dem Pferd, der Herr von Sahrau, ein stattlicher Mensch sei er gewesen, ein Offizier wie aus den Büchern. Einer wie der hätte durch Warschau reiten können oder Berlin, wohl auch über den Roten Platz in Moskau, so gut machte er sich auf dem Pferd.

Eine einsame Schreibmaschine schlug an, ratterte das Alphabet herunter. Klingelzeichen. Pause. Jemand schien bei offenem Fenster mit einem weit entfernten Teilnehmer zu telefonieren, vielleicht mit Warschau, mindestens aber mit Allenstein, denn er schrie so laut, wie man meint, es müsste sein bei sehr weiten Entfernungen.

In deutscher Zeit hatte Kasimir das Gutshaus nie betreten. Gefangene, die etwas zu bestellen oder abzugeben hatten, mussten die Glocke ziehen und vor der Tür warten. Die Herrschaften wollten keine ansteckenden Krankheiten bekommen, auch keine Läuse. Ja, in solchen Dingen waren die Deutschen eigen. Hatte ein Gefangener auf einem deutschen Stuhl gesessen, kam nachher die Frau mit Lappen und Seife, um das Holz abzuwischen. Auch Türdrücker wurden gewaschen, wenn die Gefangenen sie berührt hatten. Es war verboten, deutsche Kinder anzufassen und deutsche Frauen anzusehen. Alles wegen der Sauberkeit.

Zwei Frauen arbeiteten auch am Sonntag im Gutsbüro. Die eine suchte Buchstaben auf der Schreibmaschine, die andere telefonierte mit dem weit entfernten Teilnehmer. Sie nahmen keine Notiz von Kasimir und seinen Begleitern.

»An dieser Stelle hat gebrannt das Feuer in russischer Zeit, als Berlin eingenommen wurde von der Roten Armee.« Kasimir zeigte auf die Mitte der Terrasse.

»Die Soldaten haben Stühle aus dem Haus geholt, auch ein ziemlich gutes Sofa und daraus ein Freudenfeuer gemacht. Einer hat gespielt Balalaika, und alle haben Wodka getrunken und getanzt um das Feuer. Später hat man sich beklagt, weil es nicht genug Sitzgelegenheiten gegeben hat in der russischen Kommandantur. Kommandant Georgi hat seine Soldaten ausgeschickt, Stühle zu suchen. Man glaubt es nicht, aber der größte Mangel in russischer Zeit ist an Stühlen gewesen, weil die Rote Armee erst die Sitzgelegenheiten kaputtgeschlagen hat und dann Platz nehmen wollte.«

Als Kasimir das Haus betrat, ging eine Veränderung in ihm vor. Da steckte immer noch etwas drin aus der Zeit, als Gefangene nur bis zur Türglocke kamen. Oder lag es daran, dass es ein amtliches Gebäude war, vor dem eine polnische Fahne hing und in dessen Büro ein Bild des Parteivorsitzenden Gierek den Frauen bei der Arbeit zusah? Unten nur kahle Räume, kein Wandschmuck, kaum Mobiliar, noch immer mangelte es an Sitzgelegenheiten. Ein Transparent erinnerte an die Gründung der Volksrepublik Polen vor sechsunddreißig Jahren. Es hing über dem Eingang des Raumes, der ein Festsaal gewesen sein mochte, als es noch Anlässe gab, Feste zu feiern. Aus der Decke baumelten elektrische Kabel, teils isoliert, teils blanker Draht. Eine uralte Tapete verwandelte den Saal in ein Blumenmeer.

»Hier haben sich zugetragen die Feste in deutscher Zeit, das größte im Sommer ’40. Viele Menschen in Uniform sind in jenem Sommer nach Polninken gekommen; es gab mehr graue Uniformen als braune und gar keine schwarzen. Die Uniformierten haben auf der Terrasse getanzt mit weiß gekleideten Frauen, denn im Sommer ’40 war es erlaubt zu tanzen, zum letzten Mal in deutscher

Zeit. Was ist der Anlass?, haben die polnischen Gefangenen gefragt. Wisst ihr nicht, dass Frankreich gefallen ist, haben die Deutschen geantwortet. Erst ist Polen gefallen, dann ist Frankreich gefallen, es wird alles fallen in deutscher Zeit. Wirklich, so schön wie 1940 haben die Deutschen nie mehr gefeiert.«

Irene klopfte gegen den Türpfosten, betastete ihn wie jemand, der viel von Holz versteht und prüfen will, ob Würmer drinstecken oder Holzböcke. Die gespreizten Finger ihrer Hand glitten an den Wänden entlang, ihre Blicke suchten alte Zeichen und Abdrücke.

»Den Herrn von Sahrau hat Kasimir nur in Uniform gesehen. Der wird gestorben sein in Uniform, denn gestorben ist er gewiss wie die meisten hohen Herren aus deutscher Zeit. Niemand hat Näheres über ihn erfahren. Auch von der gnädigen Frau, die noch zu russischer Zeit in diesem Haus gelebt hat, weiß man wenig. Eine hübsche Frau ist sie gewesen, wie jeder sehen konnte schon aus der Ferne, wenn sie in der Kutsche gefahren ist. Auch eine kluge Frau, hat man gesagt. Sie soll studiert haben in Berlin, bevor sie hergekommen ist nach Ostpreußen in das kleine Dorf.«

Irene hielt sich abseits, schien nicht zuzuhören.

»Willst du doch lieber gehen?«, fragte Ingo.

Nein, jetzt sei sie hier, jetzt wolle sie auch bleiben. Wegen der Lücken. Es gäbe noch einiges, was sie nicht wisse.

In der Küche eine gewaltige Feuerstelle mit acht Herdlöchern. Eine verwaiste Küche, die so aussah, als sei hier seit Jahrzehnten nur schwarzer Kaffee für die Frauen im Büro gekocht worden. Ruß an den Wänden und ein Geruch von kaltem Rauch. In der Speisekammer stapelten sich die Akten der Gutsverwaltung. Ein Schild vor der Aktenkammer übersetzte Kasimir mit: Betreten verboten.

Eine Männerstimme brüllte ihnen nach. Kasimir rief zurück. Aus dem Büro kam noch lauter Antwort. In Barciany sei nachts der Blitz in einen Getreidespeicher gefahren, übersetzte Kasimir. Viel Korn aus der neuen Ernte sei verbrannt. Also werden die Polen im nächsten Winter noch ein bisschen mehr hungern müssen.

Rechts die Gesindestuben, unbewohnt und ungenutzt, einfach nur leere Räume.

»In jenem Sommer, als der Herr von Sahrau auf Urlaub kam und die Deutschen zum letzten Mal feierten, besuchte er den Kuhstall, in dem die polnischen Gefangenen arbeiteten. Er hatte immer eine kleine Reitpeitsche bei sich, mit der er auf seine Lederstiefel schlug. So konnte jeder hören, wenn der Herr kommt, und tüchtig arbeiten, damit es keinen Anlass gab zu schimpfen. Kasimir, hat er damals zu mir gesagt, bald haben die Deutschen den Krieg gewonnen, dann kannst du nach Hause zu deiner Matka. Es wird mir eine Freude sein, gnädiger Herr, habe ich geantwortet. Einen Sommer später kam er wieder in den Stall und hat geschlagen mit der Reitpeitsche auf das Leder, damit jeder ihn hören konnte. Kasimir, hat er gesagt, bald haben die Deutschen den Krieg gewonnen, dann kannst du nach Hause zu deiner Matka. Ich kann es kaum noch erwarten, gnädiger Herr, hat Kasimir geantwortet. Danach ist er lange nicht gekommen, nur einmal noch im letzten Sommer deutscher Zeit, als sie den Hitler umbringen wollten nicht weit von Polninken entfernt und russische Flugzeuge schon nachts zu Besuch kamen über den Wäldern. Ganz leise ist er in den Stall gekommen, hat nicht mehr geschlagen mit der Reitpeitsche auf das Leder, sondern stand auf einmal hinter mir. Kasimir, hat er gesagt, du kannst nun bald nach Hause zu deiner Matka.«

Kasimir wollte in den Keller. Da sei ein Schatz vergraben gewesen. Erst in polnischer Zeit habe man ihn gefunden. Die Polen haben die Wände abgeklopft. Als es hohl klang, haben sie die Steine aufgebrochen und Teller und Tassen herausgeholt, auch Schnapsgläser aus Kristall und viel Silber. Nein, in den Keller wollte sie nicht. Aber wo mögen die Schlafräume gewesen sein? Und die Kinderzimmer? Jedes Kind besaß ein eigenes Zimmer, gleich daneben die Schlafkammer des Kindermädchens. Kleine Kinder, wenn sie schlecht träumten, krochen nicht zur Mutter unter die Bettdecke, sondern zu ihrem Kindermädchen. Das Besuchszimmer durfte man im ersten Stock vermuten, denn Gäste sollten eine schöne Aussicht haben auf den Park, den Teich und das Dorf. Wo mag um die Weihnachtszeit der Tannenbaum gestanden haben? Draußen auf der Terrasse oder im Saal? Wie schrecklich hoch diese Räume! Höhe macht so kalt und leer und unwohnlich. Einem kleineren Zimmer fehlte das Fensterglas. Der Fußboden war feucht und schimmelig, es hatte durchs Fenster geregnet, und das nicht erst in der letzten Nacht.

»Hier hat gesessen der russische Kommandant Georgi, ein ziemlich schwarzer Mensch mit dunklem Haar und einem Schnauzbart. Er ist gekommen aus Armenien, um Kommandant zu sein in Polninken im Sommer nach dem Krieg. Vorher soll er General gewesen sein, aber aus Gründen, die niemand erfahren konnte, wurde er Major in Polninken. Auf seinem Schreibtisch lag immer eine Maschinenpistole. Sah er auf dem Teich einen Schwan oder Fischreiher, hat er das Fenster aufgerissen und geschossen, aber niemals getroffen, weil es zu weit war für eine Maschinenpistole. Einmal kam es vor, dass er keine Zeit fand, das Fenster zu öffnen. Also hat er geschossen durchs Glas. Seitdem ist frische Luft in der Stube.«

Die Fensterbank faulte, die Fußbodendielen waren morsch. Was mochte das für ein Raum gewesen sein? Das Arbeitszimmer des Herrn von Sahrau? Die Spinnstube fürs Gesinde? Oder eine Spielstube für die Kinder?

»Georgi war ein armenischer König in Polninken. Er hat geherrscht mit Peitsche und Maschinenpistole und konnte reiten so gut wie der Teufel. Auch liebte er das

Feuer. Er ritt gern zu den menschenleeren Dörfern in der Umgebung, und wenn er heimkehrte, brannte eine Scheune oder ein Stall; in russischer Zeit gab es viel zu brennen. Aber in Polninken machte Georgi niemals Feuer, weil es sein Dorf war. Georgi war ein guter Kommandant, der manchmal sogar Essen verteilte an die Deutschen und Polen.«

Ingo fragte, wo Kasimir sich aufgehalten hatte, als der Krieg nach Polninken kam.

»Im Wald. Du brauchst dich nicht zu verstecken, Kasimir, haben die Deutschen gesagt, als sie wegfuhren. Du wirst doch befreit, Kasimir, haben sie gesagt. Aber in Polen weiß jedes Kind, wie gefährlich es ist, befreit zu werden, vor allem wenn die Befreiung aus dem Osten kommt. Deshalb war es ratsam, im Wald zu bleiben, bis die Befreiung beendet war.«

Lachend zog Kasimir weiter, zeigte das Herrenzimmer, in dem Soldaten der Roten Armee deutsche Fahnen verbrannt hatten, weil es draußen regnete und nicht brennen wollte.

»In jener Ecke hat gestanden das Bett des Kommandanten Georgi, in dem er geschlafen hat rechts mit einer Frau und links mit einer Maschinenpistole, und niemand wusste zu sagen, was ihm lieber gewesen ist, der linke oder der rechte Arm.«

Irene war an dem Fenster geblieben, das der Kommandant Georgi vom Glas befreit hatte. Draußen ein warmer Morgen und der erträgliche Lärm eines Dorfes um die Kleinmittagszeit. Wie die Feuchtigkeit dampfend die Erde verließ! Schmetterlinge schwebten schon wieder über nassem Gebüsch. Wo überleben Schmetterlinge ein Unwetter wie das der letzten Nacht?

Ingo ging zu ihr ans glaslose Fenster. Ja, du hast Recht, Irene. Was gehen uns die uralten Geschichten an? Wir haben nur ein paar Stunden Zeit und vergeuden sie mit einem russischen Kommandanten, der es gern brennen sah, mit Soldaten, die Fahnen in Rauch verwandelten, und deutschen Festen im schönsten deutschen Sommer.

Aber es half nichts, sie saßen in einem rasenden Zug und konnten nicht aussteigen. Kasimir winkte. Kasimir wartete auf der Treppe zu den oberen Räumen und winkte ungeduldig. Nun kommt und seht euch diese breite, knarrende Holztreppe an, eine Treppe mit vielen fehlenden Sprossen im Geländer. Unschwer vorzustellen, dass ein Reiter diese Treppe nehmen konnte, wie das in alten Geschichten von betrunkenen Gutsherren und pensionierten Rittmeistern manchmal vorgekommen ist.

»Oben hat die gnädige Frau mit den Kindern gelebt. Das heißt, nachdem sie von der Flucht zurückgekehrt war, wohnte sie anfangs im Gärtnerhaus, das später abgebrannt ist aus Versehen. Aber es sind zu viele Soldaten zu ihr gekommen, um zu schlafen, weil sie eine junge Frau war und ziemlich schön. Man wird es euch aus Scham nicht erzählt haben, wie es zugegangen ist mit den Frauen im Krieg. Die Männer hat er getötet, aber die Frauen hat er sich genommen. Es ist vorgekommen, dass Soldatenautos auf der Chaussee gefahren sind, und wenn die Soldaten Rauch sahen, haben sie zu dem Fahrer gesagt: Halt an, wir wollen sehen, ob es in dem Haus Frauen gibt! Es war ein Unglück, dass es nur wenige Frauen gab in russischer Zeit, aber viele, viele Soldaten. Kein Wunder, dass die gnädige Frau fast krank geworden ist. Als sie es nicht mehr ertragen konnte, ist sie gegangen zum Kommandanten Georgi. Ich will für dich arbeiten, hat sie gesagt, ich will dir das Bett machen, die Stube fegen und das Essen kochen. Ich will alles tun, was du sagst, auch mit dir schlafen, wenn du willst, aber befiehl den Soldaten, dass sie nicht mehr kommen in der Nacht. Da hat sich der Kommandant Georgi sehr gewundert über die Frau und gab einen Befehl, sie zu schonen. Doch einer hat geglaubt, der Kommandant Georgi macht nur Spaß. Er ist trotzdem zu der Frau gegangen, und Georgi hat ihn getroffen, als er zurückkam von einem Ausritt über die Dörfer. Wo kommst du her?, hat Georgi gefragt. Ich war ein bisschen bei der deutschen Frau, hat der Soldat geantwortet.

So, du warst bei der deutschen Frau, hat Georgi gesagt. Es wird das letzte Mal gewesen sein, dass dir die Lust angekommen ist, zu einer Frau zu gehen.

Georgi hat seine Maschinenpistole genommen und auf den Soldaten geschossen wie auf die Schwäne im Teich. Da es aber sehr nahe war, hat er auch getroffen und Befehl gegeben, den toten Soldaten in den Eiskeller zu bringen. Noch heute liegt er da, die Knochen in der Uniform, und keiner mag in den Eiskeller gehen, weil der Geist des russischen Soldaten dort gefangen ist und der Geist des gewaltigen Georgi ihn ab und zu besucht. Nach Russland schrieb Georgi damals einen Brief, dass einer seiner Soldaten, ein gewisser Blechow, an der Front gefallen sei, leider, wie das so vorkommt im Krieg.«

Sie sah blass aus. Ihre Lippen zitterten. Sie hatte sich abgewandt und blickte aus dem Fenster zu dem grün umwucherten Erdhügel, der Paradies war und Grabstätte zugleich. Ingo nahm ihre Hand. Sie ließ es zu, schien seine Nähe gar nicht zu spüren. Kasimir, wieder einige Schritte voraus, hielt einen Vortrag über die praktische Nutzanwendung dieser Geschichte.

»Daran seht ihr, dass eine Frau haben muss *einen* Mann. Sonst kommen viele Männer, nehmen die Frau und lassen sie liegen. Damit niemand eine Frau nimmt nur zum Spaß und danach liegen lässt, auch wenn sie krank ist oder ein Kind bekommt, haben die Menschen erfunden in alten Zeiten die Familie mit einem Mann und einer Frau, damit die schwachen Frauen und Kinder etwas Schutz haben. In russischer Zeit haben viele Frauen sich genommen einen sowjetischen Offizier, weil sie Schutz brauchten. Auch polnische Frauen haben Offiziere gesucht, denn es ist den Polen nicht besser ergangen als den Deutschen, was nur wenige wissen und was auch nicht in den Büchern steht.«

Sie erreichten einen kleinen Raum, in dem ein Madonnenbild hing, arg verstaubt, in Spinngewebe gehüllt, eine verschleierte Madonna.

»In dieser Kammer sind die beiden Kinder gestorben«, erklärte Kasimir mit feierlicher Stimme. »Die gnädige Frau hatte sie mitgebracht von der Flucht. Das Mädchen war den ganzen Sommer über krank, weil eine Kugel im Bein steckte und eiterte. Solange die Frau mit dem Kommandanten Georgi gelebt hat, ist es den Kindern gut gegangen. Sie haben mit den Soldaten an einem Tisch gegessen und manchmal Zuckerstücke von ihnen bekommen. Aber eines Tages kamen sechs Mann der Geheimpolizei, um zu suchen deutsche Menschen für Arbeit in der Sowjetunion. Sie haben die Frau mitgenommen, weil sie noch jung war und gut arbeiten konnte. Kommandant Georgi ritt gerade mit seinem Pferd spazieren. Als er zurückkam, ging sie schon mit den fremden Soldaten auf der Chaussee nach Angerburg, um zu arbeiten in der Sowjetunion. Nachdem Georgi hörte, dass sie seine Frau geholt hatten, sprang er wieder aufs Pferd und ritt hinterher. Niemand hat bis dahin gesehen einen Menschen so reiten wie den Kommandanten Georgi. Es hat Feuer gegeben auf der Straße, so ist er geritten. Kurz vor Angerburg holte er sie ein.

He, Genossen, ihr könnt mir nicht meine Panienka wegnehmen!, rief er. Aber die Geheimpolizei hat nur gelacht und ihm einen Befehl des Genossen Stalin gezeigt. Alle Deutschen müssen kommen zur Arbeit in die Sowjetunion, stand auf dem Papier. Also musste Georgi die Frau gehen lassen, weil der große Stalin es so wollte. Ganz langsam ist er nach Polninken zurückgeritten. Er hat sich in die Stube gesetzt und allein eine Flasche Wodka ausgetrunken. Genosse Stalin, du hast mir meine Panienka genommen!, schrie er. Es gibt so viele Mädchen in Russland, warum willst du unbedingt meine Panienka? Georgi hat in jener Nacht mit der Maschinenpistole auf das Bild des Genossen Stalin geschossen, das vor dem Eingang zur Kommandantur hing. Er hat so lange geschossen, bis das Bild tot war und es keinen Genossen Stalin mehr gab in Polninken.

Die beiden Kinder sind geblieben in der Kommandantur. Georgi gab ihnen zu essen und jede Woche ein Stück Zucker. Sie spielten im Park und auf dem Anger, wie kleine Kinder so spielen, und Georgi hat immer gesagt: Wartet nur ab, eure Mutter kommt bald wieder. Ich habe an den Genossen Stalin geschrieben, der wird sie mir zurückgeben. Die Kinder verstanden ihn nicht, denn er konnte sich nur in russischer Sprache mit ihnen unterhalten, aber er hat es jeden Tag gesagt und selbst daran geglaubt, und endlich verstanden es auch die Kinder. Bald ist eine Nachricht gekommen, Georgi möchte bitte in die Stadt fahren, um die Frau abzuholen. Er hat eine Kutsche schön hergerichtet und zwei Pferde vorgespannt, um die Frau abzuholen, wie ein Bräutigam seine Braut abholt. Man hat ihn noch gesehen, als er abgefahren ist, ganz feierlich sah er aus, aber zurückgekehrt ist der Kommandant nicht mehr, und niemand weiß, was ihm zugestoßen ist unterwegs.«

»Was wurde aus den Kindern?«, fragte Ingo.

»Die russische Zeit ging bald zu Ende, die Soldaten zogen ab. Nun weiß jeder, dass Soldaten, wenn sie abziehen, wohl gern eine Frau mitnehmen, aber niemals Kinder. Was sollen sie mit Kindern? Die sind nur hinderlich bei der Arbeit, die Soldaten zu tun haben. Also blieben die beiden allein im Haus, in dem es kälter wurde und nass, denn als die russische Zeit zu Ende ging, war es schon Herbst. Das Mädchen hatte immer noch Eiter in seinem Bein und starb zuerst. Eine Woche später starb der Junge, weil niemand mehr da war, der ihm Essen gab und Zuckerstücke.«

Irene wieder mit rosa Taschentuch. Sie folgte nicht mehr. Teilnahmslos stand sie da, hielt sich an ihren eigenen Händen fest.

»Warum weint deine Prinzessin?«

»Weil die beiden Kinder ihre Geschwister waren und weil die Frau, von der du erzählt hast, ihre Mutter ist.«

Kasimir riss augenblicklich die Mütze vom Kopf, drehte sie verlegen in den Händen, murmelte unverständliche Worte in seinen Pilsudskibart. Feierlich schritt er auf sie zu, verneigte sich.

»Kasimir hat es nicht gewusst«, entschuldigte er sich leise.

So wie er dastand, war es ein Bild aus dem vorigen Jahrhundert. Kasimir glich einem Bittsteller, einem alten Diener, der seine Herrin anfleht, ihn nicht zu verstoßen.

»Kasimir hat gedacht, die Familie von Sahrau ist ausgestorben. Der Herr wird gefallen sein im Krieg, hat er gedacht. Die gnädige Frau wird gestorben sein in Russland wie die meisten, die man geholt hat zur Arbeit. Und die beiden Kinder, du hast es gehört, sind verhungert in der Ecke unter der verschleierten Madonna. Also ist nichts übrig geblieben von der großen Familie, hat Kasimir gedacht.«

Er griff nach ihrer Hand, beugte sich über sie, küsste den Handrücken. Auf einmal wieder diese unerträgliche Unterwürfigkeit. Als seien die alten Herren zurückgekehrt, und Kasimir müsse sich vor ihnen in den Staub werfen.

Wo war Kasimir eigentlich, als die Kinder verhungerten? Diese Frage fiel Ingo ein, als er den alten Mann in seiner devoten Haltung sah. Aber er sprach sie nicht aus. So etwas konnte man nicht fragen, nicht in diesem Augenblick. Früher hätte man eine Geschichte wie diese in die Heilige Schrift aufgenommen, denn sie war groß und furchtbar wie die Erzählungen des Alten Testaments. Heute wäre sie fast in Vergessenheit geraten, hätte sich der alte Kasimir nicht des Feuer liebenden Kommandanten Georgi aus russischer Zeit erinnert.

Irene weinte. Ingo nahm sie in den Arm.

»Diphtherie«, flüsterte sie. »Mir sagte sie, die Geschwister seien an Diphtherie gestorben.«

Auch Kasimir wollte sie trösten. Er bot ihr sein braunes Schnupftuch an, groß wie eine mittlere Tischdecke, um die Feuchtigkeit aus dem Gesicht zu wischen. So schlimme Zeiten werde es nie mehr geben, behauptete er. Die Menschen hätten gelernt, heute verstünden sie sich viel besser. Jene, die so furchtbare Geschichten angerichtet hätten, seien längst tot, der Kommandant Georgi zum Beispiel, der damals schon um die Fünfzig gewesen sein müsse, auch der Genosse Stalin und Adolf Hitler, alle längst tot.

»Aber meine Mutter lebt noch. Ich wohne mit ihr zusammen, aber sie hat mir nichts davon erzählt. Vom Lager Astrachan an der Wolga sprach sie oft, auch von dem Frauentransport, mit dem sie 1949 in die DDR kam. Aber den Sommer '45 hat sie aus ihrem Gedächtnis gestrichen, den gab es für sie nicht mehr.«

Und dann dieses Nachspiel: Im Jahre 1951 kommt der ehemalige Oberst der Deutschen Wehrmacht und ostpreußische Gutsbesitzer Rüdiger von Sahrau aus der Kriegsgefangenschaft. Er wird in den Westen entlassen. Als er erfährt, dass seine Frau in Jena lebt, siedelt er in die DDR über. Wie muss ihnen zumute gewesen sein, als sie sich gegenüberstanden am Jenaer Bahnhof! Zwei Kinder verhungert, das Gut im Osten verloren, die Frau drei Jahre in Astrachan, der Mann fünf Jahre in Tula. Auf einmal ist man sich wieder ganz nahe, die Frau inzwischen 38 Jahre alt, der Mann Mitte vierzig. Was blieb da noch zu tun? Zwei Jahre später wurde Irene geboren, drei Wochen zu früh wegen der Aufregung um den 17. Juni.

Der zehnte Tag

Kasimir im dunklen Anzug schon am frühen Morgen, dazu ein gestärktes weißes Hemd, ein grauer Hut, an den Füßen sonderbare Schnürstiefel, die eine Handbreit über die Knöchel reichten und von teergeschwärzten Bindfäden zusammengehalten wurden. Aus seiner Westentasche hing eine Silberkette, bildete einen Halbkreis auf seinem Bäuchlein. Am Ende der Kette eine Taschenuhr mit römischem Zifferblatt, eine Uhr aus Pilsudskis Zeiten oder noch älter.

Kasimir wollte Wodka kaufen. Das war der eine Grund, um nach Angerburg zu fahren, weil es ihr letzter Tag war, und abends für das Feuer, da brauchten sie einen Schluck aus der Flasche. Ingo klemmte sich auf den Rücksitz des Trabant, auf die Kinderbank, wie sie sagte. Von dort beobachtete er ihr Gesicht im Rückspiegel, sah jede Unregelmäßigkeit, das nervöse Zupfen an der Unterlippe, das fahrige Wischen, wenn eine Haarsträhne ins Auge fiel. Irene war anders als gestern und all die Tage.

Das war der zweite Grund, in die Stadt zu fahren: Ingo könnte vielleicht ein Polizeibüro aufsuchen, um zu fragen, ob sein Visum verlängert werde. Warum verlängern, Herr Majewski? Ich habe ein Mädchen aus der DDR kennen gelernt. Aber das ist kein Grund, ein Visum zu verlängern. Ein kaputtes Auto oder ein Todesfall müsste es schon sein, aber nicht ein Mädchen!

In der Vorstadt musste sie halten, weil ein Omnibus auf der Straße rangierte. Sie drehte sich um und sagte zu Ingo: »Ich werde morgen mit dir zurückfahren.«

Es verschlug ihm die Sprache. Er berührte ihre Schulter, wollte ihr etwas ins Ohr flüstern, aber es ging gerade weiter, sie musste fahren. Kasimir lachte: »Ja, ja, schon in der Heiligen Schrift steht, wo du hingehst, will ich auch gehen!«

Damit hatte sich der zweite Grund, nach Angerburg zu fahren, erledigt. Er konnte es kaum fassen, sie wollte mit ihm nach Hause fahren! Nicht richtig nach Hause, nicht nach Lübeck, aber wenigstens durch dieses weite, große Polen bis zur DDR-Grenze. Ein geschenkter Tag, ein Tag mehr mit Irene.

»Wenn du nach Hause kommst, musst du der gnädigen Frau einen Gruß bestellen von Kasimir Skupa. Sie wird sich gewiss nicht erinnern, weil die gnädige Frau die Gefangenen immer nur von weitem gesehen hat, aber du kannst sagen, du hast getroffen den polnischen Gefangenen, der einmal dem Klapperstorch das Bein verbunden hat. Es ist nämlich in deutscher Zeit ein junger Storch aus dem Nest gefallen. Die beiden Kinder im Gutshaus, die deine Geschwister gewesen sind, haben schrecklich geweint, aber Kasimir hat den Storch gesund gemacht.«

»Du sollst nicht immer gnädige Frau sagen, Kasimir. Sie ist nur meine Mutter.«

Er ließ ausrichten, sie solle doch, wenn es möglich sei und die Gesundheit eine so beschwerliche Reise zulasse, Polninken besuchen. Sie könnten viel sprechen über die alten Zeiten, über den kranken Storch und andere Erlebnisse.

Es gab noch einen dritten Grund, nach Angerburg zu fahren: Sie musste sich abmelden und ihr Gepäck aus dem Hotel holen. Ingo wäre gern ihr Kofferträger gewesen, aber sie ließ es nicht zu. Das müsse sie allein hinter sich bringen, erklärte sie. Vor dem Schnapsladen ließ sie Kasimir und Ingo aussteigen, fuhr danach weiter, um das Gepäck zu holen.

Kasimir in der Wodkaschlange. Er fiel richtig auf unter den sommerlich gekleideten Menschen, sah aus wie einer, der zur Beerdigung wollte, zuvor aber jenen Stoff beschaffen musste, der Beerdigungen erträglich macht.

Ingo bummelte stadteinwärts. Vor dem Postamt blieb er stehen. Sollte er Briefmarken kaufen? Er hatte an niemanden mehr zu schreiben, aber Schmeding vom Katasteramt würde sich freuen über ein paar Sondermarken. Der sammelte doch Polen und den ganzen Ostblock. Als er vor dem Postamt stand, wurde ihm klar, dass sie in zwei Autos fahren mussten. Nebeneinander sitzen, vor rot leuchtenden Ampeln einen Kuss geben oder die Hand streicheln, das war unmöglich. Ein seltenes Bild: Ein DDR-Trabant und ein BRD-Volkswagen fahren einträchtig nebeneinander durch das weite Polen, und jeder vermag zu erkennen, dass die beiden zusammengehören.

Hinter dem Postamt eine Lody-Bude. Auch da eine Schlange, aber kürzer als vor dem Wodkaladen. Drei Portionen Eis kaufte er, rosa Zeug wie die Haut eines Säuglings. Eine Tüte brachte er dem Schlange stehenden Kasimir, der inzwischen den Eingang des Schnapsladens erreicht hatte, es jedoch ablehnte, Eis zu essen. Das sei nur für Kinder. Da auch Irene nicht kam, saß er da mit drei Portionen, die zu kleckern anfingen in der Wärme. Er verschlang das rosa Zeug, kühlte sich reichlich von innen und ging anschließend ins Postamt, um Sondermarken zu kaufen.

So viel polnisches Geld! Schmeding hatte schon Recht, es war fast nicht möglich, das Geld auszugeben. Was kaufenswert sei, gäbe es nur gegen Devisen, hatte Schmeding gesagt. Was könnte er der Mutter mitbringen? Worüber würde sie sich freuen? Über einen Ziegel vom Dach des Hauses, über eine Tüte Erde aus ihrem Blumengarten? Aber das kostete nichts, würde ihn nicht von den vielen Złotys befreien. Kasimir das Geld schenken? Der würde geldlichen Lohn für seine Gastfreundschaft als eine furchtbare Kränkung empfinden. Ingo zählte, auf der Straße stehend, die Scheine, machte sich Gedanken, ob er das Zeug wohl in die Weichsel werfen müsse, um es mit toten Pferden und Eisschollen und dem ganzen Unrat

Polens stromabwärts treiben zu lassen, da bog der graue Trabant in die Hauptstraße, fuhr langsam am Schnapsladen vorbei Richtung Postamt. Er sprang auf die Fahrbahn und winkte. Sie hielt an.

Etwas zu spät gekommen, die drei Portionen Eis waren aufgegessen. Ingo stellte sich erneut an, kaufte eine große Portion für sie, eine kleine für sich. Danach lehnten sie am Auto, das schon wieder Wärme abstrahlte, und fütterten sich gegenseitig.

»Wann wollen wir morgen abfahren?«, fragte er.

»Wann du willst.«

»Ich freue mich, dass du mitkommst.«

»Was soll ich denn hier allein ohne dich?«

Eine Frau sprach Ingo an, ob er Geld tauschen wolle. Für eine Mark West bot sie fünfzig Złoty. Nein, er hatte Złoty genug.

»Woher weiß die, dass ich aus dem Westen komme? Wir stehen an einem DDR-Auto mit DDR-Nummer, aber sie spricht mich an, um westliches Geld zu tauschen.«

»Die aus dem Westen sehen alle so verwahrlost aus«, lachte Irene. »Sie erkennt dich an deinen ausgefransten Jeans.«

Natürlich lag es nicht an der Kleidung. Du kannst, nur mit einer Badehose am Leib, durch eine polnische Stadt gehen, und sie werden erkennen, ob du aus Deutschland West oder Deutschland Ost kommst. Es musste da etwas geben, das die Menschen unterschied, ohne dass sie sich dessen bewusst waren. Was sagen denn die Herren Verhaltensforscher zu dem Phänomen? Ein Volk wird getrennt, und nach fünfunddreißig Jahren gehen die Menschen anders, sprechen sie anders, denken sie anders, unterscheiden sich an der Art, wie sie die Straße überqueren und ein Schaufenster anschauen.

Plötzlich fiel Ingos Eis auf das Pflaster. Ein paar Kinder versammelten sich um den rosa Fleck. Ein Junge rührte mit dem Finger in dem Brei, lutschte ihn anschließend ab.

Wäre das nicht eine Gelegenheit, etwas von dem vielen Geld loszuwerden? Ingo schenkte den Kindern alle Münzen, die er in der Tasche hatte. Sie liefen zur Lody-Bude, schickten andere Kinder, um mehr Geld zu holen. Lachend hielten sie die Hände auf. Nun mussten auch schon Scheine her. Die Schlange vor der Lody-Bude wuchs, war inzwischen länger als die Wodkaschlange. Und ein Lärm wie auf dem Jahrmarkt. Bald wird die Miliz kommen. Auf einmal fiel der Vorhang, eine nackte Hand erschien, hängte ein Schild raus – ausverkauft wird das wohl heißen –, zog hastig eine Gardine zu. Enttäuscht liefen die Kinder auseinander. Die vorn standen, harrten noch etwas aus, denn es könnte ja sein, dass die Lody-Bude wieder öffnete, in einer Stunde vielleicht oder am späten Nachmittag, dann wären sie die Ersten. Eine dicke Frau verließ die Bude, schloss hinter sich ab, schimpfte mit den Kindern. So viel Eis essen sei nicht gesund, wird sie wohl gesagt haben. Außerdem dürfe man nicht fremde Leute anbetteln.

In diesem Augenblick kam Kasimir. In großer Eile überquerte er die Straße, den Hut in der Hand, im Arm zwei in Zeitungspapier gewickelte Wodkaflaschen. Er überfiel sie mit einem Wortschwall, redete polnisch auf sie ein, merkte erst an ihren verdutzten Gesichtern, dass sie nicht verstanden, wiederholte noch einmal in Deutsch ... Also in Danzig arbeiten die Hafenarbeiter nicht mehr ... Babiuch habe mit ihnen gesprochen, aber sie wollten nicht arbeiten ... Gierek sei von der Krim zurückgekehrt, um Ordnung zu machen ... Wenn du nicht Ordnung schaffst, Genosse Gierek, werden wir kommen und dir helfen bei der Ordnung ... Wilna sei voller Soldaten, so viel Soldaten habe man dort nicht gesehen seit dem Zweiten Weltkrieg ... Ein Lastwagenfahrer sei gekommen von Kaliningrad hinter der Grenze ... Und jeden Abend stiegen rote Kugeln in den Himmel, viele rote Kugeln ...

Das sprudelte nur so aus ihm heraus. Aufgeregt zeigte

Kasimir die Straße entlang, die, wenn man weiterdachte durch die Luft, zur Grenze führen musste. Er prüfte auch den Himmel, ob da womöglich rote Kugeln zu erkennen seien oder gar schon Flugzeuge. Man kann doch nie wissen, auf einmal ist die Grenze keine Grenze mehr. Kasimir ließ sie stehen, rannte auf die andere Straßenseite, um einen fremden Menschen, der da spazieren ging, etwas zu fragen. Am Kiosk kaufte er »Zychie Warszawy«, las ihnen die Überschriften vor, und das wieder nur in Polnisch. Schließlich drängte er sie ins Auto.

»Ihr müsst fahren, schnell fahren! In Deutschland seid ihr sicher, aber in Polen, man kann nie wissen. Die Grenze ist so nah, und die vielen roten Kugeln. Wir werden keine Feier machen heute Abend, weil ihr schnell weg müsst!«

Unterwegs wickelte Kasimir eine seiner Flaschen aus, drehte den Schraubverschluss ab und goss ihn voll. Ingo musste trinken, danach trank Kasimir. Irene blieb verschont, weil sie am Steuer saß.

»In einem Jahr, wenn es wieder friedlich ist in Polen, müsst ihr wiederkommen. Wenn in Masuren Sommer ist und die Bienen Honig ernten, ist die beste Zeit, Kasimir zu besuchen. Kasimir wird auf euch warten, nächsten Sommer.«

Ingo musste auf dem Rücksitz den Platz mit Irenes Gepäck teilen. Er schaute durch die Heckscheibe ins pralle Laubdach, das keinen Himmel freigab, auch keinen Blick auf rote Leuchtkugeln. Mensch, Kasimir, warum bist du nur so aufgeregt! Was haben sie dir Schlimmes erzählt in der Wodkaschlange? Ein schwerer Stein war in ein gläsernes Gewächshaus gefallen, dem alten Mann direkt vor die Füße. Kasimir lebte noch nach Art der Alten mit den Tageszeiten und Jahreszeiten. Seine Sorge galt dem Wetter, den Haustieren, den schon wieder schwärmenden Bienen, der Garten machte ihm zu schaffen, mehr noch das Unkraut und die beim Unwetter gestürzten Sonnenblumen, die Fische im Teich und ihre Räuber, die Fischreiher. Und plötzlich die vielen Soldaten in Wilna, die geschlossene Stadt Danzig, die geheimnisvollen Leuchtkugeln über der Grenze. Eine Tür springt auf, und herein kommt die kalte, unheimliche Luft der Grenze.

Kasimir schlug einen Umweg vor. Er wollte sie sehen, die Grenze zwischen Polen und der Sowjetunion, wollte sich selbst überzeugen von ihrem Zustand. Es sei ja gar nicht weit, ein Stück nur von Angerburg nordwärts.

Irene zögerte, aber dann fuhr sie doch los. Je näher sie der Grenze kamen, desto öder wurde die Umgebung. Keine bestellten Felder mehr, nur Buschwerk. Gern sah man sie nicht an der Grenze, die Deutschen aus der Bundesrepublik und die aus der DDR. Die fuhren mit ihren Autos so respektlos nahe heran, kletterten sogar in die Bäume, um hinüberzublicken zu den Dörfern, in denen sie gelebt hatten in deutscher Zeit. Eine Chaussee ohne Verkehr. Nicht einmal Pferdefuhrwerke, Traktoren oder Mähdrescher trafen sie, die wenigen Häuser an der Straße unbewohnt. Ein uniformierter Motorradfahrer überholte sie und winkte sie rechts ran.

»Granica! Granica!«, rief er.

Kasimir sprach mit ihm, bot ihm einen Schluck aus der Flasche, aber der Uniformierte lehnte schroff ab. Er stellte sein Motorrad an einen Chausseebaum, setzte sich quer drauf, steckte eine Zigarette an und sah ihnen nach, wie sie zur Grenze fuhren.

»Er hat Angst, es könnte Ärger geben mit unseren Freunden auf der anderen Seite, wenn wir zu nahe heranfahren.«

»Ich denke, das ist eine Grenze der Freundschaft zwischen sozialistischen Bruderländern«, sagte Ingo.

»Ja, Freundschaft für Füchse und Hasen!«

Eine sonderbare Grenze war es schon, diese Grenze zwischen Freunden. Auf der einen Seite Slawen, auf der anderen Seite Slawen, aber sie sprechen kaum miteinander, lassen trostloses Niemandsland zwischen sich wachsen. Auf der einen Seite Sozialisten, auf der anderen Seite Sozialisten, aber in der Dunkelheit gehen sie sich aus dem Wege. Sie machen Revolutionen und veranstalten große Feiern zur Völkerfreundschaft, hängen überall Transparente aus, dass die Menschen Brüder sind, aber einsame Pilzsammler trauen sich nicht in die Nähe ihrer Grenzen.

Der Trabant rollte aus. Hinter der Biegung verschwand die Straße im hohen Gras, abgeschirmt von spanischen Reitern.

Eine unterbrochene Baumallee, auf fünfhundert Meter Länge die Bäume zu Feuerholz geschlagen, um freies Schussfeld zu bekommen. Kein Asphalt, nur Pflastersteine, dazwischen Wegerich und längst verblühter Löwenzahn, eine beklemmend stille Grenze. Wachttürme im hohen Gestrüpp, keine Wegweiser, keine Posten, nur flimmernde Hitze bis zur Grenze und über die Grenze hinaus. Auch fehlte jede Betriebsamkeit, die Grenzen sonst eigen ist. Ein gutes Stück entfernt, schon auf der anderen Seite, stand ein Fahrzeug quer auf der Straße als Hindernis.

Kasimir schien erleichtert. Es gab nichts Beunruhigendes, die Grenze war so lautlos und verlassen, wie er sie seit fünfunddreißig Jahren kannte. Die Straße zur Grenze, die mehr und mehr vom Unkraut überzogen wurde, der kleine Grenzverkehr für Krähen, die in den Bäumen der Allee hausten und, wie es ihnen gerade gefiel, einmal in der Sowjetunion nisteten, dann wieder in Polen. Einen langen Tag kannst du hier stehen und warten. Es kommt niemand, und es geht niemand.

»Nur einmal im Jahr wird es lustig. Am Tag der sowjetisch-polnischen Freundschaft treffen sich die Grenzsoldaten, trinken eine Flasche Wodka leer und gehen wieder auseinander, um zu warten auf die nächste sowjetisch-polnische Freundschaft.«

Ingo dachte, dass drüben irgendwo das Dorf sein musste, in dem seine Mutter geboren war. Das war wohl untergegangen wie das sagenhafte Atlantis, wie Vineta oder Rungholt. Ohne Glockengeläut. Einfach überwucherte Ruinen. Auf dieser Straße sind die Bauern aus Mutters Geburtsort zum Markt nach Angerburg gefahren, und von Königsberg radelten hier Radfahrer in die masurische Sommerfrische.

Auf Irenes Wunsch kehrten sie um. Als der Trabant wendete, flogen ein paar aufgeschreckte Krähen von Polen nach Russland. Der Motorradfahrer saß noch am Straßenrand. Er hob lässig die Hand, als sie vorbeifuhren, war wohl erleichtert, weil sie die Grenze unversehrt gelassen hatten.

Bis Polninken sprach niemand. Vor dem Dorf sagte Irene plötzlich: »Was ist denn mit den Störchen los?«

Sie standen in ihren schwarz-weißen Röcken auf dem Stoppelfeld am Friedhof, eine regelrechte Storchenversammlung. Und immer noch kamen Störche über die Baumallee gesegelt, ließen sich auf dem Acker nieder, begrüßten einander mit erhobenen Schnäbeln, übten sich im Flügelschlagen, spazierten würdevoll auf und ab. Kasimir meinte, so zeitig im August hätten sich die Störche noch nie versammelt. Es werde wohl früh Winter geben oder ein Unglück oder beides. Störche spürten so etwas. 1945 seien überhaupt keine Störche nach Polninken gekommen und 1946 nur zwei Paare.

Achtunddreißig Störche auf dem Acker. Während das Auto von der Chaussee abbog, schwebten neununddreißig, vierzig und einundvierzig ohne Flügelschlag ein.

»Das sind Störche aus Russland, aus der Gegend von Tschernakowsk und Gusew«, meinte Kasimir. »Sie ruhen sich aus, bevor sie weiterfliegen. Die polnischen Störche fliegen ein paar Tage später. So ist es immer gewesen in allen Jahren: Russische Störche und polnische Störche fliegen nicht gemeinsam in den Süden.«

Kasimir ging zu Borek, um Radio zu hören, aber der kleine Apparat spielte nur pausenlos Musik. Im Gutsbüro besaßen sie ein sowjetisches Gerät, das bekannt war für seinen starken Kurzwellenbereich. Sogar London in polnischer Sprache kam darin vor. Als er zurückkehrte, schien Kasimir gelassener zu sein. Es sei nicht so schlimm, habe BBC London gesagt. In Danzig spreche man freundschaftlich miteinander und esse sogar zusammen Mittag. Vor allem: Es habe noch kein Blutvergießen gegeben.

Das aber, das Blutvergießen, besorgte Kasimir. Er trieb seine Gänseschar in die äußerste Gartenecke, griff sich ein stattliches Tier und schleppte den flügelschlagenden Braten in den Holzschuppen. Nach kurzer Zeit tauchte er auf, die abgestochene Gans triumphierend an den Beinen haltend. Er hängte den toten Vogel an die Schuppentür, der Hals wurde lang und länger, und die roten Tropfen fielen ins Gras.

Irene und Ingo saßen auf der Treppe, während Kasimir Gänsebraten zubereitete. Die Gans war für die Abschiedsfeier am Lagerfeuer bestimmt, denn bei solchen Anlässen genügte Wodka allein nicht, es musste auch etwas Essbares dazukommen. Was übrig bleiben würde von der Gans, wollte er ihnen mitgeben für die Reise, denn es sei ja ein langer Weg, und gut essen müsse man mindestens.

»Wer weiß, wie lange es noch polnische Gänse gibt. Vielleicht zieht man allen polnischen Gänsen die Hälse so lang wie der da an der Schuppentür.«

Kasimir entfaltete eine gewaltige Betriebsamkeit. Er schleppte Wasser in die Küche, gab Feuer in den Herd, ließ weiße Rauchzeichen aus seinem Schornstein kringeln. Hilfe lehnte er ab. Sie müssten ausruhen, denn sie hätten eine weite Strecke vor sich. Brühen, rupfen, abbrennen, ausnehmen, die Gans in handliche Teile zerlegen, Kasimir besorgte alles bei geöffnetem Fenster in seiner Küche. Die Innereien trug er zum Misthaufen, vergrub sie so tief, dass die Hühner sie nicht ausbuddeln konnten.

Irene fragte, ob Ingo Schadenfreude empfinde.

»Warum Schadenfreude?«

»Na, wegen der Unruhen in Danzig.«

Sie sagte Unruhen und nicht Streiks. Er wollte sie berichtigen, ließ es aber bleiben, um nicht wieder Streit anzufangen.

»Was soll denn durch Nicht-Arbeiten besser werden?«

Wieder vermied sie das Wort Streik.

»Nicht-Arbeiten für eine bessere Lebensmittelversorgung ist ein Widerspruch in sich. Mehr-Arbeiten wäre richtiger.«

Das sagte sie mit geschlossenen Augen, auf der Treppe sitzend, mit dem Rücken zur Wand.

»Wie soll es eigentlich mit uns weitergehen?«, fragte er.

Ohne die Augen zu öffnen, sagte sie: »Morgen sind wir noch einen ganzen Tag zusammen.«

»Und was ist übermorgen?«

»Muss es denn weitergehen?«

Ihm fielen hundert Antworten ein, die auf diese Frage gegeben worden waren, seitdem Menschen Zuneigung füreinander empfunden hatten. Aber er brachte kein Wort über die Lippen. Er wusste nur, dass er verdammt traurig sein würde, wenn es nicht weiterginge, aber er konnte das nicht aussprechen. Er pustete ihr ins Gesicht und dachte, dass sie das vielleicht verstehen würde. Da öffnete sie die Augen.

Es wurde Zeit, sich von Polninken zu verabschieden. Die Kinder kamen vom Baden. Die Schatten der Parkbäume bedeckten wieder den halben Anger. Der Rauch aus Kasimirs Schornstein fiel auf die Dorfstraße, von dort auf das Wasser, wo er riechbar und sichtbar liegen blieb.

Irene packte ihre Habseligkeiten, sie breitete Blusen und Röcke auf dem Brunnen aus, faltete sie, verstaute sie in ihrem Koffer. Ingo saß auf der Treppe und sah ihr zu, sah Socken, Taschentücher und einen einteiligen Badeanzug, made in DDR, im Auto verschwinden. Immer wieder strich sie ihr Haar zurück, das ins Gesicht zu fallen drohte. Hin und wieder blickte sie lächelnd zur Treppe.

Er stellte sich Irene in Benidorm vor. Passte nicht. Oder am Strand von Travemünde, wenn die weißen Fährschiffe ein- oder ausliefen. Auch dort kam sie ihm fremd vor. Abendspaziergang an der Wakenitz? Weiß der Himmel, ob das jemals stattfinden würde! Er erschrak, als ihm einfiel, dass es vielleicht, nun ja und möglicherweise, nur einen Ort gab, an dem sie zusammenkommen durften, nur in diesem Polninken und sonst nirgends, nicht in Jena oder Lübeck, von Benidorm ganz zu schweigen. Ihre ganze Zuneigung an ein masurisches Dorf gebunden! Sie würde sich verflüchtigen, sobald sie Polninken verlassen hatten.

Vor ihnen reisten die Störche ab. Lange genug hatten sie sich auf dem Stoppelfeld ausgeruht. Nun kamen sie im Tiefflug über den Teich, wanden sich in Spiralen aufwärts, um Flughöhe zu erreichen. Oben formierten sie sich, wurden zu unscheinbaren Punkten am blassen Himmel, die abdrehten in Richtung Nachmittagssonne.

»Nun sind auch die Störche weg«, sagte sie.

Halb sieben, Kasimirs Gänsebraten duftete schon.

»Wo werden wir morgen um diese Zeit sein?«, fragte Ingo.

»Pommern«, antwortete sie. »Vielleicht auch schon an der Grenze.«

»Wie heißt Pommern eigentlich auf Polnisch?«

»Pomorskie.«

»In letzter Zeit sprechen wir nur die alten deutschen Namen, anfangs nur Wilkowa, jetzt nur Polninken.«

»Das ist Kasimirs Schuld«, behauptete sie.

Irene pflückte Gänseblümchen, Hahnenfuß und Wiesenschaumkraut, vor allem aber Gänseblümchen. Ihre

Mutter sammelte gepresste Blumen, besaß schon ein dickes Album, aber keine einzige Blume darin kam aus Polninken.

Wohin mit den Blumen? Sie legte sie ins Lesebuch für die Unterstufe zum »Gedicht gegen die Unordnung in Schränken und anderswo«:

»Schließlich muss man vor allen Dingen
auf Ordnung dringen
und alle Sachen, die sich entfernen,
wieder an ihre Plätze bringen,
bis sie es lernen.«

Ging es da wirklich nur um die Unordnung in Schränken und nur um Sachen, die sich entfernen wollten?

Sie legte das Buch auf den Rücksitz unter den Koffer, damit es Gewicht gab und gut presste.

»Warum bist du eigentlich nach Polninken gekommen?«, fragte er, als sie mit ihrer Packerei fertig war.

»Ich war neugierig. Ich wollte sehen, woher meine Eltern kommen. Die Mutter hat viel erzählt über den Osten, aber ich hatte immer das Gefühl, es seien wohldosierte, abgewogene Berichte, die einen letzten unerzählbaren Rest verbargen. Also bin ich hingefahren, um selbst zu sehen … und zufällig treffe ich dich!«

»Das war kein Zufall, Irene. Jemand hat uns auf eine eingleisige Bahnstrecke gesetzt, der genau wusste, dass die beiden Züge hier zusammentreffen mussten.«

»Das ist doch Aberglaube!«, lachte sie. »Was sagt denn dein jemand zu morgen und übermorgen? Wohin lässt er unsere Züge fahren?«

»Er sagt, dass morgen mein verdammtes Visum abläuft.«

Ingo zog den Reisepass aus der Tasche, tippte auf die Seite mit dem polnischen Visum.

»Wir empfinden diese Ungeheuerlichkeit gar nicht

mehr. Ein kleiner Stempel bestimmt, wohin wir zu gehen haben, wie lange wir bleiben dürfen, ob wir zurückkehren können oder nicht. Wir haben ihm zu gehorchen und gehorchen gern.«

Abreisen aus Polninken, das kam ihm so vor wie im strengen Winter aus der warmen Stube nach draußen treten. Aber Irene lachte ihn aus.

»Lange würden wir es doch nicht aushalten in unserem masurischen Paradies. Keine Zeitung, kein Fernsehen, nur Sonnenaufgänge und Sonnenuntergänge. In sechs Wochen geht es los mit dem Herbstregen. Zelten im Oktober, na, ich weiß nicht, da vergeht jede Romantik. Danach friert der Teich zu. Bald bleiben die Autos auf der Chaussee im Schnee stecken. Kasimirs Gartenpumpe vereist, zum Kaffeekochen müssten wir Schnee auftauen. Für diese Art von Paradies sind wir doch längst verdorben.«

Sie fragte nach seinem Geburtstag. »November«, sagte er.

Sie versprach, nach Lübeck zu schreiben, spätestens im November. Er sagte, er werde versuchen, vorher nach Jena zu kommen. Sie hätte doch sicher Herbstferien und Zeit für ihn. Herbsturlaub im Thüringer Wald, wie wäre es denn damit?

Ja, Herbstferien gebe es schon, aber sie wisse nicht, ob sie sich treffen dürften. Als Lehrerin sei das etwas problematisch. Erst werde sie schreiben, das aber ganz bestimmt.

Wildenten kamen paarweise aus dem Abendlicht und wasserten geräuschvoll auf dem Teich. Ach ja, das war die Jahreszeit für die Entenjagd. Früher kamen immer im August die Gutsbesitzer aus der Umgebung nach Polninken, um Enten zu schießen. Mit ihren Jagdhunden umzingelten sie den Teich, versteckten sich im Weidengestrüpp und warteten auf die Enten, die in der Abenddämmerung den Polninker Dorfteich anflogen. Es gab immer eine ziemliche Knallerei an den Augustabenden. Schrotkörner prasselten auf die Ziegeldächer, gegen die Fensterscheiben und in die Fliederbüsche. Hunde platschten durchs Wasser, um die abgestürzten Enten zu suchen. Die Damen der Entenjäger saßen derweil bei Keksen und Rotwein auf der Terrasse des Gutshauses. Es soll vorgekommen sein, dass Schrotkörner in gefüllte Weingläser einschlugen und darin kleine Fontänen aufwarfen. Rotweinflecken auf weißen Tischdecken. Einmal kullerte eine kleine schwarze Schrotkugel ins Dekolleté einer Dame, lieferte Gesprächsstoff für lange, lange Winterabende.

Über Polninken die Linienmaschine Warschau–Leningrad, diesmal auf dem Rückflug. Sieh mal, sagte der Pilot zu der Stewardess an seiner Seite, da unten sitzt ein Liebespaar auf der Treppe, Rücken an Rücken. Und das Mädchen ist ganz weiß.

Ein Motorrad bog knatternd von der Chaussee, fuhr schon mit aufgeblendeten Scheinwerfern ins Dorf, hielt an der Schleuse, tuckerte im Leerlauf, vergeudete fünf Minuten lang Benzin, bis es weiterfuhr zum Gutsbüro.

Eine alte Frau kam zu Kasimir, um sich eine Hand voll Salz zu borgen. Als sie gegangen war, setzte sich Kasimir zu ihnen auf die Treppe und erzählte, dass die Frau in Grodno geboren sei. Das liege jetzt in der Sowjetunion. Vor fünfunddreißig Jahren sei sie eine junge Frau gewesen. Mit zwei Kindern an der Hand und einem Rucksack auf dem Rücken sei sie in Polninken angekommen. Wie viele andere im Dorf.

»Der Angler unten im Schilf, das ist der alte Sdunnek. Der ist in Lemberg zur Schule gegangen, was in heutiger Zeit so viel heißt wie Lwow und in der Sowjetunion liegt. Viele, die jetzt in Polninken leben, hat man geschickt aus der Ukraine, aus Litauen oder Weißrussland. An die zwei Millionen Polen, so sagt man, sind nach Westen gekommen, nicht weil sie es gern wollten, sondern weil man sie geschickt hat. Aber wie hat man sie geschickt? Erst Jahre später haben sie erzählt, wie das zugegangen ist. Soldaten sind ins Haus gekommen und haben gesagt: Bist du Russe? Wenn ja, komm mit nach Russland, wir werden dir zeigen, wo du zu arbeiten hast. Oder bist du Pole? Wenn ja, werden wir dich nach Polen bringen, wo du hingehörst zu deinen Leuten. In Polen haben die Deutschen große Höfe verlassen, du kannst dir einen davon aussuchen. Mehr Auswahl gab es nicht. Entweder nach Osten fahren oder nach Westen, auf alle Fälle aber fahren. Aber weil alle Polen von Geburt her wissen, dass ein Mensch nach Osten nur einmal im Leben reist, sind die meisten nach Westen gekommen. Zwei Stunden hat man ihnen gegeben, um einzupacken. Kühe und Hühner wird man doch wohl mitnehmen dürfen? Aber wo denkt ihr hin! Die Eisenbahn ist nicht für Kühe und Hühner. Wir haben euch einen schönen Zug besorgt, und nun wollt ihr da drin Schweinerei machen mit euren Haustieren! Sie haben geweint, wie es vorkommt, wenn Menschen ihr Haus verlassen müssen. Sie sind so traurig angekommen, wie die Deutschen traurig abgezogen waren. Als der Zug in Angerburg hielt, haben sie tote Säuglinge ausgeladen und begraben. Auf ihren Kisten und Körben haben sie gesessen eine Nacht und einen Tag neben dem Bahnhof, bis ein Offizier sie auf die Dörfer geschickt hat. Nehmt euch, was ihr wollt, hat er gesagt, es gehört euch! So etwas wird dir nur einmal geboten, denkt jeder. Freie Auswahl unter den schönen Bauernhöfen, fruchtbares Land und feste Häuser aus Stein. Da wäre es doch angebracht, mit Fahnen und Musik auf die Dörfer zu ziehen, lachend und singend, weil ein neues Leben beginnt. Aber sie fanden keine Fröhlichkeit, weil sie zu viel gedacht haben an Grodno und Lemberg und die kleinen Dörfer mit ihren Hühnern und Friedhöfen. Ja, es hat sie gegeben, die schönen deutschen Bauernhöfe. Aber wie sahen sie aus? Erst hatte der Krieg sie zugerichtet, danach die Verlassenheit. Keine

Fenster, keine Türen, keine Möbel, Unkraut bis zur Dachrinne. Auf den Feldern nur Distelblumen. Auf solche Höfe kamen sie ohne Kuh, ohne Schwein und ohne Pferd, nur mit nackten Händen und Kindern, die nach Brot schrien. Im ersten Jahr haben sie die Felder abgebrannt, tagelang haben sie die Luft verpestet. Als Unkraut und Disteln verbrannt waren, spannten sie sich vor den Pflug, um die Erde zu brechen, ein Mann und eine Frau. Am Abend haben sie geweint, weil sie an Grodno dachten und die Dörfer. Wenn sie nicht weinten, haben sie Angst gehabt vor den Banditen, die aus den Wäldern kamen, um sich zu nehmen, was man so nimmt in schlechter Zeit, das Essen, ein Paar Stiefel, die Frau. Auch Soldaten sind mit Lastwagen über die Grenze gekommen, um zu sehen, ob es vielleicht schon möglich wäre, einer polnischen Gans den Hals umzudrehen. Nein, es ist den Polen, die von Osten kamen, nicht besser gegangen als den Deutschen, die den Osten verließen. Viele Jahre hatten sie Angst, die Deutschen könnten wiederkommen, um sie zu verjagen. Die Deutschen werden es sich nicht gefallen lassen, haben sie gedacht. Eines Tages werden sie wieder groß und mächtig sein und mit ihren Panzern kommen. Das kennt man doch von den Deutschen, sie werden immer wieder groß und mächtig. Als die ersten Deutschen auf Urlaub nach Masuren kamen, fing die Angst wieder an. Sie kundschaften es schon aus, dachten sie. Sie spionieren schon, wie sie am besten herkommen. Nein, sagten andere, diesmal kommen die Deutschen nicht mit Panzern, sondern mit Geld. Sie werden zurückkaufen, was ihnen früher gehört hat, und danach werden sie uns wegjagen …«

Kasimir unterbrach sich, weil er im Haus zu tun hatte mit dem Braten, der gewendet werden wollte.

Leningrad–Warschau war längst gelandet. Eigentlich müsste jetzt der Mond aufgehen, was natürlich zu viel verlangt wäre für einen solchen Abend.

Im Dorf sangen sie den Wojtyła-Song ihres polnischen Papstes.

»Anfangs mochte ich dich überhaupt nicht«, sagte Irene. »Honig wolltest du mir kaufen für dein westdeutsches Geld! Die armen Brüder und Schwestern im Osten sollten auch mal was Süßes bekommen, am liebsten hätte ich dir das Glas an den Kopf geworfen!«

»Aber ich habe dich vom ersten Augenblick an gemocht, mit und ohne Honig.«

Als Kasimir seinen Braten gewendet hatte, setzte er sich wieder zu ihnen auf die Treppe, sagte beiläufig, er kenne kein Volk, das in der Spanne eines halben Menschenlebens so viel herumgestoßen worden sei wie die Polen aus den östlichen Gebieten. Im Ersten Weltkrieg habe es angefangen. Da gehörte Ostpolen zum Zarenreich. Der Krieg zog durch, die Deutschen kamen und blieben bis Kriegsende. Danach entstand der selbstständige Staat Polen, auch Ostpolen gehörte dazu. Dem Marschall Pilsudski gefiel es 1920, mit seiner Armee nach Osten zu marschieren, um sich Land zu holen von der großen Sowjetunion. Aber es ging nicht gut aus. Der Krieg kam zurück, marschierte durch Ostpolen bis vor die Tore Warschaus. Dort siegten beim Wunder an der Weichsel die Polen über die Rote Armee. Und wieder lief der Krieg rückwärts durch Ostpolen, mit allem, was zum Krieg gehörte. Danach ein paar Jahre Ruhe, bis der Zweite Weltkrieg anfing. Aber nicht die Deutschen kamen im Spätsommer 1939, sondern die Rote Armee marschierte in Ostpolen ein, nahm das Land für die Sowjetunion. Es hielt keine zwei Jahre, da machten die Deutschen Krieg mit der Sowjetunion und kamen als Erstes durch Ostpolen. Wieder zog der Krieg hin und her und nahm sich, was er brauchte, Hühner und Menschen. Drei Jahre herrschten die Deutschen am Tag und die Partisanen in der Nacht. Dann kam der Krieg zurück, nahm sich wieder, was er brauchte. Ostpolen fiel an die Sowjetunion. Und die Menschen? Wie ist es ihnen gegangen in den unruhigen Jahren? Nun ja, warum hat Gott ihnen Füße gegeben? Sie konnten doch laufen! Keiner ist in dreißig Jahren so viel hin und her gelaufen wie die Polen aus dem Osten. Nur das Land, das konnte nicht laufen, das musste bleiben.

Irgendwo weinte ein Kind. Aha, da sollte jemand früh ins Bett. Nun ging doch noch der Mond auf über Angerburg, ein ziemlich blasser Mond. Mensch, Irene, so etwas erleben wir nie wieder. Weder in Lübeck noch in Jena gibt es solche Abende.

Auf dem Gutshof sprang das Motorrad an, knatterte über das Kopfsteinpflaster zur Chaussee. Auf dem Roggenschlag hinter dem Teich drehten die Mähdrescher ihre Runden, voll aufgeblendet.

Kasimir trug Tisch und Stühle in den Garten. Wie nass das Gras schon war!

Wo Feuer sein soll, versammeln sich die Kinder. Sie standen auf der Dorfstraße und schauten zu. Ingo holte den Plastikball aus dem Auto und warf ihn auf die Straße. Den könnt ihr behalten, war ja doch nur ein Ball für einen Urlaub. Irene stopfte Papier unter den Holzstoß, auch »Neues Deutschland« kam in die Flammen. Ein Traktor rumpelte vorüber, zog einen Kastenwagen mit frisch gedroschenem Getreide. An der Seite rannen Körner auf die Straße, legten eine dünne Spur, damit morgen das Polninker Geflügel einen guten Tag hatte.

Was war auf einmal mit den Mähdreschern los? Sie verließen das Feld, schwenkten einer nach dem anderen auf die Dorfstraße ein, kamen lärmend näher. Dröhnend wie Panzer fuhren sie ein von Norden, von der Grenze, die nicht weit entfernt durch die Wälder lief. Sie tauchten das Dorf in helles Licht, warfen es gebündelt gegen Drahtzäune und Hauswände, ließen die rosa Gladiolen in den Gärten unnatürlich leuchten. Waren das noch Mähdrescher? Ein solcher Lärm in der hereinbrechenden Nacht!

Erst als sie zum Gutshof abbogen, wurde es stiller. Sie hielten in einer Reihe vor den Stallungen, löschten das Licht, verstummten. In Polninken war Feierabend. Auch auf den Getreidefeldern. Keine Leuchtkugeln im Norden, keine Flugzeuge unterwegs, nur ein blasser Mond über dem Roggenschlag.

Den Gänsebraten brachte Kasimir auf Goldrandtellern in den Apfelgarten. So geht das zu im Gänseleben, am Nachmittag noch lustig im Garten herumgeschnattert, eben nach Sonnenuntergang schon gut gebraten und zerstückelt auf Goldrandtellern. Unerträglich scharf der Wodka. Es war wohl nötig, milden Stachelbeerschnaps für das Fräulein zu holen von Borek, der auch Johannisbeerwein im Keller hatte und ein selbst gebrautes Getränk aus Honig, mit Namen »Fang den Bären«, oder wie heißt es in deutscher Sprache?

Während Kasimir lieblichere Getränke von Borek holte, spielten die Kinder Ball. Einige lagen im nassen Gras und warteten auf das Feuer.

Schon wieder diese Gänsehaut, Irene! Wärmen, nichts als wärmen. Bald kommt das Feuer.

»Die Kinder lachen schon über uns«, sagte sie und entzog sich ihm.

Kasimir brachte tatsächlich Stachelbeerschnaps, aber das war nur halb so wichtig. Er brachte auch eine sonderbare Neuigkeit mit, die durch Boreks Radio gekommen war und die ihn sehr bewegte. In Danzig, so hatte das Radio gesagt, werde ein Denkmal gebaut. Die Arbeiter wollen dafür Geld sammeln in ganz Polen, denn es soll ein Denkmal für Arbeiter sein. Es gebe da eine unangenehme Geschichte aus der Vergangenheit, eine Geschichte von fünfundvierzig toten Arbeitern. Die seien nicht bei Feuersbrünsten in Fabriken ums Leben gekommen, auch nicht bei einem Grubenunglück unter Tage, nein, vor zehn Jahren haben polnische Soldaten die fünfundvierzig in Danzig erschossen und nachts die Toten begraben, weil sie sich bei Tageslicht schämten. Aber zu viele hätten davon erfahren, und heute wisse jeder in Polen, dass es exakt fünfundvierzig gewesen seien.

Kasimir, der die Nachrichten aus Danzig bisher voller Besorgnis gehört hatte, ging in diesem Augenblick fröhlich zu den Streikenden über. Ja, das seien gute polnische Arbeiter. Die streikten nicht nur für Lohn und billiges Fleisch, sondern an erster Stelle forderten sie dieses Denkmal für ihre toten Arbeiter. Ja, so sind sie, die guten Söhne Polens.

Ingo bot Kasimir die paar Złoty an, die er noch übrig hatte. Wenn die Sammler nach Polninken kämen, sollte er das Geld dazulegen.

Kasimir schüttelte den Kopf. Es sollten, wenn möglich, nur polnische Menschen spenden für das bewusste Denkmal. Wenn es wirklich Polen gewesen sind, die ihre Arbeiter totgeschossen haben, wäre es nicht gerecht, andere Völker damit zu behelligen. Die Deutschen haben genug zu tun mit ihren Denkmälern.

Ein Kind fragte, wann der Holzhaufen endlich angesteckt werde.

»Zuerst müsst ihr ein Lied singen!«

Die Kinder tuschelten miteinander, auf einmal begannen sie zu singen:

»Ze stacy jki siedmiu smutków
Rusza pociąg krasnoludków
Maszynista z kozią bródką
Gwiżdże w noc cichutko.«

Und Kasimir übersetzte:

»Von der kleinen Station der sieben Traurigkeiten
Fährt ab der Zug der Heinzelmännchen.
Der Lokomotivführer mit dem Ziegenbärtchen
Pfeift leise in die Nacht.«

»Aber Polninken soll nicht sein Station der sieben Traurigkeiten«, fügte er gleich hinzu, schenkte Stachelbeerschnaps ein und wechselte schnell das Thema. Vom Denkmal für tote Arbeiter kam er auf ihre Hochzeit zu sprechen. Ob sie noch im Herbst zu erwarten sei? Hochzeit unter dem Tannenbaum wäre auch zu empfehlen. Er habe einmal im Mai Hochzeit gehabt, wohl fünfundvierzig Jahre her, aber Weihnachten sei für Hochzeit auch eine schöne Jahreszeit.

»Nach der Hochzeit muss man eine Reise machen, wie das früher bei feinen Leuten vorgekommen ist. Aber nicht nach Venedig, sondern zum alten Kasimir nach Masuren. Der wird seine Stube herrichten und ein breites Bett machen für die Brautleute, denn man braucht Bequemlichkeit. Honigzeit oder Flatterwochen, wie sagt man in deutscher Sprache?«

Flitterwochen in Masuren, daran haben die Reisebüros nun wirklich noch nicht gedacht. Das musst du dir mal vorstellen. Du gehst in der Breiten Straße spazieren, betrittst ein Reisebüro und fragst: Ach, haben Sie vielleicht masurische Flitterwochen im Angebot? Es gibt da nämlich ein Problem. Die Braut kommt aus Jena, der Bräutigam aus Lübeck; solche Paare finden keinen Platz für Flitterwochen in Deutschland. Aber Masurische Seenplatte, das müsste für die beiden gehen. Mit Vollpension, wenn möglich. Still und einsam hat es zu sein, nur Frösche dürfen quaken, und einen Liebestrand sollte es schon geben und reichlich Gladiolen und Klapperstörche.

Kasimir holte Glut aus seinem Herd, um den Holzstoß zu entzünden.

»Wenn ihr ein Kind bekommt«, erklärte er beiläufig, »wird Kasimir Taufpate sein. Ihr müsst die Adresse aufschreiben, damit ich ein Taufgeschenk schicken kann, ein Gläschen Honig vielleicht. Kinder mögen süßen Honig von Kasimirs Bienen.« Der alte Mann ging wie selbstverständlich davon aus, dass sie der Kirche angehörten und nichts dringlicher wünschten, als Kinder taufen zu lassen. Aus der Kirche austreten, weil man für die monatliche Kirchensteuer eine komplette Tankfüllung Benzin erhielt, davon hatte Kasimir noch nie etwas gehört. Und in Jena? Gab es da überhaupt noch Kirchen?

Rauch wälzte sich durch den Garten, verdunkelte den blassen Mond. Ingo rannte zum Zelt und zog den Reißverschluss zu.

»Damit wir nicht in der Räucherkammer schlafen müssen.«

Zum Totlachen, dieser Kasimir. Wie er von Kinderkriegen und Kindertaufen sprach und die masurische Fruchtbarkeit lobte, von der die alten Weiber schon in deutscher Zeit berichtet hatten. Das Patenkind sollten sie, sobald es reisen könne, nach Masuren mitbringen zum Onkel Kasimir. Aber Voraussetzung für alles sei, dass sie morgen oder übermorgen, gleich nach der Heimkehr, zu ihren Ämtern gingen und fragten, ob es erlaubt sei zu heiraten.

»Fragen kostet doch nichts. Es wird Vorschriften geben, die Heiraten erlauben, auch wenn der eine aus dem Kapitalismus und der andere aus dem Sozialismus kommt. Alle Gesetze der Welt kennen Ausnahmen für gewisse schwere Fälle, also wird es auch Ausnahmen geben für euch …«

Mensch, Kasimir, hör auf mit deinen hohen Ämtern! Du kennst ja noch Behörden aus der k. u. k.-Zeit, zaristische Ämter und pilsudskische, auch deutsche nicht zu vergessen.

»Doch, doch, ihr müsst hingehen. Es hat sich zugetragen, ihr hohen Herren, dass wir uns verliebt haben, müsst ihr sagen. Was soll man da machen? Wir müssen zusammenkommen, sonst sterben wir. Was sagen die Formulare zu solchen Fällen?«

Kasimir, Kasimir, wie du dir das so vorstellst, du und die hohen Herren. Euch geht es wohl nicht gut, werden sie sagen. Verliebt habt ihr euch? Wie geht das denn? Liebe zwischen Ost und West ist doch wie Vermischung von Feuer und Wasser, das gibt kranke Kinder mit Hasenscharten und Wasserköpfen. Nein, das geht nicht. Sagt die Wahrheit, ihr habt zusammen geschlafen und möchtet es bei guter Gelegenheit wieder tun. Na gut, so etwas ist möglich, das versteht jeder, dagegen ist wenig einzuwenden, obwohl man auch das lieber, klassenmäßig gesprochen, mit den eigenen Leuten anstellen sollte. Aber verliebt! Da kann ja jeder kommen. Liebe ist nicht sichtbar und nicht zum Anfassen. Liebe könnte man schauspielern. Wo kämen wir hin, wenn wir Liebe als Ausrede zuließen? Es gäbe bald nur noch Verliebte. Blut sieht man, Tote sieht man, Mauern sieht man, aber Liebe? Das ist so wie Weihnachtsmann oder Osterhase. Gewöhnt sie euch ab.

Überall fiel kalter Tau vom Himmel, löste sich von dem heller werdenden Gestirn und senkte sich auf die Gärten. Trauer unter den Apfelbäumen, obwohl Kasimir es an Wodka und Stachelbeerschnaps nicht fehlen ließ. Keine Leuchtkugeln über den Wäldern, nur der Mond schwebte zwischen Grenze und Angerburg im Geäst der Apfelbäume. Weder Mähdrescher noch Panzer unterwegs. Ein Hund, den die Kinder mitgebracht hatten, ein schmuddeliger Spitz, der bisher ruhig im Gras gelegen hatte, begann wie ein Karussellpferd um das Feuer zu laufen. Drei Kinder hinterher, stürzten sich auf den wild gewordenen Spitz, wälzten sich im Gras. Er entwischte dreimal. Nun kamen auch die anderen, verfolgten den Feuerhund, ein großes Mädchen überwältigte ihn schließlich, versteckte das zitternde Tier unter seinem Pullover.

Von der Straße her brüllte eine Männerstimme herüber. Niemand zu sehen in der Dunkelheit, nur die Stimme zu hören. War das Borek? Nichts von Bedeutung hatte die Stimme zu sagen. Es ging nur um das Feuer und das Wetter morgen und übermorgen und die Reusen im Teich.

Flammen schlugen ins Geäst des Apfelbaums, es wird Bratäpfel geben. Ein Funkenregen wehte in den Park. Mein Gott, die Schafe! Wenn da nun Funken in die Wolle fielen. Ingo trieb die Tiere in die hinterste Ecke des Gartens. Kurze Zeit später waren sie wieder da und glotzten das Feuer an.

Die Kinder sammelten Äpfel, spießten sie auf Stöcke und schoben sie in die Glut. Kasimir ließ sie wieder singen, diesmal ein frommes Lied. Danach bekamen die Kinder kaltes Gänsefleisch und der schmuddelige Spitz einen Knochen.

Ein solcher Abend am Feuer hatte heiter zu sein. Singen gehörte dazu. »Im Grunewald ist Holzauktion« war Kasimir noch geläufig, ebenso »Unsere Oma fährt im Hühnerstall Motorrad«. Er sang »Lustig ist das Zigeunerleben« und wusste sogar den Text der zweiten Strophe.

Er sang so laut, dass der Spitz wieder ausrückte, hinter den Funken herjagte, nach ihnen schnappte und kläffte. Eines der sonderbarsten deutschen Lieder, meinte Irene. Wir singen vom lustigen Zigeunerleben, aber wehe, einer benimmt sich wie ein Zigeuner! Viele Zigeuner sind umgebracht worden, weil sie gelebt haben, wie es in dem Lied besungen wird.

Als Kasimir die deutschen Liedertexte ausgingen, fing er an, Geschichten zu erzählen, denn auch das gehörte nun mal zu Feuer und Abschied. Als er ein Kind war, trug es sich zu in seinem Dorf nahe Kowel, dass ein galizischer Jude in große Geldverlegenheit kam und nicht ein noch aus wusste. Da ihm weder Christen noch Juden leihen wollten, beschloss er, sich umzubringen auf sonderbare Weise. Man fand ihn aufgehängt an seinem Geldschrank, der leer war wie eine Scheune im Frühling. Aber die Leute meinten, es sei unschicklich, sich noch im Tode so an das Geld zu hängen.

Auch Folgendes ist vorgekommen in Kasimirs Dorf: Einem Knecht gefiel es, auf dem Heuboden zu schlafen, weil die Magd versprochen hatte, ihn zu besuchen. Aber sie kam nicht. Also schlief er ein und wälzte sich hin und her, bis er durch die Luke fiel zu den Schafen in den Stall. Die Tiere haben einen großen Schreck bekommen und geblökt, bis der Bauer wach wurde. Der dachte, ein Wolf sitzt im Schafstall, und kam mit der Forke, um den Wolf zu spicken. Am anderen Tag hat das ganze Dorf gelacht, weil der Wolf hat geheißen Frantisek und hat gelegen schnarchend zwischen den Schafen.

»Warst du in letzter Zeit in deinem Dorf?«, fragte Ingo.

»Die sowjetischen Freunde sehen es nicht gern, wenn Polen zu Besuch kommen in ihre alten Dörfer. Die Deutschen dürfen ihre alten Dörfer in Polen besuchen, aber die Polen dürfen nicht besuchen ihre alten Dörfer in der Sowjetunion.«

»Wann hast du dein Dorf zuletzt gesehen, Kasimir?«

»Im Sommer, als der Krieg anfing.«

Kasimir holte ein Foto aus der Brusttasche, schnippte sein Feuerzeug an und leuchtete es ab. Das gelbstichige Bild zeigte einen Soldaten in polnischer Uniform mit Rogatywka auf dem Kopf, einen fröhlichen Soldaten aus jenem Sommer vor dem Krieg, als man noch glauben konnte, es gebe auch lustige Kriege. Dieser Soldat war Kasimir.

Ja, er hatte später sein Dorf besuchen wollen. Im Sommer 1940, als er Kriegsgefangener in Polninken war und die Deutschen ihre großen Feste feierten. Polen und Deutsche haben keinen Krieg mehr, dachte er damals. Also wird man die polnischen Gefangenen zurücklassen in ihre Dörfer, wenigstens besuchsweise. Er fragte Bürgermeister Reschke. Der lachte ihn aus. Du stellst dir das so einfach vor, Kasimir! Weißt du nicht, dass wir in schweren Zeiten leben! Da kann nicht jeder in der Gegend herumlaufen, wie es ihm Spaß macht. Der Mensch hat auf seinem Posten zu stehen! Ja, das hatte Reschke gesagt, auf dem Posten stehen! Kasimir hatte noch ein paar

Tage überlegt, ob er vielleicht heimlich sollte auf Besuch gehen in sein Dorf, das an die vierhundert Kilometer von Polninken entfernt lag. Doch es kam das Gerücht auf von einem gewissen Jan Rubal, den die Deutschen totgeschossen hatten, weil er heimlich nach Hause laufen wollte. Da fand Kasimir es besser, in Polninken zu bleiben.

Irene fragte nach seiner Familie. Kasimir überging die Frage. Er beteuerte, es nicht bereut zu haben, in Polninken geblieben zu sein. Verglichen mit anderen, sei es ihm wirklich nicht schlecht gegangen. Und das Wichtigste nicht zu vergessen: Er lebe noch! Das sei nun wirklich eine Besonderheit, jene Zeit überstanden zu haben und so alt zu werden wie Kasimir.

Sie hätten nicht über Kasimirs Dorf sprechen sollen. Der alte Mann wurde zusehends einsilbiger. Auf einmal griff er einen Stecken und jagte den Hund damit aus dem Garten. Anschließend die Kinder. Sie müssten ins Bett, es sei spät genug. Nachdem er das erledigt hatte, ließ er sich schwer auf den Küchenstuhl fallen und stierte ins Feuer.

»Um die Wahrheit zu sagen, es ist unmöglich, mein Dorf zu besuchen, denn es gibt kein Dorf mehr. Es ist verbrannt im Jahr '44. Kasimir hat das Feuer nicht gesehen, weil er zu jener Zeit, wie gesagt, in Polninken zu tun hatte, aber ein Freund aus gemeinsamer Schulzeit, ein gewisser Jablonski, hat von dem Feuer erzählt. Ich traf ihn im Sommer '45, als ich zu Fuß gegangen bin von Polninken quer durch Polen, um zu sehen, was übrig geblieben ist von meinem Dorf. Als ich komme die Straße entlang von Lublin nach Kowel, treffe ich diesen Jablonski, einen wilden Menschen mit Lumpen am Leib, in denen fünf Katzen keine Maus fangen konnten. Was willst du in deinem Dorf, Kasimir?, hat er gesagt. Es ist alles verbrannt, geh lieber gar nicht hin. So, es ist alles verbrannt, hab' ich gesagt, aber vielleicht wird doch ein bisschen übrig geblieben sein. Nein, hat der Jablonski gesagt, es ist alles verbrannt. Trotzdem will ich es sehen, Jablonski. Gut, hat er gesagt, wenn du es unbedingt sehen willst, werde ich dir zeigen, wie alles verbrannt ist. Der Jablonski ist mit mir gegangen, aber es gab nichts zu besehen, weil das Dorf war, wie sagt man in deutscher Sprache, dem Erdboden gleichgemacht. Wie konnte das geschehen?, hab' ich Jablonski gefragt. Frag nicht so dumm, hat er gesagt. Weißt du nicht, dass ein großer Krieg gewesen ist? Da kann so etwas vorkommen. Aber wie ist es genau geschehen, Jablonski? Deutsche Soldaten sind gekommen und haben dein Dorf angesteckt. Warum gerade mein Dorf?, hab' ich gefragt den Jablonski. Dummkopf, hat er gesagt, weißt du nicht, dass eine Bahnstrecke an deinem Dorf vorbeigelaufen ist? Partisanen sind gekommen und haben die Schienen gesprengt, damit die deutschen Züge umfallen. Zweimal ist das passiert. Da haben die Deutschen ein Stück Papier an Bäume und Hauswände geklebt. Es wird etwas Furchtbares geschehen, haben sie geschrieben in Deutsch und Polnisch, wenn das mit der Eisenbahn noch einmal vorkommt. Was soll ich dir sagen, es ist vorgekommen. Da haben sie die Menschen aus dem Dorf getrieben. Sie mussten auf dem Bahndamm stehen und zusehen, wie ihr Dorf brannte. Nachher haben sie sie verladen, niemand weiß, wohin.

›Was hast du gemacht in jener Zeit, als das Dorf abbrannte, Jablonski?‹

›Warum fragst du?‹

›Weil es mich wundert, dass du lebst und so gut Bescheid weißt.‹

›Nun gut, wenn du es genau wissen willst‹, hat der Jablonski gesagt, ›ich war zu jener Zeit Partisan.‹

›Also hast du die Eisenbahn gesprengt?‹

›Ja‹, hat der Jablonski gesagt, ›ich habe die Eisenbahn gesprengt.‹

›Dann hast du auch mein Dorf angesteckt, Jablonski!‹

›Das ist nicht wahr‹, hat der Jablonski geschrien. ›Die

Deutschen haben es angesteckt, wie ich es dir erzählt habe.‹

Wir haben noch lange gestritten, wer den Anlass gegeben hat zu dem Feuer in meinem Dorf. Auf der Straße haben wir gestanden und gestritten, bis der Jablonski gesagt hat: ›Weißt du was, Kasimir, wir beide gehen in ein Gasthaus, um uns furchtbar zu betrinken. Denn es ist nicht anders zu ertragen.‹ ›Nein‹, hab' ich gesagt, ›trink du nur allein, ich werde zurückgehen nach Polninken, da ist auch Krieg gewesen, aber die Häuser stehen noch.‹«

Kasimir holte zwei Eimer aus der Küche, pumpte sie voll Wasser und goss es dann in die Glut des Lagerfeuers. Eine Nebelwolke stieg auf. In den Dampf hinein stellte Irene die Frage, die Kasimir am meisten zu schaffen gemacht hatte. Ob er Frau und Kinder in dem Dorf gehabt habe?

Ja, er habe von allem gehabt. Nach dem Krieg habe er herausgefunden, dass sie gestorben seien in deutscher Zeit in einem deutschen Lager an einer Krankheit, die in deutscher Sprache Fleckfieber heißt, was immer das sein mochte, es hat gereicht, um daran zu sterben.

Nun stieg doch eine Leuchtkugel in den Himmel, aber nicht über der verborgenen Grenze im Norden, sondern weiter südlich. Während die Kugel rot glühend zur Erde fiel, erzählte Kasimir von seiner Rückkehr nach Polninken. Im späten Sommer 1945. Der Kommandant Georgi sei nicht mehr da gewesen. Auch seine Soldaten nicht. Niemand sei da gewesen. Die beiden Kinder habe er tot im Gutshaus gefunden. Er sei gerade rechtzeitig gekommen, um sie zu begraben.

»Du hast meine Geschwister begraben, Kasimir!«

»Ja, es ist die Wahrheit, Kasimir hat sie begraben. Weil es Herrschaftskinder waren, nicht auf dem Dorffriedhof, sondern im Park, beide in einem Grab, groß genug für Zwillinge. Und während des Grabens hat Kasimir gedacht, es könnten vielleicht seine Kinder sein, die gestorben sind an diesem sonderbaren Fleckfieber, denn im Begraben gibt es keinen Unterschied, Kinder sind Kinder.«

Es brach nun alles wieder zusammen, die ganze Fröhlichkeit der Abschiedsfeier. Sie saßen um den Aschenhaufen wie Hinterbliebene eines gerade stattgefundenen Weltuntergangs.

Kasimir fing wieder von seinem Schulfreund Jablonski an, der ein großer Partisanenheld gewesen sei und dafür Orden und Ehrensold bekommen habe. Er wiederholte, am erloschenen Feuer sitzend, die Frage von damals. Hast du dich hinter Frauen und Kindern versteckt mit deinen Heldentaten, Jablonski? Darf ein patriotischer Mensch eine Eisenbahn zerstören, wenn er weiß, dass dafür ein ganzes Dorf in Brand gesteckt wird? In den ersten Jahren war es Kasimir so vorgekommen, als habe der Jablonski recht daran getan. Aber jetzt, nach so vielen Jahren und durchgrübelten Nächten, neigte sich die Waage gegen seinen Schulfreund. Mensch, Jablonski, es geht nicht mehr um berechtigte Anlässe zum Töten und Zerstören. Man muss einfach aufhören, keinen Anlass mehr geben zu töten und immer wieder zu töten!

»Warum kommen wir nur immer wieder auf diese alten Dinge zu sprechen?«, fragte Irene.

Ach, es war einfach so da. Hier in Polninken war es da. Was heute geschah, hatte zu tun mit gestern und vorgestern. Dieser Jablonski lebte noch in Kasimirs Nächten. Dass zwei junge Deutsche sich nach Polninken verirrt hatten, dass in Danzig die Arbeiter ein Denkmal bauen wollten, es hatte alles zu tun mit dieser alten Geschichte, die nicht aufhören wollte.

Ein Apfel löste sich, fiel in die heiße Asche.

Nach einem solchen Tag kann man doch nicht einfach gute Nacht sagen, ins Zelt kriechen, nebeneinander liegen, als wäre nichts gewesen. Nein, sie blieben im Licht des Mondes, der einen schwarzen Dreckhaufen im Garten beschien, am ausgegangenen Feuer sitzen. Die Kinder waren längst im Bett, der schmuddelige Spitz wohl auch.

Kasimir versicherte ihnen, dass sie sich vor dieser alten Geschichte nicht zu fürchten brauchten. Sie seien später geboren, ihnen könne sie nichts mehr anhaben. Wenn aber doch, dann sollten sie zu ihm nach Masuren kommen. Sie könnten leben in seinem Haus oder im Zelt im Garten. Sie könnten spazieren gehen im Park und um den Teich, mit seinem Kahn hinausrudern und Fische fangen, es sei alles erlaubt in Masuren, wo der Himmel weit ist und die Seen verschwiegen sind, wo dichte Wälder die Grenzen zudecken und ein alter Mann lebt, der sie angenommen hat, als wären sie seine Kinder, die ein gewisser Jablonski ihm zurückgegeben hat nach langen Gesprächen in langen Nächten.

Der elfte Tag

Bedeckter Himmel, aber es wollte nicht regnen. Vom Teich wehte ein stetiger Wind herauf, trieb die weißen Pusteln der Distelblüten in die Gärten. Altweibersommer. Es war erst der 19. August, aber vereinzelt fielen schon Blätter. Ein Geruch von kaltem Rauch hing in Kasimirs Garten. Sechs Uhr in der Frühe. Noch arbeitete niemand in Polninken, die Mähdrescher standen auf dem Gutshof. Nicht sichtbar über den Wolken, aber deutlich hörbar die Maschine Warschau–Leningrad.

Also Zelt abbauen, den Schlafsack auslüften, die Schaumwolle zusammenpressen, damit sie in den Kofferraum passt. Leinen lösen, verlorene Heringe im Gras suchen. Sie erledigten es gemeinsam mit nüchterner Geschäftsmäßigkeit. Was sein muss, muss sein.

Was war denn mit dem Honig los? Das Glas, das Ingo am ersten Tag für gutes deutsches Geld gekauft hatte, war zur Hälfte leer. Auf der Heerstraße der Ameisen war er verschwunden, der gute Honig aus Großvater Majewskis Lindenbäumen.

Ingo hielt den Kopf unter das Pumpenrohr. Irene pumpte. Anschließend opferte sie ihr Badetuch für seinen Kopf. Es folgten gurgeln, Zähne putzen, weißen Schaum in die Asche spucken. Auf dem Küchentisch hatte Kasimir ein regelrechtes Warenlager aufgebaut. Proviant zum Mitnehmen. Fleisch in Gläsern, Klopse in Gläsern, Blutwurst in Zellophan, die Reste der Gans in Zeitungspapier gewickelt. Getrocknete Pfifferlinge aus den Wäldern mit der gedachten Linie von West nach Ost. Es war sinnlos, über die Fülle an Marschverpflegung zu streiten. Sie reichte zweimal nach Lübeck und wieder zurück. Aber Kasimir konnte den Besuch nicht mit leeren Händen abreisen lassen. Das gehörte einfach dazu.

An Bezahlung war nicht zu denken. Er nahm weder gutes deutsches Geld noch schlechtes deutsches Geld, noch die restlichen polnischen Złoty; er brachte sogar den deutschen Schein zurück, den Ingo ihm damals für den Honig gegeben hatte. Von seinen Kindern nimmt man kein Geld. Seinen Kindern gibt man! Er pflückte Klaräpfel, legte jedem ein Dutzend ins Auto, holte von Borek süße Bergamotten für die Reise. »Ihr werdet es brauchen, ihr werdet alles brauchen!«

Einen Arm Gladiolen trug er zu Irene.

»Die vertrocknen doch unterwegs, Kasimir!«

»Macht nichts, wenn trocken, dann wegschmeißen, aber man muss mit Blumen wegfahren.«

Schließlich brachte er den Drahtkorb mit den Papieren des Lehrers Tabel aus deutscher Zeit. »Es sind deutsche Papiere, nehmt sie mit!«

»Mensch, Kasimir, mit fünf Kilo beschriebenem Papier lassen die uns niemals über die Grenze! Papier ist gefährlich, je älter, desto gefährlicher.«

»Aber ihr müsst die Papiere studieren, um ein dickes Buch davon zu schreiben. Einer muss es doch festhalten, wie die Menschen gelebt haben vor fünfzig Jahren oder vor hundert Jahren. Sonst denkt man später, es gab nur große Heldenstücke in jener Zeit, einen alten Kaiser, der hier einmal vorbeigefahren ist in seiner Kutsche, und einen gewissen Hindenburg, der in dieser Gegend eine große Schlacht geschlagen hat, auch jenen Hitler nicht zu vergessen, der ein paar Dörfer weiter gehaust hat in einem Bunker. Es steht zu wenig in den Büchern über die kleinen Leute, wie sie Schweiß vergossen haben und Blut, wie sie gelebt haben und geliebt, auch wohl geweint und gelacht. In den Papieren findet ihr alles und solltet es aufschreiben für ein gutes Buch. Nicht schreiben, wie es sich schön anhört und wie es die Herren gern haben möchten, sondern schreiben, wie die Wahrheit war. Und wenn ihr das Buch fertig habt, kommt ihr zum alten Kasimir, um ihm daraus vorzulesen.«

»Wenn wir älter sind, Kasimir, werden wir schreiben«, sagte Irene. »Es hat noch viele Jahre Zeit.«

»Macht nichts, macht nichts«, winkte er ab. »Kasimir wird noch viele Jahre leben und auf euch warten.«

Sie mussten aufbrechen. Beide Autos sprangen gleichzeitig an. »Bewahre den Drahtkorb mit den Papieren gut auf, Kasimir!«

»Wir kommen wieder.«

»Schreibt rechtzeitig. Kasimir wird alles schön herrichten. Vergesst auch nicht zu schreiben, wenn ein Kind geboren wird. Kasimir will Taufpate sein und süßen Honig schicken.«

Ein letzter Handkuss für Irene.

»Aber Kasimir, das tut man doch heute nicht mehr!«

»Doch, doch, in Polen tut man. Die polnischen Männer sind schon über dreißig Jahre mit dem Kommunismus verheiratet, aber trotzdem geblieben gute Kavaliere.«

»Bleibe gesund, Kasimir! Menschen wie du dürfen nämlich nicht sterben. Im nächsten Sommer sehen wir uns wieder.«

Im Rückspiegel die Dorfstraße, immer enger werdend. Das Gutshaus im Grün der Parkbäume verschwindend, der Teich, wo war der Teich geblieben? Im Garten des Straßenwärters Majewski hatte jemand das Unkraut gemäht. Hederich und Kälberkraut lagen welk am Boden, die Obstbäume atmeten freier. Langsam fuhren sie an dem leeren Haus vorbei, das bald kein Haus mehr sein wird, weil verlassene Häuser eine starke Neigung zum Selbstmord haben. Sie bogen in die Allee ein, die Großvater Majewski gehört hatte, diesmal nicht Richtung Angerburg, sondern westwärts.

Polninken verlassen war wie durch eine schützende Wand treten. Eine Karawane nimmt Abschied von der

Oase. Adam und Eva werden aus dem Paradies vertrieben für nichts und wieder nichts, nur weil sie von Kasimirs Klaräpfeln gegessen hatten. Melancholie unter den alten Bäumen. Schon viel Herbst in der Luft, diesig, keine gute Fernsicht. Aber Kasimir hatte bei Borek gehört, es werde noch ein schöner Tag werden.

Vielleicht könnten sie unterwegs baden. Hier im Osten hielt sich die Wärme länger, blieben die Seen auch bei bedecktem Himmel lau, die Tiefausläufer mit ihrer Nässe und Kühle hatten einen weiten Weg.

Im Rückspiegel sah er den grauen Trabant und die Bäume. Sie fuhr verdammt nah auf, ihr Gesicht war zu erkennen, eingerahmt von grauem Autolack, ein Bild im Bild. Schade, sie fuhren gemeinsam und doch getrennt. Dieses dämliche Autoblech entfremdete sie, hob die Anziehungskraft auf. Erst jetzt bemerkte er, dass sie heute nicht Weiß trug, sondern eine dunkelblaue Tuchhose mit einer hellblauen Bluse. Blau herrschte vor an diesem Tag der Abreise. Dabei hatten sie sich geschworen, dass es keine traurige Rückreise werden sollte, dass sie nicht am Morgen nur an den Abend denken wollten.

Als er scharf bremste, hupte sie. Sie blendete auf und überholte ihn, drohte im Vorbeifahren mit dem Finger. Lachend fuhr er hinterher, überholte wieder, winkte, hielt den Arm aus dem Fenster wie ein Verkehrspolizist. Einen halben Kilometer fuhren sie nebeneinander, nahmen die ganze Breite der Chaussee ein. Er fragte durchs Fenster, ob sie gut geschlafen habe.

Nein, leider nicht, weil da ein Kerl neben ihr gelegen und geschnarcht habe.

Nächste Nacht singe ich.

Nächste Nacht! Wann wird das denn sein?

Verkehrsgerecht war es nicht, was sie auf Großvater Majewskis Chaussee anstellten, aber es heiterte wenigstens auf, machte diesen Abschied von Polninken erträglicher.

Erster Halt in Lidzbark, mitten auf dem Parkplatz. Frauen standen Schlange vor einem Lastwagen, von dem herab Fische verkauft wurden. Neben der Schlange hielten sie an. Er ging zu dem grauen Trabant. Sie kurbelte die Scheibe runter.

»Hast du eine Panne?«

»Ich muss tanken«, antwortete er, steckte den Kopf durchs Seitenfenster und küsste sie.

»Alle zwei Stunden brauch' ich das, sonst bleibt mein Motor stehen.« Er tippte auf seine linke Brustseite.

Die Frauen in der Schlange amüsierten sich. Sie hatten wenig zu tun, nur auf diesen kostbaren Fisch zu warten. Da war jede Abwechslung willkommen, zum Beispiel die, dass ein westdeutscher VW einen DDR-Trabant auf dem Marktplatz von Lidzbark küsste.

In Lidzbark kam auch die Sonne durch. Also doch noch baden. In der Ostsee, am Frischen Haff, in der Weichsel oder an einem der vielen Seen. Sie saßen nebeneinander im grauen Trabant und vertilgten Kasimirs Klaräpfel.

»Ein Schloss soll es hier geben und eine Orangerie, ein Barockportal und ein Stück alte Wehrmauer«, las sie aus ihrem Reiseführer vor.

Nur das nicht, nur keine Besichtigungen, dachte Ingo. Diesen Tag nur für sie beide. Spazieren gehen, im Gras liegen, baden um die Mittagszeit, wenn die Hitze unerträglich wird. Einen einsamen See suchen und nackt hinausschwimmen, Kopf an Kopf, Leiche spielen, die Hände berühren, still im Wasser liegen und den Himmel anstarren. Nur keine Besichtigungen!

Sie wanderten um den Marktplatz, benahmen sich wie die Teenager auf der Promenade in Travemünde oder im Paradies am Saaleufer. Ingo ging mit dem rechten Fuß auf dem Gehweg, mit dem linken auf dem Marktpflaster. In Lübeck nannte man das »in die Kuhle treten«. Er nannte sie seine »rote Irene«, und sie sagte, dass das sogar stimme. Aus blauem Blut sei rotes Blut geworden.

In einem Schaufenster hing ein frisch bekränztes Papstbild. Von einem Balkon senkte sich eine weiß-rote Fahne über den Gehweg.

»Ist heute ein besonderer Tag in Polen?«

»Unser letzter Tag«, antwortete sie und hängte sich an seinen Arm. »Weißt du, wie Lidzbark früher hieß?«

»Keine Ahnung.«

»Macht auch nichts, was geht uns früher an.«

Auf dem Marktplatz gab es ein kleines Malheur. Ein Fisch, gerade für teures Geld erstanden, sprang aus dem Einkaufsnetz einer Frau, zappelte zum Gaudi der Schlangestehenden auf den Pflastersteinen. Drei Frauen umzingelten den Ausreißer, fingen ihn mit vereinten Kräften und sechs Händen. Die eine versenkte den Fisch in ihrer Schürze. Dort zappelte er weiter über dem Unterleib der Frau, und die anderen machten ihre anzüglichen Witze.

Als sie ins Auto stiegen, entdeckten sie Kasimirs heimliches Abschiedsgeschenk, ein Glas hellen Lindenblütenhonig. Es lag in dem Trabant zwischen Kupplungs- und Bremspedal, musste unter dem Sitz hervorgerollt sein. Hat er dich also doch überlistet, der alte Kasimir!

»Ich weiß nicht, Ingo, manchmal denke ich, dass wir beide überhaupt nicht mehr nach Polninken kommen werden.«

Warum das nun wieder? Warum diese bitteren Tropfen in den süßen Honig? Nichts war doch leichter, als zum alten Kasimir zu fahren. Aus dem Westen ging es ohne Schwierigkeiten. Auto, Bahn, Schiff, Bus, alles war möglich. Man konnte Camping machen, im Hotel leben oder privat bei Leuten wie dem alten Kasimir. Noch einfacher hatten es die aus der DDR, weil Polen ein befreundetes Land war. Die brauchten nicht einmal ein Visum.

»Erst zwei Stunden weg, aber es kommt mir schon so vor, als läge Polninken hinter den Bergen bei den sieben Zwergen.«

»Und du bist Schneewittchen.«

»Aber nur, wenn du mein Prinz bist.«

»Und wenn sie nicht gestorben sind, leben sie noch heute.«

Vor der Weiterfahrt hatte er die Idee mit den Gladiolen, die bei ihr auf dem Rücksitz lagen und vor sich hin welkten. Er band sie mit Klebestreifen an die Antennen ihrer Autos. Eine Demonstration mit Gladiolen. Zwei blumengeschmückte Autos aus Deutschland West und Deutschland Ost. Nun wusste jeder, dass sie zusammengehörten, nicht etwa zufällig hintereinander fuhren. »Just married« hieß das oder so ähnlich.

»Du bist ganz schön albern«, sagte sie und gleich hinterher: »Die armen Blumen.«

»Ach, die gehen so und so kaputt«, antwortete er.

Eine Wagenkolonne – so musste man das schon nennen – fuhr mit Gladiolen an den Antennen durchs Ermland zum Meer. Dort wird man baden oder im Gras liegen oder Schneewittchen wachküssen.

Frombork, das kannten sie. Das hieß in deutscher Zeit Frauenburg und lag schon am Wasser. Ein Wallfahrtsort besonderer Art. In seinem Dom wurde ein Mann verehrt, der auf recht unchristliche Weise dazu beigetragen hatte, das christliche Weltbild zu zerstören. War Kopernikus ein Pole oder ein Deutscher? Es hat einen gewaltigen Streit gegeben unter Leuten, denen solche Fragen das Herz bluten ließen. Nun wollen uns die Polen sogar den Kopernikus wegnehmen, hatte Ingos Mutter einmal empört gesagt, als sie von einer Versammlung nach Hause gekommen war. Aber das war lange her. Ein Streit über Fragen von vorgestern. Zu Lebzeiten des großen Mannes bedeutete Nationalität nichts. Man war ein gesitteter Mensch, möglichst ein Christ, ein Bewohner des Abendlandes. Das genügte. Oh, es liegt noch ein langer Weg vor uns, bis wir wieder kopernikanische Zustände erreichen!

Frombork voller weiß-roter Fahnen. Der Parkplatz unterhalb des Doms besetzt mit Reisebussen und kleinen Autos. Ein gewöhnlicher Dienstag, aber der Dom zum Bersten gefüllt. Kopf an Kopf standen sie bis in den Vorhof. Ein Lautsprecher übertrug die Stimme des Predigers, begleitet vom Murmeln eines Chors, das sich wie fernes Gewitter anhörte. Anschließend die Lieder, die bis unten am Haff zu hören waren. Sonderbar, diese Polen. In zwanzig Jahren beginnt das dritte Jahrtausend nach Christi, und hier ist noch so viel naive Frömmigkeit. An einem Dienstagmorgen den Dom bis in die letzten Winkel füllen, Kopernikus wie einen Nationalheiligen verehren, weiß-rote Fahnen in die Straßen hängen und Papstbilder in leere Schaufenster stellen. War das die Zukunft oder nur ein letztes Aufflackern europäischer Vergangenheit? Auch die Polen werden ihren Kopernikus preisgeben müssen, wie es die Deutschen getan haben. Sie werden ihn aus dem nationalen Gefängnis entlassen müssen, damit er wieder Europäer werden kann, wie er es zu Lebzeiten gewesen ist.

Bis zur Tür kamen sie, aber nicht hinein. Weihrauch schlug ihnen entgegen, Schweißgeruch und Knoblauch. Aus dem Gebälk des Turms kam die hohe Stimme eines unsichtbaren Sängers.

»Bist du eigentlich katholisch oder evangelisch?«, fragte er.

»Ich bin überhaupt nichts. Meine Eltern waren noch richtige Protestanten, Mutter geht heute noch Sonntag für Sonntag in die Michaeliskirche. Manchmal sitzt sie da ganz allein mit dem Pfarrer. Aber ich bin seit dem zehnten Lebensjahr nicht mehr in einem Gottesdienst gewesen.«

Sie kamen sich fremd vor unter den Betenden. Sie gehörten nicht dazu, fühlten sich wie Voyeure. Draußen im Vorhof entdeckten sie die Störche. Neben dem Dom auf einem Turm ein Storchennest, dessen Bewohner noch nicht in den Süden geflogen waren. Dom mit Storchennest! Kopernikus und die Klapperstörche! Das findest du auch nur in dieser Gegend.

Von dem Hügel, auf dem der Dom lag, blickten sie hinab zum Wasser und über das Wasser hinweg zu den Wäldern der Frischen Nehrung.

»Wollen wir im Haff baden?«, fragte er.

»Auf keinen Fall im Haff.«

»Warum denn nicht im Haff?«

»Weil da im Februar 1945 ein Leiterwagen aus Polninken untergegangen ist mit drei Kindern und einer Oma.«

»Wenn es danach ginge, Irene, wäre baden überhaupt nicht mehr möglich. Alle Meere sind doch Friedhöfe. Bei uns an der Ostsee gibt es die Neustädter Bucht. In der liegt ein Badeort neben dem anderen, im Sommer wimmelt es nur so von Urlaubern. Aber wenn ein Sturm die Ostsee aufwühlt, kommt es vor, dass Menschenknochen an den Strand gespült werden. Oder Kinder buddeln Knochen aus dem Sand und tragen sie zu den Campingplätzen hinter dem Deich. Weißt du, was da vorgefallen ist? Zwei deutsche Schiffe lagen im Mai 1945 in der Neustädter Bucht auf Reede, voll beladen mit Kriegsgefangenen und KZ-Häftlingen. Vier Tage vor Kriegsende kamen englische Bomber und versenkten die Schiffe mit allen ihren Bewachern und Bewachten. Vier Tage vor der Befreiung! Noch Jahre später machten sie an der Ostseeküste ihre Witze über die fetten Dorsche.«

Sie spazierten an der Mole entlang. Ein einsames Segelboot steuerte den dunklen Streifen der Nehrung an. Seevögel strichen über die Dächer der Stadt, verschwanden in breiter Formation nach Norden. Diese gedachte Linie, die unweit Polninken durch die Wälder lief, verfolgte sie immer noch. Sie führte gar nicht weit von Frombork entfernt quer durch das Haff, hier besonders gerade und akkurat, weil keine Bäume und Sandhügel im Wege standen. Auch das Haff war geteilt und die Nehrung.

Eine Ansichtskarte von Frombork und eine Briefmarke – wie konnte es anders sein? – mit dem Kopf des Kopernikus. Sie saßen auf der Bank an der Mole und schrieben an Kasimir:

»Lieber Kasimir, wir sind schon am Wasser beim alten Kopernikus. Drei Stunden von Polninken weg, aber wir lieben uns immer noch. Bleib gesund, bis wir wiederkommen.

Irene und Ingo«

Vor Elbing überholte sie ein Lastauto. Keine Plane über den Aufbauten. Auf der Plattform hinter dem Fahrerhaus standen junge Männer, sangen unbekannte Lieder und schwenkten weiß-rote Fahnen. Waghalsig überholte das Lastauto am Ausgang einer Kurve, zwängte sich zwischen den grauen Trabant und den grünen Käfer, überholte schließlich auch den grünen Käfer. Kein Gedanke, die vorgeschriebene Höchstgeschwindigkeit einzuhalten. Das Lastauto überfuhr geschlossene Linien, brauste durch geschlossene Ortschaften und an hoch beladenen Erntefuhren vorbei und hätte wohl auch vor geschlossenen Schranken nicht Halt gemacht. Im Vorbeifahren senkten die jungen Leute die Fahnen, ließen das Tuch über die Dächer der Autos gleiten, die polnische Fahne als Staublappen. Was sie ihnen zuriefen, verstanden sie nicht, aber es war offenbar etwas Mutiges, Lebhaftes, etwas, das mit geballter Faust und bei knatternden Fahnentüchern gerufen werden musste.

Rechter Hand die größte Burganlage des Ostens, für die einen ein Mahnmal der Unterdrückung, für die anderen ein Symbol überlegener Kultur. Auch das wird man schleifen müssen. Nichts Unterdrückung, nichts Überlegenheit, die Marienburg ist ein gemeinsames europäisches Kulturerbe, weiter nichts.

Irene wollte das Bauwerk knipsen, mit einem Nogat-Kahn und Ingo im Vordergrund. Aber die Marienburg hatte solche Ausmaße, dass ein Weitwinkelobjektiv nötig gewesen wäre.

Hinter Marienburg gleich der Wegweiser nach Danzig. Also machen wir nun einen Abstecher nach Danzig oder nicht? Es wäre ja nur ein kleiner Umweg ... Vielleicht lassen sie uns gar nicht rein wegen der Unruhen ... Danzig ist berühmt wegen der restaurierten Innenstadt ... Wenn wir schon in der Nähe sind, müssten wir Danzig sehen.

Aber vorher bekamen sie Hunger. Gleich hinter der Weichselbrücke von Dirschau hielten sie, trugen Kasimirs Vorräte an Brot, Gänsefleisch, Klopsen, Wurst und Klaräpfeln die Böschung hinunter zum Weichselufer und suchten einen trockenen Platz zwischen den Weidenbüschen. Wie spät war es?

Halb zwölf schon. Es war wie Sand-aus-der-Uhr-Laufen. So wird den Soldaten zumute gewesen sein, wenn sie im Krieg auf Urlaub kamen und zu Hause die Stunden zählten bis zur Abreise an die Front. Ihr letzter Tag und schon zur Hälfte verbraucht. Die Zeit raste immer schneller, die Front kam näher, natürlich nicht die Front, aber die Grenze, und mit der Grenze die Trennung.

Vor ihnen gluckerte das Wasser. Baumstämme hatten sich im Weidengestrüpp verfangen, die Strömung zerrte an dem Holz, verursachte Wirbel und Geräusche. Eine Militärkolonne rasselte mit beträchtlichem Lärm über die Weichselbrücke, verdeckte die am Straßenrand parkenden Autos.

»Die fahren auch nach Danzig«, sagte Ingo. Er holte mit seinem Taschenmesser eingelegte Klopse aus Kasimirs Weckglas, aß dazu schwarzes Brot, während Irene neben ihm im Gras lag und an den Rispen des Gänsefingerkrautes zupfte.

»Wenn du nach Jena kommen willst, muss meine Mutter dich einladen«, sagte sie plötzlich. »Die bekommt schon Rente, für sie ist es einfacher.«

»Wann besuchst du mich denn in Lübeck?«

Sie fragte, ob er sich über sie lustig machen wolle. Lübeck, das gehe doch nie.

»Das ist doch nicht dein Ernst.« Ingo glaubte fest daran, dass es eine Möglichkeit geben müsse, eine Härteregelung, Familienzusammenführung oder so ähnlich.

»Wir sind doch keine Familie, nur eine Urlaubsbekanntschaft. Und wenn überhaupt, dann nur auf Besuch, nicht für immer. Ich mag nämlich Jena recht gern, und ich habe dort eine großartige Aufgabe.«

Heuinseln kamen den Strom herab, blieben im Ufergestrüpp hängen, lösten sich zögernd, trieben zur Mitte, gerieten in die Wirbel, drehten sich wie Kaffeemühlen, gingen im Sog fast unter, bis sie wieder hinausgeworfen wurden an die Ufer.

»Das Hochwasser hat den Bauern das Heu von den Wiesen gestohlen!«, rief sie.

Auf einer Heuinsel saßen Möwen. Wie romantisch das war. Auf einer Heuinsel die Weichsel hinabzutreiben! Im Heu liegen, nicht rudern, nicht steuern, sich einfach dem Strom hingeben und treiben lassen, an Fischern, Flößen und Schleppkähnen vorbei. Niemand fragt nach Woher und Wohin. Vom Ufer winken Spaziergänger. Warm muss es sein auf dem Heuschiff, auch in den Nächten weich und warm, Finnland wäre ein wünschenswertes Ziel. Mit dem Strom in die Danziger Bucht, dann nordwärts die Nehrung entlang, die Samlandküste übersät mit Bernstein, die Kurische Nehrung mit ihren Wanderdünen, rechts Memel und die baltischen Häfen, dann endlich Finnland. Oder nach Schweden, das ginge auch. Oder mit der Weströmung an Bornholm vorbei zum Großen Belt und von dort aufs offene Meer. Das hat noch niemand fertig gebracht, auf einem Heuhaufen die Welt zu umsegeln. Davon kann man träumen, an der Weichsel liegen und träumen wie die Kinder, vom kleinen Häwelmann, der zum Mond fuhr, und vom wackeren Zinnsoldaten, der den Ozean besuchte.

Irene zog die Sandalen aus und ging barfuß ins flache Wasser. Als die Möwen sie sahen, flogen sie auf, verließen die treibende Insel und kamen ans Ufer. Eine Weile standen sie über ihnen in der Luft. Als Ingo Brotreste in den Strom warf, fiel der Pulk kreischend ins Wasser.

»Als zwölfjähriges Mädchen weinte ich eine Nacht lang wegen einer Geschichte, die ich in Mutters Bücherschrank gefunden hatte. Ein kindliches Liebespaar fuhr auf einem Heukahn einen Fluss hinab, verbrachte die Hochzeitsnacht im Heu, glitt am Morgen ins Wasser, um zu sterben.«

Ingo kannte die Geschichte nicht. Sie kam ihm auch ziemlich alt vor, älter jedenfalls als das tote Pferd, das auf der Eisscholle den Strom hinabgetrieben war. So hatte jeder seine tiefe Geschichte, sie ein sterbendes Liebespaar auf einem Heuschiff, er sein totes weißes Pferd auf einer Eisscholle. Wieder lief der alte Film vor ihm ab. Es wird über ein Brückengeländer gefallen sein, in Warschau oder Krakau. Oder es hat am vereisten Ufer gestanden, plötzlich löste sich eine Scholle, nahm das Pferd mit stromabwärts. Anfangs lebte es noch, stand wiehernd und stampfend auf der Eisscholle, ein eindrucksvolles Bild in der Winterstarre. Bis Bornholm wird es gekommen sein, denn Bornholm war damals in aller Munde, bis Bornholm musste man kommen.

Schon wieder schossen graue Heuhaufen unter der Weichselbrücke hervor, drehten sich aufgeregt, bis sie in ruhiges Gewässer gerieten und sich in ihre Bucht verirrten. Zwei Heuhaufen strandeten in ihrer Nähe. Es roch nach Ernte.

»Wie heißt euer Fluss in Jena?«

»Saale. Kennst du nicht das Lied ›An der Saale hellem Strande‹?«

Doch, davon hatte er schon gehört.

»Ich werde mir also ein Touristenvisum für Jena und Umgebung besorgen, eine Woche fürs Saaletal, die Dornburger Schlösser und sonstige Sehenswürdigkeiten, zum Beispiel dich.«

Sie spritzte ihn mit Wasser nass. Wegen der ›sonstigen Sehenswürdigkeiten‹. Er sprang auf, nahm sie auf den Arm und sagte, er werde sie in der Weichsel versenken. Oder doch lieber auf den gestrandeten Heuhaufen werfen. In Jena werde er ein Hotelzimmer nehmen und sie abends zum Spaziergang an der Saale abholen. Wenn es dann ganz dunkel sei, werde er den Genossen Portier fragen, ob man zu zweit aufs Zimmer dürfe. Geht nicht, wird er sagen.

Geht doch, wird Ingo Majewski antworten und ihm zehn Westmark über den Tresen schieben.

Na gut, es geht doch, wird er sagen. In Gottes Namen, natürlich nicht in Gottes Namen, sondern im Namen des humanen, menschenfreundlichen Sozialismus dürft ihr gemeinsam aufs Zimmer.

Durch Tczew, früher Dirschau. Dann weiter die E 16 nach Nordwesten. Dort holten sie den Lastwagen ein. Die jungen Leute lagerten am Straßenrand, lehnten an den staubigen Rädern, aßen Brot und tranken aus dickbäuchigen Rotweinflaschen. Die Fahnen hingen schlaff von den Aufbauten. Einer der Männer sprang auf die Fahrbahn, breitete die Arme aus und hüpfte vor ihnen wie ein Hampelmann. Was war denn mit dem los? Sechzig Kilometer, fünfzig Kilometer, vierzig Kilometer. Als der Tacho dreißig Kilometer anzeigte, sprang er zur Seite und rief ihnen etwas nach. Im Lastwagen drückte einer auf die Hupe. Die anderen am Straßenrand lachten. Als Irene vorbeifuhr, warf der Hampelmann einen Handkuss hinterher und schwenkte seine Rotweinflasche.

Wenige Kilometer weiter stand eine Frau mit Kind am Straßenrand und winkte. Das Kind trug einen Verband um den Kopf, sah aus, als hätte es unlängst Feuer gefangen. Die wollten wohl mitgenommen werden zum Arzt in die Stadt. Sie stiegen in Ingos Auto, weil da mehr Platz war. Unterwegs versuchte die Frau zu erklären, dass sie nicht zum Arzt wollten, sondern vom Arzt kamen, von einer Pilgerreise nach Tschenstochau nämlich. Des Kindes wegen hatten sie die lange Reise unternommen, weil es bösen Ausschlag hatte am Kopf, ein Jahr lang schon. An die 150 000 Menschen seien zu Mariä Himmelfahrt in Tschenstochau auf dem Feld gewesen. Der Kardinal habe gesprochen, das Kind habe die Schwarze Madonna gesehen. Nun werde der Kopf heilen. Es soll ein schönes Kind werden, denn es ist ja ein Mädchen.

Bis zur Sperre in der Vorstadt fuhren sie mit. Da standen vor ihnen zwei Sägeböcke auf der Straße, über die eine Dachlatte gelegt war. Vier Mann bewachten das Holz, Leute von der Miliz mit den blauen Halstüchern. Nein, nach Danzig komme niemand hinein, und Ausländer schon gar nicht.

Die Frau redete auf die Uniformierten ein, zeigte immer wieder auf das Kind mit dem weißen Kopfverband, das schweigend auf dem Rücksitz kauerte und nun wohl doch dringend zum Arzt musste. Der weiße Verband machte sein Gesicht so todesähnlich, ein Gesicht ohne Schmerz oder Lächeln; nur Schweiß rann am Hals abwärts und versickerte unter einem roten Hemdchen.

Also gut, sie hoben die Dachlatte hoch, wollten aber nur den grünen Käfer durchlassen. Ingo erklärte mit Händen und Füßen, dass sie zusammengehörten, der grüne Käfer und der graue Trabant. Daraufhin ließ sich einer Ingos Papiere zeigen, anschließend Irenes Papiere, verbot beiden, ins Zentrum zu fahren, auch nicht zum Hafen. Nur die Frau mit dem kranken Kind sollten sie abliefern und dann schnell raus aus der Stadt.

Als sie durch waren, legten die Milizsoldaten wieder die Dachlatte über die Straße. Bis der Lkw kam. Mit Gesang brauste er heran und hupte. Die ausgehängten Fahnen nahmen die ganze Breite der Straße ein. Kein Gedanke an

Anhalten. Hundert Meter vor der Barrikade gab der Fahrer Gas, die Milizsoldaten sprangen zur Seite, die Dachlatte brach krachend, Holzstücke wirbelten durch die Luft, die Sägeböcke torkelten in den Straßengraben.

Sie sahen es im Rückspiegel und fuhren auf den Gehweg. Es wäre jetzt mit einer wilden Schießerei zu rechnen, zumindest die Reifen des Lastwagens würde die Miliz in Fetzen schießen. Aber nichts geschah. Die Milizsoldaten kamen aus dem Graben, blickten kopfschüttelnd dem Lkw nach und richteten die Holzböcke wieder auf.

Aber die Frau war voller Unruhe. Sie wollte aussteigen, sofort. Den Rest des Weges werde sie mit dem Kind zu Fuß zurücklegen. Sie beschwor Ingo, nicht in die Innenstadt zu fahren, auch nicht zurück zu der demolierten Straßensperre. Am besten auf Umwegen die Stadt verlassen, Nebenwege benutzen, durch die kaschubischen Dörfer nach Westen. Sie nahm das Kind an die Hand und rannte mit ihm hinter eine Hauswand, als fürchte sie immer noch eine Schießerei.

Das also war Danzig. In der Vorstadt noch grau und sehr alt, nichts Sehenswertes weit und breit. Ein Lautsprecherwagen kam ihnen lärmend entgegen. Musik und eine Frauenstimme wechselten ab. Es klang nach Aufruf, nach Proklamation.

Ingo fiel »Danziger Goldwasser« ein. Das hatten sie vorzugsweise auf den Familienfesten der fünfziger Jahre getrunken. Als Kind hatten ihm immer die Goldplättchen in der Flasche Leid getan. Einmal hatte er heimlich eine Flasche voll durchs Sieb laufen lassen.

Die Ampeln ohne das vertraute Rot-Gelb-Grün. Hin und wieder gelbes Blinklicht. Ein einsamer Verkehrspolizist, der vor ihnen den lärmenden Lastwagen durchgelassen hatte, gab sofort die Straße frei, als sich die beiden ausländischen Autos näherten. Weder Straßenbahnen noch Busse unterwegs. Nicht einmal Taxen. Trotzdem viele Menschen auf den Straßen, die meisten zu Fuß, einige auf

Fahrrädern. Eine Gruppe Mädchen kam ihnen eingehakt entgegen, bildete eine Kette fröhlich singender Menschen. In den Fenstern Fahnen und Blumen. Gab es ein Volksfest in Danzig? Feierte ein katholischer Heiliger Geburtstag?

An einem Haus ein Transparent. Darauf kam das Wort Babiuch vor, der Name des polnischen Ministerpräsidenten, den die Danziger wohl erwarteten, begrüßten oder zum Teufel wünschten.

Ein Hubschrauber donnerte die Magistrale entlang. Flugblätter taumelten wie leblose weiße Vögel zur Erde, fielen auf die Dächer und in die Straßenschluchten, blieben auf parkenden Autos und Oberleitungen liegen. Niemand hob sie auf. Kinder, die den fliegenden Blättern nachlaufen wollten, wurden von ihren Eltern zurückgerufen.

Dann doch eine Ampel auf Rot. Während sie warteten, sprang ein Mädchen vor Ingos Auto, öffnete die beiden obersten Knöpfe der Bluse, bis die Brustwarzen hervortraten, zeigte seine weißen Zähne, lachte, trommelte mit den Fingern aufs Autoblech. Dann sprang die Ampel auf Grün.

Rechts das Zeitungshaus von »Glos Wybrzeza«. Eine Postenkette schirmte das Gebäude ab. Hinter den Soldaten studierte ein alter Mann die Blätter in den Schaukästen.

Der Menschenstrom floss in eine Richtung. Zum Fluss hin. Oder war das schon das Meer? Was fließt eigentlich durch Danzig? Die Weichsel oder die Nogat oder irgendein kleines Flüsschen? Wieder einmal nicht aufgepasst in der Schule, Ingo Majewski. Und deine kleine Lehrerin, die es sicher wusste, saß hilflos hinter dem Steuer ihres Trabant. Es ging nicht weiter. Die Menschen spazierten auf der Fahrbahn, keilten die wenigen Autos ein, die sich in die Hafengegend verirrt hatten.

Wieder Musik aus einem Lautsprecher. Sie brach sich an der Häuserfront, kam als Echo zurück. Über ihnen eine Balkonreihe mit Fahnen. Im Hintergrund Kräne, ein weißes Schiff am Kai, wohl eine Fähre aus dem Westen, die nicht auslaufen konnte, weil die Hafenarbeiter streikten. Ob der aus Iserlohn schon zu Hause war?

Hinter dem Schiff das Denkmal für die Helden der Westerplatte, hoch über dem Hafen, weit entfernt, aber unverkennbar wie in allen Reiseführern ausgedruckt. Dieses wunderliche Volk hatte in seiner Geschichte fast immer nur verloren und besaß trotzdem so viele Helden.

Ingo parkte auf den Straßenbahnschienen, weil es nicht mehr weiterging. Sofort umlagerte ein Menschenpulk sein Auto.

Wo war Irene? Er sah sie nicht hinter den vielen Köpfen. Ein Mann, ein Künstler in langem weißem Haar, der Kleidung nach ein Diogenes aus der Tonne, redete auf Ingo ein.

Wo blieb Irene?

Eine Frau drängte sich vor, um die Botschaft des Mannes ins Deutsche zu übersetzen: »Polen gehört zum christlichen Abendland, Polen ist ein Stück Europas! Vergesst das bitte im Westen nicht!«

Willst du nicht Geld tauschen, Freund? Der Kurs mittlerweile schon bei sechzig Złoty für eine Mark. Ein Student drängte Ingo eine Adresse aus Diepholz auf. Dort wohne ein guter Freund von ihm, den er doch bitte besuchen solle. Schöne Grüße nach Diepholz!

Ingo boxte sich durch die Menge, fand Irene neben ihrem Auto, ganz allein. Sie kämmte ihr Haar, als gäbe es nichts Besseres zu tun auf den Danziger Straßen.

Er legte seinen Arm auf ihre Schulter. »Komm, wir sehen mal, was da los ist.«

Eigentlich hatten sie die Innenstadt mit den restaurierten Bauten besichtigen wollen. Aber der Menschenstrom drängte sie ab zum Hafen. Eine Schiffssirene heulte, hörte sich an wie vor der Mole von Travemünde, wenn die Fähren im dicken Nebel hereinkommen.

Sie fassten sich an. Das war nötig, um nicht verloren zu gehen. Ein junger Mann sprang auf sie zu, gab sich als Germanistikstudent aus und wollte an ihnen seine Sprachfertigkeit ausprobieren. Sein Dozent habe ihm erklärt, es müsse ihm gelingen, einen Witz in deutscher Sprache so zu erzählen, dass die Zuhörer die Pointe verstünden. Dann gehöre er zu den Fortgeschrittenen in seinem Sprachkurs. Neben ihnen auf der Straße gehend, erzählte er den Witz vom Genossen Gierek, der zwei Herzinfarkte erlitten hatte. Und das kam so: Vor ein paar Jahren flog ein polnischer Kosmonaut mit einem sowjetischen Raumschiff durch den Weltraum. Nach der Landung feierte ganz Polen und war stolz auf seinen Kosmonauten. Aber zwei Wochen später erlitt der Erste Parteisekretär Gierek einen Herzinfarkt, als nämlich der Genosse Breschnew der polnischen Regierung die Rechnung für die weite Reise des Kosmonauten schickte. Mit Mühe erholte sich der Erste Sekretär von dem Schlag, acht Wochen später traf es ihn zum zweiten Mal. Da kam nämlich ein Brief aus Moskau, in dem stand, dass jene Rechnung nur die erste Rate der Flugkosten des polnischen Kosmonauten gewesen sei.

Der Student wollte wissen, ob sie die Pointe verstanden hätten. Ja, ja, sie hatten verstanden.

»Aber ihr lacht ja nicht, also habt ihr doch nicht verstanden.«

»Wenn Gierek hört, dass seine Bergarbeiter in Schlesien streiken, bekommt er den dritten Herzinfarkt!«, sagte einer neben ihnen.

Als der Name Gierek fiel, gellten Pfiffe.

»Gierek soll kommen! Er soll hören, was wir zu sagen haben!«

Jemand schwenkte »Trybuna Ludu« und las laut daraus vor. Da stand, dass der Erste Sekretär nach erfolgreichen Gesprächen auf der Krim die Heimreise nach Polen angetreten habe. Die Umstehenden lachten.

»Ja, sie haben ihn als Feuerwehr nach Hause geschickt!« Weiter! Weiter! Wasser wurde riechbar, dann sichtbar.

»Hundert Jahre sollst du leben!«, sangen Arbeiter auf einem schmutzigen Lagerplatz, es hatte wohl jemand Geburtstag.

Fahnen auf den Werften und vor den Betriebstoren. Vor Dock 8/18 standen junge Männer, jeder einen Knüppel in der Hand. So sahen polnische Streikposten aus. Einige saßen auch auf den Mauern, den Oberkörper entblößt, in der Sonne bräunend. Im Schatten eines Fliederbusches lagerten sie um einen Spirituskocher. Kaffee wurde warm gehalten. Zwei hatten einen Eisenspieß durch ein gerupftes Huhn getrieben und grillten es über der Spiritusflamme.

Drüben das Haupttor der Leninwerft. Ein hellgestrichener Metallgitterzaun. Vor dem Gitter Menschen, hinter dem Gitter Menschen. Halbe Gesichter blickten durch die Stäbe, funkelnde Brillengläser. Auf der einen Seite hauptsächlich Frauen, auf der anderen ihre streikenden Männer. An einem Torflügel hing das Bild des polnischen Papstes, am anderen die Schwarze Madonna, beide mit Blumen bekränzt, ein Sommer der Gladiolen. Unzählige Sträuße lagen am Metallgitterzaun, ein Blumenmeer wie auf frischen Gräbern. Jemand warf ununterbrochen Nelkenköpfe über das Tor. Kinderhände, Frauenhände, Greisenhände umklammerten die blauen Gitterstäbe, Hände, die Käthe Kollwitz hätte malen können, Hände, die an der blauen Farbe kratzten und das kalte Eisen wärmten. Größere Kinder hangelten sich hoch und rutschten am Eisengitter abwärts. Schwer zu sagen, wer hier drinnen und wer draußen war. Waren die auf der Werft eingesperrt oder die auf der Straße?

Ein Lastwagen bahnte sich hupend den Weg durch die Menge, fuhr ein Transparent mit der weit sichtbaren Aufschrift CHLEBA spazieren. Der brachte Brot oder holte Brot oder forderte Brot.

Ein Gottesdienst unter freiem Himmel? Mitten auf dem Werftgelände ein einsamer Holzaltar. Hier hatten Arbeiter gestern oder am heiligen Sonntag auf ausgebreiteten Zeitungen gekniet, hatten Kerzen gebrannt am hellen Tag, hatte ein Priester, zwischen Schiffsblechen und Metallspänen auf einem Schemel sitzend, die Beichte abgenommen. Er hing noch da, Christus am Kreuz, im Sonnenlicht furchtbar leidend. Leninwerft und heilige Messe! Wer hätte das je zusammengebracht. Christus holte sich alles wieder, nun auch die Werften, die Lenins Namen trugen.

Plötzlich klirrte Glas. Auf dem Werftgelände zerschlugen Männer mit weißen Armbinden gefüllte Wodkaflaschen, die man ihnen durchs Torgitter gereicht hatte. Nicht trinken, nicht trinken! Ihr müsst einen klaren Kopf behalten. Nur keinen Anlass geben, betrunkene Randalierer abzuführen.

Angenehmer waren die halb reifen Tomaten, die eine Oma durchs Gitter reichte. Eine so alte graue Hand und darin die grünroten frischen Tomaten! Einer der Arbeiter nahm ihr die Tomaten ab, biss hinein und bespritzte sein Oberhemd mit Tomatensaft. Da lachten sie auf der Straße.

Drei Kinder bildeten eine Pyramide. Der Kleinste an der Spitze reichte einen Korb mit Klaräpfeln über den Gitterzaun. Unten versuchten sie es mit Eiern. Jemand hatte ein Körbchen voller Eier mitgebracht, wollte sie, eins nach dem anderen, unter dem Tor hindurch aufs Werftgelände rollen. Aber die Betonplatten hatten Gefälle, die Eier kamen immer wieder zurück auf die Straße. Da legte sich drüben einer hinters Gitter und fing die Eier ab.

»Sieh dir mal ihre Hände an!«, sagte Ingo. »Das sind richtige Arbeiter.«

Ein Traktor brachte auf einem Anhänger Matratzen, Strohsäcke und Decken zu einem Nebeneingang der Werft. Auch ein Sack Kartoffeln wurde über den Zaun gehoben. Auf dem Bürgersteig sahen sie einen schäbigen Küchenstuhl, auf dem ein riesiges Bonbonglas stand von der Art, wie es früher in alten Kolonialwarenläden die Blicke der Kinder auf sich gezogen hatte. Das Glas halb gefüllt mit Münzen und Scheinen. An der Stuhllehne hing ein Schild, das Irene und Ingo nicht entziffern konnten. Ein Schulmädchen erklärte ihnen die Inschrift in Englisch. In dem Bonbonglas werde Geld gesammelt für ein Denkmal der 1970 in Danzig erschossenen Arbeiter. Auch westliche Valuta sei erwünscht, selbst Deutsche Mark Ost könne man gebrauchen, nur keine Rubel.

Ingo schüttete den Rest polnischen Geldes, den er besaß, in das Bonbonglas. Nichts für ungut, Kasimir, dass sich die Deutschen nun doch noch an deinem polnischen Denkmal beteiligten.

»Komm weiter!«, flüsterte Irene. Ihre Hand war feucht.

Ein junger Bursche reichte ihr im Vorbeigehen eine rote Nelke, einfach so, wortlos und ohne zu lächeln.

Am Werktor tauchte plötzlich ein Riese mit nacktem Oberkörper auf. Er warf ein Paket Flugblätter über den Gitterzaun. Auf halber Höhe löste sich der Packen auf, die Zettel flatterten in die Menge, es sah aus, als fiele ein Schwarm weißer Vögel ein. Sie hoben kein Blatt auf, konnten es ja doch nicht lesen. Aber ein Mann trug ihnen einen Zettel nach, bat sie eindringlich, das Papier nicht zu verweigern. Auf ihm stünden die Streikforderungen der Arbeiter. Sie mussten verbreitet werden. Die Arbeiter in Westdeutschland, in der DDR, in der ganzen Welt sollten es erfahren. »Erzählt allen, was ihr gesehen habt! Denkt an uns! Betet für uns!«

»Gruschina! Gruschina!«, rief eine Frauenstimme. Kein Mädchen war gemeint, sondern ein schwarzer struppiger Hund, der sich durch die Gitterstäbe gezwängt hatte und kläffend auf der großen Leninwerft herumlief. Die Arbeiter bildeten einen Kreis, um Gruschina zu fangen, aber der Hund sprang auf einen Haufen rostender Bleche und kläffte von oben die Männer an. »Ein Spitzel der Miliz!«, schrie einer, und die anderen lachten.

Dann die Lautsprecherstimme. Nicht: Hier spricht die Polizei! Nein, es war eine Frauenstimme, die Polizei spricht niemals mit Frauenstimmen. Sie kam vom Werftgelände. Augenblicklich wurde es still, draußen und drinnen, nur der hässliche Hund kläffte und musste jetzt wirklich gefangen und auf die Straße befördert werden. Plötzlich Beifall. Lautes Händeklatschen. Gesang begann auf dem Werftgelände, setzte sich auf der Straße fort, schlug von Hauswänden zurück. Alte Männer standen herum und zupften verlegen an ihren Bärten, alte Frauen mit nassen Augen, stumme Kinder, die verwundert zu den singenden Erwachsenen aufschauten.

Irene zog ihn fort. Sie sagte, sie käme sich fremd vor in dieser irrationalen Mischung von Gottesdienst und Arbeit, alten Frauen mit Eiern und Tomaten, Kindern mit Blumensträußen, Priestern und hässlichen schwarzen Hunden und diesem Bonbonglas für die erschossenen Arbeiter.

Mensch, Irene, so etwas erleben wir nie wieder! Das kommt in diesem Jahrhundert nicht mehr vor. In späteren Lesebüchern werden sie diesen Tag von Danzig beschreiben, und Millionen werden es mit Ergriffenheit lesen. Aber wir sind dabei gewesen. Aus purem Zufall, weil wir die restaurierten Fassaden der alten Stadt sehen wollten und weil wir die Frau mit dem kranken Kind trafen.

Irene wollte zum Auto. Als sie das größte Gewühl hinter sich hatten, klang der Gesang aus. In die Pause, die entstand, bevor die Schiffe im Hafen wieder ihre Nebelhörner hören ließen, sagte sie: »So etwas wäre in der DDR nicht möglich.« Und dann, nach sehr langem Nachdenken: »Bei uns gibt es auch keinen Anlass dafür. Es ist alles in Ordnung, die Versorgung gesichert, niemand braucht für Brot zu streiken.«

Ingo stupste zärtlich seinen Zeigefinger auf ihre Nase.

Er mochte sie, gerade jetzt, da sie so rührend ihre »ordentliche« DDR verteidigte.

»Wie hübsch du heute aussiehst«, sagte er. Sie überhörte es, war immer noch mit ihrer DDR beschäftigt.

»Du wirst es vielleicht nicht glauben, Ingo, aber ich finde das Leben bei uns durchaus lebenswert. Jeder weiß, wohin er gehört und was er zu tun hat. Es ist da eine bestimmte Ordnung, auf die sich jeder verlassen kann. Streiks, Demonstrationen, Rowdytum, eingeschlagene Schaufenster und Barrikaden, so etwas kommt nicht vor, und wenn du es recht überlegst, es hilft ja auch nicht weiter.«

»Aber einmal kam es doch vor, damals, als du geboren wurdest, Irene.«

Kaum ausgesprochen, tat es ihm Leid. Er wollte nicht mit ihr streiten, nicht an ihrem letzten Tag. Nun wird sie erzählen, muss sie erzählen, was seit einem Vierteljahrhundert zur Rechtfertigung dieses unerhörten Vorgangs in Büchern und Zeitungen geschrieben worden ist, die Geschichte von Provokateuren, Agenten und bösen antisozialistischen Elementen.

Nein, sie sagte nichts. Sie steckte die Nelke, die ihr der Passant geschenkt hatte, ins Haar, sah plötzlich aus wie eines jener kalifornischen Blumenkinder. So mochte er sie, so wollte er sie in Erinnerung behalten, eine rote Nelke im schwarzen Haar.

Sie gingen schweigend zu den Autos. Er dachte unterwegs, dass möglicherweise einmal der Tag käme, an dem viele Menschen stolz darauf sein würden, dass der 17. Juni keine bestellte Provokation war, sondern spontan von den Arbeitern kam, der einzige Lichtblick in fast fünfzig deutschen Jahren, den 20. Juli ausgenommen! Ingo Majewski stellte sich dieses Fest vor, wenn sie – na, nehmen wir mal den 17. Juni 2003 – ein Bonbonglas auf einen Küchenstuhl unter das Brandenburger Tor stellen werden, um zu sammeln für ein Denkmal der toten Arbeiter von der Stalinallee. Das größte Fest der deutschen Arbeiter … und eine Straße verliert ihren Namen.

Siebenundzwanzig Jahre und zwei Monate alt, so alt wie der Tag nach dem 17. Juni. Und so weich und so anschmiegsam. Die rote Nelke duftete. Ihre Hände waren immer noch feucht, die Bluse durchgeschwitzt. Ihn störten die Schweißflecken unter den Armen nicht, auch nicht die Tropfen auf ihrer Stirn. Das gehörte zu diesem heißen, aufgewühlten Mittag in der alten Stadt Danzig.

Unter den Scheibenwischern fanden sie die gleichen Flugblätter, die im Hafen über das Werfttor geworfen worden waren. In die Staubschicht über dem DDR-Schild des Trabant hatte jemand ein Hakenkreuz gemalt, die Haken verkehrt rum. Was hatten diese Maler für eine Ahnung von Hakenkreuzen! Er wischte die Schmiererei weg, bevor Irene sie entdeckte. Sie hatte das nicht verdient, ein Hakenkreuz auf ihrem Trabant.

Zerfetzt und geknickt hingen die Gladiolen an den Antennen. Während Ingo das Klebeband entfernte und die ramponierten Blumenreste in den Rinnstein warf, kam ein älterer Herr mit auffallend magerem Gesicht über die Straße. Er schien auf sie gewartet zu haben. Als er den Mund öffnete, blitzte rechts Gold auf, links eine Zahnlücke. Ob sie ihn mitnehmen könnten, fragte er. Er lebe in Gdynia, aber Straßenbahnen und Busse verkehrten ja nicht. Auch telefonisch könne er seine Familie nicht erreichen, weil Danzig vom polnischen Telefonnetz abgeschnitten sei. Er komme gerade aus seinem Labor und wisse nicht, wie er Gdynia erreichen solle, zumal ja auch die Taxifahrer streikten.

Er sprach wie einer, der in Heidelberg oder Bonn studiert hatte, der ohne Mühe Goethe ins Polnische hätte übersetzen können. Er könne ihnen helfen, aus der Stadt herauszufinden. Das sei ja etwas problematisch. Im Westen habe man, so sei im Institut berichtet worden, Straßensperren errichtet. Aber er kenne die Schleichwege und Abkürzungen.

»Gdynia liegt im Westen Danzigs«, sagte Irene. »Dahin müssen wir sowieso fahren.«

Er stieg in Ingos Auto. Sie fuhren langsam voraus, Irene hinterher. Es ging die Grunwaldzka nach Nordwesten zu.

»Wissen Sie, was der Name Grunwald bedeutet?«

Ingo wusste es von Irene, aber sein Beifahrer erklärte es noch einmal. »Grunwald ist für die Polen das, was den Deutschen Tannenberg bedeutet. Beide Völker haben übertrieben, wir mit Grunwald, ihr mit Tannenberg.«

Ob er rauchen dürfe? Als Ingo nickte, drehte er sich eine Zigarette. Da sah Ingo zum ersten Mal die Hände des Mannes, ungewöhnlich zarte, schlanke Hände, die Chopin spielen könnten, vielleicht ein Musikprofessor.

In Zoppot bat er um einen Umweg zum Strand. Er wolle ihnen nach der hektischen Betriebsamkeit der Stadt etwas Ruhiges und Beschauliches zeigen.

Die beiden Autos hielten unter den Schatten werfenden Kiefern. Nur ein Steinwurf entfernt das Meer. Wenige Segelschiffe unterwegs in der Danziger Bucht, eine Mole, die im Blau des Horizonts verschwamm. Ein gewaltiges Hotel im hellen Sand, davor Badeleben unter bunten Sonnenschirmen und buddelnde Kinder.

»Viele Deutsche kommen im Sommer an diesen Strand«, sagte der Professor.

Ingo stieß Irene an, sagte, dass sie noch einmal baden müssten an ihrem letzten Tag.

»Aber nicht hier«, antwortete sie. Erst den Professor absetzen und dann draußen an einem einsamen See oder am Meer im warmen Sand liegen oder im Gras. So tun, als gäbe es nur zwei Menschen auf der Welt, die von Heuinseln träumen und von mächtigen Strömen.

»Hat Sie das, was Sie in Danzig gesehen haben, sehr irritiert?« Er richtete die Frage an Irene, und zu Ingo sagte er beiläufig: »Sie kann es ja nicht irritieren. Sie erleben dergleichen jeden Tag. Bei Ihnen kann man gegen alles und für alles demonstrieren, nur bei uns ist es noch etwas ungewohnt, wir müssen erst lernen.«

Da Irene nichts sagte, sie in die Hocke ging und im Sand malte, wechselte er das Thema. »Stalin soll einmal gesagt haben, der Kommunismus tauge nicht für die Polen; die seien zu nationalistisch und individualistisch.«

Der Sand war so angenehm warm, das Wasser fiel müde vor Irenes Füße, und irgendwo weinte ein Kind. Und Ingo sagte, es wäre besser zu fahren.

Weiter auf der Hauptstraße nach Gdynia. Kiefernwälder verdeckten das Meer, aber es war mit seinen Möwen und dem frischen Wind durchaus gegenwärtig, kam mit Geruch und Geräuschen durch das offene Fenster.

»Gdynia hieß einmal Gotenhafen«, fing der Professor nach einer Weile schweigsamer Autofahrt an.

Ingo kannte nur Friedrichshafen, Heiligenhafen, Bremerhaven und Cuxhaven, von Gotenhafen hatte er noch nichts gehört.

»Das war während der deutschen Besatzung«, fuhr der Professor fort. Er warf den Zigarettenstummel aus dem Fenster. Er stellte keine Fragen, erwartete keine Antworten, es schien ihm gleichgültig zu sein, ob Ingo zuhörte oder nicht. Er hätte auch das Radio anstellen können, der Professor hätte weitergesprochen. Die ganze Strecke an der Küste entlang sprach er von den Deutschen und den Polen. Nicht von ihren Schrecklichkeiten, davon wussten ja alle schon mehr als genug, sondern von den vielen Gemeinsamkeiten, die bisher mit Fleiß verschwiegen worden waren. Dach, Ziegel, Maurer, Drucker, Schnitzer, alles aus dem Deutschen kommende Wörter, die im Polnischen heimisch geworden waren. Die Polen sind Christen geblieben, sie hängen dem westlichen Kulturkreis an und träumen von der Rückkehr ins christliche

Abendland. Die Deutschen könnten eine Brücke sein, ihnen die Heimkehr nach Europa erleichtern …

»Die nächste bitte links abbiegen!«

Niemand sagte den Kindern, dass die polnische Westgrenze über Jahrhunderte hinweg die friedlichste und dauerhafteste Grenze Europas gewesen ist. Von den neuen Gebieten, die Polen 1945 bekam, besaßen nur wenige eine polnische Vergangenheit. Ostpreußen war niemals polnisch, die Deutschen haben das Land nicht den Polen weggenommen, sondern den eingeborenen Pruzzen. Das westliche Pomerellen warf mehrere Male die polnische Herrschaft ab, wollte ein eigener Staat werden. Im 17. Jahrhundert eroberten die Schweden Pomerellen; die Preußen nahmen das Land den Schweden ab, nicht den Polen. Schlesien wurde im Mittelalter böhmisch und kam auf Umwegen zur österreichischen Monarchie. Die Preußen nahmen es den Österreichern weg und nicht den Polen.

»Sie sagen das nur, weil Sie mir einen Gefallen tun wollen«, unterbrach Ingo seinen Redefluss. »Ich nehme Sie mit dem Auto mit, und Sie fühlen sich verpflichtet, mir etwas Gutes zu erzählen.«

Durchaus nicht! Nein, überhaupt nicht! Niemals würde er beispielsweise sagen – nur um Ingo einen Gefallen zu tun –, die Westgebiete müssten wieder an Deutschland zurückfallen. Es gebe eine Rechtfertigung der Westverschiebung Polens, an die die meisten Deutschen überhaupt nicht dächten. Nicht, weil die Deutschen den Krieg verloren haben, so etwas rechtfertigt überhaupt nichts. Aber die Vertreibung von Millionen Polen aus den polnischen Ostgebieten durch die Sowjetunion, das sei es. Wo sollten diese Menschen denn hin, wenn nicht in den Westen?

Seine langen Finger zitterten. Nervös fuhr er sich durchs Haar, brachte es nicht mehr fertig, eine Zigarette zu drehen, der Tabak rutschte immer wieder aus dem Papier, fiel in die Hand, aufs Knie, auf den Boden. Er beteuerte, während er sich nach dem Tabak bückte, dass noch vor Ende dieses Jahrtausends die Menschen in Europa aufhören müssten, in Fahnen und Nationalfarben zu denken. Wenn sich jeder Europäer frei bewegen dürfe, wenn die Länder zu Provinzen des einigen Europa würden, wäre es doch gleichgültig, welche Fahnen über Krakau oder Köln wehten, dann wären Fahnen und Nationalfarben nur noch folkloristischer Schmuck. Um das zu erreichen, müssten sich Polen und Deutsche versöhnen. Aber Versöhnung könne nicht mit einer Lüge beginnen. Wir dürfen nicht länger behaupten, die Polen seien 1945 in ihre rechtmäßig angestammten Gebiete zurückgekehrt und von Westen her sei nur Unglück über die Polen gekommen, angefangen von den Kreuzrittern bis zum Hakenkreuz. Gehen Sie mal durch unsere Städte, besuchen Sie mal Krakau! Große Werke der Architektur, Malerei und Bildhauerei kommen von Deutschen, die sich dort niedergelassen hatten und die polnische Kultur bereichert haben. Veit Stoß war ein Deutscher, aber unsere Kinder lernen, er sei einer der größten polnischen Künstler gewesen. Bei Liegnitz in Schlesien haben Deutsche und Polen gemeinsam das Abendland vor den Mongolen gerettet …

»Sie denken daran, links abzubiegen, mein Herr!«

Ja, er war wohl wirklich ein Professor, einer, der sich noch selbst in Begeisterung zu reden vermochte, der auf der Straße nach Gdynia eine Vorlesung in Geschichte hielt.

»Wissen Sie, was uns fehlt an den europäischen Universitäten? Eine neue Disziplin: Völkerverständigung. Die gescheitesten Köpfe sollten in wissenschaftlicher Arbeit jene Mythen und Halbwahrheiten aufdecken, die den europäischen Völkern Unglück gebracht haben und immer noch bringen, die auch heute noch herhalten müssen, um Menschen emotional zu bewegen, ihren Verstand zu betäuben, sie marschieren zu lassen. Ja, verbreiten Sie nur diesen Vorschlag im Westen! Studieren wir Völkerverständigung! Stellen Sie sich das mal vor: Einmal im Jahr treffen sich die Wissenschaftler in einer europäischen Stadt, in Paris, Budapest oder Prag, um die gewonnenen Erkenntnisse auszubreiten. Einer nach dem anderen steht auf und sagt der Öffentlichkeit Europas, dass nach wissenschaftlicher Erkenntnis diese oder jene Überzeugung sich als Lüge, als Halbwahrheit oder Übertreibung herausgestellt habe. So verschwindet Jahr für Jahr mehr Falschheit aus unseren Geschichtsbüchern, und am Ende dieses Läuterungsprozesses nehmen wir alle die europäische Geschichte als unsere gemeinsame Vergangenheit an, mit allen Höhen und furchtbaren Entgleisungen, auch mit Auschwitz, ja, auch Auschwitz.«

Er bat Ingo, anzuhalten. Hier sei er zu Hause, sagte er und zeigte zu einem grauen Haus, das so aussah, als sei es in jener Zeit gebaut worden, als Gdynia Gotenhafen hieß. Hinter den Fensterscheiben bewegte sich eine Gardine. Ein größeres Mädchen kam auf die Terrasse und winkte. Ingo stieg mit dem Professor aus, und sie gingen zu dem hinter ihnen haltenden Trabant. Der Professor bat Irene, mit ins Haus zu kommen. Seine Tochter werde Tee servieren, denn Tee sei noch reichlich vorhanden.

Danke, sie hatten keine Zeit mehr. Als er ihr die Hand reichte, fragte Irene, ob er das billige, was in Danzig vor sich gehe. Ja, eigentlich schon, antwortete er. Nur eines störe ihn, es gebe zu viele weiß-rote Fahnen. Die starke nationalistische Strömung, von der das Geschehen angetrieben werde, sei ihm fremd. Er halte es mit dem deutschen Philosophen Nietzsche, der sich übrigens als Abkomme eines polnischen Adligen bezeichnet habe und von dem das Wort stamme, Nationalismus sei die kulturwidrigste Krankheit und Unvernunft, die es gäbe. Aber vielleicht müsse man etwas Geduld haben mit den Polen. Sie hätten ja nichts anderes. Ohne die Religion und den altmodischen Nationalismus wären sie längst elend untergegangen.

Das Mädchen kam auf die Straße, um den Professor abzuholen. Als es die roten Flecken in seinem Gesicht sah, sagte es besorgt: »Du hast dich wieder so erregt, Vater!«

Bevor er sich verabschiedete, beschrieb er Ingo den Weg. Nach Südwesten zu den kaschubischen Seen müssten sie fahren. Das sei eine schöne Gegend, auch zum Baden geeignet. Er selbst komme aus der Woiwodschaft Zielona Gora, dort sei es auch schön. Allein der Name: Zielona Gora. Ein Mädchen könnte man so nennen. Ingo fragte nach seinem Beruf.

Er sei eigentlich Literaturprofessor in Krakau, aber man habe es für richtig gehalten, ihn vorübergehend anderweitig zu beschäftigen. Zur Zeit gebe er sich vorzugsweise mit destilliertem Wasser ab. Nur vorübergehend, versteht sich, nur vorübergehend! An der Haustür drehte er sich um.

»Lassen Sie uns nicht im Stich!«, rief er ihnen nach. »Aber was noch wichtiger ist, werden Sie beide glücklich! Geben Sie einfach nicht auf, resignieren Sie nicht!«

Kartuzy, früher Karthaus. Danach die kaschubischen Seen. Es wird Gewitter geben. Sieh mal die blaue Wand im Süden, da müssen wir durch.

Sie lagen an einer Böschung und aßen die letzten Klaräpfel. Hinter ihnen das aufziehende Gewitter, vor ihnen ein Kiefernwald. Ob da noch Blaubeeren sind? Sie pflückte Gänseblümchen und flocht daraus einen Kranz. Weißt du noch – unsere Gänseblumenwiese am Schülzener See? Ist es schon so weit, dass wir »Weißt du noch?« sagen müssen?

Woher kam nur diese Müdigkeit am Nachmittag? Einfach zu wenig geschlafen in all den Tagen. Und zu viel erlebt. Nichts Dramatisches zwar für den Augenblick, aber die Vergangenheit nacherlebt, in dem verbrannten Dorf bei Kowel gewesen, das Herrenhaus in Polninken besucht und auf Großvater Majewskis Chaussee spazieren gegangen. Zu viel, um nicht müde zu sein.

»Morgen um diese Zeit bin ich in Jena, und du bist in Lübeck, und unsere Heuinseln irren auf der Ostsee umher.«

Immer noch dieses Gefühl, in einem rasenden Zug zu sitzen, der sich von allem Vertrauten, Warmen, Menschlichen entfernte, bedenkenlos in die schwarze Nacht fuhr. Polninken, hatte es das überhaupt gegeben? War es ihnen am Ende nur in einem Traum erschienen, eine letzte Illusion von Friedfertigkeit und Beschaulichkeit, eine Heuinsel kurz vor dem Untergehen?

»Wie lange wird es dauern, bis du mich vergessen hast?«, fragte Irene plötzlich. »Zwei Wochen oder vierzehn Tage?«

Ihm blieb fast das Apfelstück im Hals stecken.

Vergessen sei doch ganz natürlich, meinte sie. Eine Art Schutzreaktion. Ohne Vergessen könne man nicht leben. »Du kehrst in deinen Lebenskreis zurück, ich in meinen. Wir haben unsere Bekannten und Freunde. Es gibt neue Erlebnisse. Bald wird die kurze Reise nach Polen verblassen. So geht es allen. Warum sollte es bei uns anders sein?«

Es war nun höchste Zeit, ein paar sehr große Worte sehr gelassen auszusprechen: Dich vergesse ich nie! Bald sehen wir uns wieder! Und was man so zu sagen hat nach dem alten Wörterbuch der Liebe. Aber diese tausendmal durchgekauten und durch den Fleischwolf gedrehten Worte passten nicht an ihre Böschung mit den frühlingshaft blühenden Gänseblümchen, an der Schnecken durchs Gras krochen und Ameisen ihre kleinen Trampelpfade suchten. »Das wäre ja schrecklich«, sagte er nur und pustete ihr ins Ohr.

Das Gewitter schob sich langsam gegen die Danziger

Bucht vor, hing über der kaschubischen Landstraße wie ein aufgeblasener Kohlensack. Es begann nicht tröpfelnd, sondern schüttete gleich mit einer solchen Heftigkeit los, dass die Scheibenwischer es nicht mehr schafften. Mit Mühe erreichten sie den nächsten Parkplatz. Da saßen sie, getrennt durch den Platzregen, jeder in seinem Auto. Als es nicht nachlassen wollte zu gießen, riss er die Tür auf und rannte zu dem grauen Trabant, klopfte an die Scheibe. Sie öffnete. Er warf sich auf den Beifahrersitz. Sie zerrte ein Handtuch aus dem Gepäck, trocknete sein Gesicht ab, erst das Gesicht, dann die Haare und die Hände. Sehr liebevoll und ausdauernd tat sie das.

»Also, so hab' ich mir unser Baden nicht vorgestellt.«

An den Scheiben spülte es herunter. Ein vorbeifahrender Lkw warf Schmutzwasser über den grauen Trabant.

»Hoffentlich ist das gute deutsche Wertarbeit. Wenn dein Trabbi undicht wird, schwimmen uns die Socken weg.«

Neben ihnen quietschten Bremsen, der Schotter rutschte, ein Auto hielt. Nichts zu erkennen durch den Wasserschleier, nur ein grauer Klotz neben ihnen, sah aus wie ein Lieferwagen.

Sie krochen nahe zusammen. Der alte Herdeninstinkt: bei Gefahr sich kuscheln, umklammern, einander nicht loslassen.

»Im Auto sind wir vor Blitzschlägen sicher.«

Klar, das war die Sache mit dem faradayschen Käfig. Zum Glück funktionierten wenigstens die physikalischen Gesetze in Ost und West gleich, sogar in den Schulbüchern. Und er hatte eine kleine Lehrerin bei sich, die das alles auslegen und erklären konnte.

Nach einer Viertelstunde ließ der Regen nach, der Lieferwagen bekam Konturen. Auch seine Farbe wurde erkennbar: tiefdunkles Blau. Der hatte ja eine westdeutsche Nummer. Ein VW-Transporter aus Hamburg, an der Tür ein Firmenschild:

Malereibetrieb Böricke –
Fassaden, Holzanstrich, Tapeten, Dekorationen

Was hatte ein Hamburger Malereibetrieb in Polen zu suchen? Der aus Iserlohn wüsste da sicher seine Antworten: Na klar, Farbe muss her! Vor allem brauchen die Polen Farbe, dann sieht alles gleich erträglicher aus! Dabei hatten sie Farbe genug, unendlich viel Weiß und Rot.

Als es nur noch tröpfelte, stieg der Fahrer aus, aber zur anderen Seite. Sie sahen nur die altmodischen Schnürstiefel, um die das Wasser spülte. Endlich kam der dazugehörige Mensch zum Vorschein, ein älterer Mann, mit Pergamentpapier in der Hand. Er wickelte ein Stück Brot aus und biss ab. Zwischen den beiden Personenwagen blieb er stehen, schaute in den leeren Käfer. Anschließend kam er zu dem Trabant. Als er sah, dass da zwei Menschen drin saßen, wandte er sich sofort ab. Nur nicht stören! Es könnte ja ein Liebespaar sein.

Irene wischte ein Guckloch in die beschlagenen Scheiben. Jetzt sahen sie ihn deutlicher. Ja, ein älterer Mann. Das Haar glatt gescheitelt. Ein Bärtchen zwischen Nase und Oberlippe, wie es vor vierzig Jahren gern getragen wurde, nach dem unrühmlichen Ende des Hauptbartträgers aber nicht mehr so gern. Er schien allein zu sein. Warum trieb sich ein alter Mann mit dem Lieferwagen eines Hamburger Malereibetriebes in der Kaschubei herum? Irene drehte die Scheibe runter und ließ frische Luft ins Auto. Jetzt sahen sie, dass der Lieferwagen überladen war, das Gewicht drückte schwer auf die Reifen.

Der Alte glättete das Pergamentpapier, steckte es zusammengefaltet in die Brusttasche. Danach öffnete er die Heckklappe des Transporters. Keine Farbeimer und Malerleitern kamen zum Vorschein, sondern Pappkartons, hochgestapelt bis unter die Decke.

Sie stiegen aus, sagten guten Tag, und er sagte: »Na, so ein Wetter aber auch!«

Als sie über die vielen Pakete staunten, sagte er, es seien an die zweihundert Stück und auf jedem Karton der gleiche Zettel, den die Buchhalterin von Böricke mit der Schreibmaschine und Kohlepapier durchgeschlagen habe. Immer die gleiche Inhaltsangabe:

Traubenzucker (250 Gramm)
1 Kilo Dauerwurst
1 Dose Kakao (500 Gramm)
3 Stücke Toilettenseife
1500 Gramm Seifenpulver
4 Dosen Schweinefleisch à 250 Gramm
(EG-Bestände)
1 Beutel Reis (500 Gramm)
½ Kilo Kaffee
4 Tafeln Schokolade à 100 Gramm
3 Beutel Mackintosh-Bonbons
1 Paket Mondamin

»Wissen Sie, man sieht heute jeden Tag im Fernsehen die Menschenschlangen aus Polen. Wir im Westen haben doch von allem reichlich, vor allem genug zu essen, wir wissen gar nicht, wohin mit dem Überfluss. Da hab' ich gedacht, sammelst mal ein paar Kartons mit Lebensmitteln und bringst sie rüber.«

Er sprach so ähnlich wie Kasimir, kam wohl auch aus dem Osten. War einer von denen, die 1945 mit leeren Taschen aus dem Osten abgereist waren und jetzt mit Paketen zurückkehrten.

»Den Lieferwagen hat mein früherer Arbeitgeber gestiftet. Ich bin ja schon Rentner, müssen Sie wissen. Aber weil es für einen guten Zweck ist, hat der Böricke mir den alten Transporter geliehen, sogar noch vorher überholen lassen, damit ich unterwegs nicht liegen bleibe.«

Das hätte dir auch einfallen können, Ingo Majewski. Irgendetwas aus dem Westen mitbringen, was die Menschen hier dringend brauchen. Aber du bist ja so gedankenlos nach Polen gefahren. Zum Baden wolltest du, weil in Masuren das Wasser sauber ist.

»Gehören Sie zusammen?«, fragte der Alte und fuhr, ohne eine Antwort abzuwarten, gleich fort: »Ach, das ist aber schön, das freut mich richtig. Wer hätte das gedacht, dass so etwas heutzutage noch vorkommt, Ost und West so schön vereint.«

Er reichte Irene die Hand, nannte seinen Namen: Borowski. In der Nähe von Lötzen sei er geboren ... Wenn Sie wissen, wo das liegt ... Mitten in den Seen ... Aber sicher kennen Sie Lötzen, das ist doch die Perle im masurischen Wasser ... Nach Lötzen müsse er heute noch hin, weil er dort erwartet werde. Viel Zeit habe er nicht mehr, wenn er vor Einbruch der Dunkelheit da sein wolle. Ja, ja, das Gewitter sei dazwischengekommen. Da kannst nuscht machen. Dann erfuhren sie, dass es schon seine dritte Reise war.

»Immer nach Lötzen?«

»Na ja, weil ich doch aus jener Gegend komm', Fräuleinche. Wissen Sie, die jungen Menschen zieht es immer zum Fremden, Unbekannten, aber uns Alte zieht es dahin, wo wir uns auskennen. Ich hab' lang drüber nachgedacht, warum jetzt so viele Pakete von Westdeutschland nach Polen geschickt werden. Es gibt ja Hunger und Elend genug auf der Welt, warum ausgerechnet Polen? Mal ehrlich, wenn Sie mir die Adresse einer armen Familie aus Indien geben und die Adresse einer Familie aus meiner Stadt Lötzen. Na, wohin werde ich Pakete schicken? Nach Lötzen natürlich, weil mir das am Herzen liegt, weil ich mir vorstellen kann, wie der Briefträger mit dem Paket die Straße entlangkommt. Wenn ich daran denke, dass bei mir zu Haus Menschen hungern, dass es in der Stadt, in der ich geboren bin, nicht genug zu essen gibt, wird mir ganz elend zumute. So geht es vielen, glauben Sie mir, Fräuleinche. Das ist schon etwas Sonderbares. Die Polen haben immer gesagt, die Deutschen aus dem Osten sollten ihre Heimat schnell vergessen. Gut, dass sie es nicht getan haben. Wenn sie vergessen hätten, gingen heute längst nicht so viele Pakete nach Polen. Sie verstehen, wie ich das meine. Weil wir immer noch die Erinnerung haben an unsere alten Dörfer und Städte, geht uns das Elend in Polen so nahe …«

»Aber es gibt doch auch welche, die sagen: Warum denen Pakete bringen, die damals die Deutschen vertrieben haben? Dann lieber den Menschen in Indien helfen, die uns nichts getan haben.«

»Es sind ja nicht dieselben!«, rief der alte Mann. »Die, die damals die Deutschen schikaniert haben, sind längst tot. Ihren Kindern und Enkeln kann man das nicht vorwerfen. Irgendwann muss es doch aufhören mit dem Verrechnen, finden Sie nicht auch, junger Mann?«

Er holte einen Packen Papier aus dem Auto, ein Bündel Briefe, mit bunten polnischen Briefmarken beklebt. Wechselnde Handschriften, einmal scharf gestochen, dann wieder zittrig, ungelenk und kaum zu entziffern. Hören Sie mal zu:

»Voller unsagbarer Freudentränen möchte ich Ihnen mitteilen, dass ich Ihr so werthes und wundervolles Paket mit all den wunderbaren Sachen erhalten habe. Nun meine lieben teuren Wohltäter, ich weiß nicht, wie ich es Ihnen verdanken soll für Eure Güte, Opfer und Barmherzigkeit. Es ist zum Himmelschreien, wie der Herrgott uns gesandt hat solche liebe gute Christenseelen, die noch ein Herz haben und aus der Armut uns helfen und erretten. Aber wie es heißt: Gott lässt sinken, aber nicht ertrinken. Durch dieses Wunder und Liebe weiß ich nicht, wie ich es dem lieben teuren Wohltäter verdanken soll für die große Spende sowie Almosen. Alleine nur durch meine täglichen Gebete für die teuren, lieben Christenseelen sowie Engelherzen und tu es jeden Morgen und Abend. Ich bin 81 Jahre und 2 Kriege durchgemacht. So habe ich viel Leiden, wo man kein Lebensmut mehr hat …«

»Interessiert Sie das überhaupt?«, fragte der Alte und blickte über den Rand seiner Brille.

»Wir danken dem Lieben Herre Gott, dass er uns nicht verlässt und uns in unserer schweren Zeit hilft. Ihnen Dank für all Ihre Mühe, für Ihr sehr gutes Herz und für Ihre goldenen Hände, die so schön und eigen alles verpackt haben. Oma und ich beten für Sie, dass der liebe Gott Sie immer recht schön bei guter Gesundheit erhalten möge. Denn Gesundheit ist das größte Gut auf Erden …

Lieber Herr. Machen Sie hiermit zur Mitteilung, am 13. 7. habe ich zu erwarteter Stunde von Ihnen adressierte große Freude erhalten. Vor Freude habe ich geweint, wie ich das alles auspackte. Das liebe Gottchen verlässt uns arme Waisen nicht und schickt uns seine Gnade. Ich danke Ihnen von ganzem Herzen, denn bei uns sehen wir nichts. Die Läden sind alle leer. Möge Gott Ihnen Gesundheit geben für Ihre Güte und Barmherzigkeit. Dafür werde ich jeden Tag beten …«

»Gott, immer wieder Gott«, sagte Ingo.

Der Mann stockte, schaute verwundert über den Brillenrand. »Was haben Sie denn gegen Gott?«

»Habe heute am 17. 7. eine große Überraschung erhalten. Ich dachte, mein Herz wird versagen, wie ich das Paket geöffnet habe. Da rollten die Tränen auf die ganzen schönen Sachen … Vor allem für den Glauben an die Nächstenliebe danke ich euch, denn es sind wenige, die daran glauben, einem alten kränklichen Menschen

aus der Armut zu helfen und aus der Not zu erretten …
Mit Gottes Hilfe vergeht ein Tag nach dem anderen …«

»Das sind ja nur die deutschen Briefe. Die polnischen Briefe kann ich nicht lesen, aber in denen wird wohl das Gleiche stehen.«

»Sie bringen die Pakete nicht nur zu deutschen Familien?«, fragte Irene.

»Aber Fräuleinche, wenn Hunger da ist, gibt es doch keinen Unterschied!«

Liebevoll ordnete er die Briefe, knotete den Bindfaden fest. »Ja, ja, es geht schon sonderbar zu in der Welt. Damals haben sie die Deutschen aus den Häusern gejagt, mich zwar nicht, ich war nämlich in Gefangenschaft, aber meine Frau und die Kinder, die mussten raus. Zwei Stunden zum Packen. Die Frau mit den Kleinen an der Hand, und das war nicht im schönen warmen August. Zu Fuß, immer zu Fuß, bis es zu schneien anfing. Rein in den Güterzug und ab mit ihnen nach Deutschland! Fünfunddreißig Jahre später kommen wir mit Kakao und Seifenpulver. Ja, ja, irgendwann im Leben trifft man sich immer wieder, die Verjagten von damals bringen ihnen heute zu essen.«

Er beugte sich zu Irene, wurde leiser. »Wissen Sie, was mir eine rechte Freude wäre? Wenn später, sagen wir mal in zehn Jahren, in den polnischen Schulbüchern stünde, dass in der Hungerszeit um 1980 die Deutschen die meisten Lebensmittel nach Polen geschickt haben. Für uns ist das eine kleine Mühe, aber es macht so viel Gutes, finden Sie nicht auch? Es muss doch endlich Schluss sein mit der Kette: Du hast mir was getan, ich werd' dir was tun! Ihr habt uns damals vertrieben, nun seht zu, wie ihr mit eurem Hunger fertig werdet!«

Heftig schlug er die Heckklappe zu, schloss ab, wiegte bedenklich den Kopf, als er die Reifen sah. Na, hoffentlich halten sie bis Lötzen. Man wird vielleicht nachpumpen müssen. Wie war das mit den Tankstellen? Gab es lange Schlangen in Masuren? Sind die Tankstellen überhaupt geöffnet?

»Was ich noch sagen wollte, Fräuleinche, wenn Sie an Stolp vorbeikommen, müssen Sie unbedingt tanken. Hinter Stolp gibt es bis Stettin nuscht mehr.« Er wollte einsteigen, kam dann aber doch noch einmal zurück, um zu sagen, dass es wohl seine letzte Reise sein werde. Nicht wegen der Gesundheit, aus anderen Gründen, fürchtete er.

»Sperr bloß die Augen auf!, sag' ich immer. Wer weiß, ob du noch mal reisen darfst! In den ersten fünfundzwanzig Jahren nach dem Krieg haben die Polen keine Deutschen reingelassen. Erst seit zehn Jahren dürfen die Deutschen wieder in ihre alte Heimat. Na, und Sie wissen doch, es fahren Jahr für Jahr mehr in den Osten. Lieber Himmel, am Ende hat es an den Reisen gelegen, dass die Polen so unruhig wurden. Sie haben unseren Wohlstand gesehen, die schönen Autos, die Kleider und das gute Geld aus dem Westen. Nun wollen sie das auch haben. Und sie haben auch gesehen, dass die Deutschen ganz vernünftige Menschen sind, vor denen sie keine Angst zu haben brauchen. Weil die Reisen so viel verändert haben in Polen, wird man sie vielleicht verbieten. Ich mag gar nicht daran denken, dass die zehn Jahre von 1970 bis 1980, in denen die Deutschen ihre Höfe und Dörfer besuchen durften, nur ein kleiner Lichtblick waren, bevor es ganz dunkel wird in Polen. Stellen Sie sich das mal vor! Die verbieten wieder für ein Vierteljahrhundert die Reisen. Dann ist nachher nuscht mehr übrig, wohin man noch fahren könnte …«

»Möchten Sie ganz in den Osten zurück?«, fragte Ingo. »Ich meine, sollen diese Gebiete wieder deutsch werden?«

Der Alte wiegte bedenklich den Kopf. »Das ist immer wieder dieselbe Frage. Bei uns im Westen stellt man sie auf den Versammlungen, auch die Polen fragen mich und natürlich die Deutschen, die hier im Osten geblieben sind. Was soll man da antworten? Wenn die Deutschen ihre Ostgebiete zurückbekommen, müssen ja wieder ein paar Millionen Menschen ihre Koffer packen und Häuser verlassen, und das vielleicht auch im Winter. Und was ist mit den polnischen Kindern, die da geboren sind? Die verlieren dann ja auch eine Heimat. Es wird wieder alles von vorn anfangen, eine Welle nach Osten, eine Welle nach Westen und so weiter und so weiter. Außerdem frag' ich mich, wo denn die Deutschen sind, die im Osten siedeln wollen. Wir sind doch ein aussterbendes Volk. Wo gibt es zweite oder dritte Söhne, die Vaters Hof verlassen müssen, um Land zu suchen? Wie viele Kinder haben Sie denn, junger Mann, wenn ich fragen darf? Oder besser gesagt: Wie viele Kinder wollen Sie mal haben? Ein Kind oder lieber einen Pudel? Wir stehen an der Spitze der aussterbenden Völker, was sollen wir da mit Land im Osten? Der Adolf hat einen großen Weltkrieg angefangen, weil er dachte, die Deutschen müssten verhungern, wenn sie kein Land im Osten bekämen. Jetzt haben wir Butterberge und Fleischberge und wissen nicht, wohin mit den vielen Lebensmitteln und können sogar noch nach Polen schicken. Und das von einem Stückchen Erde, viel kleiner als das große Deutsche Reich vor dem Krieg. Nein, der alte Borowski will kein Land haben. Nur eines möchte er schon gern. Dass man immer hinfahren kann, dass man ungestört durch unsere Dörfer spazieren kann und sich nicht schämen muss. Auch soll man die Wahrheit sagen dürfen über das, was da vorgefallen ist. Nicht, dass einer kommt und sagt: Na, dein Gizycko, das war schon immer eine polnische Stadt, nur während der deutschen Besatzung hieß sie Lötzen! Nichts beschwichtigen, nicht um des lieben Friedens willen Lügen zulassen. Wer nichts wiederhaben will, kann wenigstens die Wahrheit verlangen, denkt der alte Borowski. Die deutschen Kulturleistungen im Osten müssen in die Geschichtsbücher, nicht nur bei uns, sondern auch bei den Polen. Und die Schrecken beim Einzug der Roten Armee, das Elend bei der Vertreibung – wie ich schon sagte, mitten im Winter, und auf dem Bahnhof zogen ihr die Polen noch Pelzmantel und Stiefel aus –, das alles muss gesagt und anerkannt und verziehen werden, damit es endlich Ruhe gibt …«

Er stieg nun wirklich ein. Als der Motor lief, steckte er den Kopf aus dem Fenster.

»Wissen Sie, was mir in Pommern passiert ist? Eine Gans hab' ich totgefahren. Diese Dörfer sind ja voller Federvieh, ganz Polen lebt von dem Geflügel. Ich komm' da in ein Dorf, mit erlaubter Geschwindigkeit, versteht sich, da fliegt mir so ein Vogel direkt vor die Stoßstange. Na, ich halt' an und hol' die Gans unter dem Auto vor. Da kommt schon die Matka angelaufen und jammert mir die Ohren voll. Nu' wein man nich, sag' ich und hol' ein Paket aus dem Auto. Sie sieht das Paket und gibt mir die Gans, läuft gleich hin, um einem zweiten Vogel den Hals umzudrehen, will dafür noch ein Paket. Halt! Halt!, ruf' ich. Ich kann doch nicht in der Sommerhitze mit toten Gänsen spazieren fahren. Ja, wenn es auf dem Rückweg passiert wäre …«

Nun brauste er tatsächlich los nach Gizycko, das Jahrhunderte Lötzen geheißen hatte und erst seit fünfunddreißig Jahren Gizycko. Auf dem Parkplatz hinterließ er eine tiefe Spur, in der sich das Regenwasser sammelte. Ein sonderbarer Mensch, der es genießt, ein großer Wohltäter zu sein, der über hundert Dankesbriefe bei sich trägt und in dem guten Glauben durch Polen fährt, dass unzählige Menschen für seine glückliche Ankunft beten. Darf man das wirklich so sehen? Wenn wir immer nur fragen, warum einer etwas tut, bleibt überhaupt nichts Gutes mehr übrig. Das Warum ist gleichgültig, allein auf das Tun kommt es an. Da bringt einer Lebensmittel zu den Menschen, die sie dringend brauchen. Das ist genug. Warum er es tut, geht keinen etwas an. Er handelt wenigstens. Das ist besser, als herumzusitzen und zu diskutieren und gedankliche Hochhäuser zu bauen.

Vor ihnen brach der Himmel auf. Die Sonne warf einen kräftigen Regenbogen in den Rückspiegel. Auf der Straße spülte immer noch das Wasser abwärts, ringsum dampften die Wiesen. Das Gewitter hing nun weit hinter ihnen, so in der Gegend von Danzig.

Bis zu den Knöcheln barfüßig im Sand. So sah sie noch kleiner aus. Ihr Haar auf dem blauen Badeanzug, darunter die weiße Haut. Die kleinen Füße wirbelten mächtig Staub auf.

War es die Gewissheit des bevorstehenden Endes, die diese letzten Stunden so unvergleichlich machte? Er wollte ihr den Weg abschneiden. Sie versteckte sich hinter braunen Kiefernstämmen. Er rief. Sie lachte. Wer fürchtet sich vorm schwarzen Mann? … Sieh mal die Blindschleiche im Sand! …

Zu beiden Seiten Kusselkiefern, ein sandiger Weg, übersät mit ausgetrockneten Zapfen. Der Sand noch warm, obwohl die Sonne den Weg nicht mehr erreichte. Im Sand eine Betonstraße, die schnurgerade nach Norden führte, der Beton auch noch warm. Am Ende ein Durchstich, dahinter Meer mit mäßiger weißer Brandung.

Mit ihnen ging die Sonne. Erst lag sie im Strandhafer, dann auf der Düne, schließlich in der Brandung, und dann, als sie oben standen und den weiten Ausblick hatten, hing sie als rötlicher Lampion über dem Meer.

Nun doch noch baden, kurz vor Sonnenuntergang an der pommerschen Küste. Das also war die Ostsee mit ihren sandigen Badestränden vom Baltikum bis Heiligenhafen. Ingo kannte sie nur als überlaufenes Meer, hier erschien sie als einsames Meer mit Stränden für Weitsichtige. Braungebrannte Menschen flanierten auf der Betonstraße. Unter den Kiefern im Windschutz der Dünen ein Zeltlager der Jungen Pioniere. Hinter den

Zelten kasernenähnliche Bauten, wohl Unterkünfte für die Betriebsgruppen, die hier ihren Sommerurlaub verbrachten.

An der Lody-Bude wollte Ingo Eis kaufen. Als es ans Bezahlen ging, fiel ihm ein, dass er das letzte polnische Geld ins Bonbonglas in Danzig geworfen hatte. Ob die Frau auch deutsches Geld nahm? Na, gar keine Frage, und sie bewilligte sogar eine Kugel Eis extra, weil es gutes deutsches Geld war.

In Travemünde wird man fünf Mark los, bevor man Wasser sieht, sagte er und fragte sie, ob es an der DDR-Küste auch Kurtaxe gebe. Sie wusste es nicht, denn sie war noch nie an der DDR-Küste gewesen. Leute mit Kindern kommen im Sommerurlaub bevorzugt an die Küste, allein stehende Lehrerinnen sind später dran. Komisch, sie hatten kaum über die Kinder gesprochen. Wie groß war so eine Klasse? Nur Jungen oder auch Mädchen? Was war das Besondere daran, Lehrerin in der DDR zu sein?

Polnische Kinder spielten in der Brandung, tauchten durch die brechenden Wellen. Immer wieder kamen Wellen, und immer wieder verschwanden die kleinen Körper in der weißen Gischt. Eine Frauengruppe saß unter roten Sonnenschirmen im Sand, stattliche Frauen mit runden Armen und Beinen und nicht mehr ganz jung. Sie tranken Kaffee aus Thermosflaschen und aßen dicke Pfannkuchen. Sitzschönheiten mit rotverbranntem Rückenausschnitt. Sie werden nachts alle auf dem Bauch liegen müssen. Nach Nordosten zu leerer Strand, nach Südwesten zu leerer Strand mit immer rötlicher werdendem Abendlicht.

Ein solcher Überfluss an Strand, meinte sie, und Ingo stellte sich den aus Iserlohn vor, wie er oben auf der Düne stand und deklamierte: Das haben wir alles verloren, so herrliche Dünen, unendlich weiße Strände. Wie hätten die Deutschen schön baden können von Flensburg bis Memel, wenn der Adolf nicht den Verstand verloren hätte!

Komm, wir wandern am Wasser entlang. Weg von den verbrannten Frauen und den lärmenden Kindern, hinein in den Überfluss an Einsamkeit, in die Sonne und dem Wind entgegen.

Auf einmal fiel ihr ein, dass man hier Bernstein suchen könne. Lieber nicht, Irene. Wenn du anfängst, in den Sand zu starren, kommst du nicht mehr davon los.

Zwei Striche, die sich vom Abendhimmel abhoben. Später, als sie sehr weit entfernt waren, gingen sie ineinander über. »Mit dir könnte ich tagelang geradeaus gehen. In einer Woche wären wir in Travemünde.«

Sie hielt nun doch nach Bernstein Ausschau.

An der Nordsee gebe es auch Bernstein, behauptete er.

Das glaubte sie nicht, das stand nicht in ihren Büchern. Ostsee ja, aber Nordsee, das hatte sie noch nie gehört. Doch, doch, während eines Urlaubs an der jütländischen Nordseeküste nahe Hvide Sande hatte er nach einem Sommersturm ein daumengroßes Stück gefunden ... Nein, das war nicht ganz korrekt, Monika hatte den Bernstein gefunden, als er mit ihr am frühen Morgen am Strand entlangspaziert war. Aber lieber nicht davon erzählen.

Zwei Düsenjäger schossen im Tiefflug über die Dünen. Mein Gott, dieser betäubende Lärm! Die Maschinen rasten, eine die andere jagend, aufs Meer hinaus, zogen eine weite Kehre, schleppten einen schwarzen Rauchschweif hinter sich her, flogen hinter den badenden Kindern auf die Dünenkette im Nordosten zu und verschwanden über dem Festland. Als es still war, sagte sie: »Du warst doch nicht allein an der Nordseeküste.« Natürlich war er nicht allein.

»Hast du schon viele Freundinnen gehabt?« Er blieb stehen, zählte an den Fingern, tat so, als reichten die Finger beider Hände nicht, sodass er das Zählen aufgeben musste. »Aber eben nur Freundinnen«, sagte er. »Mit dir ist es ganz anders.«

Sie lachte ihn aus, riss sich los und spritzte ihn nass. »Das sagen die Männer schon seit tausend Jahren. Die Frau, die sie gerade haben, ist immer etwas Besonderes, mit ihr ist es immer ganz anders. Bis zur nächsten Ecke. Im nächsten Jahr machst du Urlaub in Schweden und lernst eine Schwedin kennen. Danach fährst du nach Finnland oder Griechenland. Europa hat so viele Länder, und überall gibt es hübsche Mädchen. Und wenn du mit Europa durch bist, schaust du dir den Rest der Welt an. In einem Leben ist das alles gar nicht zu schaffen. Und immer ist es ganz anders.«

Er wollte sie greifen, aber sie rannte weg. Die Düne hinauf. Als er sie eingeholt hatte, sprang sie von der Düne in die Tiefe, lief zum Wasser, empfing ihn mit Händen voller Wasser. Dann am Wasser entlang, bis sie nicht mehr konnte und ihm in die Arme fiel. Ihr Herz schlug furchtbar schnell, und der Atem ging heftig.

»Wie kommst du denn auf Schweden?«, sagte er vorwurfsvoll. »Ich denke, wir verbringen den nächsten Sommerurlaub in Polninken.«

»Ja, nächsten Sommer!«, lachte sie. »Aber wovon leben wir in der Zwischenzeit?«

Ingo sagte Briefeschreiben und Tagezählen und vielleicht, wenn es ginge, Jena besuchen und dass es mit ihr doch ganz anders sei. Hing es mit dieser sonderbaren Reise zusammen, mit der heiter-melancholischen Landschaft des Ostens, ihren einfachen Menschen und den rückständigen Dörfern, deren Friedhöfe zu sprechen begonnen hatten? Wir sind einfach verzaubert, Irene! Deshalb ist es ganz anders.

Warum Stacheldraht auf der Düne? Alle zweihundert Meter ein Schild. Was stand da? »Tollwutgefahr« oder »Warnung vor Maul- und Klauenseuche« oder einfach nur »Durchgang verboten«?

»Ich habe Angst vor morgen«, sagte Ingo. »Wenn wir über die Grenze fahren, fällt der Vorhang, und unser schönes Stück geht zu Ende.«

»Ein Sommernachtstraum.«

»Um Himmels willen, bloß nicht Shakespeare! Seine Stücke gehen immer so grausig aus. Wir brauchen einen erträglicheren Schluss.«

Sie fand tatsächlich etwas, das wie Bernstein aussah, ein winziges Stückchen, das sie prüfend gegen das Abendlicht hielt. Und während sie durch den Stein blickte, sagte sie: »Ich mag dich wirklich furchtbar gern, Ingo. Wenn ich mir vorstelle, bis nächsten Sommer auf dich warten zu müssen, wird mir ganz elend zumute.«

Schon wieder die Düsenjäger. Diesmal kamen sie von See her. Im Tiefflug über ihre Köpfe. Sie warfen sich in den Sand und hielten die Ohren zu. Als sie fort waren, blieben sie im Sand liegen. Irene scharrte einen trockenen warmen Haufen zusammen, begrub ihre Beine unter Bergen von Sand. Nur die Zehen schauten vorn heraus. Ingo lag daneben und machte mit kleinen Steinchen Zielübungen auf den Nagel ihres großen Zehs.

»Du triffst ja doch nicht!«

Eine auslaufende Welle erreichte fast ihre Füße. Plötzlich sprang sie auf, streifte den Badeanzug vom Körper und lief in die Brandung, tauchte, kam hinter den weißen Schaumköpfen zum Vorschein, winkte ihm zu. Sie wartete, bis er sie eingeholt hatte, dann schwammen sie gemeinsam hinaus. Das Meer immer stiller, die Brandung nicht mehr hörbar. Es war, als lägen sie auf einem Spiegel, der das Licht zurückwarf an den Himmel.

»Nicht einmal Möwen gibt es«, sagte sie.

»Wir sind wirklich ganz allein«, sagte er.

Aber als sie sich umdrehten, sahen sie den Turm hinter der Düne. Ein Uniformierter am Fuß des Holzgerüstes fuchtelte mit einer Maschinenpistole.

»Hörst du, wie er schreit?«

Also doch baden verboten. Wegen der Einflugschneise für die Düsenjäger oder wegen des freien Schussfeldes. Ohne Eile schwammen sie zurück, ließen sich von den Wellen in die Brandung werfen.

Er fragte, ob er ihr das Handtuch holen solle. Nein, sie stieg nackt aus dem Wasser.

»Wie Aphrodite«, sagte er, und sie lachte und trocknete sich gründlich ab, während der Soldat von der Düne aus durchs Fernglas blickte.

»Du bist hier die nackte Attraktion an der pommerschen Küste!«

Sie winkte dem Soldaten zu, der rasch sein Fernglas absetzte und hinter dem Holzturm verschwand. Sie zog den Badeanzug an und wickelte sich in ihr Handtuch. Dann schlenderten sie zurück, das Abendlicht im Rücken, Irene wieder wie eine Indianerin im Abendrot, vor ihnen ein scharf abgesetzter Horizont, keine Düsenjäger weit und breit.

»In hundert Jahren wird kein Mensch verstehen, dass es mal eine Zeit gab, in der die schönsten Flecken der Erde mit Stacheldraht umzäunt, vermauert, gesperrt, verboten waren«, meinte er.

»Bist du da so sicher? Vielleicht ist in hundert Jahren die ganze Erde ein einziges militärisches Sperrgebiet.«

Ein einsamer Bernsteinsammler kam ihnen entgegen, sah sie nicht, weil er nur zur Erde starrte. Keine Frauen mehr am Strand, aber noch die Kinder. Wo die Frauen gelagert hatten, warteten Kuchentüten und Konservendosen darauf, dass sich das Meer des Unrats annahm.

»Das ist der letzte Sonnenuntergang für uns«, sagte Ingo, als sie auf der Treppe standen.

Hinter der Düne die Kusselkiefern, schwarz wie die Nacht. Nur die Betonstraße noch als heller Streifen erkennbar. »Aber einen Sonnenaufgang haben wir noch«, sagte sie.

»Könntest du morgen dein weißes Kleid anziehen?

Weiß mag ich am liebsten, Weiß wie im Park von Polninken.«

»Aber die weißen Sachen sind doch alle schmutzig.«

»Macht nichts, für mich sind sie immer noch weiß genug.«

Weil sie froren, rannten sie das letzte Stück bis zu ihren Autos. Sie fuhren einen Kilometer landeinwärts, bis der Wald höher und dichter wurde. Ein Waldweg endete in einer Sackgasse. Um sie türmte sich aufgestapeltes Rundholz. Unter den Bäumen hing die Wärme des Tages. Noch einmal Zelt aufbauen, noch einmal nebeneinander schlafen.

»In der DDR würde ich es nie wagen, einfach mein Zelt wild in den Wald zu stellen. Aber in Polen geht es. In Polen hab' ich nie das Gefühl gehabt, es könnte etwas Schlimmes geschehen.«

»So schrecklich ist es in der DDR gar nicht. Denk bloß nicht, dass du gleich ins Gefängnis kommst, wenn du wild zeltest. Aber Feuer im Wald anzünden, das ist streng verboten.«

Irene schaltete Radiomusik ein. Sie schwoll an, ebbte ab, verlor sich in den Baumkronen, kehrte von dort wieder.

»Mensch, das ist ja ein deutscher Sender!«

DDR 1 mit der Musiksendung: Spiel mir eine alte Melodie.

»Wir haben noch nie getanzt, Ingo.«

»Hier im dunklen Wald, das ist doch albern.«

»Natürlich ist es albern, aber es ist die letzte Gelegenheit. Wer weiß, wann wir wieder zum Tanzen kommen, und außerdem spielen sie gerade Blue Tango.«

»Könnt ihr in der DDR überhaupt Blue Tango tanzen?«

»Na klar, in der DDR lernen wir alles, auch tanzen!«, rief sie selbstbewusst.

Die Tanzmusik wurde unterbrochen wegen einer Verkehrsdurchsage: Über der südlichen DDR toben schwere Gewitter. Im Kreis Jena sind mehrere Straßen unterspült, die F 88 bei Dorndorf ist vorübergehend gesperrt!

»Wenn du morgen nach Hause kommst, musst du gleich den Keller ausschöpfen.«

»Wir haben keinen Keller.«

»Na, dann eben nicht den Keller ausschöpfen, aber eure Saale hat bestimmt Hochwasser.«

Der Vollständigkeit halber wäre noch zu erwähnen, dass an jenem Abend der Mond über Pommern aufging. Er kam ein wenig verspätet, als sie schon im Zelt lagen, aber immerhin, er kam und übergoss den Wald mit silbrigem Tau, spiegelte sich auf den Autodächern und fiel mild und blass durch die Zeltplane auf ihre Gesichter.

Der zwölfte Tag

August, das sind die warmen, lauen Nächte, da wacht doch keiner auf, weil er friert. Seit fünf Uhr blickte Ingo über seine Fußspitzen hinweg in den dämmernden Tag und fühlte die Kühle, die das Zelt belagerte und eindringen wollte. Ja, er fror. Die Kleidung lag, zu einem Bündel zusammengerollt, unter seinem Kopf. Irene neben ihm, tief atmend. Ihr Gesicht ihm zugekehrt. Wenn sie nicht schliefe, würde er es streicheln. Alle Strenge war von ihr gewichen, auch das Lehrerhafte, das sie manchmal an sich hatte. Wehrlos lag sie da, ein Knie gegen seinen Leib gepresst, ganz einfach, ganz ruhig, ganz still. Wie ein Paar, das sich schon lange kennt, das gemeinsames Einschlafen und Aufwachen in vielen Jahren geprobt hat. Es wurde immer heller, unerbittlich heller. Ein erster Lichtstreifen fiel auf ihren entblößten Arm, wanderte schnell weiter zum Nacken. Als er das Gesicht traf, wälzte sie sich auf die andere Seite, kehrte sich von ihm ab.

Kurz vor sechs schlich er hinaus, um Nachrichten zu hören und den Wetterbericht. Letzteres ist auf Reisen am wichtigsten. Was gab es denn Neues an diesem 20. August? Die Gräser waren nass wie nach einem Regenschauer, die Autoscheiben blind, der Wald voller überreifer Blaubeeren. Gestern in der Dunkelheit hatten sie nichts davon gesehen, aber heute wäre es möglich, sie zu pflücken.

DDR 1 sagte schlechtes Wetter voraus. Je weiter nach Westen, desto trüber. Für Irene wäre es günstiger, über Frankfurt/Oder zu fahren, aber sie wollte unbedingt den Bogen in den Norden machen zum Übergang Pomellen. Zwei Stunden länger zusammen, hatte sie gesagt. Das war gestern vor dem Einschlafen.

Sie sollte nun endlich aufwachen, ihn nicht allein denken lassen an die hundert Kilometer entfernte Grenze und das, was nach der Grenze kam. Aufwachen, um mit ihm Blaubeeren für das Frühstück zu sammeln.

Sonderbar, in ihrem Wald gab es keine Blumen. Überall hohe Gräser und Laub und natürlich die Blaubeeren, aber keine Blumen. Der Sommer war längst verblüht. Er steckte einen Buchenstrauß an ihren Außenspiegel. Laub auch an die vordere Stoßstange. Das sah aus wie zu Pfingsten. In den Tau auf die Frontscheibe des Trabant schrieb er »just married«, wischte es gleich wieder weg, weil es ihm albern vorkam, auch nicht passte zu ihnen und zu diesem Morgen vor der Grenze ohne Blumen, auch ohne singende Vögel, aber mit vielen Blaubeeren.

»Ich liebe dich« im Tau der Heckscheibe. Er schrieb es wie ein schüchterner Schüler, der auf dem Heimweg im Sand malt, wenn niemand hinsieht. Aber das wischte er nicht fort. Auf einem Zettel notierte er die Lübecker Adresse, schob das Papier durch die Fensterritze in den Trabant, sah zu, wie es hinuntertaumelte und auf dem Beifahrersitz liegen blieb.

Die Pionierstafette »Immer bereit« sang das fröhliche Lied von den Thälmannpionieren. Die Ansagerin rief den Pioniergruß über den Äther: Für Frieden und Sozialismus – Seid bereit! Antwort des Chors: Immer bereit! – So werde man die Faulenzer und Langschläfer aus den Federn holen, jubelte die Ansagerin. Das geschah auch. Die Zeltplane bewegte sich, beulte aus, Irenes Kopf erschien. Sie blickte zu den Baumkronen, zu den sich verfärbenden Lämmerwolken, danach zu ihm.

»Es ist ja schon halb sieben!«, rief sie entsetzt.

Er wartete auf ein Lächeln, auf einen gespitzten Mund, auf Blicke, die ihn aufforderten, zu ihr zu kommen. Aber sie zog als Erstes ihre Armbanduhr auf, ganz sachlich und nüchtern.

»Das Wetter soll schlechter werden!«, schrie er ins Zelt.

»Also höchste Zeit, nach Hause zu fahren«, antwortete sie und verfiel in wilde Geschäftigkeit, warf den Schlafsack aus dem Zelt, hängte die Decken zum Lüften über die Autos.

»Wo wollen wir frühstücken?«

»Überhaupt nicht.«

Sie erklärte, keinen Hunger zu haben, und er dachte, dass das doch kein Grund sei, nicht mit ihm zu frühstücken. Vielleicht hatte sie Angst davor, dass sie sich schweigend gegenübersaßen, Brot kauten, Eier abpellten, dabei vielleicht die Frage stellten, wie es denn weitergehen solle bis zur Grenze und an der Grenze und hinter der Grenze.

Sie faltete die klammen Handtücher, stopfte sie zusammen mit dem Badezeug in einen Beutel. Als sie den Beutel im Wagen verstaute, fand sie den Zettel. Sie warf einen kurzen Blick darauf, steckte den Zettel schnell ins Handschuhfach. Ingo stand mit Papier und Kugelschreiber hinter ihr.

»Schreib mal deine Adresse auf.«

»Geht nicht! Ich schreib' dir zuerst, dann hast du meine Adresse.«

Sie sagte es so, dass kein Widerspruch möglich war, auch keine weitere Frage. Und Frühstück gab es auch nicht, nicht einmal Blaubeeren. Sie verließen den Wald kurz nach sieben. Sie bestand darauf, hinter ihm zu fahren, weil er immer zu dicht auffuhr.

Koszalin, diese graue Stadt. Oder kam sie Ingo nur deshalb so grau vor, weil die Wegweiser sie durch die Industrievororte führten und weil es ihr letzter Morgen war und sie in eine graue Wolkenwand fuhren, die im Westen den Himmel verdüsterte? Sie blieb zurück. Er fuhr langsamer, aber sie blieb noch mehr zurück, der Abstand wurde immer größer. Außerhalb der Stadt hielt er an, stellte sich wie ein Verkehrspolizist mit ausgebreiteten Armen auf die Chaussee. Da musste sie ja stoppen.

»Was ist denn los?«, fragte sie ungehalten.

»Ich wollte dich mal aus der Nähe sehen.«

Gestern hätte sie über einen solchen Satz noch gelacht, heute zeigte sie keine Reaktion. Sie gab sich Mühe, an ihm vorbeizuschauen. Er bestand darauf, dass sie vorausfuhr, er wollte ausreichend Abstand halten, mindestens hundert Meter.

Also gut, sie fuhr voraus. An Karlino vorbei und Nowogard. Auffallend viele DDR-Autos kamen ihnen entgegen oder überholten sie. Nur noch zwanzig Kilometer bis zur Grenze, aber sie hatte nicht ein einziges Mal die Hand aus dem Fenster gestreckt und gewinkt. Er blendete auf, sie reagierte nicht. Er hupte, sie fuhr unbeirrt weiter. Szczecin schon in Sichtweite, und sie fuhr immer noch. Da hielt er es nicht mehr aus, überholte den Trabant, bog vor ihm auf den letzten Parkplatz in der Volksrepublik Polen und betete, jawohl, Ingo Majewski betete, sie möge auch abbiegen.

Ja, sie kam. Der graue Trabant verließ die Autobahn, tuckerte an parkenden Lkws und Urlauberautos vorbei, hielt einen Steinwurf vor Ingo neben einer überfüllten Mülltonne. Ingo stieg aus und ging zu der Mülltonne. Meistens DDR-Autos auf dem Parkplatz. Urlauber beim Morgenpicknick. Federball spielende Kinder, ein Polski-Fiat wurde von ölverschmierten Händen in seine Bestandteile zerlegt. Es stank nach Benzin und Auspuffgasen.

Sie blieb im Auto. Auch als er sie erreicht hatte, blieb sie im Auto, kramte im Handschuhfach. Die Scheibe kurbelte sie für ihn runter, mehr nicht.

»Hier könnten wir frühstücken.«

Sie hatte immer noch keinen Hunger.

»Geht es dir nicht gut?«

»Doch, doch, es ist alles in Ordnung.«

In Wahrheit sah sie noch blasser aus als an den Tagen zuvor. Leidend sah sie aus, ja, das war der richtige Ausdruck. Kein Vergleich mit der lustigen kleinen Person, die gestern nackt am Strand spazieren gelaufen war.

»Wenn wir nicht frühstücken, dann müssen wir uns wohl verabschieden.« Sie streckte die Hand aus dem Fenster. Er berührte sie, begriff in diesem Augenblick, dass es so nicht enden konnte. Ein einfacher Händedruck nur. Eine solche Liebesgeschichte sollte mit einem Händedruck enden? Ingo zwängte den Kopf durchs Fenster, suchte ihren Mund.

»Muss das denn sein?«, flüsterte sie.

Da verstand er alles. Es lag daran, dass so viele zusahen, die Federball spielenden Kinder, die DDR-Urlauber beim Picknick. Sogar drüben der Mensch in Uniform sah, wie eine Bürgerin der DDR und ein Bürger der Bundesrepublik Deutschland sich bei hellem Tageslicht auf einem überfüllten Parkplatz in Polen küssten.

»Also, du schreibst zuerst.«

»Ja, ich schreibe.«

»Und beim alten Kasimir treffen wir uns wieder; vorher komme ich vielleicht nach Jena.«

Lieber Himmel, es endete so trivial, so nichts sagend, so ohne viel Aufhebens. Keine großen Worte, keine spektakulären Himmelserscheinungen, nur im Westen drohte mächtig eine Wolkenbank. Drüben in der Senke wird wohl die Oder fließen. Teller oder Tasse, der alte Kinderschnack. Ein Möwenschwarm kam von der DDR, fiel kreischend ins Sonnenblumenfeld ein.

»Von Stettin nach Lübeck ist es näher als nach Jena«, sagte er, nur um das Gespräch nicht abbrechen zu lassen. Jetzt erst fiel ihm auf, dass sie Blau trug, jenes triste Stahlblau, mit dem die Chinesen zu Maos Zeiten die Welt überschwemmt hatten. Umsonst hatte er sie gebeten, sich etwas Weißes anzuziehen, schmutziges Weiß, ungewaschenes Weiß, aber doch nicht dieses dunkle Blau, von dem so viel kalte Traurigkeit ausging.

Von einem der DDR-Autos kam ein Mann herüber

und fragte nach der Uhrzeit. Ingo hielt ihm seine Armbanduhr hin, aber er ging achtlos vorüber, wollte von Irene die Zeit wissen.

»Haben Sie irgendwelche Probleme?«, fragte er besorgt, nachdem er erfahren hatte, dass es genau halb zehn war.

Nein, sie hatte keine Probleme, nur das Übliche.

Als der Mann sich umdrehte, schon weggehen wollte, geschah das Unfassliche. Sie sagte es ganz laut, sie sagte es zweimal, es schallte über den Parkplatz, die Kinder hörten es, die Bäume, sogar die Möwen im Sonnenblumenfeld flogen erschreckt auf, als sie hörten, wie Irene zu Ingo sagte:

»Vielen Dank, dass *Sie* mir geholfen haben!«

Moment mal, da musste ein Irrtum vorliegen! Sie meinte den Fremden. Nein, sie meinte Ingo Majewski, denselben Menschen, mit dem sie eine Woche lang durch Masuren gestromert war, im Zelt gelegen und am Liebestrand gebadet hatte, mit dem sie Arm in Arm durch den Park von Polninken spaziert war ...

Sie wartete keine Antwort ab, kurbelte rasch die Scheibe hoch und startete. Der Trabant rollte, glitt an der Mülltonne vorbei, wurde noch einmal langsamer, als er den Federball spielenden Kindern ausweichen musste, scherte ein in den fließenden Verkehr auf der Autobahn. Sofort verdeckte ein schmutziges Lastauto den grauen Trabant, zwei westdeutsche Autos, überaus hell in der Farbe, überholten ihn. Nichts mehr zu sehen, nichts mehr zu hören. Sie war fort.

Ja, es war genau halb zehn Uhr morgens. Ingos Hände verkrampften sich ineinander. Das hatte er noch nie gehabt, so verkrampfte Hände, er war doch immer kerngesund gewesen. Der Fremde, der nach der Zeit gefragt hatte, ging wortlos davon, als wäre Ingo Majewski nicht da. Er erkundigte sich nicht nach seinem Befinden, bemerkte nicht die verkrampften Hände. Der wusste, es ist halb zehn, das war genug.

Was hatte er nur verkehrt gemacht? Ingo lief zu seinem Auto, wollte sie so nicht wegfahren lassen. Das konnte doch nicht das letzte Wort sein, diese Rückkehr zum anonymen Sie. Ein Moskwitch hupte, weil Ingo überhastet einscherte. Außerdem fuhr er zu schnell. Hier im Grenzgebiet legten sie Wert auf gedrosselte Geschwindigkeit, doch er fuhr über hundert, weil er sie noch einmal sehen wollte, bevor diese Grenze kam, die alles in Stücke schnitt.

Hohes, gelbes Gras zu beiden Seiten der Betonstraße. Keine bestellten Felder, keine menschliche Siedlung, nur ab und zu ein Wachtturm. Musste Grenzland so aussehen? Trotz geöffneter Fenster war kein Hundegebell zu hören, kein Glockenläuten von friedlichen Kirchtürmen, nur diese unheimliche Stille der Grenze. Grenzen kamen ihm plötzlich so vor wie abgestorbene, ausgetrocknete Adern in einem alten Körper. Wie Brandstellen, vom Feuer gelegte Schneisen in fruchtbares Land. Grenzen verändern Menschen, bringen sie vor allem zum Schweigen. Warum konnten sie sich nicht an die Hand nehmen, um geradeaus zu gehen auf den Baum dort zu oder auf jenen Kirchturm? Wer gibt Menschen das Recht, andere Menschen am Weitergehen zu hindern, Schlagbäume zu errichten, Pfähle zu setzen?

Nach vier Kilometern hatte er sie eingeholt, sah das abstoßend graue Heck ihres Wagens. Hinter der Scheibe die Umrisse einer unscheinbaren, fremden Person. Er wagte nicht, dicht aufzufahren, weil sie das nicht mochte. Auch aufblenden konnte er nicht, denn es standen schon die ersten polnischen Grenzposten an der Straße.

Ein Schild: »Bitte einordnen.« Rechte Spur für DDR-Bürger, linke Spur für den Transitverkehr. Links eine hundert Meter lange Schlange, rechts eine kürzere Schlange.

Wo war sie geblieben? Plötzlich sah er den grauen Trabant nicht mehr. War er in einen Nebenweg eingebogen oder in eine Erdspalte gefallen?

Erste Vorprüfung durch einen polnischen Grenzsoldaten.

»Ja, Sie sind in der richtigen Spur«, sagte er, lächelte ihn an, wollte ein Gespräch anfangen. Ob es ihm gefallen habe in der Volksrepublik Polen? Ingo war zu verstört, um mehr als ja zu sagen.

»Werden Sie wiederkommen?«

Merkst du denn nicht, dass er was Gutes hören will über sein Polen, Ingo Majewski? Ihm fiel Kasimir ein. Natürlich werde er wiederkommen. Polen sei doch ein schönes Land und immer eine Reise wert.

»Dobrze! Dobrze!« Er klopfte zufrieden auf das Autodach, schlenderte weiter zum nächsten Fahrzeug.

Danach sah er sie. Ein Wohnwagen hatte den grauen Trabant verdeckt. Als er vorrückte, wurde sie sichtbar. Irene in der rechten Spur, eingekeilt zwischen Wartburg, Skoda und Polski-Fiat. Die meisten Autos standen da mit offenen Türen, viele der Wartenden vertraten sich die Füße, rauchten schnell noch eine Zigarette, weil mehr nicht zu tun ist an so einer Grenze als warten und rauchen, weil jeder auch ein bisschen nervös ist an so einer Grenze.

Aber sie saß hinter dem Steuer, blickte weder nach links noch nach rechts. Jetzt wühlte sie in ihrer Handtasche. Ein Buch kam zum Vorschein. Sie schlug es auf und fing an zu lesen. Großer Gott, sie hatte die Ruhe, ein Buch zu lesen! An einer solchen Grenze und nach einem solchen Abschied Bücher lesen.

Weit vorne auf der linken Seite zerlegten sie gerade ein westdeutsches Auto, entfernten Radkappen, überprüften den Reservereifen und legten Fußmatten auf dem Beton aus. Wen's trifft, der hat keine Langeweile. Diese Grenzen kosten, neben allem, was sie sonst noch kosten, furchtbar viel Zeit.

Ingo stieg aus, spazierte einmal um sein Auto, kam aber nur bis zum Heck. Da merkte er, dass er sich nicht mehr unter Kontrolle hatte. Er löste sich von dem grünen

Käfer, ließ ihn mit offener Tür stehen, setzte beharrlich einen Fuß vor den anderen, bewegte sich mit der Sicherheit eines Mondsüchtigen diagonal über den Betonstreifen von der Transitreihe zur DDR-Reihe. Über hundert Augenpaare verfolgten ihn, sahen zu, wie ein Mensch aus Deutschland West zur Reihe Deutschland Ost ging. Die Augen der Autos verfolgten ihn, die Ferngläser auf den Wachttürmen wanderten ihm nach. Und wenn die Welt darüber unterginge, er wollte einmal noch an die kleine, beschlagene Scheibe klopfen, um zu sagen: Ich liebe dich, Irene!

Doch dazu kam es nicht. Nicht dass ihn jemand daran gehindert hätte weiterzugehen, nein, sie standen nur herum und sahen zu, wie er an Wartburgs, Skodas und Polski-Fiats vorbeiging. Drei Autos trennten ihn noch von dem grauen Trabant. Da öffnete sich die Tür. Irene kam auf ihn zugelaufen. Sie breitete die Arme aus. Hundert Pfund hingen an seinem Hals, ihr Haar wuschelte durch sein Gesicht, ihr Mund war nass, oder waren es die Augen? So standen sie im Niemandsland zwischen Transitreihe und DDR-Reihe. Von hinten hupte einer, wie das immer vorkommt bei öffentlichen Umarmungen. Die polnischen Grenzsoldaten fingen an zu lachen, die aus der DDR, um einiges weiter entfernt, schauten erst einmal gar nicht hin.

Ingo wartete auf eine strenge Lautsprecherstimme. Bitte das Niemandsland sofort räumen! Begeben Sie sich zu Ihren Fahrzeugen! Ruhe bewahren! Weiter aufrücken! Das Umarmen fremder Staatsbürger ist verboten!

Aber nichts geschah, abgesehen davon, dass einer aus der Transitreihe wieder hupte.

»Du musst mich jetzt allein lassen«, flüsterte sie, »sonst machen wir alles kaputt.«

Es kam nun doch einer von den DDR-Grenzsoldaten auf sie zu. Ganz langsam kam er und tippte Ingo auf die Schulter.

»Sie gehören doch nach drüben«, sagte er und zeigte zur Transitreihe.

Ja, er gehörte nach drüben. Mein und dein, West und Ost, wie sich das alles so genau aufteilen ließ! Wie sich das alles reimte! Ihr Auftritt, der weit über das hinausging, was an Grenzen und in Niemandsländern üblich und erlaubt ist, endete abrupt.

»Sie halten den ganzen Grenzbetrieb auf!«, schimpfte der Uniformierte.

Irene eilte zu dem grauen Trabant, der dringend aufrücken musste, Ingo ging »nach drüben«, wo er hingehörte. Er versuchte, sich auf das graue, unbestellte Land zu konzentrieren, abzulenken mit den braunen, längst gestorbenen Wiesen jenseits der Betonstreifen.

»Hallo, Sie da! Sie müssen aufrücken!«

Die DDR-Spur kam schneller voran. Irene hielt schon vor dem Abfertigungsgebäude. Als sie dem Grenzsoldaten die Papiere reichte, lächelte sie. Ingo wunderte sich über dieses Lächeln. Er sah, dass sie ein paar Worte wechselten. Dann hob sich der Schlagbaum. Der graue Trabant rollte auf das Betonband der anderen Seite. Ein bisschen Slalomfahrt um die Betonklötze, noch einmal kurz halten, weil das Auto vor ihr aus unerklärlichen Gründen stoppte. Dann war sie verschwunden.

»Bitte aufrücken!«

Ja, ja, Ingo Majewski kam ja schon.

»Was führen Sie aus?«, fragte eine junge Polin in Uniform.

»Nichts.«

»Keinen Bernstein?«

»Keinen Bernstein, nur ein aufgewühltes Herz und Erinnerungen für zehn Jahre.«

Das verstand sie nicht. Aber das mit dem Honig, den Kasimirs Bienen im Gutspark von Polninken gesammelt hatten, begriff sie. »Honig ist kein Bernstein«, entschied sie, und Ingo durfte weiterfahren.

Ein DDR-Grenzsoldat nahm ihn in Empfang, schlenderte aufgeräumt pfeifend um sein Auto, dachte wohl, während er sich bückte, um unter die Karosserie zu schauen, dass das der Kerl aus dem Westen sei, der die kleine Genossin geküsst hatte. Na, das mögen wir leiden! So etwas können wir selber, dafür brauchen wir keine Hilfe aus dem Westen.

Ingo stellte sich auf eine umständliche Prozedur ein, aber es kam anders. Er brauchte nicht einmal auszusteigen. Der DDR-Soldat lehnte sich an seine Autotür und sagte: »Na, Sie haben es ja nicht mehr weit.«

Ach, so einer war das, Spezialist in Autokennzeichen. An der Buchstabenkombination auf dem Nummernschild erkannte er die Gegend, in der die Transitreisenden zu Hause waren.

»Mein Vater wurde in der Nähe von Lübeck geboren«, meinte er beiläufig. »Ich glaube, das Dorf hieß Krummesser oder so ähnlich. Gibt es das in Ihrer Gegend? Vor dem Krieg zog er nach Mecklenburg, wurde da Verwalter auf einem Gut. Ja, wie der Zufall so spielt. Weil mein Vater 1935 eine Stellung in Mecklenburg annahm, steh' ich jetzt hier, und Sie fahren nach drüben. Komisch, nicht wahr?«

Plötzlich wurde er amtlich; nahm beinahe Haltung an. »Ich mache Sie darauf aufmerksam, dass die vorgeschriebene Transitstrecke unbedingt einzuhalten ist!« Nach diesem dienstlichen Ausbruch lächelte er wieder. »In fünf Stunden sind Sie in Lübeck, aber wenn es regnet, dann macht es sechs Stunden.«

Ingo setzte vor, musste warten, bis seine Papiere aus dem Computer kamen. Aus einem Autofenster laute Musik. Was spielte man denn an dieser Grenze? Was war angebracht an diesem wunderlichen Ort? In DDR 1 jubelte die »Fledermaus«.

Der Grenzsoldat, der ihm die Papiere brachte, sagte nichts, legte nur die Hand an die Mütze. Der Schlagbaum flog hoch. Einladend grüßte die leere Straße. Ingo fuhr auf ein Transparent zu, das von Lichtmast zu Lichtmast gespannt war: »Das Beste zum X. Parteitag! Alles zum Wohle des Volkes!«

Irene wird auf ihn warten. An der Abzweigung Prenzlau wird sie stehen und winken. Prenzlau wäre die letzte Gelegenheit. Nach Prenzlau müsste sie weiter Richtung Berlin und er nach Nordwesten Richtung Neubrandenburg und Rostock.

»Hohe Tagesleistungen vollbringen die Mähdrescherkomplexe des Bezirks Leipzig. Das ist vor allem durch den konzentrierten Einsatz der 741 Kombines möglich. Von 48,5 Prozent der Anbaufläche der DDR ist das Getreide schon eingebracht.«

Das sagte DDR 1.

Ein Auto der Volkspolizei setzte sich hinter ihn, hielt exakt achtzig Stundenkilometer ein. Was wollten die von ihm? Vielleicht hatte einer an der Grenze zu ihnen gesagt: Werft doch mal einen Blick auf den grünen Volkswagen mit der Lübecker Nummer. Das ist der Spaßvogel, der bei uns eine kleine Schmusestunde veranstaltet hat. Wer weiß, was dem unterwegs noch alles einfällt!

Auf einem einsamen Stoppelfeld ein Schild: »Kollektive bereiten den X. Parteitag der SED vor!«

Was wohl geschähe, wenn er nicht nach Neubrandenburg, sondern nach Jena führe? Morgen früh eingehakt mit Irene zum Magistrat der Stadt Jena. Verehrte Genossen, wir haben uns verliebt. Wir können es nicht ändern. Was sollen wir tun, was schreibt der große Karl Marx zu einem solchen Fall, und der Genosse Lenin, was schlägt der vor?

Wenn ich Sie recht verstehe, haben Sie vom kapitalistischen Westen die Nase voll, Herr Majewski!

Nein, überhaupt nicht. Ich habe weder vom Westen

noch vom Osten die Nase voll, es ist eben nur das Problem: Wir haben uns verliebt.

Mensch, pass auf, Ingo Majewski! Die Seitenstreifen sind nicht befestigt. Und tiefe Gräben gibt es hier, und hinter dir der Wagen, der ist von der Volkspolizei.

So etwas kommt doch öfter vor. Da muss es doch Verhaltensvorschriften und Durchführungsverordnungen geben. Von Lübeck fahren ab und zu Schulklassen, christliche Jugendgruppen oder die Gewerkschaftsjugend in die DDR. Dabei kann es doch leicht geschehen, dass sich junge Menschen verlieben, nicht nur innerhalb der Gruppe, sondern zwischen Ost und West. Gab es denn da keine Anleitungen? Zehn Gebote für die Liebe zwischen Klassenfeinden! Vor allem eins, mein Kind, lieb immer nur die eigenen Leute, mit den anderen wird es furchtbar!

Er gab es auf, die Schuld bei sich zu suchen. Ihr sonderbares Verhalten musste andere Gründe haben. Vielleicht durfte sie keine Kontakte haben zu einem Menschen aus dem Westen. Als Lehrerin schon gar nicht. Als Lehrerin war sie mindestens so wichtig wie jener Maurer bei der Volksarmee, der immer einen halben Tag mit dem Hund auf dem Friedhof spazieren laufen musste, wenn sein Bruder aus Iserlohn zu Besuch kam. Und du hast sie bloßgestellt, Ingo Majewski. Bist einfach rübergelaufen von der Transitreihe zur DDR-Reihe und hast sie in den Arm genommen. Nun wird sie sich rechtfertigen, Ausreden erfinden, Besserung geloben müssen. Mensch, fahr bloß vorsichtig! Die hinter dir warten nur auf einen Fehler.

Aber stell dir mal vor, Irene käme durch wundersame Fügung zu dir nach Lübeck. Was soll sie da machen, außer dich lieben und mit dir an der Wakenitz spazieren gehen? Eine Anstellung als Lehrerin bekommt sie auf keinen Fall. Wo denkst du hin bei den vielen arbeitslosen Lehrern! Außerdem, wer weiß, ob die echt ist. So eine fällt erst mal ganz tief unter den Radikalenerlass. Jahrelang Mitglied im FDGB und in der Gesellschaft für Deutsch-Sowjetische Freundschaft, möglicherweise schon Kandidatin für die Mitgliedschaft in der SED. Was soll eine solche Person in westdeutschen Schulen?

Aber sie wollte ja gar nicht nach Lübeck. Sie mochte Jena und ihre Kinder. Es ging ja nur darum, dass zwei Menschen ohne Angst und Gewissensbisse an einer Grenze stehen und sich küssen durften, ohne Sie sagen zu müssen. Er verlor nun langsam den Boden unter den Füßen. Ausgerechnet auf der Autobahn nahe Prenzlau begann der Beton unter ihm nachzugeben. Die Transparente drehten sich im Kreise, schrien ihn von den Bäumen an, und durchs Vormittagsprogramm von DDR 1 brummten die Mähdrescher, sangen die Jungen Pioniere:

»Wir grüßen unsere Republik,
die uns so viel gegeben,
wo wir in Frieden und in Glück
geschützt und fröhlich leben ...«

Abzweigung Prenzlau und niemand da. Die Volkspolizei fuhr geradeaus zur Hauptstadt der DDR. Ingo folgte gehorsam dem Transitwegweiser. Gleich nach der Abzweigung hielt er an, schlug sich in die Büsche, um den Darm zu entleeren und frische Gedanken in den Schädel zu bekommen. Es war lange her, dass er sich so elend gefühlt hatte. Hinter ihm leere Straße, vor ihm leere Straße. Auf den Feldern der landwirtschaftlichen Produktionsgenossenschaften arbeiteten die Brigaden, von denen in diesen Tagen so viel Aufhebens gemacht wurde.

»Schöner unsere Städte und Gemeinden – Mach mit!«

Ein sozialistischer Wettbewerb wurde in der Gegend von Prenzlau vor einem Waldstück ausgeschrieben. Die

Mach-mit-Bewegung mit ihrer großen Sehnsucht nach Farben und Blumen, nach einer schöneren Welt, aber nicht für Ingo Majewski. Der hatte Irene verloren. Jetzt stand es endgültig fest. Der Film war gerissen, kein Happy End, ein sachlich nüchterner Ausklang, kein »Demnächst in diesem Theater«. Ein solches Stück wird nie wieder gespielt werden. Weil es ja auch kein richtiges Stück war, sondern ein zufälliges Zusammentreffen sonderbarer Umstände, ein episches Trauerspiel, in dem als Leiche nur ein totes Pferd vorkam und die Gans, die Kasimir am Nachmittag geschlachtet hatte.

Er besaß kein Foto von ihr, keine Adresse. Da verblasst die Erinnerung rasch. Weißt du was, wird er zu Schmeding sagen, wenn er nach Dienstschluss mit ihm auf ein Bier zum Griechen geht. Weißt du was, wird er sagen, ich hab' in Masuren ein Mädchen aus der DDR kennen gelernt, aber was heißt hier Mädchen, eine junge Frau war es, eine Lehrerin aus Jena. Wir hatten ein paar schöne Tage.

Schmeding wird zweideutig grinsen. Na, wenigstens auf dem Gebiet klappt es noch mit der Vereinigung der Deutschen, wird er sagen. Sie werden das Bier austrinken und den Schaum von den Lippen wischen. Aus und vorbei. Ein paar schöne Tage in Masuren, weiter nichts.

Er dachte daran, dass es jetzt in Benidorm vor Hitze wohl nicht auszuhalten wäre. Aber in der Gegend von Prenzlau begann es zu tröpfeln. Das Wasser vermischte sich mit dem Staub auf der Frontscheibe zu einem dreckigen Brei. Er holte Gras vom Straßenrand und wischte die Scheibe sauber.

Deutlich ausgeschildert die Transitstrecke. Da gab es kein Verfahren, keinen Abstecher nach Thüringen.

Zwölf-Uhr-Nachrichten von DDR 2:

»Von den Sicherheitsorganen der DDR wurde am 18. August 1980 die BRD-Bürgerin Marion Weiß wegen

Verbrechens gegen die DDR auf frischer Tat gestellt und festgenommen. Im Zusammenwirken mit kriminellen Elementen in der BRD hatte sie wiederholt die großzügigen Einreiseregelungen der DDR missbraucht und subversive Handlungen gegen die DDR und andere sozialistische Staaten organisiert. Ein Ermittlungsverfahren wurde eingeleitet und Haftbefehl erlassen.«

Er drehte an den Knöpfen, dachte, es müsste doch nun bald RIAS oder SFB zu empfangen sein. Aber soviel er auch drehte, überall bereiteten die Kollektive mit tatkräftigem Einsatz den X. Parteitag vor und rollten die Mähdrescher auf den Radiowellen durch den Äther.

Ingo hatte es nicht eilig. Fünf Stunden bis Lübeck, vielleicht sechs wegen des Regens, auch sieben Stunden wären ihm recht. Nur keine Eile. Während er auf der Transitstrecke nach Nordwesten bummelte, gab er sich einer müden Traurigkeit hin, dachte manchmal an Benidorm, auch ein bisschen an Polninken, vor allem aber an Jena, das er sich vorstellte wie eine südliche Stadt, umgeben von sonnigen Hügeln, weißen Türmen und Schlössern. Und mittendrin eine kleine, weiße Frau.

Wälder rechts und links. Zwischen Prenzlau und Neubrandenburg sogar Hügel. Der Regen hörte auf, aber die Straße blieb nass, glänzte in ihren Pfützen, stellenweise dampfte sie auch. Auf einmal eine Fata Morgana. Wie in der Wüste. Eine weiße Gestalt am Straßenrand, weiß von oben bis unten. Daneben ein grauer Trabant mit Jenaer Kennzeichen.

Sie stand auf dem nassen Asphalt und winkte. Ein Anblick wie Licht-im-Tunnel-Sehen oder wie ein erster heller Streifen am Horizont, wenn die Wetterfront abzieht. Wo hast du dich nur so schnell umgezogen, Irene?

Er bremste, hielt gegenüber dem grauen Trabant. Als der Wagen noch rollte, hatte er den linken Fuß schon auf dem Asphalt. Zugabe. Das Stück ging weiter. Wegen des großen Erfolges und des anhaltenden Beifalls hat sich die Direktion entschlossen, noch nicht den Vorhang fallen zu lassen.

Im Auspuff knackte das erhitzte Metall, aber sonst war es still auf der Transitstrecke, die zwischen ihnen lag. Ein nasses Asphaltband inmitten grüner Wälder. Kein Polizeiauto im Gebüsch, keine Wachttürme, keine Grenzsoldaten mit Ferngläsern. Nur ein Bussard kreiste über einer Lichtung.

Sie trafen sich, wo der Asphalt endete, wo verblühte Kamille kümmerlich im nassen Sand wuchs. Und sie war es wirklich, keine Luftspiegelung, keine Halluzination. Hübsch sah sie aus in dem weißen Kleid, das sie schon zweimal getragen hatte und das, aus der Nähe gesehen, gar nicht mehr so weiß war. Irgendein exotisches Spray duftete an ihrem Körper. Die Lippen stärker gerötet. Ihr Haar feucht, als wäre sie stundenlang durch Nebel gelaufen.

»Weißt du, ich hatte plötzlich schreckliche Angst, dich nie wieder zu sehen.«

Nur nicht sprechen, keine Fragen stellen. Keine Begründungen erfinden. Wörter trennen so furchtbar. Am liebsten schweigend einen Waldweg entlanggehen.

Ein Auto kam auf sie zu, ein dreckiger Lkw, der Sand und Steine transportierte. Der Fahrer hupte ausdauernd, denn sie waren ein Hindernis. Es wird immer schlimmer, heutzutage knutschen sich die jungen Leute schon auf der Transitstrecke ab.

»Ob ich nachmittags in Jena ankomme oder spätabends, macht eigentlich nicht viel Unterschied. Also kann ich dich auch bis Rostock begleiten, vielleicht sogar bis Wismar? Es ist mein Land. Hier bin ich zu Hause. Ich kann mich frei bewegen und brauche mich nicht an Transitstrecken zu halten.«

So ist noch keiner durch die DDR gefahren. Strömender Landregen, aber trotzdem geöffnete Fenster, um winken zu können und Kusshände in den Regen zu werfen. Mit Abblendlicht. Hupend durch die Kurven. Jeder merkte sofort, auch der Verkehrspolizist auf der Kreuzung in Neubrandenburg, dass die Autos zusammengehörten. Vor einer geschlossenen Bahnschranke standen sie umschlungen. Und das im Regen und hinter ihnen ein halbes Dutzend wartender Autos. Im Personenzug Berlin–Stralsund Kinder auf der Reise ins Ferienlager. Sie drückten ihre Nasen an den nassen Scheiben platt. Seht mal, da unten vor der Schranke küssen sich zwei!

Ein Wetter zum Katzen ersäufen. Irgendetwas Blödsinniges wird noch geschehen. Entweder fährt der grüne Käfer auf den grauen Trabant auf, oder er rutscht beim scharfen Bremsen in den Graben. Oder die Hupe fällt aus. Oder eine Verkehrsstreife fängt sie auf. Sie fuhren zeitweise nebeneinander wie in Masuren auf Großvater Majewskis Chaussee. Die Straßenarbeiter an der Transitstrecke schüttelten die Köpfe. Was ist denn mit den beiden los?

Immer wieder Verkehrshindernisse. Vor allem die landwirtschaftlichen Maschinen, die von den Feldern zu ihren Stationen fuhren, weil bei diesem Wetter jedes Ernten aufhörte, waren ihnen im Wege. Aber jeder Halt war willkommen, brachte sie für ein paar Sekunden näher. Sie hatten Zeit, noch einen ganzen Tag.

In Rostock fiel ihr das Verrückteste ein: Sie wollte Eis essen. Es regnete Bindfäden, aber sie verlangte nach Eis. Sie parkten auf dem Ernst-Thälmann-Platz. Ohne Scheu stellte sie ihren Trabant neben seinen Käfer und umkreiste mit Ingo eingehakt die Marienkirche auf der Suche nach einem Eisladen. Keine Furcht mehr wie an der Grenze und nie wieder *Sie*.

Wasser gab es genug, aber wo war das Eis? Das Haar sah aus wie nach dem Durchtauchen der Brandung an der pommerschen Küste. Na, und erst das weiße Kleid, das nun dahin kam, wo es hingehörte, in die Wäsche nämlich. Sie flüchteten in ein Café, in dem es auch Eis gab. Irene bestellte zwei Riesenportionen. Dann lief sie zur Toilette, um sich abzutrocknen.

Sie bezahlte mit Deutscher Mark Ost. »Du bist mein Gast«, sagte sie. »In der DDR bist du mein Gast.«

Er spürte, wie stolz sie darauf war. Endlich mal eine Situation, in der die Deutsche Mark Ost ein begehrtes Zahlungsmittel war. Vergessen die traurige Geschichte mit Kasimirs Honig, die, rückschauend betrachtet, doch gar nicht so traurig gewesen ist. Der Honig hatte sie zusammengebracht. Niemals hätte er Irene kennen gelernt, hätten an jenem masurischen Sommertag nicht Kasimirs Bienen geschwärmt.

Sie fütterte ihn, und er fütterte sie. Zum ersten Mal erzählte sie von ihren Kindern. Nur Lustiges. Wie die auf dem Schulfest am Tag des Lehrers, am 12. Juni, sich gegenseitig mit Schokoladenpudding gefüttert hatten. Unter erschwerten Bedingungen, versteht sich, nämlich mit verbundenen Augen und mit vierhundert Zuschauern im Saal. Da flogen die Schokoladenpuddingspritzer bis in die ersten Zuschauerreihen, und oben an der Decke gab es auch ein paar braune Kleckse.

»Magst du unser DDR-Schokoladeneis?«

»Ich mag dich.«

»Es schmeckt besser als das rosa Eis in Polen.«

»Ja, es schmeckt wirklich besser.«

Als sie die beiden Eisbecher geschafft hatten, stieß er sie an und sagte, dass er am liebsten noch einmal mit ihr schlafen möchte. Sie lachte ihn aus. Aber dann stubste sie mit dem Finger auf seine Nase, zog seinen Kopf zu sich herunter und flüsterte: »Wir haben doch das Zelt. Das bauen wir einfach in den Wald. Was in Polen geht, geht auch in der DDR. Wir tun doch nichts Schlimmes, wenn wir für eine Nacht das Zelt aufschlagen.«

»Eine ganze Nacht?«

»Oder musst du heute noch in Lübeck sein?«

Nein, er musste nicht in Lübeck sein. Eigentlich hatte er in einer bestimmten Zeit diese verdammte Transitstrecke abzufahren. Aber davon sagte er nichts. Sie war so begeistert von ihrer Idee, hatte volles Vertrauen zu den Organen ihres Staates; es war ja auch, genau genommen, ihr Wald, der dem Volk gehörte, und sie war ein Teil des Volkes. In einem Wald zu übernachten konnte nichts Böses sein. Außer Graszertrampeln richtet ein Liebespaar im Wald nichts an, was der menschlichen Gesellschaft schaden könnte.

Eigentlich hatte sie nur bis Rostock mitkommen wollen, um dort das große Finale mit einer Riesenportion Schokoladeneis zu begehen. Aber nun bis Wismar. Als die Türme der kleinen Stadt aus den Regenwolken auftauchten, verließen sie die Transitstrecke, tuckerten auf einem grasüberwucherten Forstweg in den Wald, hinterließen tiefe Räderspuren, in denen sich das Wasser sammelte. Im Regen das Zelt aufbauen.

»Wir werden frieren«, sagte sie.

»Nein, wir werden nicht frieren! Solange wir zusammen sind, frieren wir überhaupt nicht.«

Plötzlich war NDR 2 da, Udo Jürgens sang »Griechischer Wein«.

»Nach Griechenland müssten wir auch mal fahren«, sagte er.

»Warst du schon mal in Griechenland?«

»Vor vier Jahren.«

»Und natürlich in Begleitung der Bernsteinsammlerin wie damals in Dänemark.«

»Ja, in Begleitung.«

»Wartet sie auf dich?«

»Die ist längst nicht mehr da, ist schon in Spanien.«

Trostlos wie ein Wohnwagen im Winterregen, so sah das Zelt aus. Aber im Innern wurde es schnell warm, als sie im Schneidersitz hockten und die Reste von dem verzehrten, was Kasimir ihnen mitgegeben hatte.

»Morgen bringst du mich an die Grenze und winkst mich rüber.«

»Geht nicht. Näher als Wismar darf ich nicht an die Grenze.«

»Na gut, dann winkst du mich eben von Wismar ab.«

»Am liebsten möchte ich immer mit dir zusammen sein. Nicht nur heute Nacht, am liebsten immer.«

Wegen des scheußlichen Wetters wurde es früher dunkel. Ab 21 Uhr 05 spielte DDR 1 Operettenmelodien. Ab 22 Uhr gar nichts mehr, nur das einsame Tropfen des Regens.

Der dreizehnte Tag

Wie gesagt, Tiefausläufer über Norddeutschland. Sie überquerten ungehindert die Grenze und schütteten Wasser in den Wald vor Wismar. Keine Gewittergüsse wie in Polninken oder der Kaschubei, aber ein beständiges, andauerndes Tropfen, das den Nerv traf. Ingo wachte auf, weil es ihm so vorkam, als lecke in Mutters Küche der Wasserhahn. Da sah er, wie sie sich vorn quer vor den Forstweg stellten. Sie riegelten mit dem Einsatzwagen den Ausgang ab, dann kamen sie, zu Fuß, zwei bewaffnete Volkspolizisten. Jeder Schritt hörbar. Die Stiefel zogen Wasser. Äste knackten. Der erste fluchte, als er bis zu den Knöcheln in einer Pfütze versank.

»Du brauchst keine Angst zu haben«, flüsterte Irene.

Wenn sie das schon sagte, musste er ja erbärmlich aussehen. Ingo fühlte sich wie ein Einbrecher, den sie auf frischer Tat ertappt, wie ein Sittenstrolch, den sie im Wald umstellt hatten.

Irene ging ihnen entgegen, wollte etwas erklären, aber die beiden ließen sie nicht zu Wort kommen. Mit dem geschulten Blick von Experten, die jahrelang an der Transitstrecke Dienst getan haben, erkannten sie, dass Irene zu dem DDR-Auto und Ingo zu dem BRD-Auto gehörte.

»Was ist denn hier los?«, wandte sich der Erste an Ingo. »Sie wissen doch, dass Sie die Transitstrecke nicht verlassen dürfen.«

Der Zweite forderte Fahrerlaubnis und Reisepass, notierte beide Autokennzeichen. Die Regentropfen trafen härter. Du bietest ihnen einen jämmerlichen Anblick, dachte Ingo und wischte sich mit einem halbwegs trockenen Taschentuch über die Stirn.

»Gehört das Zelt Ihnen?«

Ingo nickte. Ein dicker Wassertropfen lief aus dem Haar an der Nasenwurzel abwärts, versickerte im Bart und sammelte sich wieder auf den Lippen, weiches, geschmackloses Regenwasser.

»Das Zelt ist auch beschlagnahmt«, sagte der Zweite, indem er mit Kugelschreiber und Notizbuch herumrannte wie ein Buchhalter, der in einem Schrottlager Bestandsaufnahme macht.

Jetzt wandte sich der Erste an Irene. »Was haben Sie denn hier zu suchen? Westmieze, was? Wohl ein bisschen Devisen verdienen an der Transitstrecke.«

Ingo sah, wie ihr die Röte ins Gesicht fuhr. Jetzt nur keine Erklärungen abgeben, dachte er. Nur nicht sagen, dass wir uns gern haben, dass Liebe doch alles entschuldigt, auch Abweichungen von der Transitstrecke und Camping im volkseigenen Wald. Die beiden würden nur lachen. Liebe, das ist die dämlichste Ausrede, die wir gehört haben, seit wir an der Transitstrecke Dienst tun. Lasst euch etwas Besseres einfallen!

Irenes Stimme von sehr fern: »Wir haben uns im Urlaub in der Volksrepublik Polen kennen gelernt.«

Sie sprach sehr leise, fraglich, ob die beiden sie überhaupt verstanden.

»Ich wollte meinen Freund durch die DDR begleiten. Das ist doch nicht verboten, oder?«

Die beiden grinsten. Der mit dem Notizbuch nahm den anderen zur Seite. »Mensch, die sind echt. Sich bei diesem Sauwetter in den Wald zu legen, das muss wirklich Liebe sein!«

Der Erste schaute noch einmal prüfend ins Zelt. Der Zweite klappte sein Notizbuch zu und ließ es in der Uniformjacke verschwinden. Der Erste blickte immer noch ins Zelt, dachte dabei, dass er vor ungefähr fünfzehn Jahren mit einer Puppe aus Karl-Marx-Stadt wild gezeltet hatte. Im Zelt hatte es so ähnlich ausgesehen, nur besseres Wetter war damals.

Auf einmal schrie er los: »Haut endlich ab!«, schrie er. »Zelt abbauen und raus aus dem Wald, aber fix!«

Ingo warf sein Schlafzeug ungeordnet ins Auto. Das nasse Zelt kam notdürftig zusammengeknuddelt in den Kofferraum. Ein paar Heringe blieben im feuchten Gras stecken. Geschenkt.

Ihr Auto sprang nicht an. Typische Zweitakterkrankheit. Eine Nacht Dauerregen können die nicht vertragen. Ingo traute seinen Augen nicht. Die beiden Volkspolizisten schoben den Trabant an. Da heulte der Motor auf, und sie fuhr langsam voraus, der kleine graue Kasten versank fast in der aufgeweichten Spur. Oben setzten die Volkspolizisten den Streifenwagen zurück, gaben den Weg frei. Einer stellte sich auf die Straße, jawohl, der sperrte mit ausgestreckten Armen die Transitstrecke ab, brachte einen Traktor, drei Lkws und einen Reisebus mit Westreisenden – fast alles alte Leute – zum Stehen, damit ein grauer Trabant und ein grüner Käfer aus dem Forstweg auf die Hauptstraße biegen konnten. Der eine nach Osten, der andere nach Westen, jeder in die Richtung, in die er gehörte. Der auf der Straße winkte heftig. Schnell! Schnell! Kaum waren sie auf dem Asphalt, gab er den Verkehr auf der Transitstrecke frei, stellte sich neben den Streifenwagen und steckte sich eine Zigarette an.

Nicht einmal verabschiedet hatten sie sich. Keinen Kuss, keinen Händedruck, einfach so in den Nieselregen gefahren. Und natürlich wieder ohne Frühstück. Nasse Turnschuhe, nasse Socken, nasse Augen, aber ein deutscher Junge weint ja nicht! Das hatte sein Vater schon gelernt, und jetzt, vierzig Jahre später, kam es wieder vor. Klaren Kopf behalten. An Schmeding denken, an Monika denken, an Kasimir denken. Mit tränenden Augen kann kein Mensch Auto fahren. Das hörst du in jeder Fahrschule. Alkohol und Tränen sind die größten Feinde der Autofahrer. Du wirst dir den Hals brechen, Ingo Majewski.

Wie schnell sie sich voneinander entfernten. Nur wenige Sekunden blieb der Trabant im Rückspiegel erkennbar, dann schluckte ihn der Regen. Gleich wird die Verbindung reißen. Es war wie im hohen Norden auf den einsamen Straßen Lapplands. Die letzte Radiostation wird schwächer und schwächer, die Stimme zittert, schwillt auf und ab, ein letztes Knistern, dann ist es ganz aus. Funkstille.

Ingo fuhr wie in Trance. Hundertzwanzig Stundenkilometer trotz der vielen Kurven und der dicken Alleebäume. Auch durch Wismar viel zu schnell. Er hatte keinen Blick für die »Straßen der Besten« und die farbigen Transparente.

»Möge unsere Republik noch stärker, reicher und schöner werden.
Alles für das Wohl des Menschen, alles um des Menschen willen.
Vorwärts zum X. Parteitag.«

Nur raus hier! Rechts Sichtschutz. Was sollte man nicht sehen, die abgeernteten Roggenfelder, die Wiesen mit verspätetem Hahnenfuß, die Schaumköpfe der Ostsee? Ist es denn möglich, mit den Augen zu stehlen? Nehmen wir mal an, es sei gut gemeint, es sei nur ein Windschutz für die Autofahrer, weil in Seenähe häufig eine steife Brise weht. Es wäre auch nützlich bei Schneetreiben im Winter. Die Schanzen bleiben vor der Wand aus grauen Steinen liegen und türmen sich nicht auf der Straße.

Du fährst schon wieder zu schnell, Ingo Majewski! Bevor du Lübeck erreichst, wirst du einen der uralten Bäume beschädigen. Oder eine Polizeistreife hält dich an. Dann haben sie dich wirklich, dann rettet dich keine Liebesgeschichte mehr.

Mit der Wahrheit kommst du niemals durch, dachte er. Der Wahrheit fehlt die Bestätigung durch den Augenschein. Mädchen kennen gelernt, verliebt, im Wald gezeltet … das klang an dieser grauen verregneten Grenze noch unwahrscheinlicher als im Wald vor Wismar. Da gab es wenigstens noch das Mädchen und das Zelt …

»Sind Sie sich Ihres Vergehens bewusst?«, fragte der Grenzsoldat an der ersten Sperre.

»Vermutlich bin ich zu schnell gefahren.«

»Sie wollen mich wohl auf den Arm nehmen! Wenn überhaupt, dann sind Sie zu langsam gefahren. Gestern Mittag reisten Sie in die DDR ein, zweiundzwanzig Stunden später erscheinen Sie an unserer Westgrenze! Haben Sie in der Zwischenzeit eine Großmutter besucht? Oder haben Sie eine Freundin bei uns?«

Nun lass dir mal etwas einfallen, Ingo Majewski! Etwas, das überzeugend klingt, aber nicht wahr ist. Du hast doch Abitur, nun fang mal an zu denken.

Der Nächste winkte ihn auf den Abstellplatz hinter der Baracke. Aussteigen! Türen schließen! Mitkommen!

»Transit durch die DDR ist keine Pfingsttour ins Blaue. Also erzählen Sie mal, was war denn los.«

Ingo saß ihm gegenüber auf einer Bank, sah schräg durch das Fenster das Kommen und Gehen der Fahrzeuge und den Regen, der gegen die Scheibe fiel, dachte, dass sie jetzt schon kurz vor Rostock sein müsse und was wohl geschehen wäre, wenn ihr Auto endgültig gestreikt hätte. Danach erzählte er seinem Gegenüber die Geschichte von der Autopanne. Also gestern gegen Abend sei sein Auto stehen geblieben. Es sei zu dunkel gewesen, um den Schaden zu beheben. Da habe er sich gedacht, einfach neben der Straße im Wald zu schlafen.

»Na, das wollen wir mal überprüfen!«

Er verschwand mit den Papieren im Nebenraum. Wieder begannen die Computer zu arbeiten, übergaben sich und spuckten aus, was sie wussten. Ob sie die Geschichte schon kannten, die Geschichte von einem kleinen weißen Mädchen aus Jena und einem großen dummen Jungen aus Lübeck, die in einem DDR-Wald geschlafen hatten bei schlechtem Wetter? Nein, sie hatten keine Ahnung. Die beiden Volkspolizisten, von denen sie bei Wismar aus der Schonung geholt worden waren, hatten die Autokennzeichen nicht in den Computer gegeben. Nun weigerten sich die Maschinen, rote Lampen aufleuchten zu lassen.

So schlimm kann es gar nicht werden, tröstete Ingo sich, während er auf die Antwort des Computers wartete. Vielleicht müsste er einen Tag für Verhöre opfern, bis sie begriffen hatten, dass es nur eine harmlose Liebesgeschichte war und weiter nichts. Vielleicht eine Geldstrafe in DM West wegen zu hoher Geschwindigkeit.

Zu dritt untersuchten sie sein Auto. Durchs Fenster sah Ingo, wie sie arbeiteten. Das war Spurensicherung unter der Fußmatte. Mit der Lupe. So gründlich war der grüne Käfer noch in keiner Werkstatt untersucht worden. Zwei Stunden wartete er. Der Computer schnaufte und stöhnte, gab aber nichts her. Auch im Auto fanden sie nichts, nicht einmal ein dunkles Frauenhaar. Gänzlich unverdächtig waren die beiden polnischen Klaräpfel, die unter dem Beifahrersitz hervorgekullert kamen.

Ein Offizier betrat den Warteraum und sagte zu Ingo: »Wir glauben Ihnen die Geschichte mit der Autopanne. Natürlich können wir die Sache vertiefen und Sie fragen, was denn kaputt gewesen sei. Unsere Fachleute könnten dann feststellen, ob Sie wirklich daran gearbeitet haben. Aber wir glauben Ihnen. Es genügt uns, dass Sie ein völlig durchnässtes Zelt bei sich haben. Sie haben also neben dem defekten Auto ihr Zelt aufgeschlagen und darin übernachtet?«

»Ja, genauso war es.«

»Und in welcher Gegend?«

»Ein paar Kilometer vor Wismar.«

»Stimmt auch. Wir haben nämlich festgestellt, dass Sie in einer Lärchenschonung waren. Lärchenwälder gibt es in der Gegend tatsächlich.«

Er reichte Ingo die Papiere und den Wagenschlüssel.

»Nur über eins haben wir uns gewundert«, sagte er lächelnd, als Ingo schon gehen wollte. »In Ihrem Schlafsack fanden wir eine Damenbluse.«

Ingo grinste, gab sich große Mühe, ihn so anzusehen, wie sich Männer ansehen, die einander verstehen, wenn es ums weibliche Geschlecht geht.

»Das war so eine Urlaubsbekanntschaft in Polen«, sagte er betont lässig, so wie man es sagen muss, damit es geglaubt wird.

Ja, das verstand der Offizier. Er lachte und schlug ihm auf die Schulter. Zwei Männer, die sich auskannten in der Welt.

Ingo Majewski war durch. Im zweiten Gang bummelte er durchs Niemandsland auf die Fahne der Bundesrepublik Deutschland zu. Eine Rechtskurve. Links die ersten Häuser der Siedlung Schlutup, wohl von Ostflüchtlingen erbaut. So nahe an der Grenze bauten nur die aus dem Osten. Vergeblich suchte er die Türme Lübecks, der Lauerholzer Wald hatte sie verschluckt. Dafür deutlich erkennbar, jenseits des Wassers, die verrosteten Anlagen der Metallhüttenwerke und die Türme des Kraftwerks Siems.

Ihm war nicht feierlich zumute, überhaupt nicht. Auch keine Erleichterung wollte sich einstellen, weil nun das Fragen und Lügenerfinden ein Ende hatte. Er überschlug, während der grüne Käfer wie von selbst auf die Abfertigung zurollte, wo sie wohl sein könnte. Wieder in Rostock auf dem Ernst-Thälmann-Platz? Noch einmal DDR-Schokoladeneis essen als Ersatz für das ausgefallene Frühstück? Bestimmt war sie schon hinter Rostock auf dem Weg nach Berlin. Er stellte sich Irene vor, wie sie zwischen Rostock und der Hauptstadt der DDR in einer schönen Gegend der Mark Brandenburg, wo der alte Fontane spazieren gegangen war, am Straßenrand saß und herzergreifend heulte. Nein, das Bild stimmte nicht. Wie ein deutscher Junge nicht weint, so weint auch eine DDR-Lehrerin nicht. Höchstens beim Zwiebelschälen. Was sollen die Kinder denken!

Eine Spur für Pkws, die andere für Lastwagen und Busse. Der Grenzschutzbeamte vor Ingo wurde immer größer. Rötliches Haar unter der Mütze, Augen wie einer aus Dithmarschen. War das nun wirklich ein anderer Mensch als der da drüben?

Nein, eigentlich nicht. Der tat auch nur das, was man Pflicht nannte, mal freundlich, mal weniger freundlich. Ingo trat heftig auf die Bremse. Für einen Augenblick schloss er die Augen. Er fühlte sich geblendet von der Vision, dass die da drüben nicht anders waren als diese hier und in Danzig nicht anders als in Rotterdam und bis zum Ural nicht anders und bis zu den Pyrenäen. Überall ganz normale Menschen wie du und ich, aber von einem Fluch verfolgt, von einem bösen Geist befallen, Befehlen gehorchend und Dienstvorschriften, die ständig Dinge verlangten, die sie aus eigenem Antrieb nicht tun würden.

Der Dithmarsche blickte in seine Papiere. Ingo überschlug es kurz. In dreizehn Tagen achtmal diesen kritischen Blick auf Passbild und Stempel. Ein zweiter Mann beugte sich zum Fenster, fragte überaus freundlich: »Ach, Sie kommen aus Polen, ist Ihnen irgendetwas aufgefallen?«

Ingo dachte wohl zu lange über die Frage nach, denn er half weiter: »Ich meine, haben Sie vielleicht Militärkolonnen gesehen? Und wie war das mit der Benzinversorgung, gab es Schlangen vor den Tankstellen?«

»Ja, das schon, Schlangen gab es.«

»Waren Sie auch in Danzig?«

Ihm fielen die Gladiolen ein, das Holzkreuz für die Messe unter freiem Himmel und das Bonbonglas mit dem Geld für das sonderbare Denkmal. Wenn du damit anfängst, hört er nicht mehr auf zu fragen, dachte er. Also log er schon wieder. Diesmal aus Müdigkeit. Keine Taschen öffnen, nicht in schmutziger Kleidung wühlen, Damenblusen interessierten nicht. Was unter der Fußmatte lag, durfte liegen bleiben.

»Wie war es denn in der DDR? Gab es Truppenbewegungen zur polnischen Grenze hin?«

Ingo schüttelte den Kopf. Das Bemerkenswerteste an der DDR war diese überirdische Erscheinung gleich hinter der polnischen Grenze nach der Abzweigung Prenzlau. Aber das ließ sich schwer beschreiben, und es ging die Leute im Grunde auch nichts an.

»Es hätte ja sein können«, sagte der Mann und gab den Weg frei.

In diesem Augenblick wünschte Ingo dringend, dass Irene seinetwegen keine Unannehmlichkeiten bekäme. Denn auch sie wird man fragen, warum sie nicht mit der Reisegruppe zurückgekehrt sei. Und nach dieser Frage wird sich eine Frage an die andere reihen. Er war durch, aber für sie fing es erst an. Fragen, immer nur Fragen.

Der grüne Käfer rollte die Kastanienallee abwärts bis zu der Litfaßsäule, auf der Hardy Krüger Bier trank. Rechts das Restaurant »Zur Mühle«. Keine Menschenseele drinnen und draußen. Links der Mühlenteich, keine Angler unterm Regenschirm sitzend, keine badenden Kinder, nur Wasservögel. Hier fing die Mecklenburger Straße an. Als er hinfuhr, war es ihm nicht sonderlich aufgefallen, jetzt kam es ihm bemerkenswert vor, dass die Straße zur Grenzübergangsstelle Mecklenburger Straße hieß.

An der Bushaltestelle blieb er stehen, überlegte, ob er in die Telefonzelle gehen und Mutter anrufen sollte oder Schmeding, der jetzt im Katasteramt saß und Parzellen ausrechnete, oder Monika hinter der Schreibmaschine bei den Drägerwerken. Nein, Monika war längst in Benidorm.

Er ging zur Imbissbude, kaufte eine Tüte Pommes frites mit Ketchup, setzte sich quer auf den Autositz, ließ die Beine raushängen und kaute die fettigen Kartoffeln.

Noch war die Tüte nicht ganz leer, da schlug sein Magen Alarm. Bis zur Telefonzelle kam er gerade noch. Dort spuckte er alles hinter das gelbe Häuschen, setzte sich erschöpft auf die Bordsteinkante und atmete tief durch.

»Haben Sie drüben so viel mitgemacht?«, fragte der Busfahrer, der im leeren Bus an der Endstation Mittagspause machte und über den Rand seiner Zeitung Ingos sonderbare Heimkehr beobachtet hatte.

»Das Zeug ist viel zu fett«, antwortete Ingo. »Oder das Öl war ranzig.«

»Ja, das kann schon mal vorkommen«, meinte der Busfahrer.

War das nun Heimkehr? Immerhin, es regnete nicht mehr. Über den westlichen Dächern kündigte sich eine sonderbare Helligkeit an, das Licht des frühen Nachmittags. Bald wird die Sonne durchkommen.

Er fuhr langsam weiter. Hinter dem Wald sah er den grünen Turm von St. Philippus, von dem Schmeding immer sagte, er sehe aus wie ein Phallus mit goldenem Kreuz drauf. Dahinter das Stadtpanorama wie auf einem mittelalterlichen Stich: einmal St. Jacobi, zweimal Dom, einmal St. Aegidien, einmal St. Petri, zweimal St. Marien. Er hatte diese Stadt tausendmal gedankenlos gesehen, durchfahren und in ihren Fußgängerzonen durchspaziert, heute fiel sie ihm auf. Er war stolz, zu dieser alten Stadt zu gehören, die einmal den Osten, die Wismar, Rostock, Stettin und auch Danzig beherrscht hatte und der nun nichts mehr zu tun übrig blieb, als ihre hohen christlichen Türme gegen die Wachttürme der Grenze zu setzen. Das war seine Stadt. Er fand es tröstlich, in seine Stadt heimzukehren, es beruhigte sogar seinen Magen.

Die Walderseestraße mit der Kaserne der Grenzschutzabteilung Küste. Hier fingen die alten Generäle an: Moltke, Blücher, Seydlitz, Yorck ... und mit ihnen die alte Geschichte. Eine Danziger Straße musste es hier auch geben, Ingo hatte es immer gewusst, aber heute wusste er es anders. Wenn es eine Stadt gab, die voller Erinnerungen an den Osten steckte, war es dieses Lübeck. Überall die fernen östlichen Namen: Königsberger Straße, Stettiner Straße, Stargarder Straße; für die Stadt Stettin hatte Lübeck sogar die Patenschaft übernommen.

Während er an den Schrebergärten und Bootsanlegestellen der Wakenitz entlangfuhr, fielen ihm die Rundschreiben ein, die Jahr für Jahr zum Tag der Heimat durch die Ämter gelaufen waren und die er stets achtlos beiseite gelegt hatte. Heute ahnte er, dass an solchen Papieren Jahrhunderte hingen, ein ganzes Schleppnetz voll, tief unter Wasser, aber schwer, schwer. Die alte Hansemutter hatte nach dem Krieg ihre Kinder heimgeholt. Viele aus dem Osten waren in Lübeck hängen geblieben mit den vernünftigsten Begründungen, aber die Wahrheit war, dass sie hier dem Osten am nächsten saßen. Und das Wasser nicht zu vergessen. Es waren dieselben Ostseewellen wie in Rostock, Stettin, Kolberg, Danzig, Pillau oder Memel.

In der Kronsforder Allee hielt er an. Direkt gegenüber dem alten Backsteinbau des Städtischen Krankenhauses Süd. Hinter jenen Fenstern war Vater gestorben. Immer, wenn er ins Amt fuhr, musste er die Kronsforder Allee entlang, aber noch nie hatte er hier angehalten. Hinter ihm hupten sie. Er stand nicht nur im Parkverbot, sondern im absoluten Halteverbot. Zehn Jahre war das her, es kam ihm so vor wie gestern. Anruf aus dem Krankenhaus, Mutter lässt das Geschirr fallen, Weintrauben mussten her, und dann der Regen. Sonderbar, durch diese Reise nach Masuren war ihm sein Vater näher gekommen.

Als er in die Siedlung einbog, verstummte der Straßenlärm. Wäre nicht der Eisenbahndamm mit der einsam rangierenden Lokomotive gewesen, es hätte ihn völlige Stille empfangen. Wie ausgestorben diese Siedlung. Nicht einmal Kinder spielten in der Julius-Brecht-Straße. Obwohl er täglich an den Häusern vorbeigefahren war, sah er zum ersten Mal, dass von einigen Balkons die Farbe abblätterte. Die BfG Heimbau e. G. müsste mal etwas tun für die Häuser, die Siedlung war doch erst fünfzehn Jahre alt. Farbe muss her!, würde der aus Iserlohn sagen. Mit Farbe wird alles erträglicher, die Volksrepublik Polen, die DDR und nun auch die Siedlung in Lübeck-St. Jürgen.

Drei- und vierstöckige Wohnhäuser; das Haus, in dem Majewskis lebten, war vierstöckig. Sogar einen freien Parkplatz fand er. Weil im Sommer die Leute aus der Siedlung auf Reisen waren. Mutter war nicht da. Das sah er sofort, das Kippfenster in der Küche war geschlossen.

Mensch, war sein Auto dreckig! Trotz des vielen Regens. Tote Fliegen und Mücken klebten auf dem grünen Lack, am Außenspiegel hing eine verstümmelte Libelle, und eine Motte flatterte hilflos eingeklemmt am Scheibenwischer. So viele Tode, so viel Abschied – auch das waren Erinnerungen. Er hatte viel Zeit. Ohne Gepäck, einfach so, die Hände in den Taschen, schlenderte er die Treppe hinauf. Wie erwartet, öffnete niemand, als er klingelte. Umständlich holte er den Schlüssel aus dem Portemonnaie und schloss auf. Ungewöhnlich warm da drin, die Hitze des vergangenen Wochenendes hielt sich noch in den Räumen. Als er aus dem Flur ins Wohnzimmer trat, sah er die Glasschale auf der Anrichte, in der vor zehn Jahren die Weintrauben vertrocknet waren. Jetzt lagen Klaräpfel darin, größer und reifer als die von Kasimir. Üppig blühend wie immer Mutters Hängegeranien auf dem Balkon. Er beugte sich über die Blumenkästen, wunderte sich, wie weit er in die DDR hineinblicken konnte. Bis hinter die Wachttürme von Eichholz zu den Stoppelfeldern, Rübenschlägen und Baumreihen der mecklenburgischen Alleen.

Eigentlich müsste er jetzt in Jena anrufen. Fragen, ob sie gut angekommen sei. Aber er wusste nicht einmal, ob sie Telefon besaß. Irene von Sahrau, Lehrerin in Jena, Besitzerin eines grauen Trabant mit dem Kennzeichen NX 74 – 53, das war alles, was er von ihr wusste.

»Herr Schmeding ist nicht an seinem Platz«, sagte die Stimme in der Telefonzentrale. »Wollen Sie warten?«

Nein, er würde später wieder anrufen.

Drägerwerke. Es meldete sich die Frau, die Monika gegenübersaß und immer abnahm, wenn Monika nicht da war. Bevor sie ihren Spruch loswerden konnte – Fräulein Fehring ist seit gestern in Urlaub, die wollte nach Spanien, aber das müssten Sie ja am besten wissen, Herr Majewski –, also bevor sie das sagen konnte, legte Ingo auf.

Der Fernsehapparat rettete ihn. Als er ihn sah, wusste er plötzlich, dass er die Welt vergessen hatte. Keine Ahnung, ob in der Zwischenzeit Vulkane ausgebrochen, Schiffe untergegangen, Päpste gestorben waren oder Schauspielerinnen zu viel Schlaftabletten geschluckt hatten. Wie war es in Danzig weitergegangen?

Er ließ sich in den Sessel fallen, drückte auf den Knopf der Fernbedienung. Und wer empfing ihn? Die Muppets-Show. Ein hässlicher grüner Frosch schrie pausenlos Applaus! Applaus! und hatte größte Mühe, sich der Zudringlichkeit eines Schweines namens Piggy zu erwehren. Eine Uhr schlug. Eine Fliege kroch über den Bildschirm. Ingo Majewski schloss die Augen und war zu Hause.

Als die Mutter kam, lag er im Sessel, die Beine von sich gestreckt. Der Kasten flimmerte Werbung, zeigte die Zahnpasta, die der gute Zahnarzt seiner Familie empfiehlt. Die Mutter stand in der Tür und beobachtete, wie er langsam aufwachte. Da kam sie leise näher und legte die Hand auf seinen Kopf.

»Da bist du ja endlich! Und dein Haar ist ja ganz nass!«

Tatsächlich, das Haar war immer noch feucht, und nicht nur das Haar. Auch in der Kleidung und in den Turnschuhen steckte die Feuchtigkeit aus dem Wald vor Wismar.

Nachdem der Mutter alle Steine vom Herzen gefallen waren, sprudelte es nur so aus ihr heraus. Das Fräulein Fehring habe angerufen – Mutter sagte immer noch Fräulein Fehring, obwohl Monika schon viele Male in dieser Wohnung übernachtet hatte –, also das Fräulein Fehring habe angerufen, gestern früh vor der Abfahrt. Du möchtest doch nachkommen, hat sie gesagt. Wenn du nicht zu müde bist und wenn du Lust hast.

Nie mehr Benidorm! Ingo würde im Ufersand versinken, über die Leitplanken spanischer Autobahnen rasen oder im Mittelmeer ersaufen. Nie mehr Benidorm!

»Hast du dich mit Fräulein Fehring gezankt?«

Als er nur den Kopf schüttelte, ließ sie ihn in Ruhe, schaltete das Fernsehgerät aus und fragte, wo er seine Sachen habe.

Ach, die musste er noch aus dem Auto holen.

Sie wollte mitkommen, um ihm zu helfen. Aber das war wirklich nicht nötig bei dem bisschen Gepäck.

Draußen schien die Sonne. So sind sie oft, die Regentage in Schleswig-Holstein, gegen Abend geben sie die Sonne frei, damit niemand die Hoffnung ganz aufgibt. Die Autos auf dem Parkplatz dampften. In den Wassertropfen auf der Ligusterhecke glitzerte Licht.

Als er mit dem feuchten, schmutzigen, verknuddelten Zeug oben ankam, deckte die Mutter gerade den Tisch. Er stellte das Glas Honig dazu. »Den haben die Bienen in Polninken gesammelt.«

»Du bist also doch da gewesen, Ingo!«

Sie hatte es wohl nicht erwartet, trotz der zugesteckten Landkarte. Nun war sie selig. Ach, du lieber Himmel! Na, wie sah es denn aus? Stehen noch viele Häuser? Und das Schloss, was ist aus dem Schloss geworden?

»Das Dorf heißt jetzt Wilkowa, aber zum Schluss haben wir nur noch Polninken gesagt. Polninken klingt schöner.«

Sie schraubte den Verschluss vom Honigglas, roch,

tunkte den Zeigefinger in die klebrige Masse und leckte ihn ab, fragte vorsichtig, ob er eine Panne gehabt habe.

Ach so, er war ihr eine Erklärung schuldig für die verspätete Heimkehr. Nein, Panne war nicht der richtige Ausdruck, eher ein Durchbrennen von Sicherungen. Bis vor zwei Wochen hatte er das nicht für möglich gehalten. Liebe war ihm wie eine Erfindung der Bücherschreiber vorgekommen, eine Floskel aus der Zeit, als es noch nötig schien, den Sexualtrieb euphemistisch zu umschreiben. Aber auf einmal machte er sich Gedanken, ob sie heil in Jena angekommen sei. Er sah sie vor den Kindern stehen, diese kleine zierliche Person, die Mühe hatte, Autorität zu sein. Sie war für ihn nicht einfach ein Objekt von Begehrlichkeit, sondern ein Mensch, den man gern hat. So hatte er noch nie empfunden. Mensch, Ingo Majewski, was ist los mit dir?

»Ja, eine Panne«, sagte er und dachte, es werde bald abklingen. Der Lübecker Alltag wird sich seiner annehmen mit neuen Eindrücken. In zehn Tagen wird es so sein, wie es früher gewesen ist. Aber jetzt hatte er immer noch das flaue Gefühl im Magen. Als sie gemeinsam am Tisch saßen, die Mutter mit dem Rücken zum Fenster, er mit dem Rücken zur Tür, sah er die Mutter als kleines Mädchen über einen Anger laufen, ähnlich dem Anger in Polninken, sah sie in eine Dorfschule traben, eine Schule wie die, in der Kasimir wohnte, mit einem aufmerksamen Rohrstock in der Ecke und der Heimatkarte der Provinz Ostpreußen an der Wand. Auf dem Schulhof die Jungs barfuß, die Mädchen in Kniestrümpfen und Klappern beim Völkerball.

»Auf einmal sind die Eier so teuer geworden, und das mitten im Sommer ... Bei Bad Schwartau hat es vorige Woche einen schweren Verkehrsunfall gegeben ... Der vom Katasteramt hat ein paar Mal angerufen, wollte wissen, wann du kommst ...«

Nach so viel oberflächlicher Einführung dann der entscheidende Satz: »Nun sei mal ehrlich, Ingo, Ostpreußen ist doch ein wunderschönes Stück Erde. Nur die Polen haben es so schrecklich verkommen lassen, nicht wahr?«

Behutsam forschte sie weiter, fragte, wie denn das Wetter gewesen sei, früher war Ostpreußen doch berühmt für seine schönen, trockenen Sommer! Haben die Polen schon alles abgeerntet? Auf dem Gut sagten sie immer, bis 20. August muss der Roggen drin sein, Hafer hat noch ein bisschen länger Zeit! Gibt es noch Deutsche in Polninken? Steht unser Haus noch? Was ist denn aus Opas schöner Allee geworden?

Er fragte, ob sie Postkarten in der Wohnung habe. Natürlich, Mutter hatte immer Postkarten auf Vorrat, Ansichtskarten der Stadt Lübeck. Ingo suchte eine Luftaufnahme aus, die Stadt mit allen Türmen, von Westen her gesehen. Sogar ein bisschen Meer schimmerte im Hintergrund und ein kleiner Zipfel der DDR.

»Wie viel Porto kostet eine Karte in die DDR?«

»DDR ist ja Inland«, sagte sie und holte eine Fünfzigpfennigmarke. »An wen hast du denn in der DDR zu schreiben?«

»Ich habe ein Mädchen kennen gelernt.«

»Ein Polenmädchen?«

»Nein, eine Deutsche aus Jena.«

Große Betroffenheit in ihrem Gesicht. Schweigend räumte sie das Geschirr ab. In der Küche hörte er, wie sie mit sich redete. »Das kann nicht gut gehen, das lassen die nie und nimmer zu«, sagte sie.

»Ihre Eltern kommen auch aus Polninken.«

Nun war sie fassungslos. »Na, so was! Ist denn das die Möglichkeit! Wie klein die Welt doch ist! Da fährst du nach Ostpreußen und triffst ein Mädchen, dessen Eltern aus demselben Dorf kommen wie deine Eltern. Wie heißt sie denn?«

»Irene von Sahrau.«

Sie erschrak. »Das sind ja unsere Herrschaften vom

Gut!«, sagte sie nach langer Pause. »Und da hieß es immer, die Kinder sind umgekommen.«

»Irene ist nach dem Krieg geboren.«

»Also ist die Gnädigste doch aus Russland zurückgekommen. Na, wer hätte das gedacht! Alle glaubten, dass sie Russland nicht überleben würde.«

Sie war richtig gerührt. Und wie sie gleich in die alte Rolle zurückfiel! Sie, die Frau eines Landarbeiters, und die da im Schloss, die Herrschaften, die heil durch den Krieg gekommen waren und sogar nach dem Krieg noch ein Kind bekommen hatten.

»Wie sieht das Mädchen aus? Hat es Ähnlichkeit mit der gnädigen Frau? Die war damals eine Schönheit in der ganzen Provinz. Ich weiß noch genau, wie die Herrschaften Hochzeit gefeiert haben. Da war ich in Stellung auf dem Gut und hab' mit aufgetragen im Schlosssaal ...«

Sie erzählte und erzählte von den mehr als hundert Gästen auf der Gutshochzeit, sogar Leute aus dem Reich waren gekommen, und sie wusste noch die Speisenfolge, bis auf den Nachtisch, der war ihr entfallen. Aber dann kam ihr Furchtbares in den Sinn: »Die ist ja eine Adlige, Ingo!«

Als wäre damit ein Urteil gesprochen. Als stünde nun fest, dass es mit ihnen nichts werden könnte. Ein Mädchen aus der DDR, das war schon schlimm genug. Aber eine Adlige!

Früher hätte Ingo das nicht so durchgehen lassen, hätte er ihr gesagt, wie rückständig und altmodisch es sei, so zu denken. Aber jetzt lachte er nur und schüttelte den Kopf.

Das mit der Postkarte war natürlich Unsinn. Er konnte sie gar nicht abschicken, weil er ihre Anschrift nicht wusste. Nur Lehrerin in Jena, das kommt nie an.

Die Mutter erzählte den ganzen Abend von den Sahraus. Er sei ein stattlicher Herr gewesen, ein Offizier wie aus dem Bilderbuch. Als es ans Heiraten ging, holte er sich eine Frau aus dem Reich, die vom Landleben nichts verstand, eine Studierte. Aber sie lebte sich schnell ein. Nach einem Jahr konnte sie schon mit den Frauen im Dorf ostpreußisch schabbern.

»Opa Majewski hat mal Streit gehabt mit dem Herrn von Sahrau. Wegen der Bäume an der Chaussee. Die Äste hingen so tief, dass sie die Garben aus den Erntefudern rissen.

Der Herr von Sahrau kam zu Opa geritten und hat gesagt: ›Hören Sie mal, Majewski, heut' Abend schick' ich ein paar Männer an die Chaussee, um die Äste abzusägen.‹

›Das geht nicht‹, hat Opa gesagt. ›Bevor man sägt, muss man erst beim Amt in der Stadt anfragen.‹

›Mensch, Majewski, wenn wir das Amt fragen, dauert es zehn Tage, bis Antwort kommt. Dann ist die Ernte längst vorbei!‹

Sie haben die Äste dann doch abgesägt, abends in der Schummerstunde. Gegen den Willen deines Opas. Der hat sich früh ins Bett gelegt und eine Nacht lang vor sich hin gebrummelt. Länger als ein Jahr haben die beiden nicht miteinander gesprochen, Opa und der Herr von Sahrau. Und alles bloß der paar Äste wegen.«

Eine deutsche Liebe

Schon lange nicht mehr so weich aufgewacht. Ein Kopfkissen voller Daunen umgab ihn, aber eben nur Daunen, Ingo allein mit den Daunen. Ein Streifen Licht fiel zwischen Rollo und Fensterrahmen ins Zimmer, durchschnitt die Stuhllehne, lief diagonal über blau kariertes Bettzeug. Sein Atem traf die Wand, bildete aber keine Tropfen, denn es war ja Sommer. Was tropfte, war der Regen draußen. Schon wieder Regen.

Ingo brauchte nicht ins Amt, hatte noch mehr als zwei Wochen Urlaub, Zeit genug, um nach Benidorm zu fahren, dem Regen zu entfliehen, im Sand zu braten. Aber Benidorm ging nicht, das konnte er nicht.

Er suchte den Knopf über dem Bücherbord. Erst Musik, dann Nachrichten von NDR 2: »Das Treffen zwischen Bundeskanzler Schmidt und dem Staatsratsvorsitzenden Honecker ist abgesagt worden. Wegen der Ereignisse in Polen.« Die Meldung berührte ihn nicht sonderlich. Ehrlich gesagt, er hatte nicht einmal gewusst, dass die beiden sich treffen wollten. Aber was meinte NDR 2 mit den Ereignissen in Polen? War das Danzig, der Streik der Hafenarbeiter, die Messe unter freiem Himmel, die Sammlung für ein Arbeiterdenkmal? Wenn er es recht bedachte, jetzt so in den Daunen liegend und wieder Musik hörend, also das mit dem Denkmal verstanden die Deutschen am wenigsten. Auch Ingo hatte da seine Mühe. Sammeln für Hungernde, Kranke, Behinderte oder kinderreiche Familien wäre wohl angebracht, aber fur ein Denkmal aus Stein und Eisen? Wie viel Elend ließe sich mit dem schönen Geld beseitigen? Das wäre eine typisch deutsche Frage. Wem helfen Denkmäler? Man musste wohl Pole sein und einen angeborenen Sinn für Symbolik und große Gesten haben, um das zu verstehen.

Der Wecker war stehen geblieben, vor dreizehn Tagen schon, um halb fünf. Ingo zog ihn auf, aber nicht das Läutwerk, denn er hatte noch Urlaub. Ein trostloser Wetterbericht. Das und die weichen Daunen ließen ihn wieder in Schlaf sinken. Schlaf mit Musikuntermalung, eigentlich nur Halbschlaf mit Nachdenken darüber, was er mit den zwei verbleibenden Wochen anfangen sollte. Bei gutem Wetter in Travemünde am Strand liegen und Ausschau halten nach Heuinseln und Eisschollen und toten Pferden? An diesem Morgen tat er das, was er als Kind so gern getan hatte, danach aber lange nicht mehr: mit geschlossenen Augen wach im Bett liegen und träumen. Von großen Reisen mit kleinen Schiffen, träumen von einem Rundflug um die Erde auf weißen Wolkenfedern oder wie Nils Holgersson.

Sie hätten sich lieber doch treffen sollen, Schmidt und Honecker. Ein paar tausend Menschen haben vielleicht große Hoffnungen in dieses Treffen gesetzt, haben Reiseerleichterungen erwartet, Amnestien und Begnadigungen. Auch mal in den Westen fahren, ohne Rentner sein zu müssen. Nicht mit dem Hund auf den Friedhof gehen müssen, wenn Westbesuch kommt.

Plötzlich war er hellwach. Wegen dieser Meldung aus den Frühnachrichten. Sie brachte ihn wieder nach Polninken. Ob da jetzt auch Landregen niederging und die Mähdrescher nicht auf die Getreideschläge kämen? Oder waren es gar keine Mähdrescher, sondern gepanzerte Fahrzeuge? Sahen so die »Ereignisse in Polen« aus, die der Nachrichtensprecher erwähnt hatte? Kasimir in seinem Kahn sitzend, mit drei Schnüren angelnd, während Panzer lärmend die Dorfstraße hinabrasselten und Leuchtkugeln über der Grenze aufstiegen!

Sie hätten sich ruhig treffen sollen, Schmidt und Honecker. Bei solchen Treffen macht man sich doch Geschenke. Was wäre angebrachter, als sich Menschen zu schenken? Hier einen jungen Mann, der den Wehrdienst verweigert hat, dort eine Frau, die unbedingt zu ihrem Mann muss, weil sonst alles in die Brüche geht. Ob die Staatsmänner sich bei solchen Treffen auch Gedanken darüber machen, wie man Liebespaare zusammenführen kann? Nein, sie haben Wichtigeres zu tun.

Was die Liebe betrifft, hat es in den letzten fünfzig Jahren die sonderbarsten Geschichten in Deutschland gegeben. Deutsche Frauen haben sich während des Krieges in Kriegsgefangene verliebt, obwohl: Eine deutsche Frau tut so was nicht! Es ist vorgekommen, dass deutsche Soldaten sich ihre Bräute aus den fernsten Winkeln Europas mitgebracht haben, und es ist gut gegangen … Deutsche Frauen haben englische oder russische Besatzungssoldaten geheiratet, sogar dunkelhäutige Amerikaner, denn wo die Liebe hinfällt, bleibt sie liegen und rührt sich nicht vom Fleck … Nicht zu vergessen die Flüchtlinge und die Einheimischen, die sich in den Elendsjahren nach einer Anstandsfrist des kritischen Abwartens um den Hals gefallen sind, um die himmelschreienden Gegensätze zwischen Arm und Reich, zwischen Heimatlosen und Festverwurzelten durch Liebe und Heirat auszugleichen … Liebe zwischen Deutschen und Gastarbeitern aus Anatolien oder Andalusien, ach, es kommt fast täglich vor, aber zwischen Lübeck und Jena ist das problematisch! Eher kannst du eine Mongolin zur Frau bekommen oder ein Hottentottenmädchen als eine Deutsche von drüben. Mein Gott, da stimmt doch etwas nicht, da müssen doch ganze Gedankenzüge entgleist sein … Ja, sie hätten sich treffen sollen, Schmidt und Honecker!

Um neun Uhr stand er auf, riss das Rollo hoch und fand das Wetter weit besser als den Wetterbericht. Nach dem Frühstück rief er Schmeding an.

»Mensch, wo hast du dich rumgetrieben!«, schrie der gleich in den Apparat. Monika sei vorgestern bei ihm gewesen, um zu fragen, was mit Ingo los sei. »›Was soll denn los sein‹, hab' ich gesagt. ›Er wird ein Polenmädchen kennen gelernt haben. Du weißt doch, Heino: Es war das allerschönste Kind und so weiter ...‹« Schmeding pfiff die Melodie in den Telefonapparat, dann ahmte er Heinos tiefe, glaubwürdige Stimme nach. Er schlug vor, sich mit Ingo zu treffen. Am besten gleich nach Feierabend. Schmeding wollte wissen, wie es jetzt aussehe in Masuren. Von der Landschaft wollte er etwas hören, die er liebte, und von den sauberen Seen voller Trinkwasser. Wo hast du gebadet, Ingo? Hast du ein Faltboot geliehen und bist die Krutinna runtergefahren? Die Reise mit dem Schiff über den Berg, wie war die?

Mensch, Schmeding, ihm war nicht nach Landschaft zumute. Ingo dachte mehr an Menschen, an den alten Mann und das weiße Mädchen. Unmöglich, mit Schmeding über Irene zu sprechen. Der würde sich schieflachen. Mensch, eine Geschichte wie im billigen Kintopp, würde er sagen. Liebe in Masuren ... Sie tanzten nur einen Sommer ... Dass es dich aber auch gleich so schlimm erwischen muss!

Ingo brauchte Abstand. Zeit soll ja so unglaublich heilen. Zwei Wochen, dann könnte er Schmeding die Geschichte erzählen, ganz gelassen, ganz unbefangen.

Er log ihn an. Er sagte, er habe heute etwas anderes vor. Morgen vielleicht oder am Wochenende. Möglicherweise werde er doch noch nach Benidorm fahren, sagte er ins Telefon, auch das eine Lüge, denn er konnte ja gar nicht nach Benidorm fahren.

Nach dem Telefongespräch ging Ingo auf den Balkon, wo Mutters Geranien wucherten. Er sah den Briefträger auf dem Fahrrad in die Siedlung einbiegen, verfolgte ihn von Haus zu Haus, von Briefschlitz zu Briefschlitz. Als er wieder in die Stube trat, fragte er die Mutter, wie lange Postkarten von der DDR nach Lübeck brauchten.

»Na, drei Tage musst du rechnen«, sagte sie.

Der Briefträger brachte eine Ansichtskarte, aber eine aus Spanien. Benidorm in der Morgensonne, Sandstrand mit Kindern, Brandung mit hübschen Mädchen, dahinter die Hochhäuser und der spanische Himmel. Auf der bildabgekehrten Seite fand sich kein Wort des Vorwurfs. Das Wasser sei sechsundzwanzig Grad warm. In den Nächten, wenn die Hitze abklinge, sei es gerade noch zu ertragen. Nächte zweimal unterstrichen. Ingo legte die Karte in die Glasschale, in der damals die Weintrauben vertrocknet waren.

Aber so ging es nicht weiter. Tag für Tag die Kronsforder Allee entlangfahren, nach Schlutup zur Grenze und wieder zurück. Wie ein Schwachsinniger am frühen Nachmittag vor dem Fernsehgerät sitzen, um sich von Kindersendungen ablenken zu lassen. Dazu pfundweise spanische Pfirsiche essen. Er sah Irene im Spiegel, er sah sie vor ihren Kindern, er sah sie an der Saale und in den Dornburger Schlössern, gelegentlich auch nackt im Schülzener See und auf der Gänseblumenwiese und am Sandstrand in Pommern. Er fing an, sie zu glorifizieren. Sie erschien ihm niedlicher, anmutiger, auch etwas größer, vor allem aber weiß.

Nein, so ging es nicht weiter. Eines Abends, kurz vor Dienstschluss, rief er Amtmann Rausch an. Ob er eine Woche früher ins Amt kommen dürfe. Er wolle den restlichen Urlaub später nehmen, im Winter vielleicht, um Weihnachten.

Ja, es traf sich gut. In den Lübecker Behörden grassierte gerade die Sommergrippe, die auf den Darm schlug. Jeder, der vorzeitig aus dem Urlaub an den Schreibtisch zurückkehrte, war willkommen. Listen führen, Formulare ablegen, am Telefon sachlich über Durchführungsverordnungen und Richtlinien zur Bewilligung von Wohngeld Auskunft geben. Der Wecker bekommt seine wahre Funktion zurück. Es wird alles seinen alten, normalen, guten, eingefahrenen Gang gehen. Nach Feierabend wird

Ingo mit Schmeding zusammensitzen, Unmengen von Bier trinken und erzählen.

Schmeding kam schon in der Mittagspause, um mit ihm durch die Fußgängerzone zu bummeln. Sie gingen die Breite Straße hinunter bis zur Jacobikirche und wieder zurück und trafen die vielen aus den Ämtern und Läden, die in der Mittagspause denselben Weg gingen.

Schmedings Aufgeräumtheit tat ihm gut. Mensch, alter Junge, hast dich gar nicht verändert! Wie waren denn die Polenmädchen? Dass es bei so viel Armut immer noch hübsche und gut angezogene Frauen in Polen gibt, ist ein reines Wunder!

Ingo fürchtete Schmedings ironische Bemerkungen. Aber es geschah das Erstaunliche: Schmeding lachte nicht, als er von Irene hörte. »Dass es so etwas noch gibt«, sagte er nur kopfschüttelnd. »Eine richtige deutsch-deutsche Romanze, und gleich so schlimm, dass du nicht nach Spanien fahren konntest.«

Erst auf dem Rückweg, als Ingo sich an einem Straßenausschank eine Tasse Kaffee eingeflößt hatte und erzählte, dass er mit ihr verabredet sei für den nächsten Sommer beim alten Kasimir in Masuren, ließ Schmeding sich zu folgender Bemerkung hinreißen: »Und so trefft ihr euch Sommer für Sommer, bis die Mauer vor Altersschwäche umfällt oder ihr Rentner seid und endlich, na, sagen wir mal im Jahre zweitausendundfünfzehn, grüne Hochzeit feiern dürft auf dem Lübecker Standesamt mit Mendelssohn Bartholdy und ›So nimm denn meine Hände‹ … Und wenn sie nicht gestorben sind …«

Eine rührende Geschichte von der Gutsbesitzerstochter und dem Landarbeiterjungen, die sich nach Jahrzehnten im Heimatdorf ihrer Eltern treffen und verlieben! Schmeding schlug vor, die sentimentale Story an eine Illustrierte zu verkaufen. Vor allem der Pointe wegen. Die sah er darin, dass die Gutsbesitzerstochter nicht, wie es jeder vernünftige Mensch vermuten musste, aus dem kapitalistischen Westen kam, sondern aus der sozialistischen DDR. Und der Landarbeiterjunge hatte keineswegs im Arbeiter-und-Bauern-Staat sein Abitur gemacht, sondern im Westen. So sonderbar ging es in Mitteleuropa zu, auf nichts war mehr Verlass.

Als Schmeding hörte, dass sie Lehrerin sei, blieb er stehen und schwieg betroffen.

»Das ist ein tot geborenes Kind!«, rief er schließlich. Zwar verbesserte er sich sofort, weil Kind nicht stimmte und tot geboren schon gar nicht, aber er blieb dabei. Es könne daraus nichts werden, weil die Verhältnisse, wie der große Brecht schon singen ließ, eben nicht so sind. Liebe zu einer Lehrerin in der DDR, das sei Liebe unter erschwerten Bedingungen. Weil doch die Gesellschaft so viel in diese Menschen investiert habe. Bedenk mal die Jahre an der Pädagogischen Hochschule! Das könne doch nicht alles für die Katz sein wegen einer Urlaubsbekanntschaft in Masuren. Eher geben die ein halbes Dutzend HO-Verkäuferinnen frei als eine einzige Lehrerin.

Schmeding gab sich Mühe, ihm die Sache auszureden, weil er sie für blödsinnig hielt. Im nächsten Sommer nach Masuren fahren, das könnte man ja machen. Schmeding wollte mitkommen, um diesen sonderbaren Alten in Polninken kennen zu lernen. Aber das DDR-Mädchen müsste er schnell vergessen. Mensch, ihr macht euch beide nur unglücklich!

Er fing an, die Sache psychologisch zu analysieren, was er gern tat, aber nur bei anderen, weil es bei ihm selber nicht wirkte. Also, es gebe Menschen, auf die übe das Schwierige, Komplizierte, Fast-Unmögliche eine starke Anziehungskraft aus. Je wahrscheinlicher das Scheitern, desto faszinierender komme ihnen das Projekt vor. Man müsse mal in klugen Büchern nachschlagen; es könnte sein, dass es sich dabei um eine versteckte Form des Todestriebes handele. Das Wort »Projekt« nahm er auf Ingos Wunsch zurück. Du bist hier nicht in einem gerichtsmedizinischen Institut, Schmeding!

Ingo fühlte, wie Schmeding ihn verstohlen von der Seite anschaute, nach Auffälligkeiten fahndete und Anzeichen eines Fieberanfalls. Er machte sich Sorgen um ihn. Das war's. »Wenn Monika wiederkommt, wird alles besser«, sagte er beruhigend und schlug vor, am Wochenende durch die Gegend zu fahren. So wie früher über die lauenburgischen Dörfer. Mal sehen, was da los ist, Schützenfest oder Feuerwehrball. Oder die Bäderstraße hinauf bis nach Fehmarn. Oder in die Göhrde fahren, Gorleben besuchen.

Ingo schüttelte den Kopf. »Stell dir das mal vor«, sagte er abwesend. »Ich hab' in Masuren eine Chaussee gefunden, an der mein Großvater über dreißig Jahre als Straßenwärter gearbeitet hat. Der kannte jeden Baum und jede Pfütze. Seine Bäume stehen heute noch, sie haben die Menschen überlebt, sie könnten viel erzählen.«

»Du hast dich gewaltig verändert«, sagte Schmeding nachdenklich. »Zehn Tage lässt man dich allein in ein fremdes Land, und schon bist du ein anderer Mensch.«

*

»Lieber Ingo, von Rostock bis Jena regnete es ohne Aufhören. Du glaubst nicht, wie traurig diese Fahrt war. An jedem Kilometerstein hab' ich an dich gedacht und ob du heil angekommen bist. Die beiden Volkspolizisten waren doch sehr freundlich, findest du nicht auch? Trotzdem war es mir peinlich, wie sie uns aus dem Wald geholt haben. Aber so sind nun mal die Transitbestimmungen.

Auf der Fahrt nach Jena habe ich versucht, mir unsere DDR mit deinen Augen auszumalen, landschaftlich natürlich. Ich habe so getan, als kämst du mit deinem grünen Käfer von Lübeck nach Thüringen. Je weiter nach

Süden, desto schöner wird es, und in Thüringen ist es am allerschönsten. Wenn du mal zu Besuch kommst, werde ich dir unser Thüringen zeigen.
Sicher hast du schon ein paar Wochen auf meinen Brief gewartet, lieber Ingo. Aber ich konnte nicht gleich schreiben. Es gab ein paar Unstimmigkeiten, die geklärt werden mussten. Nun ist alles gut. Ich kann schreiben, und du kannst schreiben. Meine Adresse siehe oben. Ich bitte dich nur, mit der Antwort nicht so lange zu warten, wie ich dich habe warten lassen.
Kasimir hat auch einen Brief bekommen. Er wird ihn wohl kaum entziffern können, denn er spricht ja nur deutsch. Seinen Brief habe ich mit Schreibmaschine geschrieben, damit er ihn leichter buchstabieren kann. An dich schreibe ich natürlich mit der Hand. Liebesbriefe muss man mit der Hand schreiben, oder ist das in der BRD nicht mehr so?
Ich frage mich immer noch, warum der alte Kasimir gerade uns so in sein Herz geschlossen hat. Wir sind doch nichts Besonderes. Es dauert viel zu lange, bis wieder Sommer ist und wir nach Polninken fahren können. Wie sollen wir den langen Winter ertragen? Und was kann in der Zwischenzeit alles geschehen? Auch mache ich mir Vorwürfe, dass wir von der kurzen Zeit in Masuren so viel verschenkt haben. Eigentlich hätten wir uns gar nicht loslassen dürfen. Und ich dumme Gans war anfangs so kühl und abweisend. Ich dachte, du wolltest mich nur aushorchen oder dich lustig machen über ein Mädchen aus der DDR.
Meine Mutter hat vielleicht gestaunt, als ich von dir erzählte. Sie weiß noch viel von deinen Eltern und deinem Großvater. Der hat unsere Chaussee so schön in Ordnung gehalten, sagte sie gleich. Wenn du uns in Jena besuchst, wird sie dir viel von Polninken und deinem Großvater erzählen.
Schade, dass Honecker und Schmidt sich nun doch

nicht treffen. Ihr Gespräch hätte vielleicht etwas Gutes für uns ergeben. Wir verlangen doch nichts Schlimmes, Ingo. Manchmal denke ich – das ist natürlich naiv gedacht, aber ich kann es nicht ändern –, ob wir vielleicht gemeinsam einen Brief schreiben sollten an unsere Staatsmänner, auch an den amerikanischen Präsidenten und den Genossen Breschnew, auch an die UNO, das Rote Kreuz und die vielen Organisationen, die sich für diese Welt verantwortlich fühlen. Ihnen einfach schreiben, wie es ist. Wir haben uns in Masuren kennen gelernt. Wir wollen niemandem etwas Böses tun, nichts wegnehmen, nichts verraten, keine Spionage treiben, nur ab und zu zusammen sein, mal in Jena, mal in Lübeck. Das muss doch gehen, das kann doch nicht verboten sein. Mutter sagt, solche Briefe machen alles nur schlimmer. Aber ich glaube, sie irrt sich. Sie hat in ihrem Leben viel mitgemacht und ist deshalb so misstrauisch.
Die Schule hat angefangen. Nun stehe ich wieder vor den Kindern. Das macht auch Spaß. Bald werden die Fotos von Polninken fertig sein. Wenn sie nicht zu blöd geworden sind, schicke ich dir ein paar. Leider gibt es kein Bild von dir und mir. Damals wollte ich ja nicht, dass Kasimir uns zusammen fotografiert. Heute tut es mir Leid.
Schreibe recht bald, Ingo. Am besten gleich, Adresse siehe oben. Deine dich liebende … nein, das klingt zu altmodisch. Ich hab' dich jedenfalls verdammt gern, und es ist erst September.«

*

Sieben Uhr dreißig. NDR 2 mit Nachrichten:

»In den frühen Morgenstunden ist im Grenzverlauf des südlichen Harzes ein Fluchtversuch gescheitert. Wie das Grenzschutzkommando Duderstadt mitteilt, hörten Grenzschutzbeamte eine Detonation. Anschließend transportierten DDR-Grenzsoldaten eine schwer verletzte oder getötete Person ab.«

Ende der Durchsage.

Das Wetter wird besser. Sportnachrichten. Das Verkehrsstudio: Im ganzen Sendegebiet keine Staus.

Nach den Sieben-Uhr-dreißig-Nachrichten müsste er aufstehen, wenn er rechtzeitig im Amt sein wollte. Aber Ingo lag, den Kopf fünfzig Zentimeter unterhalb des Radios in weichen Daunen, und dachte an die Detonation südlich des Harzes.

Solche Meldungen hatte es schon immer gegeben. Sie kamen im Westen so häufig vor wie die Nachrichten über Festnahmen auf den Transitstrecken im Osten. Aber früher hatte er sie nicht wahrgenommen, einfach überhört, so wie man die Warnungen des Verkehrsfunks überhört, wenn sie nicht die Gegend betreffen, in der man gerade unterwegs ist. Die Grenze gab es schon länger als Ingo Majewski. Er war groß geworden mit den Bildern von Eisenbahnlinien, die im Unkraut enden, von Landstraßen erster Ordnung, die langsam zu Sackgassen verkümmern, auch groß geworden mit den gelegentlichen Detonationen südlich oder nördlich des Harzes.

Plötzlich war alles anders, jagten ihm solche Nachrichten einen Schrecken ein. Im Schlafanzug ging er auf den Balkon und schaute hinüber nach Eichholz. Alles ruhig da drüben und die Wachttürme fast im Herbstnebel versunken. Er nahm den Atlas mit zum Frühstückstisch und suchte Duderstadt. Das lag ja ziemlich nahe an Jena, beängstigend nahe, Ingo schätzte hundert Kilometer Luftlinie. Aber das würde Irene niemals tun, so eine Detonation in der Nähe Duderstadts auslösen. Was mochten das für Menschen sein, die da zu Schaden kamen? Betrunkene, die auf dem Heimweg in die falsche Richtung gelaufen waren? Abenteurer, die von der Gefahr angezogen wurden wie die Motten vom Licht? Geisteskranke oder Verzweifelte? Warum sagte das Grenzschutzkommando Duderstadt nichts über Geschlecht, Alter und Seelenzustand der Personen? Der Vorfall beschäftigte ihn den ganzen Tag. Auch auf der Heimfahrt dachte er daran, als er im Autoradio die Halb-fünf-Uhr-Nachrichten hörte. In ihnen kam Duderstadt nicht mehr vor, war längst verdrängt von Gewerkschaftskongressen, von Friedensgesprächen im Nahen Osten und einem schweren Verkehrsunfall mit zwei Toten auf der Kasseler Autobahn, also diesseits von Duderstadt.

Als er in die Julius-Brecht-Straße einbog, empfing ihn Monika. Gleich am Eingang zur Siedlung stand sie da, die Hand erhoben wie eine Anhalterin vor der Autobahneinfahrt. Braun war sie wie eine reife Kastanie, das große Werk der spanischen Sonne, die bekanntlich Tag und Nacht scheint.

Sie kam, um ihre Kassetten zu holen. Eigentlich habe es damit ja keine Eile, aber eine Freundin gebe morgen eine Party und brauche Musik. Deshalb müsse sie die Kassetten haben.

Er ärgerte sich, dass er die Kassetten nicht längst zurückgegeben hatte; er ärgerte sich wegen seiner Feigheit.

Ohne zu fragen, stieg sie ein und fuhr die paar Schritte bis zum Parkplatz mit, plapperte pausenlos von Spanien. Wie die Preise dort gestiegen seien. Was eine Paella jetzt koste. Was der spanische Arzt gesagt hatte, als er ihre Schnittwunde am Fußballen behandelte – ja, Monika war am Strand in eine Glasscherbe getreten –, wie lustig der marokkanische Kellner war, der sie beim Abendessen bediente. Und einmal fiel der Strom aus, und einmal fiel Monika hin, und einmal war die Brandung so hoch wie sonst nie im Sommer. Und schließlich die Aufregung mit der ETA. Die hatte einen Anschlag auf Urlauberzentren angekündigt, und keiner traute sich mehr in Postämter, Banken oder Lokale, weil da eine Bombe hochgehen konnte … Gut, dass sie redete. Er fürchtete sich vor dem Augenblick, in dem sie nichts mehr zu sagen hatte und sich die Frage aufdrängen musste: Was ist eigentlich los mit dir, Ingo?

Das mit den Kassetten hätte sich unten auf dem Parkplatz erledigen lassen. Aber als sie ihre Kassetten aus dem Handschuhfach in eine Plastiktüte gesammelt hatte, meinte sie, er müsste noch Schallplatten von ihr haben, oben im Zimmer. Sie ging mit hinauf, wie sie es immer getan hatte, ausgelassen am Treppengeländer hangelnd, in den Treppenschacht blickend, zwei Stufen auf einmal nehmend. Treppensteigen war einmal ein Akt besonderer Vorfreude gewesen. Betont keusch waren sie immer die Treppen hinaufgegangen, weil in so einem Mietshaus immer einige hinter dem Türspion lauern. Aber jetzt? Sie tat ihm Leid, und Leidtun ist das sicherste Zeichen vom Ende der Liebe.

Mutter war da. Sie begrüßte Monika betont herzlich. Ingo begriff auf der Stelle, dass Mutter Monika bevorzugte. Nicht, dass sie etwas gegen das Fräulein von Sahrau hatte, nein, weiß Gott nicht, aber Mütter haben einen untrüglichen Instinkt gegen das Ungewöhnliche und Riskante.

Nach der Begrüßung zog sich die Mutter in die Küche zurück, um Pflaumen zu entsteinen. Zwei Stiegen hatte sie gekauft, eine zum Einmachen, die andere zum Trocknen. Du weißt doch, Ingo, Mehlklöße mit Backpflaumen schmeckten schon deinem Vater gut.

Er musste mit Monika in sein Zimmer, weil dort die Schallplatten lagen.

»Such dir deine aus«, sagte er und zeigte auf den Plattenschrank.

Sie ging in die Hocke und fing an, Mein und Dein zu sortieren. Hoffentlich zieht sie sich nicht aus, um ihre nahtlose Schokoladenbräune vorzuführen, dachte Ingo und blieb in der Tür stehen. Sie zählte die Platten auf, die sie aus Spanien mitgebracht hatte. Eine hatte sie sogar gewonnen. Das war auf der abendlichen Busfahrt von Benidorm ins Hinterland, als unter den Reisenden Schallplatten verlost wurden. Fortuna war mit Monika, jedenfalls damals.

Er forderte sie nicht auf, Platz zu nehmen. Trotzdem setzte sie sich einfach auf den Teppich, legte eine Platte auf und zog die Sandalen aus, um die Stelle zu zeigen, an der sie sich geschnitten hatte. Damals in Spanien hatte sie drei Tage humpeln müssen. Sie sprang auf und demonstrierte, wie sie in Benidorm gehumpelt war. Immer nur mit der Hacke auftreten. Auf dem Fußballen ein dickes Pflaster, das nicht nass werden durfte. Dann hatte sie doch gebadet, und das Pflaster war im Meer verschwunden auf Nimmerwiedersehen.

Ingo stand in der Tür, die rechte Hand gegen den Rahmen gestützt, und sah schweigend zu, wie Monika durch den Raum hüpfte, den Fußballen schonte, den Schmerz nachahmte und die fürsorgliche Behandlung des spanischen Arztes schilderte. Es endete wieder alles auf dem Teppich, wo sie inmitten der Schallplatten saß und noch einmal sortierte. Als ihr Heinos »Polenmädchen« in die Hände fiel, sagte sie das, was sie die ganze Zeit schon hatte sagen wollen: »Du hast dir also ein Polenmädchen angelacht!«

Polenmädchen stimmte nicht und angelacht schon gar nicht. Sie ließ Heino singen, räkelte sich zwischen ihren Schallplatten und sagte: »Seit wann bist du für platonische Liebe? Ich meine, bei solchen Entfernungen! Immer nur Briefe schreiben, das hältst du doch nicht aus.«

Verdammt noch mal, sie hatten alle Unrecht, die Briefkastentanten und Seelsorger und Psychologen mit ihren guten Ratschlägen: Man muss sich aussprechen! Man kann über alles vernünftig reden! Wir bleiben natürlich gute Freunde! Das ist alles dummes Zeug. Wahr ist allein, dass nichts den Menschen so sehr erschüttert wie die Mitteilung, nicht mehr geliebt zu werden. Darum war es besser zu schweigen.

»Hast du noch Fotos von mir?«

Ingo schüttelte den Kopf, obwohl er bestimmt noch welche besaß. Irgendwo.

»Schon alle verbrannt, was?«, lachte sie gequält.

Als Heino verstummt war, sang sie mit aufgesetzter Lustigkeit weiter: »In einem kleinen Teiche, da fand man ihre Leiche, die war so schöööööön …!«

»Du solltest morgen mitkommen zu der Party, Ingo.«

»Es geht nicht, Monika.«

»Na, denn eben nicht.«

Sie huschte unter seinem Arm aus der Tür. Ein paar belanglose Worte mit der Mutter, die immer noch Pflaumen entsteinte. Dann trippelten die Sandalen die Steintreppe hinunter, ein kaffeebrauner Rücken und eine grüne Plastiktüte mit Kassetten und Schallplatten verschwanden in den Kehren des Treppenhauses.

*

»Liebe Irene, ich dachte, du hättest mich vergessen. Mein Freund Schmeding meinte, Lehrerinnen dürften gar nicht schreiben. Das ist doch Unsinn, hab' ich gesagt und Recht behalten.

Ich denke ziemlich oft an dich. Wenn im Amt das Telefon schrillt, fahre ich zusammen. Es könnte ja ein Anruf von dir sein. Aber das geht wohl nicht. Hast du zu Hause überhaupt Telefon? Wenn ja, werde ich dich anrufen, um deine Stimme zu hören. Du musst mir im nächsten Brief deine Telefonnummer aufschreiben.

Wenn ich in den Mittagspausen durch Lübeck laufe, habe ich manchmal Halluzinationen. An jeder Ecke sehe ich dich, aber wenn ich näher komme, ist es doch jemand anderes. Du glaubst nicht, wie gern ich dir Lü-

beck zeigen möchte. Du zu Besuch bei mir und wir beide zu Fuß unterwegs in der Altstadt. Oder mit dir in die Umgebung fahren zum Ratzeburger See oder nach Travemünde.
Ich mag dich immer noch. Es klingt nicht ab, es wird immer stärker. Schmeding sagt, das liegt an der Landschaft. Hätten wir uns in einem Restaurant in Berlin kennen gelernt, wäre es längst vorbei. Aber Masuren, sagt er, das prägt die Menschen, da wird man wie die Landschaft, so einfach, so ruhig, so gefühlvoll. Ob er Recht hat? Meistens sehe ich dich in Polninken, entweder im Park, am Teich oder in Kasimirs Apfelgarten. Und immer bist du weiß. Polninken ist mir richtig verklärt und du als weiße Fee mittendrin in all dem Geflügel und wuchernden Unkraut. Das Gutshaus ist ein Schloss geworden, der Park wilder Urwald, der Eiskeller, lieber Himmel, wie dunkel war es im Eiskeller, und dann noch die verdammten Fledermäuse!
Übrigens, ich habe eine von deinen weißen Blusen. Du hast sie bei unserem stürmischen Aufbruch im Wald vor Wismar vergessen. An der Grenze durchsuchten sie Auto und Gepäck; sie wollten wissen, was ich einen ganzen Tag lang in der DDR getrieben hätte. Da fanden sie deine Bluse. Grinsend hielt er sie mir vor die Nase, na, du weißt schon, was Männer sich denken, wenn sie Damenwäsche im Gepäck finden. Nun habe ich also eine Bluse von dir. Meistens hat man ja Bilder, Blumen, Anstecknadeln oder Ringe als Andenken, aber ich hab' eine Bluse. Mutter hat sie gleich gewaschen, sie ist wieder so weiß, du könntest damit Reklame für Waschmittel machen oder im Park von Polninken spazieren laufen. Ich könnte sie dir natürlich schicken, aber lieber möchte ich sie dir bringen. Ich habe da eine Idee, dir die Bluse, wenn du ganz nackt bist, über den Kopf zu streifen. Du könntest dir die Bluse natürlich auch in Lübeck abholen, wenn das ginge. Spätestens im nächsten Som-

mer bekommst du sie, wenn wir uns beim alten Kasimir treffen.
Bei uns herrscht eine ziemliche Aufregung, weil Eure Regierung für Besucher aus dem Westen den Pflichtumtausch von 13 auf 25 Mark erhöht hat. Pausenlos kommt es durch die Nachrichten, die Zeitungen schreiben es auf der ersten Seite. In Berlin soll es Schlangen vor den Übergangsstellen geben, weil viele noch zum alten Umtauschkurs ihre Verwandten in der DDR besuchen wollen. Ich möchte am liebsten auch kommen. Natürlich nicht des billigen Kurses wegen. Ich käme in jedem Fall, auch wenn sie hundert Mark verlangten, um dich zu sehen. Im Augenblick geht es nicht, aber vielleicht bekomme ich im Dezember Urlaub. Thüringen im Schnee wäre doch auch ganz schön, nicht wahr? Oder darfst du mich gar nicht empfangen? Ich denke, ich komme einfach als Tourist nach Jena. Du brauchst mich nicht einzuladen und für Unterkunft zu sorgen. Ich komme, um mir Jena anzuschauen, wohne im Hotel, und zufällig treffen wir uns auf der Straße …
Schlimmer als die Erhöhung des Pflichtumtausches sind die Gerüchte über einen bevorstehenden Krieg. Hier bei uns glauben viele, dass in Polen bald Blut fließen wird. Ich mag gar nicht daran denken, Irene. Was soll denn aus Kasimir und den fetten polnischen Gänsen und aus unserem nächsten Sommerurlaub werden? Wenn wir im nächsten Sommer nach Masuren fahren, könnten wir uns schon früher treffen. Ich meine, gleich hinter der Grenze DDR–Polen oder sogar auf DDR-Seite nach der Abzweigung Prenzlau, wo du auf mich gewartet hast wie eine himmlische Erscheinung. Dann fahren wir den ganzen Weg durch Polen wieder gemeinsam, sehen uns Danzig an und die Marienburg, und an der Weichsel machen wir wieder Picknick wie damals. Bis dahin bleibe gesund und vergiss nicht, mich lieb zu haben …«

*

»Lieber Ingo, gestern ist bei uns schon Schnee gefallen. War aber gleich wieder weg. Nur oben auf dem Jenzig hielt er sich bis zum Mittag. So schnell geht das. Vor elf Wochen haben wir noch nackt in Masuren gebadet, und jetzt ist es lausig nasskalt. Liebestrand hieß die Stelle ›in deutscher Zeit‹, wie Kasimir immer sagte. Ein Name, direkt für uns erfunden. Aber jetzt liegt da bestimmt auch schon Schnee, und Eis gibt es in Masuren sowieso eher als in Thüringen oder Lübeck.
Manchmal schäme ich mich vor meinen Thälmannpionieren. Ich lasse sie einfach rechnen und höre gar nicht zu, blicke aus dem Fenster, denke an Kasimir, seine Bienen und den Liebestrand mit den Gänseblümchen. Vorgestern sagte einer 7 mal 7 sei 63. Ich fand nichts dabei, bis die ganze Klasse loslachte. Eigentlich bin ich viel zu jung, um Kinder zu unterrichten. Man ist ja selbst noch nicht fertig und schweift so leicht ab. Aber es macht auch Spaß. Vor einer Woche waren wir mit den Kindern in Dornburg. Bis Dorndorf mit der Eisenbahn und dann die Treppen rauf zu den Schlössern. Treppauf, treppab hab' ich an dich gedacht, denn du wolltest dir ja auch die Dornburger Schlösser anschauen. Einen solchen Efeuwald um die alten Mauern wie in Dornburg hast du bestimmt noch nicht gesehen.
Ein schreckliches Gerücht geht hier um: DDR-Bürger sollen nicht mehr in die Volksrepublik Polen reisen dürfen. In der Zeitung hat nichts gestanden, aber einer unserer Oberstufenlehrer sagte es. Der arbeitet für den Reisedienst des FDGB und muss es eigentlich wissen. Wir sollen dem Bruder-Volk in seiner schwierigen Lage nicht das letzte Brot wegessen, sagt er. Ich hoffe nur, dass sich die Lage in der Volksrepublik Polen bis zum nächsten Sommer normalisiert, damit die Reisebeschränkungen aufgehoben werden. Sonst ade Kasimir

und Liebestrand. Hauptsache, du verlässt mich nicht, Ingo. Wir werden schon zusammenkommen, entweder in Masuren oder in Jena, vielleicht auch irgendwann in Lübeck. Einladen kann ich dich nicht, aber wenn du als Tourist kommst, kann es natürlich sein, dass du mich zufällig auf der Straße triffst, wir zufällig im selben Kino sitzen, im selben Café am selben Tisch einen Platz finden, zufällig zur selben Zeit zum selben Berg hinaufwandern, dort oben gemeinsam kalte Füße bekommen und zum Aufwärmen in unsere Wohnung gehen ... Da sitzen wir dann nicht mehr zufällig zusammen, trinken ungarischen Wein, bis das Licht ausgeht und es so dunkel ist wie im Polninker Eiskeller ... Wenn es dunkel ist, denke ich besonders viel an dich.

Erinnerst du dich noch an den Grabstein meiner Großmutter, den wir im Park von Polninken fanden, den Grabstein mit dem sonderbaren Bibelspruch? Ich habe in Mutters alter Bibel nachgesehen. Zum ersten Mal in meinem Leben habe ich in der Bibel gelesen. Da fand ich den vollständigen Text: ›Setze mich wie ein Siegel auf dein Herz und wie ein Siegel auf deinen Arm. Denn Liebe ist stark wie der Tod, und ihr Eifer ist fest wie die Hölle. Ihre Glut ist feurig und eine Flamme des Herrn, dass auch viele Wasser nicht mögen die Liebe auslöschen noch die Ströme sie ersäufen. Wenn einer alles Gut in seinem Hause um die Liebe geben wollte, so gälte es alles nichts.‹

Ist das nicht große Poesie? Das Hohelied Salomos ist ein einziges Liebeslied, sagt meine Mutter. Nicht nur überhöhte platonische Liebe, sagt sie, sondern auch Liebe zwischen Mann und Frau. Früher gab es da keine Unterschiede.

Meine Mutter hat sich sehr gewundert, als ich mich plötzlich für ihre alte Bibel interessierte. Ich denke sehr oft an das, was Kasimir von ihr erzählt hat. Ich möchte mit ihr darüber sprechen, aber ich fürchte, es könnte sie verletzen. Über so etwas kann man nicht mit der eigenen Mutter reden. Manchmal, wenn sie still in der Küche arbeitet, sehe ich sie an und denke an meine toten Geschwister und den Kommandanten Georgi und die Leiche, die irgendwo im Eiskeller bei den Fledermäusen liegen muss. Ich sehe meine Mutter mit anderen Augen, seitdem ich in Masuren gewesen bin.

Unlängst träumte ich von dir. Ich lag krank im Bett, es war wohl in einem Krankenhaus. Du kamst mich besuchen. Vor allen Ärzten und Schwestern bist du zu mir unter die Zudecke gekrochen. Sich zu einer gesunden Frau ins Bett zu legen, ist ja für einen Mann kein Kunststück, aber zu einer Kranken! Das rechne ich dir hoch an, auch im Traum.

In unseren Schulen beginnen schon die Vorbereitungen für das Goethe-Jahr 1982. Weimar wird da natürlich eine Hauptrolle spielen, aber Jena hat auch Anlass, Goethe zu feiern. Er ist viel in Jena gewesen. In der Oberstufe lesen sie ›Hermann und Dorothea‹. Das ist auch eine Liebesgeschichte. Durchs offene Fenster hörte ich sie deklamieren:

›Lebe glücklich, sagt er. Ich gehe; denn alles bewegt sich jetzt auf Erden einmal, es scheint sich alles zu trennen. Grundgesetze lösen sich auf der festesten Staaten, und es löst der Besitz sich vom alten Besitzer, Freund löst sich von Freund; so löst sich Liebe von Liebe …

Du bewahrst mir dein Herz; und finden dereinst wir uns wieder über den Trümmern der Welt, so sind wir erneute Geschöpfe …‹

Ich finde, für uns ist das viel zu traurig. Über den Trümmern der Welt wollen wir uns nicht wieder finden, sondern im Paradies in Masuren. Und überhaupt, warum Trümmer? Wir wollen einfach nur Menschen sein, keine Westdeutschen, keine Ostdeutschen, keine Polen, keine Russen, einfach nur Menschen. Wir wollen auch keine Kommunisten sein, keine Kapitalisten, keine Sozialisten oder Nationalisten, nur einfache Menschen …

Mein Papier geht zu Ende. Es wird Zeit, dir die letzten Liebeserklärungen zu machen. Aber was ist da viel zu erklären? Wenn Liebe erklärt wird, hört sie bald auf. Das hat irgendeine Geistesgröße gesagt, ich weiß nicht, wer.

In meinem Zimmer wird es kalt. Vielleicht fahre ich noch in die Stadt. Im Theater oder Konzert auf andere Gedanken kommen. Es ist erst halb sieben und schon ganz dunkel. So ist November. Denk an mich, denken kann viel helfen.

PS. Ich habe noch eine Bitte. Adressiere die Briefe lieber an meine Mutter. Sie heißt Elisabeth von Sahrau, die Adresse ist dieselbe. Und noch etwas: Setze bitte nicht deinen Namen, sondern den deiner Mutter als Absender auf den Umschlag. Es macht vieles leichter.«

*

Immer wieder diese aufschreckenden Nachrichten. Hatte es sie früher auch gegeben, eine Nachricht wie diese?

»Der Fluchtversuch eines Deutschen aus der DDR ist in der Nacht zum Montag an der DDR-Grenze bei Lübeck gescheitert. Nach Angaben des Bundesgrenzschutzkommandos Küste in Bad Bramstedt hörten Bewohner des unmittelbar an der Grenze gelegenen Lübecker Stadtteils Eichholz eine Detonation und anschließend Hilferufe eines offensichtlich verletzten Mannes. Der Grenzabschnitt ist hier mit einem doppelten Metallgitterzaun und einem Minengürtel gesichert.«

Das stand gestern in der Zeitung. Heute fuhr Ingo nach Eichholz, um die Stelle zu sehen, an der es geschehen war. So viel stand fest: Es war ein Mann gewesen. Irene hätte das nie getan. Die läuft doch nicht mit dem Kopf gegen einen doppelt gesicherten Metallgitterzaun! Warum eigentlich in diesem Zusammenhang das gute deutsche Wort »gesichert«?

Nach der Luftlinie lag Eichholz zum Greifen nahe, aber mit dem Auto musste er einen ziemlichen Umweg fahren. Die Brandenbaumer Landstraße hinunter. Zu beiden Seiten alte Siedlungshäuser mit angebauten Karnickelställen. Längst war Herbst, hatten die Kastanien ihre Blätter hergegeben und die Buchenhecken Farbe angenommen. Ingo fuhr durch eine Stadt, aber unvermutet hörte sie auf, Stadt zu sein. Ein Schild: Sackgasse. Die Straße, die hier einmal ins Mecklenburgische geführt hatte, weigerte sich, weiter Straße zu sein. Nicht unter diesen Umständen. Sie hatte sich einen Grasteppich zugelegt, verbarg die alten Pflastersteine unter Spitzwegerich und Moos. Ein Grenzstein neben dem überwucherten Fahrdamm trug die schwarz-rot-goldenen Farben und hielt ihm den Satz entgegen: »Auch drüben ist Deutschland.«

Nicht weit von hier entfernt musste es geschehen sein. Aber keine Spuren mehr, kein aufgewühlter Acker, kein Trichter im Erdreich, keine roten Flecken im vertrockneten Gras. Der Mann, der hier in der Nacht von Sonntag zu Montag auf der Erde gelegen und um Hilfe geschrien hatte, ging ihm nahe. Ein Bruder vielleicht, der nur zu Besuch kommen wollte. Zweihundert Meter voraus am Hang stand ein Wachtturm, ein dunkler Koloss, der von oben in die Sackgasse starrte. Längst hatte da einer sein Fernglas auf ihn gerichtet und auf den schwarz-rot-goldenen Stein, auf dem er saß. Aber die Inschrift konnte das Fernglas nicht entziffern, die zeigte nach Westen. Im Grunde bedeutete sie Ingo nicht viel. Ob drüben auch Deutschland war oder ein Land namens Montenegro, erschien ihm unwichtig. Nur töten, das sollten sie nicht. Wie man Menschen behandelt, ist entscheidend, nicht irgendein alter Name für irgendein altes Land. Sie können ja reden, denken, schreiben, glauben, was sie wollen, sie können marschieren, Fahnen schwenken, Transparente tragen und Thälmannlieder singen, nur nicht töten, bitte nicht töten!

Früher hatten ihn solche Vorfälle nicht bewegt, ja, er hatte sie nicht einmal wahrgenommen. Schmeding würde den Kopf schütteln. Eine Stunde hast du vor dieser dämlichen Grenze gesessen, ganz allein bei diesem lausigen Wetter. Was geht uns die Grenze an? Wir haben sie nicht verschuldet, und wir können sie nicht ändern.

Vermutlich hatte der auf dem Wachtturm ihn längst in Lebensgröße vor sich, konnte durch das gute Jenaer Glas die Knöpfe an seiner Jacke zählen. Ob der sich vorzustellen wusste, warum Ingo auf dem Grenzstein saß? Er wird irgendetwas Boshaftes vermuten, eine Provokation, einen Anschlag auf seine Grenze. Schon hatte er die Nummer des grünen Käfers notiert, damit auch sie in den großen Computer kommt. Wenn Ingo Jena besucht, werden sie am Grenzübergang sofort Bescheid wissen. Das ist doch der, der eine Stunde auf dem Grenzstein in Lübeck-Eichholz gesessen und unseren Wachtturm angestarrt hat!

Er kam sich elend vor. In der Ferne bellte ein Hund. Ach ja, Hunde haben sie auch an der Grenze. Und noch immer waren Rinder auf den Wiesen, allerdings nur auf westlicher Seite. Sie brüllten unsichtbar im Nebel. Ein alter Mann grub in der Brandenbaumer Landstraße seinen Gemüsegarten um. Nur den Grünkohl ließ er stehen, den kann man noch um Neujahr ernten, wenn er ordentlich Frost bekommen hat.

Raus aus der Sackgasse! Die Brandenbaumer Landstraße stadteinwärts. Als er vor der ersten roten Ampel wartete, fühlte er sich wieder normal. Aber in der Mittagspause überfiel es ihn erneut. Er stand vor den Schaukästen der Zeitung und wartete auf Schmeding. Auf einmal sah er das Zeitungsbild, aufgenommen in Eichholz an derselben Stelle, an der Ingo gewesen war. Neben dem

Bild der Bericht über den Vorfall in der Nacht von Sonntag zu Montag.

Ingo drückte die Klinke. War plötzlich drin, sagte, ohne dass er sich darauf vorbereitet hätte: »Sie haben doch sicher ein Archiv. Mich interessiert, was in den letzten Jahren an der Grenze vorgefallen ist, ich meine die Grenzzwischenfälle, auch die Toten und Verletzten.«

Der Mann, der an einem Tisch saß und Zeitungsausschnitte sortierte, blickte erstaunt auf. Natürlich hätten sie ein Archiv. Von den Badeunfällen in der Lübecker Bucht über die Verkehrsunfälle im Stadtgebiet bis zu den Grenzzwischenfällen sei alles zu haben.

»Sie sind wohl Student, was?«

Sein Gesicht hellte sich auf. Ja, bei Studenten käme so etwas gelegentlich vor. Die müssten schließlich wissenschaftliche Arbeiten schreiben, ganz sachlich und nüchtern, auch über die schlimmsten Dinge. Ob er das Material gleich sehen oder später wiederkommen wolle?

»Bitte gleich.«

»Dann setzen Sie sich mal drüben an den Besuchertisch.«

Er holte einen Packen Papier aus dem Nebenraum und warf ihn auf den Tisch, sodass sich eine gewaltige Staubwolke erhob.

»Haben Sie Verwandte drüben?«

»Nein, keine Verwandten.«

Während er das Bündel aufknüpfte, erzählte er. Mit den Verletzten werde es wohl schwierig sein, weil es da keine exakten Zahlen gebe. Genaueres wisse man über die Toten. Seit 1961 seien an der innerdeutschen Grenze 176 Menschen umgekommen, davon 72 an der Berliner Mauer. Ob er wisse, dass an keiner Grenze Europas so viel Blut fließe wie hier, nicht einmal an der Grenze Nordirlands? Nein, das wusste Ingo nicht.

Voller Hochachtung sprach er von den Schwimmern der DDR. Die kämen im Schlauchboot oder auf Luftmatratzen über die Ostsee, die Körper mit Melkerfett bekleistert zum Schutz gegen Unterkühlung. Sie bevorzugten die warme Jahreszeit. Solange keine Eisschollen auf der Ostsee trieben, kreuzten Republikflüchtlinge bedenkenlos den Kurs der Fähren nach Skandinavien. Nachts gerieten wohl einige ab und zu in die Schiffsschrauben. Aber solche Fälle registrierte natürlich kein Archiv. Das gebe nur einen kleinen Hopser beim kalten Buffet an Bord. Nicht einmal der Sekt schwappe über. Niemand erfahre etwas von denen, die unter die Schiffe gerieten. Irgendeine Behörde streiche sie nach gehöriger Zeit des Anstandes und Abwartens aus der Anwesenheitsliste.

Ingo fühlte, wie es auf seiner Stirn kalt wurde und wie der Staub, der aus den Papieren aufgestiegen war, sich auf seine Zunge legte.

»Ist Ihnen nicht gut?«

»Doch, doch, es geht schon.«

»Sie werden es nicht glauben, aber die Wasserkünstler aus der DDR haben es schon fertig gebracht, Säuglinge auf Luftmatratzen über die Ostsee zu bringen. Vor ein paar Jahren in dem heißen Sommer ist das wirklich vorgekommen.«

»Weiß man, ob auch Frauen unter den 176 Toten waren?«

Die Frage überraschte den Archivar. Nein, das sei nicht bekannt, weil die Vorgänge an der Grenze oft aus größter Distanz beobachtet würden. Wie soll man da erkennen, ob ein lebloser Körper männlichen oder weiblichen Geschlechts ist? Soviel er wisse, versuchten Frauen es nur selten, denn Frauen hätten eine Art, sich ins Unvermeidliche zu schicken, sich anzupassen. Nein, Frauen kämen nicht.

Ingo musste nun doch hinaus. Er versprach, wiederzukommen – morgen vielleicht –, um den Packen durchzusehen.

»Wenn Sie es nicht unbedingt müssen, junger Mann,

ich meine, wenn Sie nicht beruflich darauf angewiesen sind oder für Ihr Studium eine Arbeit zu schreiben haben, dann lassen Sie es lieber. Es ist nichts Erfreuliches dabei. Wenn Sie meine Meinung wissen wollen, es ist das Schlimmste, was sich die Deutschen nach dem Zweiten Weltkrieg geleistet haben, diese Grenze.«

*

Wilna, das lag doch gar nicht so weit von Polninken entfernt. Die Maschine Warschau–Leningrad fliegt über Wilna, erst über den Dorfteich von Polninken, dann über Wilna. Zeitungen und Radionachrichten überschlugen sich mit Wilna. Westliche Korrespondenten dürften nicht mehr von Moskau nach Wilna reisen. Nördlich der polnischen Grenze gebe es ein Sperrgebiet bis Wilna hin. In der Danziger Bucht seien Schnellboote der Sowjetmarine gesichtet worden. Danzig erwarte eine Luftlandung. Ein dreißig Kilometer tiefer Streifen an der Grenze der DDR zu Polen sei zum militärischen Sperrgebiet erklärt worden. Das musste da sein, wo Irene auf ihn gewartet hatte, nahe der Abzweigung Prenzlau.

Warum schrieb sie nicht mehr? Vier Wochen ohne Post aus Jena! Und dann diese merkwürdige Nachricht:

»Werter Herr, ich habe Grund, Sie von Herzen zu bitten, von weiteren Briefen an mich respektive meine Tochter abzusehen. Briefe dieser Art erschweren unser Leben unnötig. Es ist viel schlimmer, als Sie denken. Grüßen Sie bitte Ihre Frau Mutter herzlich von mir, Ihre Elisabeth von Sahrau.«

In Weimar abgestempelt. Keine Notiz von Irene, kein Gruß von ihr. Kein PS. Sie hat den Brief vermutlich ohne Irenes Wissen geschrieben. Ach, diese gutmeinenden Mütter, die immer nur das Beste für ihre Kinder im Sinn haben! Ingo hielt das Papier gegen das Licht der Nachttischlampe, suchte versteckte Hinweise, ein kleines Wort, das alles aufhob und rückgängig machte. Aber nichts fiel ihm auf. Nur die gestochen scharfe Handschrift, die weder nach links noch nach rechts schwankte. Werter Herr! Eine Anrede aus alter Zeit, als sie in Polninken noch mit Kutschen spazieren fuhren. Und in Weimar abgestempelt! Was war nur in Jena los?

*

Amtmann Rausch wunderte sich. Urlaub in dieser Jahreszeit? »Haben Sie Verwandte drüben?«, fragte er.

»Das nicht, nur ein Mädchen, das ich im Sommer in Masuren kennen gelernt habe.«

Als Rausch das hörte, ließ er aus beträchtlicher Höhe einen Kugelschreiber auf die Schreibunterlage fallen. Danach trat er ans Fenster und blickte über die Dächer der winterlichen Stadt Lübeck, ließ sich nur kurz aufhalten von den Türmen des Doms, umkreiste sie vorsichtig, schweifte ab zu St. Marien und verweilte an einem Punkt, der weit außerhalb der Stadt liegen musste. Plötzlich eilte Rausch zur Tür, um sie laut zu schließen. Das war bemerkenswert, dieses hastige Türenschließen. Rausch führte grundsätzlich Gespräche bei offener Tür, denn wir haben ja nichts zu verbergen! Wenn der eine Tür hinter sich schloss, musste wirklich etwas Schwerwiegendes vorliegen.

»Das finde ich gar nicht schön«, meinte er besorgt. »Ich will Ihnen die Reise nicht ausreden, aber ein Mädchen aus der DDR! Sie wissen doch, mit Geld und Liebe kauft man Agenten.«

»Was soll ich denn verraten?«, lachte Ingo. »Wie viele Schreibmaschinen in unserem Amt arbeiten? Oder wie viele Lübecker Wohngeld erhalten?«

Rausch lachte nicht mit, ihm war es ernst. Er fragte

nach dem Beruf des Mädchens, fügte aber gleich hinzu, dass ihn das ja eigentlich nichts angehe und er die Frage natürlich nicht zu beantworten brauche. Als Ingo Lehrerin sagte, ging Rausch wieder zum Fenster, um die winterliche Stadt von oben zu betrachten.

»Bedenken Sie, dass Sie im nächsten Jahr Beamter werden wollen!«

Das sagte Rausch, immer noch auf die Stadt blickend und beteuernd, es sei Ingos gutes Recht zu fahren, wohin er wolle: »Darin unterscheiden wir uns ja von denen da drüben!« Die Woche Urlaub bekäme er, darauf habe er einen Rechtsanspruch, aber er wolle ihn doch auf die Problematik einer DDR-Reise hinweisen, in aller Freundschaft, versteht sich. »Schön ist es wirklich nicht, was Sie da vorhaben, Herr Majewski.«

Plötzlich war die Tür wieder auf. Im Nebenzimmer klapperte eine Schreibmaschine. Es roch nach gutem, starkem Bürokaffee.

Benommen wie nach einer örtlichen Betäubung ging er die Treppe hinunter, dachte nur, dass wir so stolz sind auf unsere Freiheiten, und nun warnte ihn der Rausch vor einer DDR-Reise, weil Ingo im nächsten Jahr Beamter werden wollte. Auf dem masurischen Campingplatz hatte er die Geschichte vom Tischler aus Zwickau, der bei der Volksarmee arbeitete, zum Lachen komisch gefunden, jetzt fiel sie ihm wieder ein, aber ohne Lachen. Wir Deutschen sind doch nicht normal! Wir machen alles kaputt mit unserer Perfektion des Misstrauens. Du lernst ein Mädchen kennen, magst es gern, und schon heißt es: Pass auf, sie könnte ein Lockvogel sein! Überall Feinde, Spione und Agenten, aber keine Menschen. Noch immer: Feind hört mit! Es bleibt nichts mehr übrig. Mit unserem Argwohn rotten wir den letzten Rest Menschlichkeit aus, von Liebe ganz zu schweigen.

Aus dem Amt stürzte er gleich ins Reisebüro. Nein, nicht Skiurlaub in den Dolomiten, nicht über Weihnachten in Teneriffa bräunen, sondern: »Was haben Sie in Jena anzubieten?«

Es gebe da zwei Hotels zur Auswahl, das Interhotel »International« und »Schwarzer Bär«.

»Schwarzer Bär« klang gut, nehmen wir also »Schwarzer Bär«. Der Preis spielte keine Rolle. Ingo Majewski musste hin um jeden Preis. Immerhin könne er den Zwangsumtausch sparen, sagte der aus dem Reisebüro. Wer eine Hotelunterkunft buche, brauche keinen Zwangsumtausch … Hier bitte unterschreiben! … Auf jeden Fall die gewünschte Übergangsstelle angeben! … In zwei Wochen sei mit dem Visum zu rechnen. Nicht eher?

Nein, so lange brauchen die drüben. Das Reisebüro werde anrufen, wenn die Papiere kämen.

*

Am Abend vor der Abreise lag er auf der Couch, weil es noch zu früh war, ins Bett zu gehen. Die Mutter hatte für ihn gepackt. Auf seinen Wunsch nicht mehr als damals für Masuren. Diesmal aber Winterliches. Dickere Socken, Regenjacke und Lederschuhe, natürlich keine Turnschuhe wie damals im Sommer.

Nehmen Sie bloß keine Zeitungen und Bücher mit, hatte der aus dem Reisebüro gewarnt. Damit gibt es nur Ärger. Die Kassetten hatte er schon ausgeräumt, weil auch Kassetten nur Ärger bringen.

Den Kopf in den Kissen, die Füße auf der Sessellehne, so lag er da und starrte durch Mutters Adventsdekoration auf die flimmernde Mattscheibe. An der Tür stand ein Sack mit zwanzig Apfelsinen. Den hatte Mutter besorgt, weil die in der DDR doch so wenig Südfrüchte zum Fest bekommen. Die Frau von Sahrau wird sich bestimmt freuen, wenn du ihr Apfelsinen mitbringst, hatte sie gesagt. Ja, an so etwas dachte Mutter, dafür hatte sie ein Gespür. Damals Weintrauben fürs Krankenhaus, jetzt Apfelsinen für die DDR.

Ingo wartete auf die »Tagesthemen«. Er wollte wissen, ob in den Kasseler Bergen mit Schneematsch zu rechnen sei.

»Aber Weihnachten bist du doch zurück?«, fragte die Mutter und rechnete nach, dass es sonst das erste Weihnachtsfest ihres Lebens wäre, das sie allein feiern müsste.

»Die Weihnachtsgans schaff' ich auf keinen Fall allein!«

Als das Fernsehbild die Uhr auf schwarzem Grund zeigte und den Sekundenzeiger, der unaufhaltsam vorwärts sprang, ging sie in die Küche. Mutter mochte politische Sendungen nicht. Überall nur Streit, Korruption, Unglück, Mord und Totschlag. Das Schöne, das es in Mutters Welt einmal gegeben hatte, kam nicht mehr vor.

Ingo lag also allein vor dem Kasten, eigentlich nur wegen des Wetterberichts, aber plötzlich die Glocken der Danziger Marienkirche. Sirenengeheul im Hafen. Ein Mann mit Pilsudskibart betete, das Gewand eines Priesters verdunkelte kurzzeitig das Fernsehbild. Die Kamera schwenkte zu einem leeren Rednerpult, daneben wurde ein Altar sichtbar. Hinter dem Altar die Inschrift: STOCZNIA GDANSKA LENINA. Von der Werft her strahlten Scheinwerfer die Szene an. Es war Nacht oder Abend, jedenfalls dunkel, aber die Scheinwerfer leuchteten wie Sonnen. Mein Gott, das war der Platz, auf dem sie im Sommer gestanden hatten, Irene und er. Damals hingen Nelken und Gladiolen am Werfttor, heute sah er nur in graue Winterkleidung gehüllte Menschen.

Endlich die Stimme des Reporters. Sie erklärte, und das mit einer Feierlichkeit, die man dem Fernsehen gar nicht zutraut, die Temperatur liege bei fünf Grad plus. Es regne. Trotz des schlechten Wetters sei der Platz am Eingangstor der Werft voller Menschen. Die Menge staue sich bis in die Stadt zurück.

Fünfundvierzig Tote habe es 1970 gegeben, sagte die Stimme. Davon achtundzwanzig in Danzig. Erschossen von polnischer Hand. Viele Polen hätten da ihre Zweifel. Es könnten nicht Polen gewesen sein, die auf Polen geschossen haben. Für das Blutbad vor zehn Jahren hätten sie dieses Denkmal errichtet. Zweiundvierzig Meter hoch, fast die Größe eines Kirchturms. Drei Kreuze. An jedem hinge ein Anker, den Gekreuzigten symbolisierend. Umgerechnet 1,3 Millionen Mark hätten die Polen für das Denkmal gesammelt. Die Kamera fuhr in die Höhe, zeigte vor dem Hintergrund der schwarzen Nacht das angestrahlte Denkmal. Unten am Sockel Kränze und Schleifen.

Staatspräsident Jablonski kam ins Bild. Mit sehr ernster Miene. Stimme des Reporters: Für die meisten Polen werde dieser 16. Dezember 1980 als bedeutender Tag in die Geschichte eingehen. Übergang in die Totale.

Wieder der Mann mit dem Pilsudskibart. Wie er die Mütze vom Kopf reißt, weil nun der Aufruf der Gefallenen von 1970 erfolgt, ein Wechselgesang der Toten und Lebenden. Ein Chor gibt auf jeden Namen Antwort: Er ist unter uns! Wann haben die »Tagesthemen« jemals eine so ergreifende Feier übertragen?

Nach dem fünften Namen schwenkte die Kamera zu den Fahnen, den weiß-blauen der Stadt Danzig und den weiß-roten Polens. Der Reporter vergaß nicht zu bemerken, dass auffallend wenig rote Fahnen zu sehen seien.

Am Schluss der Sendung dann noch das Wetter: Es wird kälter, viel kälter. In den Kasseler Bergen sei ganz sicher mit Schneematsch zu rechnen.

*

Möglichst lange im Westen bleiben, nicht in Lübeck-Schlutup, sondern im Süden über die Grenze. Einen halben Tag lang Autobahn fahren, rechts bleibt Hamburg liegen, verschwommen im Nebel. Die Lüneburger Heide trübe und trostlos wie immer im Winter, kein Ort, um besungen zu werden. Von Hannover keine Spur, nur ein Name auf den Autobahnschildern. Ingo Majewski fuhr durch die Bundesrepublik Deutschland nach Süden, aber das Autoradio zwang ihn immer wieder nach Polen. Jede Stunde Nachrichten, und niemals fehlte das Denkmal auf der Werft in Danzig, das Tausende gestern in feierlicher Dunkelheit eingeweiht hatten.

Die Wälder des Harzes schon liebevoll bezuckert wie Adventsstollen. Die Kasseler Berge nun doch ohne Schneematsch. Das war die Gegend, in der Volkswagen immer in den dritten Gang mussten. Vom Hessischen Rundfunk dann eine ganz andere Neuigkeit: »Einem DDR-Bürger ist die Flucht über die Tschechoslowakei nach Österreich gelungen. Auf einer Eisscholle liegend, kam er nachts auf dem Thayafluss über die Grenze.«

Welch ein Fortschritt! Nun treiben nicht mehr tote Pferde, sondern leibhaftige Menschen auf Eisschollen die Ströme hinunter.

Richtung Frankfurt wurde der Verkehr dichter. Erst als er am Kirchheimer Dreieck nach Osten abbog, war er wieder allein. Ab und zu tauchte ein DDR-Lkw mit aufgeblendetem Licht aus dem Nebel. Die nassen Wälder zu beiden Seiten der Autobahn verstärkten den Eindruck von Einsamkeit und Alleingelassensein. Eisenach stand auf dem blauen Schild.

Kurz vor Herleshausen tankte er noch einmal. Der Tankwart sah ihn prüfend an, sagte aber nichts. Als Ingo von der Kasse zum Auto schlenderte, überkam ihn der Wunsch umzukehren, noch einmal diese Reise zu überdenken. Was er bisher für einen kleinen Ausflug gehalten hatte, gerade sechshundert Kilometer weit, kam ihm nun, da er Blickkontakt zur Grenze, ihren Zäunen und Mauern und ständigen Hinweisschildern hatte, wie ein Ereignis von außerordentlicher Wichtigkeit vor. Wie den Rubikon überschreiten, wie an einem Kreuzweg stehen und nicht wissen, wohin. Immer diese Grenzen! In ganz Europa erhöht sich der Pulsschlag der Menschen, wenn sie sich Grenzen nähern, und bei den Grenzen nach Osten steigt der Blutdruck gewaltig an.

Vielleicht brächte er sie mit dieser Reise in Verlegenheit. Wenn ihre Mutter sich schon Briefe verbeten hatte, was würde sie erst zu Besuchen sagen?

In Lübeck war jetzt Weihnachtsmarkt. In den Fußgängerstraßen zwischen St. Marien und St. Jacobi roch es nach Gebäck und Bratwurst und nach dem Harz der geschlagenen Fichten, die vor den Kirchenportalen auf Käufer warteten. Um diese Zeit verschwendete Lübeck sein Licht in unzähligen Glühbirnen, rund und kerzenförmig. Der Wind bewegte Glocken im Tannengrün. Aus den Kaufhäusern wehten Weihnachtslieder über die Köpfe der Passanten. Aus ganz Norddeutschland kamen Besucher, um zu schauen, was die alte Mutter Hanse zu Weihnachten angerichtet hat. Aber du fährst davon, Ingo Majewski, fährst in dieses trostlose Niemandsland zwischen den Grenzen.

Vielleicht war heute ein Brief aus Jena angekommen, der das sonderbare Schweigen der letzten Wochen erklärte, der diese übereilte Reise überflüssig machte. Der lag nun in Lübeck in der Glasschale, in der schon einmal Weintrauben vertrocknet waren, und wartete ungeöffnet auf seinen rechtmäßigen Empfänger. Er ging in die letzte Telefonzelle des Westens und rief in Lübeck an, um nach dem Brief aus Jena zu fragen. Aber Mutter nahm nicht ab. Die war zum Einkaufen in die Stadt gefahren, und der Brief, wenn er wirklich angekommen wäre, läge nun in der Glasschale.

Am Ende war es eine so lumpige Nebensächlichkeit wie das Geld, die ihn bewog, im zweiten Gang auf den Grenzübergang zuzufahren. Er hatte für eine Woche das Hotel in Jena bezahlt. So etwas konnte man nicht verfallen lassen.

Stopp – Grenzübergang
Weiterfahrt nur auf Aufforderung

Rechts ein Bündel Eisenbahnschienen. Noch nie war ihm eine so verrostete Bahnanlage zu Gesicht gekommen wie in Herleshausen-Wartha. Während der Grenzsoldat mit den Papieren im Häuschen verschwand, hatte er Zeit, die Bahnsignale jenseits des hohen Zauns zu studieren. So ausdauernd er sie auch anstarrte, sie gaben die Fahrt nicht frei. Lebte dieser Bahnhof überhaupt noch, oder war er schon vor Jahren gestorben, als sie diese Grenze zogen?

Es ging erstaunlich schnell, zügiger als bei seiner Reise nach Masuren. Nach einer halben Stunde stand er schon in der Baracke der Staatsbank und tauschte Geld. Einen Hunderter mit dem Bild von Karl Marx, einen Fünfziger mit Friedrich Engels, drei Zwanziger mit Goethe. Das also war die Wertabstufung in diesem Land: Marx, Engels, Goethe.

Auch hinter der Grenze Wälder. Schneeplacken an den Nordhängen, Schneematsch auf der Straße in höheren Lagen. Blätterlose Obstbäume säumten wie kleine schwarze Männchen die Straßen und Feldwege. Von Eisenach nichts zu sehen außer Hinweisschildern. Die Wartburg hinter tief hängenden Wolken verborgen. Ach, das waren noch Zeiten, als man das Böse der Welt mit einem einfachen Tintenfass erschlagen konnte, so wie damals auf der Wartburg.

»Gute Fahrt in der Deutschen Demokratischen Republik!«, wünschte ein Schild am Straßenrand. Aber sonst dieselben Transparente wie im Sommer:

Das Beste zum X. Parteitag!
Alles zum Wohle des Volkes!

Lustige Musik auf den DDR-Kanälen. Die Thälmannspatzen jubilierten. Heiterkeit auf allen Wegen. Nur der

Himmel blickte düster drein. Die Wälder schüttelten den ersten Schnee ab, säumten in erhabener Traurigkeit die Straße. Über allen Wipfeln ist Ruh ... Das kam doch auch aus dieser Gegend, oder?

Mutter hätte ihre Freude an solchen Radioprogrammen gehabt. Die brachten so viel Gutes. Hier wurde die Norm übererfüllt, dort war von Fortschritten zu berichten und von freiwilligen Selbstverpflichtungen der Aktivisten. Im nächsten Satz versicherte man sich dauernder Freundschaft und schilderte die Erfolge der Mach-mit-Bewegung. Zwischendurch sangen fröhliche Kinder von Fleiß und kämpferischem Einsatz. Aber dann die folgende bedenkliche Meldung:

»Am 15. Dezember 1980 verletzte der Bürger der BRD Otto Willenberg im Raum Grevesmühlen die Staatsgrenze der DDR. Er wurde festgenommen. Die näheren Umstände der Grenzverletzung werden gegenwärtig durch die zuständigen Organe der DDR geprüft.«

Danach wieder Musik.

War es die Fröhlichkeit aus dem Äther, die ihn ansteckte, oder die Annäherung an Irene? Er stellte sich ihre Überraschung vor. Er in der Tür, und sie lässt vor Schreck eine Tasse fallen. Keine Furcht mehr. Die DDR hatte ihn nicht auf der Liste, nicht wegen zu schnellen Fahrens von Wismar nach Schlutup, nicht wegen Schlafens in einem DDR-Wald, nicht wegen stundenlangen Anstarrens eines DDR-Wachtturms vor Lübeck-Eichholz, auch nicht wegen fortgesetzten Briefwechsels mit einer DDR-Lehrerin. Siehst du, Schmeding, sie sind gar nicht so schlimm. Sie hatten ihn korrekt empfangen, keineswegs unfreundlich. Die leidigen Kontrollen, nun ja, die musste man über sich ergehen lassen, das war für die Grenzsoldaten auch nur Pflicht. Auch dass sie Mutters zwanzig Apfelsinen handverlesen hatten, um festzustellen, ob eine vielleicht kein

Fruchtfleisch, sondern gefährliche Konterbande in sich trug, nahm er ihnen nicht übel.

Eisenach, Gotha, Erfurt, Weimar, so viele unbekannte Autobahnausfahrten. Die waren noch nie im Verkehrsstudio von NDR 2 oder HR 3 erwähnt worden, auch von Umleitungsempfehlungen über Apolda oder Nordhausen hatte man noch nichts gehört. Er fuhr über ein Hochplateau. So hatte er sich Thüringen nicht vorgestellt, so weit, so eben. Das sah ja fast so aus wie in der schleswigholsteinischen Marsch.

Noch fünfzig Kilometer bis Jena und immer noch guter Stimmung. Zwischen Ausfahrt Erfurt und Ausfahrt Weimar kam ihm der Gedanke, ob er hier bleiben könnte, für immer bleiben. Eine Wohnung mit Tischen, Stühlen und Schränken einrichten, mit Irene Kinder haben, zur Arbeit fahren … Wohin zur Arbeit? Zum Magistrat der Stadt Jena, so wie er jetzt in der Stadtverwaltung Lübeck arbeitete. Statt Amtmann Rausch ein Genosse Rausch. Oder in den Zeisswerken arbeiten. So groß können die Unterschiede doch gar nicht sein. Er dachte hin und her bis kurz vor Weimar, fing an, sich an den Gedanken zu gewöhnen, rein theoretisch natürlich, aber plötzlich riss es ihn um, fuhr es wie ein Blitz vor ihm in den Beton der Autobahn. Einen solchen Schritt kannst du nur einmal gehen, er ist nicht revidierbar! Ja, das hätte er fast vergessen. Von einer Hälfte der Welt wäre er für alle Zeiten ausgesperrt, ein Gedanke, der ihm die Luft abschnitt. Nicht, dass er morgen unbedingt nach Trinidad fliegen wollte oder Rio oder Tokio, auch Nizza oder Paris standen nicht auf seinem Reiseprogramm, nicht einmal Benidorm. Es war ja nur dieses verdammte Gefühl, für Lebzeiten von diesen Orten ausgeschlossen zu sein, das uralte Lagersyndrom: Jenseits des Stacheldrahts lebt die schöne bunte Welt mit allem, was liebenswert ist, aber da, wo du bist, auf der anderen Seite des Stacheldrahts, hat das Leben aufgehört.

Ingo hielt an, weil er frische Luft brauchte. Im Rückspiegel sah er am Horizont einen hellen Streifen, ungefähr da, wo er Paris oder Rio vermutete. Vielleicht musst du dich morgen schon entscheiden zwischen Irene und dem hellen Streifen im Westen, Ingo Majewski. Was würde er antworten, wenn sie ihn fragte, ob er bleiben wolle? Bedenkzeit erbitten? Bedenkzeit ist immer ein Ausdruck von Geringschätzung. Man kann doch einem Menschen nicht sagen: Ich bleibe nicht bei dir, weil ich dann nie mehr nach Paris oder Rio reisen darf!

Da unten im Tal, das musste Weimar sein. Er sah nur ein paar Lichter von der Autobahn aus. Buchenwald wollte sie auch mit ihm besuchen. Es wäre sein erstes Konzentrationslager.

Nach Weimar ging es dann sehr schnell. Zum ersten Mal erschien der Name Jena auf einem Hinweisschild. Von der viel besungenen Saale keine Spur. Rechts oben die Lobdeburg, in der diesigen Finsternis mehr zu vermuten als zu sehen. Gut sichtbar dagegen die Neubausiedlung Lobeda. Viel Licht im Chemiekombinat Jenapharm. Kohlenrauch im Talkessel. Eine Straßenbahn kam ihm entgegen, wollte unbedingt rechts vorbei. Graue Häuser stadteinwärts. Oder war das nur die Abenddüsternis? Warum konnte der Sozialismus nicht wenigstens optisch erträglicher sein? In der Theorie die ganze Menschheit beglücken, in der Praxis reicht es nicht einmal für ein Kilo Farbe, um einen abblätternden Balkon zu streichen.

Wenn er nun ungelegen käme! Wenn sie keine Zeit hätte! Wenn sie zur Lehrerkonferenz musste oder zu einer Versammlung der Thälmannpioniere? Oder wenn sie ihn wieder mit *Sie* anspräche wie damals auf dem letzten Parkplatz in Polen! Was sollte er dann anfangen in dieser grauen Stadt, die nun zu allem Überfluss auch noch dunkel wurde?

Sechzehn Uhr. Was tun Lehrerinnen um diese Tageszeit? Hefte durchsehen, den Nachmittagskaffee aufsetzen oder Briefe schreiben ins kapitalistische Ausland, zum Beispiel nach Lübeck?

Lutherplatz. Hotel »Schwarzer Bär«. Das Ende seiner Reise. Vor dem Hoteleingang ein Parkplatz, nur zur Hälfte besetzt. Er rangierte den grünen Käfer zwischen einen Wartburg und einen Trabant, ging ohne Gepäck ins Haus. Eine hübsche Vorhalle empfing ihn. In allen Glastüren saß auf einem H für Hotel ein stilisierter Bär, an der Rezeption eine alte Dame, sehr freundlich, sehr mütterlich.

»In dieser Jahreszeit ist es aber gar nicht schön bei uns«, sagte sie lächelnd. »Um die Anmeldung bei der Volkspolizei brauchen Sie sich nicht zu kümmern, das übernehmen wir für unsere Hotelgäste. Sie müssen mir nur bis morgen früh Ihren Pass geben.«

Als Ersatz für den Pass drückte sie ihm einen Hotelausweis in die Hand. Zimmer 45.

»Es ist ein Doppelzimmer. Im Winter kommt es schon mal vor, dass wir Einzelpersonen ein Doppelzimmer geben. Dann bleibt ein Bett eben frei.« Auf der Rückseite des Hotelausweises las Ingo:

> »Das Zimmer steht nur dem polizeilich gemeldeten Gast zur Verfügung. Besuche in den Zimmern sind nicht erwünscht.«

»Leider streikt unser Fahrstuhl. Seit gestern geht er nur ab ersten Stock.«

»Macht nichts, ich habe wenig Gepäck.«

Ingo holte den Koffer aus dem Auto. Als er wieder die Vorhalle betrat, war da noch ein Mann, der sich am Fahrstuhl zu schaffen machte. Er trug eine Brille, seine Krawatte saß locker, auch schien er gehbehindert zu sein, neben ihm lag eine Krücke auf dem Fußboden.

»Man muss mal anrufen!«, schrie er und ballerte mit der Faust gegen die Fahrstuhltür. Dann leiser zu Ingo: »Das Ding geht einfach nicht mehr.«

Er zeigte einladend die breite Treppe hinauf. Seine Brillengläser funkelten scharf. Er wollte lächeln, schaffte es aber nicht. Oben, wo die Treppe eine Kehre machte, drehte Ingo sich um. Er sah den Mann zur Rezeption humpeln. »Man muss wirklich mal anrufen!«

Nummer 45 war so geräumig, er hätte hier mühelos mit Irene Hochzeit feiern können. Das ging aber nicht wegen des Hinweises auf dem Hotelausweis.

Er öffnete das Doppelfenster. Den Rahmen aus verquollenem Holz hatte jemand mit einem Taschenmesser bearbeitet. Die überheiße Luft entwich, nasskalt kam es herein. Und wieder dieser Geruch nach verbrannter Kohle. Vor der Kreuzung unten warteten die Autos auf Grün. Die Stadt war erfüllt von dem blechernen Scheppern der Trabants, das ihm vertraut vorkam seit Masuren. Eine Straßenbahn – graues Dach, hellgelbe Wagen – donnerte auf ausgefahrenen Schienen so heftig vorbei, dass die Fenster vibrierten und die Gläser auf dem Nachttisch klirrten.

Gar nicht erst auspacken, dachte er. Auch nicht ausruhen von den 600 Kilometern Fahrt. Nur zu ihr. Eine Erwartung wie im Theater. Noch ist der Vorhang geschlossen, aber bald beginnt das Stück, der erste oder letzte Akt. Er wusch Gesicht und Hände, dann ging er. In der Hotelhalle entdeckte er eine Telefonzelle. Er blätterte im Telefonbuch, fand weder Sahrau noch von Sahrau, Irene schon gar nicht. Die Dame von der Rezeption klopfte an die Tür.

»Sie brauchen sicher zwanzig Pfennig«, meinte sie. »Das geht den meisten Gästen so, es fehlt ihnen an Kleingeld zum Telefonieren.« Sie wollte ihm unbedingt zwei Zehnpfennigstücke in die Hand drücken.

»Danke«, sagte er, »ich will gar nicht telefonieren.«

Von der Rezeption her funkelten die Brillengläser. Was wollte der lahme Mann von ihm? Der blickte ihn so sonderbar an. Oder waren das nur die dicken Brillengläser, in denen sich das Licht der Deckenleuchten spiegelte?

»Haben Sie ein bestimmtes Ziel?«, fragte die Dame. »Wenn Sie wollen, rufe ich Ihnen ein Taxi.«

»Nein, nur ein bisschen spazieren gehen.«

Sie schlug vor, zum Botanischen Garten zu gehen. Auch die Straße zum Planetarium sei sehr schön. Oder zum Platz der Kosmonauten könne er spazieren und um die Universität, die ganz in der Nähe sei.

»Übrigens eine alte, sehr berühmte Universität«, betonte sie. Neben der Garderobe hing ein Stadtplan. Den zeigte sie ihm und malte ein rotes Kreuz an die Stelle des »Schwarzen Bären«.

»Damit Sie immer zu uns zurückfinden«, meinte sie lächelnd.

Er stand vor der Karte und suchte die Straße des 7. Oktober. Die musste in der Nordstadt am oberen Rand des Papiers liegen, Richtung Zwätzen. War sie zu Fuß erreichbar? Er rechnete überschlägig die Entfernung aus, schätzte eine gute halbe Stunde Fußmarsch. Die wollte er auf sich nehmen. Nicht mehr fahren, weder mit dem Auto noch mit der Straßenbahn, sondern langsam Schritt für Schritt sich ihr nähern, der Straße des 7. Oktober, und der, die da wohnte. »Essen gibt es ab 18 Uhr in unserem Restaurant.«

Wozu brauchte er Essen? Wenn ihn Hunger überfiele, Irene würde ihm etwas geben. Essen, das war nun wirklich nicht das Wichtigste an diesem Tag.

Draußen vor dem »Schwarzen Bären« fühlte er sich frei. Er atmete tief durch, ging noch einmal um sein Auto, bevor er aufbrach, und dachte, während er sich vom »Schwarzen Bären« entfernte, so glücklich zu sein wie an jenem Sommerabend in Polninken, als sie ihr Bündel in sein Zelt gefeuert hatte.

Der kürzeste Weg wäre, der Straßenbahn bis zur Dornburger Straße zu folgen und dann weiter dem stadtauswärts fließenden Verkehr nachzugehen. Ungemein belebend, so ein Fußmarsch. Nicht nur für die Durchblutung der Füße, auch für den Kopf. Licht stürzte aus alten Häusern auf ihn ein, nicht anders als in Lübeck. Abends kehrten die Menschen von der Arbeit heim, schalteten das Licht an und sandten Signale aus in die düstere Umgebung. Jedes leuchtende Fenster sagte: Ich bin noch da, ich lebe noch! Seht ihr mich?

Im Wege stand ihm ein hohes Gebäude mit bunt beklebten Fenstern, die Brechtschule am Hufelandweg. Es könnte ihre Schule sein, ja, Ingo wollte gern, dass es ihre Schule wäre. Er stellte sich Irene hinter den bunten Fenstern vor. Die Kinder rechnend, sie an Polninken denkend. Und 7 mal 7 durfte ruhig 63 sein.

Den Hufelandweg begleitete eine Kastanienallee. Die letzten gefallenen Blätter des vergangenen schönen Sommers klebten auf den nassen Steinen. Als er merkte, dass der Hufelandweg die Auffahrt zum Nordfriedhof war, kehrte er um. Nein, zum Friedhof wollte er nicht!

Immer weniger Passanten, nur Autos und die gewaltig ratternde Straßenbahn. Erst als er das Neubauviertel erreicht hatte, wurde es ruhiger, war er allein mit der Straße des 7. Oktober. Dreigeschossige Wohnblocks, jeder mit drei Eingängen. Braungelber Anstrich, unterbrochen von kleinen weißen Fenstern, äußerlich sah es nicht viel anders aus als in der Julius-Brecht-Straße in Lübeck-St. Jürgen. Er wurde langsamer, leuchtete mit der Taschenlampe die Hausnummern ab. 50 … 52 … 54 … Vier Namen neben den Klingelknöpfen an jeder Seite. Über der Tür ein Schild: VEB Gebäudewirtschaft Jena. In der linken Reihe ihr Name. Einfach nur Sahrau, also ohne von. Er wagte nicht, auf den Knopf zu drücken. Er fürchtete sich vor Stromschlägen, hatte die unbestimmte Angst, die Berührung des Knopfes werde eine Explosion auslösen, werde Fensterglas splittern lassen und Sirenen zum Heulen bringen.

Es war 17.30 Uhr, eine Zeit, in der man eigentlich zu Hause sein musste, um das Abendbrot herzurichten oder weit gereiste Besucher zu empfangen. Als er endlich klingelte, geschah nichts. Kein Licht ging an im Treppenhaus, keine Tür wurde aufgerissen, nicht einmal ein Fenster, nur ein Auto fuhr hinter ihm die Straße des 7. Oktober entlang und leuchtete mit seinen Scheinwerfern die Fassaden ab. Einen Augenblick stand Ingo im hellsten Licht vor ihrer Tür.

Er klingelte wieder, nun länger. Nichts rührte sich. Bei Sahraus war niemand zu Hause, weder die Tochter noch die Mutter. Er ging zur anderen Straßenseite, lehnte sich an die rote Steinmauer und wartete.

Damit hatte er nicht gerechnet, dass niemand da sein könnte. Eine Weile stand er so. Als er zu frieren anfing, fiel ihm das Auto ein. Der Trabant mit der Nummer NX 74 - 53 parkte vielleicht irgendwo unter den Straßenlaternen. Er lief den ganzen 7. Oktober ab, fand Trabants wie Sand am Meer, jedes zweite Auto ein Trabant, aber NX 74 - 53 fehlte. Auch in den Nebenstraßen keine Spur. Natürlich, sie war mit dem Auto in die Stadt gefahren. Wenn in der Wohnung niemand ist, ist auch das Auto nicht da, das ist doch eine Selbstverständlichkeit.

Er postierte sich wieder vor dem Haus, stellte fest, dass die Straße des 7. Oktober eine schöne Aussicht besaß. Sie lag am Hang, jenseits der Saale entdeckte er unzählige Lichter auf den Bergen. Ein Güterzug donnerte durchs Saaletal Richtung Norden, verursachte noch größeren Lärm als die Straßenbahnen in der Dornburger Straße.

Wo konnte sie sein? Wo hielt sich eine Lehrerin an einem Mittwochabend um halb sechs auf? Doch nicht mehr in der Schule! Einkaufen wäre eine Möglichkeit. Hatte sie einen Freund? War sie am Ende doch verheiratet? Lebte sie vielleicht gar nicht in Jena? War alles eine Täuschung? Plötzlich erschien ihm jede Ungeheuerlichkeit möglich. Auch dass er zu spät gekommen war, dass man sie längst abgeholt und in eine andere Stadt versetzt hatte. Oder sie war verreist. Kann es sein, dass die Kinder hier früher Weihnachtsferien bekommen als in Lübeck und die Lehrer in den Thüringer Wald fahren oder ins Erzgebirge?

Ihn ergriff Panik. Er rannte zum Eingang und klingelte wieder, benahm sich wie ein Schuljunge beim Klingelstreich, drückte die ganze Namenreihe auf einmal. Danach wurde es tatsächlich hell im Treppenhaus. Jemand kam die Stufen runter, aber statt zu warten und zu fragen, lief er davon und versteckte sich hinter einem parkenden Auto, wagte sich erst wieder vor, als das Licht im Treppenhaus erloschen war.

Schon längst nach sechs Uhr. Jedes Auto, das in die Straße des 7. Oktober bog, weckte neue Hoffnungen. Die Temperatur sank gegen null Grad, es lag Schnee in der Luft. Er hätte seine Handschuhe gut gebrauchen können, aber sie lagen im Handschuhfach seines Autos. Zurück wollte er mit der Straßenbahn fahren. Er lief eine Querstraße hinunter bis zur Haltestelle in der Dornburger Straße. Drei sowjetische Soldaten kamen aus der Stadt, stiegen angeheitert aus der Straßenbahn und überquerten singend den Fahrdamm. Es waren blutjunge Burschen mit runden, blassen Gesichtern, die einem Stern zustrebten, dessen Purpurlicht ein Kasernentor übergoss.

»Kann man Fahrkarten in der Bahn lösen?«, fragte er eine Frau.

»Fahrkarten gibt es nur in den Geschäften und Gastwirtschaften«, antwortete sie, trat näher, öffnete ihre Handtasche, trennte eine Karte von einem Zehnerblock und reichte sie ihm. Er wollte ihr die zwanzig Pfennige geben, besaß aber nur die großen Scheine mit Marx, Engels und Goethe.

»Ich schenke Ihnen die Karte«, sagte die Frau. Sie warteten beide auf die Bahn, die stadteinwärts fahren sollte. Nach einer Weile gab er der Frau die Karte zurück, sagte, er werde doch lieber zu Fuß gehen.

Sie missverstand ihn und schüttelte unwillig den Kopf.

»Ihr aus dem Westen müsst euch auch mal was schenken lassen«, sagte sie.

Aber so war es doch gar nicht gemeint. Er wollte nur allein sein. Nicht in der hell erleuchteten Straßenbahn sitzen, wo jeder sehen konnte, wie elend er sich fühlte. Zum Übergeben. Einen Tag lang durch den Winter gefahren, und nun ist der Vogel ausgeflogen!

Erst ging er wie ein gewöhnlicher Spaziergänger. Ab Hölleinplatz begann er zu traben, keuchte die Dornburger Straße stadteinwärts gegen die Kälte an. Die Bahn, auf die er gewartet hatte, überholte ihn. Am Fenster saß die Frau mit der Karte für zwanzig Pfennige. Sie erkannte ihn nicht oder wollte ihn nicht erkennen, weil er die Karte ausgeschlagen hatte. Die Brechtschule nun völlig im Dunkel. Hatte Schmeding am Ende doch Recht? War eine solche Liebesgeschichte nur in Masuren möglich? Ging sie in den modernen Städten mit ihrem weißen Neonlicht und den trostlos nüchternen Fassaden elend zugrunde wie eine Blume, die zur Unzeit blühte? Überall stießen sich die Gefühle am Alltäglichen, an Pflichten, Zwängen und Laternenpfählen. Nein, eine solche Liebesgeschichte konnte es hier wirklich nicht geben. Die schwarzen Hauswände schrien es. Jeder vernünftige Mensch wusste es. Sie hatten alle Recht, die Schmedings und die Amtmänner in den Büros und die Genossen und die klugen Mütter, die so etwas immer kommen sehen. Ingo Majewski hatte sich gehen lassen, hatte eine unkontrollierte Reise ins Blaue, besser gesagt ins Schwarze unternommen und lief nun wie ein ausgesetztes Kind mit seiner Liebe durch eine fremde Stadt, in der es Paradiesbahnhöfe gab und schöne Aussichten, aber nicht für ihn.

Lange ertrug er die Dornburger Straße nicht. Sie schien ihm zu belebt. Er fühlte sich von Autoscheinwerfern angestarrt und von hin- und herfahrenden Straßenbahnen zum Mitkommen aufgefordert. Er wich aus in eine Nebenstraße mit dem Namen »Am Planetarium«. Sterne sind doch immer gut, dachte er, besonders in solchen Stimmungen. Baufällige Häuser aus der Kaiserzeit. Risse im Balkon, gespenstisch ins Dunkel ragende Dachrinnen ohne Anfang und Ende. Im Planetarium brannte Licht, da lief noch eine Vorstellung über den Sternenhimmel im Dezember. Aber die Wahrheit war, dass er keinen einzigen Stern am Jenaer Himmel erblicken konnte. Nur das Universitätshochhaus leuchtete verschwenderisch.

Da war er wieder, der »Schwarze Bär«. Ingo mochte nicht hineingehen. Der mit den funkelnden Brillengläsern könnte dastehen, ihn durchschauen, seine Traurigkeit erkennen.

Noch einmal die Goetheallee hinauf. Ein Kellerloch in der Goetheallee fiel ihm auf, daneben eine Kreideinschrift: »Kohlen für Lehmann«.

Wer war das da drüben? Eine mächtige schwarze Steinbüste blickte drohend aus einem leeren Garten auf den »Schwarzen Bären«. Unter der Büste die Schrift: »Karl Marx promovierte am 15. 4. 1841 an der Philosophischen Fakultät der Universität Jena.«

Neben Karl Marx das Burschenschaftsdenkmal mit einem wunderlich gekleideten Studenten aus der Zeit der Befreiungskriege, Burschenschwert auf der Brust, eine mit Eichenlaub geschmückte Fahne erhoben, den Blick verklärt zum Himmel gerichtet. Dort oben noch immer keine Sterne. Was wird man den Studenten des ausgehenden 20. Jahrhunderts für Denkmäler setzen?

In der Goetheallee fand er die Monumente der Größen dieser Stadt und ihrer Universität. Naturforscher Lorenz Oken … nie von ihm gehört. Karl Hase … Ingo kam aus dem Walde und hatte keine Ahnung. Der Philosoph Jacob Friedrich Fries bewachte den Botanischen Garten. Friedrich Gottlob Schulze hingen die Zweige einer blätterlosen Linde ins Gesicht. Das waren Namen, die einmal als Diamanten in der Krone der Wissenschaft gefunkelt haben. Heute kannte sie keiner mehr.

Die Allee stieg an. Über dem Frommannschen Haus erfasste seine Taschenlampe diese Eintragung: »Ich habe dort schöne Abende verlebt. Goethe.«

Fritz Reuter blickte ihm abwesend nach. Der arme Reuter hatte von 1832 bis 1833 in Jena studiert.

Die leichte Steigung machte ihm Mühe, weil nasskalter Wind von vorn kam. Hinter ihm schlug die Turmuhr der Universität. Erst halb acht, aber die Straßen schon leer; Ingo war der Einzige, der den vergessenen Denkmälern der Goetheallee zu dunkler Stunde eine letzte Aufmerksamkeit erwies.

Oben eine alte Kirche, umgeben von einem alten Friedhof. An der Mauer eine Platte: »Zur Mahnung an den Todesmarsch der Häftlinge des KZ Buchenwald. 11. 4. 1945.«

Das war genau vier Wochen vor Kriegsende. Da sind die hier durchgekommen, von Weimar nach Osten getrieben worden, damit sie nicht den Amerikanern in die Hände fielen. Ach ja, Buchenwald wollte Irene auch mit ihm besuchen.

Endlich das moderne Jena. Ein Hochhaus, das sich wie ein strahlender Zylinder mitten aus der Stadt erhob. Wenigstens hell war es auf dem Platz der Kosmonauten. Hübsche Kandelaber verschwendeten ihr Licht allein für Ingo Majewski. VEB Kunstblume hatte ein Schaufenster ansehnlich dekoriert, das Café Orchidee war längst geschlossen, die Volksbuchhandlung »Thomas Mann« ebenfalls, der Brunnen auf dem Platz der Kosmonauten begann zu vereisen, denn es wurde spürbar kälter.

Die erleuchteten Waben des Universitätshochhauses trösteten ihn wenig. Der Uhrenschlag vom Rathaus, der Anblick der Stadtkirche St. Michael – die war immer noch nicht vom Krieg geheilt – machten ihn frösteln. In einem HO-Laden hing die Dekoration für den Pioniergeburtstag, den Tag, an dem die Jungpioniere zu Thälmannpionieren befördert werden und das blaue Tuch mit dem roten vertauschen. Ingo waren alle Tücher gleichgültig und alle Farben, nur einmal noch hätte er sie gern in Weiß gesehen, ganz in Weiß.

Wieder stand er vor dem »Schwarzen Bären«. Diesmal ging er hinein und war froh, dass der mit den funkelnden Brillengläsern nicht da war.

»Wenn Sie noch Hunger haben, unser Restaurant ist geöffnet«, sagte die Frau von der Rezeption, die sich Sorgen um ihn machte. Ob sie sah, wie er litt?

»Warum sind Sie eigentlich zu uns gekommen?«, fragte sie. »Wollen Sie unsere alte Stadt kennen lernen oder unsere moderne Industrie? Sie wissen doch, wir haben den großen VEB Carl Zeiss, ein Drittel aller Werktätigen ist da beschäftigt. Oder haben Sie etwas mit Medizin zu tun? Da gibt es unsere berühmten Kliniken ...«

Medizin käme der Sache noch am nächsten, dachte er. Aber die Wahrheit ließ sich nicht aussprechen, sie wirkte fast schon peinlich. Da kommt jemand von Deutschland West nach Deutschland Ost, um ein Mädchen zu besuchen, das er gern hat. So etwas glaubt doch kein Mensch!

»Übrigens ist Jena jetzt Großstadt geworden«, erklärte sie. »Das hätte sich Friedrich Schiller nicht träumen lassen, über hunderttausend Menschen in seiner Stadt. Bei Tageslicht müssen Sie unbedingt den alten Friedhof besuchen, da liegen sie alle, die Geistesgrößen früherer Zeit. Und dann haben wir noch den Nordfriedhof, der ist auch einen Spaziergang wert.«

Warum immer nur Friedhöfe? Er wollte zu Irene!

Trotz guten Zuredens ging er nicht ins Restaurant. Er wollte nicht die schönen Papiertischtücher von VEB Kunstblume beschmutzen, wenn er sich – was durchaus möglich wäre – vor allen Besuchern übergeben müsste. Angezogen lag er auf dem Bett und versuchte, Ordnung zu schaffen in seinen Gedanken. Genau genommen war der bisherige Ablauf doch normal und logisch nachvollziehbar. Schließlich war er unangemeldet nach Jena gekommen. Da musste er damit rechnen, dass diejenige, die er besuchen wollte, nicht da ist. Das geschieht tausendfach. Auch in Lübeck kann das vorkommen. Nicht-da-Sein unter diesen Umständen ist doch kein Grund zur Panik.

Gegen 21 Uhr fuhr er noch einmal zur Straße des 7. Oktober, jetzt mit seinem Käfer. Noch immer kein Licht in den Fenstern. Auch als er klingelte, blieb es dunkel. Einem Nachbarn, bei dem er zu klingeln wagte, log er vor, er sei der Neffe der Frau von Sahrau, habe zufällig in Jena zu tun und wolle seiner Tante guten Tag sagen oder besser guten Abend.

Der Nachbar wusste nur, dass sie am frühen Morgen das Haus verlassen hatte. Seitdem hatte er sie nicht mehr gesehen. Nach der Tochter wagte Ingo nicht zu fragen.

Auf der Rückfahrt redete er sich ein, unbedingt auf Glatteis achten zu müssen. Wegen der überfrierenden Nässe auf den Steinen und Straßenbahnschienen. Die Stadt kam ihm beklemmend still vor. Er vergaß, beim »Schwarzen Bären« rechts abzubiegen, fuhr aufs Geratewohl weiter. Nach drei Ampeln stand er vor dem Paradiesbahnhof. Nur des Namens wegen stieg er aus, ging in die Anlagen am Saaleufer. Also doch allein im Paradies. So hatte er es sich nicht vorgestellt. Die hohen Bäume – waren es Weiden, Ulmen oder Ahorn? In der Dunkelheit konnte er es nicht erkennen, aber die Saale sah er und hörte, wie sie mit glucksenden Geräuschen durch den Abend strömte, ein Fluss ohne Farbe, der erbärmlich stank.

*

»Schade, dass Sie in einer so düsteren Jahreszeit kommen«, sagte die alte Dame. »Im Sommer ist es viel schöner bei uns, aber im Dezember ist von Bergen und Burgruinen kaum etwas zu sehen. Gehen Sie mal zum Jenzig rauf, da oben liegt bestimmt schon Schnee. Wissen Sie, auf dem Jenzig feiern unsere Studenten immer ihre Bergfeste. Am Weg hinauf finden Sie die Erinnerungstafeln der Mediziner, Augenoptiker und Zahnärzte. Aber wenn Ihnen der Jenzig zu weit ist, versuchen Sie es mal mit dem Landgrafenhaus auf der anderen Seite.« Die alte Dame war in Sorge, er könnte die Sehenswürdigkeiten Jenas verfehlen und einen ungünstigen Eindruck mit nach Hause nehmen.

Im Foyer hing ein Gemälde, das Ingo bisher nicht aufgefallen war.

»Das ist unser berühmtes Lutherbild«, sprach sie feierlich und sagte, ohne abzulesen, die Bildunterschrift her: »Luther im Gasthof zum Schwarzen Bären in Jena März anno Domini 1522.«

Viereinhalb Jahrhunderte! Ingo betrachtete die Menschengruppe, die neben dem Reformator um den Tisch saß und zu ihm aufschaute. Er war nicht der Historie wegen nach Jena gekommen, sondern um einen lebendigen Menschen zu besuchen.

Die Frau begleitete ihn zur Tür, um den Weg zu zeigen. Nach Osten ginge es zum Jenzig und nach Westen zum Landgrafenhaus.

»Vergessen Sie ja nicht unser Mittagessen. Es gibt nämlich original Thüringer Klöße mit Sauerbraten.«

Er stand draußen in der nassen Kälte und versuchte, sich zu orientieren. Dieser 18. Dezember kam ihm noch diesiger vor als der Tag gestern. Wo immer ein Berg namens Jenzig sein mochte, er war nicht zu erkennen. Auch der Balkon von Jena, das Landgrafenhaus, schien verhangen zu sein. Die Spitze des Universitätshauses ragte in den Nebel. Im Saaletal wallte eine dicke Brühe. Wo war nur der Fluss geblieben?

Aber sein Problem war nicht das Wetter und nicht die schlechte Sicht. Ihm ging es um den Weg zur Straße des 7. Oktober. Zum ersten Mal fuhr er bei Tageslicht in die

Nordstadt. Sowjetische Soldaten reparierten den Bretterzaun, der das Kasernengelände umgab. Einige blickten auf, als er mit seinem Westauto vorbeifuhr.

Irenes Straße bei Tageslicht. Sie war da! Irgendjemand war in der Wohnung. Er sah es an dem halb geöffneten Fenster. Schon beim ersten Klingeln öffnete sich oben die Tür. Eine Frau kam die Treppe herunter, ohne Hast, vorsichtig, die linke Hand auf dem Treppengeländer, in der rechten ein Schlüsselbund. So sehen nur Mütter aus. Sie war größer als Irene, er fand keine Ähnlichkeit mit ihr. Schlank, sehr schlank, trotz des Alters noch schwarzes Haar, eine würdevolle alte Dame mit einem strengen Gesicht, aus dem ihn zwei große graue Augen anblickten.

»Sie sind Ingo Majewski, nicht wahr?«, sagte sie leise, fast flüsternd. »Ich habe Sie gleich erkannt, Sie sehen Ihrem Vater sehr ähnlich, der war doch Gespannführer bei uns auf dem Gut, bevor er Soldat wurde.«

Sie zögerte, wusste wohl nicht recht, ob sie ihn einlassen sollte oder wegschicken musste. Sie blickte scheu auf die Straße, bevor sie sagte: »Kommen Sie, treten Sie ein!«

Er ging voraus, sie folgte. Oben stieß sie die angelehnte Wohnungstür auf. Ingo blickte an ihr vorbei in die hinteren Räume. Niemand war da. Niemand kam angelaufen, um seinen Hals zu umschlingen, wie er es sich unzählige Male vorgestellt hatte. Aber auch dafür gab es natürlich eine vernünftige Erklärung: Sie war in der Schule. Um halb zehn Uhr morgens hatte sie in der Schule zu sein.

»Ich hatte Ihnen doch geschrieben, dass Sie nicht kommen sollten.«

»Sie hatten geschrieben, dass ich keine Briefe mehr schicken sollte.«

»Nein, in einem zweiten Brief hatte ich auch geschrieben, dass Sie nicht kommen sollten. Aber nun sind Sie doch gekommen. Meine Tochter hat immer gesagt: Irgendwann wird er kommen.«

Er wagte nicht, nach Irene zu fragen. Er wagte überhaupt nicht zu fragen. Irgendetwas stand zwischen ihnen. Er sah die alte Dame mit den Augen des Kommandanten Georgi und mit den Augen der beiden Kinder, die im Gutshaus von Polninken umgekommen waren, und mit den Augen des polnischen Kriegsgefangenen Kasimir, der die Herrin des Gutes immer nur aus der Ferne erblickt hatte, aber heute noch wusste, dass sie die schönste Frau weit und breit gewesen ist.

Sie trat ans Fenster, blickte auf die Straße, als erwarte sie jemanden. Während sie hinausschaute, fragte sie, wo er wohne.

»Im ›Schwarzen Bären‹.«

»Das ist gut, ja, das ist gut. Ich darf Sie nämlich nicht aufnehmen. Auch heimlich ginge es nicht. Jeden Besucher muss ich melden. Verstehen Sie es bitte recht, ich könnte auch bei Ihnen keine Ausnahme machen.«

Sie blickte immer noch auf die Straße, auch als sie sagte: »Irene ist übrigens im Krankenhaus. Gestern rief man mich zur Volkspolizei, um mir das zu sagen.«

Ein Windzug warf die Wohnungstür zu. Vor Ingo lief der alte Film ab: Anruf vom Städtischen Krankenhaus Süd, Mutter lässt die Tasse fallen, Ingo stellt den Plattenspieler ab. Weintrauben müssen her, denn mit leeren Händen geht kein Mensch ins Krankenhaus. Viel Regen, lange Flure, vertrocknete Weintrauben, Ende des Films ... Am 18. Dezember 1980 gab es in der ganzen DDR keine Weintrauben.

Sie hätte nun Näheres sagen müssen. Über den Anlass des Krankenhausaufenthaltes und dass das Schlimmste überstanden sei und man bald mit ihrer Entlassung rechnen könne. Aber Irenes Mutter sagte nichts. Sie überließ es ihm, sich harmlose Diagnosen auszudenken, die Mandeln entfernen zum Beispiel oder einen Blinddarm herausoperieren. Verkehrsunfall wäre auch möglich. Verkehrsunfälle kommen überall vor, auch in der DDR. Ein bisschen Gehirnerschütterung, Prellungen, Verstauchungen, was üblicherweise geschieht, wenn die Vorfahrt nicht beachtet wird.

»In welchem Krankenhaus ist sie?«

»Man sagte, in Leipzig.«

»Warum Leipzig? Jena hat doch bestimmt viele gute Krankenhäuser.«

»Aber es ist nicht in Jena passiert.«

»Was ist passiert?«

»Ich weiß nicht, was es ist, aber es muss etwas vorgefallen sein.«

Ohne dass sie ihn aufgefordert hätte, setzte er sich in einen Sessel. Sofort fiel ihm das Bild an der gegenüberliegenden Wand auf. Das war Polninken. Das Herrenhaus in Friedenszeiten, davor auf dem Anger eine Kuhherde. Neben dem Bild ein Passfoto. Das Brustbild eines Mannes in der Offiziersuniform der deutschen Wehrmacht. Ja, da gab es gewisse Ähnlichkeiten mit Irene.

Viel zu spät bemerkte er, dass er ungelegen kam. Er sah einen gepackten Koffer, über einer Stuhllehne hing ein Mantel. Ein Regenschirm lehnte an der Wohnungstür.

»Um halb elf muss ich auf dem Bahnhof sein, um den Zug nach Leipzig zu bekommen.«

»Ich bin mit dem Auto da, ich kann Sie nach Leipzig fahren.«

»Das geht aber nicht.«

»Doch, doch, ich will auch nach Leipzig.«

»Ihre Aufenthaltserlaubnis gilt nur für den Bezirk Gera, nach Leipzig dürfen Sie gar nicht fahren.«

Was gingen ihn Aufenthaltserlaubnisse und DDR-Bezirke an! Er musste nach Leipzig, jetzt, sofort, um Irene zu sehen. Wenn sie nicht mitkäme, würde er allein fahren. Sie müsse ihm nur den Namen des Krankenhauses sagen.

»Sie wissen nicht, was Sie anrichten, junger Mann.«

Ingo sah, wie ihre linke Hand zu zittern begann. Sie musste sie mit der rechten festhalten.

»Wollen Sie bei mir noch eine Tasse Kaffee trinken, oder wollen wir gleich fahren?«

Ingo entschied sich gegen den Kaffee. Sie warf ein paar Kleinigkeiten in die Einkaufstasche, von denen sie glaubte, Irene könnte sie im Krankenhaus brauchen. Keine Weintrauben, aber zwei Äpfel. Wie gut, dass Ingo zwanzig Apfelsinen im Auto hatte!

Noch einmal der prüfende Blick auf die Straße, bevor sie die Wohnung verließen. Er trug den Koffer, sie die Einkaufstasche. Als ein Auto langsam die Straße des 7. Oktober heraufkam, blieb sie im Treppenhaus stehen, bis es vorbei war.

Steif saß sie auf dem Beifahrersitz. Die rechte Hand hielt immer noch die linke fest. Sie fuhren am »Schwarzen Bären« vorbei, am Paradiesbahnhof und über die Saale. Kein Wort vom schönen Jenzig oder dem Landgrafenhaus. »Zur Autobahn«, sagte sie einmal, das war alles.

Weil er das Stillsein nach einer Viertelstunde nicht mehr ertragen konnte, fragte er, wie sie von Ostpreußen nach Thüringen gekommen sei.

»Hat Irene Ihnen das nicht erzählt? Ich bin eine geborene Jenenserin. Mein Vater war Professor an unserer Universität. Meinen Mann habe ich kennen gelernt, als er in Jena studierte. Danach bin ich mit ihm nach Ostpreußen gegangen. Ja, ja, man geht weite Wege, wenn man verliebt ist. Aber wem sage ich das?«

Sie lächelte. Das hatte er ihr gar nicht zugetraut: lächeln.

»Wenn es schlimm wird im Leben, gehen die Menschen immer dahin zurück, wo sie als Kind gelebt haben. Außerdem sind meine Eltern in Jena begraben, ich habe mich um ihre Gräber auf dem Nordfriedhof zu kümmern. Mein Vater pflegte damals, als ich ein junges Mädchen war, zu sagen, der gute Herr Marx habe die Welt zu sehr aus der Froschperspektive gesehen. Heute könnte ich ihm antworten, dass seine Frösche die Welt erobert haben.«

»Doch nicht die ganze Welt«, bemerkte Ingo.

»Ja, ich glaube die ganze Welt. Auch im Westen herrscht längst sein Geist. Nur die alten Formen und Strukturen sind noch erhalten, aber sie füllen sich unmerklich mit neuem Inhalt. Damals, als Vater eher abfällig über den Herrn Marx sprach, sympathisierte ich mit seinen Fröschen. Heute schüttelt es mich vor Entsetzen.«

Auf der Autobahn schwieg sie wieder, weil Käfer bei höheren Geschwindigkeiten so viel Lärm verursachen und jedes Gespräch töten. Als sie die Ausfahrt Gera passierten, fing sie wieder an.

»Sie hätte nicht Lehrerin werden sollen«, sagte sie, »dann wäre es einfacher gewesen. Ich war dagegen, nicht gegen Lehrerin an sich, aber gegen Lehrerin hier. Wissen Sie, man verlangt von einem Lehrer wissenschaftlichen und parteilichen Unterricht. Nach allem, was ich in meinem Leben gelernt habe, ist das ein Widerspruch in sich. Parteiliche Wissenschaft ist wie dunkles Licht oder wie brennendes Wasser. Mein Vater würde aus dem Grab steigen, wenn er es wüsste. Da bemühen sich seit Hunderten von Jahren die gescheitesten Köpfe unserer Welt um mehr Objektivität, aber plötzlich kommt eine Ideologie daher und fordert Parteilichkeit. Das ist eine neue Form der Inquisition, ein Rückfall in die Barbarei. Wenn Kopernikus und Galilei parteiliche Wissenschaft betrieben hätten, müssten wir noch heute glauben, der kleine Planet Erde sei Mittelpunkt des Universums.«

»Wann ist Irene weggefahren?«

»Vor drei Tagen. Sie wollte nach Berlin ins Ministerium, um den Fall zu klären.«

»Welchen Fall?«

Sie mochte darüber nicht sprechen. Es sei so furchtbar kompliziert. Irene könnte es ihm erklären, wenn sie gesund sei. Als Tochter eines Gutsbesitzers habe man im Sozialismus viel gutzumachen und müsse ständig aufpassen, dass keine Reste bürgerlichen Bewusstseins sichtbar würden.

Dreißig Kilometer Schweigen, dann meinte sie, es werde Schnee geben. Das Barometer sei gefallen. Weihnachten mit Schnee, das wünsche man sich doch überall, sicher auch in Lübeck.

»Ja, wenn sie Arbeiterin in einer landwirtschaftlichen Produktionsgenossenschaft gewesen wäre«, sagte sie unvermittelt, mehr zu sich als zu Ingo. »Aber Lehrerin! Wissen Sie, bei uns heißt es, die Lehrerschaft sei die wichtigste Verkünderin der Ideen der Partei unter den Massen. In den Lehrplänen steht, dass im Sozialismus persönliche und gesellschaftliche Interessen deckungsgleich und dadurch die historischen Konflikte zwischen dem Individuum und der Gesellschaft aufgehoben seien. Eine Lehrerin, die mit einem jungen Mann aus der BRD Briefe wechselt, geht privaten Neigungen nach, die nicht mit den gesellschaftlichen Interessen übereinstimmen. Also lassen wir mal diese dummen Briefe! Vergessen wir den jungen Mann und die ganze dumme Geschichte, damit persönliche Interessen und gesellschaftliche Interessen wieder übereinstimmen.«

Verstohlen blickte er auf ihre Hände, die weiß aussahen wie ein Wachstuch. Es waren schlanke, künstlerische Hände. Er zweifelte keinen Augenblick daran, dass sie Klavier spielen konnten. Sie hatten nur einen Fehler: Sie zitterten.

»Für Sie war es wohl ein Unglück, dass ich Irene kennen lernte?«

»Wie können Sie das sagen, lieber Junge? Zwei junge Menschen, die sich gern haben, das ist doch das Tröstlichste, was uns noch geblieben ist. Und dann dieses Wunder, dass die Eltern aus demselben Ort im Osten kommen! Ein ganzes Dorf wird in die Winde verstreut, aber ein Menschenleben später treffen sich die Kinder am selben Flecken und verlieben sich. Ist das nicht wie im Märchen?«

Als sie in Leipzig ankamen, begann die Stadt, sich weihnachtlich zu schmücken.

»Sehen Sie, ich habe es gleich gesagt, es wird Schnee geben. Wer zehn Jahre im Osten gelebt hat, weiß, welche Wolken den Schnee bringen.«

Die Volkspolizei in Jena hatte ihr einen Zettel mitgegeben, auf dem die Adresse des Krankenhauses stand. Dreimal fragte sie nach dem Weg, einmal sogar einen Polizisten, der auf der Kreuzung den Verkehr regelte.

Ingos erster Eindruck: Das ist gar kein Krankenhaus, sondern ein Gefängnis. Er trug wieder den Koffer, sie die Einkaufstasche. Ein Uniformierter am Tor hielt sie auf. Der musste erst mal telefonieren. Man könne nämlich nicht zu beliebiger Zeit in so ein Haus. Und vor allem: »Können Sie sich ausweisen?«

Natürlich konnten sie das.

Der Mutter erlaubten sie den Zugang, denn sie war eine nahe Angehörige, aber Ingo Majewski ... »Wer sind Sie denn?«

Nein, die Mutter ja, aber keine fremden Westbesucher. Hilflos blieb er vor dem Tor zurück, sah ihr nach, wie sie sich entfernte, die große, schlanke Frau. Er wunderte sich, wie aufrecht sie ging, trotz des Alters. Nichts hatte er ihr mitgegeben, weder Weintrauben noch Blumen, nicht eine der zwanzig Apfelsinen. Nur Grüße und traurige Blicke. Da war er von Lübeck nach Jena gefahren und von Jena nach Leipzig, stand fünfzig Meter von ihr entfernt und kam nicht hinein.

»Schauen Sie sich die Stadt an«, schlug der Uniformierte vor. »Es wird sicher länger dauern.«

Das sagte der so, gut gemeint und ahnungslos. Durch Leipzig sollte er wandern, das sich gerade einschneien ließ. Zum Aufwärmen die Kaufhäuser besuchen. Einen Tannenbaum bewundern, dessen elektrische Kerzen überflüssiges Licht auf ein Transparent warfen, das immer noch vom X. Parteitag kündete und von Artikel 2 der

DDR-Verfassung: »Der Mensch steht im Mittelpunkt aller Bemühungen der sozialistischen Gesellschaft und ihres Staates.«

Ingo sah im Auto die Apfelsinen, farbenfroh auf dem Rücksitz. Sie hatte ihre Handschuhe vergessen. Sie lagen auf dem Beifahrersitz neben einem zusammengeknuddelten rosa Taschentuch. Nach zehn Minuten kam ein Volkspolizist und wies darauf hin, dass er an dieser Stelle nicht halten dürfe. Also fuhr er auf die andere Straßenseite, stieg aus, lehnte sich an die Autotür und blickte zu dem sonderbaren Krankenhaus, zählte seine kleinen Fenster, wartete auf ein bekanntes Gesicht hinter den Scheiben.

Es hörte auf zu schneien. Der gefallene Schnee wurde Matsch. Es sah ganz so aus, als könnte die Sonne noch durchbrechen über der Stadt Leipzig an diesem winterlichen Vormittag.

Immer noch warten. Auf die Sonne und die Frau und das Gesicht hinter der Scheibe. Sie werden sich viel zu sagen haben. Er wischte den Schnee von den Scheiben, dann setzte er sich ins Auto und aß eine Apfelsine.

Nach einer Stunde kam sie, die große Frau. Vor dem Tor griff ihre Hand nach den Ziegelsteinen, als brauche sie Halt, um nicht zu fallen. Sie blieb stehen, um tief durchzuatmen und ihre Augen an die Helligkeit zu gewöhnen. Mein Gott, wie sah die Frau aus! Eine Statue in Schwarz. Oder lag das nur an dem Kontrast zum frisch gefallenen Schnee? Vorsichtig setzte sie einen Fuß vor den anderen, als müsse jeder Schritt abgewogen und überlegt werden. So gehen Königinnen, wenn sie vor einen Katafalk treten. Am Bordstein zögerte sie. Sie hatte sich in der Gewalt, befahl ihren Füßen anzuhalten. Sie schaute erst links, dann rechts, ein vorbeifahrender Lastwagen verdeckte sie für einen Augenblick. Dann kam Gegenverkehr und wieder Gegenverkehr. Ein paar Minuten sah sich der Volkspolizist, der Ingo aus dem Halteverbot vertrieben hatte, das an, dann stoppte er den Verkehr und geleitete die Frau über die Straße.

Jetzt erst bemerkte Ingo, dass sie den Mantel nicht übergezogen hatte. Er hing schlaff über der Schulter. Vorn schauten die langen weißen Hände heraus, ein Daumen bohrte sich durchs Knopfloch, ein kleiner Finger umkrallte einen der blanken Metallknöpfe. Sie kam auf den Wagen zu wie ein Gespenst, wie eine Schlafwandlerin. Man müsste sie anrufen, sie aus dieser furchtbaren Starre erlösen.

Zwei Schritte vor dem Auto, das längst nicht mehr grün war, sondern weiß, blieb sie stehen. Ohne sich zu bücken, blickte sie durch die Scheibe, auch durch Ingo Majewski hindurch, blickte durch alles, was ihr im Wege stand. Behutsam berührte sie das Autodach. Ihre Finger krallten sich am Außenspiegel fest. Als er die Tür öffnete, sagte sie:

»Irene ist tot.«

Das war der Augenblick, als ein Erdbeben drüben das Gebäude erschütterte, das wohl ein Krankenhaus oder Gefängnis sein mochte, jetzt aber ein Leichenhaus. Es warf den Putz von den Wänden, riss die Steine auseinander, ließ das kalte Neonlicht jenseits der Mauern erlöschen, Tote aus ihren Betten fallen, und die kleinen Eisengitter, die er jetzt erst sah und die angebracht waren, um Tote und Lebendige am Fliehen zu hindern, ließ es von den Fenstern springen. Noch nie hatte es in Leipzig ein solches Naturereignis gegeben. Ingo wischte sich übers Gesicht, da stand alles noch so wie vorhin, auch der Volkspolizist, der das Haus bewachte.

Sein erster Gedanke: Es sei nur ein Spiel. Irene sollte für ihn gestorben sein. So etwas kommt gelegentlich in Romanen und Filmen vor. Man schafft einen Verliebten ins Ausland und sagt dem anderen einfach, er sei gestorben. Denn der Tod ist das radikalste Mittel gegen die Liebe.

Als er sie ansah, wusste er, dass es kein Spiel war. Nun

wollte er in das Haus, auf der Stelle. Er griff nach dem Beutel mit den Apfelsinen.

»Mein lieber Junge«, flüsterte sie und hielt seinen Arm fest. »Es ist sinnlos. Man lässt dich nicht hinein. Niemand darf sie sehen. Auch ich habe sie nicht gesehen, man hat es mir nur gesagt.«

Es tauchte nun tatsächlich die Sonne über Leipzig auf, strahlte die weißen Dächer an, gab sich redlich Mühe, die kalte Stadt zu erwärmen, brachte es aber nicht fertig. Ihre Helligkeit blendete nur.

Ingo half ihr beim Einsteigen. Als sie saß und sich angeschnallt hatte, startete er, konnte aber nicht fahren, weil das Licht so blendete. Ihre Hand berührte sanft sein Knie. Sie schob ihm ein rosa Taschentuch zu, was nicht hätte geschehen dürfen, nein, niemals ein rosa Taschentuch. Danach konnte er überhaupt nichts mehr sehen.

»Wir können doch nicht einfach wegfahren«, sagte er.

»Doch, Sie müssen fahren! Fahren Sie sofort zur Grenze! Versäumen Sie keine Stunde, und wenn Sie in Lübeck sind, müssen Sie schnell vergessen, was Sie östlich der Grenze erlebt haben.«

Er bestand darauf, sie nach Jena zu bringen. »Ich habe Sie hergefahren, und ich fahre Sie auch wieder zurück!«

Aber nein, sie wollte den Zug nehmen.

Jena sei kein Umweg, behauptete er. Auf dem Weg zur Grenze müsse er sowieso an Jena vorbei. Es gebe für ihn nur den Grenzübergang Herleshausen-Wartha.

Aber wenn schon nach Jena, dann auf keinen Fall über die Autobahn, bat sie. Sie wollte über die Dörfer fahren, weil es sicherer sei. Er startete. Der Wagen fädelte sich in den fließenden Verkehr ein. Da dachte er an den Koffer. Wo war der Koffer geblieben? Sie hatte einen Koffer in das Gebäude hineingetragen und vergessen, ihn zurückzubringen. Er hielt an, um den Koffer zu holen.

»Fahren Sie, lieber Junge, fahren Sie!« Hinter ihnen hupte ein Lkw.

»Wollen Sie nicht den Koffer holen?«, sagte er.

»Ich gehe nie wieder in ein solches Haus, nie wieder!«

Er fuhr und kam sich feige vor. Wie Im-Stich-Lassen, wie Fahrerflucht. Er hätte eigentlich in das Gebäude gehen und etwas sagen, hinausschreien, zu Protokoll geben müssen, damit nachher nichts Unrichtiges in den Papieren steht und niemand mit falschen Etiketten und unrechten Vorwänden begraben wird.

»Wenn Sie da hineingehen, wird man Sie auf der Stelle verhaften«, sagte sie.

Ihm fiel auf, dass sie nicht weinte. Sie hielt die Hände gefaltet, denn gefaltete Hände können nicht zittern. Sie kam ihm nicht mehr vor wie ein Mensch, sondern wie ein Denkmal.

Was hatte die Weltgeschichte mit dieser Frau angestellt! Und nun auch noch das! Ja, er fuhr mit einem Denkmal durch die sächsischen und thüringischen Dörfer, ein Denkmal, das aus der Vergangenheit in diese Zeit ragte und an dem abzulesen war, was dieses Jahrhundert in der Mitte Europas angerichtet hatte.

»Eigentlich wollten sie es mir erst nach Weihnachten mitteilen; so human sind sie immerhin, Todesnachrichten über die Festtage zurückzuhalten. Aber nun kam ich nach Leipzig, da mussten sie es mir sagen.«

Er wusste immer noch nicht, was eigentlich geschehen war. Da blieb so vieles nachzutragen. Auch sie wusste nichts Genaues. Immerhin, vorgestern hatte Irene noch gelebt. Verletzt wurde sie nach Leipzig gebracht. Und es sei kein Verkehrsunfall gewesen, das stehe fest.

»Sie wäre sonst nicht in dieses Krankenhaus gekommen, das ein Haftkrankenhaus ist, in das verletzte Sperrbrecher eingeliefert werden.«

Unzählige Kurven und Schlaglöcher. Entgegenkommende Autos klatschten Schneematsch gegen das Blech. Der Scheibenwischer raste pausenlos über das Glas, obwohl draußen die Sonne schien.

»Dass es gerade Irene treffen musste. Sie hat so treu zu diesem Staat gestanden. Wenn ich etwas Kritisches sagte, hat sie ihn verteidigt. Das sind Reste deiner alten Gutsbesitzerherrlichkeit, hat sie immer gesagt und mich ausgelacht. Sie war dankbar, ja, das ist das richtige Wort: dankbar. Der sozialistische Staat erlaubte ihr, der Tochter eines Gutsbesitzers, das Institut für Lehrerbildung in Krossen zu besuchen, er gab ihr eine faire Chance. So hat sie es empfunden. Aber sie hätte niemals Lehrerin werden sollen, HO-Verkäuferin meinetwegen oder Krankenschwester, aber niemals Lehrerin …«

Was war eigentlich mit dem grauen Trabant geschehen? Diese unwichtige Frage fiel ihm ein, als sie vor einer Bahnschranke hielten. Stand der Wagen herrenlos und eingeschneit in einem Waldstück nahe der Grenze? Oder parkte er in einer Nebenstraße in Berlin, einen halben Kilometer vor der Mauer? Er stellte sich Berlin vor in einer nebligen Dezembernacht. Dezembernächte sind verführerisch, weil sie so lange dauern und die tiefste Dunkelheit des Jahres mit sich bringen. Ist sie zur Mauer geschlichen, die Nischen und Winkel ausnutzend, auf allen vieren kriechend? So konnte er sich Irene nicht vorstellen, Irene im Dreck der Großstadt liegend, sie mit ihren weißen Kleidern. Es wollte nicht zu ihr passen. Sie wird aufrecht gegangen sein, mit dem Kopf gegen die Mauer. Jesus ist über das Wasser gegangen, Irene geht durch die Mauer. Aber solche Wunder ereignen sich in zweitausend Jahren nur einmal …

»Als Irene aus Masuren zurückkehrte, bestellte man sie zu einem Gespräch in die Schule. Sie wollten wissen, warum sie sich von ihrer Gruppe entfernt hatte und nicht gemeinsam mit den anderen abgereist war. Irene fand das Gespräch völlig normal. Natürlich muss jeder Staat vorsichtig sein und sich schützen, sagte sie. Wochenlang ging es gut, bis der Briefwechsel bekannt wurde. Wissen Sie, hier passt immer einer auf den anderen auf, und irgendwann kommt es doch raus. Sie erhielt eine Vorladung zum Kadergespräch. Kadergespräch ist wie Beichte und Ermahnung in einem, gewissermaßen ein letzter Versuch im Guten. Sie hatte keine Angst, sie erzählte ihnen die Wahrheit, denn sie fand nichts Schlimmes daran, mit einem Mann befreundet zu sein, der zufällig nicht in Wismar, sondern dreißig Kilometer westlich davon zu Hause war. Sie rieten ihr dringend, den Briefwechsel abzubrechen. Eine DDR-Lehrerin mit einer Liebesbeziehung zum Westen sei untragbar. In jener Zeit schrieb sie Ihnen, es sei besser, die Briefe an mich zu adressieren. Aber das merkten die natürlich auch. So dumm sind die nicht, in Jena schon gar nicht, weil hier Biermanns Freundin gelebt und es gewisse Zirkel gegeben hat. Seitdem ist Jena bei den Sicherheitsorganen in Verruf, seitdem passen sie auf. Sie erhielt einen öffentlichen Tadel, das ist die mildeste Form der Bestrafung im Sozialismus …«

Nein, nicht Berlin! Er konnte sich Irene nicht in diesem grellen Scheinwerferlicht vorstellen. Sie wird weiter nach Norden gefahren sein. Nach Wismar vielleicht, in die Nähe des Waldes, in den damals der Regen strömte, eine ganze Nacht lang, ihre letzte gemeinsame Nacht, wie er jetzt wusste. Von Wismar zur Grenze war es nicht weit. Lübeck-Eichholz fiel ihm ein, wo die Brandenbaumer Landstraße zur Sackgasse wird, wo der schwarz-rot-goldene Grenzstein steht mit dem Hinweis, dass drüben auch Deutschland sei. In St. Jürgen hätte man es hören müssen. Warum hatte sie das getan? Sie war doch so vernünftig!

»Sie und Irene sind beide nach dem Krieg geboren. Den Nachkriegsgeborenen fehlt eine wichtige Erfahrung. Sie wissen nicht, wie guter Glaube, Treue und Anständigkeit missbraucht werden können. Wir Älteren kennen das. Noch nach dem Kadergespräch hat sie geglaubt, es sei nur ein Missverständnis, eine Überreaktion unsicherer kleiner Leute. Unsere große sozialistische Idee hat es nicht nötig, so kleinlich zu tun, hat sie gesagt. Oh, ihr armen jungen Menschen, wenn ihr wüsstet! Unsere Friedhöfe wären zur Hälfte leer, wenn die noch lebten, die guten Glaubens waren …«

Auch Lübeck-Eichholz wollte nicht Platz finden in seiner Vorstellung. Er ließ sie zum Meer fahren, wo die Grenze sich im Wasser auflöste, einfach unterging. Über die Eisschollen bis Travemünde-Priwall spazieren. Irene steigt aus dem Meer. Wie im Sommer an der pommerschen Küste, als die Sonne glutrot unterging und sie nackt dem Wasser entstieg, während der Posten auf der Düne durchs Fernglas starrte. Damals lachte sie über den Posten.

»Als die schriftliche Aufforderung kam, jeden Westkontakt abzubrechen, hat sie eine Nacht lang geweint. Am Morgen bat sie um ein Gespräch, kam niedergeschlagen nach Hause. ›Da sieht man wieder‹, hatten sie ihr gesagt, ›wie die alte Gutsbesitzergesinnung zum Vorschein kommt; Sie sind nicht reif für unseren fortschrittlichen Staat, sonst würden Sie Ihr Vergehen einsehen.‹ Wissen Sie, junger Mann, man kann mit Worten alles erklären und darstellen. Es gibt keine Ungeheuerlichkeit, die sich nicht mit Sprache belegen und glaubwürdig rechtfertigen ließe. Auch das müsst ihr Jüngeren noch lernen, wie gefährlich Sprache ist. Jeder kann sich der Sprache bedienen, jedes System, jeder Fanatismus rechtfertigt sich mit Sprache. Vor der Sprache müssen wir das Kreuz schlagen. Nur weg von den Worten, von den schriftlichen und rhetorischen Begründungen und Ausreden! Es zählen nur die Taten. Wer schießt, hat Unrecht. Wer Minen legt, hat Unrecht. Wer Mauern baut, hat Unrecht …«

»Wie ging es weiter?«, fragte Ingo.

»Sie handelte dann sehr ungeschickt und übereilt, sie stellte einen Ausreiseantrag. Drei Tage später entließ man sie aus dem Schuldienst. Wer einen Ausreiseantrag stellt, kann die Kinder nicht mehr zu sozialistischen Bürgern erziehen.«

»Und warum fuhr sie nach Berlin?«

»Sie wollte ins Ministerium, um über ihren Fall zu sprechen. Sie wollte den Ausreiseantrag zurücknehmen, um wieder Lehrerin sein zu dürfen. Sie sollten ihr nur zugestehen, dass sie weiter Briefe schreiben und Briefe empfangen dürfte. Im nächsten Sommer wollte sie sich mit Ihnen in Polninken treffen. Nicht heimlich, sondern mit Wissen ihrer Vorgesetzten. Was kann schon dabei sein, wenn man drei Wochen lang mit einem Mann aus dem Westen durch Masuren wandert?, hat sie gesagt. Ich weiß nicht, ob sie überhaupt vorgelassen wurde. Das ist doch das Merkmal aller Ministerien der Welt, dass einfache Bürger, die mit ihren Anliegen in die Hauptstadt kommen, nicht weiter als bis zum Pförtner gelangen. Wo kämen wir auch hin, wenn jeder Querulant sich eine halbe Stunde mit höchsten Persönlichkeiten unterhalten dürfte!«

»Was geschah danach?«

»Ich weiß es nicht, und wir werden es nie genau erfahren, denn sie ist tot, und damit ist auch die Wahrheit tot.«

Ingo sah den Archivar in der Lübecker Zeitungsredaktion, wie er geschäftig mit den Papierschnipseln hantierte und einen weiteren Strich auf seine Liste malte. Von wegen, Frauen kommen an der Grenze kaum zu Schaden, Frauen finden sich mit dem Unvermeidlichen ab!

Ingo war nicht sicher, heil in Jena anzukommen. Es könnte ihn aus der Kurve tragen. Steinschlag wäre möglich. An Baustellen das Holz durchbrechen wie das Lastauto die Barrikade in Danzig. Sie fuhren von Norden auf Jena zu, die Saale aufwärts. Schilder mit den Namen Naumburg und Camburg blieben ihm haften. Schneller als gedacht erreichte er die Saaleschleife bei Dorndorf. Oben die drei Schlösser, die sie ihm hatte zeigen wollen. Unglaublich üppiger Efeu.

»Warum hat sie nicht gewartet, bis über ihren Ausreiseantrag entschieden würde?«

»Wissen Sie, wie lange es dauert, bis ein Ausreiseantrag genehmigt wird? Drei oder vier Jahre. In dieser Zeit hätte sie wie eine Ausgestoßene herumlaufen, in Großküchen und bei Reinmachebrigaden arbeiten müssen. Ihr Kind hätte längst Mama, aber nicht Papa sagen können … Hat sie Ihnen eigentlich geschrieben, dass sie schwanger war?«

Das sagte sie, als die Dornburger Schlösser fast hinter ihnen lagen, sich das liebliche Tal vor ihnen weitete, Kunitzburg und Jenzig – schneebedeckt natürlich – aus dem Dunst auftauchten.

Ingo trat auf die Bremse. Hinten schleuderte der Wagen. Ein schwarzer, blätterloser Apfelbaum kam auf ihn zu, stoppte kurz vor dem Blech. Ingos Stirn schlug auf das Lenkrad, aber es tat nicht weh, nein, es tat überhaupt nicht weh.

»Ja, sie war schwanger im vierten Monat«, hörte er ihre Stimme aus großer Ferne, eine kühle, distanzierte Stimme. In diesem Augenblick wünschte Ingo, die Sonne möge ihren Lauf anhalten und der Mond sein Gesicht abwenden. Und die Sterne? Was machen wir mit den Sternen? Im Lied hieß es doch, dass einer sie gezählt hat, damit ihm ja nicht »eines fehlet«. Aber nun fehlte doch eines! Wo war er denn, der große Sternen- und Kinderzähler, als diese Furchtbarkeit geschah?

Plötzlich fühlte er ihre Hand, eine kalte, trockene Hand, von der ungemein Tröstliches ausging.

»Wenn Frauen schwanger sind, werden sie anlehnungsbedürftig und brauchen Zuspruch«, sagte sie leise. »Sie handeln emotionaler. Nur so ist zu erklären, was sie getan hat.«

Er fühlte sich schuldig.

»Um Gottes willen! Das dürfen Sie nicht sagen, nur das nicht! Sie haben nichts getan, was einen Vorwurf rechtfertigt. Schuld haben die anderen mit ihren schrecklichen Ideologien. Die machen alles kaputt. Immer wieder fressen die politischen Systeme die Menschen und ihre einfachen Gefühle, sie lassen nichts übrig.«

Ein Zug raste vorbei. Dann gingen am Bahnübergang Porstendorf die Schranken hoch. Die Gleisbauarbeiter, die hinter der Schranke gewartet hatten, nahmen die Schaufeln und kehrten zur Arbeit zurück. Man müsste sie fragen, diese wirklichen Arbeiter, was sie von einem solchen Vorfall hielten. Und die jungen sowjetischen Soldaten, die noch immer am Bretterzaun ihrer Kaserne arbeiteten, was wussten die von schwangeren Mädchen, die an der Grenze zu Tode kommen? Oder die fröhlichen Thälmannpioniere, die ihnen mit entschlossenen, lebhaften Gesichtern hinter Zwätzen entgegenkamen, die von Sonne und Freiheit sangen und von Brüdern und Schwestern. Er musste halten, weil marschierende Thälmannpioniere immer und allezeit Vorfahrt haben. Und er hörte sie singen:

»Brüder, in eins nun die Hände,
Brüder, das Sterben verlacht:
Ewig der Sklav'rei ein Ende,
heilig die letzte Schlacht.«

Sie wollte in der Dornburger Straße aussteigen, aber Ingo fuhr sie hinauf zur Straße des 7. Oktober.

»Wenn Sie schon da sind, kann ich Ihnen wenigstens einen Kaffee kochen«, sagte sie. »Es ist das Letzte, was ich für Sie tun kann. Danach müssen Sie wirklich fort, so schnell wie möglich.«

Vor der Haustür, als sie den Schlüssel suchte, sagte sie beiläufig: »Die schöne Wohnung hat man uns auch gekündigt. Wir befinden uns hier in einem bevorzugten Neubaugebiet, was schon an den Straßennamen erkennbar ist. Straße der Völkerfreundschaft, Straße der deutsch-sowjetischen Freundschaft, Straße des 7. Oktober. Es ist unvorstellbar, dass in solchen Straßen jemand wohnt, der einen Ausreiseantrag gestellt hat.«

Sie kochte Kaffee. Er hörte sie in der Küche mit dem Geschirr hantieren, während er in dem Zimmer stand, das ihr Zimmer gewesen war. Auf einem Bücherbord die Bücher, mit denen sie gearbeitet hatte. »Unterricht in den unteren Klassen«, ein Lehrbuch der Akademie der Pädagogischen Wissenschaften der Deutschen Demokratischen Republik. Die Werke Hegels. Da stand auch das Hegelbuch, das in Masuren auf dem Rücksitz ihres Trabant gelegen hatte. Brecht. Thomas Mann. Heinrich Mann. Eine ganze Reihe Shakespeare.

»Kennen Sie Shakespeare?«, fragte sie aus der Küche. Na ja, ein bisschen schon. Was er in der Schule gelernt und im Theater gesehen hatte. »Sein oder Nichtsein« zum Beispiel.

Sie kam und nahm den Band »Romeo und Julia« aus dem Regal. »Sie müssen den Prolog lesen«, sagte sie. Vier Zeilen waren mit Kugelschreiber angestrichen:

»Aus dieser Feinde wildem Schoß entsprang
Ein Liebespaar, von finsterem Stern bedroht,
Des traurig unglücksel'ger Untergang
Der Väter Hass aussöhnt in ihrem Tod.«

»Ja, bei Shakespeare war das noch möglich!«, sagte sie. »Der ließ die Liebenden sterben, aber danach war die Betroffenheit so groß, dass sich die verfeindeten Familien versöhnten. Damals hatte Sterben noch einen Sinn, dem Tod folgte die reuevolle Umarmung. Heute schreibt man nur Protokolle und schließt die Akten.«

Sie brachte den Kaffee. Die kleinen Löffel in ihren unruhigen Händen klapperten auf den Untertassen.

»Es gibt noch eine andere Version«, sagte sie leise und nahm ein schmales Büchlein aus dem Regal, »Romeo und

Julia auf dem Dorfe« von Gottfried Keller. Sie las leise den Schluss:

»Als man später unterhalb der Stadt die Leichen fand und ihre Herkunft ausgemittelt hatte, war in den Zeitungen zu lesen, zwei junge Leute, die Kinder zweier blutarmer, zugrunde gegangener Familien, welche in unversöhnlicher Feindschaft lebten, hätten im Wasser den Tod gesucht, nachdem sie einen ganzen Nachmittag herzlich miteinander getanzt und sich belustigt auf einer Kirchweih. Es sei dies Ereignis vermutlich in Verbindung zu bringen mit einem Heuschiff aus jener Gegend, welches ohne Schiffsleute in der Stadt gelandet sei, und man nehme an, die jungen Leute haben das Schiff entwendet, um darauf ihre verzweifelte und gottverlassene Hochzeit zu halten.«

Da waren sie wieder, die Heuinseln auf der Weichsel und das tote Pferd auf der Eisscholle. Stranden, immer nur stranden.

»Sie sehen, es hat sich wenig geändert in den Jahrhunderten seit Shakespeare.«

Sie fragte, ob er Milch und Zucker nehme. Auch Weihnachtsgebäck stellte sie hin. Ingo wärmte seine Hände an der Kaffeetasse.

»Nun bleibt nichts mehr zu tun. Das Geschirr sorgfältig waschen, auf die Reinlichkeit des Körpers achten, Gemüse schälen für die Mahlzeiten, nach dem Wetter schauen ... das ist mein Leben.«

Sie trat ans Fenster, als wollte sie wirklich nach dem Wetter schauen.

»Jena hat den schönsten Naturfriedhof Deutschlands. Ich denke, wir sollten sie in Jena begraben.«

Das sagte sie so, als gehöre Ingo zur Familie, als habe er mitzubestimmen über diese letzten Fragen. Er gab keine Antwort, dachte nur, dass sie einen Spruch verdient hätte wie die Großmutter in Polninken. Liebe ist stark wie der Tod; aber manchmal kommen die Grabräuber und stehlen die Liebe.

Plötzlich trat sie vom Fenster zurück.

»Sie müssen gehen, sofort! Fahren Sie nicht erst ins Hotel, fahren Sie gleich zur Grenze. Keinen Kaffee mehr trinken, bitte. Es tut mir so Leid, aber es geht nicht. Sie müssen fahren!« Sie drängte ihn zur Tür. »Grüßen Sie Ihre Mutter unbekannterweise.«

»Warum unbekannterweise?«

»Ich habe keine bestimmte Erinnerung an Ihre Mutter. Für uns im Herrenhaus sahen die Landarbeiterfrauen alle gleich aus.«

Ruhig ging er die Treppe hinunter, sah keinen Grund für diese plötzliche Eile. Keine Polizei auf der Straße, auch keine wartenden Limousinen. Niemand sprach ihn an, als er in den grünen Käfer stieg. Er fuhr zum »Schwarzen Bären«. Die Leuchtreklame brannte schon, als er auf den Hotelparkplatz bog. Beim Aussteigen fiel sein Blick auf den bärtigen, schwarzen Mann auf dem Sockel vor der Schilleruniversität. Was hast du dir dabei gedacht, als du diese Idee in die Welt setztest? Hast du es für möglich gehalten, dass in deinem Namen so etwas geschehen könnte? Die dunkle Gestalt antwortete nicht. Bei Lehmann in der Goetheallee waren tagsüber Kohlen angeliefert worden. Vom Burschenschaftsdenkmal zeigte das Schwert schnurstracks in den Himmel.

Die Rezeption nicht besetzt. Keine Spur von der freundlichen alten Dame. Unter dem Bild des großen Reformators saßen zwei Männer in Clubsesseln. Von ihrem Platz aus überblickten sie die Vorhalle, die Rezeption, den Fahrstuhl, die Treppe nach oben, den Hoteleingang, sogar das Karl-Marx-Denkmal im Universitätsgarten.

Der mit dem lahmen Bein war auch da. Er reichte Ingo den Schlüssel zu Nummer 45. Seine Brillengläser funkelten, als habe sich auf ihnen Raureif abgesetzt.

»Der Fahrstuhl ist wieder in Ordnung«, sagte er.

Ingo sah, wie er den beiden in den Clubsesseln zunickte. Sie erhoben sich ohne Eile. Sie strichen ihre Mäntel glatt und kamen auf ihn zu wie Menschen, die sich ihrer Sache ganz sicher sind.

»Wir müssen mit Ihnen sprechen, Herr Majewski.«

Die Zeit danach

Im März die Ankunft in Rummelsburg. Hier wäre Boris zu erwähnen, der ihn in Empfang nahm. Was hast du gegen Rummelsburg?, sagte er. Ist doch ein schöner Name, erinnert an Jahrmarkt, Wurstbuden und Karussells, klingt viel besser als Bautzen I oder Bautzen II.

Anfangs hielt Boris sich zurück, weil er ihn für ein Schwein hielt. Es gab nämlich welche, die taten es um bares Geld, handelten mit Menschen wie mit Ochsen, also richtige Schweine. Und dann die anderen, die es nur so taten, also arme Schweine. Als Boris erfuhr, dass er es nur mit einem Mädchen gehabt hatte, wurde er freundlicher, wanderte wie ein sibirischer Tiger in seinem Käfig umher, redete, sang und deklamierte:

»Wir schützen Selbstmörder
vor ihren Taten.
Das sei versprochen, Genossen,
keiner kommt durch!«

O ja, Boris wusste Bescheid. Der wusste auch, warum sie ihn nach Rummelsburg geschickt hatten. Nicht wegen des Abstechers nach Leipzig. Sie haben gedacht, du wolltest sie rausholen, sie überreden, gegen die Mauer zu laufen. Boris kannte auch die vier Möglichkeiten, Freiheit zu buchstabieren.

Also erstens, sie erkennen, dass sie Scheiße gebaut haben, und schieben dich einfach ab, ohne viel Aufhebens und sehr verschwiegen. Verdammt unwahrscheinlich, so etwas. Auch wenn sie einsehen, dass du nur ein harmloser Junge bist, der einem kleinen Mädchen nachgelaufen ist, können sie den Fehler nicht zugeben. Das ist der Punkt, das System darf nicht irren, muss unbeirrbar seinen Weg gehen, darf niemals schwach werden. Unschuldige sind seine schwersten Fälle, weil die ja mit ihrer Unschuld gleich auf den Markt laufen. Einem Schuldigen Gnade zu erweisen ist keine Kunst, aber was macht man mit den Unschuldigen?

Wahrscheinlicher wäre da schon der X. Parteitag. Solche Feste kommen wie gerufen, um Fehler zu korrigieren, ohne das Gesicht zu verlieren. Sie werden eine schöne Amnestie machen für arme Schweine wie dich.

Große Stücke hielt Boris auch von einem Treffen der beiden Staatsmänner. Abgesagt vor einem halben Jahr wegen der polnischen Unruhe, sollte es bald nachgeholt werden. Das sind Anlässe, um etwas Gutes zu tun, dem Besucher ein kleines Präsent zu überreichen. Was haben wir denn da? Ach, einen dummen Jungen, der sich in ein Mädchen aus Jena verliebt hatte!

Als letzte Möglichkeit blieb das Geld. Mehr als tausend Menschen, so wusste Boris, werden Jahr für Jahr von Ost nach West verkauft zu unterschiedlichen Preisen. Rentner, Arbeitslose und Studenten die Hälfte, Akademiker das Doppelte, im Schnitt an die 50 000 Mark West. So viel ist ein Mensch doch nicht wert, denkt man. Das bringt er dem Staat niemals an Steuern ein, denkt man. Aber diese Kapitalisten fragen nicht nach Verzinsung, sie erwarten nicht einmal Rückerstattung des verauslagten Betrags. Sie kaufen einen Vogel, öffnen den Käfig und lassen ihn fliegen, einfach so, ohne jede Bedingung. Nicht einmal Dankbarkeit bist du schuldig. Wenn er einen Wunsch frei hätte, ein halbes Jahr nur wollte Boris in einem Land leben, das Bürger so behandelt, das ganz gewöhnliche Müllers, Meiers und Schulzes für bares, gutes Geld ohne Erwartung eines Ertrags freikauft, gewiss nur eine Kleinigkeit in den großen Staatsgeschäften, aber gut angelegtes Geld!

Gegenüber Gera hatte Rummelsburg den Vorteil der

Nähe zu den silbergrauen Vögeln der PanAm, Air France und British Airways, die über Tegel einschwebten oder davonzogen mit mächtigem Lichtschweif. Mit einiger Phantasie waren sie von Rummelsburg aus zu erkennen, auf Zehenspitzen oder bei Sprungübungen vor dem kleinen Fenster. Besonders in sternklaren Nächten wurden sie sichtbar, die rettenden Inseln im Luftmeer. Es gibt da eine Stelle im Luftraum zwischen Berlin und Hamburg, wenn die PanAm-Maschinen dem Seewind entgegen über die Grenze fliegen und nach Norden zum Landeanflug auf Hamburg-Fuhlsbüttel ausholen. Da kann es geschehen – bei gutem Wetter nur –, dass im Abendsonnenschein die Türme Lübecks auftauchen. Hinter den Türmen die weißen Fährschiffe im Travemünder Hafen. Nils Holgersson, welch ein poetischer Name! Ach ja, man müsste mit den Wildgänsen fliegen können. Von Rummelsburg nach Lübeck zu den gelben Rapsfeldern hinter dem Brodtener Ufer, denn es hatte Mai zu sein, jener Monat, in dem sich das grüne Schleswig-Holstein mit gelben Tupfern schmückt. Oder nach Polninken, wo jetzt die Klapperstörche heimkehrten. An die pommersche Küste fliegen oder nach Benidorm, wo die Mädchen ihre Körper im Sand spazieren tragen, neuerdings mit nackter Brust, wie ein Gerücht in Rummelsburg wissen wollte … Aber auf jeden Fall fliegen.

*

An einem der wenigen heißen Tage des Sommers 1981, als Schienen sich verformten und Straßen gesperrt wurden, weil der Asphalt davonzuschwimmen drohte. Unter der Kuppel des Hauptbahnhofs stickige Luft. Die Wartenden sehnten sich nach durchfahrenden Zügen, die Fahrtwind und Kühlung in dieses Gewächshaus voller Rauch, Abgase und menschlichem Schweiß brachten. Am Ausgang Kirchenallee lärmten die Pressluftbohrer.

Auf Bahnsteig 14 sagte der Lautsprecher die Intercity-Züge an, die zu so schönen Namen fuhren wie München, Stuttgart, Köln und Westerland, sogar Kopenhagen kam vor und Hoek van Holland, auch Gare du Nord.

Aber vor Gleis 8 warteten sie auf den D-Zug aus Leipzig. Züge aus der DDR waren immer noch etwas Besonderes. Mit ihnen lebte ein Stück deutscher Vergangenheit auf. Wenn sie einliefen, war es wie früher, wenn die Züge mit heimkehrenden Kriegsgefangenen oder Flüchtlingen Einfahrt erhielten. Stets wurden mehr erwartet, als jemals kommen konnten.

Vor Gleis 8 waren die Bänke besetzt an diesem heißen Nachmittag. Sogar auf den Paketkarren saßen sie und auf den Treppen. Meistens alte Leute, denen die Hitze zu schaffen machte, und nun auch noch die Verspätung des Zuges aus Leipzig.

Ohne Ankündigung lief er plötzlich ein. An den Wagen stand Leipzig–Dessau–Magdeburg–Schwerin–Schwanheide–Büchen. In die Wartenden kam Bewegung. Keinen hielt es mehr auf der Treppe. Die Ankommenden öffneten die Fenster, suchten nach bekannten Gesichtern, denn das ist das Wichtigste: Wer in eine fremde Stadt kommt, braucht bekannte Gesichter. Auch im Zug fast nur alte Leute. Kleider aus den fünfziger Jahren, Gesichter aus den vierziger Jahren. Blumen, Tränen, Taschentücher. Einer mit Krücke holte eine ohne Krücke ab. Eine Frau wurde mit Rollstuhl aus dem Zug getragen. Zwei Enkelkinder – nur in Badehose – warteten auf die Oma aus Karl-Marx-Stadt. Eine Rote-Kreuz-Schwester bat den Aufsichtsbeamten, einen Arzt zu rufen. In der Hitze sei ihr ein Reisender umgefallen, und das einige Kilometer vor Hamburg. Am Wagen Nr. 258 stand unten DR Leipzig-Hbf. Oben hoben Sanitäter einen alten Mann ins Freie. Danach konnte der Zug weiterfahren und die letzten nach Hamburg-Dammtor und Altona bringen. Der Strom verebbte, der Bahnsteig leerte sich, die Bänke wurden wieder frei. Ein junger Mann mit nacktem Oberkörper fand Platz zum Schlafen auf der Bank vor Gleis 8.

Übrig blieb nur diese eine Frau, schwarz gekleidet, als wäre sie vorgestern Witwe geworden, vor dem Wagenstandsanzeiger stehend, auffallend groß und schlank, vor allem aber schwarz.

»Hat man vergessen, Sie abzuholen?«, fragte der Aufsichtsbeamte.

Nein, sie käme unangemeldet. Sie fragte nach den Zugverbindungen nach Lübeck.

Der um 15 Uhr 32 sei schon weg, meinte der Aufsichtsbeamte. Weil Züge aus der DDR fast immer Verspätung hätten, könne man sich auf die Anschlusszüge nicht verlassen. Um 16 Uhr 32 ginge der nächste nach Lübeck. Drüben, Gleis 6.

Sie fuhr mit dem Köfferchen die Rolltreppe hoch, unnahbar, ein Fremdkörper im Gewühl der weißen Blusen und bunten Hemden, eine Königin der Nacht am hellen, heißen Tage.

Gegen Abend bei abklingender Hitze kam sie in Lübeck an. Mit dem Bus fuhr sie nach St. Jürgen. Einen Jungen fragte sie nach der Julius-Brecht-Straße. Neben dem Klingelknopf blieb sie stehen, setzte die Brille auf und vergewisserte sich, ob es der richtige Name sei. Nach dem Klingeln Schritte hinter der Tür. Eine Kette rasselte. Eine Frau öffnete. Danach lief alles ab wie in alten Filmen: »Ach, du lieber Himmel!« … »Na, so eine Überraschung!« … »Die gnädige Frau aus Polninken!« … »Kommen Sie! Treten Sie ein!« … »Nehmen Sie Platz!« … »Wie schön, dass Sie mich besuchen!«

Zögernd betrat sie den Flur.

»Nicht besuchen«, sagte sie stockend. »Ich möchte gern, wenn es recht ist, bei Ihnen bleiben.«

Sie nahm auf der Couch im Wohnzimmer Platz, tupfte mit einem rosa Taschentuch die Stirn ab, sagte, dass sie anfangs tatsächlich nur zu Besuch habe kommen wollen.

Als Rentnerin dürfe sie ja in den Westen reisen. Aber mit jedem Kilometer, den der Zug sich von Jena entfernt habe, sei es gewisser geworden, dass sie dahin nicht mehr zurückkehren wollte. »Nur Gräberpflege ist nicht genug, um an einem Ort zu bleiben.«

Sie saß still, schien abwesend zu sein wie jemand, der längst in anderen Welten lebte. So sahen Menschen aus, die zweimal Heimat und zweimal Kinder verloren hatten, denen ein dreihundert Jahre altes Geschlecht unter den Händen weggestorben war.

Behutsam öffnete sie ihre Handtasche, entnahm Papiere, sehr alte Dokumente, sorgfältig gebündelte Schriftstücke mit königlich-preußischem Siegel, ein Wappen der Familie von Sahrau, ein goldenes, fliegendes Dach darstellend, von vier silbernen Pfählen gestützt, daneben ein Helm mit vier Pfauenfedern. Sie schob die Papiere über den Tisch, sagte, dass sie die Letzte der Familie sei. Nach ihr komme niemand mehr, der in dreihundert Jahre alten Chroniken erwähnt werde.

»Ihr Sohn soll die Papiere haben. Er ist unverschuldet in den Untergang unserer Familie hineingeraten, er gehört zu uns.«

»Sie wissen doch, wo er ist!«

»Er wird bald freikommen. Die aus dem Westen kommen alle frei, nur die anderen müssen lange, lange warten.«

Sie traten auf den Balkon. In weiter Ferne die gelben Getreidefelder und dunkelgrünen Laubwälder Mecklenburgs, davor die Wachttürme von Eichholz.

»Dort ist Osten.«

»Ja, ja, im Osten sind unsere Kinder.«

»Was haben wir nur verbrochen, dass uns das zugestoßen ist?«

»Nichts verbrochen, überhaupt nichts. Es ist nur die Geschichte. Immer wieder holt sie uns ein. Nicht genug, dass sie unser Leben zerrissen hat, nun vergreift sie sich noch an unseren Kindern. Die Taten der Väter treffen die Kinder und Enkel, und so geht es weiter und weiter, es hört überhaupt nicht mehr auf.«

*

Über Nacht war Schnee gefallen. Ganz Mittel- und Osteuropa lag unter einer dicken Schneedecke. Die DDR vom Thüringer Wald bis zu den Wäldern um Wismar voller Schnee geschüttet. Der Jenaer Nordfriedhof weiß zugedeckt. In Lübeck-St. Jürgen knöcheltiefer Schnee auf den Balkonen. Schnee an den Grenzmarkierungen bei Eichholz. In Polen Schnee und auf der Weichsel Eisschollen. Wieder schwammen tote Pferde den Fluss abwärts, dessen Baumreihen hinter der Deichböschung Schwarz trugen.

Aber am frühen Morgen brach die Sonne durch die Schneewolken. Augenblicklich fiel die Temperatur unter Null. In Warschau befroren nach sieben Uhr früh sämtliche Fensterscheiben, in Danzig bildeten sich meterlange Eiszapfen an dem Denkmal für die toten Arbeiter.

Von Angerburg her kam die Sonne die kahle Allee auf Polninken zu. Sie erlaubte keine anderen Farben als ihr gelbes Licht. Die blätterlosen Bäume sahen aus wie verbrannt, wie längst gestorben. Unweit des Dorffriedhofs aus deutscher Zeit hatte sich ein Chausseebaum altersschwach in den Graben gelegt, halb auf der Böschung hängend, vom Schnee leidlich zugedeckt. Weil es Sonntag war und der Schulbus nicht kam, blieb der Schnee auf der Straße unberührt. Auch die Gutstraktoren störten ihn nicht, sie standen, weiß überzogen, in langer Reihe vor den dampfenden Viehställen.

Holzhacken in Polninken am Sonntagmorgen. Am Ende des Dorfes, wo die Familien mit den vielen Kindern lebten, schlug ein Mann mit der Axt trockenes Fichtenholz. Die Schläge hallten über den zugefrorenen Teich, vertrieben die Krähen, die auf dem Anger bis zum Bauchgefieder im Pulverschnee saßen. Nicht nur, dass sie hackten, sie sägten auch nach alter Art ohne viel Lärm. Gleichmäßig zogen Vater und Sohn die Bügelsäge durchs gelbe Holz, während die Frau in ihrer Schürze die Scheite zum Herd trug. Ein Krähenschwarm kam im Tiefflug über die Weiden der Dorfstraße, fiel in die Bäume des Parks ein. Dort saßen die schwarzen Vögel und spektakelten.

Wie jeden Sonntag ging Kasimir zur gewohnten Stunde zu Borek, um im Radio Gottesdienst zu hören. Borek schippte Schnee vor seiner Tür und sagte, es gebe keinen Gottesdienst an diesem 13. Dezember. Im Radio sei nur die Stimme des Generals zu hören, und die sage immer das Gleiche.

Na gut, wenn nicht ist, dann ist nicht, dachte Kasimir und kehrte um. Er hatte genug zu tun. Vielleicht Fische fangen in den Wuhnen des Teiches. Er holte Axt und Eimer, schulterte den Kescher wie eine Forke und machte als erster Spuren auf dem Teich im frisch gefallenen Schnee. Um an seine Fische zu kommen, musste er die ins Eis geschlagenen Löcher offen halten. Denn Fisch muss sein, vor allem im Winter. Wenn keine Fische mehr aus dem Teich kommen, wird Kasimir die Flinte nehmen müssen, um Krähen zu schießen und daraus Suppe zu kochen oder vielleicht Karnickel, von denen es sowieso zu viele gab, deren Spuren kreuz und quer über den Teich liefen und im Schilf verschwanden.

Wirklich, es war ein ungewöhnlich kalter Dezember. In deutscher Zeit hätten sie schon Eisblöcke in den Keller fahren können. Was mochte wohl aus den beiden Deutschen geworden sein, die ihn damals besucht hatten, um sich – wie sagt man in deutscher Sprache? – lieb zu haben oder liebzumachen. Sie werden ein Kind haben, dachte Kasimir, denn es ist alter Brauch, dass Kinder kommen, wenn die Menschen mit Liebe zu tun haben. Aber wer reist schon gern mit kleinen Kindern in der Weltgeschichte herum? Und das noch nach Polen, wenn die Zeiten so kalt sind, wie sie sind. Vielleicht werden sie schreiben. Weihnachten wäre eine gute Zeit, um zu schreiben.

Viele Kinder hatte Kasimir schon gehabt, aber sie waren ihm entglitten wie die kürzer werdenden Tage. Auch die beiden Deutschen, die er gemocht hatte, weil sie sich anfangs so fremd vorkamen und den Streit hatten mit dem schönen Honig. Aber dann fanden sie doch zusammen, denn die menschliche Natur ist unter der Oberfläche noch immer, wie sie war seit alten Zeiten. Wo Liebe hinfällt, bleibt sie liegen, sagt das Sprichwort, und was sein muss, muss sein.

Die Wahrheit war, dass immer weniger junge Menschen nach Polninken kamen. Aber auch die Älteren blieben aus, die früher in den Sommermonaten aus Deutschland angereist waren, um durch den Park zu stromern oder den Teich anzuschauen. Es hatte sie hergetrieben, wie es einen Vogel in sein altes Nest treibt oder einen Fuchs in seinen alten Bau. Aber nun ging es unaufhaltsam zu Ende mit ihnen. Sie starben in ihren Nestern mit ihren Erinnerungen, und ihre Kinder kamen nicht mehr. Auch die Häuser starben. Von Jahr zu Jahr gab es weniger Dächer und weniger Schornsteine in Polninken. Im Novembersturm war das Haus des Straßenwärters Majewski verschwunden, zusammengebrochen, weil es niemand mehr brauchte. Mit den Häusern starben auch die Erinnerungen, lösten sich ab von Mauern, Steinen und Bäumen, verflüchtigten sich wie Nebel in der höher steigenden Sonne.

Außer ein paar Karauschen gab es nicht viel in den Eislöchern. Sie aber reichten für gute Fischsuppe. Bevor er den Fang nach Hause trug, setzte er sich auf den Eimer, um Polninken im Schnee zu besehen mit den Rauchsäulen eines stillen Sonntagvormittags. Er zündete sich seine Pfeife an. Während das Streichholz den Daumen schwärzte, vernahm er ein ungewohntes Geräusch. Ein

Flugzeug verursachte es, nicht die Linienmaschine Warschau–Leningrad, sondern ein kleines Flugzeug, das den Teich in beträchtlicher Höhe in Ost-West-Richtung überquerte. Es malte weiße Streifen auf eine hellblaue Leinwand. Das war ja ein Künstler, ein richtiger Himmelsmaler, der über Kasimirs Kopf seine Kurven und Winkel zog. Erst malte er ein akkurates P, danach ein dickes, unförmiges O, ein klares, sauberes L, das S leider verkehrt wie ein Fragezeichen ohne Punkt, dann aber ein deutliches K und ein A von unerhörter Schönheit. Er schrieb wieder und wieder, denn während die letzten Buchstaben noch gestochen scharf im Blau hingen, trieben die ersten, sich langsam verformend, in die Breite, flossen auseinander. So malte er POLSKA ... POLSKA ... POLSKA, ein eindrucksvolles Himmelsschauspiel, das die Menschen vor die Türen trieb, in das der Himmelsmaler nun auch die Sonne einbezog; sie verband sich mit dem O.

Eine Viertelstunde ging das so, dann schossen von Norden her über die Wälder, in denen die Grenze verlief, zwei Düsenjäger auf den Himmelsmaler zu, gewannen an Höhe, umzingelten die Sonne, arretierten sie, führten sie ab, nahmen den Himmelsmaler in Gewahrsam und zwangen ihn zum Abdrehen. Das letzte O ließ er unvollendet, ein offenes Ende.

*

Auch Rummelsburg tief im Schnee. Unten im Hof warteten zwei Männer, sahen so aus wie die aus dem »Schwarzen Bären«, selbstbewusste Menschen, die immer das Richtige tun, immer auf der richtigen Seite stehen. Sie nahmen ihn in Empfang, führten ihn zu einem Wartburg mit laufendem Motor.

Von Rummelsburg stadteinwärts, das heißt nach Berlin. Kein Zweifel, sie fuhren auf die Mauer zu, suchten einen der Übergänge. Wie hübsch sie aussah, die Mauer. Auf dem runden Eternitrohr lag eine weiche Schneehaube. Adventsstimmung, unberührte Schneelandschaft, nur Karnickelspuren im Niemandsland der Großstadt. Einen Schneemann müsste man bauen, einen Schneemann von vier Meter fünfzig Höhe, der über die Mauer blicken könnte in beide Teile der Stadt.

Der Schnee knirschte, als das Auto hielt. Aussteigen. »Sie können gehen!«

Kein Wort der Entschuldigung, kein Bedauern wegen der verlorenen dreihundertsechzig Tage. Es ging seinen Gang, die Mühlen mahlten und mahlten in allen Ebenen, und manchmal tropfte Blut aus ihren Rädern.

»Sie können gehen, seien Sie froh, dass Sie gehen können!«

So einfach ist das. Sie haben Recht, sie haben immer Recht, sie brauchen nichts zurückzunehmen und zu bedauern.

Also gut, er ging. Er stapfte als Erster durch den unberührten Schnee des Niemandslandes, die Karnickel nicht gerechnet. Die beiden in ihren grauen Mänteln standen neben dem Auto und blickten ihm nach. Ferngläser durchbohrten seinen Rücken. Er bekam plötzlich Angst, sie könnten ihn auf der Flucht erschießen, diese alles durchdringenden Ferngläser. Auf der Hälfte der Strecke blieb er stehen und schaute sich um, erkannte die aufmerksamen Gesichter auf den Wachttürmen und die beiden, die immer noch neben ihrem Auto standen und sich unterhielten. Danach geschah das Merkwürdige: Er brachte es nicht mehr fertig, vorwärts zu gehen, seinen Rücken ungeschützt den Ferngläsern auszusetzen. Also rückwärts, Schritt für Schritt und sehr langsam, dabei die eigenen Fußabdrücke beobachtend und die Karnickelspuren. Er dachte, während er sich von der Mauer entfernte, dass man vielleicht Schilder anbringen müsste, alle fünfhundert Meter eines. Neben »Sozialismus wird siegen!« und »Meilenweit für eine Zigarette!« mal etwas anderes, einfache Holzschilder mit einer einfachen Inschrift: Du sollst nicht töten!

Als er sich dann doch umdrehte, überkam ihn ein Gefühl von Weite und Offenheit. Große graue Vögel warteten in Tegel, um ihn nach Hamburg zu fliegen, dem Seewind entgegen (»Und was Sie da drüben sehen, rechter Hand, das ist die schöne, alte Stadt Lübeck«). Ob Benidorm noch erreichbar wäre? Und Polninken, würde er es je wiederfinden, oder ist es längst versunken wie Rungholt und Vineta und das sagenhafte Atlantis?

Die Fahrt nach Polninken nicht durch die DDR, nie mehr durch die DDR fahren. In Travemünde aufs Schiffchen und in Danzig von Bord. Mit dem Auto weiter ins masurische Herz zu einem alten Mann, um dort unter dem Apfelbaum zu schlafen.